Tijd van leven

Agnes van IJzeren
Nocturnestraat 113
6544 SM NIJMEGEN

ISBN 90 414 0333 7

Vertaling: Mea Flothuis
Oorspronkelijke titel: *Ladder of Years*
Oorspronkelijke uitgever: Alfred A. Knopf

Omslag: Studio Jan de Boer
Omslagillustratie: T. Richards
(© The Picture Box/Photonica USA)
Foto auteur: Diana Walker

Flamingo Pockets worden uitgegeven door
Ambo|Anthos *uitgevers*, Amsterdam

Verspreiding voor België:
Verkoopmaatschappij Bosch & Keuning, Antwerpen

Anne Tyler

TIJD VAN LEVEN

Roman

Agnes juli '99

FLAMINGO

VROUW UIT BALTIMORE VERDWIJNT TIJDENS VAKANTIE

De staatspolitie van Delaware maakte vanmorgen vroeg bekend dat Cordelia F. Grinstead, echtgenote van een arts, woonachtig in Roland Park en op vakantie met haar gezin in Bethany Beach, als vermist is aangegeven.

Mevrouw Grinstead is voor het laatst gezien afgelopen maandag omstreeks het middaguur, lopend in zuidelijke richting over het strandgedeelte tussen Bethany Beach en Sea Colony.

Getuigen van haar vertrek – haar man, dokter Samuel Grinstead (55), en haar drie kinderen, Susan (21), Ramsay (19) en Carroll (15), konden zich niet herinneren verdachte personen in de buurt te hebben gesignaleerd. Voor zover ze zich te binnen konden brengen was ze zomaar een eindje gaan wandelen. Pas laat in de middag was hun opgevallen dat ze niet was teruggekeerd.

Mevrouw Grinstead is een slanke, tengergebouwde vrouw met krullend blond of lichtbruin haar, ergens tussen de 1,65 m en 1,70 m lang, en weegt ca. 45 à 55 kilo. Haar ogen zijn blauw of bruin, misschien groen, en haar neus is licht verbrand en sproetig.

Vermoedelijk had ze een grote strooien boodschappentas met een roze strik bij zich, maar de leden van het gezin konden geen overeenstemming bereiken over de kleren die ze had gedragen. Naar alle waarschijnlijkheid was het óf iets blauws óf iets roze geweest, dacht haar man, hetzij met ruches of anders met een kantje, het kon ook 'een soort babydoll' zijn.

De autoriteiten denken niet aan verdrinking, omdat mevrouw Grinstead zwemmen zoveel mogelijk vermeed en een uitgesproken afkeer van water beweerde te hebben. Volgens een verklaring die haar zuster Eliza Felson (52) tegenover de pers heeft afgelegd, zou de vermiste vrouw 'in haar voorlaatste incarnatie een kat kunnen zijn geweest'.

Een ieder die iets van mevrouw Grinsteads huidige verblijfplaats weet, wordt dringend verzocht terstond contact op te nemen met de staatspolitie van Delaware.

1

Dit begon allemaal op een zaterdag in mei, een van die warme voorjaarsdagen die naar schoon linnengoed ruiken. Delia was naar de supermarkt gereden om eten voor de hele week in te slaan. Ze stond op de groenteafdeling lusteloos een bos Franse selderij uit te zoeken. Van kruidenierswinkels werd ze altijd bespiegelend. Waarom, vroeg ze zich af, waarom heette Franse selderij niet 'corduroyplant'? Dat zou immers veel kleurrijker zijn. En knoflookbolletjes zou je 'geldzakken' moeten noemen, omdat de vorm ervan haar deed denken aan de buidels vol goudstukken in sprookjes.

Een klant rechts van haar zocht iets tussen de lente-uitjes. Het was nog zo vroeg dat de winkel bijna leeg was, en toch leek deze figuur enigszins in haar richting te schuiven. Een of twee keer streek de stof van zijn overhemdsmouw tegen de mouw van haar jurk. En trouwens, hij deed eigenlijk niets anders dan een beetje woelen in die uien. Hij tilde een met een elastiekje bijeengehouden bosje omhoog, liet het dan vallen en greep naar een ander. Zijn vingers waren lang en beweeglijk, bijna spinachtig. Zijn manchetten waren van gele oxfordstof.

Hij zei: 'Weet u misschien of je dit lente-uitjes noemt?'

'Ja soms,' zei Delia. Ze pakte de dichtstbijzijnde bos selderij en stapte op de plastic zakjes af.

'Of heten dat sjalotten?'

'Nee, dat zijn lente-uitjes,' antwoordde ze.

Zonder noodzaak hield hij over haar hoofd heen de rol

zakken tegen terwijl zij er een afpelde. (Hij stak ruim drie decimeter boven haar uit.) Ze liet de selderij in de zak glijden en reikte naar het bakje met sluitstrips, maar hij had er al een voor haar uitgevist. 'Wat zijn sjalotjes eigenlijk?' vroeg hij.

Ze zou bang zijn geweest dat hij bezig was haar te versieren, als ze niet toen ze omkeek had gezien dat hij zeker tien jaar jonger was dan zij, en bovendien heel knap. Hij had sluik, donkerblond haar en melkachtig blauwe ogen, die hem iets dromerigs en vreedzaams gaven. Hij keek lachend op haar neer en stond wat dichterbij dan een onbekende normaal zou doen.

'Eh...' zei ze nerveus.

'Sjalotjes,' herinnerde hij haar.

'Sjalotjes zijn dikker,' zei ze. Ze zette de selderij in de winkelwagen. 'Ze liggen boven de peterselie geloof ik,' riep ze over haar schouder, maar merkte toen dat hij naast haar mee opliep terwijl zij haar wagentje richting citrusvruchten duwde. Hij droeg een erg verschoten spijkerbroek en zachte mocassins, die niet te horen waren boven de 'King of the Road' uit de luidsprekerinstallatie.

'Ik moet ook citroenen hebben,' zei hij.

Ze gaf hem opnieuw een vlugge blik.

'Zeg,' zei hij opeens. Hij dempte zijn stem. 'Mag ik u een grote gunst vragen?'

'Eh...'

'Mijn ex-vrouw staat verderop bij de aardappelen. Of nou ja, niet ex, van elkaar af, zeg maar, en ze heeft haar vriend bij zich. Zou u gewoon kunnen doen alsof we samen zijn? Alleen maar tot ik hier tussen uit kan knijpen?'

'Welja, natuurlijk,' zei Delia.

En zonder zelfs eerst een keer diep adem te halen stortte ze zich weer geestdriftig in de vroegere highschoolsfeer van romantische intriges en bedrog. Ze kneep haar ogen half dicht, hief haar kin en zei: 'We zullen haar 'ns wat laten zien!', stevende toen het fruit voorbij en maakte rechtsomkeert richting aardappelen. 'Wie is het?' prevelde ze tussen buiksprekerslippen door.

'Gelige blouse,' fluisterde hij. Toen maakte hij haar aan het schrikken met een plotselinge schaterlach. 'Ha ha!' zei hij heel luid. 'Dat is geestig gezegd van je!'

Maar 'gelige blouse' was een verre van adequate beschrijving. De vrouw die omkeek bij het geluid van zijn stem droeg een tuniek van ongebleekte ruwe zijde op een zwartzijden broek zo smal aangesloten als twee potloden. Haar haar was diepzwart en aan één kant korter geknipt, en haar gezicht was volmaakt ovaal. 'Hé Adrian,' zei ze. De man die ze bij zich had wendde zich nu ook om, een aardappel nog in zijn hand. Een plompe, donkere man met een huid zo ruw als stucwerk en doorlopende wenkbrauwen. Hij kon niet tippen aan het niveau van de vrouw, maar wie kon dat wél?

Delia's metgezel zei: 'Rosemary. Ik had je niet gezien. Dus niet vergeten hè,' zei hij tegen Delia zonder zijn pas in te houden. Hij legde een hand op haar winkelwagen en stuurde deze naar gangpad drie. 'Je hebt beloofd dat je vanavond die overheerlijke blanc-manger van je zou maken.'

'O ja, mijn... blanc-manger,' echode Delia flauwtjes. Wat blanc-manger dan ook mocht wezen, het klonk precies zoals ze zich nu voelde: flets en onooglijk en spichtig, met haar sproeten en haar kroezige bruine krullen en haar kreukelige jurkje met het ronde kraagje.

Ze waren de zuivelvitrine en de planken met vruchtesappen voorbijgelopen, waar Delia wel het een en ander had willen meenemen, maar dat hield ze voor zich omdat deze Adrian nog steeds aan het woord was. 'Jouw blanc-manger en dan je, eh, wat... je vlees en je groenten en dadada...'

De manier waarop hij zijn stem liet wegsterven herinnerde haar aan de populaire liedjes waar aan het slot de zanger quasi verstrooid wegdrentelt van de microfoon. 'Kijkt ze naar ons?' fluisterde hij. 'Controleer even. Maar niet te opvallend.'

Delia wierp een blik in die richting en deed alsof ze was getroffen door een schap met zilvervliesrijst. De vrouw en de vriend stonden beiden met hun rug naar haar toe, maar hun houding had iets gekunstelds. Niemand zou zo gebiologeerd zijn door rode aardappelen.

'Nou, ze kijkt gééstelijk,' prevelde Delia. Ze draaide zich weer om en zag dat haar winkelwagen rap vol raakte met pasta. Eiermacaroni, rotini, linguine – Adrian gooide er de dozen lukraak in. 'Pardón?' zei ze.

'O sorry,' zei hij. Hij stopte zijn handen in zijn zakken en beende met grote passen weg. Delia volgde, haar wagen heel langzaam duwend voor het geval hij wilde dat ze nu uit elkaar gingen. Maar aan het eind van het gangpad hield hij halt en bleef naar een rij ravioliblikken staren tot ze hem had ingehaald. 'De vriend heet Skipper,' zei hij. 'Hij is haar accountant.'

'Accountant!' zei Delia. Hij paste niet bij het imago.

'Hij is minstens zes keer bij ons thuis geweest. Om bij ons in de woonkamer haar belasting te doen. Rosemary heeft een cateringbedrijf. "De schuldige partij", heet het. Ha. "Schandalig zalige gerechten voor elke gelegenheid". En voordat ik het wist was ze bij hem ingetrokken. Ze beweerde dat ze enkel een paar weekjes alleen-zijn nodig had, maar toen ze opbelde om dat te zeggen hoorde ik dat hij haar voorzei op de achtergrond.'

'O, wat vreselijk,' zei Delia.

Een vrouw met een baby in haar wagentje reikte tussen hen beiden door naar een blik macaroni met kaas. Delia deed een stap naar achteren om haar de ruimte te geven.

'Als het niet te lastig is,' zei Adrian toen de vrouw was doorgelopen, 'zal ik gewoon achter u aanlopen terwijl u de rest van uw boodschappen doet. Het zou een beetje verdacht lijken als ik er nu opeens in mijn eentje vandoor ging. U vindt het niet vervelend, hoop ik?'

Vervelend? Dit was het interessantste dat haar in jaren

overkomen was. 'Welnee,' zei ze. Ze sloeg met haar wagentje gangpad vier in. Adrian slenterde met haar mee.

'Ik heet Adrian Bly Brice, trouwens,' zei hij. 'Misschien zou ik ook uw naam moeten weten.'

'Ik ben Delia Grinstead,' antwoordde ze. Ze plukte een potje muntvlokken van het kruidenrek.

'Ik geloof niet dat ik ooit een Delia heb ontmoet.'

'Och, eigenlijk heet ik *Cor*delia. Maar mijn vader noemde me zo.'

'En bent u er een?'

'Ben ik een wat?'

'Bent u uw vaders Cordelia?'

'Dat weet ik niet,' zei ze. 'Hij is dood.'

'O, neem me niet kwalijk.'

'Hij is van de winter gestorven,' zei ze.

Dwaas, maar de tranen sprongen haar in de ogen. Ergens had dit hele gesprekje een verkeerde wending genomen. Ze rechtte haar rug en duwde haar wagentje verder door het gangpad, zwenkte om een ouder echtpaar heen dat beraadslaagde over zoutvervangers. 'Nou ja,' zei ze, 'het werd met een al ingekort tot Delia. Net als in het liedje.'

'Welk liedje?'

'O, dat... u weet wel, van Delia is heen, nog een rondje, nog een rondje... mijn vader zong me daar vroeger mee in slaap.'

'Ik heb het nooit gehoord,' zei Adrian.

Het liedje uit de luidspreker was nu 'By the Time I Get to Phoenix' en het wedijverde met haar vaders bromstem die in haar hoofd 'Delia is heen' mompelde. 'Nou ja!' zei ze nog eens, opgewekter.

Ze liepen het volgende gangpad in: links graanprodukten, rechts popcorn en snoep. Delia moest cornflakes hebben, maar cornflakes was zo'n typisch gezinsartikel, dus zag ze ervan af. (Welke ingrediënten had je nodig voor blanc-manger?) Adrian staarde afwezig naar zakken butterscotchzuurtjes en rumballen. Zijn huid had de lichte taankleur die je wel eens ziet bij blonde mannen, en leek bijna zonder structuur. Hij hoefde zich vast niet vaker dan twee of drie keer in de week te scheren.

'Ik ben zelf naar een oom vernoemd,' zei hij. 'Suikeroom Adrian Brice. Hoewel het waarschijnlijk niets heeft opgeleverd. Hij was woest omdat ik mijn naam heb veranderd toen ik trouwde.'

'Hebt u uw naam veranderd toen u trouwde?'

'Ik was eerst Adrian Brice II, maar toen ben ik getrouwd met Rosemary Bly en werden we allebei Bly-Brice.'

'O, met een streepje ertussen,' zei Delia. Dat had ze niet begrepen.

'Het was uitsluitend háár idee, geloof me.'

Als door zijn woorden opgeroepen verscheen Rosemary aan het eind van het gangpad. Ze wierp iets in het rode winkelmandje dat aan Skippers knuist hing. Vrouwen als Rosemary sloegen hun levensmiddelen nooit met karrevrachten in.

'Maar als we naar de film gaan missen we het concert,' zei Adrian ogenblikkelijk, 'en je weet hoe ik me heb verheugd op het concert...'

'Was ik vergeten!' zei Delia. 'Het concert! En ze spelen nog wel...'

En toen wilde haar geen enkele componist te binnen schieten. (En wie weet bedoelde hij wel een ander soort concert – een popconcert bijvoorbeeld. Hij was er jong genoeg voor.) Rosemary bleef zonder een spoor van uitdrukking kijken terwijl Delia en Adrian naderbij kwamen. Delia was de eerste die haar ogen neersloeg. 'Dan bewaren we de film voor morgen,' hoorde ze Adrian zeggen. Hij stuurde haar wagentje iets naar links. Zomaar opeens voelde Delia zich akelig klein – niet frêle en fijngebouwd, maar propperig, timide, onbeduidend. Rechtopstaand reikte ze niet veel hoger dan Adrians oksel. Ze versnelde haar tred om dit zelfbeeld achter zich te laten. 'Er is toch een matinee op zondag?' vroeg Adrian.

'Natuurlijk is die er,' antwoordde ze, iets te nadrukkelijk. 'We kunnen naar de voorstelling van twee uur gaan, meteen na onze champagnebrunch.'

Nu sjeesde ze het volgende gangpad door. Adrian moest zijn pas verlengen om bij te blijven. Ze misten op een haar na een man wiens wagen was volgestapeld met reuzenpakken pampers.

In gangpad zeven stoven ze door de gourmet-afdeling – ansjovispasta, gerookte oesters – en bereikten de babyvoeding, waar Delia voldoende bij haar positieven kwam om zich te herinneren dat ze gezeefde spinazie moest hebben. Ze minderde vaart om de rij potjes te bestuderen. 'Die niet!' siste Adrian. Ze vlogen verder, lieten gangpad zeven achter zich en zwenkten het achtste in. 'Sorry,' zei hij. 'Ik dacht alleen, als Rosemary u babyvoeding ziet kopen...'

Als die haar babyvoeding zag kopen zou ze denken dat Delia gewoon een huisvrouw was met een wachtend peutertje thuis. De ironie wilde echter dat Delia het peuterstadium allang achter zich had. Haar verdenken van het hebben van een zo jong kindje was haar vleien. Het enige waarvoor ze de spinazie nodig had was haar doperwtjessoep met munt. Maar ze deed geen moeite dat uit te leggen en nam in plaats daarvan een blik kippebouillon. 'O!' zei Adrian, haar passerend. 'Consommé! Had ik nog willen kopen.'

Hij liet een blikje in haar wagen vallen – een duur merk met een glanzend wit etiket. Toen kuierde hij verder, zijn handen plat in zijn achterzakken geduwd. Nu ze erbij stilstond, hij deed Delia denken aan haar eerste echte vriendje – haar enige vriendje zelfs, haar man niet meegerekend. Will Britt had die zelfde hoekigheid gehad, die op sommige momenten gracieus had geleken en op andere lomp; hij had zijn ellebogen ook zo achter zich uitgestoken als knobbelige, spitse vleugels, en zijn oren hadden ook een beetje uitgestaan. Het was een opluchting te zien dat Adrian flaporen had. Ze wantrouwde al te knappe mannen.

Aan het eind van het gangpad keken ze in beide richtingen. Niet te zeggen waar Rosemary nu zou kunnen opduiken, met dat zorgeloze, onbelaste winkelmandje. Maar de kust was veilig en Delia duwde haar wagentje naar de papierwaren. 'Wát,' zei Adrian. 'Wilt u nog meer kopen?'

Ja, dat wilde ze. Ze was nog maar net over de helft. Maar ze begreep wat hij bedoelde. Hoe langer ze hier bleven rondhangen, hoe groter de kans werd op een nieuwe confrontatie. 'We gaan,' besliste ze. Ze ging op weg naar de dichtstbijzijnde kassa, maar Adrian stak zijn hand door het rooster van de wagen en trok hem naar de snelkassa. 'Een, twee, drie...' telde ze hardop haar inkopen. 'We mogen daar niet door! Ik heb zestien, zeventien...'

Hij trok de kar in de rij tot vijftien artikelen, achter een oude dame die alleen een zak hondebrokken moest afrekenen. Hij begon de dozen pasta op de balie te leggen. O nou ja. Delia rommelde in haar tas op zoek naar haar betaalkaarten. De oude dame voor hen was nu bezig kleingeld in de hand van de caissière te leggen. Ze deponeerde er een stuiver in en na wat gezoek een tweede stuiver. Aan een derde stuiver kleefde een pluisje en dat plukte ze er nauwgezet af. Adrian slaakte een getergde zucht. 'Ik heb kattevoer vergeten,' zei Delia. Ze verwachtte geen seconde dat hij uit zichzelf zou aanbieden ervoor terug te gaan; ze dacht alleen dat een beetje praten hem tot bedaren zou brengen. 'Ik dacht er pas aan toen ik die hondebrokken zag, we zijn er bijna doorheen,' zei ze. 'Maar het geeft niet. Ik stuur Ramsay straks wel.'

De oude vrouw was op zoek naar een vierde stuiver. Ze wist zéker, zei ze, dat ze er ergens nog een had.

'Ramsay!' herhaalde Adrian bij zichzelf. Hij zuchtte alweer – maar nee, dit keer lachte hij. 'Wedden dat u in Roland Park woont,' zei hij tegen Delia.

'Eh ja, dat klopt.'

'Ik wist het! Iedereen in Roland Park heeft een achternaam als voornaam.'

'O ja?' zei ze beledigd. 'Wat is daar verkeerd aan?'

'O, niets.'

'Het is niet eens waar!' zei ze. 'Goh, ik ken massa's mensen die...'

'Niet boos worden! Ik woon zélf in Roland Park,' zei hij. 'Het is puur toeval dat ze mij niet... eh, Bennington of McKinney hebben genoemd; McKinney was mijn moeders meisjesnaam. Wedden dat uw mán z'n moeder... en als we vanavond afzien van de blanc-manger kunnen we hem altijd morgenavond nog opeten, denk je niet?'

Ze was een ogenblik ontregeld, totdat ze begreep dat Rosemary zich weer binnen gehoorsafstand moest bevinden. En ja hoor: daar arriveerde een vol winkelmandje achter haar eigen boodschappen. Het oude dametje was inmiddels doorgelopen, wankelend onder haar vracht hondebrokken, en de caissière vroeg hen: 'Plastic zakken of papier?'

'Plastic graag,' zei Adrian.

Delia opende haar mond om bezwaar te maken (ze nam zelf meestal papier) maar ze wilde Adrian niet tegenspreken in het bijzijn van zijn vrouw.

Adrian zei: 'Delia, ik geloof niet dat je al kennis hebt gemaakt met mijn...'

Delia keek om, ondertussen bijtijds een aangenaam-verraste glimlach op haar gezicht plakkend.

'Mijn eh, Rosemary,' zei Adrian, 'en haar eh, Skipper. Dit is Delia Grinstead.'

Rosemary lachte helemaal niet, waardoor Delia zich voor gek voelde staan, maar Skipper knikte haar vriendelijk toe. Hij hield zijn armen over zijn borst gekruist – korte, gespierde armen met een dikke vacht, die uit de mouwen van zijn polohemd puilden. 'Familie van dókter Grinstead?' vroeg hij.

'Ja! Dat is mijn… dat was mijn… dat is mijn man,' zei ze. Hoe moest je het bestaan van je man verklaren in een situatie als deze?

Maar Skipper leek het geen probleem te vinden. Tegen Rosemary zei hij: 'Dokter Grinstead is mijn moeders huisarts. Behandelt haar al een eeuwigheid. Ja toch?' vroeg hij aan Delia.

'Ja,' beaamde ze, zonder het flauwste idee te hebben. Rosemary bleef haar ondertussen koeltjes opnemen. Ze hield haar hoofd opzettelijk schuin, om zo de nadruk te leggen op het asymmetrische kapsel met de dramatisch aflopende val naar haar kin. Het ging Delia niet aan natuurlijk, maar persoonlijk vond ze dat Adrian een aardiger iemand verdiende. Ze vond dat zelfs Skipper een aardiger iemand verdiende. Ze wilde dat ze hoge hakken had gehad, en een sjiekere jurk.

'Dokter Grinstead is zowat de laatste man in Baltimore die nog visites aflegt,' zei Skipper tegen Rosemary.

'Nou ja, alleen als het absoluut noodzakelijk is,' zei Delia. Een reflex: ze kon het niet laten haar man in bescherming te nemen tegen zijn patiënten.

Achter haar deed de scanner die haar boodschappen registreerde piep… piep… piep. Delia merkte nu pas dat de muziek al enige minuten geleden opgehouden was, en het gemurmel van de klanten elders in de winkel klonk gedempt en onheilspellend.

'Dat is dan drieëndertig veertig,' deelde de caissière mee.

Delia draaide zich om, vulde haar cheque in en zag dat Adrian het geld reeds overhandigde. 'O!' zei ze, aanstalten makend om tegen te sputteren. Maar toen werd ze zich bewust van de luisterende Rosemary.

Adrian gaf haar een brede, hartelijke glimlach en nam zijn wisselgeld in ontvangst. 'Leuk jullie te zien,' zei hij tot het andere stel. Hij liep door naar buiten, de winkelwagen duwend, met Delia in zijn kielzog.

Het had al dagen telkens geregend, maar deze morgen was helder aangebroken en het parkeerterrein bood een gewassen, frisse, zachte aanblik onder een waas van citroenachtig zonlicht. Adrian zette de wagen stil bij de stoeprand en haalde er twee tassen uit, de derde liet hij over aan Delia. Nu kwam de vraag naar wiens auto ze zich zouden begeven. Hij was al onderweg naar de zijne, die blijkbaar ergens bij de stomerij stond geparkeerd, toen ze hem tegenhield. 'Wacht,' zei ze, 'ik sta hier vlak in de buurt.'

'Maar als ze ons zien? We kunnen niet in twee verschillende auto's weggaan!'

'Ja, maar ik heb wel een léven om naar terug te gaan!' bitste Delia. Deze hele toestand had lang genoeg geduurd, kwam nu bij haar op. Ze zat nog verlegen om haar babyspinazie en haar cornflakes en wie weet hoeveel andere dingen, en dat allemaal vanwege een wildvreemde man. Ze zwaaide de achterklep van haar Plymouth open.

'O nou ja, ook goed,' zei Adrian. 'Weet u wat we doen, we laden deze boodschappen heel, héél langzaam in en tegen die tijd zijn zij wel weggereden. Ze hadden niet zoveel af te rekenen: twee biefstukjes, twee aardappelen, een krop sla en een doosje after-dinnermints. Dat duurt niet zo lang.'

Delia verbaasde zich over zijn opmerkingsgave. Ze keek toe terwijl hij zijn tassen in haar kofferbak zette, waarna hij ruim een halve minuut de tijd nam om een pakje van het een of ander te herschikken. Orzo was het, een eigenaardige, heel kleine soort pasta die ze vaak in het schap had zien staan maar nooit had gekocht. Ze had gevonden dat het op rijst leek, dus waarom zou je dan geen rijst op tafel zetten, wat beslist voedzamer was? Ze reikte hem de tas die ze droeg aan en hij gaf deze met overdreven zorg een plaats tussen de eerste twee. 'Komen ze er al aan?' vroeg hij.

'Nee,' zei ze, langs hem heen kijkend in de richting van de winkel. 'Hé, u krijgt nog geld van me.'

'Het is me een genoegen,' zei hij.

'Nee heus, ik moet het u terugbetalen. Alleen, ik was van plan een cheque uit te schrijven en nu heb ik geen geld bij me. Wilt u een cheque aannemen? Ik kan u mijn rijbewijs laten zien,' zei ze.

Hij moest lachen.

'Nee serieus,' zei ze. 'Als u het niet erg vindt om een...'

Toen zag ze Skipper en Rosemary uit de supermarkt komen. Skipper omklemde een bruinpapieren zak. Rosemary droeg niets dan een tasje ter grootte van een sandwich aan een glinsterend gouden kettinkje.

'Zijn ze daar?' vroeg Adrian.

'Daar zijn ze.'

Hij boog voorover in haar kofferbak en begon de boodschappen te herschikken. 'Zeg maar wanneer ze weg zijn,' zei hij.

Het stel liep het terrein over naar een lage rode sportwagen. Rosemary was minstens even lang als Skipper, zo niet langer, en ze had de slungelige, achteloze tred van een mannequin. Als ze tegen een muur was aangelopen hadden haar heupbeenderen die het eerst geraakt.

'Kijken ze onze kant uit?' vroeg Adrian.

'Ik geloof niet dat ze ons zien.'

Skipper opende de passagiersdeur en Rosemary vouwde zich uit het zicht. Hij reikte haar de zak met boodschappen aan en sloot het portier, liep toen om naar de bestuurderskant, liet zich naar binnen glijden en startte de motor. Toen pas sloot hij zijn eigen portier. Met een compact, grauwend geluid keerde het autootje en scheurde ervandoor.

'Ze zijn weg,' zei Delia.

Adrian sloot de achterklep. Hij leek ouder nu. Voor het eerst zag Delia de dunne lijntjes bij zijn mondhoeken.

'Nou,' zei hij triest.

Het leek grof om wéér over geld te beginnen, maar ze moest het toch zeggen: 'Die cheque...'

'Toe, alstublieft. Ik ben het u verschuldigd,' zei hij. 'Ik

ben u veel meer verschuldigd. Dank u wel dat u hieraan hebt meegedaan.'

'Niet de moeite,' zei ze. 'Ik wou alleen dat ik, eh, een geschiktere persoon was geweest.'

'Hoezo geschikter?'

'Iemand... ach nou ja, u weet wel,' zei ze. 'Net zo'n schoonheid als uw vrouw.'

'Hoe bedoelt u?' vroeg hij. 'U bent juist heel knap! U hebt zo'n klein gezichtje, net een bloem.'

Ze voelde dat ze een kleur kreeg. Hij zou wel denken dat ze naar complimentjes viste. 'In elk geval, het doet me plezier dat ik u een handje kon helpen,' zei ze. Ze deed een stap naar achteren en opende haar autoportier. 'Nu dag!'

'Dag,' zei hij. 'En nog wel bedankt.'

Alsof hij haar gastheer was geweest bleef hij daar staan terwijl zij uit de parkeerplaats manoeuvreerde. Natuurlijk maakte ze er een potje van, wetend dat hij keek. Ze draaide te hard aan het stuur en de ventilatorriem gaf een beschamende krijs. Maar eindelijk was de auto vrij en reed ze weg. Haar binnenspiegel toonde een Adrian die ten afscheid een hand opstak en hem omhooghield tot ze bij het stoplicht naar het zuiden afsloeg.

Halverwege haar huis drong het opeens tot haar door: ze had hem de boodschappen moeten geven die hij had uitgezocht. Hemeltje, al die pasta, die kleine korreltjes orzo, en nu herinnerde ze zich ook zijn consommé. Consommé madrilène; ze wist niet eens precies hoe je het uitsprak. Ze was zomaar weggereden met spullen die iemand anders toebehoorden, en het was een schande, hoe tevreden ze zich voelde, hoe gelukkig en hoe rijk.

2

Het vervelende van plastic tassen was, door die handige hengsels kwam je in de verleiding te veel tegelijk te dragen. Dat was Delia vergeten. Ze herinnerde het zich halverwege de voortuin, toen haar gekromde vingers zeer begonnen te doen. Ze had de auto niet achterom kunnen rijden omdat iemands stationcar de inrit versperde. Tegen de stam van de dikste eik was een roestig metalen bordje gespijkerd dat patiënten maande in de straat te parkeren, maar de mensen wilden dat nogal eens naast zich neerleggen.

Ze liep om de veranda voor het huis heen en zocht haar weg door de warrige uitgebloeide forsythia's ernaast. Het was een groot huis, maar verveloos, de bruine dakspanen schimmelig gestreept en de luiken tandeloos op de plaatsen waar er in de loop der jaren planken waren uitgevallen. Delia had nooit ergens anders gewoond. Haar vader trouwens evenmin. Haar moeder, import van de oostkust, was overleden aan een nierkwaal vóór Delia zich iets kon herinneren, haar overlatend aan de zorg van haar vader en haar twee oudere zusjes. Delia had gehinkeld op de vierkante parkettegels in de vestibule terwijl haar vader zijn patiënten behandelde in de serre naast de keuken, en ze was met zijn assistent in het huwelijk getreden onder de brede koperen kroonluchter die haar tot op de huidige dag aan een langpootmug deed denken. Zelfs na haar trouwen was ze niet verhuisd, maar had ze haar man domweg geïnstalleerd tussen de sweet-sixteenmeubeltjes in haar slaapkamer, en nadat haar kinderen waren geboren was het niet ongewoon dat patiënten uit de wachtkamer kwamen kuieren en riepen: 'Delia? Waar zit je, liefje? Ik wou alleen even zien hoe het met die schatjes van je ging.'

De kat zat boven aan de achtertrap en miauwde verwijtend. Zijn grijze, kortharige vacht was hier en daar geplet door waterdruppels. 'Had ik het je niet gezegd?' knorde Delia terwijl ze hem binnenliet. 'Had ik je niet gewaarschuwd dat het gras nog nat was?' Haar schoenen waren al doorweekt van alleen het veldje oversteken, de zolen voelden koud aan en als papier zo dun. Ze stapte eruit zodra ze voet in de keuken had gezet. 'Hé, hallo,' zei ze tegen haar zoon. Hij hing over de tafel in zijn pyjama en smeerde een geroosterde boterham. Ze zette haar tassen op het aanrecht en zei: 'Goh, dat ik je zo vroeg al wakker vind!'

'Alsof ik iets te kiezen had,' antwoordde hij humeurig.

Hij was haar jongste kind en degene die het meest op haar leek, had ze altijd gedacht (met zijn haar in de lichtbruine kleur en van de verrafelde structuur van bindtouw, zijn sproetige blanke huid, onder de ogen paars geschaduwd), maar hij was vorige maand vijftien geworden en opeens zag ze meer van Sam in hem. Hij was opgeschoten tot bijna een meter tachtig en zijn spitse kin was opeens vierkant geworden en zijn handen waren gespierd en zagen er schrikbarend stevig uit. Zelfs de manier waarop hij zijn botermesje hanteerde straalde een nieuw soort overwicht uit.

Zijn stem was ook die van Sam: diep maar fijnkorrelig, niet onderhevig aan het krassen en knarsen dat zijn broer had doorgemaakt. 'Ik hoop dat je cornflakes hebt gekocht,' zei hij.

'O, eh nee, ik...'

'Hè mám!'

'Maar wacht tot je hoort waarom niet,' zei ze. 'Zóiets geks, Carroll! Een echt avontuur. Ik sta bij de groenteafdeling, bezig met mijn eigen zaken...'

'Er is in het hele huis niks fatsoenlijks te eten.'

'Nou, maar meestal hoef jij geen ontbijt op zaterdag.'

Hij keek haar nijdig aan. 'Probeer dat Ramsay maar 's aan z'n verstand te brengen.'

'Ramsay?'

'Die heeft me wakker gemaakt. Kwam de kamer binnenstrompelen op klaarlichte dag, was de hele nacht wezen stappen met zijn vriendin. Uitgesloten dat ik daarna nog in slaap kon komen.'

Delia richtte haar aandacht op de draagtassen. (Ze wist al waar dit gesprek naartoe ging.) Ze begon erin te rommelen alsof de cornflakes toch nog te voorschijn zouden komen. 'Maar laat ik je vertellen van mijn avontuur,' zei ze over haar schouder. 'Plompverloren staat er opeens een man naast me... een hele knappe man. Hij leek op mijn allereerste vriendje, Will Britt. Ik geloof niet dat ik je ooit van Will Britt heb verteld?'

'Mam,' zei Carroll, 'wanneer mag ik nu verhuizen naar de andere kant van de gang?'

'O Carroll.'

'Ik ken niemand die met zijn broer op één kamer moet slapen.'

'Nou zeg. Massa's mensen in de wereld moeten met hele gezinnen in één kamer wonen,' antwoordde ze.

'Ja, maar niet met een drankorgel. Niet wanneer er nog een kamer totaal leeg staat aan de andere kant van de gang.'

Delia zette het pakje orzo neer en keek hem recht aan. Ze zag dat hij naar de kapper moest, maar dit was niet het moment om hem daarop attent te maken. 'Carroll,' zei ze, 'het spijt me, maar ik ben nog niet zo ver.'

'En tante Eliza wél! Waarom jij dan niet? Tante Eliza was ook een dochter van opa en zij zegt, natuurlijk moet ik zijn kamer krijgen. Ze begrijpt niet wat me nog tegenhoudt.'

'O, hoor ons toch eens!' zei Delia luchtig. 'Zo'n mooie dag bederven met onenigheden! Waar is je vader? Heeft hij een patiënt bij zich?'

Carroll gaf geen antwoord. Hij had zijn geroosterde boterham op zijn bord laten vallen en zat nu met zijn stoel tartend achterover gekanteld, ongetwijfeld nog meer putten makend in het linoleum. Delia slaakte een zucht.

'Lieverd,' zei ze, 'ik weet hoe je je voelt. En binnenkort krijg jij de kamer, heus. Maar nu nog niet! Niet nu al! Nu ruikt het er nog naar zijn pijptabak.'

'Wanneer ik daar woon niet meer,' zei Carroll.

'Dat is juist waar ik bang voor ben.'

'O nou, dan begin ik toch met roken.'

Ze wuifde zijn woorden weg met een plichtmatig lachje. 'Nu ja,' zei ze. 'Is er een patiënt bij je vader?'

'Nee.'

'Waar is hij dan?'

'Hij is gaan hardlopen.'

'Hij is wat?'

Carroll nam zijn boterham weer op en zette er luidruchtig zijn tanden in.

'Hij is wát gaan doen?'

'Hij is gaan hardlopen, mam.'

'En jij hebt niet op zijn minst áángeboden mee te gaan?'

'Hij loopt alleen maar de Gilman-baan, jezusmina.'

'Ik heb jullie kinderen gevraagd, ik heb jullie dringend verzocht hem niet alleen te laten gaan. Stel dat er wat gebeurt en er is niemand in de buurt om te helpen?'

'Nogal wat kans, op de Gilman-baan,' zei Carroll.

'Hij mág helemaal niet hardlopen. Hij zou moeten wandelen.'

'Hardlopen is goed voor 'm,' zei Carroll. 'Moet je horen. Hij is niet ongerust. Zijn dokter is niet ongerust. Dus waar maak jij je dan zo druk om, mam?'

Daar had Delia zoveel op terug kunnen zeggen dat ze alleen maar een hand tegen haar voorhoofd legde.

Dit waren de feiten die ze had verzuimd te vertellen aan de jongeman in de supermarkt: dat ze een trieste, vermoeide, zorgelijke vrouw van veertig was die in decennia geen champagnebrunch had gehád. En haar man was nog ouder, meer dan vijftien jaar, en net afgelopen februari had hij een aanval gehad van hevige pijn in zijn borst. Angina, zeiden ze bij Spoedgevallen. En nu was ze telkens wanneer hij alleen de deur uit ging in paniek en vond ze het vreselijk hem te laten rijden en zocht ze doorlopend voorwendsels om niet te vrijen, uit angst dat het zijn dood zou zijn, en 's nachts terwijl hij sliep lag zij wakker en spande haar spieren tussen elk van zijn lange, trage ademhalingen.

En niet alleen waren haar kinderen de peuterjaren voorbij: ze waren kolossaal. Het waren grote, lawaaierige, ongemanierde hooghartige lummels – Susie, derdejaars op Goucher, bezeten van een onbegrijpelijke geestdrift voor allerlei buitensporten; Ramsay eerstejaars aan Hopkins en op de rand van totale afgang dankzij zijn vriendin, een achtentwintigjarige alleenstaande moeder die hij ergens had opgedaan. (En allebei, zowel Susie als Ramsay, waren ze ongelooflijk gepikeerd dat de gezinsfinanciën hen dwongen nog thuis te wonen.) En in de plaats van Delia's jongste, haar lieve, aanminnige Carroll, was deze onhebbelijke puber gekomen, die wegkromp voor zijn moeders omhelzingen en haar kleren kritiseerde en bij elk woord dat ze zei geërgerd met zijn ogen rolde.

Zoals nu bijvoorbeeld. Vastbesloten om opnieuw te beginnen krikte ze haar gelaatstrekken omhoog en vroeg: 'Is er nog gebeld terwijl ik weg was?' en hij zei: 'Waarom zou ik de grote-mensenlijn opnemen', zonder er zelfs een vraagteken aan toe te voegen.

Omdat de grote mensen de selderij kopen voor de doperwtjessoep met munt die jij zo lekker vindt, had ze kunnen antwoorden, maar jaren van omgaan met tieners hadden van haar een pacifiste gemaakt en ze slofte op haar kousevoeten de keuken uit en liep door de vestibule naar de studeerkamer waar Sam het antwoordapparaat had staan.

Zij noemden het de studeerkamer en inderdaad schaarden zich van vloer tot plafond rijen boeken op de planken, maar het was nu voornamelijk een televisiekamer. De fluwelen gordijnen waren permanent dichtgetrokken, waardoor ze de ruimte de stoffige donkerrode sfeer van een vooroorlogse cinema gaven. De salontafel lag vol frisdrankblikjes en lege chipszakjes en stapels gehuurde video's, en Susie hing op de bank en keek met haar vriendje, Driscoll Avery, naar de zaterdagochtend-tekenfilms. Die twee gingen al zo lang met elkaar dat ze wel broer en zuster leken, met hun effen beige tint en stevige, tailleloze figuur en identieke slobberige joggingpakken. Driscoll knipperde amper met zijn ogen toen Delia binnenkwam. Susie deed zelfs dat niet eens; ze klikte met de afstandsbediening naar een ander net.

'Morgen, allebei,' zei Delia. 'Is er nog gebeld?'

Susie haalde haar schouders op en klikte door naar het volgende net. Driscoll gaapte luidruchtig. Alleen daarom verontschuldigde Delia zich niet toen ze voor hen langs liep naar het antwoordapparaat. Ze bukte om de boodschappentoets in te drukken, maar er gebeurde niets. Elektronische apparaten speelden haar altijd parten. 'Hoe moet je...' zei ze en toen vulde de splinterige stem van een oude man de kamer. 'Dokter Grinstead, kunt u me zo dadelijk terugbellen? Met Grayson Knowles, en ik heb de apotheker verteld van die pillen, maar hij vroeg of...'

Wat de apotheker had gezegd werd overspoeld door een vloed van Bugs Bunny-muziek. Susie had de tv zeker harder gezet. Piep, zei het apparaat, en toen kwam Delia's zuster op de band. 'Dee, met Eliza. Ik ben op zoek naar een adres. Kun je me op mijn werk bellen alsjeblieft?'

'Wat doet die op haar werk op zaterdag?' vroeg Delia, maar niemand gaf antwoord.

Piep. 'Met Myrtle Allingham,' meldde zich een oude dame.

'O god,' zei Delia tegen Driscoll.

'Marshall en ik vroegen ons af of jullie zin hadden om zondagavond bij ons te komen eten. Niets bijzonders! Gewoon onder ons! En zeg tegen dat juffertje Susie dat ze die aardige Driscoll van haar meebrengt. Een uur of zeven?'.

Piep piep piep piep piep. Einde.

'We zijn de vorige keer al meegegaan,' zei Susie, verder onderuitzakkend op de bank. 'Reken niet op ons.'

'Nou, ik weet niet,' zei Driscoll. 'Dat krabsausje van haar was bepaald niet gek.'

'Driscoll, we gaan niet, dus vergeet het maar.'

'Ze is gewoon eenzaam,' zei Delia. 'Ze zit altijd maar thuis met die heup van haar, en ze kan nergens naartoe...'

Boven klonk een bons.

'Wat is dat?' vroeg ze.

Meer gebons. Of gerammel eigenlijk. *Rammel! rammel!* met regelmatige tussenpozen, als met opzet.

'Loodgieter,' probeerde Driscoll.

'Welke loodgieter?'

'Loodgieter boven in de badkamer?'

'Ik heb helemaal geen loodgieter gebeld.'

'Dokter Grinstead misschien?'

Delia keek Susie aan. Susie keek effen terug.

'Ik weet niet wat die man bezielt,' zei Delia. 'Hij is aan het re... regenereren... reanimeren... hoe heet het ook alweer...' Zich ten volle ervan bewust dat geen van hen luisterde liep ze, nog steeds pratend, verder de kamer uit. '...renovéren, bedoel ik; hij heeft dit huis tot in de puntjes gerenoveerd. Als het om die plek in het plafond gaat, zou je toch denken...'

Ze klom de trap op, halverwege tegemoetgekomen door de kat, die op een gejaagde, onbevallige manier omlaagscharrelde. Vernon had een hekel aan harde geluiden. 'Hallo?' riep Delia. Ze stak haar hoofd in de badkamer op de overloop. Een man met een paardestaart en in een overall zat op zijn hurken naast de kuip met de klauwpoten, verdiept in de leidingen. 'Hé, hallo,' zei Delia.

Hij draaide om zijn as, om haar aan te kijken. 'O. Dag,' zei hij.

'Wat is er aan de hand?'

'Kan ik nog niet zeggen,' zei hij. Hij wijdde zich weer aan de leidingen.

Ze wachtte nog even, voor het geval hij er nog iets aan wilde toevoegen, maar zag al dat hij een van die monteurs was die alleen de heer des huizes de moeite waard achten om mee te praten.

In de slaapkamer ging ze op Sams kant van het bed zitten, nam de telefoon op en draaide het nummer van Eliza's werk.

'Pratt bibliotheek,' zei een vrouw.

'Eliza Felson alstublieft.'

'Momentje.'

Delia zette een kussen tegen het hoofdeind en zwaaide haar voeten op de roze sprei met de volant. De loodgieter was doorgeschoven naar de wc tussen haar kamer en die van haar vader. Ze kon hem niet zien maar wel hier en daar horen kloppen. Wat voor informatie zou je uit het timmeren op buizen kunnen halen?

'Het spijt me,' zei de vrouw, 'maar mevrouw Felson schijnt onvindbaar te zijn. Weet u zeker dat ze vandaag werkt?'

'Dat moet wel; ze vroeg of ik haar daar wilde bellen.'

'Het spijt me.'

'Nu, in elk geval bedankt.'

Ze hing op. De loodgieter was 'Clementine' aan het fluiten. Terwijl Delia mevrouw Allingham draaide kwam hij, nog steeds fluitend, de slaapkamer binnen kuieren, en ze streek zedig haar rok glad om haar knieën. Hij hurkte neer voor het kleine luikje dat toegang gaf tot de leidingen in de muur. *Thou art lost and gone forever*, floot hij; in gedachten vulde Delia de woorden aan. Eén ruk aan de houten knop van het luikje en deze liet los in zijn hand. Dat had ze hem wel kunnen vertellen. Ze keek met een zekere voldoening toe terwijl hij binnensmonds vloekte en een tang uit de lus van zijn broekriem viste.

Zeven keer bellen. Acht keer. Ze raakte niet ontmoedigd. Mevrouw Allingham liep mank en het kostte haar uren om bij de telefoon te komen.

Negen keer. 'Hallo?'

'Mevrouw Allingham, met Delia.'

'Delia, lieverd! Hoe ís het met je?'

'Best, en met u?'

'O best, we maken het best! We genieten zo van het mooie lenteweer! Ik was al haast vergeten hoe de zon eruitzag, tot vandaag.'

'Ja, ik ook,' zei Delia. Ze werd opeens overvallen door een vlaag van iets als heimwee; mevrouw Allinghams kittige, wat schorre stem herinnerde haar zo sterk aan alle vrouwen in de straat waarin ze was opgegroeid. 'Mevrouw Allingham,' zei ze. 'Sam en ik zouden het enig vinden om morgen te komen eten, maar dan zonder de kinderen, vrees ik.'

'O,' zei mevrouw Allingham.

'Ze hebben het zo druk tegenwoordig. U weet hoe het is.'

'Ja natuurlijk,' zei mevrouw Allingham flauwtjes.

'Een ander keertje misschien! Ze hebben het altijd zo gezellig bij u.'

'Ja, en wij met hen.'

'Dan zien we u morgen om zeven uur,' zei Delia voortvarend, want ze hoorde Sam beneden en had nog duizend en één dingen te doen. 'Dag, tot dan.'

Inmiddels had de loodgieter het luikje opengepeuterd en tuurde in het inwendige van de muur, maar ze was wijs genoeg om niet te vragen wat hij daar gevonden had.

In de keuken stond Sam tegen een aanrecht geleund zijn bemodderde trimschoenen uit te trekken. Hij was Carroll aan het vertellen: '...een soort rodeleffect, als je op die cedersnippers komt...'

'Sam, hoe kón je nu zo in je eentje weggaan?' vroeg Delia.

'Je wist toch dat ik ongerust zou zijn!'

'Hallo, Dee,' zei hij.

Zijn T-shirt was doorschijnend van het zweet, zijn scherpbesneden gezicht glom en zijn brilleglazen waren beslagen. Zijn haar – de tint die blond of grijs kon zijn, zo onmerkbaar was het verbleekt – lag in vochtige pieken op zijn voorhoofd. 'Moet je zien,' voer Delia uit. 'Nu ben je oververhit. Je bent in je eentje gaan hardlopen en je hebt jezelf ook nog oververhit, terwijl de dokter wel tien keer heeft gezegd...'

'Van wie is die auto in de oprit?'

'Auto?'

'Er staat een stationcar in de oprit.'

'O, is die niet van een patiënt? Nee, dat zal wel niet.'

'Loodgieter,' zei Carroll vanachter zijn glas sinaasappelsap.

'Ha, mooi,' zei Sam, 'de loodgieter is er.'

Hij zette zijn schoenen op de deurmat en liep de keuken uit, ongetwijfeld zich al verheugend op een van die laconieke, mannen-onder-elkaar-gesprekken over kleppen en verbindingsstukken en pakkingen. 'Sam, wacht,' zei Delia, want in haar achterhoofd voelde ze een schuldgevoel knagen. 'Voor ik het vergeet...'

Hij keek om, reeds op zijn hoede.

'Meneer Knowles heeft gebeld, over iets met zijn pillen,' zei ze.

'Ik dacht dat hij dat al opgehelderd had.'

'En eh, mevrouw Allingham. Ze wilde weten of we konden komen...'

Hij kreunde. 'Nee,' zei hij. 'We kunnen niet.'

'Maar je hebt het nog niet eens gehoord. Een licht, eenvoudig hapje op zondagavond,' zei ze, 'en ik heb gezegd...'

'Ik ga in elk geval niet,' zei Carroll.

'Nee, dat heb ik al gezegd, ik heb gezegd dat de kinderen bezet waren. Maar jij en ik, Sam, alleen voor...'

'We zijn verhinderd,' zei Sam onomwonden.

'Maar ik heb het al aangenomen.'

Hij had op het punt gestaan zich weer af te wenden maar hield nu halt en keek haar aan.

'Ik weet dat ik eerst met jou had moeten overleggen, maar ik heb het per ongeluk al aangenomen.'

'Ja nou,' zei hij. 'Dan moet je haar terugbellen en het afblazen.'

'Maar Sam!'

Hij liep weg.

Ze wierp een blik naar Carroll. 'Hoe kan hij nu zo onaardig zijn?' vroeg ze. Carroll trok slechts één wenkbrauw omhoog met de nieuwe zwierigheid waarvan ze hem verdacht dat hij die voor de spiegel oefende.

Soms voelde ze zich net een klein mugje, zoemend rondom de buitenkant van haar gezin.

Het linoleum was glibberig en kil onder haar voeten, en ze zou naar boven zijn gelopen om haar pantoffeltjes te halen, ware het niet dat Sam en de loodgieter ook boven waren. Nu wijdde ze zich aan haar boodschappentassen en bracht nog een paar pakken pasta aan het licht. Misschien kon ze tegen mevrouw Allingham zeggen dat Sam ziek geworden was. Maar dat was altijd link, wanneer je bij elkaar in de buurt woonde en zo gemakkelijk kon worden gezien, blakend en wel, wanneer je naar buiten kwam om het ochtendblad of wat dan ook binnen te halen. Ze zuchtte en sloot een kastdeurtje. 'Sinds hoe lang overkomt me dit?' vroeg ze Carroll.

'Hè?'

'Wanneer is lief-en-bijdehand omgeslagen in dom-en-onbeholpen?'

Daar had hij geen mening over, leek het.

Haar zuster verscheen in de deuropening, haar mouwen oprollend. 'Morgen allemaal,' zei ze.

'Eliza?'

Er waren dagen dat Eliza haast kabouterachtig leek, en dit

was er een van. Ze droeg haar tuinkleren – een zonnehelm waaronder haar sluike zwarte pagehaar nagenoeg schuilging, een kaki overhemd en een ingekorte bruine broek, en bruine jongensmolières met dikke, dikke zolen, om haar groter te laten lijken. (Ze was de kleinste van de drie zusters Felson.) Haar hoornen bril nam haar kleine, stompe, vaalbleke gezicht helemaal in beslag. 'Ik had me voorgenomen een paar van die kruiden te verplanten voordat de grond uitdroogt,' zei ze tegen Delia.

'Maar ik dacht dat jij op je werk was.'

'Werk? 't Is zaterdag.'

'Jij belde van je werk, dacht ik.'

Eliza keek naar Carroll. Hij trok weer die wenkbrauw op.

'Je hebt opgebeld en een boodschap ingesproken,' zei Delia. 'Of ik een adres wilde opzoeken.'

'Dat was tien dagen terug, minstens. Ik moest het adres van Jenny Coop hebben, weet je niet meer?'

'Maar hoe krijg ik het dan net op het antwoordapparaat?'

'Mám,' zei Carroll. 'Je hebt natuurlijk oude telefoontjes afgedraaid.'

'Ja, maar hoe kán dat nou?'

'Je had het apparaat sowieso al niet aanstaan, ja? en toen je de toets indrukte...'

'O mijn hemel,' zei Delia. 'Mevrouw Allingham.'

'Is er al koffie?' vroeg Eliza.

'Niet dat ik weet. O mijn hémel...'

Ze liep naar de wandtelefoon en draaide het nummer van mevrouw Allingham. 'Ik lig nog lekker in bed,' hoorde ze Eliza tegen Carroll zeggen, 'en ik denk, "ha zalig, zaterdagochtend. Ik kan tot twaalf uur uitslapen", en wie komt er door die deur achter in mijn kast gekropen: wéér een van die vermaledijde monteurs van je vader.'

'Mevrouw Allingham?' zei Delia in de telefoon. 'Nog eens met Delia. Mevrouw Allingham, ik voel me zo'n uil maar het lijkt erop dat ik mijn telefoontjes door elkaar heb gehaald en dat u ons de vórige week had uitgenodigd. En vorige week zijn we ook geweest en we hebben het heerlijk gehad; had ik u al een bedankbriefje geschreven? Ik had u een bedankbriefje willen schrijven. Maar déze week komen we niet: ik bedoel ik begrijp nu dat u ons niet had uitgenodigd voor...'

'Maar Delia, liefje, we zien jullie gráág hier deze week! We zien jullie altijd graag, en ik heb Marshall al met een boodschappenlijstje naar de Gourmet-to-Go gestuurd.'

'O, wat spijt me dat nu,' zei Delia, maar toen begon de koffiemolen te malen – een oorverdovend kabaal – en ze riep: 'Nu ja! We zullen u híer moeten vragen, binnenkort. Dag!'

Ze legde de hoorn op en keek Eliza boos aan.

'Smaakte koffie maar net zo lekker als hij ruikt,' zei Eliza onverstoorbaar toen de molen ophield.

Sam en de loodgieter kwamen nu de trap af. Delia hoorde de langgerekte Oost-Baltimore-klinkers van de loodgieter; hij raakte lyrisch over water. ''t Is zo'n wonderlijke substantie,' zei hij. 'Het kan te voorschijn springen op de ene plaats en meters ver onderlangs een buis lopen en dan heel ergens anders, waar je het het minst verwacht, weer beginnen te druppelen. Het ligt te wachten, het beidt zijn tijd, het zoekt een of ander kiertje op een plaats waar je het nooit zou zoeken.'

Delia zette haar handen in haar zij en bleef staan wachten. Op het moment dat de mannen door de deur kwamen zei ze: 'En nu mag ik hopen dat je tevreden bent, Sam Grinstead.'

'Hmmm?'

'Ik heb die arme mevrouw Allingham teruggebeld en het etentje afgezegd.'

'O, goed zo,' zei Sam verstrooid.

'Ik heb onze belofte gebroken. Ik heb me onttrokken aan onze verplichting. Ik heb haar vermoedelijk voor het leven op haar hart getrapt,' hield Delia hem voor.

Maar Sam luisterde niet. Hij volgde de wijsvinger van de loodgieter, die omhoog wees naar een streep bladderend stucwerk. En Eliza was bezig de koffie af te meten, dus was Carroll de enige die er acht op sloeg. Hij zond Delia een blik van de diepste verachting toe.

Bedremmeld wijdde Delia zich aan haar boodschappentassen. Uit de diepten van een ervan viste ze de selderij op, lichtgroen en iriserend en nauwkeurig geribbeld. Ze staarde er een lang peinzend ogenblik naar. 'Dat is geestig gezegd van je!' hoorde ze Adrian nog eens uitroepen en ze drukte de woorden tegen zich aan; ze klemde ze aan haar borst toen ze omkeek en haar zoon een verzaligde glimlach gaf.

3

'Dat is geestig gezegd van je!' had hij uitgeroepen, en 'Maar u bent juist heel knap!', en 'U hebt zo'n klein gezichtje, net een bloem'. Had hij daarmee bedoeld dat ze zo'n bloemachtig gezicht had, dat toevallig ook nog klein was? Of was dat kleine nu juist het punt waarom het hem was gegaan? De eerste interpretatie was haar liever, hoewel, ze veronderstelde dat de tweede meer voor de hand lag.

En hij had haar overheerlijke blanc-manger geprezen. Natuurlijk bestond die blanc-manger niet echt, maar niettemin voelde ze zich opveren van trots bij de herinnering dat hij die zo heerlijk had gevonden.

Ze bestudeerde haar gezicht in de spiegel wanneer er niemand anders in de buurt was. Ja, misschien leek het wel op een bloem. Als hij tenminste het soort bloemen bedoelde die iets sproetigs hebben. Ze had er altijd dramatischer uit willen zien, mysterieuzer – volwassener, eigenlijk. Het had haar als onrechtvaardig getroffen dat ze al rimpeltjes bij haar ogen kreeg zonder ooit het ingetogen, ongekunstelde, driehoekige gezichtje van haar kinderjaren te verliezen. Maar blijkbaar had Adrian dat aantrekkelijk gevonden.

Tenzij hij uit vriendelijkheid had gesproken.

Ze zocht zijn naam op in het telefoonboek, maar hij moest een geheim nummer hebben. In de loop van de drie daaropvolgende dagen reed ze twee keer naar de supermarkt, bij beide gelegenheden in de jurk met het gesmokte, geplooide voorpand, waarin haar boezem iets minder plat leek. Maar

Adrian liet zich niet zien.

En al had hij zich vertoond, wat zou zij dan hebben gedaan? Het was niet dat ze verliefd op hem was geworden of iets van dien aard. Goh, ze wist niet eens wat voor iemand hij was! En ze voelde er al helemaal niets voor om (zoals ze het voor zichzelf formuleerde) 'ergens aan te beginnen'. Sinds haar zeventiende jaar had ze haar leven op Sam Grinstead gericht. Ze had geen enkele andere man ook maar een blik gegund vanaf het moment dat ze hem had ontmoet. Zelfs in haar dagdromen was ze niet het type voor ontrouw.

Maar toch, telkens wanneer ze zich verbeeldde dat ze Adrian tegen het lijf liep, gaf ze zich opeens rekenschap van de lichte, vlugge manier waarop ze van nature bewoog, en van de contouren van haar lichaam binnen de plooien van haar jurk. Ze kon zich niet herinneren wanneer ze zich voor het laatst zo van zichzelf bewust was geweest van buitenaf, zo van een afstand.

In huis waren vier werklieden airconditioning aan het installeren – weer zo'n plotselinge renovatie van Sam. Ze gingen door vloeren en muren; ze lieten reusachtige, brullende machines draaien; ze sleepten stalen buizen naar binnen en balen van iets wat leek op spekkies van grijze watten. Delia kon 's avonds in bed liggen en door een nieuw, rechthoekig gat in het plafond zó omhoogkijken naar de kale ribbenkast van de zolder. Ze verbeeldde zich dat vleermuizen en boerenzwaluwen zich op haar stortten terwijl ze sliep. Ze meende het huis te kunnen horen kreunen van ontreddering – zo'n bescheiden, zachtmoedig huis, zo niet bedacht op verandering.

Maar Sam was in de wolken, het lukte hem maar net zijn patiënten tussen de bezoeken van de monteurs in te passen. Een stroom van elektriciens, stukadoors en schilders liep zijn spreekkamer in en uit met begrotingen voor de vele verbeteringen die hij in zijn hoofd had. Er kwam een timmerman voor de luiken en een man met een spuit voor de beschimmelde dakspanen. Tweeëntwintig jaar had Sam hier gewoond; had hij al die tijd zóveel kritiek gehad op zijn omgeving?

De eerste keer dat hij haar vaders wachtkamer was binnengelopen, was op een maandagmorgen in juli, een week of drie nadat zij van school was gekomen. Delia had op haar gewone plaatsje aan het bureau gezeten, omdat ze zo benieuwd naar hem was. Zij en haar zusjes hadden over niets anders gepraat sinds dokter Felson zijn indiensttreding had aangekondigd. Was die figuur al getrouwd? hadden ze gevraagd, en hoe oud was hij, en hoe zag hij eruit? Nee, hij was niet getrouwd, zei hun vader, en hij was, o, tweeëndertig, drieëndertig, en hij zag er prima uit. Prima? Nou ja, gewoon, volkomen gezond, zei hun vader ongeduldig, want wat voor hem het meest telde was of de man iets van zijn werkdruk zou kunnen verlichten – de huisvisites overnemen en de ochtendspreekuren. Dus was Delia die dag vroeg opgestaan en had haar mooiste zomerjurk aangetrokken, die met de sweethearthals. Toen was ze aan de secretaire gaan zitten, waar ze zich ostentatief aan het overschrijven van haar vaders aantekeningen had gewijd. Om klokke negen kwam de jonge dokter Grinstead binnen door de voordeur, met een gesteven witte jas over zijn onderarm gevouwen. De zon flitste in zijn helderomrande, serieuze brilleglazen en gaf een glans van satijn aan zijn blonde haar, en Delia kon zich nog altijd de steek van pure begeerte herinneren die in haar binnenste een draaierig gevoel teweeg had gebracht, alsof ze zich over een afgrond had gebogen.

Sam herinnerde zich die hele ontmoeting niet. Hij beweerde dat hij haar pas voor het eerst had gezien toen hij was komen eten, op de avond van dezelfde dag. Eliza had een stuk vlees gebraden en Linda had een taart gebakken (beiden om hun huisvrouwelijke bekwaamheden te demonstreren), terwijl Delia, de jongste, die nog twee maanden verwijderd was van haar achttiende verjaardag en naar ieders veronderstelling al bij voorbaat afviel, tegenover Sam en haar vader in de huiskamer zat en aan een volwassen glas sherry nipte. De sherry had naar vloeibare druiven gesmaakt en stroomde regelrecht naar die krachtige nieuwe wortel van verlangen die zich met de minuut dieper vertakte. Maar Sam beweerde dat bij zijn entree alle drie de meisjes op de bank hadden gezeten. Net als de drie koningsdochters uit een sprookje, zei hij, hadden ze zich gerangschikt naar leeftijd, de oudste uiterst links, en net als de houthakkerszoon had hij de jongste en mooiste gekozen, de kleine schuchtere, die niet dacht ook maar een schijn van kans te hebben.

Nou ja, hij mocht denken wat hij wou. In elk geval was het als een sprookje geëindigd.

Alleen ging het echte leven door ná het einde, en daar zaten ze nu, met de mannen van de airconditioning die de zolder vernielden, een kat die zich onder het bed verstopte, en Delia die een liefdesromannetje las op de causeuse in Sams wachtkamer – de enige wijkplaats in het huis, want spreek- en wachtkamer hádden al airconditioning. Haar hoofd lag op de ene armleuning, en haar in donzige, roze pantoffels gestoken voeten rustten op de andere. Boven haar hing haar vaders ingelijste reproduktie van Norman Rockwell, met de vriendelijke oude dokter die zijn stethoscoop tegen de borst van de pop van een klein meisje drukte. En achter het flinterdunne scheidingswandje, dat niet helemaal tot de zoldering reikte, was Sam bezig mevrouw Harpers pijnlijke elleboog uit te leggen. Haar gewrichten waren aan het slijten, zei hij. Er viel een verblufte stilte; zelfs de elektrische zaag zweeg. Toen stamelde mevrouw Harper: 'Och heden. Och heer in de hemel! Is me dat een schrik!'

Een schrik? Mevrouw Harper was tweeënnegentig jaar. Wat verwachtte ze dan, zou Delia hebben gevraagd. Maar Sam zei voorzichtig: 'Ja, nu ja, ik vermoed...' en nog iets anders wat Delia niet kon opvangen, want op dat moment begon de zaag weer alsof hij zich opeens zijn taak herinnerde.

Ze sloeg een bladzij om. De heldin maakte een rondgang

over het uitgestrekte domein van de held, bewonderde de weelderige landerijen en de smaakvolle 'voorzieningen', wat deze ook mochten zijn. Zoveel van die boeken kenden gefortuneerde helden, was Delia opgevallen. Voor de vrouwen was het van geen belang: de ene keer waren ze rijk en de andere keer waren ze arm; de mannen daarentegen kreeg je compleet met kastelen en een stoet van toegewijde bedienden. Nooit zouden de vrouwen met wie ze trouwden ook maar een gedachte hoeven wijden aan de knarsende machinerie van het dagelijks leven – de lekkende kelder, de defecte oven, de verdwenen autosleutels. Het klonk zalig.

'Delia, lieve schat!' Mevrouw Harper kwam wankelend de spreekkamer uit. Ze was een elegant, in zijde gehuld skelet van een vrouw met klauwachtige handen, die ze smekend naar Delia uitstrekte. 'Je man vertelt me net dat mijn gewrichten zijn afgesleten tot stómpjes!'

'Nou, nou,' protesteerde Sam achter haar. 'Dat heb ik niet precies gezegd, mevrouw Harper.'

Delia ging schuldbewust overeind zitten en streek haar rok glad. Ze gaf zich rekenschap van de konijneoortjes aan haar voeten en de verleidster op het omslag van haar boek. 'O, wat naar voor u, mevrouw Harper,' zei ze. 'Zal ik een nieuwe afspraak maken?'

'Nee, hij zegt dat ik naar een specialist moet. Iemand die ik van mijn leven nog niet heb gezien!'

'Dee, geef haar het telefoonnummer van Peterson, wil je,' verzocht Sam.

Ze stond op en liep naar het bureau, schuifelend op haar slofjes. (Mevrouw Harper droeg schoenen met puntige neuzen en hoge hakken, die ze op het vloerkleed geplant hield in een visgraatpatroon, om met haar keurige enkels te pronken.) Delia bekeek de adreskaartjes, niet op naam gerangschikt maar naar specialisme – allergie, artritis... Tegenwoordig deed deze spreekkamer meestal dienst als een soort verwijzingskantoor. Haar vader had nog baby's gehaald en zelfs de meer elementaire medische ingrepen gedaan, maar nu was het in hoofdzaak een kwestie van allergie-injecties in het voorjaar, griepprikken in de herfst, en wat bevallingen betrof, ja, die leeftijd waren deze patiënten allang voorbij. Het waren merendeels afleggertjes van haar vader. (Of zelfs, grapte Sam, van haar grootvader, die deze praktijk had geopend in 1902, toen Roland Park nog platteland was en niemand een spier vertrok bij het voeren van een praktijk aan huis.)

Ze schreef het nummer van dokter Peterson over op een kaartje en gaf het aan mevrouw Harper, die het wantrouwig bekeek alvorens het in haar tasje te stoppen. 'Ik mag hopen dat deze persoon niet een of ander jong broekje is,' zei ze tegen Sam.

'Hij is op zijn állerminst dertig,' verzekerde Sam haar.

'Dertig! Mijn kléinzoon is al ouder! O, mag ik alstublieft niet liever bij u blijven komen?' Maar het antwoord al wetend wendde ze zich zonder onderbreking tot Delia. 'Die man van jou is een engel,' zei ze. 'Hij is gewoon te goed voor deze wereld. Ik hoop dat je dat beseft.'

'O ja.'

'Denk erom dat je hem hoog houdt, hoor je?'

'Ja mevrouw Harper.'

Delia keek Sam na die de oude dame naar de deur bracht, liet zich toen terugvallen op de causeuse en nam haar boek op. 'Beatrice,' sprak de held, 'ik verlang meer naar je dan naar het leven zelf', en zijn stem was schor en vertwijfeld – onstuimig, zo beschreef de auteur het, 'onstuimig en die stem bezorgde haar een rilling over haar ranke ruggegraat onder het nauwsluitend ivoorkleurig negligé'.

Misschien zou ze, in plaats van Adrian tegen het lijf te lopen, beter rustig kunnen afwachten en hem háár laten opsporen. Wie weet had hij nu zijn beeld van haar voor ogen, en speurde hij de straten af op zoek naar haar. Of had hij haar adres opgezocht; want hij wist haar achternaam. Wie weet stond hij nu op dit zelfde moment iets verderop geparkeerd, in de hoop een glimp van haar op te vangen.

Ze begon meermalen per dag de tuin in te lopen. Ze greep elk willekeurig excuus aan om zich op de veranda op de schommelbank te draperen. Hoewel ze geen buitenmens, laat staan een tuinierster was, poseerde ze een half uur lang met geiteleren handschoenen aan tussen Eliza's medicinale kruiden. En nadat er iemand had opgebeld maar enkel had gehijgd zonder iets te zeggen toen ze opnam, sprong ze op als een tiener bij elk nieuw telefoontje. 'Ik ga wel! Ik ga wel!' Wanneer er niet werd opgebeld, maakte ze bakvisafspraakjes met het Lot: 'Als ik er niet aan denk, dan gaat de telefoon. Als ik de kamer uit ga, als ik net doe of ik bezig ben, dan gaat gegarandeerd de telefoon.' Wanneer ze zondags haar gezin de auto in dreef voor een bezoek aan Sams moeder, bewoog ze zich vloeiend, zo wellustig als een toneelspeelster of een danseres die elke minuut weet dat ze bekeken wordt.

Maar als er werkelijk iemand had gekeken, verbeeld je wat die dan zou zien: de stroeve rommeligheid van Delia's huiselijk leven. Ramsay, klein van postuur, strak en stug, die getergd tegen een band trapte; Carroll en Susie kiftend over een plaats bij het raampje; Sam, die zich achter het stuur zette en zijn bril hoger op zijn neus schoof, in een ongewoon tricot overhemd dat zijn armen iets krachteloos en hemzelf iets zorgelijks gaf. En aan het andere eind van de rit de IJzeren Mama (zoals Delia haar schoonmoeder noemde) – de stoere, alledaagse Eleanor Grinstead, die haar eigen dak repareerde en haar eigen grasveld maaide en haar enige zoon zelfstandig had grootgebracht in dat kraakheldere rijtjeshuis in Calvert Street, waar ze nu wachtte, lippen stijf opeengeknepen, om te vernemen wat voor malle fratsen haar schoondochter nu weer zou hebben uitgehaald.

Nee, niet een van hen zou overeind blijven onder de hemelsblauwe blik van Adrian Bly-Brice.

De oudste van de airconditioningmannen, die Lysander heette, vroeg wat die hooiachtige bundels die aan de zolderbalken hingen daar deden. 'Dat zijn de kruiden van mijn zuster,' zei Delia. Ze hoopte het daarbij te kunnen laten, maar haar zuster zat toevallig bij haar in de keuken boontjes af te halen voor het eten en die zei: 'Ja, ik brand ze in de kleine potjes overal in huis.'

'U steekt ze in de fik?'

'Ze doen allemaal iets anders,' legde Eliza uit. 'Eentje voorkomt nachtmerries en een ander bevordert geestelijke concentratie en weer een ander verheldert de atmosfeer na interpersoonlijke onenigheid.'

Lysander keek naar Delia, zijn grijze tandeborstelwenkbrauwen optrekkend.

'O, nou ja,' zei Delia haastig. 'Is die klus nu zowat achter de rug, denkt u?'

'Deze hier? O nee,' zei hij. Hij slofte naar de gootsteen; hij was beneden gekomen om zijn thermoskan bij te vullen. Wachtend tot het water koud werd zei hij: 'We hebben nog minstens een dag of wat te gaan.'

'Een dag of wat!' kreet Delia. Ze schraapte haar keel. 'Maar dat herriegedeelte: is dat dan gauw voorbij? Zelfs de poes krijgt er hoofdpijn van.'

'Hoe kunt u dat nou weten?' vroeg hij.

'O, Delia kan kattegedachten lezen,' lichtte Eliza toe. 'Ze heeft ons allemaal geschoold in katte-etiquette: welke toon je tegen ze moet aanslaan en hoe je met je ogen moet doen wanneer je ze aankijkt...'

'Eliza, ik heb die boontjes nú nodig,' onderbrak Delia haar.

Maar te laat: Lysander zette proestend zijn thermosfles onder de kraan. 'Geef mij maar een hond,' zei hij. 'Katten, die zijn me te stiekem.'

'O, maar ik hou ook best van honden,' zei Delia. (Ze was zelfs een beetje bang voor honden, die ze nooit had gehad.) 'Alleen, honden zijn zo – zo plotseling. Begrijpt u?'

'Maar wel eerlijk,' zei Lysander. Het klonk verwijtend. 'Is het goed als ik een paar ijsblokjes meepik?'

'Ga uw gang,' zei Delia.

Hij bleef hulpeloos staan met zijn hand om de hals van de thermoskan, totdat ze besefte dat hij verwachtte dat zij ze voor hem pakte. Hij was vast zo'n man die niet wist waar zijn vrouw de lepels bewaarde. Ze droogde haar handen af aan haar schort en ging het ijslaatje uit het vriesvak halen.

'Het vorige huis waar we hebben gewerkt,' zei hij, 'nieuwe verwarmingspomp geïnstalleerd. Daar had de buurman zo'n waakhond. Hond afgericht om aan te vallen. Mevrouw voor wie we werkten had ons allemaal voor 'm gewaarschuwd.'

Hij bleef zijn thermoskan in een ferme greep houden terwijl Delia probeerde een ijsblokje in de opening te duwen. Het wou er niet door. Ze sloeg erop met haar vlakke hand (Lysander gaf geen krimp) en riep: 'Ieks!' want het ijsblokje schoot omhoog en glibberde weg over de vloer. Lysander keek het mistroostig na.

'Geef maar hier, dat drommelse ding,' zei Delia tegen hem, en ze ontrukte hem de kan en zette deze met een klap in de gootsteen. Ze liet water over het tweede ijsblokje lopen. 'O zo!' kraaide ze, het erin rammend. Ze toog aan de slag met een derde.

Lysander zei: 'Nou, op een dag waren we spullen uit de truck aan het laaien. Komt die waakhond kijken van om de hoek van het huis. Loeierd van een hond, alle nekharen overeind, net een grommende wolf. Jezusmina, ik schrok me de beroerte. Komt die mevrouw voor wie we aan het werk waren naar buiten, net of ze erop had staan wachten. Ze zegt: "Kom op," zegt ze, en ze pakt 'm zonder blikken of blozen bij z'n halsband. Ze loopt met 'm naar de tuin ernaast en ze roept: "Meneer Dinges?" roept ze, "als u niet nú buiten komt om uw hond binnen te halen schiet ik hem dood." Met een stem zo helder, zo brutaal als wat. Dat was me een tante zeg, geloof dat maar.'

Waarom vertelde hij dit verhaal? Om Delia voor schut te zetten? Ze liet het derde ijsblokje met zo min mogelijk ophef verdwijnen. Om de een of andere reden verbeeldde ze zich dat die vrouw op Rosemary had geleken. Wie weet wás het wel Rosemary Bly-Brice. Met een uitdrukking van lankmoedige onverschilligheid bukte ze in een sierlijke s-bocht; haakte ze één enkele vinger achter de bespijkerde hondehalsband. Onverwachts voelde Delia respect opkomen, alsof haar bevlieging voor Adrian zich ook uitstrekte tot zijn vrouw.

Ze draaide de kraan dicht, nam de thermoskan op en gaf hem aan Lysander. 'Asjemenou,' zei Lysander. Water kwam met een vaartje uit de bodem van de thermoskan druppelen. 'Nou heb u 'm verrinneweerd,' zei hij.

Delia verontschuldigde zich niet. Ze bleef hem de kan voorhouden en wenste dat hij hem zou aanpakken en weggaan. In de supermarkt, zo was haar net te binnen geschoten, had ze iets over Ramsay gezegd, en Adrian had eruit opgemaakt dat ze haar man bedoelde. Geen wonder dat hij nog niet langsgekomen was! Hij had gezocht naar een Ramsay Grinstead, en die stond niet in het telefoonboek. Vroeg of laat zou hij zijn vergissing beseffen. Ze begon te lachen bij de gedachte en bleef de thermoskan omhooghouden totdat Eliza hoofdschuddend opstond om de zwabber te halen.

In het donker ging de telefoon twee keer over en Delia werd met een schok wakker. Ze ging al na waar haar kinderen konden zijn nog voor haar ogen goed en wel open waren. Alle drie lagen ze veilig in bed, constateerde ze, maar toch bleef haar hart aan het jagen.

'Hallo?' zei Sam. 'Ja, met dokter Grinstead. O. Meneer Maxwell.'

Met een zucht rolde Delia op haar andere zij. Meneer Maxwell was getrouwd met de koningin-moeder van Hypochondrië.

'Hoelang heeft ze dat gevoel al?' vroeg Sam. 'O. Ja. Nou,

dat klinkt niet ernstig. Ja, ik wil best geloven dat het heel vervelend is, maar ik betwijfel zeer of...'

Een miniatuurgekakel klonk op uit de hoorn.

'Natuurlijk is ze dat,' zei Sam. 'Ik begrijp het. Goed, meneer Maxwell, als u denkt dat het belangrijk is kom ik wel even kijken.'

'O Sam!' Delia ging rechtop zitten.

Hij negeerde haar. 'Tot over een paar minuten dan,' zei hij tegen meneer Maxwell.

Zodra hij de hoorn had neergelegd zei Delia: 'Sam Grinstead, wat ben je toch een sukkel. Je wéét dat het niets te betekenen heeft. Waarom kan hij haar niet naar Spoedgevallen brengen als ze zo ziek is?'

'Omdat ze geen van tweeën nog autorijden,' zei Sam zachtzinnig. Hij zwaaide zijn voeten op de grond en reikte naar zijn broek, die opgevouwen over de rugleuning van de schommelstoel hing. Zoals altijd had hij zijn ondergoed voor de volgende dag in bed gedragen en de kleren voor de volgende dag klaargelegd.

Delia drukte haar hand tegen haar hart dat nu pas begon te bedaren. Leek dit een beetje op de pijn die Sam in zijn borst had gevoeld? Ze probeerde almaar het zich voor te stellen. Verbeeld je dat hij op zo'n moment achter het stuur van een auto zat – kalmpjes op weg naar een afspraak, en dat hij dan zijn symptomen opmerkte en vlot en in alle rust (zo zag ze het) zijn stuur wendde naar het Sinaïziekenhuis. Dat hij zijn eigen opname regelde en een verpleegster verzocht Delia op te bellen en haar voorzichtig van het nieuws op de hoogte te brengen. ('Uw man laat u weten dat hij iets later thuis komt dan voorzien.') En intussen had Delia bij het vuur nietsvermoedend *Lucinda's Minnaar* zitten lezen.

Ze deed haar lampje aan en klom uit bed. Kwart over twee, zei de wekker. Met half dichtgeknepen ogen tegen het licht pakte Sam zijn bril en zette hem op om haar aan te kijken. 'Waar ga jíj naartoe?' vroeg hij. Door de bril leek hij kwieker, minder wazig rond de ogen, alsof Delia's gezichtsvermogen was gecorrigeerd in plaats van het zijne.

Ze trok haar verfrommelde duster aan over haar nachtpon en ritste hem van voren dicht voor ze antwoordde. 'Ik ga met je mee,' zei ze.

'Pardón?'

'Ik breng je met mijn auto.'

'Waarom zou je dat in 's hemelsnaam doen?'

'Gewoon, omdat ik het wil,' zei ze. Ze knoopte haar ceintuur heel strak, in de hoop dat de duster voor straatkleren zou kunnen doorgaan. Toen ze in haar schoenen stapte voelde ze dat hij haar aanstaarde, maar ze zei alleen: 'Klaar?' Ze pakte haar sleutels van de commode.

'Delia, twijfel je aan mijn bekwaamheid om zelf een auto te besturen?' vroeg Sam.

'Welnee! Het idéé!' antwoordde ze. 'Maar ik ben nu toch wakker, waarom zou ik niet meegaan? En bovendien is het zo'n mooie lentenacht.'

Hij leek niet overtuigd, maar maakte geen tegenwerpingen meer toen ze voor hem uit de trap af liep.

Het was helemaal geen mooie lentenacht. Het was koud en winderig, en ze snakte naar een trui zodra ze buitenkwamen via de achterdeur. Torenhoge, lichtende wolken zeilden langs een inktzwarte hemel. Maar ze zette koers naar haar auto in een bedaard tempo, de neiging weerstaand om haar schouders op te trekken tegen de kilte. De straatlantaarns waren zo helder dat ze haar schaduw kon zien, uitgerekt als de stokkerige figuren in een kindertekening.

'Dit doet me aan pappa denken,' zei ze. Ze moest haar stem verheffen, want Sam was naar zijn Buick gelopen om zijn zwarte tas op te vissen. Ze hoopte dat hij het huiveren in haar stem niet zou horen. 'Al die visites die ik met pappa deed, alleen wij samen! Lijkt vroeger wel,' zei ze.

Ze schoof achter het stuur en boog naar opzij om het andere portier te openen. De lucht in de auto voelde aan als een koelcel. Het rook er zelfs naar een koelcel – klam en muf.

'Ik mocht van pappa natuurlijk niet rijden,' zei ze toen Sam was ingestapt. Toen werd ze bang dat dit hem op andere gedachten kon brengen en ze voegde er met een luchtig lachje aan toe: 'Je weet hoe bevooroordeeld hij was! Een vrouw achter het stuur, zei hij altijd...' Ze startte de motor en deed de lampen aan, de dubbele garagedeuren en het verrafelde net van de basketbalhoepel erboven verlichtend. 'Maar altijd wanneer ik nog op was, zei hij dat ik mee mocht rijden. O, ik heb hem heel wat nachtjes gezelschap gehouden! Eliza had gewoon de interesse niet en Linda lag, je weet wel, zo met hem overhoop aldoor, maar ik stond altijd meteen klaar. Ik ging juist puur voor mijn plezier mee.'

Sam had dit alles eerder gehoord natuurlijk. Hij schikte enkel zijn tas tussen zijn voeten terwijl zij de auto achteruit het pad af stuurde.

Toen ze op Roland Avenue waren zei ze: 'Ik zou eigenlijk vaker met je mee moeten gaan, nu de kinderen al zo groot zijn geworden. Vind je ook niet?' Ze merkte zelf dat ze aan het ratelen was, maar zei toch: 'Het zou best gezellig kunnen zijn. En je hoeft er toch niet meer élke nacht uit, of zelfs maar eens in de week.'

'Delia, ik geef je mijn woord dat ik nog altijd in staat ben nu en dan een visite af te leggen zonder begeleiding van een kindermeisje,' zei Sam.

'Kindermeisje!'

'Ik ben zo sterk als een paard. Hou op met piekeren.'

'Ik pieker niet! Het leek me gewoon romantisch, iets wat wij tweeën samen konden doen!' zei ze.

Dat was niet de volle waarheid, maar zodra ze het gezegd had begon ze er zelf in te geloven en ze voelde zich daarom een beetje gekrenkt. Sam leunde achterover en keek uit het zijraampje.

Er was nauwelijks verkeer op dit uur en de straten leken heel vlak en leeg, mat schemerend onder de straatlantaarns, als gesluierd in gele chiffon. De pas in blad gekomen, van onderen verlichte bomen leken rommelig, op hun kop gezet. Hier en daar gloeide gezellig een bovenraam en Delia keek het in het voorbijgaan weemoedig na.

Voor het huis van de Maxwells stopte ze. Ze schakelde de koplampen uit maar liet de motor en de verwarming aanstaan. 'Ga je niet mee naar binnen?' vroeg Sam.

'Ik wacht wel in de auto.'

'Je vernikkelt!'

'Ik ben niet gekleed op gezelschap.'

'Dee, kom mee. De Maxwells maakt het niet uit hoe je gekleed bent.'

Daar zou hij wel gelijk in hebben. (En de verwarming was nog niet eens begonnen met verwarmen.) Ze trok het sleuteltje uit het contact en liet zich uit de auto glijden om hem te volgen, het tuinpad op naar het brede huis met de pilaren, waarin die twee Maxwells in hun eentje wel zouden rammelen als knikkers in een kopje. Licht straalde uit alle ramen en de binnendeur stond open. Vlak daarachter wachtte meneer Maxwell hen op, een kromgebogen, logge, gestalte, die stond te morrelen om de hor van de haak te krijgen, toen ze over de veranda kwamen aanlopen.

'Dokter Grinstead!' zei hij. 'Ik dank u zeer voor uw komst. En Delia ook. Dag beste kind.'

Hij droeg een broek met etensvlekken, vlak onder zijn oksels opgehouden met een riem, en een gerafeld vest over een T-shirt. (En vroeger ging hij altijd zo gesoigneerd gekleed.) Zonder te wachten draaide hij zich om en ging Sam voor naar de beloperde trap. 'Ik vind het hartverscheurend haar zo te zien,' zei hij toen ze begonnen te klimmen. 'Als het kon zou ik in haar plaats pijn lijden.'

Delia keek hen na vanuit de hal, en toen ze uit het gezicht waren ging ze zitten op een van de twee antieke stoelen aan weerszijden van de ladenkast. Ze liet er zich voorzichtig op neer, wie weet stonden die stoelen er puur voor de pronk.

Boven murmelden de stemmen – die van mevrouw Maxwell dun en klagend, die van Sam brommend. De staande klok tegenover Delia tikte zó langzaam dat elke tik de laatste leek te kunnen zijn. Bij gebrek aan iets beters om te doen (ze was zo gedachteloos geweest haar tas thuis te laten liggen) legde ze haar sleutels in een waaier op haar schoot en bekeek ze een voor een.

Hoeveel uren had ze als kind zo gezeten? Op een stoel of een onderste traptree, krabbend aan de insektebeten op haar blote knieën of bladerend in een tijdschrift dat een of andere volwassene haar in handen had gestopt alvorens haar vader voor te gaan naar boven? En één hoog dat zelfde gemurmel, de woorden nooit helemaal verstaanbaar. Wanneer haar vader sprak zwegen alle anderen, en ze was trots en gevleid geweest als ze hoorde hoe hij door de mensen op handen werd gedragen.

De trap kraakte en ze keek op. Het was meneer Maxwell die alleen naar beneden kwam. 'Dokter Grinstead is haar aan het onderzoeken,' zei hij. Hij daalde voetje voor voetje af, zich vastklemmend aan de trapleuning, en toen hij de hal had bereikt zette hij zich met een amechtige zucht op de andere antieke stoel. Omdat de ladenkast tussen hen in stond zag ze alleen zijn uitstekende broekspijpen en zijn leren pantoffels zonder achterkant, die donkerrode zijden sokken met doorschijnende hielen bloot lieten. 'Volgens hem is het een beetje indigestie, zegt hij, maar ik zeg tegen hem, op onze leeftijd... nou ja, je kunt niet voorzichtig genoeg zijn.'

'O, ze knapt vast wel weer op,' zei Delia.

'Maar ik dank de hemel voor dokter Grinstead. Heel wat van die jongere kerels zouden niet zomaar zijn gekomen.'

'Niet één,' kon Delia zich niet weerhouden te zeggen.

'Och, sommigen misschien.'

'Niet één. Echt waar.'

Meneer Maxwell boog naar voren om haar aan te kijken. Ze bemerkte zijn geaderd, hoogrood gezicht dat om de hoek van ladenkast tuurde.

'Die Sam is zó aardig dat hij er zelf aan onderdoor gaat,' zei ze tegen hem. 'Weet u dat hij angina heeft? Angina, op zijn vijfenvijftigste! Wat zou dat kunnen betekenen voor zijn toekomst? Als ik het voor het zeggen had, lag hij nú thuis in zijn bed.'

'Nu, gelukkig heb jij het níet voor het zeggen,' zei meneer Maxwell een beetje verstoord. Hij leunde weer naar achteren en er viel een pauze waarin ze mevrouw Maxwell iets eigenwijs hoorde zeggen dat klonk als: 'Nie-nie, nie-nie.'

'Wij waren het eerste huisbezoek van dokter Grinstead, heeft hij dat ooit verteld?' vroeg meneer Maxwell. 'Jawel, zijn allereerste visite. Je pa zei: "Met deze jongeman zult u het wel kunnen vinden." Ik geef toe, we wáren een heel klein beetje huiverig, na al die jaren dat we op je pa hadden vertrouwd.'

Sam sprak beslister nu. Hij zou wel zowat klaar zijn.

'Ik vroeg dokter Grinstead: "En jongeman?" Hij was toen net een paar dagen bezig. Ik zeg: "En?" zeg ik, "met wie van de meisjes Felson was je van plan te gaan trouwen?" Toch knap van mij, hè?'

Delia lachte beleefd en herschikte haar sleutels.

'"O," zegt hij; hij zegt: "De oudste is te klein en de middelste is te dik, maar de jongste," zegt hij, "die is precies goed." Dus. Snap je? Ik wist het nog eerder dan jij.'

'Ja, dat zal wel,' zei Delia, en toen kwam Sam de trap af terwijl de instrumenten in zijn zwarte tas vrolijk rinkelden. Meneer Maxwell stond dadelijk op, maar Delia bleef zitten en hield haar ogen strak op haar sleutels gericht. Ze hadden iets spookachtig helders – matgepolijst, slecht bij elkaar passend, ingegrift met merknamen zo kort en afgekapt als woorden uit een andere taal.

'Net wat ik...' hoorde ze Sam zeggen, en 'Alleen maar een tikje...' en 'Ik heb wat medicamenten op het...' Toen gaven hij en meneer Maxwell elkaar een hand en hij zei: 'Dee?' en ze stond op zonder een woord te zeggen en liep door de deur die meneer Maxwell voor haar openhield.

Buiten was het gras wit van de dauw geworden en leek ook de lucht zelf wit, alsof het ochtendlicht niet ver meer was. Delia stapte in de auto en startte de motor nog voor Sam goed en wel zat. 'Je hebt toch met die mensen te doen,' zei hij, zijn deur dichtslaand. 'Als je zo vereenzaamd oud wordt, ga je vanzelf tobben over ieder pijntje.'

Delia zwenkte de straat op en reed een fractie harder dan de toegestane snelheid, zich concentrerend, zonder te spreken. Ze waren al bijna thuis voor ze zei: 'Meneer Maxwell vertelde dat zij je allereerste visite waren.'

'O ja?'

'De tweede dag dat je hier werkte.'

'Dat was ik vergeten.'

'Hij zei dat hij had gevraagd met welke van de meisjes Felson je van plan was te trouwen en jij zei de jongste.'

'Hmmm,' zei Sam, zijn tas openritsend. Hij keek er iets in na en zei tegen haar: 'Delia, help me herinneren dat ik morgen nog wat...'

'"De oudste is te klein en de middelste is te dik," zei je, "maar de jongste is precies goed."'

Sam schoot in de lach.

'Héb je het gezegd?' vroeg ze.

'Och schat, hoe zou ik dat nog weten, na al die jaren?'

Ze stopte in hun oprit en zette de motor af. Sam opende zijn deur maar toen hij merkte dat ze zich niet had verroerd keek hij naar haar om. Het lampje in het autodak wierp scherpe holten in zijn gezicht.

'Dat heb je gezegd,' antwoordde ze. 'Ik herken die sprookjesachtige toon erin.'

'En? Ja, misschien,' zei hij. 'Jezus, Dee, ik legde toch niet elk woord dat ik zei eerst op een goudschaaltje. Ik kan best hebben gezégd te klein en te dik, maar wat ik waarschijnlijk bedoelde was "te onconventioneel" en "te francofiel".'

'Daar gáát het niet om,' zei Delia.

'Nou, maar Linda sprak de halve avond Frans, weet je niet

meer? En toen je vader zei dat ze op Engels moest overgaan had ze nóg een accent.'

'Je hebt geen idee van wat mij erin stoort, hè?' vroeg Delia.

'Eh, nee,' zei Sam 'Nee, geen idee.'

Ze stapte uit de auto en liep naar de achtertrap. Sam ging zijn tas terugzetten in de Buick; ze hoorde de klep van de kofferbak dichtsmakken.

'En Eliza!' zei hij, haar volgend naar het huis. 'Die wilde almaar weten wat ik dacht van homeopathische geneeswijzen.'

'Jij kwam daar die allereerste dag binnen met de bedoeling een van de meisje Felson te trouwen,' zei Delia.

Ze had de deur nu van het slot gedaan, maar in plaats van het huis in te gaan draaide ze zich naar hem om. Hij keek op haar neer, zijn voorhoofd in rimpels getrokken.

'Ja, het zal me allicht door het hoofd zijn gegaan,' zei hij. 'Ik had mijn hele opleiding voltooid toen. Ik was op trouwleeftijd gekomen, zogezegd. In de trouwfase van het leven.'

'Maar waarom dan niet met een verpleegster, of een medestudente, of een of ander meisje dat je moeder kende?'

'Mijn moeder?' zei hij, met zijn ogen knipperend.

'Het was je begonnen om pappa's praktijk, dát was het,' zei ze. 'Jij dacht: "Ik trouw gewoon met een dochter van de dokter en dan erf ik al zijn patiënten en zijn mooie oude comfortabele huis."'

'Ach schatje, best mogelijk dat ik dat gedacht heb. Best mogelijk. Maar ik zou nooit met iemand zijn getrouwd van wie ik niet hield. Is dat wat je gelooft? Geloof je dat ik niet uit liefde ben getrouwd?'

'Ik weet niet wat ik moet geloven,' zei ze.

En toen draaide ze zich met een ruk om en liep de trap weer af.

'Dee?' riep Sam.

Zonder vaart te minderen liep ze haar auto voorbij. De

meeste vrouwen zouden zijn weggeréden, maar zij ging liever lopen. De zolen van haar schoenen knarsten tegen het asfalt van de oprit in een resoluut ritme, dat haar herinnerde aan een of ander liedje dat haar maar niet te binnen wilde schieten. Een deel van haar luisterde of ze Sam hoorde (ze had het gevoel of ze één oor naar achteren spitste, als een kat) maar een ander deel was blij van hem af te zijn, en voldaan haar visie op hem bevestigd te zien. *Zie je wel, hij zal zich niet eens verwaardigen me achterna te komen.* Ze bereikte de straat, sloeg rechtsaf en bleef doorlopen. Haar ijl-omrande schaduw ging haar vooraf en trok zich terug en raakte achter terwijl zij van straatlantaarn naar straatlantaarn bewoog. De kou voelde ze niet meer. Ze leek vanbinnen verwarmd door haar eigen boosheid.

Nu begreep ze waarom Sam zijn eerste blik op haar was vergeten. Hij had zich voorbereid op de kennismaking met de zusjes Felson als een complete cassette. Een ontmoeting vooraf met één los exemplaar stond niet op zijn programma. Wat wél geprogrammeerd stond was de sociale gelegenheid van die avond, met de huwbare jongedochters één, twee en drie ter bezichtiging op de bank in de huiskamer. Ze kon zich dat toneel nu ook weer voor de geest halen. Je moest alleen het juiste perspectief zoeken om het in zijn geheel op te roepen: de kriebelige roodpluchen kussens, het fluwelige oppervlak van haar bedauwde sherryglas en de wiebelende, opdringerig-hinderlijke dikte van het middelste zusje naast haar.

Op een tak boven haar hoofd imiteerde de malle spotvogel van de buurt een inbrekersalarm, tot hij tot zwijgen werd gebracht door een golf rockmuziek die vanuit het zuiden naderde. Tieners, dat was duidelijk – een auto vol. Delia hoorde hun joelen en juichen gestaag luider worden. Het kwam bij haar op dat zelfs Roland Park op dit uur niet absoluut veilig was. En bovendien zou geen sterveling zich door haar duster laten beetnemen. Strikt genomen liep ze hier rond in haar nachtgoed. Ze sloeg abrupt rechtsaf een kleinere, donkerder straat in en vervolgde haar weg dicht langs een buxushaag die met zijn schaduw de hare opslokte.

Sam zou nu al wel in bed liggen, broek over de schommelstoel gehangen. En de kinderen wisten niet dat ze weg was. Met hun onoverzichtelijke, verschillende roosters kon het wel dagen duren voor ze het merkten.

Wat voor leven leidde ze eigenlijk, als de telefoontjes van de vorige week evengoed die van déze hadden kunnen zijn?

Ze liep sneller en hoorde de auto met muziek achter zich wegsterven. Ze kwam bij Bouton Road, stak de straat over en sloeg linksaf, en een fractie van een seconde daarna, whoem!, botste ze tegen iemand op. Ze knalde pardoes tegen iets langs en knokigs aan, een in warm flanel gehulde gedaante. 'O!' zei ze en deinsde heftig achteruit, met bonzend hart, terwijl er op de een of andere manier ook een hond bij betrokken raakte, zo'n ruigharig soort jachthond, die luid tekeerging ter hoogte van haar knieën.

'Butch!' beval de man. 'Bent u in orde?' vroeg hij Delia.

Delia zei: 'Adrian?'

In het halfduister had hij geen kleur, maar ze herkende toch zijn smalle gezicht met de geprononceerde jukbeenderen. Ze zag dat zijn mond breder en voller was, plastischer dan ze zich had verbeeld, en verwonderde zich erover dat ze zoiets belangrijks kon hebben vergeten. 'Adrian, ik ben het, Delia,' zei ze. De hond blafte nog steeds. Ze zei: 'Delia Grinstead? Uit de supermarkt?'

'Hé Delia,' zei Adrian. 'Mijn redster!' Hij lachte en de hond bedaarde. 'Wat doe jij hier?'

Ze zei: 'O, ik maak gewoon een...' en toen lachte ze ook, met een blik omlaag naar haar duster die ze met haar handen gladstreek. 'Ik kon niet slapen,' zei ze.

Ze zag met opluchting dat hij zelf ook niet al te best gekleed was. Hij droeg een of andere donkergetinte kamerjas over een lichte pyjama. Joggingschoenen met loshangende veters aan zijn voeten, geen sokken. 'Woon je in deze buurt?' vroeg ze.

'Hiernaast,' zei hij, met een armgebaar naar een dicht scherm van ineengegroeide berberisstruiken. Daarachter ving Delia een glimp op van een buitenlicht en een segment witte planken. 'Ik ben opgestaan om Butch een plasje te laten doen,' zei hij. 'Dat is zijn nieuwste hobby; mij in het holst van de nacht wakker maken en beweren dat hij eruit moet.'

Bij de klank van zijn naam zakte Butch op zijn achterpoten en grijnsde haar toe. Delia bukte om zijn snoet een bedeesd klapje te geven. Zijn adem maakte haar vingers warm en vochtig. 'Ik ben die dag zomaar met je boodschappen weggereden,' zei ze, zogenaamd tegen de hond. 'Ik voelde me afschuwelijk.'

'Boodschappen?' vroeg Adrian.

'Je orzo en je rotini...' Ze kwam overeind en ontmoette zijn ogen. 'Ik heb er nog over gedacht je adres op te zoeken om ze je te brengen.'

'O. Hè... orzo? Ach, wat geeft dat nou,' zei hij. 'Ik ben je vooral dankbaar dat je me zo uit de brand geholpen hebt. Je vond me zeker maar een rare vent hè?'

'Nee helemaal niet! Ik vond het juist enig!' zei ze.

'Begrijp je, soms wil je gewoon, zeg maar de schijn ophouden voor iemand.'

'Jazeker,' zei ze. 'Ik zou een bedrijf moeten beginnen, BV De Schone Schijn.'

'Huur-een-Heer,' suggereerde Adrian. 'Figuranten uit voorraad.'

'Met blondines om voor tweede vrouw te spelen, en sportsterren om aan de dijk gezette meisjes naar het schoolfeest te begeleiden...'

'En beeldschone dames in het zwart, om te huilen bij begrafenissen...' zei Adrian.

'O, waarom bestaan zulke dingen niet?' vroeg Delia. 'Er is niets zo erg als... wat; als die woede, die mengeling van trots en woede die je voelt als je in je eer gekrenkt of beledigd bent of wordt versleten voor...'

Kom. Ze hield zichzelf in. Adrian keek haar zo eigenaardig strak aan dat ze opeens vreesde dat ze krulspelden in haar haar droeg. Ze had bijna een hand omhooggestoken om het te controleren, tot ze zich herinnerde dat ze sinds haar schooljaren geen krulspelden meer gebruikt had. 'Hemeltje. Ik moet eens naar huis,' zei ze.

'Wacht!' zei Adrian. 'Heb je zin... kan ik je een kop koffie aanbieden?'

'Koffie?'

'Of thee? Of chocola? Een glaasje van het een of ander?'

'Och,' zei ze, 'chocola misschien. Chocola zou lekker zijn. Ik bedoel, caffeïne op dit uur zou denk ik... maar is het heus niet te veel moeite?'

'Helemaal geen moeite,' verzekerde hij. 'Kom mee naar binnen.'

Hij ging haar voor naar een opening in de berberisstruiken. Een pad van flagstones slingerde naar het huis, zo'n Victoriaans villaatje met kanten vitrages waarvan jonge stellen tegenwoordig erg gecharmeerd waren. De voordeur was beglaasd met ruitjes in pralinekleuren, waar je onmogelijk doorheen kon kijken. Delia voelde zich opeens een beetje onbehaaglijk. Ze wist immers niets van deze man! En niemand anders had enig idee waar ze uithing.

'Meestal als ik op dit uur op ben, blijf ik ook op,' zei Adrian, 'en dan zet ik voor mezelf een potje...'

'Wat een heerlijke veranda,' riep Delia uit. 'Misschien kunnen we hier onze chocola drinken.'

'Hier?'

Hij bleef op de bovenste tree staan en keek om zich heen. Het was eigenlijk een heel deprimerende veranda. De plankenvloer was zo grijs als een oorlogsschip en het meubilair was in een schelle tint hardgroen geverfd. 'Zou je het niet te koud krijgen, denk je?' vroeg hij.

'Nee hoor,' antwoordde ze, hoewel het, nu ze het lopen had gestaakt, inderdaad te koud leek. Ze duwde beide vuisten in de zakken van de duster.

Hij staarde haar een ogenblik aan van boven aan het trapje. Toen zei hij: 'Aha. Ik snap het,' en zijn mondhoeken krulden geamuseerd omhoog.

'Maar als jíj het koud hebt...' zei ze, kleurend.

'Ik begrijp het,' zei hij. 'Je kunt niet voorzichtig genoeg zijn.'

'O, dat is het niet. Hemel nee!'

'Ik geef je helemaal geen ongelijk. Dan drinken we onze chocola hier buiten op.'

'Heus,' zei ze. 'Waarom kom ik niet binnen?'

'Nee, wacht hier maar. Ik breng het wel buiten.'

'Toe,' zei ze. 'Toe. Laat me toch binnenkomen.'

En omdat ze zag dat deze discussie anders eeuwig zou doorgaan, haalde ze een hand uit haar zak en legde die op zijn pols. 'Ik wil het graag,' zei ze.

Ze wilde graag binnenkomen, bedoelde ze. Dat was wat ze oprecht bedoelde, maar zodra haar de woorden uit de mond waren zag ze dat ze iets meer impliceerden en ze liet haar hand vallen en deed een stapje achteruit. 'Of misschien,' zei ze. 'Ja, de... veranda, waarom drinken we onze chocola niet op de...' En ze tastte achter zich naar een stoel en liet zich erop neer. De steenkoude kussenloze zitting benam haar een ogenblik de adem, alsof ze een ontstellend nieuwtje had gehoord, of zicht had gekregen op een mogelijkheid die nooit eerder in haar hoofd was opgekomen.

4

'Ik zeg tegen Eliza toen ze me van het vliegveld ophaalde,' zei Linda, 'ik zeg: "Nou, één geluk: nu pappa er niet meer is hoef ík niet bij jou op de kamer te slapen, Eliza." Als je bedenkt hoe ze snurkt.'

Delia zei: 'Ja, maar...'

'En ik zeg: "Dan hoeft de tweeling óók niet meer bij Susie te bivakkeren." Ik dacht, ze passen best samen met mij in pappa's grote bed. Dan kom ik thuis aan, en wat denk je.'

'Ik wás ook eerst van plan je daar te leggen maar het leek zo... toen ik binnenkwam om de lakens erop te doen leek het zo...'

'Best, dan doe ik de lakens er zelf wel op,' zei Linda. 'Ik zeg je één ding: ik ga gegarandeerd niet bij Eliza slapen als er een hele extra kamer leegstaat.'

Ze stonden in de deuropening van hun vaders kamer te staren naar de hartverscheurende ordelijkheid, de schemerige, van stofdeeltjes bezwangerde atmosfeer, de chenille beddesprei, onnatuurlijk strak over de matras. Linda, in haar reiskleren, had nog dat aura van doelgerichtheid en doortastendheid om zich heen dat sommige mensen krijgen van reizen. Ze overzag de kamer zonder een zweem van sentiment, voor zover Delia kon zien. 'Je hebt bepaald geen tijd verdaan met het aanbrengen van veranderingen elders,' zei ze. 'Luchtgaten voor de airconditioning waar je maar kijkt, tuinlieden die alle struiken uit de grond trekken, ik wéét al niet wat.'

'O, nou ja, dat is...'

'Volgens mij is dit waarop Sam Grinstead heeft gewacht,' zei Linda. 'Eindelijk heeft hij het huis in de klauwen.'

Delia sprak niet tegen. Linda keek haar even onderzoekend aan voor ze naar hun vaders ladenkast liep. Overbuigend naar de spiegel erboven harkte ze met haar vingers door haar korte bruine pagehaar. Toen deed ze haar tas af, die ze bandeliersgewijs droeg, met de riem schuin over haar borst – ook zo'n Europese gewoonte van haar. Je zou haar nooit voor een Amerikaanse houden. (Je zou nooit geloven dat ze in Michigan woonde, gescheiden van de professor Franse taal- en letterkunde die haar uiteindelijk niet had meegevoerd naar Parijs, waar hij geboren was, zoals ze had gehoopt.) Haar volle, zachte gezicht was wit gepoederd, haar enige andere make-up een blos van kleverig knalrood op haar lippen, en hoewel haar kleren onopvallend waren droeg ze ze met zoveel gezag – neem nu die tuttige bruine pumps met blokhakken, uitdagend gecombineerd met een marineblauw pakje. 'Maar wat staan we hier te staan? De hemel weet waar Marie-Claire en Thérèse in beland zijn,' zei ze, en de R's in de namen van haar kinderen klonken bijna gegorgeld. Toen ze Delia voorbijstoof naar de trap rook ze naar vliegtuig.

In de keuken vonden ze Eliza bezig met limonade maken voor de tweeling. Deze herfst zou de tweeling negen worden – een stadium van lange, lootachtige ledematen – en hoewel ze hun moeders vierkante bruine haardracht hadden, leken ze verder in alles op de professor. Hun ogen waren bijkans zwart, droefgeestig neerwaarts hellend; hun monden hadden de kleur van pruimen. Ze hielpen elkaar omhoog naar een rij keukenkastjes met glazen deurtjes, waarbij de eerste de tweede achter zich optrok toen ze het werkblad had bereikt, en voor de beweeglijkheid hadden ze hun ouderwetse, Europese schoolmeisjesjurken in hun onderbroek gestopt, zodat ze nog langbeniger leken.

'Zodra jullie nicht Susie zich vertoont zal ze jullie naar het zwembad brengen,' zei Eliza. Ze stond bij het aanrecht citroenen uit te persen. 'Ze hád beloofd dat ze het direct zou doen, maar ik vrees dat ze ergens naartoe is met haar vriendje.'

Het noemen van een vriendje leidde hen een ogenblik af. 'Driscoll?' vroeg Marie-Claire, haar beklimming onderbrekend. 'Gaat Susie nog stééds met Driscoll?'

'Jazeker.'

'Gaan ze samen naar feesten? Zoenen ze elkaar welterusten?'

'O, dát zou ik niet weten,' zei Eliza pinnig, en ze bukte om een kan uit een kastje te pakken.

De tweeling had haar doel bereikt: een pot met pepermuntjes op de bovenste plank. Centimeter voor centimeter manoeuvreerde Thérèse hem door het half openstaande deurtje. (Thérèse was de tweeling met de onregelmatige trekken, haar gezicht minder evenwichtig, minder symmetrisch, wat haar iets zorgelijks gaf. Er kwam er zo een voor in ieder stel, was Delia opgevallen.) Eén seconde leek de pot in de lucht te zweven, maar toen landde hij veilig in Marie-Claires uitgestrekte handen. 'Hebben Ramsay en Carroll ook vriendinnetjes?' vroeg ze.

'Ja, Ramsay wel, tot mijn spijt.'

'Waarom spijt je dat?' vroeg Thérèse, en Marie-Claire zei: 'Wat is er dan verkeerd aan haar?' – allebei zó gespitst op een roddel dat Delia hardop in de lach schoot. Thérèse keek achterom en zei: 'Spijt het jou ook, tante Delia? Hou je de deur voor haar dicht? Gaat ze met ons mee naar het strand?'

'Nee, dat niet,' zei Delia, alleen de makkelijkste vraag beantwoordend. 'Het strand is meer een uitje voor de familie.'

Ze zouden de volgende morgen vroeg, een zondag, voor een week naar het strand gaan. Het was een jaarlijks weerkerend evenement geworden. Half juni, zodra de scholen sloten, kwam Linda uit Michigan over en vertrokken ze gezamenlijk naar het huisje dat ze huurden aan de kust van

Delaware. Op de veranda bij de deur stonden de luchtbedden en badmintonrackets al hoog opgestapeld; de vrieskist was volgestouwd met stoofschotels, en Sams patiënten verdrongen zich voor consulten op het laatste moment, in de hoop contact met zijn waarnemer zo mogelijk te vermijden.

'Delia, kun jij de suiker pakken,' verzocht Eliza. Ze liet water in de kan lopen. 'En meisjes, ik had graag vijf glazen uit dat kastje rechts van jullie.'

Terwijl Delia de suiker afmat keek ze heimelijk op de klok aan de muur boven zich. Tien voor vier. Ze wierp een blik op de tweeling en schraapte haar keel. 'Als Susie nog niet terug is wanneer jullie je limonade op hebben, kan ík jullie misschien naar het zwembad brengen,' zei ze.

Eliza zei: 'Jíj?' en de tweeling zei als uit één mond: 'Maar jij hebt een hekel aan zwemmen!'

'O, maar ik ga niet echt het water in. Ik rijd jullie erheen en dan kan Susie jullie straks weer ophalen.'

Eliza tinkelde ijs in de tumblers. Linda nam plaats aan het hoofd van de tafel en de tweeling legde beslag op de stoelen aan weerszijden van haar. Toen Delia de kan met limonade voor hen neerzette riep Marie-Claire: 'Ják! Het zit vol met vezelige dingetjes!'

'Die zijn goed voor je,' zei Linda en begon in te schenken.

'En héle grote pitten!'

'Daar zul je niets van krijgen.'

'Dat zégt ze wel,' zei Thérèse op onheilspellende toon tegen Marie-Claire. 'Maar ze schieten wortel in je buik en dan groeien er citroenbomen uit je oren, eerlijk waar.'

'O, Thérèse toch,' zei Linda.

Zonder acht op haar te slaan keken de tweelingen elkaar veelbetekenend aan over de tafel. Eindelijk zei Marie-Claire: 'Ik geloof dat we toch niet zo'n dorst hebben.'

Ze schoven hun stoelen naar achteren en holden de keuken uit.

'O jee,' zuchtte Linda. 'Sorry, Liza.'

‘Hindert niet,’ zei Eliza stug.

Er waren momenten dat Delia heel even besefte dat Eliza was wat je vroeger een oude vrijster noemde. Ze zag er zo ongelukkig uit in haar excentrieke weekendkleren, dat safaripak en die plompe stappers van haar; ze trok een stoel bij, haar hoofd gebogen; het recht gesneden haar viel naar voren en verborg haar uitdrukking. Ze ging zitten en vouwde resoluut haar kleine handen op tafel.

‘Nou, maar ik heb wél dorst!’ zei Delia met stemverheffing, en ze nam ook een stoel en greep een van de tumblers. Vanuit de vestibule hoorde ze een serie bonzen – ongetwijfeld de koffer van de tweeling die nu naar boven werd gezeuld. Blijkbaar waren ze nog steeds voornemens bij Susie in te trekken, als het gekraak dat boven begon een indicatie was.

Buiten voor het open raam dook opeens het baardige gezicht op van een werkman. Hij keek naar de vrouwen, knipperde met zijn ogen en verdween weer. Delia en Linda zagen hem, maar Eliza, die met haar rug naar hem toe zat, niet. ‘In elk geval, wat voert hij nu uit?’ vroeg Linda.

Eliza zei: ‘Wie, hij?’

‘De werkman,’ legde Delia uit.

‘Nee, niet de werkman,’ zei Linda. ‘Sam, bedoelde ik. Waarom laat hij alle struiken rooien?’

‘Nou, ze zijn oud en verwilderd, zegt hij.’

‘Kan hij ze niet gewoon snoeien of zo? En centrale airconditioning! Dit huis is helemaal het type niet voor airconditioning.’

‘We zullen er nog dankbaar voor zijn wanneer het weer warmer wordt,’ zei Eliza. ‘Neem wat limonade, Linda.’

Linda nam een glas maar dronk er niet van. ‘Ik zou wel eens willen weten waar hij het van betaalt,’ zei ze donker. ‘Plus: dit huis staat op naam van ons drieën, niet op de zijne. Wij zijn degenen aan wie pappa het heeft nagelaten.’

Delia wierp een blik naar het raam. (Ze verdacht de werklui ervan dat ze zich daar ophielden, verdiept zoals schijnbaar alle werklui in andermans privé-leven.) 'We moesten maar eens naar het zwembad gaan. Heeft iemand nog iets van Eddie's nodig?'

'Eddie's?' vroeg Eliza.

'Ik kan er op de terugweg langsgaan om fruit.'

'Delia, heb je er wel aan gedacht dat Sams moeder komt eten? En je moet de Medicare-nota's nog doen. Als ík de tweeling nu wegbreng en dan daarna langs Eddie's ga.'

'Nee, alsjeblieft!' zei Delia. 'Ik bedoel, ik heb tijd zat. En bovendien wil ik het fruit zelf uitzoeken want ik weet nog niet zeker of ik...'

Ze gaf veel te veel uitleg – altijd een vergissing. Linda merkte niets, maar Eliza kon haar gedachten lezen, dacht Delia wel eens, en ze nam Delia bedachtzaam op. 'In elk geval,' zei Delia, 'ik zie jullie straks. Goed?' En ze stond op. Ze hoorde de tweeling al van de trap denderen. 'Geef mijn tas eens aan, wil je?' verzocht ze. Eliza hield haar nog steeds in het oog maar ze pakte Delia's tas van het aanrecht en reikte hem aan haar over.

In de hal was de tweeling aan het kibbelen over een duikbril die ze uit de strandspullen moesten hebben bevrijd. Ze droegen eendere, krappe tricot badpakjes in verschillende kleuren – een rood, een blauw, en beiden liepen op rood-met-blauwe teensandalen aan hun lange, bleke, knobbelige voeten. Geen van tweeën had een handdoek, maar de handdoeken waren boven en daarom liet Delia na hen erop te wijzen. 'We gaan,' zei ze. 'Ik sta voor de deur.' Vanuit de keuken riep Linda: 'Meisjes, jullie doen wat de badmeester zegt, verstaan?'

Delia volgde hen over de veranda, de steel van een strandparasol ontwijkend. Bij het trapje stond een jongeman met een rode zakdoek om op de wortels van een azaleastruik in te hakken. Hij kwam overeind, veegde zijn gezicht af aan zijn onderarm en lachte tegen hen. 'Ik wou dat ik kon gaan zwemmen,' zei hij.

‘Ga dan met ons mee,’ zei Thérèse, maar Marie-Claire antwoordde: ‘Sukkel, zie je niet dat hij zijn zwembroek niet aan heeft.’ Ze huppelden voor Delia uit het pad af, onder het zingen van een repertoirenummer dat zij zich nog uit haar jeugd herinnerde:

‘Tja, dat is het lot.’

‘Wat is het lot?’

‘Drie cent per stuk.’

‘O jee, en ik heb er maar twee.’

‘Tja, dat is het lot.’

‘Wat is het lot?’

‘Drie cent per...’

Het weer was ideaal, zonnig en niet te warm, maar Delia’s auto had al een hele dag aan de stoeprand hitte staan verzamelen. Beide meisjes gaven een gilletje toen ze over de achterbank schoven. ‘Mag de airconditioning aan?’ vroegen ze Delia.

‘Ik heb geen airconditioning.’

‘Heb jij geen airconditioning?’

‘Doe het raampje maar open,’ zei ze en draaide het hare omlaag. Ze startte de motor en reed de straat op. Het stuurwiel was bijna te gloeiend om aan te pakken.

Je kon wel zien dat het weekend was omdat er zoveel joggers buiten waren. En mensen waren aan het werk in hun tuinen, achter hun grasmaaimachines en hun heggescharen, en vulden de lucht met een zichtbaar groen stof dat Thérèse (de allergische van de twee) aan het niezen maakte. Bij Wyndhurst sprong het licht op oranje, maar Delia stopte niet. Ze had een gevoel alsof de tijd haar door de vingers glipte. Ze nam de lange helling naar omlaag met een royale vijftien kilometer boven de toegestane snelheid, sloeg piepend linksaf op Lawndale en parkeerde op de eerste de beste plek. De tweeling had zelf ook haast; ze stoven voor haar uit naar het hek en nog eer ze voor hen had betaald waren ze al tussen de andere zwemmers verdwenen.

Terugrijdend tegen de heuvel op plukte ze telkens aan het voorpand van haar blouse en blies tegen het vochtige kroeshaar dat tegen haar voorhoofd plakte. Kon ze maar even langs huis om zich wat op te frissen. Maar het zou haar nooit lukken een tweede maal aan haar zusters te ontsnappen. Ze sloeg af naar het zuiden zonder ook maar een blik naar de andere kant, richting Eddie's. Ze reed door een zalig koele galerij van lommerrijke bomen en toen ze bij Bouton Road was parkeerde ze onder een esdoorn. Toen liep ze Adrians voortuin door, klom de stoep op en belde aan.

Inmiddels kende de hond haar goed genoeg om zich alleen van de mat te verheffen om aan haar rok te ruiken. 'Ha Butch,' zei ze. Ze gaf hem een onhandig klopje op zijn snoet, tegelijkertijd wat achteruitdeinzend. De deur ging open en Adrian zei: 'Eindelijk!'

'Sorry,' zei ze bij het binnenkomen. 'Ik kon niet weg voordat Linda er was, en toen was uitgerekend haar vliegtuig óók nog te laat, en toen moest ik natuurlijk nog zorgen dat zij en de kinderen...'

Ze praatte te veel maar leek niet te kunnen ophouden. Die eerste paar minuten waren altijd zo penibel. Adrian nam haar tas over en zette hem op een stoel, en ze zweeg. Hij boog voorover en kuste haar. Ze zou wel naar zout smaken. Ze waren nog niet zo lang aan het zoenen – althans niet zo, niet zo serieus. Ze waren begonnen met het allervluchtigste kusje op de wang, veinzend alleen maar vrienden te zijn; daarna raakten er met de dag meer lichaamsdelen bij betrokken – hun lippen, hun open monden, hun om elkaar heen geslagen armen, hun dicht tegen elkaar aangedrukte lijven, totdat Delia (het was altijd Delia) zich losmaakte met een lachje, een 'Hè!' en wat rechttrekken van haar kleren. 'Hè! Heb je veel werk gedaan?' vroeg ze nu. Lachend keek hij op haar neer. Hij droeg een kaki broek en een verschoten batisten overhemd dat bij zijn ogen paste. In de laatste paar weken van zonneschijn was zijn haar haast goudkleurig geworden, zodat het een eigen licht leek uit te stralen, daar waar hij stond in de donkere gang – ook zo'n detail dat maakte dat ze zich abrupt moest afwenden en het huis inlopen alsof ze daar iets te doen had.

Adrians huis trof haar altijd als niet meer dan marginaal bewoond, wat gek was omdat tot voor drie maanden ook zijn vrouw daar had geleefd. Waarom gaven de kamers je dan zo'n indruk van langdurige onverschilligheid en veronachtzaming? De huiskamer, gezien vanuit de vestibule, nodigde haar nooit uit om binnen te komen. De muren waren kaal, op een enkel vriendelijk stilleventje boven de schoorsteenmantel na, en in plaats van een bank stonden er drie stoelen, onder schijnbaar beledigde hoeken ten opzichte van elkaar. De tafelbladen torsten alleen nuttige dingen – een lamp, een telefoontoestel; niets van de decoratieve ditjes en datjes die er de kilte van zouden hebben weggenomen.

'Ik ben klaar met het uitdraaien van het Adwater-artikel,' zei Adrian. 'Ik dacht, misschien wil jij er eens naar kijken en zeggen wat je ervan vindt.'

Hij leidde haar het smalle trapje op en door de gang naar een vertrek dat vroeger de serre of het zonneterras moest hebben geheten. Nu was het zijn werkkamer. Troebele ramen vormden de drie wanden, de vensterbanken vol met hoge stapels paperassen. Langs de vierde wand liep een ingebouwd werkblad waarop diverse stukken computerapparatuur stonden opgesteld. Dit was de plek waar Adrian zijn nieuwsbrief uitbracht. Abonnees uit vierendertig staten stortten zowaar geld voor *Maak haast!*, een kwartaalschrift gewijd aan het onderwerp reizen in de tijd. Het omslag was glimmend hemelsblauw, het logo een gebogen houten schoorsteenpendule op spaakwieltjes. Elk nummer bevatte een keuze uit science-fiction en rapportage, naast besprekingen van romans en films over tijdmachines, en zelfs hier en daar een strip of grap. Maar was deze hele publikatie nu een grap, of was het menens? Bij het lezen van de ingezonden brieven vroeg Delia het zich meermalen af. Veel abonnees leken er serieus in te geloven. Enkelen van hen althans beweerden uit eigen ervaring te spreken. En ze bespeurde een welhaast antropologische toon in het artikel van een Charles L. Adwater, PhD, die stelde dat de eigenschap die men 'charisma' noemde niets anders was dan de superieure zwier en gratie zoals aangetroffen bij bezoekers uit de toekomst die in het heden kwamen vertoeven. 'Bedenk,' zo schreef dr. Adwater, 'hoe gemakkelijk u en ik onze weg zouden weten te vinden in de jaren veertig, die tegenwoordig in het algemeen gesproken een tamelijk naïeve periode lijkt, waarin een burger van ons eigen decennium zou mogen verwachten met relatief weinig inspanning een aanzienlijke indruk te kunnen maken.'

'Zou jij zeggen "de jaren veertig een periode lijkt of lijken"?' vroeg Adrian. 'Het is allebei verdedigbaar.'

Delia gaf geen antwoord. Ze liep al lezend heen en weer door de kamer, kauwend op haar onderlip, en tuurde naar proefdruklettertjes, zo spikkelig en verspreid als de roofjes van een oude schram van stekelhei. 'Tja...' zei ze, en dwaalde met geveinsde verstrooidheid af naar de gang, onderwijl de tweede bladzij omslaand.

Adrian kwam achter haar aan. 'Ik persoonlijk vind Adwaters stijl nogal droog,' zei hij, 'maar ik kan niet al te veel wijzigingen voorstellen, want hij is een van de grootste namen op dit gebied.'

Hoe zou je naam moeten maken op het terrein van reizen in de tijd? Delia was geïntrigeerd, maar niet lang. Haar bezoek aan Adrians werkkamer was in wezen een kunstgreep, dat moest zelfs Adrian weten. Waar het om ging was bovenzijn, rondlopen op de eerste verdieping, waar de slaapkamers waren, en gluren achter elke deur. Adrian sliep in een ongezellig kleedkamertje; hij was daar naartoe verhuisd nadat Rosemary hem had verlaten en daarom voelde Delia zich vrij om de grootste kamer binnen te wandelen, en ze sloeg om naar pagina drie. Ze liep verder, tot ze bij het ladenkastje stilstond – zo had ze meer licht om te kunnen lezen van het raam boven het kastje, kon ze als reden geven. Achter haar trok Adrian haar kraagje recht. Zijn vingers maakten een fluisterend geluidje. 'Waarom draag je altijd een kettinkje?' vroeg hij, heel dicht bij haar oor.

'Hmmm?' zei ze met een flauw stemmetje. Ze sloeg nog een bladzij om, blindelings.

'Je draagt altijd een parelsnoertje, of een camee, of vandaag dit hartvormige medaillon. Altijd iets koesterends tegen je hals, en dan van die ronde onschuldige kraagjes.'

'Ach, 't is een gewoonte,' zei ze, maar haar gedachten sloegen al op hol. Bedoelde hij dat ze er kinderachtig in uitzag, dat het niet bij haar leeftijd paste?

Hij had nooit gevraagd hoe oud ze was, en hoewel ze tegen hem niet zou hebben gelogen, had ze geen behoefte uit zichzelf de waarheid te verstrekken. Toen hij háár had verteld dat hij tweeëndertig was, had ze gezegd: 'Tweeëndertig! Jong genoeg om mijn zoon te zijn!' – een opzettelijke overdrijving, expres om hem aan het lachen te maken. Ze had de leeftijd van haar kinderen zelfs niet genoemd, en hij had er niet naar gevraagd, want net als de meeste kinderloze mensen leek hij onkundig van de enorme ruimte die kinderen in een leven kunnen beslaan.

Daarnaast had hij een enigszins vertekend beeld van haar man. Uit een paar terloopse opmerkingen van hem maakte ze op dat hij zich Sam voorstelde als potig en atletisch (omdat hij jogde) en wellicht behept met een jaloerse aanleg. En Delia had hem niet uit de droom geholpen.

Ze hoefde alleen maar de mannen één keer bij elkaar te brengen – door bijvoorbeeld Adrian te eten te vragen, als onbestorven weduwnaar die nu voor zichzelf moest koken – en de hele situatie zou al haar potentiële dramatiek verliezen. Sam zou hem 'dat vriendje Bly-Brice van je' gaan noemen – op die sardonische toon van hem; de kinderen zouden met hun ogen rollen als ze te lang met hem telefoneerde. Maar

Delia ondernam geen stappen om een dergelijke ontmoeting te bewerkstelligen. Ze had zelfs zijn naam niet uitgesproken tegenover wie dan ook in haar gezin. En toen Adrians handen zich van haar kraagje verplaatsten naar haar schouders en haar dichterbij trokken, bood ze geen weerstand maar kantelde haar hoofd achterover tegen zijn borst. 'Wat ben je toch een kleintje,' zei hij. Ze hoorde het brommen van zijn stem in zijn ribbenkast. 'Je bent zo klein en zo fijntjes en rank.'

Vergeleken met zijn vrouw, bedoelde hij zeker; en die gedachte rukte haar rechtop. Ze liep van hem vandaan, onderwijl zakelijk pagina's herschikkend. Ze omcirkelde het bed (Rosemary's bed! met een nogal armoeiige sprei van gewatteerd satinet erover) en stapte op de klerenkast af. 'Wat ik wil weten,' zei ze over haar schouder, 'is: kun je daarvan rondkomen? Want zo'n periodiek als dat van jou is nogal gespecialiseerd, niet?'

'O, ik speel niet eens quitte,' antwoordde Adrian achteloos. 'Ik zal het een dezer dagen wel moeten opdoeken, vrees ik. Overgaan op iets nieuws. Maar dat ben ik gewend. Hiervóór gaf ik een bulletin voor baseballsponsors uit.'

De kast was vol met Rosemary's kleren – blouses, dan jurken, dan broeken, zodat er een ordelijke opeenvolging was van kort naar lang – en ze hingen op gelijke afstanden, niet op elkaar gepakt, zoals in Delia's kast. Volgens Adrian had Rosemary bij haar vertrek al haar spullen achtergelaten. Het enige wat ze had meegenomen was het zwartzijden jumpsuit dat ze had gedragen en een dun zwart tasje onder haar arm. Wat was het dat Delia zo aantrok? Dit was niet de eerste keer dat ze zo gehypnotiseerd voor Rosemary's garderobe had gestaan.

'En dáárvoor,' zei Adrian, 'had ik een kwartaalblad voor MASH-fans.' Hij stond alweer achter haar. Hij stak een vinger uit om de punt van haar gebogen elleboog te strelen.

Delia zei: 'Hoe heb je jezelf dan al die tijd in leven gehouden?'

'Och, Rosemary had een erfenisje.'

Ze deed de kastdeur dicht. Ze zei: 'Wíst je dat, voordat je met haar trouwde?'

'Waarom wil je dat weten?'

'De laatste tijd vraag ik me af of Sam niet met mij is getrouwd om de praktijk van mijn vader,' zei ze.

Ze had het hem niet moeten vertellen. Adrian zou haar aankijken en denken: ja, mooi is ze niet, en ze heeft kloofjes in haar ellebogen.

Maar hij glimlachte en zei: 'Als ik hem was, had ik je getrouwd om je sproetjes.'

Ze liep naar Rosemary's kant van het bed. Ze wist dat het die van Rosemary was omdat er naast de lamp een parfumflesje van geblazen glas stond. Eerst legde ze dr. Adwaters artikel op het nachtkastje en toen, alsof het de logische volgende stap was, opende ze het laatje eronder. Ze staarde naar een rommelzootje van nagelschaartjes, vijltjes en flesjes nagellak.

Hoe toepasselijk, die naam Rosemary! Rozemarijn was zo'n geraffineerd kruid, zo scherp, bijna chemisch van smaak. Als je er in een recept te veel van gebruikte, zou je zweren dat je een of ander aardolieprodukt at. Het had niets eenvoudigs, niets milds of saais. Niets sproetigs.

Adrian kwam achter haar staan. Hij draaide haar om naar zich toe en sloeg zijn armen om haar heen, en ditmaal trok ze zich niet terug maar zette haar handen in zijn middel en rekte zich omhoog om zijn kussen op te vangen. Hij kuste haar mond, haar oogleden, nog eens haar mond. Hij fluisterde: 'Delia, kom bij me liggen.'

Toen ging de telefoon.

Hij leek het niet te horen, hij hoorde het nooit. En hij nam ook nooit op. Hij zei dat het zijn schoonmoeder was, die hem liever had dan haar eigen dochter en aldoor maar probeerde hen weer bij elkaar te krijgen. 'Hoe weet je dat het niet Rosemary is?' vroeg Delia eens, en Adrian zei schouderophalend:

'O, de telefoon is niet een instrument dat Rosemary zou kiezen.' Nu gaf hij geen krimp, hij verstrakte niet eens. Delia zou het hebben gemerkt als het zo was geweest. Hij kuste de overgang van haar hals naar haar schouder en ze voelde nu het bed tegen haar knieholten drukken. Maar de telefoon bleef rinkelen. Tien keer, elf. Ze moest onbewust aan het tellen zijn. Dat besef stelde haar op de een of andere manier in staat zich los te maken, hoewel het aanvoelde of ze haar ledematen door water moest sleuren. 'Jeetje,' zei ze buiten adem, en stopte met veel omhaal haar blouse strakker in haar rok. 'Ik moet nu echt... heb ik mijn tas beneden laten staan?'

Hij was ook buiten adem. Hij sprak niet. Ze zei: 'O ja, ik weet het alweer! Op de stoel. Ik moet me haasten. Sam zijn moeder komt eten.'

Onder het praten stommelde ze de trap af. Het andere toestel in de huiskamer ging nu voor de veertiende keer over. De vijftiende. Ze bereikte de vestibule, pakte haar tas en draaide zich om bij de deur om te zeggen: 'Je weet dat we morgen vertrekken naar...'

'Je blijft nooit,' zei hij. 'Zodra je hier bent moet je altijd meteen weer weg.'

'O, nou ja, ik...'

'Waar ben je bang voor?'

Ik durf me niet uit te kleden voor iemand van tweeëndertig, zei ze maar niet. Ze lachte hem onnatuurlijk toe en zei: 'Dan zie ik je zeker wel weer na het strand.'

'Kun je nu nooit eens een aaneengesloten blok tijd voor elkaar krijgen? Een hele nacht? Kun je niet zeggen dat je bij een vriendin van je bent?'

'Ik heb geen vriendin,' zei ze.

Dat was ook zo, nu ze erbij stilstond. Toen ze met Sam trouwde was ze van generatie verwisseld en had iedereen achter zich gelaten, al haar oude klasgenootjes van school. 'Hoewel, tja, Bootsy Fisher,' zei ze. (Die door Sam Bazige Bootsy werd genoemd; de gedachte dook op uit het niets.)

'Haar kinderen en mijn kinderen zaten vroeger in dezelfde carpool.'

'Kun je dan niet zeggen dat je bij Bootsy bent?'

'O nee, ik zou niet weten hoe...'

En toen, omdat ze door de manier waarop zijn mond zich leek te verzachten raadde dat hij haar alweer wilde gaan kussen, wuifde ze hem met een gejaagd handje goedendag en repte zich de deur uit, bijna struikelend over Butch op de mat.

Gek, dacht ze, zich in haar auto nestelend, zo vaak als haar schooldagen haar weer voor de geest kwamen. Het moest aan dit duizelige, klamme, verfomfaaide gevoel liggen, wanneer ze naar huis reed na hun geheime ontmoetingen; haar verraderlijk hoogrode wangen, de toegetakelde, murwe aanblik van haar lippen toen ze een blik in de achteruitkijkspiegel waagde. Bij een stoplicht controleerde ze of al haar knoopjes dicht waren en tikte het medaillon weer op zijn plaats tussen haar sleutelbeenderen. Weer hoorde ze Adrian zeggen: 'Waarom draag je altijd een kettinkje?' en toen: 'Kom bij me liggen, Delia', en net als in haar schooltijd wond de herinnering haar meer op dan de gebeurtenis zelf. Als ze niet al had gezeten hadden haar benen het waarschijnlijk begeven.

Misschien zou ze wél kunnen zeggen dat ze bij Bootsy op bezoek ging. Niet voor een hele nacht natuurlijk, maar voor een avond. In elk geval zou niemand van haar gezin de moeite nemen haar te controleren.

Ze zette de auto op de oprit, die nu vrij was van alle auto's behalve die van Sam. Rook wolkte uit de tuin aan de andere kant van het huis. Hij was zeker bezig de barbecue klaar te maken voor het eten.

Ze volgde het rookspoor naar de kleine rechthoek van flagstones onder de ramen van de spreekkamer. Ja, daar was hij, turend naar de thermometer van de barbecue met zijn bril omhoog. Hij was nog in zijn overhemd met das en zijn nette broek, minus de witte jas. Hij maakte zo'n professionele indruk dat de schrik Delia om het hart sloeg. Hij wist immers álles? Maar toen hij overeind kwam en zijn bril liet zakken zei hij alleen: 'Ha, Dee. Waar was je?'

'O, ik heb... een paar boodschappen gedaan,' zei ze.

Het verbaasde haar dat hij niet vroeg waarom ze dan met lege handen thuisgekomen was. Hij knikte alleen en klopte met zijn wijsvinger op de thermometer.

Het trapje naar de keukendeur opklimmend voelde ze zich als een vrouw die na een diepe, zware slaap overdag ontwaakt. Ze liep Eliza voorbij en zweefde doelloos naar de hal. 'Wou je de groenten ook op de barbecue doen of zet je die in de oven?' riep Eliza haar na.

Er zou op de barbecue geen plaats voor zijn. Ze zouden in de oven moeten en dat wilde ze ook zeggen tegen Eliza maar ze vergat het, ze raakte de woorden kwijt en liet zich meevoeren naar de studeerkamer. Daar was goddank niemand. Ze geloofde niet dat ze had kunnen wachten tot ze bij de telefoon boven was. Ze nam de hoorn van de haak, draaide Adrians nummer, liet zijn telefoon tweemaal overgaan en legde toen neer – haar manier om hem te laten weten dat dit niet zijn schoonmoeder was. Ze draaide nogmaals en hij antwoordde halverwege de eerste bel. 'Ben jij dat?' vroeg hij. Zijn stem klonk dringend, intens. Ze zeeg neer op een voetenbankje en greep de hoorn steviger vast.

'Ja,' fluisterde ze.

'Delia, kom terug.'

'Ik wou dat ik kon.'

'Kom terug en blijf bij mij.'

'Ik wil het. Echt, ik wil het,' zei ze.

Sams moeder zei: 'Delia?'

Delia gooide de hoorn neer en sprong overeind. 'Eleanor!' riep ze, en stak haar handen weg in de plooien van haar rok om het beven ervan te verbergen. 'Ik wou net... ik zou net...'

'Sorry dat ik binnenval,' zei Eleanor, 'maar er deed niemand open.' Ze kwam dichterbij om de lucht bij Delia's oor te zoenen. Ze rook naar zeep; ze was een vrouw zonder parfum of franje, praktisch gekleed in een zelfstrijkende chemisier en Nikes, met een knap gezicht en kort, monnikachtig haar. ''t Was niet de bedoeling je gesprek te onderbreken.'

'Nee, ik maakte er net een eind aan,' antwoordde Delia.

'Zo te zien heeft iemand wat artikelen op jullie veranda laten liggen.'

'Artikelen?'

Delia had een vluchtig visioen van dr. Adwaters artikel over charisma.

'Badmintonsets en luchtbedden en zo, overal in het rond waar iedereen erover kan vallen.'

Eleanor was het soort gast dat het als haar plicht zag te wijzen op alarmerende mankementen in het huishouden. Hoelang maakte hun wc al dat lawaai? Wisten ze wel dat er een dikke boomtak dreigde af te breken? Delia verweerde zich altijd door net te doen of ze zelf een gast was. 'Hoe is 't mogelijk,' zei ze. 'Laat ik je naar Sam brengen. Hij is buiten bij de barbecue.'

'En ik dacht nog wel dat jullie er geen omslag mee zouden maken,' zei Eleanor terwijl ze voor haar de studeerkamer uit liep. In plaats van een handtas droeg ze zo'n buideltje van in-het-donker-lichtend chartreusegroen nylon vóór op haar buik, als een soort aanbouwzwangerschap. Daardoor liep ze een beetje achterover, hoewel ze anders een perfecte houding had.

'Gewoon, kip van de barbecue,' zei Delia toen ze door de hal liepen. 'Niets ingewikkelds.'

'Een blik soep was meer dan genoeg geweest,' zei Eleanor, met een scherpe blik naar een bruinverkleurd klokhuis midden op de trapstijl. 'Vooral met het oog op alles wat je nog te doen hebt voor jullie vakantie.'

Was dat als een verwijt bedoeld? Elk jaar kwam Sam met het voorstel zijn moeder mee te vragen naar het strand en elk jaar praatte Delia het hem uit zijn hoofd, hetgeen de reden was waarom ze als verzoening dit familiediner hielden, op de avond voor hun vertrek. Het was niet dat Delia zijn moeder niet aardig vond. Ze wist dat Eleanor een vrouw was die bewondering verdiende. Ze wist dat zij het zelf nooit zo schitterend zou hebben gered in Eleanors situatie – al vroeg weduwe, gedwongen een kantoorbaan te accepteren om zichzelf en haar zoon te onderhouden. (En als je het Sam hoorde vertellen, dan had je in elk geval weinig aan zijn vader gehad – een wat willoze, ondoortastende, slappe man.) Het vervelende was dat Delia zich in Eleanors bijzijn altijd zo te kort voelde schieten. Dan voelde ze zich wuft en verkwistend en ongeorganiseerd. Hun vakantie was de enige tijd in het jaar dat ze mocht hopen dat gevoel van zich af te kunnen zetten.

En bovendien, ze zag de IJzeren Mama nog niet op een strandlaken liggen luieren.

'Is Linda er al?' vroeg Eleanor toen ze de keuken betraden. 'En is de tweeling reuze gegroeid? Waar zijn ze allemaal?'

Het was Eliza, bezig bij de gootsteen, die antwoordde. 'De tweeling is naar het zwembad,' zei ze. 'Linda is net weg met Susie om ze op te halen. Hoe is het met jou, Eleanor?'

'O, met mij opperbest. Zie ik daar aspérges? Maar Delia, weet je wel wat asperges kósten?'

'Ze waren in de aanbieding,' jokte Delia. 'Ik stoof ze in de oven op een nieuwe manier, doodeenvoudig. Geen omslag,' voegde ze er listig aan toe.

'Nou, als jij bij "doodeenvoudig" denkt aan asperges en gebraden duifjes!'

'Nee, kip.'

'Gewoon een oud verschrompeld worteltje was voor mij al goed genoeg geweest,' zei Eleanor.

Ze stevende naar de achterdeur, Delia gedwee in haar kielzog.

Opzij van het huis stond Sam aan de knoppen van de barbecue te morrelen. 'Lijkt me nu wel goed op temperatuur,' zei hij tegen Delia. 'Dag moeder. Fijn je te zien.'

'Jongen, wat is er met de heesters aan de hand?' vroeg Eleanor, langs hem heen kijkend.

'Ze gaan eruit,' zei hij. 'We laten de hele boel opnieuw aanplanten.'

'O, maar dat kost vast een vermógen! Allemensen, kunnen jullie het niet doen met wat je had?'

'We wilden alles compleet nieuw,' antwoordde Sam. (*We?* dacht Delia.) 'We hebben geen zin meer om te doen met wat we hadden. Dee, ik denk dat ik wel klaar ben om met braden te beginnen.'

Toen Delia naar het huis liep hoorde ze Eleanor zeggen: 'Nou, ik weet niet jongen, maar de manier waarop jullie leven lijkt me knap machtig voor míjn bloed, met al die asperges en gebraden fazant voor het eten.'

'Kip!' riep Delia achterom.

Eliza moest het ook hebben gehoord, want ze grinnikte in zichzelf toen Delia de hordeur opende. 'Breng jij het maar,' zei Delia. 'Ik kan er even niet meer tegen.'

'O, maar jij trekt je ook te veel van haar aan,' zei Eliza terwijl ze naar de koelkast liep. Eliza leek Eleanor alleen maar vermakelijk te vinden. Maar Eliza was dan ook niet Eleanors schoondochter. Eleanor werd háár niet elke dag voorgehouden als een toonbeeld van spaarzaamheid, met haar professionele gereedschapskist en haar twaalfkoloms kasboek en haar driemaal gebruikte, uitgespoelde en afgedroogde boterhamzakjes.

Kwam het ooit bij Sam op dat Delia en zijn vader verwante geesten hadden kunnen zijn?

Ze verzamelde het bestek, van alles tien, en bracht het naar de eetkamer. Hier waren de geluiden vanuit de tuin gedempt en kon ze haar gedachten laten terugkeren naar Adrian. Terwijl ze rond de tafel liep, deelde ze messen en vorken uit en herinnerde ze zich het ritselen van Adrians vingers op haar kraagje, zijn warme adem toen hij haar kuste. Maar die kus kon ze niet werkelijk meer voelen, ontdekte ze. Eleanors interruptie moest van schrik alle gevoel uit haar hebben verdreven, net zoals wanneer vroeger de telefoon ging terwijl zij en Sam aan het vrijen waren en zij dan de draad kwijtraakte, bij wijze van spreken, en hem daarna niet meer had kunnen oppakken.

Ze kwam terug in de keuken en vond Eliza peinzend voor de glazenkast. 'Waar hebben we zin in?' vroeg Eliza haar. 'IJsthee of wijn?'

'Wijn,' antwoordde Delia prompt.

Vanuit de tuin kwam Eleanors zelfverzekerde stem aanzeilen: 'Heb je de aspergeprijzen wel gevolgd de laatste tijd?'

'Ja, schrikbarend hè,' zei Sam laconiek.

'Huizenhoog,' antwoordde Eleanor. 'Maar dat is wat we vanavond eten: asperges en gebraden pauw.'

Eliza was de enige die lachte.

Ze aten laat, door allerlei omstandigheden. Eerst deden Linda en Susie er eindeloos over om de tweeling van het zwembad te halen, en toen kwam Ramsay pas om zeven uur aanzetten, hoewel hij eerlijk had beloofd om zes uur thuis te zijn. Toen hij eindelijk opdaagde, had hij zijn vriendin bij zich met haar pipse, stille dochtertje van zes. Voor de tweeling was dit natuurlijk machtig interessant, maar Delia was woest. Het was stilzwijgend afgesproken dat deze avond uitsluitend voor familie zou zijn. Maar ze beschikte niet over wat er nodig was om Ramsay openlijk te trotseren. Inwendig ziedend dekte ze twee niet-bijpassende couverts tussen de andere voordat ze iedereen aan tafel riep.

Velma, de vriendin, was een elfachtig vrouwtje met een helm van gladglanzend haar en een parmantig figuurtje, geaccentueerd door een proper wit shortje. Delia kon ergens wel zien wat haar attractie was. Bij haar binnenkomst in de eetkamer liep ze bijvoorbeeld meteen op een van de verweesde couverts af, alsof ze gewoon was aan een bestaan in de marge der gebeurtenissen. En bovendien was ze zo onvermoeibaar geanimeerd dat zelfs Carroll – de norse Carroll – in haar tegenwoordigheid opvrolijkte, en Sam zorgde dat zij het grootste stuk kip kreeg. ('Je moet een beetje vlees kweken op die botjes van je,' zei hij – helemaal geen opmerking voor hem.) Toen stal ze Linda's hart met haar geestdrift over de namen van de tweeling. 'Ik ben gek op alles wat Frans klinkt, dat kun je wel zien aan dat ik mijn dochter Rosalie heb genoemd,' zei ze. 'Goh, ik zou best naar Frankrijk willen. Het allerverste wat ik ben geweest is een paar keer naar Hagerstown, voor haarverzorgingsdemonstraties.'

Velma was schoonheidsspecialiste. Ze werkte in zo'n unisexsalon, en daar hadden zij en Ramsay elkaar ontmoet. Hij was gekomen om zijn haar te laten knippen en vroeg haar ter plekke mee naar een theevisite bij zijn eerstejaars-mentor thuis. Nu zat hij vol trots naast haar, met een arm op de rugleuning van haar stoel, en glunderde rond de tafel tegen zijn familie. Al was hij klein van stuk (hij had veel van Delia's vader weg), naast Velma leek hij mannelijk en imposant.

'Hoewel, vorige herfst was ik op een kleurencongres in Pittsburgh,' herinnerde Velma zich. 'Toen ben ik een nacht overgebleven en heb ik Rosalie bij mijn moeder gelaten.'

Rosalie, gezeten achter het andere afwijkende bord, sloeg haar enorme, nat-glanzende ogen op en wierp Velma een blik toe die Delia trof als wanhopig.

'Iedereen in de zaak is getraind in het adviseren van uw kleuren,' vervolgde Velma. Sprak ze nu uitgerekend tegen Eleanor? Eleanor knikte aanmoedigend, met haar allerminzaamste gezicht.

'Sommige mensen horen koele kleuren te dragen en sommige mensen warme,' vertelde Velma haar, 'en ze zouden nooit ofte nimmer moeten ruilen; hoewel, je zou ervan schrikken hoeveel het er toch nog proberen.'

'Wordt dat bepaald door het temperament, kind?' informeerde Eleanor.

'Pardon?'

Maar Eleanor werd net afgeleid door het bord dat Sam voor haar opschepte. 'O gunst, Sam,' zei ze. 'Niet zo'n héle grote portie.'

'Ik dacht dat je om een borstje had gevraagd.'

'Jawel, maar dan een kléintje. Dit stuk is véél te groot voor mij.'

Hij stak een ander aan een vork omhoog. 'Deze goed?'

'O, maar die is gigántisch!'

'Nu, iets kleiners is er niet, moeder.'

'Kun je hem niet in tweeën snijden? Deze krijg ik nooit alleen op.'

Hij legde het stuk terug op de schaal om het door te snijden.

'Er kwam een mevrouw in de winkel,' vertelde Velma aan de anderen, 'die droeg roze en ik zeg zo van: "Mevrouw, wat zit u ernaast. U moet alleen maar koel dragen," zeg ik, "met uw teint." Zegt zij: "O, maar daarom kies ik voor warm," zegt ze. "Ik zoek juist het contrast." Daar kan ik niet bij, hè. Echt, daar kan ik dan niet bij.'

'Sam, lieverd, dat is zowat zes keer zoveel asperges als ik aankan,' zei Eleanor.

'Het zijn er maar drie, moeder. Hoe kan ik je daar nu een zesde van geven?'

'Ik wil graag een halfje, als dat niet te veel moeite is.'

'Maar u,' zei Velma tot Eliza, 'u zou er verpletterend uitzien in magenta. Met dat koolzwarte haar van u. Dat lichte bruin staat u helemaal niet.'

'Alleen hou ik toevallig van lichtbruin,' zei Eliza op haar besliste toon.

'En Susie, jij hebt zeker je kleuren al laten doen. Ja? Dat aqua staat je beeldig.'

'Het was het enige dat nog schoon was,' zei Susie. Maar ze

moest een gestreeld trekje om haar mond bedwingen.

'Ik kleed Rosalie zowat alleen nog maar in aqua. Alle andere kleuren maken haar te flets.'

'Sam, ik ben niet graag tot last,' zei Eleanor, 'maar ik stuur toch mijn bord naar je terug, dan kun je er een ietsepietsje aardappelsla afhalen en aan iemand anders geven.'

'Waarom hou je het niet gewoon.'

'Maar het is een veel te grote portie, lieverd.'

'Dan eet je wat je kunt en laat je de rest toch staan.'

'Ja, maar je weet dat ik een hekel heb aan eten verspillen.'

'O verdorie moeder, je ziet maar hoe je 't door je keel krijgt dan!'

'O gunst!' zei Eleanor.

De telefoon ging.

Delia zei: 'Carroll, neem jij even op? Als het een patiënt is, zeg dan dat we aan tafel zitten.'

Niet dat ze zich verbeeldde dat een patiënt zich zo gauw zou laten afschepen.

Carroll slofte naar de keuken, iets brommend over de grotemensentelefoon, en Delia nam een hap van haar drumstick. Die was zo droog en draderig als oude bast, doordat hij te lang in de oven was warmgehouden.

'Voor jou, mam,' zei Carroll, zijn hoofd om de deur stekend.

'O, vraag maar wie het is en of ik terug kan bellen.'

'Het gaat over een tijdmachine, zegt hij.'

'O!'

Sam zei: 'Tijdmachine?'

'Ik ben zo terug,' zei Delia, haar servet wegleggend.

'Wil iemand een *tijd*machine aan je slijten?' vroeg Sam.

'Nee! Niet dat ik weet. Of, ik zou niet weten...' Ze zeeg achterover in haar stoel. 'Zeg maar dat we niets nodig hebben,' zei ze tegen Carroll.

Carroll trok zijn hoofd weer terug.

Het leek Delia of het stukje kip halverwege haar keel was

blijven steken. Ze pakte het broodmandje op en zei: 'Thérèse, Marie-Claire? Neem er een en geef het dan door, wil je?'

Toen Carroll weer aan tafel kwam zitten, keek ze niet op of om. Ze stuurde het botervlootje achter de broodjes aan en ontmoette toen pas Eliza's standvastige blik.

Het was Eliza voor wie ze moest uitkijken. Eliza was paranormaal, soms.

'Dit servies is nog van je overgrootmoeder,' vertelde Linda aan de tweeling. 'Cynthia Ramsay heette ze. Ze was een beroemde schoonheid in Baltimore en de hele stad vroeg zich af waarom ze in vredesnaam ja had gezegd tegen dat dikke onderdeurtje, Isaiah Felson. Maar hij was arts, begrijp je wel, en hij had beloofd dat zij, als ze met hém trouwde, nooit tb zou krijgen. Want zie je, zowat haar hele familie was aan tb gestorven. En daarom trouwde ze met hem en verhuisde helemaal naar Roland Park en ze bleef zo gezond als een vis, haar hele leven lang, en kreeg twee kerngezonde kinderen bovendien, en één daarvan was jullie opa. En opa herinneren jullie je wel.'

'We mochten van hem niet rolschaatsen in huis.'

'Precies. Nou, in elk geval, jullie overgrootmoeder liet haar trouwservies helemaal uit Europa komen, deze zelfde borden waar jullie vanavond van eten.'

'Behalve Rosalie,' zei Marie-Claire.

'Wat zeg je schat?'

'Rosalie haar bord is geen trouwservies.'

'Nee, Rosalies bord komt van de markt,' zei Linda, en ze gaf de boter door aan Eleanor, zonder te merken dat Rosalies ogen nóg natter begonnen te glanzen.

'Hemel nee, voor mij geen boter, liefje,' zei Eleanor.

Waarom had hij opgebeld? dacht Delia. Niets voor hem. Hij moest haar iets van levensbelang te vertellen hebben. Ze had het gesprek moeten aannemen.

Ze zou water of zo gaan halen in de keuken en hem dan terugbellen.

Met haar hand om de waterkan stond ze op, en op dat moment ging de voordeurbel. Ze verstijfde. Haar eerste, hartkloppende gedachte was dat dit Adrian was. Hij kwam haar halen, hij was niet meer voor rede vatbaar. Een heel scenario speelde zich vliegensvlug af in haar hoofd – de verbijstering van haar gezinsleden terwijl zij zich liet meevoeren, het huis uit, haar reis door de nacht met hem (in een bespannen wagen, leek het) en hun paradijselijke leven in een zonovergoten, witgeverfde kamer ergens aan de Middellandse Zee. Ondertussen hoorde ze Sam zeggen: 'Nu heb ik het ze toch zó vaak gevraagd...' en hij stond op en beende naar de hal, blijkbaar in de veronderstelling dat het een patiënt was. Tja, het was mogelijk. Delia bleef staan, haar oren spitsend. Een van de tweelingen zei: 'En Rosalie haar servet is maar gewoon papier', en Delia had een aanvechting om haar stem letterlijk van zich af te slaan.

Het was een vrouw. Een bejaarde, zeurderige vrouw die iets onverstaanbaars zei. O. Dus toch een patiënt. Delia voelde zich opgeluchter dan ze had gedacht. Ze zei: 'O. Moet iemand nog iets hebben uit de keuken?' Maar voor ze zich kon omdraaien om de kamer uit te gaan, bracht Sam zijn bezoekster binnen.

Royaal over de zeventig, pafferig en gerimpeld onder haar massa zwartgeverfde krullen en haar plamuurlaag van rode rouge en donkerrode lippenstift, kwam de vrouw naar voren op bespottelijk kleine schoentjes met open tenen, die ternauwernood onder de zoom van haar vormeloze zwarte japon uitpiepten. Ze omklemde een reticule met haar dikke beringde handen en peervormige diamanten oorhangers slingerden aan haar lange oorlellen. Dit alles constateerde Delia terwijl ze tegelijkertijd Sams bevreemde gezicht in zich opnam, vlak achter de schouder van de vrouw. 'Dee,' zei hij, 'deze dame zegt...'

De vrouw zei: 'Bent u mevrouw Delia Grinstead?'

'Eh, jawel.'

'Ik eis dat u de man van mijn dochter met rust laat.'

Rondom de hele tafel was het of iedereen als het ware in de houding sprong. Delia voelde het, ook al dwong ze haar ogen op de vrouw gericht te blijven. Ze zei: 'Ik heb geen idee waar u het over hebt.'

'U weet best wie ik bedoel. Mijn schoonzoon, Adrian Bly-Brice. Of bent u de tel soms kwijt? Hebt u al zoveel amants verzameld dat u ze niet meer uit elkaar kunt houden?'

Iemand grinnikte. Ramsay. Hoewel hierdoor lichtelijk gepikeerd concentreerde Delia zich met geweld op de zaak in kwestie. Ze zei: 'Mevrouw eh... werkelijk, ik zou niet...'

Het was afschuwelijk, zo meisjesachtig als haar stem klonk.

'U bent bezig een gelukkig huwelijk kapot te maken,' sprak de oude vrouw. Ze stond nu aan het andere eind van de tafel geposteerd, vlak achter Sams lege stoel. Ze keek Delia smeulend aan vanonder wimpers zo dik in de mascara dat ze haar gezicht als luifels overschaduwden. 'Ze mogen dan hun ups en downs hebben net als elk ander jong stel,' zei ze, 'maar ze doen hun best om ze op te lossen, verstaat u! Ze gaan weer samen uit, had hij u dat al verteld? Ze zijn al twee keer wezen eten in het restaurant waar ze zich verloofd hebben. Ze denken dat het zou helpen als ze aan een baby begonnen. Maar iedere keer dat ik uit mijn huis kijk: wat zie ik dan? Uw auto aan de overkant van de straat. U die bij zijn voordeur met hem staat te zoenen, 'm helemaal aflebbert, die er niet genoeg van kan krijgen, die met hem naar boven gaat om hem te bepotelen voor het raam van zijn eigen slaapkamer, zodat alle buren hun ogen kunnen uitkijken!'

Adrians schoonmoeder woonde tegenover hem in dezelfde straat?

De vlammen sloegen Delia uit, ze voelde de verblufte gezichten van de anderen.

Sam zei rustig: 'Delia, weet jij hier iets van?'

'Nee! Niets!' riep ze. 'Ze verzint maar wat! Ze verwart mij met iemand anders!'

'En wat is dit dan?' vroeg de oude vrouw en ze begon aan haar reticule te rukken. Het koordje werd vastgehouden door een soort schuifgesp en het duurde hele minuten, leek het wel, om deze los te krijgen, terwijl iedereen in gefascineerd stilzwijgen toekeek. Delia merkte dat ze al een poosje haar adem had ingehouden. Ze rekende erop dat werkelijk álles uit dat tasje te voorschijn kon komen – iets zwoels en ordinairs, met een geil luchtje eraan, hoewel, wat zou dat dan precies kunnen zijn? Maar alles wat de oude vrouw aan het licht bracht was een foto. 'Kijk! Kijk!' eiste ze. Ze hield hem omhoog en wendde zich langzaam van links naar rechts.

Het was een polaroidkiekje, zo onderbelicht dat het niet meer voorstelde dan een vierkantje aangevreten zwart. Maar pas toen Ramsay weer begon te grinniken begreep Delia dat ze veilig was.

'Kom, kom,' zei Sam ondertussen, 'maakt u zich niet ongerust, uw dochter is ongetwijfeld héél gelukkig getrouwd...' Op zijn allerhoffelijkste manier wendde hij de oude vrouw naar de deur. 'Mag ik u naar uw auto brengen?' zei hij.

'O. Eh ja, misschien... ja, misschien wel,' zei ze. Ze was nog met haar reticule aan het hannesen maar liet toe dat hij haar naar buiten leidde. Haar manier van lopen, onder de beschutting van zijn arm, was zo verdoofd en onzeker dat Delia plotseling medelijden kreeg.

'Wie was dát?' vroeg Marie-Claire duidelijk verstaanbaar.

Ramsay zei: 'O, iemand voor je tante Delia; je weet toch wat een sirene ze is', en iedereen schrok wakker en gniffelde.

Het was geschift van haar, wist ze, maar een fractie van een seconde overwoog ze een bekentenis, alleen maar om het ze in te peperen. Ze deed het niet, natuurlijk. Ze lachte tegen de hele tafel, ze ging weer zitten en zette de waterkan aan haar linkerkant. 'Wie wil er nog kip?' vroeg ze en keek tartend in Eliza's taxerende ogen.

Het was Susie's avond om af te wassen en Eleanor zou wel helpen, zei ze. Ze peinsde er niet over Delia ook maar een vinger te laten uitsteken, zei ze, na die extravagante maaltijd. Dus verdween Delia met gespeelde tegenzin uit de keuken, maar in plaats van met de anderen koers te zetten naar de veranda, snelde ze de trap op naar de slaapkamer. Ze deed de deur achter zich dicht, ging op de rand van het bed zitten en greep de telefoon.

Hij antwoordde bijna ogenblikkelijk. Ze had zich schrap gezet om de hele riedel van twee keer laten bellen nog eens af te draaien maar hij zei direct: 'Hallo?'

'Adrian?'

'O god, Delia, is ze geweest?'

'Ze is geweest.'

'Ik wou je nog waarschuwen. Ik heb naar je huis gebeld en toen je man opnam heb ik maar gezegd dat...'

'Mijn man nam op? Wanneer dan?'

'Was dat niet je man?'

'O, Carroll. Mijn zoon. Om etenstijd, bedoel je.'

'Ja, en ik hoopte dat jij... was dat je zoon?'

'Ja, mijn jongste. Carroll.'

'Maar hij was zo oud.'

'Oud? Hij is niet oud!'

'Hij klonk als een volwassen man.'

'Nou, dat is-ie niet,' zei Delia kortaf. 'Adrian, waarom heb je daar met me staan zoenen voor deuren en ramen, als je wist dat je schoonmoeder aan de overkant woonde?'

'Dan heeft ze dus gedaan wat ze zei dat ze ging doen.'

'Ze kwam hier om mijn gezin te vertellen dat ik een "amant" had, als je dat bedoelt.'

'Godallemachtig Delia, en wat zeiden ze?'

'Volgens mij dachten ze alleen maar dat ze gek was of zo, maar... Adrian. Ze beweerde dat je gelukkig getrouwd was.'

'Ja, allicht zei ze dat. Dat wil ze immers ook geloven.'

'Ze beweerde dat jij en Rosemary weer met elkaar om

gaan, dat jullie al twee keer hebben gegeten in het restaurant waar jullie je verloofd hebben.'

'Ja, dát is in elk geval waar.'

'O ja?'

'Jazeker. Alleen om dingen uit te praten. We hebben per slot het een en ander gemeen. Heel wat gedeelde geschiedenis.'

'Ik snap het.'

'Maar het was niet zoals jij denkt! We spraken af om te gaan eten! Gewoon om te eten!'

'En jullie denken over een baby.'

'Heeft zij dat gezegd?'

'Ja.'

'Ja, nou ja, dat kwam natuurlijk ter sprake.'

'Hoezo natuurlijk!' riep Delia.

'Ik bedoel, Rosemary wordt er niet jonger op.'

'Nee, dat klopt, die moet al minstens dértig zijn,' zei Delia met enige bitterheid. Ze wond het telefoonsnoer tussen haar vingers. In de verbinding klonk geruis op de achtergrond, zoals bij lange-afstandsgesprekken.

'Och, best mogelijk dat ze sowieso geen type is voor kinderen,' zei Adrian opgewekt. 'Raar hè? Juist datgene wat je in iemand aantrekt kan je uiteindelijk gaan storen. Toen Rosemary en ik elkaar leerden kennen was ze zo... koel, zou je misschien zeggen, zo koel in haar gedrag dat ik betoverd was, maar nu zie ik dat ze best wel eens té koel kan zijn om een goede moeder te worden.'

'En ik dan?' vroeg Delia.

'Jij?'

'Wat is het in mij dat je aantrekt maar toch stoort?'

'Hè? Maar Delia, niets. Waarom vraag je dat?'

'Niets trekt je aan?'

'O! Nou ja, misschien... kijk, toen we elkaar ontmoetten deed je zo fris en lief en naïef aan. Ik bedoel zoals een kind, snap je? Maar toen we op een punt kwamen waarop de meeste mensen, eh, laten we zeggen wat verder zouden gaan, deed je nóg zo verdomde lief en kinderlijk. Je werd helemaal zenuwachtig, je riep dat je gauw weg moest, net alsof we tieners waren of zoiets.'

'Ik snap het,' zei Delia.

Adrian zei: 'Delia. Hoe oud is je zoon dan?'

'Stokoud,' antwoordde ze. Maar ze doelde op zichzelf.

Ze hing op en liep de kamer uit.

Beneden in de keuken hoorde ze water stromen en schalen rammelen en Eleanor zeggen: 'Susie, lieverdje, dat wou je toch niet wégdoen...' Delia liep de hal door en bleef bij de hordeur staan staren naar de veranda. Ze zag geen teken van de jongens, die al in geen jaren meer na het eten waren blijven praten; geen teken van Velma of Rosalie. Maar Sam en Linda zaten op elkaar te katten op de schommelbank. 'Sommige van die azalea's zijn nog geplant door onze overgrootvader,' zei Linda, 'niet dat dat jou een zorg zal zijn', en Sam zei: 'Of jou, tenzij je had gedacht hier iets van de lasten voor je rekening te nemen', en Eliza, schommelend in de schommelstoel, zei: 'Ach, hou toch op, jullie.' De tweeling tolde rond op het tuinpad onder de lantaarnpaal, hun huid onder de klevende grassprietjes, en boven hun hoofd fladderden witte motten. Ze hadden die overspannen, geënerveerde toestand bereikt die kinderen bevangt op zomeravonden buiten, en ze zongen in een halsbrekend tempo:

'Wat is het lot?'

'Drie cent.'

'O jee, en ik heb er maar twee.'

'Tja, dat is het lot.'

'Wat is het lot?'

'Drie cent.'

'O jee, en ik heb er maar twee.'

5

Het regende hun eerste avond aan het strand, en het dak van hun huisje bleek te lekken. Het was geen erg luxueus huisje, geen badplaatsachtig huis-aan-zee, maar een triest optrekje aan de landzijde van de Highway 1. Delia kon zich voorstellen dat er tot een week geleden een doodgewone supermarktbediende had gewoond. Het aanrecht had een rokje van bedrukt katoen, op de vloer in de huiskamer lag blauw linoleum met kringeltjes erin om een smyrnatapijt te suggereren, en alle bedden hadden een kuil in het midden en kraakten bij de minste beweging. Toch, zei Sam, hoefden ze een plasje water midden op de overloop boven niet te accepteren. Hij belde op staande voet het verhuurbedrijf, buiten kantoortijd op het nummer voor noodgevallen, en eiste dat het probleem direct de volgende morgen zou worden verholpen.

'Wat?' zei Linda, 'moet je nu zelfs op vakantie zo nodig je werklui erbij halen?'

En Eliza zei: 'Laten we het toch gewoon opdweilen en vergeten. Het regent vast niet nog eens zolang wij hier zitten, anders sleep ik God voor de rechter.'

Delia zelf zei niets. Ze kon er werkelijk de fut niet voor opbrengen.

In hun eigen huis in Baltimore zouden de werklui deze week gebruiken om de vloeren te schuren en opnieuw te lakken. Dit betekende dat Delia de kat had moeten meenemen. (Uitbesteden pikte hij niet – hij was bijna weggekwijnd, de ene keer dat ze het hadden geprobeerd.) Sam beweerde dat ze er geheid zouden worden uitgezet, omdat huisdieren uitdrukkelijk verboden waren, maar Delia zei dat dat onmogelijk kon. Hoe zou iemand ooit vermoeden dat Vernon er was? Want die was zo verbolgen geweest over de autorit dat hij op het moment dat hij in het huisje op de grond werd gezet tot achter in het keukenkastje was geschoten. Delia was wijs genoeg om hem tactvol aan zijn lot over te laten, maar de tweeling had geen rust en na het eten hingen ze voor het kastdeurtje met een schoteltje kliekjes om hem eruit te lokken. 'Hier, Vernon! Zoete Vernon!' Zijn enige reactie was het ontmoedigende, doffe stilzwijgen dat katten lijken uit te stralen wanneer ze hebben besloten elk contact te vermijden. 'O,' jammerde Marie-Claire, 'wat moeten we nu doen? Hij gaat nog dood van de honger!'

'Net goed,' antwoordde Sam, 'we mogen hier alleen geen lévende huisdieren hebben.'

Sam was de hele dag al uit zijn humeur, dacht Delia.

Die eerste avond, toen ze eigenlijk een strandwandelingetje hadden zullen maken of naar het dorp kuieren voor een ijsje, zaten de volwassenen dus in de naar benzine ruikende, slecht verlichte huiskamer te lezen in beduimelde, door eerdere huurders achtergelaten tijdschriften, en te luisteren naar het pikken van de regen tegen het raam. De tweeling was nog in de keuken Vernon aan het plagen. Susie en de jongens hadden de Plymouth geleend en waren naar Ocean City gereden, waarover Delia zich weer ongerust maakte omdat ze zich Ocean City altijd voorstelde als één gigantische arena vol botsautootjes, bemand door dronken studenten. Maar ze probeerde haar gedachten te concentreren op *American Deck and Patio*.

'Als morgen de zon niet schijnt,' zei Linda, 'kunnen we misschien een dagtripje maken tot voorbij Salisbury. Ik vind dat de tweeling een béétje idee moet krijgen van hun erfgoed.'

'Hè Linda, niet wéér die verdomde begraafplaats,' zei Eliza.

'Ook goed. Leen me maar een auto en ik rij ze er zelf wel heen. Zo ging het vorig jaar ook, herinner ik me.'

'Ja, en vorig jaar kwam de tweeling kapot van verveling en sikkeneurig thuis. Wat malen die om een zootje dooie Carrolls en Webers?'

'Ze vonden het juist énig! En ik wil graag de plek van oud-oom Roscoe vinden, als ik kan.'

'Nou, goede jacht, is alles wat ik ervan kan zeggen. Het is nu vast veranderd in een parkeerterrein en moeder kon sowieso al nooit met oom Roscoe overweg.'

'Eliza, waarom moet je me om de haverklap zo afkatten?' vroeg Linda. 'Hoe komt het dat elke kleinigheid die ik voorstel door jou wordt uitgelachen en belachelijk gemaakt?'

'Kom dames,' zei Sam verstrooid, terwijl hij de *Offshore Angler* doorbladerde.

Linda keerde zich tegen hem. Ze zei: 'En ik pik van jou geen "Kom dames", Sam Grinstead!'

'Sorry,' bromde Sam.

'Hoor hém, de stem der rede!'

'Mijn fout.'

Beledigd stond ze op en ging naar de tweeling kijken. Eliza deed de *Yachting World* dicht en staarde mistroostig naar het omslag.

Linda en Eliza verkeerden inmiddels in hun dag tweestemming, zoals Delia het in gedachten noemde – die stroeve, stekelige fase nadat de eerste fleur van Linda's komst was verbleekt. Eénmaal had Delia aan Eliza gevraagd waarom Linda en zij niet meer eigen met elkaar waren, en Eliza had gezegd: 'O, mensen die een ongelukkige jeugd gemeen hebben zijn zelden eigen met elkaar, heb ik gemerkt.' Dat had Delia verbaasd. Hadden zij dan een ongelukkige jeugd gehad? De hare was idyllisch geweest. Maar dat had ze maar niet gezegd.

Linda kwam terug met de tweeling, die nog steeds tobde over Vernon, en Sam legde zijn tijdschrift weg en opperde een spelletje rummycub. 'Had jij de kaarten meegebracht?' vroeg hij aan Delia.

Nee. Ze besefte het op het moment dat hij het vroeg, maar wroette met veel omhaal in de grote tas op het salontafeltje. Legpuzzels, Monopoly en een mens-erger-je-niet-bord kwamen te voorschijn, maar geen kaarten. 'Um...' zei ze.

'O nou ja,' zei Sam, 'dan spelen we wel mens-erger-je-niet.' Zijn toon was nadrukkelijk lijdzaam, wat erger leek dan schreeuwen.

Onder in de tas vond Delia wel haar laatste bibliotheekboek. *De Gevangene van kasteel Clarion* heette het. Ze was er vorige week in begonnen en vond het traag, maar alles was beter dan scheepsplattegronden. Toen Sam vroeg: 'Delia, speel jij ook mee?' zei ze: 'Ik denk dat ik in bed ga lezen.'

'Nu al? 't Is nog geen negen uur.'

'Nou, maar ik ben moe,' zei ze. Ze wenste iedereen welterusten en liep de kamer uit met de voorkant van haar boek verborgen, ook al deed niemand ook maar een poging om de titel te zien.

Boven meanderde een nieuw waterlintje uit de doorweekte badmat onderlangs de schoorsteen. Ze negeerde het en liep door naar de kamer die ze met Sam deelde. Deze was klein en rook muf, met een raam zonder gordijn. Omwille van de privacy kleedde ze zich in het donker uit en waste ze zich in de badkamer aan de andere kant van de overloop. Terug in de slaapkamer draaide ze de lamp aan en richtte de zwakke gele lichtbundel op haar kussen. Toen gleed ze onder de dekens, wriemelde genietend met haar tenen en sloeg haar boek open.

De heldin van dit boek was een vrouw genaamd Eleanora, wat Delia ongelukkigerwijs aan Eleanor deed denken. Eleanora's lange ravezwarte lokken en 'pikante' gezichtje moesten telkens wijken voor Eleanors no-nonsense-kapsel en IJzeren Mama-kaaklijn; en toen Kendall, de held, haar aan zijn borst drukte, zag Delia Eleanors kritische blik achter zijn brede schouder. Kendall was Eleanora's aanstaande zwager, de jongere broer van haar o zo aristocratische, beminnelijke verloofde. De onstuimige Kendall schaakte Eleanora de allereerste keer dat hij haar zag, hetgeen zowat een kwartier voor haar huwelijksvoltrekking was. In de rest van de roman moest Eleanora ervan doordrongen worden dat ze eigenlijk beter af was met haar ontvoerder dan met haar verloofde, en een van de redenen waarom Delia het verhaal zo traag vond, was dat Eleanora er zo lang over deed om iets zo voor de hand liggends te snappen. 'Ik zal nooit van je houden, nóóit!' riep ze, met haar kleine vuistjes op zijn borst timmerend, maar Kendall greep haar bij haar polsen en wachtte, dwingend en zelfverzekerd, net zo lang tot ze bedaarde.

Delia sloeg het boek dicht, met een vinger als boekelegger ertussen. Ze staarde naar het verstrengelde paar op het omslag.

Niet één keer, vanaf het moment van hun ontmoeting, had Adrian echt achter haar aan gezeten. Het was allemaal een kwestie van toeval geweest. Het toeval had hem ertoe gebracht haar te vragen om voor zijn vriendin te spelen (wie anders was er ook maar in de verte geschikt voor geweest? De vrouw met de baby? De oude dame bij de kassa?), en het toeval had hen een paar avonden later weer bij elkaar gebracht. Daar kwam bij dat al zijn gedragingen hadden verraden dat hij nog steeds van zijn vrouw hield. Hij hield zóveel van haar dat hij haar niet in zijn eentje onder ogen durfde komen in de supermarkt; dat hij het niet uithield in hun slaapkamer nadat ze was vertrokken. Maar met de zelfbegoocheling van een onnozele tiener had Delia dat niet willen zien.

En ook andere aanwijzingen had ze over het hoofd gezien – aanwijzingen die juist de aard van zijn karakter aan het licht brachten. Neem zijn optreden bij die eerste ontmoeting: de manier waarop hij haar lijstje veranderde, zijn laatdunkende opmerking over de namen in Roland Park, zijn trendy boodschappen. Hij was geen *slecht* iemand, nee, maar hij had zijn hoofd bij zijn eigen zorgen. En hij was toch een klein beetje oppervlakkig.

In liefdesromans zou ze zich na dit besef dankbaar hebben gewend tot de man die al die tijd achter de coulissen had staan wachten. Maar toen ze – in het echte leven – Sam de trap op hoorde komen, sloot ze haar ogen en deed of ze sliep. Ze voelde dat hij zich over haar heen boog en toen trok hij het boek zachtjes uit haar handen, doofde de lamp en liep de kamer uit.

De volgende ochtend was het opgehouden met regenen en leek de zon nog stralender te schijnen in de schoongewassen lucht. De hele familie toog kort voor de middag op weg naar de zee – de volwassenen in Sams Buick, de jeugd in de Plymouth met Ramsay aan het stuur. Verspreide plassen sisten onder hun banden toen ze Highway 1 overstaken en hun weg zochten tussen de duurdere, dichter bij het water staande strandhuizen. Toen de weg doodliep parkeerden ze, gooiden twee meters vol kwartjes en laadden de proviand voor de dag uit – de thermoskannen en dekens, handdoeken, koelboxen van piepschuim, luchtbedden en strandtassen. Delia droeg een stapel handdoeken tegelijk met haar grote strooien tas, zo volgepakt met noodvoorzieningen dat de hengsels een diepe moet in haar blote schouder maakten. Ze droeg haar roze geruite zwempakje met het schootje met de opengewerkte gaatjes in de zoom, en donkerblauwe espadrilles, maar geen badjas of andere bedekking, want wát Sam ook zeggen mocht, ze wilde op zijn minst íets van een kleurtje opdoen.

'Kijk uit, meisjes,' zei Linda tegen de tweeling die een koelbox tegen het houten vlonderpad op sjouwde. 'Je sleept met de bodem over de grond.'

'Dat is Thérèse d'r schuld, ze laat mij al het werk doen!'

'Nietwaar.'

'Welwaar.'

'Ik zéi toch dat jullie iets lichters moesten nemen?' zei Linda. 'Ik had jullie toch de dekens aangeboden of de...'

Maar op dat moment bereikten ze de top van de lage zanderige glooiing en daar was de zee, die hen herinnerde aan datgene waarvoor ze dat hele eind waren gekomen. O, elk jaar was het opnieuw of Delia het had vergeten. Die uitgestrekte, leigrijze, grenzeloze weidsheid, die vruchtbare, rottende, honde-ademlucht, dat onophoudelijke af en aan ruisen, dat al die tijd aan de gang was terwijl zij zich elders druk had gemaakt over wissewasjes! Ze bleef staan, liet haar ogen tot rust komen in de vlekjes van geel zonlicht die over het water schaatsten, en toen knalde Carroll met zijn armvol luchtbedden van achteren tegen haar aan en zei hij: 'Tjezus, mám!'

'O, neem me niet kwalijk,' zei ze. Ze begon de houten treden naar het strand af te lopen.

Het hád voordelen als je zo vroeg in het seizoen kwam. Weliswaar had het water nog geen tijd gehad om warm te worden, maar het was minder druk op het strand. Dekens lagen op beschaafde afstand van elkaar uitgespreid, met genoeg ruimte ertussen. Er waren maar een paar kinderen die wat aan de rand van de branding plasten, en Delia kon de verder weg dobberende hoofden met gemak tellen.

Eliza en zij vouwden een deken uit en schikten zich erop, terwijl Sam een parasol in het zand draaide. Maar Susie en de jongens liepen nog een dikke tien meter verder voor ze stilhielden om hun eigen post te betrekken. Al sinds een paar jaar stelden ze zich apart op; Delia trok het zich niet meer aan, maar ze merkte het altijd.

'Zo, en jullie komen hier niet weg,' zei Linda tegen de tweeling, 'totdat ik elke vierkante centimeter van jullie met sunblock heb bedekt.'

Ze hield ze van dichtbij vast, de een na de ander, en smeerde hun spichtige armen en benen royaal in met lotion. Zodra ze ze losliet renden ze ervandoor naar de deken van de jongelui.

Susie's radio speelde 'Under the Boardwalk', wat Delia altijd zo'n eenzaam liedje had gevonden. Maar 'Under the Boardwalk' steeg ook op uit andere radio's, op weer andere dekens, zodat de Atlantische Oceaan zijn eigen melancholieke achtergrondmuziek leek te hebben gekregen.

'Ik ga maar een eindje joggen,' zei Sam tegen Delia.

'O Sam! Je bent op vakántie!'

'Nou en?'

Hij gooide zijn badjas uit en verstelde het leren bandje van zijn horloge. (Het horloge hoorde blijkbaar bij zijn nieuwe oefenprogramma; maar hoe, dat wist Delia niet precies.) Toen liep hij naar de branding, draaide zich om, en begon met lange passen naar het noorden te draven, een schrale gestalte in een beige short en op gigantische witte gympen.

'Hier hebben ze tenminste al die strandwachten die getraind zijn in reanimatie,' zei Delia tegen haar zusters. Ze vouwde Sams badjas op en borg hem op in haar tas.

'Ach, die blijft wel gezond,' zei Eliza. 'Hij moest juist joggen van de dokter.'

'Jawel, maar niet overdrijven!'

'Volgens mij ziet hij er net uit als anders,' zei Linda. 'Als je dat als iets goeds beschouwt.' Ze hield een hand boven haar ogen om hem na te kijken. 'Ik zou nooit geweten hebben dat hij een hartaanval had gehad.'

'Het wás geen hartaanval! Hij had pijn in zijn borst.'

'Wat het ook was,' zei Linda onverschillig.

Ze droeg een eendelig badpak, in het midden opgehouden door een koord dat haar hals omcirkelde. Het maakte dat haar borsten aan weerskanten leken te hangen als een paar vermoeide ogen. Eliza, die het idee van een complete uitrusting voor één weekje zwemmen in het jaar onzin vond, droeg een denim short en een tot onder haar bh opgerold topje van zwart tricot.

Delia trok haar schoenen uit en gooide ze in haar tas. Toen ging ze plat op haar rug liggen en liet de milde zonnewarmte in haar huid dringen. Langzaam werden de geluiden zachter, als herinnerde klanken – de stemmen van andere zonnebaders vlakbij, de hoge, droevige kreten van de meeuwen, de muziek uit de radio's (nu Paul McCartney, die 'Uncle Albert' zong), en onder alles, zodat ze het bijna niet meer horen kon, het ruisen van de zee, zo constant en eentonig als de zee in een schelp.

Sam en zij waren naar dit strand gekomen op hun huwelijksreis. Ze hadden gelogeerd in een hotelletje dat nu niet meer bestond, en elke morgen, hier naast elkaar liggend en met hun blote donzige armen en benen net elkaar rakend, waren ze zo opgewonden geworden dat ze moesten opstaan en terugsnellen naar hun kamer. Eenmaal had zelfs dat te ver geleken en hadden ze zich maar in zee gestort, ver voorbij de branding, en ze kon zich nog de contrasterende lagen herinneren – zijn warme, knokige benen die langs de hare streken onder het koele, zijdezachte water – en de vissige geur van zijn nat gezicht toen ze zoenden. Maar de zomer daarop hadden ze de baby bij zich gehad (de kleine Susie, twee maanden oud en lastig, lastig, lástig) en in de jaren daarna de jongens, en hadden ze maar zelden kans gezien zich samen uit te strekken op hun deken, laat staan terug te sluipen naar hun huis. Eliza begon ook te komen, en Linda, voor haar trouwen, en hun vader, omdat die zich thuis nooit in zijn eentje had kunnen redden; en Delia, tot aan haar enkels in de branding staand, bracht haar dagen door met zorgen voor de kinderen, met opletten dat ze niet verdronken, met het bewonderen van elke nieuwe vaardigheid die ze leerden. 'Moet je kijken, mam.' 'Nee, moet je dit zien!' Vroeger dachten ze nog dat ze zo belangrijk in hun leven was.

Iemands voeten passeerden in het zand met een geluid als van wrijvend fluweel, en ze opende haar ogen en ging rechtop zitten. Eén ogenblik was ze licht in haar hoofd. 'Je gezicht begint te verbranden,' zei Eliza. 'Je mag er wel lotion op smeren.' Zijzelf zat heel verstandig in de schaduw van de parasol. Linda stond in zee, zich schrap zettend voor een aanrollende golf, met beide mollige armen wijd uitgestrekt en haar handen wiegelend geheven als vogelvleugels, en de tweeling was teruggekomen van de andere deken en was in Delia's buurt emmertjes aan het volscheppen. Vochtig zand koekte aan Marie-Claires knieën en maakte twee rondjes op het leeg-uitziende zitvlak van Thérèses badpakje.

'Is Sam al terug van het joggen?' vroeg Delia aan Eliza.

'Nog niet. Zin om een duik te nemen?'

Delia keurde dat geen antwoord waardig. (Zoals iedereen in de familie wist, moest de temperatuur verzengend zijn en de zee spiegelglad, en mocht er de hele dag geen zeekwal zijn gesignaleerd, voordat zij zich in het water waagde.) In plaats daarvan pakte ze haar tas. Na wat rommelen onder de espadrilles, Sams badjas en haar portefeuille diepte ze *De Gevangene van kasteel Clarion* op. Eliza humde toen ze het omslag zag. 'Dan laat ik je maar alleen met je *literatuur*,' zei ze tegen Delia. Ze kwam overeind en ging op weg, zakelijk de achterkant van haar shortje afslaand.

'Tante Eliza, mogen we mee?' gilde Marie-Claire.

'Wácht op ons, tante Eliza!'

Toen ze haar achterna renden leken ze zo dartel en hoogbillig als heremietkreeftjes.

Eleanora kreeg nu in de gaten dat Kendall niet de boeman was waarvoor ze hem had gehouden. Hij bracht haar dienbladen met eten op haar afgesloten torenkamer en liet doorschemeren dat hij alle gerechten zelf had klaargemaakt. Eleanora veinsde niet onder de indruk te zijn, maar later, nadat hij was weggegaan, dacht ze na over de ongerijmdheid dat zo'n gespierd en mannelijk type aan het fornuis in pannen stond te roeren.

'Oef!' zei Sam. Hij was terug. Het zweet biggelde langs de ribbels van zijn borstkas, en hij had de afgepeigerde, overbelaste, amechtige aanblik waar Delia altijd zo overstuur van raakte. 'Sam,' zei ze, haar boek wegleggend, 'je maakt jezelf kapot! Kom hier zitten en rust uit.'

'Nee, ik moet langzaam ontspannen,' antwoordde hij. Hij begon in kringen rondom de deken te lopen, nu en dan stilstaand om voorover te buigen en zijn knieschijven vast te pakken. Zweetdruppels vielen van zijn voorhoofd in het zand. 'Wat hebben we te drinken bij ons?'

'Limonade, cola, ijsthee...'

'IJsthee lijkt me lekker.'

Ze stond op om een papieren bekertje te vullen en het hem aan te reiken. Hij hijgde tenminste niet meer zo erg. Hij dronk het bekertje in één teug leeg en zette het op het deksel van de koelbox. 'Je neus is aan het verbranden,' zei hij.

'Ik wou een béétje kleur krijgen.'

'Melanoom, dat krijg je ervan.'

'O nou, misschien dat ik na de lunch...'

Maar hij had Linda's flesje sunblock al opgeraapt. 'Sta stil,' zei hij, de dop eraf schroevend. Hij begon lotion over haar gezicht uit te smeren. Het rook naar beurse perziken, een kunstmatig, ordinair luchtje, waarvoor ze haar neus optrok. 'Draai je om, dan doe ik je rug,' zei hij.

Gehoorzaam draaide ze zich om. Ze keek nu landinwaarts over de daken van de huisjes, samenhokkend aan de andere kant van de zandwering. Een vlucht kleine donkere vogeltjes doorkruiste de blauwe hemel in de verte, een volmaakte driehoeksformatie bewarend, zodat ze verbonden leken met onzichtbare draden. Ze zwenkten rond en vingen het zonlicht op en ineens waren ze wit, ja zilverig haast, als een sluier vol pailletjes; en toen zwenkten ze nog eens en waren het weer gewone zwarte spikkels. Sam streek lotion uit over Delia's schouders. Het ging er warm op maar koelde licht tintelend af in de wind.

'Delia,' zei hij.

'Hmm?

'Ik vroeg me iets af over die vrouw die zaterdagavond thuis langskwam.'

Ze werd stil onder zijn hand, maar voelde al haar zenuwen trillen als een aangetokkelde snaar.

'Ik weet dat ze misschien wat eigenaardig was,' zei hij, 'maar ze had een echte foto bij zich en ze leek oprecht te denken dat jij dat was met die wie was het, hoe heet-ie...'

Ze had zich al naar hem omgedraaid om het te ontkennen toen hij zei: 'Die Adrian Fried-Rice.'

'Bly-Brice,' zei ze.

Omdat hij de naam expres had verdraaid. Dat deed hij altijd. Over het bruidsmeisje bij hun trouwen, Missy Pringle, had hij telkens gesproken als Prissy Mingle. Typisch iets voor hem om zo kleinerend te doen. Zo verachtelijk over haar vrienden, met die ironische flikkering in zijn stem! Haar hele huwelijk rolde zich voor haar uit: oude grieven en vernederingen en rancunes, in theorie vergeten maar gewoon wachtend om de kop op te steken op zo'n moment als dit.

'Hij heet Adrian, Bly, Brice,' zei ze.

'Juist,' zei Sam. Zijn gezicht leek omfloerst.

'Maar die vrouw had het helemaal mis! 't Is gewoon iemand die ik ken.'

'Juist.'

Zwijgend zette hij het flesje sunblock terug.

'Je gelooft me niet.'

'Dat heb ik helemaal niet gezegd.'

'Nee, maar dat bedoelde je wel.'

'Je kunt mij toch niet verwijten wat jij denkt dat ik kan hebben bedoeld,' zei Sam. 'Natuurlijk is hij een kennis. Je bent niet bepaald het type voor een avontuurtje. Maar ik vroeg me wel af hoe buitenstaanders ertegen aankijken, Dee. Snap je?'

'Nee, dat snap ik níet,' zei ze tussen opeengeklemde tanden. 'En ik heet geen *Dee*.'

'Ook goed,' zei hij. 'Delia. Kom, bedaar nu maar.'

En hij streek met beide handen de lucht tussen hen glad – met dat neerbuigende gebaar dat haar altijd zo razend maakte

– en wendde zich van haar af en liep naar het water.

Bij elke ruzie die ze ooit hadden gehad was hij weggelopen voordat ze het hadden uitgevochten. Hij kon haar totaal in de gordijnen jagen en zich dan hooghartig verwijderen en de indruk wekken dat híj althans zich gedroeg als een volwassen mens. Een volwassen mens? Ouwe man, daar had het meer van weg. Wie anders zou de golven in waden op zijn gympen? Wie anders zou zo kleinzerig water op zijn borst en bovenarmen aaien voor hij onderdook? En op zijn horloge kijken, godbetert nog toe, wanneer hij bovenkwam? In Delia's ogen was het of hij de golfslag controleerde, zich overgaf aan een of ander precies en pietluttig ritueel dat haar mateloos irriteerde.

Ze griste haar tas van de deken, draaide zich om op een blote hiel en stampte weg, het strand af.

Er waren meer mensen bijgekomen zonder dat ze het had gemerkt. Nog maar een smal paadje slingerde tussen de parasols en canvas stoelen en opvouwbare babyboxen, en daarom veranderde ze na een paar meter van koers tot ze langs de oceaan beende over nat, opeengepakt zand dat haar voetzolen deed afkoelen.

Dit deel van het strand was voor de wandelaars. Ze wandelden voornamelijk met z'n tweeën: jonge stellen, oude stellen, bijna altijd hand in hand of althans gelijke tred houdend. Van tijd tot tijd liepen kinderen hun voor de voeten. Delia stelde zich een landkaart van de hele oostkust voor, van Nova Scotia tot Florida – een onregelmatige strook beige zand, bestippeld met minuscule mensjes, en met een randje nog schaarser bestippelde waterblauwe oceaan erlangs. Zijzelf was een stipje in beweging, op weg naar het zuiden. Ze zou net zo lang doorlopen tot ze er aan de onderkant van het continent afviel, besloot ze. Na een poosje zou Sam op de gedachte komen te vragen: 'Hebben jullie Delia soms gezien?' 'Hé, nee, waar kan die zijn gebleven?' zouden de anderen zeggen, maar zij zou in beweging blijven, als iemand die tussen regendruppels door loopt, en ze zouden haar nooit meer vinden.

Maar nu al was er iets wat haar vertraagde. De eerste Zeekolonie-torenflat doemde voor haar op – de lelijke Zeekolonie met zijn uitdrukkingsloze, monochrome hoogbouw, als een nederzetting van een buitenaards melkwegstelsel. Ze had er wel langs kunnen lopen, maar het geheimzinnige, Star Wars-achtige gebrom dat de gebouwen altijd uitzonden ontmoedigde haar zo dat ze halt hield. In haar kinderjaren was dit drassig grasland geweest, met een paar onooglijke buitenhuisjes hier en daar. In haar kinderjaren, wist ze bijna zeker, hadden zij en haar vader zelfgemaakte vliegers opgelaten, precies op de plek waar dat complex van oranje plastic piramiden nu een modernistisch zonnedek overschaduwde. Eén moment kon ze haar vaders stompe vingers over de hare om het vliegertouw voelen sluiten. Ze veegde met een hand over haar ogen. Toen maakte ze rechtsomkeert en aanvaardde de terugtocht.

Een strandwacht hing onderuitgezakt op zijn stoel en overzag de zwemmers, ondoorgrondelijk vanachter zijn donkere bril. Een spekkige jongen op een luchtbed belandde in het schuim aan Delia's voeten. Ze stapte om hem heen en zag recht vooruit de groen-met-witte parasol van haar gezin en haar kinderen op hun deken vlak daarachter. Ze zaten nu overeind en Sam stond een eindje ervandaan, nog glimmend van zijn zwempartij. Van hier af leek het niet of iemand sprak, want de kinderen zaten met hun gezicht naar de horizon en Sam bestudeerde zijn horloge.

Zomaar opeens boog Delia af, landinwaarts. Ze liet de zee achter zich en zocht haar weg tussen zandtunnels en om forten en verzamelingen speelgoed heen. Toen ze het houten vlonderpad naar de weg had afgelegd bleef ze staan om haar voeten af te vegen en haar espadrilles uit haar tas te vissen. Sams badjas lag eronder – een prop donkerblauwe popeline – en na enige overweging schudde ze hem uit en deed hem aan. Haar schouders waren nu zo verbrand dat ze hitte leken af te geven.

Als ze eraan had gedacht Ramsay om de sleuteltjes te vragen had ze de auto kunnen nemen. Ze verheugde zich niet op de tocht naar het huisje. Ja, ze kon nu meteen teruggaan voor de sleuteltjes. Maar dan zouden sommigen van de anderen misschien met haar mee willen en daarom zag ze ervan af.

Nu al leek de zee ver weg en lang geleden, niets dan een gefluister op deze zonnige klinkerweg met de doodstille huisjes en lege, bakkende auto's en de roerloze rijen badpakken aan waslijnen. Ze liep door iemands achtertuintje – voornamelijk zand – en omcirkelde een afrastering met naar krab ruikende vuilnisbakken, die gonsden van de blauwglinsterende vliegen. Toen stond ze voor Highway 1. Het verkeer raasde zo snel voorbij dat ze minuten moest wachten voor ze kon oversteken.

Aan de andere kant van de autoweg waren haar voetstappen het hardste geluid dat er klonk – haar stijve touwzolen klosten een ritme. Misschien omdat ze aan haar vader had gedacht, leek het het ritme van het liedje dat hij zong toen ze klein was. Ze stapte langs afgeschermde veranda's terwijl haar schoenen de maat sloegen van 'Delia is heen' – vroegen waar ze zo lang bleef, zeiden dat de zanger niet kon slapen, dat hij 's nachts rondom zijn bed overal Delia's blote voetjes hoorde. Vooral die laatste regel vond ze mooi; die had ze altijd mooi gevonden. Alleen, was die andere Delia niet dood? Ja, dat was duidelijk: al in het eerste couplet was er sprake van dat de kleine Delia dood en heen was. Maar zij geloofde liever dat de vrouw er domweg vandoor was gegaan. Dat klonk bevredigender.

Haar gezicht voelde plakkerig aan en haar schouder deed zeer op de plaats waar de hengsels van haar tas over de verbrande plek schuurden. Ze verplaatste de tas naar de andere kant. Ze was er nu trouwens bijna. Ze keek al uit naar een groot glas ijsthee zodra ze binnen was, en dan een lauw bad en een privé-bezoekje aan de kat. Het werd tijd Vernon weg te lokken vanonder haar bed, waar hij de afgelopen nacht domicilie had gekozen. Ja, misschien moest ze dat maar eerst doen.

Ze lachte tegen een vrouw die met een koffer uit het huisje naast het hunne kwam. 'Zalig strandweer!' riep de vrouw. 'Vreselijk om weg te moeten!'

'Ja, heerlijk,' zei Delia. Ze liep om een busje heen dat op de oprit stond en klom haar eigen stoep op.

Binnen maakte het halfduister haar een ogenblik blind. Ze tuurde omhoog langs de trap en riep: 'Vernon?'

'Word ik geroepen?' vroeg een mannenstem.

Ze hapte naar adem.

Hij kwam stommelend de trap af – een mollige jongeman met een klembord, in jeans en een roodgeruit overhemd. Zijn maanvormig gezicht, met de ronde roze wangen en stompe neus en een knoopsgatmondje, stelde haar enigszins gerust, maar toch had ze nauwelijks adem genoeg om te vragen: 'Wie...?'

'Ik ben Vernon, riep u mijn naam dan niet? Ik ben hier voor het dak.'

'O,' zei ze. Ze lachte beverig en drukte haar grote tas tegen haar borst. 'Ik riep alleen de kat,' zei ze.

'Nou, ik heb nergens geen kat gezien. Sorry als ik u heb laten schrikken.'

'Ik ben niet geschrokken!'

Hij wierp haar een weifelende, schuinse blik toe. De zijige huid onder zijn ogen glom van het zweet, wat hem iets bedachtzaams en jongensachtigs gaf. 'Hoe dan ook,' zei hij, 'het ziet ernaar uit dat ik de voegen boven aan de schoorsteen zal moeten vervangen. Maar niet meer vandaag, ik moet nu gauw terug. Dus als die mensen van de verhuur bellen, zegt u dan dat ik wel van me laat horen, goed?'

'Goed,' zei Delia.

Hij zwaaide vriendelijk met zijn klembord en liep langs

haar heen de deur uit. Op de stoep keek hij om en vroeg: 'Wat zegt u van m'n voertuig?'

'Voertuig?'

'Niet niks, hè?'

Dat was het. Het verbaasde haar dat het haar ontgaan was. Zo groot als een caravan, één flank verluchtigd met een in metallic brons gespoten woestijnlandschap, nam het de hele oprit in beslag. 'Met een magnetron,' zei Vernon, 'en een picobello klein koelkassie...'

'Is het dan om in te wonen?'

'Nou en of, wat anders?'

'Ik dacht dat een bus alleen een heleboel rijen stoelen had.'

'Is u dan nog nooit in een camper geweest? Nou vooruit, ik zal 'm u effe laten zien.'

'O, ik weet niet of...'

'Kom op! U slaat steil achterover.'

'Nou, dan kom ik 'm wel even bekijken,' zei Delia en ze volgde hem, nog steeds met haar armen om haar grote tas. Een deel van het woestijntafereel bleek een schuifdeur. Vernon schoof hem open en ging achteruit om haar naar binnen te laten kijken. Toen ze haar hoofd erin stak zag ze goudgeel hoogpolig tapijt tot halverwege de wanden, en ingebouwde kastjes, en achterin een verhoogd bed met bergladen eronder. Twee stoelen met hoge ruggen stonden naar de voorruit gewend – het enige waaraan je kon zien dat dit toch een vervoermiddel was.

'Góh!' zei Delia.

'Stap in. Bezichtig m'n recreatiecentrum.'

'Hebt u een recreatiecentrum?'

'Het nieuwste van het nieuwste,' antwoordde hij. Hij stapte nu zelf in, zodat de bus helde onder zijn gewicht, en keerde en bood haar een hand aan zo groot als een honkbalhandschoen. Ze nam hem aan en klauterde naar binnen. De olieachtige, opwindende lucht van het nieuwe tapijt deed haar denken aan luchthavens en reizen.

'Ta-dááá!' zei Vernon. Hij zwaaide een kastje open. 'Daar,' zei hij, 'onder dit tv-toestel zit een sleuf voor een videoband, ziet u wel. Ingebouwde video. 's Avonds draai ik 'm naar voren en kan ik de laatste succesfilms zien vanaf het bed.'

'Woon je hier de hele tijd?'

'Bijna wel,' zei hij. 'Tsja, zo'n beetje, tenminste, op het moment.' Toen wierp hij haar een blik toe, met zijn hoofd wat omlaag. 'Ik zal het u eerlijk zeggen,' zei hij. 'Deze bus is van mijn broer.'

Hij scheen te denken dat ze door deze mededeling diep teleurgesteld zou zijn. Hij fixeerde haar met zorgelijke blauwe ogen en wachtte, haast zonder ademhalen, tot ze zei: 'O ja?'

'Ik heb misschien de indruk gewekt dat-ie van mij was,' zei hij. 'Maar ziet u, mijn broer is er niet, die is met zijn vrouw uit vissen. Heeft de bus bij m'n moeder in Nanticoke Landing laten staan. Zij moest erop passen en ze mocht er niemand mee laten rijden. Mij, bedoelde hij. Maar vanmiddag komt-ie terug en gisteren begon ik te denken – nou, denk ik, wel nondeju. Hier staat die volledig ingerichte camper al de hele week bij ma in de tuin en ik heb nog geeneens dat magnetronnetje geprobeerd. Dus heb ik er vannacht in geslapen, en vanmorgen heb ik hem genomen om m'n ramingen te maken. Ma zei, ze wil er niks van weten, ik moest haar er niet in betrekken, zei ze. Maar wat kan-ie me maken, niet? Wat kan-ie mijn doen, me naar het gevang slepen?'

'Misschien merkt hij het niet,' zei Delia.

'O, reken maar dat-ie het merkt. Net wat voor hem om de kilometerstand op te noteren voordat-ie weggaat,' antwoordde Vernon somber.

'Je kunt altijd nog zeggen dat je dacht dat de accu moest worden bijgeladen.'

'De accu. Ja, nou.'

'Woont hij hier? In de bus bedoel ik?'

'Nee.'

'Nou, dat zou ik doen,' zei Delia. Ze bukte om de zitting

van een bekleed bankje op te lichten. Zoals ze had verwacht was er bergruimte onder. Ze zag iets van wollen spullen – dekens, of jacks. 'Ik zou er het hele jaar door in wonen,' zei ze. 'Nee, echt! Wat moet je met een groot oud huis en al die extra kamers!'

'Jawel, maar mijn broer heeft drie koters,' zei Vernon.

'Heb je wel eens die hangende koffieapparaten gezien?' zei Delia.

'Wablief?'

Ze was nu het keukenblok aan het inspecteren. Het was een toonbeeld van kleinschaligheid, met een afwasbak ter grootte van een slakom en een gasstel met twee branders; een gedeukte metalen percolator stond op een van de branders. 'Je hebt van die koffiepotten,' vertelde ze Vernon, 'die je permanent installeert onder aan een overhangend kastje. Zodat je geen ruimte verspilt.'

'Is dat zo?'

'Je hebt zelfs een hele serie hangende apparaten. Bakovens, blikopeners... een elektrische blikopener die je monteert onder het...'

'Mijn broer gebruikt geloof ik alleen een handopener,' zei Vernon.

'Nou, als dit van mij was had ik álles onder de kastjes.'

'Een handopener neemt amper geen ruimte in, niet wat je noemt.'

'Ik zou niets los hebben rammelen,' zei Delia, 'niets wat in de weg zat, zodat ik van het ene op het andere moment achter het stuur kon springen en vertrekken. Reizen met mijn huis op mijn rug, als een slak. Stoppen wanneer ik moe werd. Parkeren op een camping die me aanstond.'

'Ja nou, maar campings,' zei Vernon. 'Meestal moet je voor een camping van tevoren reserveren.'

'En de volgende dag zou ik zeggen: mooi, we hebben het hier wel weer gezien! en opbreken.'

'De tarieven zijn anders ook knap hoog, voor een beetje

fatsoenlijke camping,' zei Vernon. 'Verdorie, is het al zo laat?'

Hij keek naar de klok boven de gootsteen. Delia zag dat de klok in ieder geval gelukkig aan de muur was bevestigd. Naar haar mening zwierf er hier veel te veel los rond – niet alleen de percolator maar ook slordig opgevouwen kranten en videotapes zonder hun dozen en uitgegooide kledingstukken. 'Wat ik niet snap,' zei ze, 'is hoe je kans ziet te rijden met overal dingen die aan het schuiven gaan. Zouden er geen voorwerpen door de lucht vliegen elke keer dat je een verkeersdrempel raakt?'

'Niet dat ik heb gemerkt,' zei Vernon. 'Maar vergeet niet, dit is niet mijn eigendom. En nu we het er toch over hebben, mijn broer zou met een paar uur of zo terug zijn, dus ik denk dat ik maar 's moet opstappen.'

'Ik wou dat ik mee kon,' zei Delia.

'Ja. Afijn. Hé zeg, het was me een genoegen...'

'Mag ik niet een heel klein eindje meerijden?' zei Delia.

'Wanneer, nu?'

'Alleen om te zien hoe hij het doet op de weg.'

'Ja nou, hij... doet het prima op de weg,' zei Vernon. 'Maar ik ga verder het land in, hè? Ik kom nergens in de buurt van een strand. Ik neem de drietachtig via Ashford, vér voorbij Ashford, helemaal naar...'

'Dan rij ik gewoon mee tot eh... Ashford,' zei Delia.

Ze wist dat ze hem zenuwachtig maakte. Hij stond haar aan te staren, met gerimpelde wenkbrauwen en zijn mond een ietsje open, zijn klembord vergeten aan een hand bengelend. Het gaf niet: zo dadelijk zou ze hem de vrijheid geven. Ze zou een klein, tot-bezinning-komend lachje laten horen en zeggen dat ze bij nader inzien onmogelijk tot Ashford kon meerijden. Ze had nu eenmaal haar gezin, en dat zou zich al afvragen waar ze was.

En toch, hier stond deze bus, deze prachtige, compleet ingerichte, geheel en al zelfvoorzienende bus, waarin je eindeloos zou kunnen reizen, zonder vast te zitten aan wie dan ook. O, zou ze er geen bod op kunnen doen? Wat kostten die dingen? Of hem stélen desnoods – Vernon de deur uit duwen en ervandoor stuiven, naar het westen tuffen over kleine binnenweggetjes waar niemand haar ooit zou kunnen opsporen.

Maar: 'Nou ja,' zei ze spijtig. 'Ik héb m'n familie.'

'In Ashford? O, in dat geval,' zei Vernon.

Het duurde even voor ze het begreep. Zijn wenkbrauwen trokken weer glad en hij boog voor haar langs om de deur dicht te schuiven. Toen gooide hij zijn klembord op de bank en zei: 'Als u maar vervoer terug hebt, dan...'

Sprakeloos liep Delia naar voren. Ze ging op de passagiersplaats zitten en zette haar grote tas op haar knieën. Naast haar schikte Vernon zich achter het stuur. Toen hij de contactsleutel omdraaide loeide de bus zo plotseling tot leven dat ze zich verbeeldde dat hij al die tijd had staan trappelen van ongeduld.

'Hoort u dat?' vroeg Vernon.

Ze knikte. Het zou wel aan het trillen van de motor liggen dat haar tanden begonnen te klapperen.

Rijdend over Highway 1 naar de grens met Maryland, langs reuzenwinkels in strandmeubilair en splinternieuwe 'Victoriaanse' ontwikkelingsprojecten en de rommelige cafés en appartementen van Fenwick Island, zei Delia bij zichzelf dat ze nog altijd op eigen kracht kon thuiskomen. Het werd alleen een heel eind lopen (dat elk moment langer en langer werd). En wanneer ze Ocean City bereikten, met zijn schetterige tingeltangelherrie – nou ja, er waren bussen in Ocean City, wist ze toevallig. Ze kon een bus nemen naar de noordelijkste stadsrand en dán teruglopen. Dus liet ze zich rustig rijden en begon zich al bijna te ontspannen, terwijl Vernon over het stuur gekromd zat en met zijn onderarmen chauffeerde. Hij was zo'n bestuurder die tegen het verkeer sprak. 'Laat je niet opjagen, hoor kerel,' zei hij toen voor hem uit iemands motor afsloeg, en hij klakte met zijn tong tegen vier tienerjongens die met hun surfplanken de weg overstaken. 'O, wat zijn jullie de bink,' zei hij. Delia keek hen na. De langste jongen droeg een korte broek met een tijkstreepje, precies zoals Carroll er een had – dat nieuwe, wijdvallende model dat tot halverwege de knie flodderde.

Wanneer haar gezin ontdekte dat ze weg was, zouden ze er niets van begrijpen. Als ze lang genoeg weg bleef zouden ze zich afvragen of haar iets overkomen was. 'Of zou ze expres zijn weggegaan?' zou Sam ten slotte aan de kinderen vragen. 'Heeft een van jullie iets gezegd? Heb ík iets gezegd? Had ik het mis dat ik geloofde dat ze niet het type was voor een avontuurtje?'

Een luchtig gevoel van uitgelatenheid vulde haar borst. Ze voelde zich zo licht van gewicht, opeens.

En dan, nadat ze alle tijd hadden gehad om echt ongerust te worden, zou ze opbellen. Een cel zoeken voor het donker werd en zeggen: 'Met mij. Ik was er even op uit, naar buiten; kan iemand me komen halen?' Niets aan de hand.

Dus toen Vernon de afslag nam naar Highway 50 en landinwaarts reed (nu pratend over het 'differentieel', wat dat ook was) zei ze nog steeds niets om hem te laten stoppen. De percolator rammelde op het tafelblad; ze ratelden over een brug die ze nog nooit had gezien en reden een vaal, uitgebleekt landschap binnen dat haar volstrekt onbekend voorkwam. Ze staarde maar uit het raam. Ze passeerden vergelende, witpapieren huizen, midden in verzorgde gazons die wel met de hand geknipt leken, sprietje voor sprietje. Ze flikkerden door lommerrijk bosland. 'Een gemiste kans is dat-ie geen FM heeft genomen,' zei Vernon, die het kennelijk over zijn broer had, maar op dat moment haalde Delia zich voor de geest hoe Sams lippen altijd een rechte streep vormden wanneer hij kwaad was. En het kwam bij haar op dat hij evengoed tegen de kinderen kon zeggen: 'Mooi, nu ze weg is kunnen wij tenminste de boel eens goed aanpakken.'

'En u ziet dat er ook geen stereo is,' zei Vernon. 'Da's nou typisch mijn broer; die voelt niet voor muziek. Ik zeg maar, er mankeert iets aan een man die niet van muziek houdt.'

Misschien zou Eleanor inspringen (over een goed georganiseerde aanpak gesproken). O, Eleanor zou maar al te graag de zaak overnemen – de menu's een jaar vooruit plannen en een van haar IJzeren Mama-budgets beginnen.

'Dat vindt u zeker onaardig,' zei Vernon. 'Dat ik zo zit te hakketakken op m'n broer.'

Delia zei: 'Nee nee...'

Hier en daar stonden nu grimmige, oude, eerbiedwaardige boerenhofsteden aan het eind van lange oprijlanen, te midden van gewassen en met bliksemafleiders op hun daken. Stel je voor dat je daar woonde! Het leven zou zo gezond zijn. Delia zag zich al de kippen voeren, en maïs of tarwe of wat het ook was uit haar ruime boezelaar strooien. Eerst zou ze dan met een boer moeten trouwen. Je moest altijd eerst een of andere man vinden om iets op gang te brengen, leek het wel.

'Maar als ik heel eerlijk ben,' hoorde ze Vernon zeggen, 'hem en mij zijn nooit wat je noemt zo eigen geweest. Hij is drie jaar ouder als mij en dat laat-ie me voelen ook. Altijd aan het emmeren over het hoofd van de familie, terwijl dat-ie in meer als een maand amper het ouderlijk huis van binnen ziet. Ik ben degene die met ma de boodschappen doet. Ik ben degene die haar hierheen en daarheen rijdt voor haar bingoavondjes en haar tafeltje-dek-je-maaltijden en wat al niet.'

Waarom beweerde iedereen toch altijd dat mannen zo weinig spraakzaam waren? Als Delia uit eigen ervaring moest putten praatten ze voor tien, vooral reparateurs. En Sam vormde daarop geen uitzondering. Sam was maar al te welbespraakt, als je 't Delia vroeg.

In het voorbijgaan volgde ze met haar ogen een caravanpark. Elke caravan lag vast verankerd aan luifels en trapjes van blokken gasbeton en soms een omheinde uitbreiding. De kleine voortuintjes stonden vol met hele menagerieën van gipsbeesten.

'En neem nou dat vissen: weet u wie er op de koters past? Ik en ma. Tuurlijk ma het meest, maar tegen dat ik thuiskom van me werk 's avonds is ze zo uitgeteld dat de rest voor mijn is. En denk maar niet dat er een bedankje af kan bij Vincent. Mooi niet. En als-ie er lucht van krijgt dat ik met zijn bus heb gereden doet-ie me wat an.'

In haar grote tas had Delia vijfhonderd dollar vakantiegeld, verdeeld over haar portefeuille en een bedrieglijk klein plastic make-up-etuitje. Ze kon een nacht wegblijven, als ze ze echt aan het schrikken wilde maken – een kamer nemen in een of ander motel of zelfs een schilderachtige herberg. Maar ze had alleen haar badpak aan. O jee. Haar badpak met het verkreukelde schootje en haar espadrilles en Sams badjas. Als ze nu die badjas heel stevig dichthield... Op een bepaalde manier bezien verschilde hij niet eens zoveel van een jurk. Hij had driekwart mouwen; de zoom viel over haar knieën. En hotels hier in de buurt zouden wel gewend zijn aan toeristen in hun schaarse toeristenkledij.

Ze naderden nu de rand van een stad. Vernon minderde vaart voor een stoplicht. Hij had het nu over zijn broers vrouw Eunice. 'Ik heb min of meer met 'r te doen, als u het echt wilt weten,' zei hij. 'Stel je voor dat je getrouwd bent met Vincent!'

'In welke stad zijn we hier?' vroeg Delia.

'Hier? Nou, Salisbury.'

Het licht versprong en hij hervatte het rijden. Delia zat te denken dat ze hier misschien zou moeten uitstappen. Of bij het eerstvolgende rode licht. Maar vanaf dat moment waren de lichten groen en bovendien hadden ze nu een betere buurt bereikt, nogal deftig en bezadigd, en daarna kwamen er onaantrekkelijke winkelgalerijen en smoezelige bedrijfjes en op de een of andere manier leek niets haar erg aanlokkelijk.

'Volgens mijn slaat-ie haar,' zei Vernon nu. 'Of op zijn minst, zeg, geeft-ie haar een douw. In elk geval weet ik dat ze elkaar heel wat in de haren zitten, want de helft van de tijd als ze komen wil ze hem niet aankijken.'

Ze reden nu weer door open terrein en Delia begon te vrezen dat ze haar laatste kans had gemist. Het land was hier zo *leeg*, zo kartonplat en verlaten. Ze hield zich vast aan haar portierkruk en staarde naar een kaalgeslagen stuk grond waarop met geweld ontwortelde bomen naar alle kanten lagen, met naar lucht klauwende wortels en takken. Onverwachts remde Vernon en nam een scherpe afslag naar een smalle klinkerweg. 'De drietachtig,' deelde hij mee. Hij leek het gerammel van de percolator achter hen niet op te merken. 'Maar dat vistochtje van ze moet een tweede huwelijksreis worden.'

'Huwelijksreis!' zei Delia. Ze keek naar een weiland vol autowrakken. Voorbij de volgende bocht stond een vervallen, half in de aarde verzonken loods – de nokbalk bijna U-vormig, de kromgetrokken grijze planken weggezakt in hoog opgeschoten onkruid. Met de minuut, besefte ze, raakte ze verder van de beschaafde wereld verwijderd.

'Nou, zo noemde Eunice het bij mijn ma,' zei Vernon. 'Ze zei dat Vincent en haar samen met de boot weggingen, enkel hun met hun tweeën.'

Delia dacht bij zichzelf dat een tripje alleen in een vissersboot zelfs het beste huwelijk op de proef zou stellen, maar ze volstond met: 'Nou, ik wens ze alle goeds.'

'Dat zei ik ook tegen ma,' zei Vernon. Hij zwenkte om een stokoude trekker heen waarvan de bestuurder iets droeg wat veel van een duster weg had. 'Ik zeg tegen ma, ik zeg: nou, geluk ermee, als je man Vincent de Eikel is.'

'Ze zou hem moeten laten schieten,' zei Delia, vergetend dat het haar absoluut niet aanging. 'En helemáál als hij haar slaat.'

'O, ik weet zo goed als zeker dat-ie haar slaat.'

Was dat een gebouw van baksteen in de verte? Ja, en een bosje donkere bomen die koel en zacht waren aan Delia's ogen, en daarachter een blinkend witte torenspits. Ze wist dat ze daar logies zou vinden. Ze pakte haar grote tas op en streek de badjas glad over haar knieën.

'Op een keer kwam Eunice bij ons thuis aanzetten met een opgezwollen plek op haar jukbeen,' zei Vernon. 'En toen ma vroeg hoe ze daaraan kwam zei ze: "Tegen een muur opgelopen", nou als ik het was geweest had ik een veel betere smoes kunnen verzinnen.'

'Ze moet bij hem weg,' zei Delia, maar haar gedachten waren bij het plaatsje recht voor haar. Ze passeerden nu de buitenwijken – kleine, witte huizen, een eetgelegenheid, een groepje pratende mannen bij een benzinestation. 'Het heeft geen zin om te proberen een huwelijk op te lappen dat al op het punt van geweld is aangeland,' zei ze tegen Vernon.

Nu hadden ze het stenen gebouw bereikt dat een school bleek te zijn. De DOROTHY G. UNDERWOOD HIGHSCHOOL. Een straat die daar vlak achter langs ging kwam kennelijk uit in een parkje, want Delia ving iets op van groen in de verte en van een of ander standbeeld. En nu naderden ze de kerk waar de torenspits bij hoorde. Vernon zei net: 'Tsja, dat zou ik niet weten, misschien heeft u wel gelijk. Net wat ik laatst zeg tegen ma, ik zeg...'

'Ik denk dat ik hier uitstap,' zei Delia.

'Wablief?' zei hij. Hij remde.

'Hier is waar ik uitstap, denk ik.'

Hij bracht de bus tot stilstand en keek naar de kerk. Twee dames met zonnehoeden op waren onder het mededelingenbord een bedje geraniums aan het wieden. 'Maar ik dacht dat u naar Ashford wou,' zei hij. 'Dit is niet Ashford.'

'Ja, maar toch,' zei ze, de lussen van haar tas over haar schouder hangend. Ze opende het portier aan haar kant en zei: 'Nog welbedankt voor de rit.'

'Ik heb toch niks gezegd dat u van streek heeft gemaakt?'

'Nee! Echt niet! Ik denk alleen dat ik...'

'Was het Eunice?'

'Eunice?'

'Dat Vincent haar slaat en zo? Ik zal er niet meer over praten als het u van streek maakt.'

'Nee echt, ik vond het een aardig gesprek,' zei ze. En ze sprong op de grond en lachte hem stralend toe bij het dichtslaan van de deur. Ze ging met stevige pas op weg in de richting vanwaar ze gekomen waren, en toen ze de straat bereikte waar ze het standbeeld had gezien sloeg ze die in, zonder ook maar vaart te minderen, alsof ze een heel bepaald doel voor ogen had.

Achter zich hoorde ze de bus schakelen en loeiend optrekken. Toen werd het doodstil, zo stil als na een of andere choquerende opmerking. Het was net of deze stad al even ontsteld was als Delia over wat ze nu weer had gedaan.

6

Wat voor soort bomen stonden langs deze straat? Beuken, dacht ze, afgaand op de hoge, gewelfde galerij die ze vormden. Maar ze was nooit erg goed geweest in het thuisbrengen van bomen.

Het thuisbrengen van het stadje zelf was makkelijk. Eerst passeerde ze een indrukwekkend oud pand met een bordje in het raam op de begane grond: MIKE POTTS – DE KLANTVRIENDELIJKSTE VERZEKERINGSAGENT VAN BAY BOROUGH. Daarna de Federale Spaarbank van Bay Borough. En nu liep ze door Bay Street, zoals ze ontdekte toen ze bij het eerste kruispunt kwam. Maar zou de baai in kwestie de Chesapeake zijn? Ze was er vrij zeker van dat ze niet zó ver naar het westen was gereden. En bovendien gaf dit niet de indruk van een stad aan het water. Het rook er alleen maar naar asfalt.

Ze vond haar verklaring op het pleintje. Daar, waar schaarse grassprietjes worstelden met weegbree onder nog meer bomen, verkondigde een plaquette op de sokkel van het ene bronzen standbeeld:

IN AUGUSTUS 1863, OP DEZE PLEK, HAD
GEORGE PENDLE BAY
EEN UNIESOLDAAT DIE HIER EEN NACHT BIVAKKEERDE MET
ZIJN COMPAGNIE EEN DROOM WAARIN EEN MACHTIGE ENGEL
HEM VERSCHEEN EN SPRAK:
'GIJ ZIJT GEZETEN IN DE KAPPERSSTOEL DER ONEINDIGHEID',
HETGEEN HIJ UITLEGDE ALS EEN OPDRACHT ZICH TE

ONTTREKKEN AAN DE REST VAN DE OORLOG EN TE BLIJVEN OM DEZE GEMEENTE TE GRONDVESTEN.

Delia knipperde met haar ogen en deed een stap achteruit. Meneer Bay, een man met een rond gezicht in een uitpuilend kostuum, was inderdaad gezeten, maar zijn stoel was een gewone, geen kappersstoel, althans voor zover zij kon zien, met een rokje van gedraaide bronzen franje. Hij greep de armleuningen van de stoel vast op een manier die zijn vingertoppen platdrukte; kennelijk was hij een nagelbijter geweest. Dit vond Delia komisch. Ze schoot door haar neus in de lach en keek toen over haar schouder, bang dat iemand haar had gehoord. Maar het pleintje was leeg, de vier groene banken waren onbezet, en er wandelden mensen in en uit de lage baksteen-met-planken gebouwen, maar niemand leek haar op te merken.

Toch was ze zich opeens bewust van haar kledij. Het was niet eens zozeer de badmantel als wel het badpak eronder, het gevoel dat het gaf, verkreukeld, propperig en uitgezakt. Ze zou een moord doen voor wat ondergoed. Dus stak ze het pleintje over en nam de rij winkelpuien aan de andere kant van de straat in ogenschouw.

Het was duidelijk dat moderne tijden deze stad hadden ingehaald. In gebouwen die er al een eeuw moesten staan – de bakstenen verweerd als oude vlakgommetjes, de planken zachtgewreven tot grijs hout – huisden nu de Wild Applaus Videoshop, Tricia's Haarstudio, en een Potpourri Paleis. Eén winkel echter die onveranderd leek was het winkelmagazijn op de hoek, met zijn krullerig rood-en-gouden uithangbord en een etalage vol wimpels en vlaggedoek.

Er was haar geleerd alleen het allerbeste ondergoed te kopen, hoe ze anderszins ook mocht bezuinigen, maar dit was een noodsituatie. Ze stak de straat over en ging de warenhuisluchtjes binnen van caramel en goedkope cosmetica en oude houten vloeren. Blijkbaar had het idee van vaste kassarijen hier nog geen ingang gevonden. Bij elke toonbank apart stond een bediende achter een kasregister. Een meisje met vlossig haar sloeg een kleurboek aan voor een kind; een bejaarde dame deed bakplaten in een zak voor een jongere vrouw. De lingerie-afdeling werd gek genoeg beheerd door een man; en daarom maakte Delia haar keuze inderhaast en reikte deze over zonder haar ogen helemaal op te slaan. Een eenvoudige witte beha, onderbroekjes van wit katoen. De onderbroekjes gingen per drie stuks in een pak. Andere modellen waren los verkrijgbaar, maar het was het pakje van drie waarop haar vingers belandden. *Alleen voor het geval ik meer dan één nacht wegblijf*, was de gedachte waarop ze zich betrapte. En terwijl ze haar geld uittelde dacht ze: *maar ik kan ze thuis ook nog gebruiken. Dit betekent niets.*

Nu had ze haar onderkleren maar geen plek om ze aan te trekken, want ze zag in het hele magazijn geen toiletten. Ze ging weer naar buiten, het pakje in haar grote tas stoppend, en keek de straat op en neer. Ernaast was Debbi's Dameskleding. Etalagepoppen uit de jaren veertig met geschilderd haar prijkten met de nieuwste mode – breedgeschouderde colberts of rechte linnen japonnen in de vorm van omgekeerde driehoeken. Helemaal niet Delia's stijl, maar hier zou ze tenminste een paskamer vinden. Ze stapte met groot lef naar binnen, in een poging doelbewust over te komen, griste de eerste de beste japon van een rek en haastte zich naar een rij hokjes achterin. 'Kan ik u helpen?' riep een vrouw haar na, maar Delia zei: 'O dank u wel, nee, ik wou alleen...' en verdween achter een gordijn.

Het ondergoed paste gelukkig. (Ze deed haar best om het geritsel van het zakje te dempen.) Het was een verademing je weer zo *omsloten* te voelen. Ze vouwde het badpak op in haar tas. Toen pakte ze Sams badmantel, maar de aanblik ervan deed haar aarzelen. Het leek opeens zo duidelijk een badmantel. Ze keek naar de japon die ze had meegegrist – iets grijs en jersey-achtigs. Veel te lang, dat zag ze met één oogopslag, maar toch liet ze hem van de hanger glijden en trok hem over haar hoofd. De scherpe lucht van nieuwe stof overspoelde haar. Ze streek de rok glad, trok de rits dicht en draaide zich om naar haar spiegelbeeld.

Ze had gedacht dat ze eruit zou zien als een kind op een verkleedpartijtje, want de zoom reikte bijna tot aan haar enkels. Maar wat ze vond was een totaal onverwacht iemand: een sombere, stemmige vrouw in een slanke kolom van parelgrijs. Ze zou een bibliothecaresse of een secretaresse kunnen zijn, zo'n leidinggevende directiesecretaresse die van achter de schermen eigenlijk het hele bedrijf runt. 'Dat kunt u vinden in de map Jones, meneer Smith,' zei ze kortaf in haar verbeelding. 'En denkt u eraan dat u vandaag met de burgemeester luncht, dus u zult het materiaal moeten meebrengen over...'

'Hoe gaat het daar?' riep de winkeljuffrouw.

'O, prima.'

'Wil ik u nog iets anders brengen om te passen?'

'Nee,' zei Delia. 'Dit is precies goed.'

En ze stopte Sams badmantel in haar grote tas en kwam de paskamer uit om te vragen: 'Zou u alleen de labeltjes eraf willen halen? Ik denk dat ik hem aanhou naar huis.'

De winkeljuffrouw – een al te gebruinde blondine in een geometrische zwart-wit opdruk – richtte een weifelende blik op de zoom. 'We kunnen hem ook veranderen,' zei ze. 'Wilt u hem niet een ietsje laten inkorten?'

'Nee, dank u wel,' zei Delia op de vormelijke toon van een secretaresse.

De winkeljuffrouw paste zich rimpelloos aan. 'Nou, in elk geval staat hij u uitstekend,' zei ze.

Delia hief haar linkerarm op en de vrouw pakte een schaar en knipte de labeltjes af die aan de trekker van de rits hingen.

Negenenzeventig vijfennegentig kostte de jurk, zonder BTW. Maar Delia betaalde zonder een seconde te aarzelen en stapte de winkel uit. Diepbeige tapijt smoorde haar tred, wat jammer was. Anders was ze naar buiten *geklikt*, zoals het een directiesecretaresse betaamt.

De vaart waarmee ze de winkel verliet, voerde haar een klein eindje verder, weer terug voorbij het winkelmagazijn en via een kruispunt naar een rij kleinere winkels – een kopieercentrum, een reisbureau, een bloemist. Ze merkte dat ze nu anders liep, niet met haar gewone springerige tred maar gelijkmatiger, vanwege de sluik vallende rok. *Hier is de secretaresse, juffrouw X, die zich na de lunch naar haar kantoor spoedt en zich opmaakt om haar aantekeningen voor het bestuur uit te typen.*

Bij wijze van spelletje begon ze 'haar' kantoor uit te zoeken, net zoals ze vroeger 'haar' huis uitzocht wanneer ze door een deftige buurt reed. NICHOLS EN TRIMBLE, TANDARTSEN VOOR HET HELE GEZIN. Maar daar zou ze gebitten moeten reinigen of zoiets. TOPTIEK, OPTICIENS. Maar hadden opticiens een secretaresse in dienst? EZEKIEL POMFRET, ADVOCAAT EN PROCUREUR. Mogelijk reeds wijlen, te oordelen naar de uitdrukkingsloze aanblik van het neergelaten rolgordijn. En geen van die panden droeg een bordje: HULP GEZOCHT.

Bij het volgende kruispunt sloeg ze linksaf. Ze passeerde een dierenwinkel en een antiekzaak (de etalage vol boerenbont en asbakken van zeegroen plastic in de vorm van boemerangs). Een apotheek. Twee houten huizen. Een buurtkruidenier. Toen nog een houten huis zo dicht aan de straat dat de portiek een voortzetting van het trottoir leek. In het stoffige raam onder-voor stond een kartonnen bordje, KAMER TE HUUR, geflankeerd door slappe gazen gordijntjes.

Kamer te huur.

Dit was natuurlijk een 'pension'. De term riep een beeld op van de secretaresse die het dek van haar witte oudevrijstersbed rechttrok; haar medekostgangers die op hun pantoffels door de gang schuifelden; haar bejaarde, in het zwart geklede hospita die de eetkamertafel dekte voor het ontbijt – de 'kost' – van de volgende dag. In de tijd die Delia nodig had om de stoep op te lopen en aan te bellen raakte ze al zo ingeburgerd dat ze nauwelijks behoefte voelde zich voor te stellen aan de vrouw die aan de deur kwam. 'Hé hallo,' zei de vrouw. 'Kan ik u ergens mee helpen?'

Ze paste niet in Delia's visioen van een hospita. Ze was nogal zwaar en tegen de veertig, dik onder de rouge, met een kapsel als een puddingbordje vol weelderige gouden krullen en een knalroze broekpak. Niettemin leek zij degene die hier de leiding had, en dus zei Delia: 'Ik kwam vragen naar de kamer.'

'Kamer?'

'De kamer die te huur staat,' herinnerde Delia haar.

'O, de kámer,' zei de vrouw. 'Ja. Die had ik eigenlijk aan een man willen verhuren.'

Was dat wel wettelijk toegestaan, tegenwoordig? Delia wist niet wat ze daarop moest zeggen.

'Tot dit jaar april,' vertelde de vrouw, ondertussen de slappe hordeur openend, 'heb ik altijd mannen gehad. Het kwam altijd vanzelf zo uit, schijnbaar. Ik verhuur maar twee kamers, ziet u, en dus had ik die twee mannen, meneer Lamb die door de week op reis is en Larry Watts die gescheiden was. Maar toen Larry in april weer terugging naar zijn vrouw, ja, toen heb ik de kamer aan een vrouw verhuurd. En dáár heb ik toch een spijt van gehad!'

Ze draaide zich om, liet Delia in de deur staan en begon een trap op te klimmen. Delia volgde, onzeker. Ze kreeg de indruk van een huis dat lang geleden al aan zijn lot was overgelaten. Ovalen van lichter behang lieten zien waar eens prenten hadden gehangen, en de planken van de overloop boven toonden de schim van een vloerkleedje.

'Katie O'Connell heette ze,' vertelde de vrouw. Zelfs van zo'n klein eindje klimmen was ze buiten adem. Ze beklopte haar brede roze boezem met een kleine klapjes. 'Meisje uit Delaware, geloof ik. Ze kwam hier in de stad werken bij Zeke Pomfret – Zeke had net zijn dierbare oude juffrouw Percy verloren – en Katie moest ergens wonen, en ik zeg:

"Nou, da's goed," zeg ik, ik had echt geen flauw vermoeden; "Da's goed," zeg ik tegen haar, ik dacht nog dat het niet anders zou zijn dan verhuren aan een man. Maar o, dat ging van "Waar is dit, waar is dat, waar zijn mijn schone handdoeken voor elke dag, waar is mijn stukje zeep..." Ik doe geen logies met ontbijt, begrijpt u. Ik hoop dat u niet denkt dat ik logies met ontbijt doe.'

'Natuurlijk niet,' zei Delia.

'Ik verhuur alleen de kamers, ja? Ik heb dit huis drie jaar geleden gekocht. Moet worden opgeknapt, heette het. Ik kocht het toen ik mijn examen makelaardij had gedaan, ik dacht, ik knap het op en verkoop het weer, maar zoals de markt nu is heb ik er gewoon het geld niet voor gevonden en daarom woon ik er zelf in en verhuur twee van de kamers. Maar exclusief maaltijden; ik hoop niet dat u iets zocht mét maaltijden. Die Katie, die zegt van: "O, mag ik dit halfje melk bij u in de koelkast bewaren?", en geen twee tellen later staat ze al in mijn keuken te koken. En ík kook al niet eens in mijn eigen keuken! Het gaat hier op een schoen en een slof.'

Ten bewijze daarvan opende ze de deur rechts van de trap. Delia volgde haar een lange smalle kamer in, waarvan de buitenmuur onder de dakrand naar binnen helde, met een raam aan beide einden. Een ijzeren ledikant stond naar voren onder het raam aan de straatzijde. Er hing een lucht als van een wespennest – een droge, scherpe molmlucht die waarschijnlijk afkomstig was van het bros-uitziende, met pokdalige rozen bedrukte lichtbruine behang.

'Ja, Katie had gordijnen voor de ramen,' zei de vrouw, 'maar die heeft ze meegenomen toen ze vertrok. Vorige week donderdag vertrokken, met Larry Watts; wij denken dat ze naar Hawaii zijn.'

'De... Larry Watts die gescheiden was?' vroeg Delia in verwarring.

'O, ik wist niet dat u hem kende. Ja, toen ik het allemaal bij elkaar optelde, schoot me te binnen dat hij inderdaad was teruggekomen om zijn regenjas op te halen… regenjas die hij beneden in de kast had laten hangen. Zo moeten ze elkaar ontmoet hebben. En eer dat iemand het wist had-ie de plaat gepoetst, en dat vrouwtje van hem voor de tweede keer in twee jaar laten stikken. Nog daargelaten dat Zeke Pomfret nu een heel nieuw meisje moet zien op te snorren, vlak na het verlies van die arme juffrouw Percy.'

Ze zwaaide een deur achterin open en toonde een ondiepe kast. De kleerhangertjes rinkelden licht. 'Badkamer op de overloop, ligbad met douche en wc,' zei ze, 'en u hoeft hem alleen in de weekeinden te delen, als meneer Lamb terug is van zijn handelsreizen. Ik zit zelf beneden. De huur is tweeenveertig dollar in de week. Wilt u 'm hebben?'

Tweeënveertig dollar was minder dan een nacht in de meeste hotels. En een hotel zou op geen stukken na zo aangenaam Spartaans zijn. Delia zei: 'U bedoelt, het is niet erg dat ik geen man ben?'

De vrouw haalde haar schouders op. 'Er is niemand ánders op gekomen,' zei ze.

Delia liep naar het ledikant, dat was opgemaakt met witte lakens en een witte, kaalgewassen wollen deken. Toen ze met haar vlakke hand de matras probeerde gaf hij hetzelfde blikkerige geluidje als de hangertjes.

Ze zei: 'Jazeker wil ik hem hebben.'

'Nu, mij best. Ik ben Belle Flint, tussen twee haakjes.'

'Ik ben Delia Grinstead,' zei Delia, en vroeg zich af of ze niet een andere naam had moeten gebruiken. Maar Belle leek geruststellend ongeïnteresseerd. Ze stond nu voor de spiegel boven de commode haar krullen op te duwen. 'Dus,' zei Delia, 'moet ik dan nu… een contract tekenen?'

'Contract?'

'Ik bedoel…'

Het moest akelig duidelijk zijn dat ze nog nooit in haar eigen onderdak had voorzien. 'Ik bedoel… een huurovereenkomst of zoiets?'

'Welnee, je betaalt gewoon elke zaterdagochtend vooruit,' zei Belle, haar voortanden ontblotend in de spiegel. 'Even denken. Vandaag is het maandag; betaal me maar dertig dollar, dat is dan voor deze week. Was je van plan lang te blijven?'

'O, misschien,' zei Delia, opzettelijk vaag, en begon met veel drukte in haar grote tas te rommelen. Belle hief nu haar kin om het kussen van vlees eronder te bestuderen. Haar hele gezicht was een kussen; ze leek op zo'n weelderige zachte bloem, een pioenroos of een grote slappe iris.

'Nou, hier zijn...' zei Delia, 'tien, twintig', en toen pas wendde Belle zich van de spiegel af. Als ze al verbaasd was contant te worden betaald liet ze het niet blijken. Ze vouwde de briefjes op en stopte ze in haar borstzak.

'Je wilt nu zeker je spullen gaan halen,' zei ze, 'en in de tussentijd zal ik je sleutel op het kastje leggen, voor het geval ik weg ben als je terugkomt. Ik moet om half vijf iemand een huis laten zien. Je brengt toch niet een hele vracht spullen mee, mag ik hopen?'

'Nee, ik...'

'Want deze kamer heeft niet zoveel bergruimte, en ik hou er niet van als er dingen per ongeluk elders terechtkomen. Zo ging het met Larry en Katie ook: zijn regenjas kwam in de kast beneden terecht en zo vergat hij hem natuurlijk toen hij verhuisde.'

'Ik heb maar heel weinig bij me,' zei Delia.

Ze zou wegblijven tot pakweg vijf uur, wanneer Belle gegarandeerd weg zou zijn. Het was nu... heimelijk keek ze op haar horloge. Kwart voor vier. Belle klepperde de kamer uit op haar sleehaksandalen. 'De regel is: beneden is van mij,' zei ze, pauzerend op de overloop, 'en dat betekent: óók de keuken. Het café aan de overkant is heel behoorlijk: Rick-Rack's. Er is een wasserette in East Street en op vrijdag komt mevrouw Auburn de kamers schoonmaken. De buitendeur gaat nooit op slot, maar de sleutel van je kamer doet het, mocht je van het paniekerige type zijn. Alles duidelijk?'

'Ja, dank je wel.'

'En ik ga ervan uit dat je geen gasten in huis haalt,' zei Belle. Ze gaf Delia een vlugge, taxerende blik. 'Dat wil zeggen: mannen.'

'O! Nee.'

'Je privé-leven is je privé-leven, maar die tweeënveertig dollar dekken de voorzieningen voor één persoon. Lakens en handdoeken ook voor één.'

'Ik ken hier niemand die ik zou kunnen vragen,' verzekerde Delia haar.

'Je bent niet van hier, hè?'

'Eh, nee.'

'Ik ook niet. Tot ik hier met een vent kwam had ik nog nooit van Bay Borough gehóórd,' zei Belle opgewekt. 'Dat met die kerel werd niks maar ik ben evenzogoed gebleven.'

Delia wist dat ze nu enige informatie van haar kant moest verschaffen maar ze zei alleen: 'Ik zal me eerst maar eens wassen voor ik mijn spullen ga halen.'

'Ga je gang,' zei Belle met een armzwaai. En ze stommelde de trap weer af.

Delia wachtte een beleefde halve seconde voordat ze de badkamer binnenging. Ze had sinds die ochtend tien uur geen plas meer gedaan.

Het behang van de badkamer – zeepaardjes die zilveren belletjes bliezen – krulde om aan de naden en de inrichting was oud en had roestvlekken, maar alles leek schoon. Eerst gebruikte Delia de wc en toen klopte ze koel water in haar gezicht en liet het aan de lucht drogen. (De ene handdoek was van de andere huurder, nam ze aan.) Ze vermeed haar gezicht in de spiegel; ze hield liever vast aan het beeld dat ze in het paskamertje had gezien. Wel keek ze naar haar jurk, controleerde hem op de netheid die een secretaresse betaamt. En vlak voor ze wegging trok ze haar trouwring van haar vinger en liet hem rinkelend in haar tas vallen.

Toen ging ze nog even terug naar haar kamer. Ze ging er niet binnen, maar bleef op de drempel staan, om er bezit van te nemen – genietend van de kaalheid, nu ze die helemaal voor zich alleen had.

Klikklik de straat weer op, ogen recht vooruit, alsof ze wist waarheen ze op weg was. Nu ja, dat was ook zo, min of meer. Het plaatsje bevatte nu al plekjes die haar bekend voorkwamen; de verbleekte rode softdrinkautomaat voor de Lekkerbek, het geschilferde boerenbont in Bob's Antiek, de opgestapelde zakken grofvoer voor te dikke honden in het Dierenparadijs. Bij de hoek sloeg ze rechtsaf en het groene pleintje in de verte was zo kneuterig, zo vertrouwd en ook een beetje saai, alsof ze haar hele jeugd aan de voet van meneer Bay op zijn franjestoel had doorgebracht.

Bij Ezekiel Pomfret was het rolgordijn nog neergelaten, maar toen Delia de deur probeerde open te doen gaf deze mee. Een steile trap leidde recht omhoog. Een deur rechts op de begane grond droeg op het ondoorzichtige matglas nogmaals de naam van Ezekiel Pomfret en WILSBESCHIKKINGEN EN NALATENSCHAPPEN – PRIVAAT- EN STRAFRECHT. Ook die deur gaf mee toen Delia hem probeerde open te doen. Ze kwam in een vertrek met notehouten betimmeringen en een receptiebureau in het midden. Aan het bureau zat niemand, zag ze tot haar genoegen. Er was nergens iemand te bekennen, maar achter een andere deur, versierd met bloemrijke panelen, hoorde ze een mannenstem. Deze hield op en begon dan weer, onderbroken door stiltes – ze begreep dat hij zat te telefoneren.

Ze liep naar het bureau, dat op een telefoontoestel en een schrijfmachine na leeg was. Ze lichtte een hoek van de grijze rubberen kap van de machine op. Een gewone machine, niet eens een elektrische. (Ze had gevreesd een computer aan te treffen.) Ze gaf een zetje aan de draaistoel erachter om hem te proberen.

Goedemiddag, zou ze zeggen. *Ik kwam vragen of...*

Nee, niet *vragen*. Vragen was te aarzelend.

Ze stak een hand omhoog om haar haar op te duwen, dat rul aanvoelde, als droog zand op het strand. (Het strand! Nee: jaag die gedachte weg.) Ze streek de rok om haar heupen glad en zorgde ervoor dat de garnering van haar grote tas – een opzichtige roze strik, bespottelijk – schuilging onder haar arm.

Het leek zo profetisch, meneer Pomfret, het leek wel een regelrecht bevel, dat ik, precies op het moment dat ik hoorde van die arme juffrouw Percy...

De stem achter de deur nam toe in kracht en volume. Meneer Pomfret was kennelijk bezig een eind aan het gesprek te maken. *Net alsof iets per ongeluk mijn val heeft gebroken, slaat dat ergens op? Alsof ik al de hele dag aan het vallen was en net op het nippertje aan een los haakje ben blijven hangen, of op een uitstekende richel beland ben, en ik hier stomtoevallig ben terechtgekomen, en nu vroeg ik me af of...*

Klap van de hoorn, gepiep van zwenkwielen, zware tred op het tapijt. De gelambrizeerde deur zwaaide open en een man van middelbare leeftijd met een logge buik in een zomerpak nam haar op van over zijn halve brilletje. 'Ik dacht al dat ik iemand hoorde,' zei hij.

'Meneer Pomfret, ik ben Delia Grinstead,' zei ze. 'Ik kom als uw secretaresse.'

Om kwart over vier keerde ze terug naar het winkelmagazijn en kocht een nachtjapon van wit katoen en twee paar nylon panty's. Om vijf over half vijf ging ze naar de overkant van het plein naar de schoenenzaak van de gebroeders Bassett en kocht een grote zwartleren tas. De tas kostte zevenenvijftig dollar. Toen ze de prijs zag, overwoog ze toch nog kunststof te nemen, maar besloot toen dat alleen echt leer bij juffrouw Grinstead door de beugel kon.

Juffrouw Grinstead was Delia – de nieuwe Delia; want na

een met een zuur gezicht uitgesproken 'Ms' was dat de manier waarop meneer Pomfret haar gedurende het hele onderhoud had aangesproken. Het leek gepast dat ze dit compromis aanvaardde – de 'ongetrouwde' titel, de 'getrouwde' achternaam. In elk geval was de klank van het vergenoegde, geschorte 'mevrouw' niet langer van toepassing, en dat giebelige juffertje Felson kon ze ook niet meer worden. Bovendien stond er Grinstead op haar verzekeringskaart. Ze had hem uit haar portefeuille gehaald en meneer Pomfret het nummer voorgelezen (aangezien ze het in al die jaren niet vaak genoeg nodig had gehad om het uit haar hoofd te kennen). Ze had hem verteld dat ze verhuisd was na de dood van haar moeder. Een hele, onuitgesproken levensgeschiedenis drong zich op in de lucht tussen hen: het bedrijvige vrouwenhuishouden, de nonachtige toewijding van de dochter. Ze zei dat ze haar hele volwassen leven in een dokterspraktijk had gewerkt. 'Tweeëntwintig jaar,' zei ze tegen meneer Pomfret, 'ik vond het toch zo triest om er weg te gaan, maar ergens hield ik het in Baltimore niet meer uit, met al die herinneringen.' Ze leek besmet te zijn met juffrouw Grinsteads spreektrant. Zijzelf zou nooit in een informeel gesprek 'ergens' hebben gezegd, en het woord 'herinneringen' had in dat verband een laf-weeïg toontje dat niets voor haar was.

Als er naar getuigschriften werd gevraagd, had ze zich voorgenomen te zeggen dat ook haar werkgever onlangs overleden was. (Ze ruimde links en rechts mensen uit de weg.) Maar meneer Pomfret begon niet over getuigschriften. Zijn enige zorg was de aard van haar vroegere bezigheden. Kon ze typen, kon ze een administratie voeren, kon ze stenograferen? Ze antwoordde naar waarheid, maar het voelde als leugens. 'Ik typte alle rekeningen uit en hield de correspondentie en de patiëntengegevens bij,' zei ze. Sams afgetobde gezicht rees voor haar op, met zijn verstelde witte jas en paisley-das die hij zijn 'paramecium-das' noemde. Ze ging rechter op haar stoel zitten. 'Ik deed de administratie, ik bemande de telefoon en maakte de afspraken, maar tot mijn spijt kan ik niet stenograferen.'

'Och, dat is bijzaak,' zei meneer Pomfret. 'Juffrouw Percy en juffrouw hoe-heet-ze-ook-weer ook niet. Ik heb altijd gedroomd van een secretaresse die kon stenograferen, maar blijkbaar is het me niet beschoren.'

Er was nog een akelig ogenblik toen hij haar adres vroeg, omdat ze geen idee had waar dat was. Maar toen ze Belle Flint noemde zei hij: 'O ja, in George Street.' Hij maakte een aantekening en voegde eraan toe: 'Belle is een hele toffe meid.' Dat was het voordeel van zo'n klein plaatsje, veronderstelde Delia. Of het nadeel, afhankelijk van hoe je ertegen aankeek.

Hij zei dat ze de volgende dag moest beginnen; haar werk liep van negen tot vijf. Hij betaalde niet meer dan het minimumloon, zei hij (met een sluwe zijdelingse blik om haar reactie te peilen). Bovendien werd er van haar verwacht dat ze koffie zette; hij hoopte dat dat geen bezwaar zou zijn.

Uiteraard niet, zei Delia bruusk, en ze stond op en beëindigde het gesprek. Haar indruk van meneer Pomfret was dat hij een man zonder pit was, een braaf maar niet bijster interessant mens, en dat kwam haar goed uit. Eigenlijk vond ze hem niet eens zo aardig, en ook dat kwam goed uit. Want voor het onpersoonlijke nieuwe leven dat ze nu voor zichzelf aan het opbouwen was voldeed meneer Pomfret perfect.

Haar horloge had het nu tien over half vijf, en ze had sinds het ontbijt niet meer gegeten. Voor ze koers zette naar haar kamer, liep ze naar het café dat Belle had aanbevolen. Het bleek niet recht tegenover Belle te zijn maar een paar deuren naar het westen, naast een ijzerhandel. Toch kon ze het pension nog zien vanuit het raam; dus ging ze zitten in het hoekje met het beste zicht en bleef op de uitkijk tot Belles terugkeer. Misschien had ze een koffer moeten kopen, alleen om openlijk haar intrek te kunnen nemen. Maar het was dom om geld te spenderen aan uiterlijkheden. Haar vijfhonderd dollar waren nu al geslonken tot... hoeveel? In gedachten telde ze het op en knipperde met haar ogen. Toen de serveerster kwam beperkte ze haar bestelling tot een kom groentesoep en een glas melk.

Rick-Rack's was het soort gelegenheid waar ze als schoolmeisje had kunnen komen – een eetlokaal, in wezen, met linoleum op de vloer en betegelde wanden, zes of acht tafels en een rij krukken langs een formicatoonbank. Een roodharige vrouw bediende de hele ruimte, en een blauwzwarte jongeman, gigantisch gespierd en met een kale schedel, nam de keuken voor zijn rekening. Hij was een kaassandwich aan het grillen voor de enige andere klant, een jongen van Ramsay's leeftijd ongeveer. De geur van gebakken voedsel bezorgde Delia zelfs onder het eten van haar soep nog hongerkrampen, maar ze hield zich voor dat je in soep meer vitaminen voor je geld kreeg, en ze bedankte voor de zelfgebakken taart als toetje. Ze betaalde bij de kassa. De kok veegde zijn handen af aan zijn voorschoot en sloeg zonder commentaar haar totaal aan. De volgende keer zou ze iets te lezen meenemen, besloot ze. Ze had zich niet prettig gevoeld, knabbelend op haar soepstengels en strak uit het raam starend.

Geen teken van Belle bij het huis. Delia lichtte de klink van de voordeur op en voelde een ijle, kale stilte om zich heen. Ze klom de trap op met de gedachte: *hier keert de directiesecretaresse huiswaarts van haar eenzame maaltijd naar de afzondering van haar kamer*. Maar het was geen verzuchting. Het was trots. Een triomf.

Toen ze haar eigen deur opende leek de wespennestgeur sterker, misschien doordat de middaghitte door de dakranden was binnengedrongen. Ze zette haar spullen op de commode en ging beide ramen openzetten. Het achterraam bood uitzicht op een tuintje en een doorgang. Het raam aan de straatzijde toonde de portiekluifel en de gebouwen aan de overkant. Delia legde haar voorhoofd tegen de hor en onderscheidde het café (B.J. 'RICK' RACKLEY, EIG.), de ijzerhandel en een huis met bruine dakspanen waarin door een bovenraam de spijltjes van een kinderbedje en een box te zien waren. De enige geluiden waren sussende geluiden – een auto die nu en dan voorbijzoefde en voetstappen op het trottoir.

Belle had een ouderwetse, spichtige sleutel op de commode gelegd en Delia stak hem in de deur en draaide hem op slot. Toen haalde ze de labels van haar nieuwe handtas, deed haar portefeuille erin en hing de tas aan een haakje in de muurkast. Ze borg haar andere aankopen in de commode. (De laden liepen stroef en gleden scheef naar buiten; ze waren van goedkope makelij, net als het huis zelf.) Ze hing Sams badmantel op een hangertje. Ze legde haar make-uptasje in een la. Haar grote tas, met het overgebleven rommeltje van flesjes zonnelotion en zwempak en elastiekjes en dergelijke stouwde ze met een zet op de plank in de kast. Toen deed ze de kastdeur dicht en ging op het bed zitten.

Zo.

Ze was onder dak.

Ze kon de hele kamer rondkijken en niet het geringste spoor ontdekken dat er iemand woonde.

Het schemerde al toen Belle thuiskwam. Delia hoorde de klap van de autodeur buiten, toen luide hakken op de stoep. Maar geen van beide vrouwen riep een groet. Delia, die wie weet hoe lang in de ruimte had zitten staren, kwam zelfs zo geruisloos mogelijk van het ledikant en ging op haar tenen een paar dingen uit de commode pakken, ervoor zorgend dat er geen planken kraakten toen ze de gang naar de badkamer overstak.

Al wachtend tot het douchewater warm werd poetste ze haar tanden, kleedde ze zich uit en legde in de wasbak haar ondergoed te weken. Er hing nu een tweede handdoek en een washandje op het andere handdoekenrek, zag ze. Met het washandje stapte ze achter het douchegordijn, dat kraakte van ouderdom en een beetje schimmelig was.

Vuil en zweet en zonnelotion stroomden van haar af, een nieuwe huidlaag werd blootgelegd. Haar voetzolen, die platgestreken aanvoelden van al dat lopen, leken wel water op te zuigen. Ze hief haar gezicht naar de sproeikop en liet haar haar nat worden. Na lange tijd draaide ze met tegenzin de kranen dicht en stapte eruit om zich af te drogen. De nieuwe nachtpon fladderde luchtig om haar verschroeide schouders.

Ze besloot de tandenborstel niet in het houdertje boven de wasbak te laten staan, maar stopte hem terug in haar make-uptasje en nam alles mee terug naar haar kamer. Haar uitgewrongen ondergoed drapeerde ze over een kleerhanger in de kast. Het betekende dat ze de kastdeur 's nachts moest laten openstaan – een smet op de steriliteit van de kamer. Maar beter zo, dacht ze, dan dat ze de badkamer hinderlijk volhing met haar wasgoed. Ze voelde wel voor Belles huisregels; ze was niet van plan dingen 'elders' te laten rondslingeren.

Ze sloeg de dekens terug en ging liggen, alleen het bovenlaken optrekkend. De bries door het raam koelde haar vochtige hoofd af, maar niet zo dat ze een deken nodig had.

Buiten waren kinderen aan het spelen. Het was nog niet eens helemaal donker. Ze lag op haar rug met haar ogen open en maakte haar geest zo leeg als de zoldering erboven. Slechts eenmaal, misschien pas uren later, drong zich één gedachte op. *O God*, dacht ze, *hoe red ik me hier straks uit?* Maar direct daarna sloot ze haar ogen en zo viel ze in slaap.

7

Vrouw uit Baltimore verdwijnt, las Delia, en ze voelde een plotselinge plof in haar maag, alsof ze een stomp had gekregen. *Vrouw uit Baltimore verdwijnt tijdens vakantie.*

Ze had elke dag de kranten uit Baltimore erop nagekeken, ’s ochtends en ’s avonds. Er stond niets in de krant van dinsdag, niets op woensdag, niets op donderdagochtend. Maar de editie van donderdagavond, die op tijd voor Delia’s lunchpauze in de verkoopkast op het pleintje arriveerde, had een berichtje in het stadskatern: *De staatspolitie van Delaware maakte vanmorgen vroeg bekend...*

Ze sloeg de krant open bij het artikel en keek ondertussen om zich heen. Op de parkbank tegenover de hare zat een jonge vrouw, die een peuter iets aangaf dat hij beetje voor beetje aan de duiven voerde. Op de bank rechts van haar zat een heel oude man een tijdschrift door te bladeren. Niemand leek zich bewust van Delia’s aanwezigheid.

Mevrouw Grinstead is voor het laatst gezien afgelopen maandag omstreeks het middaguur, lopend in zuidelijke richting over het strandgedeelte tussen...

De politie volgde waarschijnlijk een of andere regel die inhield dat mensen pas als vermist werden beschouwd wanneer er een zekere termijn was verstreken. (Eerder al elke krant napluizend was Delia zowel opgelucht als gekwetst geweest. Had nu niemand gemerkt dat ze weg was? Of wás ze misschien niet weg; deze hele belevenis was als een droom geweest. Wie weet bewoog ze nog steeds net als anders door haar vorige leven en had de Delia hier in Bay Borough zich domweg afgesplitst van de oorspronkelijke.)

Het deed ook pijn haar signalement te lezen: *blond of lichtbruin haar... ogen blauw of bruin, misschien groen...* Allemensen, had dan niemand in haar gezin ooit naar haar gekéken? En hoe kon Sam haar kleren zo kinderachtig hebben laten lijken? 'Een soort babydoll', nou já! Ze vouwde met een klap de krant dicht en wierp toen nogmaals een snelle blik in het rond. De peuter had nu een driftbui en stampvoette in stilte omdat het duivevoer op was. De oude man likte aan zijn vinger om een bladzij om te slaan. Delia vond dat verschrikkelijk. Elke lunchpauze kwam hij hier met een tijdschrift en likte er zich helemaal doorheen, en Delia kon alleen maar hopen dat niemand anders het nog zou willen lezen.

Als een forens die steevast dezelfde plaats in de trein neemt, als een gast die steevast in dezelfde stoel in de huiskamer gaat zitten, zo was Delia er in amper drie dagen in geslaagd voor zichzelf een vaste dagindeling te scheppen. Ontbijt bij Rick-Rack's met het ochtendblad. Lunch op het plein – yoghurt en vers fruit, van tevoren bij de Lekkerbek gekocht. Steevast op de bank aan de zuidoostkant, steevast met het avondblad. Dan wat boodschappen om het uur vol te maken: dinsdag een paar zwarte schoenen met lage hakken omdat ze van haar espadrilles blaren op haar hielen kreeg. Woensdag een verstelbare leeslamp. Vandaag was ze van plan op zoek te gaan naar zo'n dompelaar, om 's morgens meteen een kop thee te kunnen zetten. Maar nu, na dit kranteberichtje, nu wist ze het niet meer. Ze voelde zich opeens zo ontmaskerd. Het liefst was ze hard weggelopen, terug naar kantoor.

Ze gooide de restjes van haar lunch in de afvalmand en begroef de krant eronder. Meestal liet ze hem voor anderen op de bank liggen maar vandaag niet.

De moeder probeerde nu de peuter in zijn wagentje te wurmen. De peuter stribbelde tegen, weigerde in zijn middel te buigen. De oude man was klaar met zijn tijdschrift en paste nu heel secuur zijn bril in zijn brillehuis. Geen van de drie keek naar Delia toen ze langs hen liep. Of misschien deden ze wel alsof, zelfs de peuter; misschien was hun geleerd haar niet te alarmeren. Nee. Ze gaf een ruk aan haar schouders. *Hou jezelf in de hand.* Ze had tenslotte niets misdaan. Ze besloot haar dagprogramma voort te zetten – bij het winkelmagazijn langs te gaan zoals haar plan was geweest.

Raar, zoals het leven kans zag hele lagen van dingen rondom een mens op te bouwen. Ze had al die verstelbare lamp, omdat het peertje aan het plafond niet voldoende was om in bed bij te lezen; ze had een stapel papieren bekertjes en een pak theezakjes op de plank in de kast; en het was duidelijk geworden dat ze nog een jurk moest hebben. Gisteravond, de eerste echt warme zomernacht, had ze gedacht: ik moet een ventilator kopen. En toen had ze tegen zichzelf gezegd: *ho stop. Stop ermee nu het nog bergop gaat.*

Ze liep het winkelmagazijn binnen en bleef staan. Huishoudelijke artikelen misschien? De oude vrouw die over de bakplaten en steelpannen ging stond werkeloos met haar kralen te spelen, dus sprak Delia haar aan. ‘Hebt u misschien een dompelaar?’ vroeg ze, ‘zo’n ding dat je in een kopje zet om water op te warmen?’

‘Ja, ik weet wat u bedoelt,’ zei de oude vrouw. ‘Ik zie het zo helder als glas voor me. Elektrisch, toch?’

‘Precies,’ zei Delia.

‘Mijn kleinzoon heeft er een meegenomen toen hij naar college ging, maar geloof het of niet, hij verzuimde de handleiding te lezen! Hij wou er een kommetje soep mee opwarmen terwijl de handleiding zei: alleen water. En een stank! Hij zei, de stank was onvoorstelbaar! Maar ik heb ze hier niet. Probeert u de afdeling ijzerwaren eens.’

‘Dank u,’ zei Delia kordaat en liep door.

En inderdaad, ze vond hem bij de ijzerwaren, aan een rek tussen verlengsnoeren en driewegstekkers. Ze betaalde met gepast geld. De winkelbediende – een man met grijs haar en een vlinderdas – knipoogde toen hij haar het zakje overhandigde. 'En een prettige dag verder, jongedame,' zei hij. Hij dacht zeker dat ze gevleid zou zijn. Delia lachte niet terug.

Ze had opgemerkt dat juffrouw Grinstead geen erg aardig iemand was. De mensen die deel uitmaakten van haar dagelijkse bezigheden bleven tweedimensionaal voor haar, zoals de tekeningen in die kinderboekjes over de verschillende beroepen. Ze had niet de ongedwongen, luchthartige betrekkingen ontwikkeld waaraan Delia gewoon was.

Bij het verlaten van het magazijn stak ze Bay Street over en passeerde de rij kleine winkeltjes. De klok in de etalage van de opticien stond op 1:45. Ze deed altijd haar uiterste best om haar hele lunchuur te vullen, van één tot twee, maar was daar tot nu toe niet in geslaagd.

En wat zou ze van de winter doen, wanneer het te koud werd om op het pleintje te eten? Want zo ver keek ze nu al vooruit, leek het – deze juffrouw Grinstead met haar eindeloze, onopvallende, onveranderlijke rij dagen.

Maar in Bay Borough was het altijd zomer. Dat was het enige seizoen dat ze zich hier kon voorstellen.

Ze opende eerst de buitendeur van meneer Pomfret, toen de matglazen binnendeur. Hij was al terug van zijn eigen lunch en praatte zoals gewoonlijk aan de telefoon. *Wurlitzer, wurlitzer*, zo klonk het van hieraf. Delia sloot haar handtas in de onderste la van het bureau, streek haar rok onder zich glad en nam op de draaistoel plaats. Ze had een brief half af laten liggen en hervatte nu het typen met haar rug kaarsrecht en haar handen bijna horizontaal, zoals ze het op school had geleerd.

De autoriteiten denken niet aan verdrinking, had de krant gezegd. Het was niet in haar opgekomen dat dat had gekund. *Omdat mevrouw Grinstead beweerde*... Hoe hadden ze het geformuleerd? *Een afkeer van water te hebben*. Of iets van dien aard. Alsof ze een vrouw was die zich nooit waste! Ze gaf de returnhandel een hardere klap dan nodig. En dan die flauwekul van Eliza dat ze een kat was geweest! De mensen moesten zo wel denken dat ze allebei stapelmesjoche waren.

Deze schrijfmachine typte zwaarder dan die in Sams kantoortje. Haar eerste werkdag had ze twee nagels gebroken. Daarna had ze al haar nagels recht afgevijld, wat sowieso beter paste bij de algehele verschijning van juffrouw Grinstead. Bovendien waren er twintig minuten van een avond mee heen gegaan. Ze wijdde heel wat gedachten tegenwoordig aan het besteden van haar avonden.

'Ja, dan doen we dat toch! Dan komen we bij elkaar en doen we dat!' zei meneer Pomfret, plotseling luider en hartelijker. Delia typte de afsluiting ('weledelgestrenge heer' noemde hij zich) en draaide de brief uit de machine. Meneer Pomfret kwam door de deur binnenstuiven. 'Juffrouw Grinstead, als meneer Miller komt, heb ik u hier nodig om aantekeningen te maken,' zei hij. 'We gaan een... wat hebt u daar?'

'Brief aan Gerald Elliott,' bracht Delia hem in herinnering.

'Elliott! Ik heb Elliott gesproken in...'

Ze controleerde de datum boven aan de bladzij. 'Mei,' zei ze, 'veertien mei.'

'Godallemachtig.'

Het was aan het licht gekomen dat Delia's onmiddellijke voorgangster haar meer vervelende karweitjes in de afleg had laten verdwijnen onder 'lopende zaken'. Alles wat met rode inkt was gemarkeerd, was gemakshalve weggemoffeld. (En er was heel wat met rode inkt gemarkeerd, want Katie O'Connell kon niet spellen en zag blijkbaar het nut van alinea's niet in.) Meneer Pomfret was paars aangelopen toen Delia hem de bewijzen bracht, maar Delia was heimelijk aangenaam verrast geweest. Op die manier leek ze zelf zo capabel – zo efficiënt, zo leidinggevend. (Ze voelde zich wel een beetje de klikspaan van de basisschool.) Bovendien kwam het overtypen neer op een halve opleidingscursus. Het zou haar spijten wanneer het achter de rug was.

'Meneer Miller komt om half drie,' deelde meneer Pomfret mee. Hij boog zich over haar bureau om de brief te ondertekenen. 'U moet woord voor woord opschrijven wat hij aangeeft.'

'Ja, meneer Pomfret.'

Hij kwam overeind, draaide de dop op zijn pen en gaf haar een vlugge, scherpe blik van over zijn hagedisachtige onderste oogleden. Soms dreef Delia haar secretaressekomedie iets te ver, vermoedde ze. Ze gaf hem een onwaarachtig lachje terug en nam de brief op. Zijn handtekening was groot en zwierig, bij de lussen uitgesmeerd. Hij gebruikte zo'n dure Duitse vulpen die lekte.

'En er moet koffie komen, dus die kunt u beter van tevoren zetten,' zei hij.

'Ja, meneer... zeker,' zei ze.

Ze ging naar zijn kamer om de koffiekan, bracht die naar de wasbak in het toilet. Toen ze terugkwam zat hij bij het buffet, de korte bovenbenen zijwaarts gedraaid, alweer op zijn computer te tikken. Want hij hád een computer. Hij had hem nog niet zo lang geleden aangeschaft en was er geheel van in de ban geraakt, hetgeen zou kunnen verklaren waarom Katie O'Connells opbergmethoden hem waren ontgaan. In theorie zou hij zich eerst zelf de geheimzinnige wegen van de machine eigen maken en die dan aan Delia leren, maar na haar eerste ochtend wist Delia al dat ze niets te vrezen had. De computer zou definitief in zijn voorlopige opstelling blijven staan, terwijl meneer Pomfret innig vergenoegd worstelde met problemen als 'back-ups' en 'macro's'. Nu was hij bezig elk diner op te slaan dat hij en zijn vrouw ooit gegeven hadden: lijst van de gasten, menu, wijnen, zelfs tafelschikkingen – zodat de variabelen tot in het oneindige konden rouleren. Delia gunde het scherm een verachtelijke blik en liep er met een wijde boog omheen op weg naar het koffiezetapparaat aan de andere kant van het buffet.

Water, filter, Franse melange. Dit koffieapparaat was het

beste in zijn soort: het maalde zijn bonen zelf. Ze veronderstelde dat het afkomstig was uit een van de catalogi die de kantoorpost verzwaarden. Telkens wanneer meneer Pomfret een artikel zag dat hem beviel, liet hij Delia een order plaatsen. ('Ja meneer Pomfret.') Ze belde 06-nummers door het hele land, met het verzoek om een pratend slaapkamerklokje, een elektronisch zakwoordenboek, een zwartlederen kaartenmap voor in het dashboardkastje. De hebzucht van haar werkgever, evenals zijn gigantische buik, bezorgden Delia een gevoel van orde en deugdzaamheid. Ze vond het geen enkel bezwaar die bestellingen te doen. Ze genoot van alles aan dit baantje, juist van de saaiheid ervan. Op een advocatenkantoor ontving niemand ooit het bericht van inoperabele kanker. Niemand die Delia vertelde hoe het voelde om blind te worden. Niemand die beweerde Delia nog als baby te hebben gekend.

Ze drukte een knop in op het apparaat en het begon te malen. 'Help!' schreeuwde meneer Pomfret boven de herrie uit. Hij staarde met uitpuilende ogen naar zijn computerscherm waarop de tekstregels sidderden en slingerden. Om de een of andere reden kwam het nooit bij hem op dat dit strijk en zet gebeurde wanneer de koffiemolen draaide. Delia liep de kamer uit, discreet de deur achter zich sluitend.

Ze typte een nieuwe brief, een die de interne statuten opsomde van een accountantskantoor. 'Statuuten', had Katie O'Connell het gespeld. 'Ingevolge ons onderhoud,' typte ze, en 'fiscale passiva' en 'consent van niet-opgekomen personen'. Ze offerde snelheid op aan accuratesse, zoals het juffrouw Grinstead betaamde, en verbeterde haar zeldzame fouten met witte correctievloeistof op zowel origineel als doorslag.

Meneer Miller arriveerde – een grote, knappe, olijfkleurige man met een smal randje zwart haar. Delia volgde hem naar meneer Pomfrets spreekkamer om koffie voor hen in te schenken en zette zich toen op een stoel, pen en blocnote paraat. Ze was bang geweest dat ze niet snel genoeg zou kunnen schrijven, maar er viel niet veel te schrijven. De vraag was hoe vaak meneer Millers ex-vrouw hun zoon mocht zien, en het antwoord daarop, volgens meneer Miller, was: 'Nooit', hetgeen door meneer Pomfret werd geamendeerd tot eens per week en om de andere vrije dag, uren overeen te komen al naar gelang het de cliënt schikte. Toen dwaalde het gesprek af naar computers, en toen het niet weer terugdwaalde schraapte Delia haar keel en vroeg: 'Blijft het hierbij?'

Meneer Pomfret zei: 'Hmm? O. Ja, dank u wel, juffrouw Grinstead.' Toen ze de kamer uitging hoorde ze hem tegen meneer Miller zeggen: 'We maken het direct in orde. Mijn hulp zal het vanmiddag nog op de post doen.'

Delia nam plaats op haar draaistoel, rolde papier in de wagen en begon te typen. Op de ruggen van haar beide handen had je een glas water kunnen balanceren.

De enige andere afspraak was om vier uur – een vrouw met wat bewijzen van aandeel van haar overleden moeder – maar daarvoor waren Delia's diensten niet vereist. Ze adresseerde een aantal enveloppen, vouwde de brieven die meneer Pomfret had ondertekend en deed ze erin. Ze plakte de kleppen dicht, likte postzegels. Ze beantwoordde een telefoontje van een mevrouw Darnell die een afspraak maakte voor maandag. Meneer Pomfret liep langs haar heen, onderwijl zijn armen in zijn colbert proppend. 'Goedenavond juffrouw Grinstead,' zei hij.

'Goedenavond meneer Pomfret.'

Ze sorteerde haar doorslagen en borg ze op. Ze legde het restant van de map 'lopende zaken' terug in de la. Ze beantwoordde een telefoontje van een man die teleurgesteld was dat meneer Pomfret al weg was maar zou proberen hem thuis te bereiken. Ze maakte het koffieapparaat schoon. Klokslag vijf uur liet ze alle rolgordijnen neer, pakte de brieven en haar handtas en verliet het kantoor.

Meneer Pomfret had haar haar eigen sleutel gegeven en ze kende de nukken van de matglazen deur al – de manier waarop je hem een eindje naar binnen moest duwen voordat bij in het slot wilde vallen.

Buiten scheen nog steeds de zon en de lucht voelde, na de airconditioning, warm en drukkend aan. Delia wandelde op haar gemak, liet zich door anderen passeren – mannen in pakken die zich van hun werk naar huis spoedden, vrouwen die zich langs haar heen repten met tassen van de supermarkt. Ze deed haar brieven in de bus op de hoek maar in plaats van daar linksaf te slaan liep ze door in noordelijke richting, naar de leeszaal – de nieuwe halte in haar dagindeling.

Inmiddels had ze een idee van de plattegrond van het stadje. Het was een volmaakt rooster waarin het plein met wiskundige precisie was gesitueerd tussen drie straten ten noorden en ten zuiden ervan, en twee straten ten oosten en ten westen. Keek je bij een kruispunt naar het westen, dan zag je weilanden, soms zelfs een koe. (Wanneer Delia 's morgens wakker werd, hoorde ze in de verte hanen kraaien.) De trottoirs waren verzakt en hier en daar prijsgegeven aan plukjes gras, en geheel afgebroken wanneer er een boom in de weg stond. Verder van het plein vandaan hadden de straten de neiging tot korstig asfalt te vervallen, aan de randen met onkruid vermengd, als provinciale wegen.

In Border Street, de noordelijkste grens van het plaatsje, stond de Openbare Leeszaal van Bay Borough weggedoken tussen een kerk en een Exxon-station. Het was nauwelijks groter dan een arbeiderswoninkje, maar zodra Delia er binnenkwam voelde ze altijd de stemmige, ambtelijke sfeer ervan. Een lucht van verweerd papier en lijm hing boven de vier tafels met hun houten stoelen, de hoge geverniste balie van de bibliothecaresse, de met bedaagde boeken afgeladen boekenkasten. Hier geen CD's en videobanden, geen draaimolens met pocketromans; alleen eenvoudige, in stijf linnen gebonden kloeke turven, hun nummers met de hand in witte inkt op de ruggen geschreven. Het was gebrek aan financiële middelen, veronderstelde Delia. Er leek de afgelopen tien jaar niets te zijn bijgekomen. Bestsellers waren nergens te bekennen, maar Jane Austen en Edith Wharton waren ruim voorhanden, en ook allerlei gewichtige geschiedkundige en biografische werken. Het kinderhoekje glom als een spiegel van alle lagen plakband die de stukgelezen prentenboeken bij elkaar hielden.

Sluitingstijd was om half zes, wat betekende dat de bibliothecaresse bezig was de laatste boeken terug te zetten op de schappen. Delia kon het boek van de dag ervoor zonder verdere prietpraat op de balie leggen; ze kon onopgemerkt het boek van vandaag uitzoeken omdat op dit uur alle tafels leeg waren. Maar wat zou ze kiezen? Ze wou dat ze hier ook liefdesromans hadden. Dickens of Dostojevski zou ze nooit in één avond uit krijgen; ze had met zichzelf afgesproken dat ze één boek per avond zou lezen. Eliot, Faulkner, Fitzgerald...

Ze koos voor *The Great Gatsby*, dat ze zich vaag herinnerde van de vierde klas Engels. Ze bracht het naar de balie, en de bibliothecaresse, een chocoladekleurige vrouw van in de vijftig staakte haar opbergwerk om haar te komen helpen. 'O, Gátsby!' zei ze. Delia zei alleen: 'Mmm', en overhandigde haar kaart.

Op de kaart stond haar nieuwe adres: George Street 14. Een streepje op de plaats van het telefoonnummer. Ze was tot nu toe altijd telefonisch te bereiken geweest.

Het boek wegbergend in haar handtas verliet ze de leeszaal en zette weer koers in zuidelijke richting. De Habbekrats, een winkel in gedragen kleding, had de etalage veranderd, zag ze. Nu hing er een donkerblauwe gebreide jurk naast een zachtroze smokingjasje. Zou het al te ordinair zijn haar eerstvolgende jurk in een uitdragerij te kopen? In een klein plaatsje als dit kon iedereen ongetwijfeld zó de vorige eigenares noemen.

Maar wat kon het haar per slot schelen? Ze nam zich in gedachten voor morgen tussen de middag de jurk te gaan passen.

Rechtsaf slaand naar George Street stuitte ze op de moeder en de peuter die de duiven op het pleintje hadden gevoerd. De moeder lachte tegen haar en voor Delia erbij dacht lachte ze terug. Maar direct daarna wendde ze haar ogen af.

De volgende halte was café Rick-Rack's. In het voorbijgaan wierp ze een blik naar het pension. Er stonden geen auto's voor, zag ze tot haar genoegen. Als het meezat zou Belle de hele avond weg zijn. Ze leek een heel druk leven te leiden.

Bij Rick-Rack's rook het naar krabtaartjes, maar degene die de taartjes had besteld had ze al opgegeten en was vertrokken. De kleine roodharige dienster was zoutvaten aan het bijvullen. De kok schraapte zijn bakplaat af.

'Hé hallo,' zei hij, omkijkend toen Delia binnenkwam.

'Ook hallo,' zei ze lachend. (Ze had niets tegen eenvoudige wellevendheid, zolang die maar niet verderging.) Ze ging zitten aan haar gewone tafeltje. Toen de dienster bij haar kwam was ze al verdiept in haar bibliotheekboek en zei alleen: 'Melk en een pasteitje kipperagoût, alstublieft.' Toen las ze weer verder.

Gisteravond had ze soep gegeten met geroosterd volkorenbrood; de avond daarvoor tonijnsalade. Haar plan was soep-avonden af te wisselen met proteïne-avonden. Maar dan wel goedkope proteïnen. De krabtaartjes kon ze zich niet veroorloven, tenminste niet voordat ze haar eerste salaris kreeg.

Bij het betalen van de nieuwe schoenen op donderdag had ze gewenst dat ze de creditcard kon gebruiken die ze in haar portefeuille had. Als een creditcard maar niet zo makkelijk op te sporen was geweest! En toen was ze getroffen door een eigenaardige gedachte: *wat de minste sporen zou achterlaten*, had ze gedacht, *was sterven.*

Maar ze had het natuurlijk niet zo bedoeld als het klonk.

De letter van haar bibliotheekboek was zo groot dat ze vreesde dat ze iets had gekozen wat niet genoeg was voor één avond. Ze dwong haar ogen langzamer te lezen, en toen haar maaltijd arriveerde hield ze er helemaal mee op. Maar ze liet het boek openliggen, naast haar bord, voor het geval er iemand dichterbij kwam.

De dienster legde geschulpte papieren place-matjes uit voor het avondpubliek. De kok roerde in iets op de brander. Twee plooien liepen dwars over zijn nek; zijn gladde zwarte schedel leek overdekt met een patroon van geborduurde knoopjes. Hij had de hele kippepastei zelf gemaakt, vermoedde Delia. De korst verbrokkelde onder haar vork. En de bijbehorende aardappelpuree leek met de hand gestampt.

Ze vroeg zich af of ze er thuis aan hadden gedacht de stoofschotels die ze had ingepakt te ontdooien.

'Als-ie komt,' zei de kok tegen de dienster, 'moet jij hem bezighouden. Want ik ga het niet doen.'

'Maar je moet toch een beetje in de buurt blijven,' zei de dienster.

'Ik zeg niet dat ik niet in de buurt blijf. Ik zeg dat ik hem niet ga bezighouden.'

De dienster keek naar Delia voordat Delia haar blik kon afwenden. Ze had de korenblauwe ogen die je dikwijls ziet bij roodharige mensen, en een argeloos gezichtje met een rond kinnetje. 'Mijn pa wil op bezoek komen,' zei ze tegen Delia.

'Ah,' zei Delia en greep naar haar boek.

'Hij was niet direct enthousiast toen Rick en ik gingen trouwen.'

Waren de dienster en de kok dan getrouwd? Delia was bang dat als ze nu weer begon te lezen bij hen het idee zou postvatten dat zijzelf dat ook veroordeelde. Dus legde ze een vinger op de bladzij, daar waar ze gebleven was, en zei: 'Hij zal het heus wel accepteren op den duur.'

'O, hij hééft het geaccepteerd! Of, dat zegt-ie. Maar elke keer dat Rick hem nu ziet, moet hij weer denken aan hoe lelijk pa deed in het begin.'

'Ik kan die man niet om me heen velen,' zei Rick mistroostig.

'Pa komt ergens binnen en Rick gaat van whap!, en zijn mond klapt dicht.'

'En dan voelt Teensy hier de spanning en slaat ze in het wilde weg aan het ratelen, niks als onzin.'

Delia wist hoe dat ging. Toen haar zuster Linda nog getrouwd was met die Fransman, die door hun vader was verfoeid...

Maar dat kon ze hun niet vertellen. Ze zat hier alleen in dit hoekje, volstrekt alleen, verstoken van de gespreksstof over vader, zusters, man, kinderen. Ze was iemand zonder verleden. Ze haalde adem om te spreken en had toen niets te zeggen. Het was Teensy die uiteindelijk de stilte verbrak. 'Afijn,' zei Teensy, 'we hebben tenminste een paar dagen om ons alvast schrap te zetten.' En ze liep weg om een stel te bedienen dat net was binnengekomen.

Toen Delia het café uitwandelde, voelde ze zich als omgeven door een lichtere atmosfeer dan anders, doorschijnender – en ze stak met zwevende tred de straat over. Vlak achter de voordeur vond ze een stapel brieven verspreid onder de spleet van de brievenbus, maar ze raapte ze niet op, ze controleerde zelfs de namen op de enveloppen niet, omdat ze zeker wist dat geen ervan voor haar was.

Boven begon ze aan haar eigen programma: haar spullen opbergen, douchen, haar wasje doen. Ondertussen hield ze één oor gespitst op Belles terugkeer, omdat ze met iemand anders in huis zich stiller zou hebben bewogen. Maar ze kon horen dat ze het rijk alleen had.

Toen ook het allerlaatste werkje was gedaan klom ze met haar bibliotheekboek in bed. Als er een stoel had gestaan was ze gaan zitten om te lezen, maar dit was haar enige keus. Ze vroeg zich af of de kamer van meneer Lamb royaler was ingericht. Misschien dat ze Belle om een stoel kon vragen. Maar dat zou een gesprek met zich meebrengen en Delia ging gesprekken zoveel ze kon uit de weg. Als ze in 's hemelsnaam maar niet twee knusse kwebbelvriendinnen werden die 's avonds nieuwtjes van hun werkdag uitwisselden.

Ze zette haar kussen rechtop tegen de metalen stang aan het hoofdeind van het ledikant en leunde ertegen. Het eerste stukje was er genoeg licht van buiten om bij te lezen – een schuine baan van warm goud dat haar aangenaam lui maakte. Ze hoorde een baby huilen in het huis aan de overkant. Ver weg riep een vrouw: 'Robbie! Kenny!' op dat tweetonig-galmende wijsje waarmee overal moeders hun kinderen binnenroepen. Delia las verder, bladzijden omslaand met een rustgevend geluid. Ze vond Gatsby's verhaal wel boeiend maar niet wat je noemt meeslepend. Het zou dienen om de avond mee door te komen, meer niet.

Het licht werd zwakker, en ze draaide de leeslamp aan die vanaf de vensterbank over haar schouder heen reikte. Nu waren de kinderen van de overkant, vrijgelaten van tafel, iets ruzieachtigs aan het spelen. Delia hoorde ze een poosje aan, maar van lieverlee vergat ze te luisteren, en toen ze weer aan hen dacht besefte ze dat ze inmiddels naar binnen en naar bed moesten zijn gegaan. De nacht was gevallen en de motten bonsden tegen het horregaas. Beneden in de straat smakte een autodeur dicht; hakken klakten over de stoep; Belle kwam het huis in en liep regelrecht naar de voorkamer waar ze begon te telefoneren. 'U weet dat het bij doorverkoop een hoge waarde heeft,' hoorde Delia, voordat ze vergat ook daarnaar te luisteren. Later hield ze een ogenblikje op met lezen en hoorde alleen stilte, binnen en buiten, op het verkeer na, ver weg op de 380. Het was nu koeler en ze was blij met het kleine kringetje van warmte dat de lamp gaf.

Ze kwam bij het slot van haar boek maar bleef de laatste zin overlezen tot tranen haar ogen verduisterden. Toen legde ze het boek op de grond en reikte omhoog om de lamp uit te draaien, om in het donker te kunnen huilen – de allerlaatste stap in haar dagelijkse programma.

Ze huilde zonder een gedachte in haar hoofd, met hevige snikken die haar borst verscheurden en haar mond vertrokken. Om de paar minuten snoot ze haar neus in de strook wc-papier die ze onder haar kussen had liggen. Toen ze helemaal was leeggehuild slaakte ze een diepe, sidderende zucht en zei hardop: 'Nou ja.' Toen snoot ze nog een laatste keer haar neus en legde zich neer om te gaan slapen.

Het verbaasde haar dat ze altijd zo goed sliep.

De peuter wilde dat de duiven uit zijn handjes aten. Hij zat op zijn hurken in hun midden, met zijn bolle ribfluwelen bibs maar een paar centimeter van de grond, en hield hun een stukje brood voor. Maar de duiven stapten op hoge poten om hem heen, met sluwe, ontwijkende blikken, en toen het tot hem doordrong dat ze nooit dichterbij zouden komen rolde hij opeens achterover, zonder de geringste waarschuwing, en trapte als een bezeten fietser in de lucht. Delia lachte, maar wel van achter het schild van haar krant.

Vandaag was geen nadere melding gemaakt van haar verdwijning. Zouden de autoriteiten haar zó gauw zijn vergeten?

Ze vouwde het stadskatern dicht en legde het naast zich op de bank. Ze stak haar hand uit naar het bekertje yoghurt links en bemerkte toen vanuit een ooghoek de vrouw die haar enkele meters daarvandaan gadesloeg.

Haar hart sloeg een slag over. Ze zei: 'Eliza?'

Eliza kwam abrupt naar voren, alsof ze zonet een besluit had genomen.

Er was niemand naast haar. Niemand achter haar.

Niemand.

Ze droeg een jurk – een beigebruine getailleerde chemisier die dateerde uit de tijd dat ze nog een filiaal van Stewart's warenhuizen hadden. Eliza had bijna nooit een jurk aan. Dit moest een speciale gelegenheid zijn, dacht Delia, en toen dacht ze: *o, maar ík ben de gelegenheid.* Ze kwam overeind, onhandig vanwege haar bekertje yoghurt. 'Hallo, Eliza,' zei ze.

'Hallo, Delia.'

Ze stonden ongemakkelijk tegenover elkaar, Eliza met een vierkante leren tas in beide handen geklemd, totdat Delia zich de oude man op de bank aan de oostkant herinnerde. Hij scheen verdiept in zijn tijdschrift maar daar geloofde ze niets van. 'Heb je zin om een eindje te wandelen?' vroeg ze Eliza.

'Kunnen we doen,' zei Eliza stug.

Ze zou wel woest zijn. Nou ja, logisch dat ze woest was. Terwijl ze haar lunchspullen in de afvalbak gooide, voelde Delia zich net een klein meisje dat een of ander kattekwaad aan het oog onttrekt. Ze voelde dat ze een kleur kreeg. Ellendige dunne huid, en een teint die haar altijd verried. Ze slingerde de riem van haar tas over haar schouder en ging op weg over het plein, met Eliza één stap achter zich aan, alsof ze Delia's eigenzinnigheid, haar gebrek aan consideratie wilde beklemtonen. Toen ze de straat bereikten stond Delia stil en draaide zich naar haar om. 'Je zult wel vinden dat ik dit niet had moeten doen,' zei ze.

'Dat heb ik niet gezegd. Ik wil eerst van je horen wat je beweegredenen zijn.'

Delia begon weer te lopen. Als ze had geweten dat Eliza zo zou opduiken had ze van tevoren wat redenen verzonnen. Het was idioot dat ze die niet had.

'Meneer Sudler dacht dat je door je man was mishandeld,' zei Eliza.

'Wie?'

'De dakwerker. Vernon Sudler.'

'O, Vernon,' zei Delia. Ja, die had natuurlijk de krant gezien.

Ze staken over en liepen naar het noorden. Delia had naar de uitdragerij willen gaan maar wist nu niet meer waar ze heen ging.

‘Hij belde ons op in Baltimore,’ zei Eliza. ‘Hij vroeg naar...’

‘In Báltimore! Wat deden jullie in Baltimore?’

‘Ja hé, we hebben de boel ingepakt en zijn naar huis gereden, nadat jij was vertrokken. Je dacht toch niet dat we aan het strand waren gebleven?’

Eigenlijk hád Delia dat gedacht. Maar ze zag nu wel dat het vreemd zou hebben geleken: dat iedereen zich net als anders bleef insmeren met zonnelotion en vlijtig luchtbedden opblies terwijl de politieagenten hun bloedhonden aan Delia’s pantoffeltjes lieten ruiken.

‘We dachten eerst dat je zelf naar Baltimore was gegaan,’ zei Eliza ondertussen. ‘Je kunt je voorstellen wat een heisa het gaf met die parketmensen toen we daar en bloc kwamen aanzetten. En toen we je daar niet vonden... ja, goddank dat die meneer Sudler belde. Hij belde gisteravond thuis op om te vragen hoe hij mij persoonlijk kon bereiken, en het toeval wilde dat ik degene was die opnam. En hij zei dus dat hij erop kon zweren dat je niet ontvoerd was, maar aarzelde de politie in te lichten, omdat hij geloofde dat je goede gronden had om weg te lopen. Hij zei dat je uit zijn bus was gestapt bij een kerk die mishandelde vrouwen helpt.’

‘Ik?’

Delia hield halt voor de bloemenwinkel.

‘Jij zag hun gevelbord en vroeg hem je er daar uit te laten.’

‘Gevelbord?’

‘En er was ook een soort gesprek geweest, zei hij, jullie hadden over het een of ander gesproken waardoor hij zich later had afgevraagd of... maar hij wilde niets loslaten over je verblijfplaats, voor het geval je man gevaarlijk was. “Gevaarlijk!” zei ik. “Sam Grinstead is de goeiigste man van de wereld!” Maar die meneer Sudler was heel stellig. Hij zei: “Ik bel alleen op om u mee te delen dat ze het goed maakt, en ik wil erbij zeggen dat ik op dat moment niet wist dat ze was weggelopen. Ze vroeg alleen maar of ze mocht meerijden naar een bepaalde stad," zei hij, "en ze beweerde dat ze daar familie had, dus zag ik er geen kwaad in." Toen zei hij dat ik het niet aan Sam moest vertellen, maar natuurlijk heb ik het Sam wél verteld; ik kon het toch moeilijk geheim houden. Ik heb tegen Sam gezegd dat ik eerst met jou zou gaan praten om erachter te komen hoe de zaken stonden.'

Ze pauzeerde. Ze wilde Delia dwingen de vraag te stellen. Vooruit dan maar. 'En wat zei Sam terug?' vroeg Delia.

'Die zei, maar natuurlijk moest ik gaan. Hij was het er helemaal mee eens.'

'O.'

Weer een pauze.

'En hij begreep best dat ik niet bekend kon maken waar die stad was voor we elkaar hadden gesproken.'

'Ik snap het,' zei Delia.

Toen zei ze: 'Maar hoe wist jíj dan waar die stad was?'

'Nou, omdat je meneer Sudler had verteld dat je er familie had.'

'Familie. Eh...'

'Familie van moeders kant. In Bay Borough.'

'Moeders familie woont in Bay Borough?'

'Nou ja, vroeger dan. Sommigen misschien nog steeds, maar niemand van wie ik heb gehoord. Dat wist je toch. Bay Borough! Waar tante Henny woonde? En waar aan de westkant oudoom Roscoe zijn kippenfokkerij had?'

'Was dat in Bay Borough?'

'Waar anders?'

'Ik had geen idee,' zei Delia.

'Het is me een raadsel waarom niet. Ga nou, er is zelfs een straat die Weber heet, de meisjesnaam van grootmoeder Carroll. Ik heb hem gekruist onderweg vanaf de drie-tachtig. En een Carroll Street iets verder naar het zuiden van hier, als ik me goed herinner. Is er niet een Carroll Street?'

'Jawel,' zei Delia, 'maar ik dacht dat dat de ándere Carrolls waren. De Carrolls van de Onafhankelijkheidsverklaring.'

'Nee lieverd, dat zijn ónze Carrolls,' zei Eliza tevreden. Haar gelijk had haar kennelijk in een beter humeur gebracht.

Ze begonnen weer te lopen, langs de praktijk van de tandarts en die van de opticien. 'Ik geloof zelfs dat we nog verwant zijn aan de man die deze stad heeft gesticht,' zei Eliza. 'Maar aangetrouwd.'

'De man... George Bay bedoel je?'

'Ja, die.'

'George Bay, die deserteur?'

'Moet jij nodig zeggen, als ik zo vrij mag zijn.'

Delia schrok.

'Dus ben ik hier vanmorgen naartoe gereden,' zei Eliza, 'en heb geïnformeerd waar ik dacht dat je zou kunnen logeren. Blijkt dat er maar één hotel is, dat morsige motelletje in Union Street niet meegerekend. En toen ik je daar niet vond, kwam ik op het idee het pleintje in het oog te houden, want dat leek mij het soort plein waar iedereen in de stad wel op een of ander moment van de dag langskomt.'

Ze waren nu ter hoogte van het kantoor van meneer Pomfret. Als hij al terug was van zijn lunch kon hij beneden uit het raam kijken en haar voorbij zien komen. Juffrouw Grinstead in gezelschap! Doet sociabel! Ze hoopte maar dat hij nog met zijn vriendjes in het Bay Arms-restaurant zat. Bij George Street stuurde ze Eliza linksom. Ze passeerden het Dierenparadijs, waar een jongen speeltjes om op te kauwen naast de zakken hondebrokken schikte.

'Delia,' zei Eliza, 'die meneer Sudler had het toch mis, hè? Ik bedoel, is er een... probleem waarover je me zou willen spreken?'

'O nee,' zei Delia.

'Ah.' Eliza leek opeens bijna knap. 'Zie je wel? Ik heb het hem gezegd!' riep ze. 'Ik heb hem gezegd dat ik ervan overtuigd was dat je alleen behoefte had aan een kleine adempauze. Weet je wat de politie zei? Toen we die belden, zei die ene agent: "Mensen," zei hij, "ik wil er mijn kop onder verwedden dat ze in blakende welstand verkeert." Hij zegt: "Je staat ervan te kijken hoeveel vrouwen het in hun hoofd halen tijdens de vakantie de benen te nemen." Wist jij dat? Raar hè?'

'Hmmm,' zei Delia. Haar voeten voelden loodzwaar. Ze kon ze ternauwernood over de grond slepen.

'Hij zal heel wat hebben meegemaakt in zijn werk in Bethany Beach en zo.'

'Ja, dat zal best,' zei Delia.

'Zullen we dan nu je spullen ophalen, Dee?'

'Mijn spullen,' zei Delia. Ze stond opeens stil.

'De auto staat bij het plein. Heb je bagage bij je?'

Iets hards steeg op in Delia's keel – een onverzettelijkheid, maar dan feller, waarvan de kracht haar zelf verraste. 'Nee!' zei ze. Ze slikte. 'Ik bedoel, nee, ik ga niet met je mee terug.'

'Pardon?'

'Ik wil... ik moet... ik heb nu een plek, ik bedoel een baan, een betrekking, en een logeeradres. Kijk! Daar woon ik,' zei Delia, met een gebaar naar Belles huis. De iele vitrages voor de ramen beneden leken op verbandgaas, viel haar op.

'Heb je een huis?' vroeg Eliza ongelovig.

'Nou ja, een kamer. Kom kijken! Kom mee naar binnen!'

Ze nam Eliza bij haar elleboog en trok haar de stoep op. Eliza treuzelde, haar arm zo stijf als een kippevleugel. 'Het is van een makelaar,' vertelde Delia terwijl ze de deur opendeed. 'Een makelaar*ster*, reuze aardig. De huur is buitengewoon redelijk.'

'Dat zou ik denken,' zei Eliza, rondkijkend.

'Ik werk bij een advocaat hier om de hoek. Hij is de enige advocaat in de stad en behandelt van alles, testamenten en nalatenschappen... en ik heb de algehele leiding van zijn kantoor. Je dacht zeker niet dat ik dat kon, hè? Jij dacht waarschijnlijk dat ik alleen maar omdat ik pappa's dochter was thuis in de praktijk werkte, maar ik merk nu...'

Ze klommen naar boven, Delia voorop. Als Belle eens wat

prenten aan de muur hing. Of dat, óf een nieuw behangetje erop. 'In wezen is de hele verdieping van mij,' zei ze, 'want de andere huurder is door de week op reis. Dus heb ik een eigen badkamer, zie je wel?' Ze wees hem aan. Ze deed de deur van haar kamer van het slot en ging naar binnen. 'Helemaal van mij,' zei ze, haar tas op de commode zettend.

Eliza kwam langzaam verder.

'Is het niet perfect?' zei Delia. 'Ik weet wel dat het een beetje kaal lijkt, maar...'

'Delia, wou je me vertellen dat je hier wilt gaan wónen?'

'Ik woon hier al!'

'Maar... voorgoed?'

'Ja, waarom niet?' zei Delia.

Ze had nog steeds dat gevoel te moeten slikken maar gaf er niet aan toe. 'Ga zitten,' zei ze tegen Eliza. 'Kan ik je een kopje thee aanbieden?'

'O, ik... nee, dank je.' Eliza pakte haar tas in een steviger greep. Ze leek ontheemd in deze omgeving – iemand van thuis, met de timide, kleurloze aanblik die mensen van thuis altijd hebben. 'Laat me dit eerst goed begrijpen,' zei ze.

'Ik kan het water in een mum van tijd warm hebben. Ga jij maar op het bed zitten.'

'Je vertelt me nu dat je ons voorgoed verlaat,' zei Eliza zonder te bewegen. 'Je bent van plan definitief in Bay Borough te blijven. Je verlaat je man, je verlaat alle drie je kinderen, van wie er een nog naar school gaat.'

'Naar school ja, en die vijftien jaar is en wonderwel in staat het zonder mij te stellen,' zei Delia. Tot haar schrik voelde ze haar oogleden warm worden van de tranen. 'Beter zelfs dan mét mij,' vervolgde ze flink. 'Hoe is het trouwens met de kinderen?'

'Die zijn verbijsterd, wat had je dan verwacht?' zei Eliza.

'Maar gaat het verder goed met ze?'

'Kan het je wat schelen?' zei Eliza.

'Natuurlijk kan het me schelen!'

Eliza liep een eindje weg. Delia dacht dat ze zou bijdraaien en gaan zitten, maar nee, ze staarde uit het raam. 'En Sam, dat kun je je indenken, is met stomheid geslagen,' sprak ze, met haar rug naar Delia gewend.

'Ja, hij zal nu wel wensen dat hij dochter Een of Twee had gekozen,' zei Delia.

Eliza draaide zich met een ruk om. Ze zei: 'Delia, wat ís er toch met je? Heb je echt je bezinning verloren? Die fantastische, voorbeeldige man van je dwaalt als een zombie door het huis, de kinderen weten niet wat ze ervan moeten denken, de hele buurt kakelt erover en de mensen van de televisie en de kranten verspreiden onze naam in heel Maryland...'

'Is het op tv geweest?'

'Elke zender in Baltimore! Flits van grote kleurenfoto op het scherm: *Hebt u deze vrouw gezien?*'

'Welke foto hebben ze gebruikt?' vroeg Delia.

'Die van Linda's bruiloft.'

'Dat is al jáaren geleden!'

'Jawel, maar de meeste andere keren was jij degene die de kiekjes nam. We hadden niet veel om uit te kiezen.'

'Maar die ijselijke bruidsmeisjesjurk! Met de schouders die eruitzagen of het hangertje er nog in zat!'

'Delia,' zei Eliza, 'vanaf het moment dat meneer Sudler belde heb ik geprobeerd te bedenken wat je kon hebben bewogen zomaar van ons weg te lopen. Tot nu dacht ik dat je het zo makkelijk had gehad. De jongste van het gezin. Goed stel hersens. Miss Popularity op school. Pappa's lieveling. Je hebt weliswaar een moeder gemist, maar daar leek je nooit iets van te merken. Nou ja, je was pas vier toen ze stierf en ze was je hele leven bedlegerig geweest. Maar nu denk ik: vier jaar is oud zát! Natuurlijk heb je het gemerkt! Je had verdorie al die middagen bij haar in de kamer gespeeld!'

'Dat weet ik niet meer,' zei Delia.

'Ach jawel. Jij en zij hadden die papieren poppetjes. Je had ze in een schoenendoos onder in haar kast en elke middag...'

'Ik weet er niets meer van!' zei Delia. 'Waarom zeur je er zo over door? Ik heb geen enkele herinnering aan haar!'

'En dat je het lievelingetje van pappa was kan ook geen onverdeeld genoegen zijn geweest. Toen hij je afried je voor college in te schrijven, het vanzelfsprekend vond dat je in de praktijk zou komen werken... ja, ik zou het je niet kwalijk nemen als je je daardoor gegriefd hebt gevoeld.'

'Ik wás niet gegriefd!'

'En zijn dood zal bij jou allicht harder aangekomen zijn dan...'

'Ik snap niet waarom je dit in 's hemelsnaam allemaal oprakelt!' zei Delia.

'Laat me uitspreken alsjeblieft. Dee, je weet dat ik geloof dat mensen meer levens hebben.'

Normaal zou Delia hebben gekreund, maar nu was ze blij dat het gesprek een andere wending nam.

'Elk leven is een soort opdracht volgens mij,' zei Eliza. 'Telkens wanneer je op aarde komt krijg je je plek toegewezen, een veldje ervaring om door te spitten. Dus ook als je leven moeilijk is geweest, geloof ik toch dat dat het is waar je het deze speciale ronde mee zult moeten doen.'

'Hoe weet je dat mijn opdracht niet ook Bay Borough omvat?' informeerde Delia.

Een rimpeling van onzekerheid trok over Eliza's voorhoofd.

Delia zei: 'Eliza, ik vroeg me af of...'

'Ja?' zei Eliza gretig.

'Weet jij of ze de kat hebben meegenomen van het strand?'

Een vergissing. Achter Eliza's ogen ging iets dicht. 'De kát!' zei ze. 'Is dat het enige waar je om geeft?'

'Natuurlijk is dat niet het enige waar ik om geef, maar hij zat nog wel ergens onder de meubels verstopt toen ik wegging, en ik wist niet of ze eraan zouden denken...'

'Ze hebben eraan gedacht,' zei Eliza kortaf. 'Waarom is

me een raadsel. Dat drommelse beest wordt zo oud dat-ie al snurkt wanneer hij wakker is.'

'Oud?' zei Delia.

'Ze hebben ook al je stoofpotten en je kleren ingepakt,' zei Eliza. 'Die arme Susie moest jouw... Delia? Huil je?'

'Nee,' zei Delia met gesmoorde stem.

'Huil je om die kát?'

'Néé, zei ik!'

Tja, ze wist best dat hij geen jonkie meer was. (Zo'n *jolig* katertje was het geweest – een katertje met gevoel voor humor, dat theatraal rondom de verboden kamerplanten sloop en haar dan triomfantelijk uitlachte.) Maar ze had gedacht dat hij nog in de bloei van zijn leven was, en nu pas besefte ze dat hij zich de laatste tijd was gaan inhouden, alsof hij kracht verzamelde alvorens zich aan het kleinste sprongetje te wagen. Dat ze hem in het voorjaar een keer van het aanrecht had gemept en hij stuntelig, krabbelend met zijn nagels, was gevallen en beschaamd door zijn poten was gezakt, en toen haastig een achterbout was gaan likken alsof hij aldoor al die houding had willen aannemen.

Ze sperde haar ogen open om te voorkomen dat de tranen overliepen.

'Delia,' zei Eliza, 'is er iets wat je voor je houdt? Heeft het iets te maken met die... man, thuis?'

Delia deed geen moeite zich van den domme te houden. Ze zei: 'Nee, het gaat niet om hem.' Toen liep ze naar het hoofdeind van het bed, waardoor Eliza een stap achteruit moest doen. Ze pakte het wc-papier van onder haar kussen en snoot haar neus. 'Ik word zeker gek,' zei ze.

'Nee, nee! Je bent niet gek! Alleen een beetje, eh, oververmoeid misschien. Een beetje uitgevloerd. Weet je wat ik denk?' zei Eliza. 'Ik denk dat het je toch meer heeft aangegegrepen dan een van ons besefte, pappa verzorgen op zijn laatste ziekbed. Wie weet heb je wel bloedarmoede ook! Wat jij nodig hebt is doodgewoon lichamelijke rust. Op eigen houtje met vakantie. Ja, dat was helemaal geen slecht idee, naar Bay Borough gaan! Nog een dag of wat, een paar weekjes extra, en dan kom je weer thuis als een ander mens.'

'Misschien ja,' zei Delia onvast.

'En dat zal ik ook tegen de politie zeggen. "Ze is gewoon naar de stad van onze familie gegaan voor een beetje rust en ontspanning," zal ik zeggen. Want ik moet ze wel inlichten, begrijp je.'

'Ja.'

'En ik zal het Sam moeten vertellen.'

'Ja.'

'En ik denk wel dat hij dan zal willen komen om erover te praten.'

Delia drukte het wc-papier tegen elk oog.

'Ik ben niet zo goed in dat soort situaties,' zei Eliza. Ze nam een hand van haar tas en legde die op Delia's schouder.

'Je bent prima,' zei Delia. 'Het ligt niet aan jou.'

Ze was opeens triest, vanwege het feit dat Eliza lippenstift had opgedaan. (Een mierzoet roze, dat schril afstak tegen haar donkere huid.) Eliza bekommerde zich doorgaans niet om make-up. Ze moest de behoefte hebben gevoeld zich te wapenen voor dit bezoek.

'Zal ik Sam wat kleren voor je laten meebrengen?' vroeg ze nu.

'Nee, dank je.'

'Een paar jurken?'

'Niets.'

Eliza liet haar hand vallen.

Ze verlieten de kamer, Eliza voorop, en begonnen de trap af te lopen. Delia zei op een geforceerd-levendige toon: 'En hoe is het met je tuin?'

'O...' zei Eliza. Ze arriveerden beneden in de hal. 'Je zult wel om geld verlegen zitten,' zei ze tegen Delia.

'Nee.'

'Als ik had begrepen dat je niet mee terugging... Ik heb

niet veel bij me, maar wat er is kun je gerust krijgen.'

'Echt, ik heb het niet nodig,' zei Delia. 'Ik verdien een kolossaal salaris bij die advocaat; ik kon het niet geloven toen hij het vertelde.' Ze liet Eliza uit.'En je weet dat ik het vakantiegeld heb meegenomen. Vijfhonderd dollar. Dat zit me al genoeg dwars.'

'O, we hebben ons best weten te redden,' zei Eliza, met één oog op een vezelige plek in de vlonder op de stoep.

Delia had met haar kunnen meelopen naar haar auto of op zijn minst tot aan het kantoor, maar dat zou hun afscheid hebben verlengd. Daarom had ze haar tas boven gelaten en bleef ze op de stoep staan met haar armen over elkaar, in de houding van iemand die zo dadelijk weer naar binnen gaat. 'Natuurlijk hebben jullie je weten te redden,' zei ze. 'Daar gaat het niet om. Het zit me alleen dwars dat ik niet met niets begonnen ben. Begonnen met... ik weet niet. Zelfs...'

'Zelfs?'

'Zelfs als dakloze of zoiets. Ik weet het niet,' zei Delia. 'Ik weet niet wat ik bedoel!'

Eliza boog naar haar toe en legde haar wang tegen die van Delia. 'Het komt wel goed met je,' zei ze. 'Deze rustpauze zal wonderen doen, neem dat maar van me aan. En Dee, in de tussentijd...' Ze wilde zich afwenden maar moest zijn getroffen door een laatste inval. 'En denk in de tussentijd aan oudoom Roscoe z'n lijfspreuk.'

'Wat was die?'

'"Doe nooit iets wat je niet ongedaan kunt maken."'

'Ik zal eraan denken,' beloofde Delia.

'Oom Roscoe mag dan een knorrepot zijn geweest,' zei Eliza, 'maar hij toonde toch gezond verstand, af en toe.'

Delia zei: 'Rij voorzichtig.'

Ze bleef Eliza nakijken – die kleine, zuinige, energieke gestalte – tot ze uit het zicht verdween. Toen ging ze binnen haar tas halen.

De trap opklimmend dacht ze: *maar als je nooit iets doet wat je niet ongedaan kunt maken*... Ze legde een hand op de splinterige leuning. *Dan doe je uiteindelijk niets meer*, dacht ze. Ze kreeg de aanvechting zich om te draaien en Eliza achterna te hollen om haar dat te zeggen, maar haar nog eens vaarwel zeggen had ze niet kunnen verdragen.

8

Haar boek die avond was *The Sun Also Rises*, maar ze kreeg het niet meer uitgelezen omdat ze voortdurend afgeleid werd. Het was vrijdag, het begin van het weekeinde. Het verkeer onder haar raam had een bruisender, feestelijker klank en de stemmen van de voorbijgangers waren luider. 'Oe-ie! We kómen!' riep een jongen. Even raakte Delia het spoor bijster in de zin die ze aan het lezen was. Tegen achten kwam er iemand de stoep op – niet Belle, maar iemand op platte schoenen die langzaam liep, alsof hij moe of bedroefd was – en ze liet haar boek zakken en luisterde. De voordeur ging open, hij kwam het huis in, de trap kraakte omhoog, tree voor tree. Toen rammelde de deurknop aan de andere kant van de gang en ze dacht: *o, de andere huurder*.

Ze keerde terug naar haar boek, maar telkens kwam een geluid haar concentratie doorbreken – een holle kuch, het glijden van metalen kleerhangers over de stang in de kast. Toen ze de douche hoorde lopen stond ze op en liep op haar tenen naar haar deur om zich ervan te vergewissen dat die op slot was. Daarna klom ze weer in bed en begon bij de alinea die ze zoëven had gelezen.

Een uurtje later kwam Belle thuis. Ze had een man bij zich. Delia hoorde zijn gulle bulderlach – niet de lach van iemand die ze kende. 'Nee, wees eens serieus!' zei Belle een keer. Beneden ging de televisie aan en de deur van de koelkast smakte dicht met een doffe bons.

Meneer Lamb bleek een graatmagere man van in de veertig, met levenloos bruin haar, konijnetanden en diepliggende ogen. Delia kwam hem tegen boven op de gang toen ze de volgende morgen op pad ging om een paar boodschappen te doen. 'Hallo,' zei ze en liep verder, bij voorbaat vastbesloten hun verkeer tot een minimum te beperken. Maar ze had zich niet ongerust hoeven maken. Meneer Lamb drukte zijn rug tegen de muur en glimlachte treurig tegen zijn schoenen, iets onverstaanbaars mompelend. Hij was er vermoedelijk al even ongelukkig mee als zij de badkamer te moeten delen.

Ze was op zoek naar een bank die op zaterdag open was. Ze wilde de looncheque van vrijdag verzilveren. De cheque was betaalbaar bij de Eerste Boerenleenbank, even benoorden het plein, maar de Eerste Boerenleenbank bleek gesloten, en dus wandelde ze verder naar de Federale Bank van Bay Borough. Het was een frisse, winderige dag, met donkere wolken aan de hemel die de lucht bijna lila kleurden; en dit deel van de stad, dat ze sinds de middag van haar aankomst niet meer had gezien, kwam haar nu totaal anders voor. Alsof het op een of andere manier niet van deze tijd was. De gebouwen waren zo verbleekt dat ze niet geschilderd leken maar met de hand ingekleurd, als op een antieke foto.

'Zou u deze voor me kunnen wisselen?' vroeg ze de kassier bij de Federale Bank van Bay Borough.

De kassier – een vrouw met een loensende bril met rijnstenen – wierp amper een blik op de handtekening voor ze knikte. 'Zeke Pomfret? Geen probleem,' zei ze.

Dus stond Delia de eerste, echte looncheque van haar leven af en ontving er een paar knisperende briefjes voor in de plaats. Het verbaasde haar hoeveel de belasting en wat-al-niet van een salaris konden afknabbelen.

Weber Street, East Street. Schuin het plein over. Ze hield haar hoofd hoog en zette haar voeten heel precies neer. Ze had de heldin in een toneelstuk of een film kunnen zijn. En haar beoogde publiek was vanzelfsprekend Sam.

Niet dat ze zich verheugde op zijn bezoek, zeker niet. Ze zag er huizenhoog tegen op om tekst en uitleg te moeten geven: ze wist hoe slap en tegenstrijdig al haar beweegredenen hem in de oren zouden klinken. En toch was een deel van haar geest al sinds de vorige middag bezig omslachtige rekensommetjes te maken: *Laten we zeggen, 't is twee uur naar Baltimore. Eliza zou thuis kunnen zijn tegen, eh, zeg half vijf, dan kon Sam hier zijn om half zeven. Zeven uur misschien. Of, mocht hij besluiten eerst de praktijk af te werken, mocht hij eerst nog moeten tanken...* En toen, later op de avond: *Hij wacht natuurlijk tot het weekeind. Dat zou veel verstandiger zijn.*

Stel je voor dat hij haar trof op dit ogenblik, op weg naar de leeszaal om een boek voor zaterdag te halen. Of op de terugweg even stilstaand om buiten voor Katy's Keukengerei een tafel vol bekers en mokken door te snuffelen. Of bij het verlaten van de Habbekrats met de blauwe gebreide jurk in een zak. Stel je voor dat hij al naar haar uitkeek op de stoep van het pension wanneer zij om de hoek van George Street kwam. Dan zou hij haar zien kuieren, professioneel in het grijs, volstrekt op haar gemak in een stad die hij nog nooit had gezien. Hij zou denken: *zou dat echt Delia zijn?*

Of stel je voor dat ze bovenkwam en hij stond daar te wachten bij haar kamerdeur. 'Hé Sam,' zou ze doodrustig zeggen en ze zou haar sleutels uit haar tas halen – zo zakelijk, kamer- en kantoorsleutel aan meneer Pomfrets verchroomde ring – en de deur opendoen en met haar hoofd schuin hem binnen noden. Of hij zou al binnen zijn, nadat hij Belle ertoe had overgehaald hem erin te laten. Hij zou bij een van de ramen staan. Hij zou zich omdraaien en haar zien binnenkomen met haar lasten – haar bibliotheekboek en haar theebeker en nieuwe jurk – en hij zou zeggen: 'Hier, zal ik je even helpen', en zij zou zeggen: 'Nee dank je, ik kan het wel alleen af.'

Maar hij was er niet, en ze zette haar spullen op het bed in doodse stilte.

Ze ging naar beneden om haar huur te betalen. Belle was

thuis, dat kon ze horen. Ze hoorde geluiden vanachter de selderijgroene deur in de hal. Ze klopte aan en Belle riep: 'Kom erin!' ondertussen bezig met iets piepends of snorrends. Het was een hometrainer, ontdekte Delia toen ze binnenkwam. Belle trapte als een razende, hoogrood en verhit in een roze joggingpak bezaaid met minuscule satijnen strikjes. 'Oef!' zei ze toen ze Delia zag.

Haar woonkamer leek net als de rest van het huis ingericht met door vroegere huurders afgedankte meubelstukken. Een canapé van groezelig velours stond tegenover de tv; het lage tafeltje was gevlekt met een lussenpatroon van natte kringen.

'Ik kwam de huur betalen,' zei Delia.

'O, bedankt,' zei Belle, en zonder het trappen te vertragen stopte ze de opgevouwen briefjes in een mouw. 'Alles in orde?'

'Ja, prima.'

'Goed zo,' zei Belle en boog zich ijverig over het fietsstuur toen Delia de deur weer sloot.

Delia had nu bij de Lekkerbek iets voor de lunch willen halen, maar juist toen ze de deur uitging arriveerde er een jongeman op de stoep. Eerst hield ze hem voor een soort soldaat; het uniform was kaki en zijn haar was stekeltjeskort. 'Mevrouw Grinstead?' zei hij.

'Ja.'

'Ik ben Chuck Akers, van de plisie.'

Het duurde even voor ze dit vertaald had.

'Zou ik u kunnen spreken?' verzocht hij.

'Zeker,' zei ze, zich omdraaiend om hem voor te gaan naar binnen, en toen beseftе ze dat ze hem nergens heen kon brengen. Haar slaapkamer was uitgesloten en Belles huiskamer kon ze moeilijk gebruiken. Dus wendde ze zich weer om en vroeg: 'Wat kan ik voor u doen?' en handelden ze hun zaken dan maar midden op de stoep af.

'U bént mevrouw Cordelia F. Grinstead,' zei hij.

'Jawel.'

'Ik begrijp dat u hier uit eigen vrije wil bent gekomen.'

'Ja, dat is zo.'

'Niemand heeft u ontvoerd of gedwongen...'

'Niemand heeft er verder iets mee te maken gehad.'

'Mevrouw, ik wou om een lief ding dat u eraan had gedacht dat van tevoren duidelijk te maken.'

'Het spijt me,' zei ze. 'Ik zal het onthouden voor de volgende keer.'

De volgende keer!

Ze vroeg zich af wanneer dat in vredesnaam zou zijn.

Zaterdag, zondag. Het omstandig vullen van lege, witte uren, het dankbaar aangrijpen van het meest onbeduidende werkje. Zaterdagavond at ze thuis, uit bakjes van de afhaalchinees, en las *Daisy Miller* tot diep in de nacht. Het zondagse ontbijt was thee op bed met een muffin uit de winkel, maar van de lunch maakte ze een evenement. Ze ging eten in restaurant Bay Arms, een duffe gelegenheid met zware gordijnen en dikke tapijten, waar alle andere tafels bezet waren door gezinnen in zondagse kleren. Het liefst had ze de hele maaltijd zo snel mogelijk achter de rug gehad, maar ze dwong zich soep, hoofdgerecht en dessert te bestellen, en werkte zich afgemeten en bedaard door dit alles heen, met haar ogen strak op een punt in de nabije ruimte gericht.

Susie had eens verkondigd, in een wel heel feministische fase in haar leven, dat elke vrouw moest leren hoe je alleen at in een officieel restaurant en zonder boek. Delia wenste dat Susie haar nu kon zien.

Ja, misschien zou Sam zelfs de kinderen meebrengen wanneer hij kwam. Misschien dat ze zomaar het restaurant kwamen binnenwandelen, het was niet ondenkbaar dat ze haar daar zouden opsporen. Ze droeg de nieuwe donkerblauwe jurk van de Habbekrats. Hij stond haar goed, vond ze zelf. Ze vroeg om een tweede kopje koffie en bleef nog even zitten.

Zomaar opeens verlangde ze naar een sigaret, al had ze sinds de vierde klas niet meer gerookt.

Toen ze het restaurant verliet, ging ze weer op weg naar de bibliotheek, om het leesboek voor die avond uit te zoeken. Maar de deur van de bibliotheek was stevig op slot en de jaloezieën waren schuingetrokken. Ze had moeten beseffen dat het op zondag dicht was. Nu zou ze een boek moeten *kopen*, echt geld investeren.

In de apotheek in George Street vond ze een rek met paperbacks, voornamelijk detectives en liefdesromans. Ze koos een roman die *Moon Above Wyndham Moor* heette. Een vrouw in een lange mantel lag in zwijm gevallen op het omslag, wankelend ondersteund door een man met een baard die met zijn linkerarm haar middel omklemde terwijl zijn rechterhand met een zwaard zwaaide. Nadat ze het had betaald stopte Delia het boek diep in haar tas. Toen liep ze verder naar Belles huis, met vlugge kordate passen, zodat wie er ook maar keek zou denken: *die vrouw lijkt me volstrekt onafhankelijk*.

Maar er keek niemand.

Ze herinnerde zich dat ze zich als klein kind in de tuin voor het huis opstelde wanneer er bezoek zou komen. Ze herinnerde zich een keer dat oudoom Roscoe werd verwacht en zij haar poppewiegje op het gras had gezet en ernaast een bevallige pose had aangenomen, net zo lang totdat oom Roscoe uit zijn auto stapte. 'Ach, kijk er es aan!' had hij geroepen. 'De kleine freule Delia.' Hij had naar hoestbonbons geroken, van die bittere. Ze had gedacht dat haar geen voorstelling van oom Roscoe bijgebleven was, en schrok ervan dat hij zo plotseling opdook, zijn geaderde leren valies in de andere hand nam om zich aan haar schouder te kunnen vasthouden terwijl ze naar het huis liepen. Maar bij welke gelegenheid was dat dan geweest? Waarom was hij op bezoek gekomen in zijn roestkleurig zwarte pak? Ze vermoedde dat ze het antwoord liever niet wist.

'Ik was een slaapliedje voor mijn pop aan het zingen,' had ze hem op vertrouwelijke toon verteld.

Ze was altijd zo'n *onwaarachtig* kind geweest, ze had zich zo enthousiast geconformeerd aan wat de grote mensen van haar vonden.

Het boek viel tegen. Op de een of andere manier maakte het geen erg geloofwaardige indruk. Delia liet het telkens zakken om gedachteloos naar de schemerige hoeken tegenover haar te staren. Ze keek hoeveel bladzijden er nog restten. Ze hief haar hoofd luisterend naar het geluid van meneer Lambs radio. Die had hij het hele weekend aanstaan, maar nooit zo hard dat ze de tekst van de presentator kon ontcijferen. Op de portiekluifel vielen één voor één regendruppels. Ze miste de geluiden van het gezin aan de overkant. Ze hadden vanwege het weer zeker de ramen dichtgedaan.

Komt hij dan helemáál niet?

Die maandagochtend gaf meneer Pomfret haar langs een omweg te verstaan dat hij de waarheid had vernomen. 'Ik zie dat u een nieuwe japon draagt, *mevrouw* Grinstead,' zei hij met een veelzeggende blik. Maar zij deed of ze nergens van wist en tegen de middag was hij weer terug bij 'juffrouw'. Niet dat het haar veel uitmaakte. Ze voelde zich wonderlijk mat vandaag. De regen maakte het er ook niet beter op. Ze had zich bij de apotheek een paraplu moeten aanschaffen en in de lunchpauze ging ze naar het winkelmagazijn en kocht een goedkoop grijs vest van een of ander synthetisch materiaal. In de normen van juffrouw Grinstead leek de klad gekomen. Terneergeslagen stak ze haar handen door de krappe, buisachtige mouwen.

Door de regen kon ze niet op haar gewone bank in het park picknicken en ze voelde zich niet opgewassen tegen de sociale eisen van Rick-Rack's of Bay Arms; dus nam ze haar bekertje yoghurt mee naar haar kamer. Ze opende de voordeur, stapte over de post en begon de trap op te lopen. Toen bleef ze staan en keek om naar een van de enveloppen op de grond.

Een crèmekleurige envelop – of eigenlijk meer vlakleurig. Ze kende die tint goed. En ze kende de naam die in bruin reliëf in de linkerbovenhoek stond: SAMUEL A. GRINSTEAD, arts.

Zou hij volstaan met haar alleen maar te schrijven?

Ze bukte om hem op te rapen. *Mevr. Delia Grinstead*, luidde de adressering (Miss Manners zou gechoqueerd zijn geweest). *George Street, huis m. lage luifel, naast de Lekkerbek, Bay Borough, Maryland.*

Ze nam hem mee naar haar kamer voor ze hem openmaakte. *Delia*, schreef hij. Geen *Lieve. Delia, van Eliza heb ik begrepen dat...*

Hij had de schrijfmachine van de praktijk gebruikt, die met de dronken *e*, en had niet de moeite genomen de marges te veranderen nadat zij de rekeningen erop had getypt. De hele tekst was nauwelijks een decimeter breed.

> Delia, van Eliza heb ik begrepen dat je hebt verzocht om een periode op jezelf tengevolge van allerlei spanningen, waaronder de dood van je vader enz.
>
> Vanzelfsprekend was het me liever geweest als je ons had gewaarschuwd. Je kunt je toch niet onbewust zijn van de ongerustheid die je zou veroorzaken door domweg van het strand af te wandelen en te verdwijnen. ~~Heb je enig idee hoe het voelt om~~
>
> Ook is het me niet geheel duidelijk op welke 'spanningen' je doelt. Natuurlijk besef ik dat jij en je vader elkaar na stonden. Maar zijn overlijden vond per slot al vier en een halve maand geleden plaats ~~en eerlijk gezegd vind ik~~ Misschien zie je mij als een van de spanningen. Zo ja, dan is dat te betreuren maar ik heb ~~me altijd een goede echtg willen tonen~~ me heilig voorgenomen toen ik opgroeide dat ik een rots zou zijn voor mijn

vrouw en mijn kinderen en voor zover ik weet heb ik me aan dat voornemen gehouden ~~en ik begrijp niet wat~~ maar als je klachten over me hebt wil ik zeker graag horen welke die zijn.

Intussen kun je ervan verzekerd blijven dat ik geen inbreuk zal maken op je privacy. xxxxxxxxxxxxxxxxxx xxxxxxxxxxxxxxxxxxxxxxxxxxxxxxxxxxxxxxxxxxx xxxxxxxxxxxxxxx

Sam

Hij had de eerste vier verbeteringen met de streepjestoets aangebracht – waar Delia gemakkelijk doorheen kon lezen – maar de vijfde was zo grondig met x'en doorgetypt dat ze die niet kon ontcijferen, ook niet toen ze de brief tegen het licht hield. Nu ja, dan was het zeker beter zo. Het was waarschijnlijk botter dan zijn andere opmerkingen, en die waren waarachtig al bot genoeg.

Geen inbreuk op haar privacy! Hij gaf haar op zonder een hand uit te steken, alsof ze een verdwenen huisdier of een op de grond gevallen stuiver was!

Ze had het kunnen weten, peinsde ze. Dit bewees alleen maar hoe terecht haar vertrek was geweest.

Ze klappertandde en haar nieuwe vest hielp niet. In plaats van haar lunch te eten schoof ze haar schoenen uit en klom in bed. Rillend lag ze onder de ene deken, haar kaken op elkaar geklemd tegen de kou en haar armen om haar bovenlichaam geslagen, zichzelf stevig omhelzend.

9

Geen wonder dat ze zich de winter in Bay Borough niet had kunnen voorstellen. Heimelijk, besefte ze nu, had ze verwacht dat Sam haar dan al lang zou zijn komen halen. Ze leek zo'n weggelopen kind dat nooit, hoe ver het ook afdwaalt, werkelijk van huis wil.

Maar enfin. Daar zat ze nu, en de hele rest van haar leven strekte zich leeg voor haar uit.

Ze begon 's avonds op haar bed in de ruimte te zitten staren. Denken kon je het niet noemen. Ze had zeker geen bewuste gedachten, of in elk geval geen gedachten van enig belang. De meeste tijd zat ze gewoon naar de lucht te kijken, zoals ze vroeger deed toen ze klein was. Ze kon urenlang turen naar de in de kamer ronddwarrelende veelkleurige spikkeltjes. Toen had Linda haar geleerd dat dat stofdeeltjes waren. Daarmee was zo'n beetje het plezier eraf. Wie gaf er nu om stof? Maar nu dacht ze dat Linda het mis had gehad. Het was lucht, wat ze gadesloeg, een zich onophoudelijk herschikkende oneindigheid van lucht, en hoe langer ze tuurde, hoe kalmer, hoe geboeider, hoe rustiger ze werd vanbinnen.

Ze leerde de waarde van verveling kennen. Ze was haar geest aan het uitruimen. Ze had altijd beseft dat haar lichaam niets dan een huls was waarin ze woonde, maar het viel haar nu in dat ook haar geest maar een soort huls was – en wie was 'zij' dan? Ze was haar geest aan het uitruimen om te zien wat ze overhield. Misschien wel niets.

Vaak begon ze 's avonds pas om negen uur of half tien te lezen, wat betekende dat ze een roman niet meer in één ruk uit kon krijgen; daarom schakelde ze over op verhalen. Dan las ze een verhaal, staarde een tijdje voor zich uit, en las er weer een. Ze gebruikte een briefje van de leeszaal als bladwijzer en luisterde naar de geluiden van buiten – het zoeven van auto's, het sjirpen van insekten, de stemmen van de kinderen in het huis aan de overkant. Op warme avonden sliepen de oudere kinderen op een balkon op de eerste verdieping, en ze lagen altijd uren te praten totdat hun ouders tussenbeide kwamen. 'Moet ik nu nog bóvenkomen?' was hun vaders grimmigste dreigement. Dat bracht hen tot zwijgen, maar niet voor langer dan een ogenblik.

Delia vroeg zich af of Sam wist dat Carroll de middelste twee weken van juli voor tennisles was ingeschreven. Je kon er niet op rekenen dat Carroll dat uit zichzelf onthield. En zou iemand eraan denken dat dit de tandartsmaand was? Nou ja, Eliza waarschijnlijk wel. Zonder Eliza had Delia nooit haar gezin zo makkelijk kunnen verlaten.

Ze wist niet of dat iets was om dankbaar voor te zijn.

Het punt was dat Delia gemist kon worden. Ze was een figurant. Ze had haar hele huwelijksleven geleefd als een klein meisje dat vader-en-moedertje speelt, en er had altijd een volwassene klaargestaan om het over te nemen – haar zuster of haar man of haar vader.

Eigenlijk had dat een troost voor haar moeten zijn. (Vroeger was ze bang geweest dat ze zou sterven terwijl haar kinderen nog klein waren.) Maar in plaats daarvan had ze steken van jaloezie gevoeld. Waarom was het Sam, om maar iets te noemen, tot wie iedereen zich wendde in tijden van nood? Hij werd altijd als de verstandigste beschouwd, evenwichtig, betrouwbaar; zij was er alleen voor de sier. Maar hoe was dat zo gekomen? Waar had zij haar ogen gehad terwijl deze toestand zich ontwikkelde?

Ze las weer een verhaal, met een aantal wijdlopige natuurbeschrijvingen. Ze hield evenveel van de natuur als ieder ander, maar je kon het ook te bont maken, vond ze.

En zou er iemand Sams gezondheid in de gaten houden? Hij was de laatste tijd geneigd geweest de lichaamsbeweging te overdrijven. Maar: *het is mijn zorg niet*, hield Delia zich voor. Zijn brief had haar bevrijd. Ze hoefde geen grammen cholesterol meer te tellen; het was zinloos om te onthouden dat de Lekkerbek ook vetloze mayonaise had.

Ze bezon zich op enkele formuleringen in de brief: *je kunt je niet onbewust zijn geweest* en *ook is het me niet geheel duidelijk*. Bloedeloze frasen, emotieloze frasen. De hele buurt zou wel weten dat hij niet uit liefde met haar was getrouwd.

Weer zag ze de drie dochters op de bank geschaard – oorspronkelijk Sams herinnering, maar zij scheen die te hebben overgenomen. Ze zag haar vader in zijn fauteuil en Sam in de schommelstoel. Die twee spraken over een middel tegen artritis terwijl Delia van haar sherry nipte en zijdelingse blikken wierp op Sams handen, en peinsde hoe deskundig ze leken, hoe dokterachtig en bekwaam. Misschien had het aan de voor haar ongebruikelijke sherry gelegen dat ze zo licht in haar hoofd was geworden.

In slechts enkele verspreide momenten, dacht ze, kon je makkelijk iemands leven samenvatten. Niet meer dan vijf of zes, telkens en telkens weer omslaande beelden, als voortdurend opnieuw geschudde en uitgedeelde tarotkaarten. Een plek zonlicht op een raamzitje waar een groot mens Delia's handjes afboende met een washandje. Een spelwedstrijd op de lagere school waar Eliza onaangekondigd kwam opdagen en Delia haar één ogenblik als een vreemde zag. De glans van Sams blonde haar tegen het stroopkleurige hout van de schommelstoel. Haar vader, die geleund tegen twee kussens uit alle macht probeerde iets te zeggen. En Delia die naar het zuiden wandelde langs de Atlantische Oceaan.

In dit laatste beeld droeg ze haar grijze secretaressejurk. (Zulke herinneringen zijn niet altijd waarheidsgetrouw.) Ze droeg de zwarte leren schoenen die ze bij de gebroeders Bassett had gekocht. De kleren waren verkeerd maar de indruk was juist – de zekerheid, de besluitvaardigheid. Dat was het beeld dat haar ruggesteun gaf.

'Wanneer ik het woord "zomer" hoor,' had een van de drie huwbare jongedochters beweerd (Eliza natuurlijk), 'dan ruik ik altijd een soort smeltende geur, een gele, hete, smeltende geur.' En Linda viel in: 'Ja, zo is ze! Eliza kan nootmuskaat ruiken in de specerijenfabriek aan de andere kant van de stad. En woede.' En Delia had geglimlacht tegen haar sherry. 'Ah,' had Sam nadenkend gebromd. Had hij hun bijbedoelingen geraden? Dat Eliza zich interessant wilde voordoen, dat Linda de vinger legde op Eliza's eigenaardigheid, dat Delia hoopte het kuiltje in haar rechterwang te demonstreren?

Het washandje waarmee haar handen werden afgeboend was ruw en warm, als de tong van een moederpoes. De gedrongen, ongelukkige jonge vrouw die de tafel van juffrouw Sutherland naderde veranderde in Delia's zuster. 'Ik wou...' fluisterde haar vader, en zijn gebarsten lippen leken meer vaneen te scheuren dan te wijken, en hij draaide zijn gezicht van haar af. De avond na zijn dood ging ze met een slaappil naar bed. Ze was zó gevoelig voor medicijnen dat ze zelden iets innam, maar ze slikte dankbaar de pil die Sam haar gaf en sliep de hele nacht door. Alleen was het meer een soort doorwroeten van de nacht, het graven van een gang met een of ander stomp en ontoereikend werktuig, een soeplepel of zoiets, en ze werd 's morgens versuft en afgemat wakker, ervan overtuigd dat ze iets had overgeslagen. Nu dacht ze: wat ze had overgeslagen was haar eigen verdriet. Waarom die overijlde vlucht in de vergetelheid? vroeg ze zich nu af. Waarom met zoveel haast over het verdriet heen naar het volgende stadium gesprongen?

Wat had haar vader willen vragen? Indertijd had ze het niet kunnen ontcijferen, en misschien had hij aangenomen dat het haar te veel moeite was. Tranen sprongen in haar de ogen en rolden over haar wangen. Ze deed geen poging om ze tegen te houden.

Kwam het niet vaker voor, dacht ze, dat bejaarde ouders stierven precies op het moment dat andere mensen (je man, je opgroeiende kinderen) niet langer opgetogen zijn wanneer ze jou zien verschijnen? Maar een ouder is áltijd opgetogen, die zo liefhebbend naar je gezicht blijft kijken terwijl je spreekt. Een van de vele ironieën van het leven.

Ze pakte haar voorraadje wc-papier en snoot haar neus. Ze voelde dat er iets in haar loskwam en hoopte dat ze de hele nacht zou blijven huilen.

In het huis aan de overkant riep een kind. 'Ma, Jerry schopt me.' Maar de stem was ver weg en dromerig, en de reactie was mild. 'Hè toe, Jerry.' Langzamerhand leken de kinderen in slaap te sukkelen. Zij die wakker bleven lieten langere pauzes vallen tussen hun woorden en spraken almaar lomer, totdat eindelijk het huis stil was en niemand meer iets zei.

Onafhankelijkheidsdag was in Bay Borough vrijwel onopgemerkt voorbijgegaan, zonder parades, zonder vuurwerk en met niet meer dan een paar rood-wit-blauwe etalages. Baydag daarentegen was een heel andere zaak. Bay-dag markeerde de verjaardag van George Pendles fameuze droom. Deze werd gevierd op de eerste zaterdag in augustus, met een honkbalwedstrijd en een picknick op het dorpsplein. Delia wist er alles van, omdat meneer Pomfret voorzitter van de feestcommissie was. Hij liet haar een brief typen met het voorstel het honkballen te vervangen door een sport die minder ruimte vergde – hoefijzerwerpen bijvoorbeeld. Het plein, voerde hij als argument aan, was te klein en er stonden te veel bomen. Maar burgemeester Frick, die zoon en kleinzoon was van vroegere burgemeesters en klaarblijkelijk het oppergezag had, schreef terug dat de honkbalwedstrijd 'een eerbiedwaardige traditie' was die derhalve diende te worden voortgezet.

'Traditie!' brieste meneer Pomfret. 'Bill Frick heeft geen notie van traditie al breekt hij zijn nek erover. In het begin was het altijd hoefijzerwerpen. Maar toen Ab Bennett met hangende pootjes terugkwam uit de tweede divisie, organiseerde Bill Frick senior een honkbalwedstrijd om zijn prestige te redden. Maar Ab speelt helemaal niet meer! Hij is te oud. Hij runt de limonadekraam.'

Delia stelde geen belang in Bay-dag. Ze was van plan de ochtend aan boodschappen te besteden en ver uit de buurt van het plein te blijven. Maar toen bleek eerst alles gesloten, en daarna werd ze door het eigenaardige weer (een mist zo dicht als pap en bijna tastbaar zacht) verlokt verder te lopen, en toen ze ten slotte de drukte bereikte, voelde ze zich in de deken van mist zo veilig dat ze zich erin begaf.

De vier straten rondom het plein waren afgezet en volgelegd met picknickdekens. Eetkramen stonden tegen de trottoirs en straathandelaars ventten met vlaggetjes en ballonnen. Maar zelfs dit kon Delia door de mist nauwelijks onderscheiden. Aankomende mensen doemden zo plotseling op dat hun gelaatstrekken pas op het allerlaatste moment een geheel leken te vormen. Het effect was vooral verwarrend in het geval van jongetjes op skateboards. Opgewonden vanwege de afgezette straten zwenkten ze overmoedig tussen de mensen door, kwamen volledig in zicht en losten dan weer op. Alle geluiden klonken gedempt, gewatteerd, en toch griezelig goed te onderscheiden. Zelfs geuren waren duidelijker: het aroma van bergamot hing als een tent boven twee oude dametjes die thee schonken uit een thermoskan.

'Delia!' zei iemand.

Delia keek om en zag Belle Flint een gestreepte canvas leunstoel uitklappen. Ze droeg een felroze overal en een pols vol armbanden die rinkelden toen ze ging zitten. Delia had tot nu toe niet zeker geweten of Belle haar naam had onthouden; dus reageerde ze overrompeld. 'Hé, hallo Belle,' zei ze, en Belle zei: 'Ken je Vanessa?'

De vrouw naar wie ze een handgebaar maakte was de jonge moeder van het parkje. Ze zat vlak achter Belle op een beddesprei in dezelfde kleur als de mist, met haar peuter tussen haar knieën. 'Neem een stukje van de sprei,' zei ze tegen Delia.

'O dank je wel, maar...' zei Delia. En toen zei ze: 'Welja, misschien toch...' en kwam naast haar zitten.

'Je moet je rond eten aan de picknicklunches,' zei Belle tegen Delia. 'Het is een soort wedstrijd; ze zouden prijzen moeten uitreiken. Wat heb jij ingebracht?'

'O, niets,' zei Delia.

'Een vrouw naar mijn hart,' zei Belle, en toen boog ze dichterbij en fluisterde: 'Selma Frick kwam aanzetten met allerlei hors-d'oeuvres in op elkaar gestapelde mandjes van bamboe. En Polly Pomfret met verse artisjokken op een bedje van rivierkreeft met kerrie.'

'Ik doe met de tieners mee,' zei Vanessa en gaf haar zoontje een mariakaakje. 'Ik haal wel iets van een kraam als ik trek krijg.'

Ze deed Delia denken aan die filmsterretjes uit de jaren veertig, het type meisje van hiernaast, slank en donker en knap in een witte blouse en een klokkende rode short, met halflang zwart haar en helrode lippenstift. Haar zoontje was te dik ingepakt, dacht Delia – typisch voor een eerste kind. In zijn ribbroek en shirtje met lange mouwen maakte hij een kregelige en kriebelige indruk, en met reden: Delia voelde de hitte van de straatstenen door de sprei heen dringen.

'Hoe oud is je zoontje?' vroeg ze Vanessa.

'Afgelopen woensdag achttien maanden.'

Achttien maanden! had Delia kunnen zeggen. O, die leeftijd herinnerde ze zich nog. Toen Ramsay achttien maanden was kon hij al... en Susie, dat was toen Susie leerde...

Het was zo verleidelijk, haar rechten op het lidmaatschap

te bewijzen – de weeën, het tandjes krijgen, de tijd dat ook zij tot op de dag nauwkeurig de leeftijd van haar baby had geweten. Maar ze bedwong zich. Ze lachte alleen tegen het blonde, glanzende haar van het kind en zei: 'Die kleur heeft hij van zijn vader zeker.'

'Ja, waarschijnlijk wel,' zei Vanessa achteloos.

'Vanessa is een alleenstaande moeder,' zei Belle tegen Delia.

'O!'

'Ik heb geen idee wie de vader van Greggie zou kunnen zijn,' zei Vanessa, ondertussen het mondje van haar zoon met een tissue afvegend. 'Of liever gezegd, ik heb een páár ideeën, maar ik heb ze nooit tot één kunnen terugbrengen.'

'Ik snap het,' zei Delia en richtte haar aandacht gauw op de wedstrijd.

Niet dat er veel te zien was, in de mist. Blijkbaar lag het thuishonk ergens in de zuidoostelijke hoek. Het was daarvandaan dat ze het plók! van een slag hoorde komen. Maar het enige dat ze kon onderscheiden was het tweede honk, dat werd aangegeven door een parkbank. Terwijl ze toekeek kwam een loper aangerend om neer te strijken op de bank, en de speler die er al zat stond op, ving uit het niets een bal en gooide hem terug in de mist. Toen ging hij weer zitten. De loper boog voorover met zijn ellebogen op zijn knieën en staarde gespannen naar het thuishonk, maar hoe hij dacht zo ver te zien kon Delia zich niet voorstellen.

'Derek Ames,' deelde Belle mee. 'Een van onze beste slagmannen.'

Delia zei: 'Ik had gedacht dat het standbeeld in de weg zou staan.'

'O, George speelt voor korte stop,' zei Belle giechelend. 'Nee, serieus, er is een regel. Wie het standbeeld raakt mag ineens door naar het eerste. Vroeger telde het automatisch als een run, tot Rick Rackley hier kwam wonen. Maar je kent beroepsspelers: die zijn in álle sporten goed. Het kwam zover dat Rick elke keer dat hij aan slag was de brave Georgie omlegde.'

'Is Rick Rackley een beroepsspeler?'

'Of dat was-ie, tot zijn knie het begaf. Waar kom jij vandaan – van Mars? Ja, die speelde football natuurlijk, maar geloof me, de Blauwen mogen in hun handjes knijpen dat ze hem in hun ploeg hebben. Daar kijken we nu naar, voor als je het niet wist: de Blauwen tegen de Grijzen. De Blauwen zijn de nieuwe mensen in de stad; de Grijzen zitten hier al van vroeger. Oeps! Dat leek me een home-run, naar het geluid te oordelen.'

Een nieuw plók! was doorgedrongen vanuit de hoek in het zuidoosten. Delia keek omhoog, maar zag slechts ondoorzichtig wit flanel. In het buitenveld, voor zover aanwezig, (een driehoekje van gras achter het tweede honk) riep de ene speler tegen een andere: 'Waar ging die heen?'

'Verdomd als ik het weet,' zei de tweede speler. Toen ving hij met een onthutste kreun de bal die voor zijn neus kwam aanvliegen. 'Hébbes!' riep hij de eerste man toe.

'Zag je 'm?'

'Ik héb 'm.'

'Is-ie er al?'

'Jawel.'

'Bobby heeft 'm!' riep de eerste man naar het thuishonk.

'Wat zeg je?'

'Hij heeft 'm,' gaf iemand anders door. 'Slag is uit.'

'Slag is wat?'

'Hij is úit!'

'Waar is de slag?'

'Wíe is de slag?'

Vanessa voerde haar zoontje nog een kaakje. 'Mist op Bay-dag is hier min of meer regel,' vertelde ze Delia. 'Ik geloof niet dat iemand die wedstrijd ooit behoorlijk heeft gezien. Zo! Delia. Hoe vind je het om bij Zeke Pomfret te werken?'

'Och... hij is wel oké,' zei Delia. Ze had natuurlijk moeten voorzien dat het algemeen bekend was waar ze werkte.

'Hij is een prima advocaat hoor. Mocht je besluiten je scheiding door te zetten, dan kun je het beste Zeke in de arm nemen.'

Delia knipperde met haar ogen.

'Ja, hij heeft het steengoed gedaan met die van mijn exvriend,' vertelde Belle. 'En hij heeft Vanessa's broer Jip uit de gevangenis weten te krijgen, toen Jip een keertje pech had gehad.'

'Ik heb nog niet zo nagedacht over eh, een scheiding,' zei Delia.

'Nee, allicht! Haast je niet! En het geval van mijn exvriend was sowieso totaal anders dan dat van jou.'

Wat dachten ze dat Delia's geval dan was? Ze besloot er niet naar te vragen.

Belle rommelde in haar ruime handtas. Ze diepte een grote lichtgroene fles op en een stapel papieren bekertjes. 'Wijn?' vroeg ze aan de anderen. 'Deze is met schroefdop. Niet tegen Polly Pomfret zeggen. Ja, ten eerste was Nortons geval al zo'n doodsimpele zaak. Hij was amper een jaar getrouwd. 'k Heb hem zelfs ontmoet op de eerste verjaardag ervan. Op een Gokkersweekend Special in Atlantic City waar hij met zijn vrouw was om het te vieren. Hij en ik... we werden gewoon naar elkaar toegetrokken hè?' Ze reikte Delia een bekertje witte wijn aan. 'Het hielp natuurlijk wel dat zijn vrouw een van die mensen was die aan de gokkast gesoldeerd raken. Dus ik verkas een, twee, drie naar Bay Borough, we huren samen een flatje, en Zeke Pomfret gaat aan de slag voor Nortons scheiding.'

De wijn had een metalige nasmaak, als grapefruitsap uit blik. Delia hield het bekertje in beide handen. Ze zei: 'Ik ben niet echt iets definitiefs van plan, voorlopig.'

'Nee, allicht niet.'

'Ik voel me eigenlijk nog een beetje... blanco, op het ogenblik. Snap je?'

'Ja natuurlijk!' zeiden beide vrouwen tegelijkertijd.

Op het plein moest de inning zijn afgelopen. De spelers die ze hadden gadegeslagen verdwenen en nieuwe spelers doken op; een nieuwe tweede-honkman zweefde langzamerhand in zicht en nam vaste vorm aan op de bank.

Ze droomde dat Sam in een vrachtauto over het grasveld in Baltimore reed en dat de kinderen pal ervoor verstoppertje speelden. Maar ze waren nog klein; niet zoals ze nu waren. Ze probeerde te roepen om ze te waarschuwen maar haar stem deed het niet en ze werden allemaal overreden. Toen stond Ramsay weer op, met zijn hand om zijn pols, en Sam klom uit de vrachtauto, viel en probeerde weer op te staan, viel en probeerde weer op te staan, en die aanblik gaf Delia een gevoel alsof er een reusachtige rauwe wond was opengereten in haar borst.

Toen ze wakker werd waren haar wangen nat. Ze had gedacht dat haar nachtelijke huilbuien begonnen af te nemen, maar nu stroomden de tranen over haar wangen en ze gaf zich over aan wurgende snikken. Ze werd achtervolgd door het beeld van Ramsay, op die bruine sandaaltjes waarvan ze was vergeten dat hij die ooit had gehad. Ze zag haar kinderen in een rij op het gras, nog in hun jongere gedaanten, voordat ze zo gepantserd en stekelig waren geworden, voordat de jongens een snor hadden gekregen en Susie een dagboek had gekocht met een niet open te steken koperen slot. Dat waren de kinderen naar wie ze verlangde.

Op een avond in september vond ze bij thuiskomst verspreid op de vloer van de vestibule verscheidene enveloppen met haar naam erop. Ze wist dat het verjaardagskaarten moesten zijn – morgen zou ze eenenveertig worden – en ze kon aan de omslachtige adressering zien dat ze van haar familie waren. (*Huis m. lage luifel...*) De eerste kaart toonde een kruiwagen vol madeliefjes. EEN VERJAARDAGSWENS stond erop, en binnenin *Geluk en gezondheid / vriendschap en zegen / voor nu en later / op al je wegen*. Hij was alleen met 'Ramsay' ondertekend, waarbij de staart van de y lamlendig van de pagina slofte.

De rest van haar post nam ze mee naar boven. Zinloos om jezelf hier in het openbaar aan bloot te stellen.

Susie, was de volgende kaart getekend. (*Hartelijk gelukgewenst en nog vele jaren.*) Maar niets van Carroll, hoewel ze de enveloppen in de gauwigheid twee keer doorkeek. Ja, je kon zo zien hoe het was gegaan. Die kaarten waren Eliza's idee. Met vleien en flemen had ze de hele familie ertoe overgehaald ze te sturen. 'Het enige wat ik vraag', was een een zinnetje dat ze kon hebben gebruikt. Of: 'Niemand mag een verjaardag beleven zonder dat...' En Carroll, de stijfkop, had vierkant geweigerd. En Sam? Delia opende nu zijn envelop. Een kleurenfoto van rozen in een blauw-en-witte porseleinen vaas. *Vaten vol zegen, schepels vol vreugd...* getekend *Sam*.

Toen een brief van Linda uit Michigan. *Ik wou je laten weten dat ik je van harte een prettige verjaardag wens,* schreef ze. *Ik reken het je niet aan dat je op die manier gedrost bent, ook al betekende het dat wij onze vakantie moesten afbreken, die elk jaar voor de tweeling de enige kans is om een beetje besef van hun herkomst te krijgen, maar in elk geval, een leuke dag.* Onder haar handtekening stonden die van Marie-Claire en Thérèse – een stijf strengetje schoonschrift en het knoestige gedrongen pootje van een linkshandige.

'Lieve Delia,' schreef Eliza, op de zoveelste in rijm gestelde kaart:

> We maken het allemaal goed, maar we hopen dat je gauw weer thuis bent. Ik neem voorlopig de administratie van de praktijk waar, en de kinderen zijn alle drie weer naar school.
>
> Bootsy Fisher heeft meer dan eens gebeld en ook een paar mensen uit de buurt, maar ik zeg tegen iedereen dat je op familiebezoek bent.

Ik hoop dat je een leuke verjaardag hebt. Ik herinner me de nacht dat je geboren werd alsof het pas vorige week was. Linda en ik mochten van pappa in de wachtkamer bij de vaders wachten, en toen de zuster naar buiten kwam zei ze: 'Gefeliciteerd meisjes, nu kunnen jullie een zangtrio vormen en bij Arthur Godfrey komen', en zo wisten we dat je een meisje was. Ik mis je wel. Liefs, Eliza.

Die brief bewaarde Delia. De andere gooide ze weg. Toen bedacht ze dat ze ook die van Eliza net zo goed kon weggooien. Daarna zat ze nog lang op haar bed, met haar vingers tegen haar lippen gedrukt.

Op haar eigenlijke verjaardag arriveerde er een pakje van Sams moeder. Het had ruwweg de grootte van een boek, te dik om door de brievenbus te kunnen, dus was het aan de binnenkant van de hordeur gezet, waar Delia het vond toen ze thuiskwam. Ze kreunde toen ze het handschrift herkende. Eleanor was befaamd om haar uiterst praktische geschenken – een meetlint met een dubbele schaalverdeling, bijvoorbeeld, of een accu-oplader, steevast verpakt in gekreukeld, van Kerstmis overgehouden papier. Deze keer, ontdekte Delia toen ze met het pakje bovenkwam, was het een miniatuurleeslichtje aan een halskoord. Ja, inderdaad... peinsde ze. Het zou vermoedelijk heel wat beter voldoen dan haar lamp. Ze stopte het onder haar kussen bij haar voorraadje wc-papier. Er was ook een brief bij, op Eleanors ongekleurd-beige postpapier:

Lieve Delia,

Dit is maar een kleinigheidje waarvan ik dacht dat jij er iets aan zou hebben. Bij de weinige gelegenheden dat ik zelf op reis was, bleek het leeslicht doorgaans miserabel. Mogelijk heb jij nu dezelfde ervaring. Zo niet, geef dit dan gerust door aan het goede doel van je voorkeur. (Ik ben de laatste tijd zeer ontevreden geweest over Goodwill, maar vind de Geestelijk Gehandicapten nog steeds een zinvolle organisatie.)

Mijn beste wensen voor je verjaardag, liefs, Eleanor.

Delia sloeg hem om, maar alles wat ze op de achterkant zag staan was *kringlooppapier kringlooppapier kringlooppapier*, achter elkaar langs de onderrand. Ze had gerekend op verontwaardiging, of althans een paar verwijten.

Ze herinnerde zich nu dat ze, toen Sam en zij zich pas hadden verloofd, zulke hooggespannen verwachtingen van Eleanor had gehad. Ze had gedacht dat ze eindelijk zelf een moeder zou krijgen. Maar dat was voordat ze elkaar leerden kennen. Eleanor kwam bij de Felsons eten, rechtstreeks van het Tehuis voor Ongehuwde Moeders waar ze als vrijwilligster tweemaal in de week typeles gaf. Toen de kennismaking eenmaal achter de rug was keurde ze Delia ternauwernood een blik waardig. Het enige waar ze niet over uitgepraat raakte was de verschrikkelijke, verschrikkelijke armoede die die meisjes moesten verduren en het schrijnende contrast met deze maaltijd, die trouwens bestond uit sudderlapjes met uiensoepmix uit een pakje erover en ijsbergsla. 'Ik vroeg aan dat ene arme meisje,' zei Eleanor, 'ik vroeg: "Lieve kind, kan je familie niet een schrijfmachine voor je kopen, zodat je thuis kunt blijven werken wanneer de baby er is?" En zij zei: "Juffrouw, bij mij thuis zijn ze zo arm dat ze geeneens geld hebben voor shampoo."' Een mandje met broodjes verscheen voor haar neus. Eleanor wierp er een verwonderde blik in en gaf het door. 'Ik weet niet waarom ze juist dat als voorbeeld nam,' zei ze. 'Shampoo.'

(Hoe kwam het dat de laatste tijd al die stemmen bij Delia kwamen aanwaaien? Soms, wanneer ze in slaap viel, hoorde ze ze snateren buiten haar om, alsof iedereen die ze ooit had gekend om haar heen hele gesprekken zat te voeren. Als mensen in een ziekenkamer, dacht ze. Of aan een sterfbed.)

Een ander cadeautje dat ze eens van Eleanor had gekregen was een klein stoomstrijkijzertje, om op reis je kleren mee op te frissen. Dat was al een jaar of wat geleden; Delia kon zich niet te binnen brengen wat ze ermee had gedaan. Maar hier in Bay Borough had ze het juist goed kunnen gebruiken. Ze had er haar kantoorjurken mee kunnen opknappen, die allebei na herhaald op de hand wassen een beetje rimpelig op de naden waren geworden. Het was in elk geval te verkiezen geweest boven de aanschaf van een strijkbout en een plank. O, waarom had ze dat stoomijzertje niet bewaard? Waarom had ze het niet meegebracht? Hoe kon ze zo kortzichtig zijn geweest, en zo ondankbaar?

Ze beantwoordde geen van de verjaardagskaarten, maar de beleefdheid vereiste wel een bedankbriefje aan Eleanor. *Het lichtje is erg handig*, schreef ze. *Veel beter dan de leeslamp waarbij ik tot nu toe heb gelezen. Nu heb ik de lamp naar de commode verplaatst, wat betekent dat ik het plafondlicht niet hoef te gebruiken en zo lijkt de kamer veel zachter*. Op deze manier slaagde ze erin de hele beschrijfbare ruimte van een briefkaart vol te pennen zonder werkelijk iets te zeggen.

Toen ze de volgende ochtend de kaart in de brievenbus bij het kantoor liet vallen, werd ze opeens getroffen door het feit dat ook Eleanor eens op een kantoor had gewerkt. Ze had haar zoon laten doorstuderen van het salaris van een high-school-secretaresse – geen geringe prestatie, zoals Delia nu zelf kon beoordelen. Ze wenste dat ze eraan had gedacht in haar bedankbriefje haar nieuwe baan ter sprake te brengen. Maar misschien had Eliza daar al wat over gezegd. 'Delia werkt bij een jurist,' had Eliza kunnen zeggen. 'Ze behandelt de kleinste details voor hem. Je zou haar in vol ornaat voor haar werk moeten zien; als je haar op straat tegenkwam zou je haar niet herkennen.'

'Is dat zo?' zou Sam zeggen. (Op de een of andere manier was de toehoorder veranderd van Eleanor in Sam.) 'Behandelt ze van alles, zeg je? Zonder dat ze belangrijke papieren wegmaakt? Zonder dat ze in de wachtkamer flutromannetjes zit te lezen?'

Enfin, ze had meer dan haar halve leven besteed aan het veroveren van Sams goedkeuring. Je kon niet verwachten van de ene op de andere dag met die gewoonte te breken.

Oktober brak aan en het weer werd koeler. Het plein raakte vol gele bladeren. Op sommige avonden moest Delia haar ramen sluiten. Ze kocht een flanellen nachtpon en twee jurken met lange mouwen – een grijze krijtstreep en een donkergroene – en begon uit te kijken naar een goede tweedehands jas. Het was nog niet koud genoeg voor een jas, maar ze wilde voorbereid zijn.

Op regenachtige dagen lunchte ze nu bij de Cue Stick 'n' Cola in Bay Street. Ze bestelde koffie en een sandwich en keek naar de actie aan het ene biljart. Dikwijls reed Vanessa haar wandelwagentje binnen om met haar mee te eten. Terwijl Greggie tussen de stoelpoten door waggelde als een felgekleurde tol, kreeg Delia door Vanessa profielschetsjes van de spelers voorgeschoteld. 'Zie je die jongen die aan beurt is? Buck Baxter. Acht of tien jaar geleden hier komen wonen. Baxter van Baxter Bewakingssystemen, maar ze zeggen dat zijn vader hem verstoten heeft. Nee, Greggie, die meneer lust jouw koekje niet. Maar háár ken ik niet,' zei ze. Ze doelde op de klein uitgevallen, donkerharige jonge vrouw die op haar tenen over het biljart hing om te stoten, haar paarse canvastasje nog over haar schouder gehaakt. 'Die komt zeker van buiten. Laat hem met *rust*, Greggie. En de kerel met die cowboylaarzen, dat is Belles ex-vriend, Norton Grove. Belle was niet goed wijs dat ze voor hem viel. Wispelturig? Die man heeft de wispelturigheid uitgevonden.'

Delia kreeg langzamerhand een indruk van Bay Borough als een stad van drop-outs. Bijna iedereen hier had wel elders iets in de steek gelaten, of was zelf in de steek gelaten. En zo idyllisch leek het ook niet meer. Rick en Teensy Rackley werden door sommige inwoners zeer koel bejegend; de enige twee homo's die haar bekend waren, schenen met niemand anders dan met elkaar rond te lopen; er waren geruchten van ernstig drugsgebruik op de scholengemeenschap; en meneer Pomfrets afsprakenboek was tjokvol mensen die ruzieden over terreingrenzen en protest aantekenden tegen arrestaties wegens rijden onder invloed.

Ze voelde zich hier tevreden. Ze had haar aangename routine, haar plaatsje in de algemene orde der dingen. Onderweg van kantoor naar leeszaal, van leeszaal naar café, bedacht ze dat haar uiterlijke ik bezig was haar innerlijke ik voor te leven, zoals iemand die zijn ogen sluit en slaap imiteert om de slaap af te dwingen. Het was niet dat haar droefheid haar verlaten had, maar ze leek te opereren op een glad oppervlak even boven de droefheid. Elke zaterdag leverde ze haar cheque in; elke zondag at ze in Bay Arms. De mensen knikten nu wanneer ze haar zagen, hetgeen ze niet slechts opvatte als groet, maar als bevestiging: *ach, daar heb je juffrouw Grinstead, precies op de plek waar ze thuishoort.*

Hoewel er nu en dan iets haar een steek gaf. Een liedje uit Ramsay's Deadhead-periode over 'knock-knock-knocking on heaven's door', bijvoorbeeld. Of een moeder en een klein meisje die elkaar omhelsden voor het huis aan de overkant. 'Ze gaat me verlaten!' riep de moeder zogenaamd-verdrietig. 'Ze gaat voor het allereerst naar een logeerpartij!'

Misschien kon Delia zich wijsmaken dat ze weer in de dagen van voor haar huwelijk leefde. Dat ze haar kinderen helemaal niet miste omdat ze nog niet geboren waren.

Maar achteraf gezien leek ze hen ook toen al te hebben gemist. Was het mogelijk dat er een tijd was geweest dat ze haar kinderen níet had gekend?

'Lieve Delia,' schreef Eleanor. (Ditmaal had ze haar brief geadresseerd aan George Street 14.)

Ik was erg blij met je kaartje. Het is prettig te weten dat mijn cadeautje van pas kwam en het doet me plezier dat je aan lezen toekomt.

Ikzelf merk dat ik onmogelijk kan slapen als ik niet eerst een paar bladzijden lees, liefst iets leerzaams, zoals een biografie of over actuele gebeurtenissen. Na de dood van Sams vader las ik een tijdlang in het woordenboek. Het was het enige waarvan de rubrieken klein genoeg waren om mijn aandacht vast te houden. En de informatie was zo duidelijk geschreven.

Misschien is Sam getekend doordat hij op zo jonge leeftijd zijn vader verloor. Ik had dat al in mijn vorige briefje willen zeggen maar heb het geloof ik niet gedaan. En zijn vader had geen sterke persoonlijkheid. Hij was het soort man dat eerst al het water laat weglopen voor hij uit het bad stapt. Misschien dat een jongen bang is dat hij later hetzelfde zal doen.

Ik hoop niet dat ik te ver ben gegaan. Liefs, Eleanor.

Delia wist niet wat ze ermee aan moest. Ze begreep het beter toen het volgende briefje kwam. *Vergeef het me alsjeblieft als je vond dat ik te 'schoonmoeder-achtig' klonk en je daarom mijn brief niet hebt beantwoord. Het was niet mijn bedoeling excuses aan te voeren voor mijn zoon. Ik heb altijd gezegd dat hij bij zijn geboorte al veertig jaar oud was en ik besef dat dat niet eenvoudig is om mee te leven.*

Delia kocht opnieuw een briefkaart – nu een met een plaatje erop, een rechthoek van smetteloos wit met het opschrift *Bay-dag in Bay Borough*, zodat er nog minder ruimte om te schrijven overbleef. *Lieve Eleanor*, schreef ze. *Ik ben hier niet zozeer vanwege Sam. Ik ben hier omdat*

Toen leunde ze achterover, niet wetend hoe ze de zin moest afmaken. Ze overwoog een nieuwe te bedenken, maar die briefkaarten kostten geld, dus volstond ze ten slotte met

Ik ben hier omdat ik het een prettig idee vind van voren af aan te beginnen. Ze ondertekende met *Liefs, Delia* en postte hem de volgende ochtend op weg naar haar werk.

En dat was immers toch ook de werkelijke reden? Ja, nog werkelijker dan ze zelf had beseft toen ze het schreef. Haar vertrek had heel weinig te maken met één persoon in het bijzonder.

Wanneer ze de deur van het kantoor van het slot deed, ervoer ze het plezier dat ze schepte in de leegte van de kamer. Ze trok de witte rolgordijnen op; ze sloeg de kalender om naar een nieuwe bladzij; ze ging zitten en draaide een schoon velletje papier in de schrijfmachine. Ze kon de hele morgen tot dusver de revue laten passeren zonder één misstap te ontdekken.

Meneer Pomfret maakte nu en dan gebruik van de diensten van een detective die Pete Murphy heette. Dat was niet het soort opschepper dat Delia voor ogen zou hebben gehad, maar een dikke jongen met een babyface uit Easton. Het leek erop dat hij minder werd ingehuurd om mensen op te sporen dan om ze níet op te sporen. Wanneer een testament of een onderzoek naar rechthebbenden zijn werkzaamheden vereiste, kwam Pete toonloos fluitend binnen, maakte met zijn mollige vingers een trillertje tegen Delia en liep dan door naar de spreekkamer. Hij sprak haar nooit aan en wist vermoedelijk ook niet hoe ze heette.

Maar op een regenachtige middag arriveerde hij met iets bollends en spartelends in zijn anorak. ''k Heb een cadeautje voor u,' zei hij tegen Delia.

'Voor mij?'

'Buiten op straat gevonden.'

Hij trok zijn rits naar beneden en een kleine, natte, zwart-met-grijze kat sprong op de grond en schoot ervandoor naar de radiator. 'O!' zei Delia.

Pete zei: 'Hé. Kom er eens onder uit, kleine dondersteen.'

Onder de radiator: stilte.

'Als je hem commandeert komt hij zéker niet,' zei Delia. 'Je moet een eindje naar achteren gaan. Je gezicht afwenden. Net doen of je niet kijkt.'

'Nou, dat laat ik dan aan u over,' vond Pete. Hij veegde katteharen van zijn mouwen en zette koers naar de spreekkamer.

'Ik! Maar... wacht! Dat kan ik niet!' zei Delia. Ze sprak nu tegen meneer Pomfret: hij was naar de deur gekomen om te zien waar al die heisa om was. 'Hij heeft een zwerfkat meegebracht! Ik kan niet voor een kat zorgen!'

'Nou ja, nou ja, u weet er vast wel raad op,' zei meneer Pomfret goedmoedig. 'Juffrouw Grinstead is in een vorig leven een kat geweest, wist je dat,' vertelde hij Pete.

'Is dat zo,' zei Pete. Ze liepen de spreekkamer in en meneer Pomfret sloot de deur.

Het eerstvolgende halve uur werkte Delia met één oog op de radiator. Ze zag een grijs-met-zwarte tijgerstaart die zich achter een buis ontrolde en al drogend langzaam weer donzig werd. Ze voelde zich of ze onder surveillance stond.

Toen Pete weer naar buiten kwam zei ze: 'Misschien is die kat wel van iemand. Heb je daar al aan gedacht?'

'Ik betwijfel het,' zei hij. 'Ik heb nergens geen bandje gezien.' Hij trilde met zijn vingers en vertrok. Toen de deur achter hem dichtsloeg gaf de staart een siddering.

Delia stond op en liep naar de spreekkamer. 'Neemt u me niet kwalijk,' zei ze.

Meneer Pomfret zei: 'Hmm?' Hij zat alweer voor zijn computer. Vanmorgen had hij iets ontdekt wat 'zoek-en-vervang' heette en dat hij blijkbaar zeer opwindend vond. Tiptip, deden zijn vingers, terwijl hij ernstig zijn hals schuin naar het scherm rekte.

'Meneer Pomfret, die kat zit nog steeds onder de radiator en ik kan hem nergens heen brengen! Ik heb niet eens een auto!'

'Misschien kunt u een doos nemen uit de voorraadkast,' zei hij. 'Verdomme!' Hij sloeg achter elkaar een aantal toetsen aan. 'U vindt er wel iets op, hè juffrouw Grinstead? Dan bent u een beste meid.'

'Maar ik woon op kamers!' zei Delia.

Meneer Pomfret greep zijn computerhandleiding en begon erin te bladeren. 'Wie heeft dit rotding eigenlijk geschreven?' vroeg hij. 'Vast geen normaal mens. Zeg juffrouw Grinstead, als u nu eens wat eerder weggaat en dat poesje brengt waar u goeddunkt? Dan sluit ik wel af, is dat goed?'

Delia slaakte een zucht en liep naar de voorraadkast.

Het Dierenparadijs: daar zouden ze misschien kunnen helpen. Ze leegde een doos bruine enveloppen en bracht die naar de andere kamer. Ze ging op haar knieën voor de radiator liggen en legde haar hand plat op de grond. 'Tsk! Tsk!' zei ze. Ze wachtte. Na een ogenblik voelde ze een rillinkje van kou op de rug van haar middelvinger. 'Tsk, tsk, tsk!' De kat begluurde haar, alleen zijn snorharen en zijn hartvormige neusje in het zicht. Zachtjes sloot Delia haar hand om het tere lijfje en trok het naar voren.

Het was nauwelijks meer dan een jonkie, zag ze een scharminkelig katertje met grote voeten en spillepootjes. Zijn vacht was haast schrikbarend zacht. Hij deed haar denken aan een melkdistel. Toen ze hem aaide kromp hij onder haar hand in elkaar, maar hij leek te beseffen dat hij nergens heen kon lopen. Ze nam hem op, zette hem in de doos en vouwde de kleppen dicht. Hij gaf één erbarmelijke miauw en hield zich verder stil.

Het regende nog steeds en ze had geen hand vrij om haar paraplu op te steken, en daarom repte ze zich zonder bescherming over straat. De doos schommelde in haar armen alsof er een bowlingbal in zat. Voor zo'n klein beestje was hij nog behoorlijk zwaar.

Ze sloeg de hoek om en viel binnen bij het Dierenparadijs. Een vrouw met grijs haar stond achter de toonbank een lijst te controleren. 'Weet u toevallig of er in Bay Borough een afdeling van de Dierenbescherming is?' vroeg Delia.

De vrouw keek haar even aan, langzaam haar vage blauwe ogen bijstellend. Toen zei ze: 'Nee, de dichtstbijzijnde is in Ashford.'

'Of een andere plek waar ze dakloze dieren opvangen?'

'Sorry.'

'Wilt u soms graag een kat?'

'Hemel nee! Als ik nóg een zwerfkat thuisbreng, begaat mijn man een ongeluk aan me.'

Dus gaf Delia het voorlopig op en kocht een doos brokjes en een zak kattebakkorrels, van allebei de kleinste verpakking, genoeg om haar door één nacht heen te helpen. Toen sjouwde ze de kat naar huis.

Belle was er al; ze stond in de keuken te telefoneren. Delia hoorde haar lachen. Ze liep op haar tenen de trap op, deed de deur van haar kamer van het slot, zette de doos op de grond en deed de deur achter zich dicht. In de spiegel zag ze eruit als een gek. Natte slierten haar plakten op haar voorhoofd. De schouders van haar vest waren donker van de regen en haar tas was gevlekt en gestreept.

Ze bukte over de doos en trok de kleppen open. Binnenin zat de kat opgerold als een slak en staarde haar met boze ogen aan. Delia trok zich terug, zette zich op de rand van haar bed en keek nadrukkelijk een andere kant op. Ten slotte sprong de kat uit de doos. Hij begon langs de plinten te snuffelen. Delia bleef waar ze was. Hij dook onder de commode en kwam ervandaan met pluisjes aan zijn snorren. Hij naderde zijdelings het bed, zijn blik strak op iets anders gericht. Delia wendde haar hoofd af. Een tel later voelde ze het lichte indeuken van de matras toen hij erop belandde. Hij liep achter haar langs, met zijn hele lichaam, als bij toeval, licht tegen haar rug strijkend. Delia verroerde geen vin. Het was net of ze samen een dans uitvoerden, iets hoofs en ingewikkelds en statigs.

Maar ze kon hem onmogelijk houden.

Toen kwamen Belles klikklakkende schoenen de trap op. Belle kwam vrijwel nooit boven. Maar vandaag wel. Delia wierp de kat een blik toe, om hem te dwingen zich te verstoppen. Maar hij verstijfde alleen en keek met grote ogen naar de deur. *Klopklop*. Hij zat midden op het kussen met zijn flessebborstelstaart recht overeind. Je kon hem niet missen, al had je het geprobeerd.

Delia tilde hem op onder zijn warme, donzige okseltjes. Ze voelde het rappe tikken van zijn hartje. 'Een ogenblikje,' riep ze en pakte de doos.

Maar Belle moest het verkeerd hebben verstaan want ze kwam jodelend binnenstuiven: 'Delia, er is een...' Toen zei ze: 'Ach!'

Delia richtte zich op. 'Ik zoek al een tehuis voor hem,' zei ze.

'Ooo! Wat een schatje!'

'Stel je gerust, ik ga hem niet houden.'

'O, waarom niet? Eh, dat wil... hij is toch wel zindelijk?'

'Alle katten zijn zindelijk,' zei Delia. 'Wel heb ik ooit!'

'Nou dan! Zouden we dit kleine sokkepootje dan niet houden? Dit doddige oetepoeteltje?' Belle boog zich nu over de kat en liet hem aan haar glanzende nagels ruiken. 'Ben jij m'n kreukelneusje,' kirde ze. 'Ben jij m'n mottekoppie. Ben jij m'n pluizebolletje.'

'De detective van meneer Pomfret vond hem buiten in de regen,' zei Delia. 'Hij heeft hem domweg bij mij gestald, ik kon er niets aan doen. Ik bedoel, ik wist dat ik hem zelf niet kon houden. Waar moet ik alleen al een kattebak zetten?'

'In de badkamer?' zei Belle. Ze begon de kat achter zijn oortjes te krieuwelen.

'Maar hoe gaat hij er dan op?'

'Je zou je deur op een kier kunnen laten staan, dan kan hij in en uit lopen wanneer hij wil,' zei Belle. 'Ooh, moet je voelen hoe zacht! Ik snap toch al niet waarom je altijd afsluit. Zo'n klein stadje als dit, wie dacht je dat je kwam beroven? Wie zou binnensluipen om je te schofferen?'

'Ja maar...'

'Heus, meneer Lamb zou er niet eens de animo voor kunnen opbrengen.'

Belle aaide de kat onder zijn kinnetje en de kat kantelde verzaligd zijn kopje achterover. Hij ronkte als het tjoeketjoek van een T-Ford.

'Ik weet niet of ik wel wil dat mijn leven zo gecompliceerd wordt,' zei Delia.

'Is dat een complicatie. Is dat een lastpak.'

Belle hield een envelop in haar vrije hand, zag Delia. Die moest haar naar boven hebben gebracht. Eleanors steile blokletters stiefelden over de voorkant. Opeens voelde Delia zich overweldigd. Alles drong zich zo aan haar op!

Maar toen Belle zei: 'Ga je dit ukkepukkie zelf houden of zal ik hem nemen?' zei Delia: 'Ik, lijkt me.'

'Nou, mij best. Zullen we hem Donsje noemen, wat vind jij?'

'Hmm,' zei Delia en deed of ze het in overweging nam.

Maar ze had altijd iets gehad tegen 'geinige' namen voor katten. En bovendien leek het erop dat ze ergens al aan hem was gaan denken als George.

Ze lag die avond al in bed eer ze ertoe kwam Eleanors brief te lezen. Het was meer van hetzelfde: een bedankje voor Delia's laatste kaartje, nieuwtjes over haar werk bij Tafeltje-dek-je. 'Ik kan wel degelijk meevoelen met je verlangen opnieuw te beginnen,' schreef ze. (Dat zorgvuldig gekozen woord 'meevoelen' verried haar poging het goede te zeggen.)

> En het is een pak van m'n hart dat dat de reden is waarom je bent gegaan. Ik ging ervan uit dat het om Sam was. Ik heb me wel afgevraagd of hij soms juist een lichtzinnige vrouw heeft gewild, in welk geval jou moeilijk iets te verwijten valt.
>
> Maar wanneer je klaar bent met opnieuw beginnen,

stel je je dan voor je omhoog te werken naar het heden en thuis te komen? Ik vraag het maar. Dag lieve kind, Eleanor.

Een zachtharig pootje probeerde het papier weg te slaan en Delia legde de brief weg. De kat had naast haar op de dekens een rustplaats gevonden. Hij had een enorme maaltijd op en had twee bezoeken gebracht aan de kattebak in de badkamer. Ze zag dat hij zich al thuis begon te voelen.

Ze nam haar boek – Carson McCullers – en sloeg het open waar ze de vorige avond was opgehouden. Ze las twee verhalen en begon aan een derde. Toen merkte ze dat ze slaap kreeg, dus zette ze het boek op de vensterbank, klikte haar leeslichtje uit en legde het boven op het boek. Door de bijna gesloten deur bleef licht schijnen, dat een streep geel over de planken wierp. Ze liet zich in bed onderuitglijden, heel voorzichtig om de kat niet te storen. Die was zich nu aan het wassen. Met elke beweging drukte hij zich tegen haar ribben aan op een manier die toevallig scheen, maar zij wist dat het expres was.

Hoe wonderlijk was het toch, als je erbij stilstond, dat dieren bereid waren een onderdak te delen met mensen! Als Delia zich ergens in de wildernis had bevonden, als dit een beest uit het bos was dat zo dicht tegen haar aankroop, zou ze perplex zijn geweest.

Ze gaapte en sloot haar ogen en trok de deken om haar schouders.

Een van de verhalen die ze vanavond had gelezen heette 'Een boom, een kei, een wolk'. Een man in dit verhaal zei dat mensen moesten beginnen met houden van makkelijke dingen, voordat ze konden toewerken naar een ander iemand. Begin met iets minder ingewikkelds, was zijn advies. Bijvoorbeeld met een boom, een kei, of een wolk. Het ritme van deze woorden bleef Delia door het hoofd kloppen: boom, kei, wolk.

Eerst een tijd alleen, toen hier en daar een oppervlakkige kennis, toen een klein, weinig eisend beest. Delia vroeg zich af wat er nu kwam, en waar het zou eindigen.

10

De zondag voor Thanksgiving werd Delia onder aan de trap door Belle onderschept. 'Zeg Dee,' zei ze, 'wat doe jij met je vrije dag?'

'O, eh...'

'Wil je bij mij komen eten?'

'O, ja heel graag,' zei Delia.

'Het menu wordt helemaal net-echt: gevulde kalkoen, cranberrycompote...'

'Ik wist niet dat je kookte!'

'Nee, klopt,' zei Belle grimmig. 'Het is een list. Ik probeer huiselijk over te komen op de kerel die ik de laatste tijd zie.'

Op dat moment zag ze er allesbehalve huiselijk uit. Zondag was altijd een drukke dag op het makelaarskantoor en ze was gekleed om uit te gaan in haar reusachtige paarse jas, waarvan de schouders niet zomaar waren opgevuld maar uitliepen in scherpe punten, als het ruimtepak van een marsmannetje. Eronder schemerde een lila broek en de geur van haar fruitige, overrijpe parfum maakte de lucht om haar heen zwaar.

'Vanessa komt ook, met Greggie,' zei ze. 'Aardig detail om er een kind bij te vragen, vind je niet? En die van buiten, aan wie ik net een huis heb verkocht, getrouwd stel; dat doet het altijd goed...'

'En dan zou ik helpen met de afdeling koken,' raadde Delia.

'O nee, het eten laat ik thuisbezorgen, onder ons gezegd

en gezwegen. Maar ik dacht dat jij een beetje, zeg maar, klasse kon bijdragen. Die vent moet mij zien als o zo keurig en degelijk. En je zou me ook kunnen adviseren met de huisvrouwelijke finesses: het pièce de milieu en zo. Jij was vast gewend dat soort dingen thuis te doen, ja toch? Heb je ook zo'n mandjesachtig ding dat op een hoorn des overvloeds lijkt?'

'Eh, niet bij de hand,' zei Delia. 'Maar ik zal met alle plezier doen wat ik kan.'

'Fantastisch,' zei Belle. Ze duwde met een teen de kat opzij – hij was met Delia meegelopen naar beneden – en opende de buitendeur. Ze stapten de straat op in een kille, tinkleurige dag. 'Die man heet Henry McIlwain, had ik dat al verteld?' zei ze. 'We gaan al een week of wat met elkaar en ik zou graag wat doelgerichter worden. Ik wil niet dat hij denkt dat ik een meid ben die alleen voor de lol leeft! Misschien dat jij in zijn bijzijn een paar opmerkingen kunt laten vallen. Iets als: "Goh, Belle, ik hoop maar dat je je beroemde spruitjes hebt klaargemaakt."'

'Wou je hem spruitjes geven?'

'Ik heb geen keus. Het is de enige groene groente die Copp Catering heeft die in mijn bakoven past.'

Delia zei: 'Hoe deed je dat dan met de maaltijden toen je met Norton samenwoonde?'

'We aten buiten de deur. Maar deze keer wil ik het anders aanpakken. Misschien kun jij me om een recept vragen terwijl Henry meeluistert.'

'Ik popel om te horen wat je antwoordt,' zei Delia.

'We eten om één uur, maar kun jij dan een beetje vroeg beneden komen, om te helpen met dekken? En doe dan dat grijze streepje aan. Dat grijze streepje is zo... grijs, snap je wat ik bedoel?'

Op de dag van Thanksgiving sliep Delia uit en verluierde de ochtend met theedrinken en lezen in bed, de kat opgerold naast haar. Aan de andere kant van de gang bromde de stem van de presentator gestaag door. Het was een televisiepresentator, had Delia vastgesteld; geen radio. Nu ze haar deur op een kier hield kon ze horen hoe de muziek zonder aanwijsbare reden aanzwol en afnam, als reactie op een of ander visueel wachtwoord; en vandaag ving ze elke keer dat ze de kamer uitging om meer theewater te halen duidelijke zinnen op: 'De moederbeer leidt haar welpen...' hoorde ze, en: 'De wijfjesspin spuit haar slachtoffers in met...' Blijkbaar keek meneer Lamb naar natuurfilms.

Even na twaalven stond ze op en begon zich aan te kleden. Het was jammer dat ze geen parelsnoertje had voor het feestelijke accent, dacht ze. Of op zijn minst een sjaaltje. Had ze niet ergens een paisleysjaal met grijze komma's aan de randen? Ja, die had ze – thuis in Baltimore. Ze zag hem opgevouwen liggen in de gelakte handschoenendoos van haar grootmoeder.

Ze deed een extra-fel laagje lippenstift op en boog toen naar de spiegel over om haar haar glad te strijken. Het was langer nu, wat haar krullen platter maakte en op de een of andere manier rustiger – wat goed paste bij juffrouw Grinstead. Hoewel, toen ze een stap achteruit deed om het totale effect op te nemen, was de persoon die haar te binnen schoot helemaal niet juffrouw Grinstead. Het was Rosemary Bly-Brice.

Ze wendde zich abrupt van de spiegel af en nam de vaas met herfstbloemen op die ze de dag tevoren had gekocht.

De kat liep mee toen ze wegging. Hij dribbelde achter haar aan de trap af en buitelde om haar enkels terwijl ze op de deur van de huiskamer klopte. Toen niemand opendeed probeerde ze de andere deur, die aan de rechterkant, draaide ten slotte de kruk om en stak haar hoofd in de eetkamer. 'Iemand thuis?' zei ze.

Hemeltje, Belle kon inderdaad haar diensten goed gebruiken. Over de tafel – zo'n lange smalle van meubelplaat die je ziet op schoolbazaars – was nog niet eens een laken gespreid. Delia zette haar bloemen neer en liep door naar de keuken. 'Belle?' zei ze.

Belle stond tegen het aanrecht geleund. Haar armen waren over de boezem van een zwaar met ruches gegarneerd wit schort geklampt en de tranen stroomden over haar gezicht.

'Belle? Wat is er gebeurd?' vroeg Delia.

'Hij komt niet,' zei Belle gesmoord.

'Je vriend?'

'Hij is weer bij zijn vrouw.'

'Ik wist niet dat hij een vrouw hád.'

'Nou, 't is toch zo.'

'O, wat naar voor je.'

Eigenlijk was ze geschokt, maar ze deed haar best het niet te laten merken. Geen wonder dat Belle zo graag een degelijke indruk had willen maken! Delia gaf haar aarzelend een klopje, voor het geval ze getroost wilde worden. Dat wilde ze, zo bleek. Ze stortte zich in Delia's armen, heftig snikkend tegen haar hals.

'Hij was ideáál voor me!' zei ze. 'Hij was precies wat ik wou! En nou belt hij vanmorgen op en o, ik had het meteen moeten weten want hij praatte zo zacht, op zo'n mompelende zachte stiekeme toon, alsof hij bang was dat iemand hem zou horen...'

Ze maakte zich los uit Delia's omarming om een stuk van de keukenrol boven de gootsteen te scheuren. Eerst het ene oog afdeppend en toen het andere zei ze: '"Belle," zegt-ie, "over vandaag. Er is iets tussen gekomen," zegt-ie. "O ja?" zeg ik. "Wat dan?" Ik denk nog, misschien kan hij de auto niet aan de praat krijgen, of wil hij een vriend meebrengen. "Kijk het zit zo," zegt-ie, "het ziet ernaar uit dat Madelief en ik weer bij elkaar zijn."'

'Madelief is zijn vrouw zeker,' raadde Delia.

'Ja, en de baby heet Anemoon, hoe vind je dat?'

'Is er een baby?'

'En het was niet eens een voorjaarskindje! 't Is in oktober geboren!'

'Je hebt het over... áfgelopen oktober?'

Belle knikte, luid haar neus snuitend.

'Dus die baby is, wat is het, nu een maand?'

'Zes weken.'

'Ah.'

Belles schort was zo nieuw dat de speldegaten van de verpakking er nog in zaten. Haar kapsel was nog groter dan anders en ze droeg de eerste echte jurk waarin Delia haar ooit had gezien; het moest een jurk zijn, want haar benen onder het schort waren gehuld in nylonkousen met een berijpt-witte glans, als het waas op pruimen. Maar haar gezicht was een ramp – uitgesmeerde lippenstift en zwart doorgelopen ogen en grijze druipsporen van tranen. 'Jij moet maar contact opnemen met de anderen,' zei ze terwijl ze de tranen wegveegde. 'Ik zie onmogelijk kans dat eten door te laten gaan.'

'Maar alles staat klaar,' zei Delia. Ze monsterde een aanrecht vol met in folie verpakte wegwerppannen, de stapel borden en bestek op de keukentafel en de lege dekschalen die wachtten om te worden volgeschept. Door het verlichte ovenraam ontwaarde ze een bruine kalkoen, hoewel ze die om de een of andere reden niet rook. 'Die kalkoen lijkt mij zowat gaar,' zei ze.

'Die was al gaar bezorgd. Ik ben hem alleen aan het opwarmen. Ik moest hem vannacht in de koelkast bewaren.'

'Nou, waarom laten we het feest dan niet doorgaan? Misschien vrolijk je ervan op,' zei Delia.

'Niets kan mij opvrolijken,' zei Belle.

'Och kom, jij blijft hier zitten en ik zorg voor de rest.'

'Ik wou dat ik dood en begraven was,' zei Belle en trok een van de keukenstoelen naar voren. Ze zeeg erop neer en pakte de kat op. 'Ik word te oud om de bons te krijgen! Ik ben achtendertig. Het is zo *vermoeiend* om het vol te houden op niets dan eerste afspraken.'

Delia gaf geen antwoord, omdat ze op zoek was naar een tafellaken. Het viel niet te zeggen waar Belle haar linnengoed bewaarde. Dit was zo'n keuken uit de jaren vijftig, met van die kale glimmende wanden, immense witte apparaten en witte metalen kastjes en laden met roestvlekken. Ze schoof elke lade open met een rammelend geluid. De meeste waren leeg. Ten slotte kwam ze in de ruimte onder het aanrecht een warboel van lappen op het spoor. 'Aha!' zei ze en sloeg een verkreukeld damasten laken uit. Ze bracht het naar de eetkamer, spreidde het over de tafel en schikte de bloemen weer in het midden. 'Ik weet zeker dat je ergens kandelaars hebt,' zei ze.

'We hebben elkaar ontmoet in het voorjaar,' zei Belle. 'Ik was degene die hun huis voor ze heeft verkocht. Ze gingen verhuizen naar iets groters, vanwege de baby die op komst was. En het heeft me godbetert nog zes maanden gekost, gezien de slapte op de markt.'

Delia opende alle laden van de appelgroene commode die als eetkamerbuffet diende. Ze vond twee koperen kandelaars in een nest van verlengsnoeren en zette deze ter weerszijden van de bloemen. Intussen had Belle in de keuken het huis nét verkocht toen Anemoon was gearriveerd. 'Overdrachtsdatum was twee dagen voor de vervaldatum,' zei ze. 'Kind kwam drie dagen daarna. Dus ik ga vanzelfsprekend bij het ziekenhuis langs met een cadeautje; die dingen zijn aftrekbaar voor de belasting. En daar was Henry, een en al vaderlijke trots, troonde me mee door de gang naar dat babyraam dat ze daar hebben en liet me zien wat een knappe, mooie en blablabla. Ja nou, hij dééd me wat, weet je wel? Ik stond daar en hoorde geen woord van wat hij zei, ik keek alleen hoe zijn mond bewoog en ik dacht opeens: *stel, ik stap op hem af en begin hem te zoenen, wat denk je dat hij zou doen?*

'Kaarsen?' vroeg Delia.

'Probeer het bezemhok.' Belle snoot haar neus met een toeterend geluid dat de kat van haar schoot deed springen.

'En dit was nog niet eens mijn soort man,' zei ze. 'Hij was schraal! En bleek! En computerig! Maar ik stond daar en ik dacht: *En als ik nu mijn blouse opendoe, hier pal voor dat babyraam, en ondertussen naar zijn mond blijf kijken en met mijn tong over mijn onderlip ga.*'

De kaarsen lagen niet in het bezemhok maar boven op de koelkast, in een geel geworden doos. Zelfs de kaarsen waren geel geworden en ook een beetje kromgetrokken, maar Delia zette ze toch in de houders. Toen verzamelde ze de borden en het bestek van de keukentafel en deelde ze rond. Belle ging over op de kolieken van de baby, de humeurige ruzies van de jonge ouders, haar eigen warm-ogende, kirrende medeleven. 'Ik legde mijn listen en lagen, ik lag op de loer,' zei ze. 'Ik zei dat mijn deur altijd open was. Om twee, drie, víer uur in de nacht liet hij die lucht van opgegeven melk en vuile luiers achter zich en vond hij mij hier, in mijn nachtpon met spaghettibandjes van Victoria's Secret!'

En dat had zich allemaal afgespeeld terwijl Delia in diepe rust had gelegen! Ze controleerde de kalkoen. Die leek bij het borstbeen te zijn ingestort. Ze vond de spruitjes in de foliepan en zette die op 180 graden in de oven. Er waren ook broodjes, maar die zou ze pas op het allerlaatste moment opwarmen.

'Twee weken geleden gaat Madelief terug naar haar moeder,' zei Belle. 'Neemt de benen, met Anemoon. Ik was in de zevende hemel. Is je niet opgevallen wat een stralende gloed ik de laatste tijd om me heen heb? O Delia, hoe hou je het uit, zo zonder liefdesleven?'

Met een pak bontbedrukte papieren servetjes in haar handen bleef Delia staan om over deze vraag na te denken. 'Ja,' zei ze, 'knuffelen mis ik wel. Maar wanneer ik tegenwoordig denk aan eh, de rest en zo, dan snap ik het op de een of andere manier niet meer. Dan denk ik: *waarom leek dat toen zo wereldschokkend? Maar misschien is het alleen...*'

Er werd gebeld.

'O god, we hebben het eten niet afgezegd,' zei Belle, alsof ze niet te midden van Delia's voorbereidingen erbij had gezeten. 'Jeetje. Ik weet me geen raad. Ga jij kijken wie het is, wil je, dan probeer ik intussen mijn gezicht op te knappen.'

Toen Delia door de eetkamer naar de vestibule liep voelde ze zich flets en mager en maagdelijk, als iemands ongetrouwde tante die haar plichten vervult.

Voor de deur stond Vanessa. Ze was in een leren blazer en jeans en ze droeg Greggie op een heup. Achter haar, juist uit hun auto stappend, kwamen een man en een vrouw die Belles 'getrouwde stel' moesten zijn. Delia had ternauwernood de tijd om Vanessa het nieuws toe te fluisteren – 'Henry McIlwain is terug bij zijn vrouw' – voor het stel op de stoep arriveerde. 'Hé, wat hebben we hier!' zei de man tegen Greggie. Hij was jong, niet ouder dan dertig, maar zo bezadigd als iemand van middelbare leeftijd, vond Delia, met zijn wijkend kuifje zwart haar en zijn lange, zwarte, stemmige overjas. Zijn vrouw was een verzorgde aantrekkelijke brunette in een keurig, roodwollen pakje dat Delia deed denken aan een toilet van een Barbie-pop. 'Ik ben Delia Grinstead,' zei Delia. 'Dit is Vanessa Linley – kennen jullie elkaar? – en Greggie.'

'Wij zijn de Hawsers,' zei de man voor hen beiden. 'Donald en Melinda.'

'Maar komen jullie toch binnen.'

Ze had ze naar de huiskamer willen brengen, maar toen ze zich omdraaide zag ze Belle bij de deur van de eetkamer staan. Ze lachte al haar tanden bloot en verschikte de diepe v-hals van een gebloemde doorknoopjurk. 'Vrolijke Thanksgiving,' schalde ze. Welke herstelwerkzaamheden ze ook aan haar gezicht mocht hebben verricht, het had weinig geholpen. Grijze sporen liepen nog over haar wangen omlaag en haar ogen waren rood en opgezet. Maar ze galmde: 'Wat énig dat jullie konden komen! Kom binnen en ga zitten!'

Er was nergens plaats om te gaan zitten behalve aan de tafel. 'Donald, jij zit rechts van mij,' zei Belle, 'en Vanessa links van mij. Ik heb Greggie naast jou gezet, Vanessa. Haal maar een paar telefoonboeken uit de keuken als hij moet worden opgekrikt. En Melinda zit aan Greggies andere kant.'

Nu, misschien was dat hier de gewoonte: dadelijk beginnen met de maaltijd. Maar zelfs Vanessa leek onthutst. En de man (nog in zijn overjas) bleef een ogenblik stokstijf staan voor hij zijn stoel naderde. 'Zijn we... laat?' vroeg hij aan Belle.

'Laat! Welnee, helemaal niet!' zei ze, met een waterval van welluidend geschater. 'Delia, jij zit naast...'

Ze brak af. 'O!' riep ze. 'Delia, nee echt!'

'Wat is er dan?' vroeg Delia.

'Nou heb je voor te véél mensen gedekt!'

Het was zo. Delia had alles wat ze in de keuken had gevonden verdeeld over de tafel, en daar moest een plaats voor Henry McIlwain bij inbegrepen zijn geweest. Belle staarde naar de stoel aan het andere eind, met ogen die volschoten met nieuwe tranen.

'Het spijt me,' zei Delia. 'We kunnen toch...'

'Ga gauw meneer Lamb halen,' beval Belle.

'Meneer Lamb? Van boven?'

'Maar schiet op. We zitten allemaal te wachten. Zeg dat we zonder hem gaan eten als hij niet als de wiedeweerga beneden komt.'

Wat ze hadden moeten eten kon Delia zich niet voorstellen, want er was nergens een hap te bekennen. Maar Vanessa, die uit de keuken kwam met een stapel telefoonboeken, zei tegen Delia: 'Toe maar. Ik zet het eten op tafel.'

Delia liep naar de gang die heel stil leek na de drukte in de eetkamer. Met de kronkelende kat voor haar voeten klom ze de trap op en klopte aan bij meneer Lamb. 'Vertwijfeld slingeren de zalmen zich tegen de stroom in omhoog,' sprak een strenge stem. De deur ging open voor een reepje van meneer Lambs oude-lappengezicht. 'Ja?' zei hij, en toen: 'O!' want

George was er op de een of andere manier in geslaagd zich door de spleet te wringen.

Delia zei: ‘Belle stuurt me naar boven om u uit te nodigen voor haar Thanksgiving-diner.’

‘Maar ik geloof dat uw beest in mijn kamer zit!’

‘Sorry,’ zei Delia. ‘Hier, George.’

Ze stak haar hand uit naar de kat en meneer Lamb deed zuinigjes de deur nog een paar centimeter verder open. Delia rook de hazelnootgeur van éénmaal gedragen en daarna ongewassen in laden gepropte kleren. Het ijzig koude licht van de televisie flikkerde in het halfduister. Ze raapte George van de grond en deed een stapje achteruit.

‘Ik had u al willen aanspreken over de toiletvoorziening onder de wastafel in de badkamer,’ zei meneer Lamb.

‘De...?’

‘Kan uw huisdier het niet buiten doen?’

‘Niet midden in de nacht,’ zei Delia. Ze greep George steviger beet en vroeg: ‘Komt u mee eten of niet?’

‘Hoe laat?’

‘Eh... nu?’

‘Eh, dat zou denk ik wel gaan,’ zei meneer Lamb.

Hij keek omlaag naar wat hij droeg – een futloos T-shirt, een slobberige donkere broek – en deed toen droevig de deur voor haar neus dicht.

Delia vroeg zich af hoe een man die zo van natuurfilms hield bezwaar kon hebben tegen een onschuldige kat.

Beneden had Vanessa inmiddels alles op tafel gezet – de kalkoen, de spruitjes, de cranberrycompote, puree van zoete aardappelen met marshmallows erop, alles in de pannen waarin het gebracht was. Nog steeds in haar leren blazer was ze nu de vulling uit de kalkoen aan het scheppen. Greggie hing op de stapel telefoonboeken en keek met lodderige ogen naar zijn moeder. Het was zeker tijd voor zijn dutje.

Belle sprak over Henry met de Hawsers. ‘Wat ik maar niet snap,’ zei ze, ‘is wanneer dit allemaal gebeurd is. Gisteravond om tien uur was alles nog koek en ei. Henry en ik waren echt lekker wezen eten, verderop in Ocean City. En om twaalf uur vandaag – pats! is hij compleet omgeslagen.'

'Dan is zijn vrouw vanmorgen komen opdagen,' zei Donald wijsneuzig. Hij had zijn jas over de rug van zijn stoel gehangen en stak met een zilveren aansteker de kromme kaarsen aan. 'Ze is vanmorgen opgestaan en ze zegt: "Hier zit ik," zegt ze, "weg van huis op Thanksgiving. Een feestdag voor het hele gezin," zegt ze tegen zichzelf.'

Delia zette de kat op de grond en ging naast Donald zitten. *Een feestdag voor het hele gezin*, dacht ze, *en ik eet door de winkel voorgebraden kalkoen met mensen die ik niet ken.* Ze voelde zich onbezonnen en avontuurlijk.

'"Hier zit ik bij mijn moeder, terwijl ik thuis bij mijn man zou moeten zijn," zegt ze, en ze pakt op stel en sprong haar koffer en gaat naar hem terug, maar dat kon hij jou pas om twaalf uur laten weten, want wat moest hij doen, met een excuus naar de telefoon rennen op het moment dat ze binnenkomt?'

'Donald heeft over elk onderwerp een deskundige mening klaar,' sprak zijn vrouw met een scherp lachje.

Ze zat heel gespannen, zonder dat haar ruggegraat de stoel raakte. Haar haar was aan de uiteinden omhooggekruld als de *f*-gaten in een viool.

'Ja, je zou het een gave kunnen noemen,' zei Donald onverstoorbaar. 'Ik kan me een beeld van iets vormen. Kijk, eerst moet ze zich weer settelen, met alle soesa van dien. Vergeet niet dat ze de baby bij zich heeft en ongetwijfeld ook een luierzak en zo'n autokinderzitje...'

'Maar hij had 'r toch gewoon kunnen wégsturen!' ontplofte Belle. 'Hij houdt niet eens van haar! Hij heeft zelf gezegd van niet!'

'Ja, allicht dat hij dat beweert,' zei Donald en leunde breeduit achterover.

Inmiddels was Vanessa bezig de kalkoen voor te snijden.

Delia begon de andere gerechten door te geven. De spruitjes waren amper warm, ontdekte ze. De zoete aardappelen waren op koelkasttemperatuur, maar iedereen nam toch iets.

'Je hebt gelijk,' zei Belle. 'O, wanneer zal ik het ooit leren? Het lijkt wel of me dit om de andere week overkomt. Norton Grove was de enige die echt voor mij van zijn vrouw is gescheiden, en kijk hoe dat is afgelopen.'

'Hoe liep dat dan af?' vroeg Delia.

'Hij werd verliefd op een vrouwelijke loodgieter die onze gootsteen kwam ontstoppen.'

Donald knikte, daarmee aangevend dat hij dat had kunnen voorspellen.

'Het gaat precies zoals Ann Landers het altijd zegt in haar column,' zei Belle. 'Ze zegt, een man die zijn vrouw verlaat zal straks naar alle waarschijnlijkheid ook jou verlaten.'

'Misschien moet je 's op zoek naar iemand die géén vrouw heeft,' suggereerde Vanessa, en gaf haar zoon een stukje kalkoenvleugel.

'Jawel, maar 't is net of ik daar de fantasie voor mis. Ik bedoel, ik kan me niet vóórstellen dat ik trouw met een man, tot ik hem met iemand ánders getrouwd heb gezien. En dan zeg ik: hé! Dát zou een goeie man voor mij zijn!'

De deur naar de gang ging open en meneer Lamb stond op de drempel, in een glimmend zwart pak dat as van zijn huid maakte. 'O god, u hebt gasten,' zei hij.

'Ja meneer Lamb, en u bent er een van,' zei Belle. 'Donald Hawser, Melinda Hawser… Vanessa en Greggie hebt u hier vast al eens gezien. Dit is Horace Lamb,' zei ze tot de anderen. Ze wuifde achteloos naar de ene lege stoel. 'Ga zitten.'

'Ik kan niet lang blijven.'

'Ga toch zítten, meneer Lamb.'

Hij kwam de kamer in met een scherend geluid, zodat Delia een blik omlaagwierp. Aan zijn voeten droeg hij het soort papieren sloffen zonder hielen die je gratis in ziekenhuizen krijgt. 'Vanmiddag is het sport, sport, sport,' zei hij, op zijn stoel zakkend. 'Alle vaste programma's zijn afgekocht. Ik moet het doen met de educatieve zenders.'

'Zeg!' riep Donald. 'Wie ziet u het liefst?'

'Pardon? 's Middags door de week kijk ik graag naar de soaps. O, ik geef het toe, ik kom er rond voor uit. Elke dag dat ik op de weg zit, zorg ik dat ik stop voor *All My Children.*'

'In wat voor zaken zit je, Horace? Mag ik Horace zeggen?'

'Ik verkoop voorzetramen,' antwoordde meneer Lamb. Hij nam het bakje met aardappelpuree aan en keek erin. 'Dit lijkt me erg machtig,' zei hij. Zijn lange voortanden staken zo ver naar voren dat zijn lippen zich met de grootste moeite eroverheen rekten. Zijn hele gezicht leek uitgerekt, en de onderkaak overdreven ingewikkeld scharnierend. Hij sloeg zijn diepliggende ogen op naar Belle en zei: 'Helaas tob ik met een gevoelige maag.'

'Ach, eet toch op, het zal u goed doen,' bitste Belle. 'We hadden het over getrouwde mannen.'

'Pardon?'

'Ander probleem dat ik heb, ik kijk naar een getrouwde man en dan kan ik niet geloven dat hij mij niet onweerstaanbaar vindt.'

'Onweerstaanbaar?'

'Ik spreek tegen de tafel in het algemeen, meneer Lamb. Eet u nu maar. Ik zie een man met zijn vrouw, kleurloos saai vrouwtje dat zelfs geen poging meer doet om zich te verzorgen, en ik denk, *waarom zou hij mij niet liever hebben? Ik ben véél leuker en ik zie er ook nog eens beter uit.* Maar het is net of er een, ik weet niet, een soort greep is die sommige vrouwen hebben en die ik niet lijk te kunnen doorbreken. Is het een geheim? Is het een geheim dat jullie aan elkaar doorgeven?'

Ze vroeg het aan Melinda Hawser, maar Melinda liet alleen weer zo'n snijdend lachje horen en begon stukjes brood te verkruimelen op haar bord. 'Is het dat?' vroeg Belle aan Delia.

'Welnee,' antwoordde Delia. 'Het is eerder uit... hoe heet

het ook weer? Een woord uit de natuurkundeles. Passiviteit?'

'Inertie,' vulde meneer Lamb aan.

'Precies.' Ze wierp hem een blik toe. 'Het is alleen dat mensen blijven waar ze zijn.'

'Nou, als dat alles is,' zei Belle, 'hoe komt het dan dat Katie O'Connell hem zomaar naar Hawaii is gedrost met Larry Watts? Die moet het geheim hebben ontdekt. Ja, en toen Larry hier nog woonde keurde hij mij geen blik waardig! Het leek wel of hij me uit de weg ging! Hij deed net of ik een soort dél was, de ene keer dat ik hem beneden vroeg voor een gezellig glaasje!'

Haar mond begaf het en ze legde een hand over haar ogen. Donald zei: 'Kom kom. Hé zeg!' en Vanessa zei: 'Toe Belle, niet huilen', terwijl meneer Lamb woest aan zijn neus begon te trekken.

'Eerlijk gezegd,' zei Melinda met een glasheldere stem, 'zie ik helemaal niet waarom je zo nodig met een man getrouwd moet zijn.'

Er viel een stilte, een soort herbezinning onder de andere eters.

'Wie zou het eerst het huwelijk hebben verzonnen, denk je?' vroeg Melinda aan Greggie. Hij staarde haar met grote ogen aan, boven een vettig knuistje vol kalkoenvleugel. 'Iedereen dringt het je op, vooral de vrouwen. Je moeder en je tantes en je vriendinnen. En als je dan eenmaal getrouwd bent, zie je dat hij altijd o zo vol van zichzelf is en alsmaar zanikt over het een of ander, altijd van die theorieën en stellige uitspraken heeft, altijd maar opsnijdt over zijn overwinningen op de zaak. "Ik heb ze dít gezegd, ik heb ze dát gezegd", en als jij vraagt: "En, wat zeiden ze terug?" dan zegt hij: "O, je weet wel, maar toen heb ik ze zus-en-zo gezegd, ik heb ze 's goed op hun nummer gezet, ik heb ze vierkant... ik zeg..." En als je daar je moeder en je tantes en de rest over aanspreekt, zeggen die: "O, maar het huwelijk ís ook een straf, nou en of." "Maar als jullie er zo over denken," wil je dan vragen, "waarom hebben jullie dan vroeger niets gezegd? Waar waren jullie toen ik mijn verloving bekendmaakte?"'

'Ha. Ja,' zei haar man. Hij keek even de tafel rond. 'Ze zullen nog denken dat je óns huwelijk bedoelt. Lieverd.'

Iedereen wachtte, maar Melinda spietste alleen een spruitje aan haar vork.

'O,' verzekerde Belle hem, 'dat zouden we nooit denken.' Ze zat nu rechtop; haar tranen droogden op haar wangen. 'Zo'n pracht van een man als jij? Welnee, natuurlijk niet.' Tegen de anderen zei ze: 'Donald en Melinda zijn klanten van me. Ze hebben het oude huis van de Meersen gekocht – beeldschoon huis. Donald heeft een belangrijke functie bij de meubelfabriek.'

Melinda kauwde erg luidruchtig op haar spruitje, of misschien leek het maar zo omdat het zo stil was in de kamer.

'Mevróuw Meers was al naar het verpleegtehuis,' zei Belle, 'maar meneer Meers woonde er nog wel. Heeft ons het hele huis laten zien; en ons uitgelegd hoe je de afvalvernietiger moest bedienen. Hij zei: "Er zijn nog honderdvierenveertig eiwitten in de vriezer, gratis en voor niks."'

'Mensen die zelf mayonaise maakten,' giste meneer Lamb.

Belle stond op het punt verder te spreken maar ze zweeg en keek hem aan.

'Jullie zijn zeker niet geïnteresseerd in voorzetramen,' zei meneer Lamb tegen Donald.

'Niet echt,' zei Donald, met zijn ogen op zijn vrouw.

'Ja, dat dacht ik al.'

'Aan dat huis mankeert volstrekt niets,' zei Belle. 'De Meersen hebben daar constant achteraan gezeten. En Donald hier, Don...' Ze lachte tegen hem. 'Don zag het al bij de eerste keer dat hij er doorheen liep.'

'Melinda en ik hebben een príma huwelijk. Zeven jaar getrouwd,' zei Donald, nog steeds zijn vrouw in het oog houdend. 'We waren zo'n erkend campus-stel op ons college.

Kregen verkering, raakten aan de haak, de hele handel.'

'Ik weet wat voor soort je bedoelt,' zei Belle.

'En Melinda kent me al zo lang dat ze me nog steeds Hawk noemt. Hawk Hawser,' voegde hij eraan toe, zich eindelijk omwendend om Belles blik te ontmoeten. 'Ik zat in het basketbalteam. Zo'n beetje een ster, zouden sommige mensen zeggen, al heb ik nooit de lengte gehad om beroeps te worden.'

'Is dat zo!' riep Belle uit.

'Hawk Hawser,' herhaalde hij mijmerend.

'Ik heb geloof ik wel van je gehoord.'

'Ja, dat zou kunnen, als je ooit in Illinois bent geweest. Jerry Bingle College?'

'Jerry Bingle, hmm.'

'Ik speelde spil.'

'Ach!'

'En halverwege mijn laatste jaar...'

'Marshmallow,' zei Greggie.

Hij had niet zoals de meeste kinderen moeite met het uitspreken van de L. Hij sprak heel keurig en precies. 'Mama? Marshmallow?'

Het was Delia die ten slotte een marshmallow van de zoete aardappelen plukte en over tafel reikte om die op zijn bordje te leggen. Alle anderen keken naar Belle. Met open mond en ademloos, als bij toverslag genezen, aaide Belle met een hypnotische cirkelbeweging over haar bovenste knoopje en hield haar vochtig-gewimperde ogen verrukt op Donalds lippen gericht.

11

Nu eens droeg meneer Pomfret Delia op buiten voor een cliënt de parkeermeter te gaan bijvullen. Dan weer knipte hij met zijn vingers wanneer hij haar nodig had. Eénmaal gooide hij haar zijn regenjas toe en beval haar deze naar de stomerij verderop te brengen. 'Ja, meneer Pomfret,' murmelde ze. Toen ze terugkwam legde ze het reçu even kwiek in zijn hand als een operatiezuster een scalpel aanreikt.

Maar nu begon ze een kriebel van opstandigheid te voelen.

'Juffrouw Grinstead, u ziet toch dat ik aan het *samenvoegen* ben?' zei hij toen ze hem een paar brieven bracht om te tekenen, en ze zei: 'Sorry, meneer Pomfret', maar neutraal, te effen, haar uitdrukking als in graniet gehouwen. En weer aan haar bureau ziedde ze van denkbeeldige weerwoorden. *U met uw stomme computer! U met uw 'samenvoegen' en uw zoek-en-delete of wat het ook is!*

Op een vrijdag begin december meldde zich een gebogen, grijsharige man in een honkbaljasje, die geen afspraak had. 'Ik ben Leon Wesley,' zei hij tegen Delia. 'Het gaat over mijn zoon Juval. Denkt u dat meneer Pomfret een ogenblikje voor me vrij heeft?'

Meneer Pomfrets deur was dicht – het was nog vroeg op de ochtend, zijn tijd om nieuwe catalogi door te kijken – maar toen Delia ging informeren zei hij: 'Leon? O, Leon heeft mijn oprit opnieuw geasfalteerd. Stuur hem maar binnen. En zet u gelijk een pot koffie voor ons als u toch bezig bent.'

Het horen van de reden van meneer Wesley's komst was onmogelijk te vermijden. Hij brandde ermee los nog voordat hij goed en wel zat en sprak dwars door het malen van de koffiebonen heen, zodat meneer Pomfret hem moest vragen het te herhalen. Juval, zei meneer Wesley, had direct na Kerstmis bij de marine zullen gaan. Hij had een veelbelovende toekomst voor zich; er was speciale belangstelling voor hem vanwege zijn kwalificaties, die blijkbaar iets te maken hadden met een of ander technisch specialisme dat Delia boven de pet ging. En nu was hij gisteravond, als een donderslag bij heldere hemel, opgepakt wegens inbraak. Hij was betrapt toen hij om tien uur 's avonds bij de Hanffs door het raam van de eetkamer klom.

'De Hánffs?' zei meneer Pomfret. De Hanffs waren de eigenaren van de meubelfabriek, zoals zelfs Delia wist – de enige industrie die de stad rijk was. 'Wie breekt er nu uitgerekend bij díe mensen in!'

Delia liep naar de voorraadkast om extra suiker te pakken, en toen ze terugkwam verbaasde meneer Pomfret zich nog steeds over Juvals slachtofferkeuze. 'Ik bedoel, neem nu Reba Hanff, die sieraden veroordeelt en nog geen stukje zilver bezit,' zei hij, 'en die elke cent van de winst wegschenkt aan een of andere religieuze bovenbaas in India... wat had die jongen in godsnaam gedacht daar te stelen?'

'Ja, en waaróm, dat zou ik wel eens willen weten,' zei meneer Wesley. 'Dat is wat ik er niet aan snap. Zat hij om geld verlegen? Waarvoor? Hij drinkt niet eens, laat staan dat hij aan de drugs is. Heeft zelfs geen vriendinnetje.'

'Nog daargelaten dat de Hanffs in heel Bay Borough de enigen zijn met een alarminstallatie,' peinsde meneer Pomfret.

'En dat met zo'n bliksemcarrière in het vooruitzicht,' zei meneer Wesley. 'Reken maar dat die nu naar de filistijnen is. Waarom moet hij nu de zaak bederven, zo vlak voordat hij zou weggaan?'

'Misschien wás het juist daarom,' liet Delia zich horen, en zette twee bekers op een blaadje.

'Mevrouw?'

'Misschien heeft hij de zaak bedorven om straks niet weg te hoeven.'

De mond van meneer Wesley zakte open.

Meneer Pomfret zei: 'U kunt wel gaan, juffrouw Grinstead.'

'Ja meneer Pomfret.'

'Doet u de deur achter u dicht, alstublieft.'

Ze sloot de deur met zo'n opvallende zorg dat elk onderdeel van de klink voor zich sprak.

Betreffende de oprichting van een aangewezen fonds, typte ze, en toen kwam meneer Pomfret te voorschijn uit zijn spreekkamer, onder het lopen zijn armen in zijn overjas proppend, een weg banend voor meneer Wesley. 'Zeg die van tien uur af,' zei hij tot Delia.

'Ja meneer Pomfret.'

Hij opende de buitendeur, liet meneer Wesley uit, sloot hem en kwam bij Delia's bureau staan. 'Juffrouw Grinstead,' zei hij, 'wilt u zich voortaan onthouden van commentaar tijdens mijn consulten.'

Ze staarde hem koppig aan, haar ogen expres wijd open en onschuldig.

'U wordt betaald voor uw werk als secretaresse, niet voor uw opinies,' zei hij.

En vertrok.

Ze wist dat ze dat verdiend had, maar voelde toch een rechtvaardige woede opvlammen toen hij weg was. Ze typte snel en slecht, zwiepte de wagen zo hard terug dat de schrijfmachine wegschoot over het bureaublad. Toen ze opbelde om de afspraak van tien uur af te zeggen, beefde haar stem. En toen ze tussen de middag het kantoor verliet, kocht ze een *Bay Borough Bazuin* om naar een andere baan om te zien.

Nou ja, niet dat ze dat echt zou doorzetten, natuurlijk. Alleen had ze er behoefte aan om er een beetje over te fantaseren.

Het weer was guur en naargeestig en ze had niets te eten meegebracht, maar ze liep toch naar het plein omdat de Cue Stick 'n' Cola haar vandaag te machtig was. Ze vond de parkbanken verlaten. Het standbeeld leek compact en in elkaar gedoken, als een vogel die al zijn veren opzet tegen de kou. Ze sloeg haar jas om zich heen en ging op het uiterste randje van een vochtig, kil latje zitten.

Wat een voldoening zou het zijn haar ontslag in te dienen! 'Meneer Pompeus,' zou ze zeggen, 'tot mijn spijt moet ik u meedelen...' Hij zou zich geen raad weten. Hij wist niet eens waar ze het carbonpapier bewaarde.

Ze sloeg de *Bazuin* open en zocht de afdeling kleine annonces op. Doorgaans las ze de *Bazuin* niet; het was weinig meer dan een advertentiekrantje – een aantal pagina's met goedkope aanbiedingen en buitengewoon plaatselijk nieuws, elke week in diverse winkels op stapels uitgedeeld. Ze bladerde langs een oproep voor de koorzang op kerstavond op het plein, een twee-halen-één-betalen-dag in de schoenenzaak en een verslag over de vorderingen op Mitten Drive. Op de voorlaatste pagina ontdekte ze vier personeelsadvertenties: kinderoppas, kinderoppas, draaibankwerker en 'inwonende vrouw'. Deze stad moest een werklozenprobleem hebben. Daarna kwam de rubriek Te Koop Aangeboden. Iemand die Dwayne heette wilde twee trouwringen voor een zacht prijsje van de hand doen. Haar ogen gleden terug naar de 'inwonende vrouw'.

> Alleenstaande vader m. pittige, pientere, aardige zoon van 12 zoekt hulp. Moet bereid zijn jongen 's morgens te wekken, ontbijt te geven, naar school te helpen, licht schoonmaakwerk/boodschappen te doen, m. huiswerk te assisteren, vervoer te verschaffen naar tandarts/huisarts/grootvader/vriendjes, sportdagen bij te wonen en juiste ploeg toe te juichen, groepjes van 11-13-jarigen te ontvangen, 's avonds te koken, enthousiasme te to-

nen voor sportprogramma's op tv/computerspelletjes/ paperback oorlogsromans, 's nachts beschikbaar te zijn voor akelige dromen/ziekte. Rijbewijs vereist. Alleen niet-rokers. Eigen kamer, kost, royaal salaris. Weekeinden en meestal overdag vrij, m.u.v. schoolvakanties/ ziekte- en sneeuwdagen. Bellen: Hr Miller op Underwood High, 8-5, ma t/m vrij.

Delia klakte met haar tong. Het léf van zo'n man! Sommige mensen verlangden het onmogelijke. Ze rammelde ongeduldig met de krant en vouwde hem weer dicht. Je kunt niet van een gewone huurling verwachten dat die als een echte moeder optreedt, en dat was wat hij eigenlijk vroeg.

Ze stond op en legde de *Bazuin* in de afvalmand. Dat werd dus niets.

Bij het oversteken van West Street wierp ze een blik op de winkels – Debbi's en het magazijn en de bloemist. En een baan als verkoopster? Nee, daar was ze van nature te stil voor. En wat de horeca betrof, vroeger vergat ze in de tijd die het kostte om naar de keuken te lopen steevast wat het gezin voor toetje had besteld. En ze wist van haar gesprekken met mevrouw Lincoln in de leeszaal dat de stad al moeite had één bibliothecaresse te onderhouden.

Eigenlijk, overwoog ze, bij het passeren van de steriele witte jaloezieën van de Nagelkliniek, was een huurling in sommige opzichten *beter* dan een moeder – die zou minder emotioneel verstrikt raken, minder gauw schade aanrichten. En minder gauw zelf schade lijden. Wanneer het kind van de werkgever ongelukkig was zou het bij de inwonende vrouw nimmer opkomen zich persoonlijk verantwoordelijk te voelen.

Ze liep binnen bij de Toptiek en pakte nog een *Bazuin* uit het rek achter de deur.

'Ik heb liever niet dat mijn zoon zich geïnspecteerd voelt,' zei meneer Miller. 'Tegen het licht gehouden om te zien of hij wel voldoet. Daarom heb ik u gevraagd te komen terwijl hij niet thuis is. En als u denkt dat u interesse hebt, zou u kunnen blijven om kennis met hem te maken. Hij eet nu bij een vriendje, maar hij komt over een half uurtje thuis.'

Hij zat tegenover haar in een sitsen fauteuil die bij hem in het niet leek te zinken, zoals de hele stijf-gecapitonneerde, drukke zitkamer van dit bungalowtje aan de rand van de stad bij hem in het niet leek te zinken. Tot Delia's verrassing was hij iemand gebleken die ze herkende. Joël Miller: hij had een aantal maanden terug meneer Pomfret geraadpleegd over een bezoekregeling. Ze herinnerde zich dat zijn onverholen kaalheid haar respect had afgedwongen. Ze vond dat mannen die minachting hadden voor de noodgreep van kunstig gedrapeerde haarslierten een aantrekkelijk air van mannelijk zelfvertrouwen uitstraalden; en meneer Miller, met zijn forse, regelmatige trekken en zijn olijfkleurige huid en wijde, grijze pak, maakte een serene indruk. Maar daaronder bespeurde ze een zekere gespannenheid. Hij had haar al drie keer verteld – dit in tegenspraak met de algemene teneur van zijn advertentie – dat zijn zoontje het grootste deel van de dag op school zou zijn, ja, in wezen de hele dag, en dat hij, ook wanneer hij thuis was, weinig méér nodig had dan een symbolisch aanwezige volwassene achter de schermen. Delia kreeg de indruk dat er niemand anders op deze baan was afgekomen.

'Hij eet vaak bij een vriendje thuis,' zei meneer Miller nu, 'en van de zomer, ik geloof niet dat ik dat al heb verteld, gaat hij twee weken naar een kinderkamp. En dan is er nog het computerkamp, en de voetbalcursus...'

'De zomer!' zei Delia. Ze schommelde achterover in haar met sits beklede schommelstoel. De zomer, met zijn zachte, luie middagen, tinkelende limonadeglazen, perzikkleurige kinderlijfjes in zwempakken! 'O, meneer Miller,' zei ze. 'Om u de waarheid te zeggen, ik schijn momenteel in een veranderlijke levensfase te verkeren. Ik weet niet of ik wel zoveel… investeren kan.'

'En 's zomers ben ik er zelf meer,' vervolgde meneer Miller alsof ze niets gezegd had. 'Niet precies de héle dag natuurlijk – een schoolhoofd heeft wat minder speelruimte dan zijn docenten – maar toch vrij veel.'

'Ik had misschien niet moeten komen,' zei Delia. 'Een kind van de leeftijd van uw zoon heeft continuïteit nodig.'

Maar waarom komt u dan toch? had hij met reden kunnen vragen, maar in plaats daarvan knoopte de stakker aan bij haar laatste zin. 'Dat klinkt alsof u ervaring hebt,' zei hij. 'Hebt u zelf kinderen, juffrouw Grinstead? O.' Zijn mondhoeken trokken eventjes omlaag. 'Neemt u me niet kwalijk. Natuurlijk niet.'

'Jawel,' zei ze.

'Dan is het dus mevróuw Grinstead?'

'Ik geef de voorkeur aan "juffrouw".'

'Juist.'

Daar dacht hij over na.

'Maar, u hébt dus ervaring,' zei hij eindelijk. 'Dat komt voortreffelijk uit! En bent u van hier uit de buurt?'

Blijkbaar hield hij de achterklap van Bay Borough niet bij.

'Nee,' zei ze.

'Niet van hier.'

Ze kon zien dat hij zich bezon. Hij mocht dan de wanhoop nabij zijn, roekeloos was hij niet. Hij had geen trek in het huren van een moordenares.

'Ik kom uit Baltimore,' vertelde ze ten slotte maar. 'Ik ben door en door fatsoenlijk, echt, maar dat deel van mijn leven heb ik achter me gelaten.'

'Ah.'

O hemel, nu verbeeldde hij zich een of ander drama. Hij nam haar belangstellend op, zijn hoofd licht schuingehouden.

'Maar,' riep ze uit, 'wat de baan betreft…'

'Ik snap het: u wilt niet,' zei hij bedrukt.

'Het heeft niets te maken met het werk zelf. Ik ben ervan overtuigd dat uw zoon een heel aardige jongen is.'

'O, hij is meer dan aardig,' zei meneer Miller. 'Het is, echt juffrouw Grinstead, het is zo'n leuk joch. Hij is geweldig! Maar ik heb misschien overschat hoe goed we het in ons eentje zouden rooien. Ik dacht, als we maar weten hoe de wasmachine werkt... maar de boel is me uit de hand gelopen.'

Hij maakte een gebaar naar de kamer in het algemeen, wat Delia verwonderde omdat deze pijnlijk netjes leek. Bolle kussentjes met knopen in het midden vulden een bank met volant, elk ervan rechtop onder een bestudeerde hoek. De salontafel was op wiskundige afstanden bedekt met glimmende modetijdschriften. Maar meneer Miller, die haar blik volgde, zei: 'O, de buitenkant kan ik wel aan. Ik heb in de keuken een overzicht opgehangen. Elke dag moet er iets gedaan worden. Vanmiddag hebben we gezogen, en gisteren hebben we afgestoft. Maar het lijkt om andere problemen te gaan. Afgelopen weekeind vroeg hij bijvoorbeeld of we kwartjessoep konden eten. "Kwartjessoep," zei ik. Ik vond het maar raar klinken. Hij zei dat hij dat toen hij nog klein was tussen de middag van zijn moeder kreeg. Ik vraag wat het dan is en het blijkt dat hij doodgewone groentesoep bedoelt. Het heet zeker kwartjessoep omdat het goedkoop is. Dus ik zeg: "Nou, dát kan ik wel maken." Ik warm een blik Campbell op, hij werpt één blik in de pan en wat doet hij? Barst in tranen uit. Twaalf jaar en totaal ondersteboven, een joch dat geen kik gegeven heeft toen hij zijn arm had gebroken. Ik zeg: "Wat is er nou? Wat heb ik fout gedaan?" Hij zegt, het moet zelfgemaakte zijn. Ik zeg: "Wel godallemachtig, Noah." Maar goed, ik ben niet dom. Ik snapte dat die soep iets voor hem betekende. Dus ik haal er een kookboek bij en ga aan de gang om hem zelf te maken. Maar toen hij zag wat ik aan het doen was zei hij: "Laat maar. Laat die hele soep maar zitten. Ik heb toch geen honger." En toen liep hij naar zijn kamer en liet mij met al die blokjes wortel achter.'

'Plákjes,' zei ze.

Hij trok zijn rechte zwarte wenkbrauwen op.

'U had de wortelen in plakjes moeten snijden,' vertelde ze, 'en courgettes, gele pompoen, nieuwe aardappeltjes – alles in de vorm van een muntstuk. Daarom heet het kwartjessoep. Het heeft niets met de prijs te maken. Ik betwijfel zelfs of je het in een kookboek kunt vinden omdat het meer… een moedersrecept is, snapt u?'

'Juffrouw Grinstead,' zei meneer Miller, 'mag ik u laten zien waar u zou wonen als u deze baan zou aannemen.'

'Nee echt, ik…'

'Alleen om te kijken! Het is de logeerkamer. Met een eigen bad.'

Ze stond op toen hij opstond, maar alleen omdat ze echt weg wilde. Wat was eigenlijk de bedoeling geweest van haar komst? Het was of ze haar vingers voelde popelen om die groenten in plakjes te snijden zoals je ze hoorde te snijden, die jongen de soep voor te zetten en zich snel om te draaien (twaalf jaar was te oud om te knuffelen) en net te doen of ze zijn tranen niet had opgemerkt. 'Het is vast een prachtige kamer,' zei ze. 'Iemand zal het er heerlijk hebben! Een jong iemand misschien, die nog genoeg…'

Achter meneer Miller aan sjokte ze door een korte, beloperde gang met openstaande deuren aan weerskanten. Bij de laatste deur ging meneer Miller opzij om haar naar binnen te laten kijken. Het was het soort kamer waar mensen worden verondersteld niet meer dan een nacht of twee door te brengen. Het hoge tweepersoonsbed liet aan beide zijden amper een meter ruimte vrij. Op het nachtkastje lag een doordachte hoeveelheid lectuur voor gasten (nog meer tijdschriften, twee boeken, zo te zien bloemlezingen). Op de ingelijste merklap aan de wand stond 'WELKOM' in zes talen.

'Diepe inloopkast,' zei meneer Miller. 'Eigen bad, zoals ik geloof ik al heb gezegd.'

Ergens anders in huis sloeg een deur dicht en een kind riep: 'Pap?'

'Ha,' zei meneer Miller. 'Ik kom eraan!' riep hij. 'Nu kunt u kennis maken met Noah,' zei hij tot Delia.

Ze deed een stapje naar achteren.

'Alleen om hallo te zeggen,' verzekerde hij haar. 'Wat kan dat nu voor kwaad?'

Ze had geen keus dan hem door de gang te volgen.

In de keuken (kastjes in toffeekleuren, met karntonnetjes bedrukt behang) stond een pezig jongetje zich uit een rood jack te wurmen. Hij had een verwarde bos stug bruin haar en een mager, sproetig gezicht en zijn vaders langwerpige ogen. Zodra ze binnenkwamen begon hij te praten. 'Zeg pap, moet je horen wat we van Jack z'n moeder voor het eten hebben gehad. Van die blokjes vlees, zeg maar, die je indoopt in zo'n...' Delia's aanwezigheid drong tot hem door, hij wierp haar een blik toe en vervolgde: '...die je in zo'n pot doopt en dan...'

'Noah, ik wil je graag voorstellen aan juffrouw Grinstead,' zei zijn vader. 'Zouden we Delia mogen zeggen?' vroeg hij haar. Ze knikte, het maakte toch nauwelijks uit. 'Ik heet Joël,' zei hij, 'en dit is Noah. Mijn zoon.'

Noah zei: 'O. Dag.' Hij trok het afwachtende, uitgestreken gezicht dat kinderen zetten bij een kennismaking. 'En die pot is vol met hete olie, denk ik tenminste, en we kregen allemaal...'

'Fondue,' zei zijn vader. 'Wat jij bedoelt heet fondue.'

'Ja, en we kregen allemaal onze eigen vork om het vlees aan te bakken, met allemaal van die verschillende beesten op het handvat, zeg maar, om uit elkaar te houden welke van wie was. En mijnes was een giraf en weet je wat voor een Jack z'n kleine zusje kreeg?'

'Geen idee,' zei zijn vader. 'Zeg joh, Delia is hier om...'

'Een várken!' krijste Noah. 'Zijn kleine zusje kreeg het varken!'

'Is dat zo.'

'En toen ging ze erom janken, maar Carrie jankt overal

om. En toen kregen we een zak chocoladeknikkers als toe, maar ik heb voor mijnes bedankt. Ik deed het heel beleefd, hoor. Ik zeg tegen zijn moeder van...'

'Zei.'

'Hè?'

'Je zéi tegen zijn moeder.'

'Nou, ik zeg van "dank u wel, mevrouw Newell, maar ik zit zó vol dat ik dit maar oversla".'

'Ik dacht dat je chocoladeknikkers juist lekker vond,' zei zijn vader.

'Ben je gek geworden! Na wat ik nu weet niet meer.' Noah wendde zich tot Delia. 'Chocoladeknikkers zijn van buiten overtrokken met gestampte keverschilden.'

'Nee!'

'Nee,' beaamde meneer Miller. 'Hoe kom je aan díe informatie?' vroeg hij aan zijn zoon.

'Van Kenny Moss.'

'O zo! Als Kenny Moss het heeft gezegd, hoe zouden wij dan nog twijfelen?'

'Nee serieus! Hij heb het van z'n oom en dic zit in de handel.'

'Wat vuor handel, in boulevardbladen?'

'Watte?'

'Er zitten geen keverschilden in chocoladeknikkers. Daar kun je gerust van op aan. Het mag niet ecns van de warenwet.'

'En weet je wat er in maïschips zit?' vertelde Noah aan Delia. 'Van die gele maïschips? Meeuwepoep.'

'Heb ik nooit geweten!'

'Daar worden ze zo knapperig van.'

'Noah...' zei zijn vader.

'Echt pap! Kenny Moss zwéért dat het waar is!'

'Noah, Delia is komen praten omdat ze misschien voor ons de huishouding gaat doen.'

Delia wierp meneer Miller een afkeurende blik toe. Zijn

gezicht stond argeloos, vriendelijk, alsof hij geen idee had van wat hij had gedaan. 'Eigenlijk,' zei ze tegen Noah, 'kwam ik alleen maar... informeren.'

'Ze zal erover nadenken,' corrigeerde meneer Miller.

Noah zei: 'Dat zou machtig zijn! Ik moet nu mijn lunchpakket zelf klaarmaken.'

'Bar en boos,' zei zijn vader. 'Laat de arbeidsinspectie het niet merken.'

'Nou, hoe zou jij dat vinden! Doe je je trommeltje open: goh, wáármee zou ik m'n eigen nu weer hebben verrast!'

Delia schoot in de lach. Ze zei: 'Ik moet er eens vandoor. Leuk om kennis met je gemaakt te hebben, Noah.'

'Nou dag,' zei Noah. Onverwacht stak hij zijn hand uit. 'Ik hoop dat je besluit dat je komt.'

Zijn hand was klein maar eeltig. Toen hij naar haar opkeek lieten zijn ogen een onderlaag van goud zien, als in bruin water gefilterd zonlicht.

Buiten voor de deur zei Delia tegen zijn vader: 'Ik dacht dat u wilde voorkomen dat hij zich geïnspecteerd zou voelen!'

'Ah,' zei meneer Miller. 'Ja. Nou ja.'

'Ik dacht dat u hem dat wilde besparen! En toen vertelde u precies waarvoor ik hier was.'

'Ik begrijp dat ik het niet had moeten doen,' zei meneer Miller. Hij spreidde verstrooid een hand over zijn kale hoofd, als een muts. 'Het kwam omdat ik zo vreselijk graag wilde dat u zei dat u kwam.'

'En u hebt niet eens mijn referenties gezien! U weet niets van me af!'

'Nee, maar uw Engels is zo goed.'

'Mijn Engels?'

'Ik ga door de grond als ik hem zo slordig hoor spreken. "Zeg maar" dit en "zeg maar" dat, en "ik zeg van" in plaats van "ik zei". Ik word er gek van.'

'Wel heb ik ooit,' zei Delia. Ze draaide zich om en wilde weggaan.

'Juffrouw Grinstead? Delia?'

'Wat?'

'Wilt u er op z'n minst over nadenken?'

'Natuurlijk,' zei ze.

Maar ze wist dat ze dat niet zou doen.

Vanessa zei dat Joël Miller de zieligste man was die ze kende. 'Sinds het moment dat zijn vrouw weg is kan de kerel het maar nauwelijks redden,' vertelde ze Delia.

'Is er dan niemand in Bay Borough gelukkig getrouwd?' vroeg Delia zich af.

'Ja hoor, genoeg,' zei Vanessa. 'Alleen niet die met wie jij het liefst omgaat.'

Ze zaten in Vanessa's keuken de volgende morgen, een koude, zonnige zaterdag. Eigenlijk was het haar grootmoeders keuken; Vanessa en haar drie broers woonden allemaal in bij hun vaders moeder. Vanessa beschreef etiketjes met een ouderwetse kroontjespen. 'Afdoende Remedie tegen Insekten', schreef ze in haarfijne bruine schrijfletters, op ivoorkleurige papieren ovaaltjes. 'Afdoende Remedie' was een stokoud familierecept. Wanneer Vanessa klaar was met haar dagelijkse portie etiketjes zou haar jongste broertje ze op de slanke glazen flesjes plakken waarin allerlei gedroogde takjes en besjes geheimzinnig onder water dobberden. Delia vond het moeilijk te geloven dat mensen op deze manier in hun onderhoud konden voorzien, maar de Linley's waren kennelijk in goeden doen. Het huis was groot en gerieflijk, en de grootmoeder kon het zich veroorloven eens per jaar naar Disneyland te gaan. Het ging om de polei, zei Vanessa. 'Niet verder vertellen,' had ze Delia verklapt, 'maar insekten hebben een gruwelijke hekel aan polei. De andere kruiden zijn voornamelijk voor de show.'

Op de grond was Greggie bezig een toren van opgestapelde kurken te bouwen. Wanneer Vanesa klaar was met haar etiketten zouden zij en Delia met hem een bezoek aan de kerstman brengen. Dan zou Delia misschien wat kerstcadeautjes kopen. Of misschien ook niet: ze kon nog niet besluiten. Ze had altijd een hekel gehad aan Kerstmis, met al die kansen op het teleurstellen van de geheime verwachtingen van haar gezinsleden, en dit jaar zou erger zijn dan ooit. Kon ze niet beter de hele zaak overslaan? O, waarom bestond er geen etiquetteboek voor weggelopen vrouwen?

Hetgeen haar terugbracht bij meneer Miller. 'Waarom heeft zijn vrouw hem verlaten, weet iemand dat?' vroeg ze Vanessa.

'O jawel, dat weet iedereen. Al jaren bij elkaar, allerliefst zoontje, mooi huis, en op een dag van dit voorjaar voelt Ellie, dat is zijn vrouw, een knobbeltje in haar borst. Zij naar de dokter, en die zegt, jawel, dat lijkt op kanker. Dus zij weer naar huis en ze zegt tegen haar man: "In de tijd die me nog rest wil ik het allerbeste van mijn leven maken. Ik wil precíes doen waar ik van gedroomd heb." En vóór het donker had ze haar biezen gepakt. Dat was haar liefste, diepste wens, heb je ooit zoiets gehoord?'

'En waar is ze nu?'

'O, ze is weervrouw bij de televisie in Kellerton,' zei Vanessa. 'Dat knobbeltje was niets; dat hebben ze weggehaald met plaatselijke verdoving. Nu kunnen meneer Miller en Noah de televisie aanzetten en haar elke avond zien. Of jij kunt haar gezien hebben in de *StrandKrant*. Die heeft in augustus een profielschets van haar geplaatst. Echt mooi, blond. Van dat haar als de strosnippers waar wij onze flesjes in verpakken. Tuurlijk was hier niemand onder de indruk – mens dat haar eigen kind in de steek laat.'

Delia sloeg haar ogen neer.

'Alle vrouwen in de stad hebben geprobeerd meneer Miller uit de brand te helpen,' zei Vanessa. 'Met pannetjes lasagna, met 's middags op zijn zoontje passen. Maar volgens mij heeft hij van de zomer begrepen dat dat niet genoeg is, want toen heeft hij die oproep in de *Bazuin* gezet.'

'Die oproep staat er al sinds de zomer?'

'Jazeker, maar ik heb van zijn buurvrouw gehoord dat de enigste reacties kwamen van meisjes van de highschool. Alle meisjes op Dorothy Underwood zijn verliefd op meneer Miller. Was ik ook; het hoort erbij als je daar op school zit. Ik was het in mijn laatste jaar toen hij hoofd werd en ik vond hem de meest sexy man die ik ooit had gezien. Maar ja, hij kan natuurlijk niet een of ander ganzegatje huren, en daarom heeft hij die oproep laten herplaatsen. Het is nooit bij me opgekomen dat jij die baan zou willen.'

'Ik wil hem ook eigenlijk niet,' zei Delia. Ze keek naar Greggie die nu een kurkentrein maakte over het linoleum. Zijn handjes deden haar denken aan van die met een rij vorkgaatjes ingeprikte koekjes. Ze was vergeten wat een vreugde het was je ogen op jonge kinderen te laten rusten. 'Ik ben alleen zo uitgekeken op meneer Pomfret,' zei ze. 'Denk je dat er vacatures zijn bij de meubelfabriek?'

'O, de méubelfabriek,' zei Vanessa, haar pen in de inkt dopend. 'Het enigste wat ze daar vragen is invetters. Kan je de hele dag stoelpoten met olie staan inwrijven, met van die dikke wanten aan.'

'Maar ze hebben toch kantoorbanen. Typen, administratie...'

'Waarom neem je die baan bij meneer Miller niet?'

'Ik wil niet zomaar... in het leven van zo'n jongetje stappen, voor het geval ik besluit weg te gaan,' antwoordde Delia.

'Stap je altijd zomaar opeens ergens op?'

Delia wist niet zeker hoe die vraag bedoeld was. Ze keek Vanessa argwanend aan. 'Nee, niet altijd,' zei ze.

'Ik bedoel, ik heb nooit een kwaad woord over Zeke Pomfret van je gehoord. En nu wil je er weg.'

'Maar hij is zo bazig! Zo neerbuigend. En bovendien, het salaris is bespottelijk,' zei Delia. 'Ik heb me niet gerealiseerd hoe bespottelijk toen ik die baan aannam. En hij zorgt niet eens voor de ziekteverzekering! Stel dat ik ziek word!'

Vanessa leunde naar achteren om haar aan te kijken.

'Ja,' antwoordde Delia, 'ja, inderdaad, ik schijn nogal eens zomaar ergens op te stappen.'

Terwijl ze sprak zag ze een eenzame, rechte gestalte langs de kustlijn stevenen. Het was vreemd, het gevoel van genegenheid dat dat beeld in haar wekte.

Ze besloot geen enkel kerstcadeautje voor haar gezin te kopen. Misschien was ze ontmoedigd door het uitje met Greggie naar de kerstman. Hij scheen het idee door te hebben voor ze op pad gingen, maar zodra ze er waren zette hij het op een krijsen en moest naar buiten worden gebracht. Vanessa was verslagen; zelfs de kerstman leek verslagen. En hun winkeltochtje daarna was lusteloos, met een betraand nahikkende Greggie, die mokkend en beledigd in zijn wagentje hing. Delia zei tegen Vanessa dat ze het voor gezien hield. 'Ik moet trouwens nog naar de wasserette,' zei ze – een mager excuus.

Toen ze thuiskwam riep Belle haar aan vanuit de deur van de huiskamer. 'Er is voor je opgebeld,' zei ze.

'Voor mij?'

Haar knieën leken te smelten. Ze dacht eerst aan de kinderen, toen aan Sams hart.

Maar Belle zei: 'Meneer Miller van de highschool. Of je terugbelt.'

'O.'

'Ik wist niet dat je Joël Miller kende.'

Delia had tegen Belle niet over hem gerept omdat voor hem gaan werken zou betekenen dat ze uit dit huis weg moest, en hoe zou ze dat ooit kunnen doen? Dit huis was ideaal. Zelfs meneer Pomfret had zijn goede kanten. Op de een of andere manier had het bezoek aan de kerstman haar dat duidelijk gemaakt. Dus nam ze achteloos het nummer aan dat Belle op de prijslijst van een afhaalcentrum had gekrabbeld. Ze ging op de armleuning van de bank zitten, pakte de telefoon en draaide. Intussen bleef Belle op de achtergrond rondhangen, zogenaamd bezig met de kat. 'Was jij dan m'n lekkere diertje. Was jij m'n lieve poezepoesie,' kirde ze. Delia luisterde naar het overgaan aan de andere kant van de lijn en liet haar ogen dankbaar over de effen witte muur en de kale planken gaan.

'Hallo?' zei Noah.

Ze zei: 'Met Delia Grinstead.'

'O dág! Ik moest je zeggen dat het me spijt.'

'Spijt? Waarom?'

'Pappa zegt dat een man niet over meeuwepoep moet praten waar dames bij zijn.'

'O. Nou...'

Een man zei iets op de achtergrond.

'Vrouwen,' zei Noah.

'Pardon?'

'"Vrouwen" wou ik zeggen, niet "dames".'

Allemaal smoesjes natuurlijk. Meneer Miller dacht toch niet echt dat ze aanstoot zou nemen aan meeuwepoep. Of het woord 'dames'. Dit was alleen maar strategie. Maar daarvan had Noah zelf waarschijnlijk geen vermoeden, en daarom zei Delia: 'Het geeft niet.'

'Kenny Moss z'n oom rijdt op een frietkar, zodoende dat Kenny weet van je weet wel. Maar pappa beweert dat z'n oom hem in de maling nam. Pappa ging van: "Die chipsfabriek zal daar de moeite nemen om hun personeel met schoppen naar het strand te sturen."'

Andermaal gemompel op de achtergrond.

'Ook goed, zei. Hij zéi,' vertelde Noah verder. 'En bovendien zéi hij,' – zware nadruk, veelzeggende pauze – 'hij zei, waarom staat het dan niet op de lijst met ingrediënten, als ze meeuwepoep gebruiken? Oei.'

'O, maar je kent die lijsten,' antwoordde Delia. 'Al die wetenschappelijke termen. Ze kunnen zowat alles verhullen met een of andere chemisch klinkende naam.'

'Kan dat?'

'Tuurlijk! Ze noemen het waarschijnlijk dihydroxyexymexyleen, of zoiets.'

Noah giechelde. 'Hé pap,' zei hij, waarbij zijn stem iets achteruit week. 'Delia zegt dat het er best wél op kan staan; dan heet het misschien dihydroxy...'

Belle was nu met de kat naar het raam gelopen. Ze hield hem omhoog voor het glas, dat bijna ondoorzichtig was van het stof. En spinnewebben overschaduwden de bovenranden van de gordijnen, en de gatenplant op de vensterbank was hoog opgeschoten en verpieterd. De hele kamer leek van kleur beroofd, alsof zij nu al was weggegleden in de donkerste regionen van Delia's geheugen.

12

Meneer Pomfret zei: 'Zo, stapt u op', zonder zelfs van uitdrukking te veranderen. (Je zou denken dat ze een of ander kantoormeubel was.) Het enige wat hij vroeg, zei hij, was dat ze de week volmaakte – om eventuele klusjes af te ronden. Waarmee ze vanzelfsprekend instemde, hoewel er geen klusjes waren, niets dan het gewone beuzelwerk van rattattatbrieven en robottelefoontjes en meneer Pomfrets dagelijkse pak aangestreepte catalogi.

Het bleek dat hij dringend verlegen zat om een paar leren autohandschoenen met gaatjes. Een radioantenne met de vorm en grootte van een ontbijtbordje. Een massief notehouten uitstalrek voor souvenirgolfballen.

Toen ze die vrijdagmiddag haar kantoorsleutel inleverde deelde hij haar mee dat hij misschien tot na nieuwjaar zou wachten voor hij haar verving. 'Deze keer,' zei hij, 'ga ik een tekstverwerker huren, gesteld dat ik die kan vinden.'

Delia was even de kluts kwijt. Ze zag hem al een machine huren. Probeer een machine eens te vragen zijn handschoenenmaat te bespreken met een telefoniste van een 06-lijn, dacht ze. Toen besefte ze haar vergissing. Toch was ze op de een of andere manier in haar wiek geschoten, en ze hing abrupt haar tas over haar schouder en vertrok zonder goedendag te zeggen.

Alles wat ze bezat paste met gemak in een bij Rick-Rack's afgebedelde kartonnen doos. Alleen de leeslamp stak er met zijn kop bovenuit. Ze had hem zo kunnen laten staan (Belle zou haar brengen met de auto), maar ze hechtte aan het idee van een leven niet groter dan één compacte doos; en daarom herschikte ze haar spullen net zo lang tot de kleppen secuur sloten. Toen pakte ze haar tas en mantel van het bed, nam de doos op en liep de deur uit.

Zinloos om nog een laatste blik achterom te werpen. Ze kende elk detail van die kamer van buiten – elk spijkergat, elke naad in het behang en de manier waarop de klauwpoot-radiator in de donzige halfschemer van deze bedekte zaterdagmorgen gelijke nis vertoonde met een of ander uitgemergeld dier dat op zijn achterpoten zat.

Onder aan de trap zette ze haar last neer en trok haar jas aan. Ze hoorde Belle tegen George praten in de keuken. Hij bleef nog een week of twee, totdat Delia was ingeburgerd. Het was Delia's overtuiging dat ze eerst haar eigen luchtje in het nieuwe huis moest laten trekken, anders zou hij blijven weglopen naar het oude.

Meneer Miller had gezegd dat George meer dan welkom was. Hij had toch al een kat willen kopen, zei hij. (Maar let op het woord 'kopen' dat hij gebruikte, kennelijk zonder te beseffen dat de ware dierenliefhebber zich voor geen goud in een dierenhandel zou laten zien.)

Haar jas nog dichtknopend liep ze door de eetkamer om bij Belle aan de keukendeur te kloppen. 'Kom eraan,' riep Belle. Delia keerde terug naar de vestibule. Boven deed meneer Lamb de planken kraken en was de televisie zijn vlakke, vloeiende gemurmel begonnen. Ze vroeg zich af wanneer het hem een keer zou opvallen dat ze weg was. Misschien wel nooit, dacht ze.

Het was nog steeds niet te laat om van gedachten te veranderen.

'Ik heb George een blikje tonijn gegeven,' zei Belle toen ze te voorschijn kwam. 'Dat zou hem bezig moeten houden.'

'O Belle, je zult hem verwennen.'

'Niets is te goed voor mijn snorremans! Ik hoop dat hij niet meer weg wil als het zover is. "Nee mammie, nee!"' piepte ze. "Ik wil hier bij tante Belle blijven!"'

Ondertussen sloeg ze haar gevleugelde jas om, duwde haar krullen op, rammelde met haar autosleutels. 'Klaar?' vroeg ze.

'Klaar.'

Ze liepen de deur uit naar haar enorme Ford. Delia schikte haar doos te midden van een warwinkel van makelaarsbordjes in de kofferbak en toen nestelden ze zich getweeën op de groen-met-witte plastic bekleding met een patroon van namaakvlechtwerk. Onder het aanhoudend gegier van het gordelalarm startte Belle de motor en reed weg.

Het was maanden geleden dat Delia in een auto had gereden. De omgeving gleed zo snel voorbij, en zo gladjes! Ze greep zich vast aan haar portierkruk toen ze de hoek om zwenkten, en toen zoef! zoef! zoef! daar gingen de tandarts, het winkelmagazijn, het Potpourri Paleis. In een mum van tijd draaiden ze Pendle Street in en stopten op de oprijlaan van meneer Miller – een rit die haar te voet zeker tien minuten had gekost.

'Mijn ouders wonen in net zo'n huis als dit,' zei Belle. Ze tuurde door de voorruit naar de in de luiken uitgespaarde huifkarfiguurtjes. 'In een voorstad van York in Pennsylvania. Dee, weet je zeker dat je dit wilt doen?'

'O ja,' zei Delia slapjes.

'Hier ben je niets meer dan een dienstbode!'

'Altijd beter dan een schrijfmachine,' antwoordde Delia.

'Tja, als je het zo wilt stellen.'

Delia klom uit de auto en Belle liep naar achteren om haar te helpen de doos uit de kofferbak te manoeuvreren. 'Bedankt,' zei Delia. 'Mijn telefoonnummer heb je.'

'Dat heb ik.'

'Ik zal je laten weten wanneer het een geschikt moment is om de kat te brengen.'

'Of eerder,' zei Belle. 'Of als je weer terug wilt! Ik zal nog een dag of wat wachten voor ik probeer je kamer te verhuren.'

Zo hadden ze nog eeuwig kunnen doorgaan, maar op dat moment kwam Noah door de deur naar buiten stuiven. 'Delia! Hoi!' riep hij.

'Mevróuw Grinstead voor jou,' bromde Belle binnensmonds. Tegen Delia zei ze: 'Pas op dat je je niet als een slavin laat behandelen.'

Delia omhelsde haar alleen en keerde zich om naar het huis. Hoe de Millers haar zouden behandelen was de minste van haar zorgen, dacht ze. De vraag was hoe zij hén moest behandelen – hoeveel afstand ze moest bewaren tot deze jongen met zijn ragebol en zijn blauwe spijkerbroek. Het was zo gemakkelijk terug te vallen in haar moederrol! Ze lachte hem toe toen hij de doos van haar armen tilde. 'Ik kan het best alleen af,' zei ze.

'Ik hoor je bagage te dragen. Heeft pappa gezegd. Heb je verder niets bij je?' vroeg hij. Belle reed al achteruit het pad af.

'Dit is het,' zei Delia.

'Pappa is nog op school, dus moet ik je laten zien waar alles is. We hebben je kamer helemaal voor jou in orde gemaakt. We hebben zelfs de lakens verwisseld ook al waren ze nog schoon.'

'Waarom hebben jullie ze dan verwisseld?'

'Pappa zei, als ze niet meer naar de was ruiken kun je misschien denken dat er iemand in geslapen had.'

'Dat zou ik niet denken,' stelde ze hem gerust.

Ze liepen door de zitkamer, waar de kussens nog op de bank stonden in exact dezelfde opstelling als de week ervoor en de tijdschriften geen centimeter van hun plaats waren geweken. Maar de loper in de gang was pas gezogen. Ze zag de rollerstrepen in de vleug. En toen ze de logeerkamer betraden zette Noah haar doos op een opvouwbaar kofferrek dat er daarvoor beslist niet had gestaan. ''t Is nieuw,' zei hij, haar blik opmerkend. 'Bij Huis en Haard gekocht.'

'Het is erg mooi.'

'En moet je hier kijken,' zei hij. Op de commode stond een mini-televisietoestel. 'Kleuren-tv! Van Lawson Huishoudelijke Apparaten. Pappa zegt dat een inwonende vrouw altijd haar eigen tv-toestel heeft.'

'O, maar ik hoef geen...'

'Klokradio,' zei Noah. 'Doos kleenex met bloemetjes.'

Maar wat haar het meest trof was de zorg waarmee ze het dek hadden opengeslagen – die nauwgezette witte driehoek. Ze zei: 'Dat hadden jullie niet hoeven doen.' Dat meende ze, want de aanblik gaf haar op een of andere manier een gevoel van verplichting.

Ze volgde Noah naar de kast, waar hij de hangertjes demonstreerde. 'Drie dozijn dezelfde hangertjes, massief plastic, roze. Niet één van ijzerdraad erbij. We konden kiezen tussen roze of wit of bruin.'

'Roze is prachtig,' zei ze.

Drie dozijn! Ze zouden teleurgesteld zijn wanneer ze ontdekten hoe weinig kleren ze had.

'Nu hoor ik je alleen te laten,' zei Noah. 'Maar ik ben op mijn kamer als je iets nodig hebt.'

'Dank je wel, Noah.'

'Weet je waar mijn kamer is?'

'Die kan ik wel vinden.'

'En nu hoor jij uit te pakken en je spullen in laden en zo te stoppen.'

'Ik zal het doen,' beloofde ze.

Bij het weggaan keek hij onzeker achterom, alsof hij bang was dat ze zijn instructies niet zou opvolgen.

Haar doos stak zo armoedig af op de petit-pointsingels van het kofferrek. Ze liep er naartoe en lichtte de kleppen op, en daar woei haar de eenzame, muffe wespennestgeur van de kamer in George Street tegemoet. Nu ja. Ze deed haar jas uit, hing hem op een van de hangers. Slingerde de riem van haar tas over een haak. Trok de leeslamp uit de doos (met zijn helm van legergroen metaal en de deuk in de voet van toen de kat hem op een avond had omgegooid), en zakte futloos op de rand van het bed. Ze moest haar voeten schrap zetten om niet van de glibberige sprei af te glijden. Het was het soort hotelbed dat tegelijkertijd te verend en te hard lijkt en ze kon zich niet voorstellen dat ze eraan zou wennen.

Elders in huis hoorde ze een deur opengaan, een paar zware voetstappen, een mannenstem die riep en Noah die antwoordde. Ze zou haar gezicht in de plooi moeten trekken en zich bij hen voegen. Zo dadelijk zou ze dat doen. Maar nu bleef ze nog eventjes zitten daar, met haar handen om haar onooglijke lamp en moed verzamelend.

Aan de achterkant van het huis, alleen door een werkblad afgescheiden van de keuken, was wat de Millers de huiskamer noemden. Hier werd de duffe inrichting enigszins ongedwongener. Een lange lage bank stond voor de televisie, een kantoorbureau tegen een wand, en drie leunstoelen waren gegroepeerd in een hoek. Het was deze ruimte die in de eerste paar dagen Delia's territorium werd. (Ze had altijd al verlangd naar een moderner huis, zonder nisjes en hoeken en gaten.) 's Morgens, wanneer ze klaar was met schoonmaken, ging ze aan het bureau zitten om haar boodschappenlijstje te schrijven. Daarna ging ze een paar uur de deur uit – meestal te voet, ook al had ze een auto tot haar beschikking – maar de middagen bracht ze door in de huiskamer en de keuken terwijl Noah zijn huiswerk maakte op de bank. 's Avonds zat ze te lezen in een van de leunstoelen terwijl Noah televisie keek. Soms keek meneer Miller mee, of Joël – zoals ze moest onthouden hem te noemen – en in dat geval trok ze zich vroeg terug met haar boek. Ze was wat bedeesd met meneer Miller; Joël. Het was zo'n netelige situatie, zakelijk en noodgedwongen intiem tegelijkertijd. Maar meestal had hij een vergadering of bracht hij de avond door aan zijn werkbank in de garage. Ze vermoedde dat ook hij het penibele van de situatie voelde. Hij kon onmogelijk zo vaak zijn weggebleven voordat zij hier kwam.

Ze hielden van eenvoudig eten, eenvoudig klaargemaakt – rosbief en gebraden kip en hamburgers. Noah had een hekel aan groenten maar moest er elke avond één lepel van eten. Meneer Miller lustte het waarschijnlijk evenmin maar at zich consciëntieus door alles heen, en zei steevast: 'Het eten is heerlijk, Delia.' Ze vermoedde dat hij dat zou hebben gezegd ongeacht wat ze op tafel zette. Bij elke maaltijd stelde hij haar beleefd een aantal vragen (was haar dag goed verlopen? vond ze alles wat ze nodig had?) maar ze merkte aan hem dat hij niet luisterde naar de antwoorden. Dit was een trieste, treurige man, en soms, zelfs wanneer zijn zoon sprak, viel er een moment stilte voordat hij de kracht vond om te antwoorden.

'Moet je horen!' kon Noah zeggen. 'Kenny Moss heeft pas een joekel van een golden retriever gekregen! Pap, mogen wij ook een golden retriever?'

Lange pauze. Gerinkel van servies. En dan eindelijk: 'Het woord "joekel" bestaat niet.'

'Tuurlijk wel. Hoe kan ik het anders gebruiken?'

En daar gingen die twee weer aan het harrewarren. Delia had nooit iemand gekend die zo precies met woorden was als Joël Miller. Hij verachtte alle termen die trendy waren (inclusief het woord 'trendy' zelf). Hij weigerde te aanvaarden dat iets 'gaaf' was tenzij het ook letterlijk gaaf was. Hij onderbrak een van Noahs meest geanimeerde verhalen met de opmerking dat bergbeklimmen niet 'wreed' kon zijn. Maar hij zei zoiets altijd goedgehumeurd, wat misschien verklaarde dat Noah nog steeds zijn mond durfde open te doen.

Aan Delia's badkamerdeur hing een kleedspiegel, de eerste die ze in zes maanden buiten een pashokje had gezien, en ze schrok ervan, zo mager als ze was geworden. Haar heupen hadden scherpe kanten en haar jurken leken hol van boven.

Dus schepte ze zich aan die avondmaaltijden grote porties op en ontbeet elke ochtend met Noah, en wandelde elke middag naar Rick-Rack's om iets stevigs te eten – zelfs krabtaartjes, want ze werd nu goed betaald en had niets anders om het aan uit te geven.

Rick serveerde ook gegrild varkensvlees, het zoetzure soort waarvoor ze een voorliefde bleek te hebben. 'Weet je,' zei ze, 'ik heb nooit zoveel kans gehad hier een maaltijd te proberen. Ik wist dat je goed kon koken, maar ik wist niet hóe goed.'

'En je hebt al die zondagen in die bekakte Bay Arms gegeten!' zei hij.

Was er íets van haar wat niet de hele stad al wist?

Na de lunch stak ze over om een bezoek aan George te brengen. Die was verongelijkt omdat ze was vertrokken. Hij vertoonde zich zodra ze binnenkwam, maar draaide haar dan nadrukkelijk de rug toe en stapte op hoge poten weg. 'George?' vleide ze. Geen reactie. Hij stevende Belles zitkamer in en verdween. Delia wachtte in de hal, en een ogenblik later zag ze een verraderlijk toefje snorharen om de deurstijl. Een neus, een oor, een verwijtend groen oog. 'Georgie boy,' zei ze. Hij schuifelde zijdelings naar buiten, veegde met zijn staart langs de deur en leek nog te teuten op het moment dat hij dicht genoeg was genaderd om zich door haar te laten aaien.

Waarom konden Delia's kinderen haar niet evenveel missen?

In de hele stad waren de straten behangen met borstelige zilveren koorden en honingraatklokken van rood vloeipapier. In de leeszaal hing een krans boven mevrouw Lincolns balie. Vanessa had een rode strik om Greggies wandelwagentje gebonden.

De gedachte Kerstmis bij de Millers door te brengen – waarvan de arme Noah de volle last zou dragen – vervulde Delia met angst en beven. Maar misschien vierden ze Kerstmis wel niet. Misschien waren ze wel joods, of een soort fundamentalisten die heidense rituelen veroordeelden. Wel hadden ze tot nu toe, met nog maar een week te gaan, geen teken gegeven dat ze wisten welk seizoen het was.

Delia ging naar de garage om met meneer Miller te praten. 'Ehm, Joël?' zei ze.

Hij was een plankje aan het meten op zijn werkbank, in een verrafelde zwarte trui en een sleetse corduroy broek. Delia wachtte tot hij opkeek – dat duurde even – en toen zei ze: 'Ik wilde wat vragen over Kerstmis.'

'Kerstmis,' zei hij. Hij wond het meetlint op.

'Doen jullie daaraan?'

'Eh, ja. Anders wel,' zei hij.

Met 'anders' moest hij bedoelen: toen hij zijn vrouw nog had. Dit zou per slot van rekening hun eerste Kerstmis zonder haar zijn. Delia zag de gedachte over zijn gezicht trekken en de lijnen aan weerszijden van zijn mond verdiepten zich. Maar hij zei: 'Even denken. Eh, je zou natuurlijk vrij hebben. Noah gaat naar zijn moeder, en vrienden in Wilmington hebben mij op bezoek gevraagd, dus als je meer tijd nodig hebt in Baltimore...'

'Ik ga niet naar Baltimore.'

Hij hield op met praten.

'Ik vroeg me alleen af hoe jullie het vieren,' zei ze. 'Zetten jullie een boom neer? Moet ik met Noah cadeautjes gaan kopen?'

'Cadeautjes.'

'Iets voor zijn moeder misschien?'

'O god,' zei hij, en zakte op de hoge kruk achter zich. Hij omklemde zijn kruin met één grote hand – zijn gebruikelijke gebaar van ontreddering. 'Ja, in elk geval voor zijn moeder, en ook voor Nat, Ellie's vader. Noah en hij zijn nogal dik met elkaar. En voor mij, misschien. Moeten we dat niet aanmoedigen? En ik moet ook iets voor hem zoeken. O godallemachtig.'

'Ik ga morgen wel met hem,' zei ze. Het was niet haar bedoeling geweest de man in wanhoop te dompelen.

'Dan is het zaterdag. Je weekend.'

'Dat vind ik niet erg.'

Zittend op de kruk was meneer Miller meer op ooghoogte. Hij keek haar een ogenblik aan. Hij zei: 'Heb jij hier geen familie in de buurt? Voor weekendbezoeken en zo?'

'Nee.'

Het was een blijk van zijn isolement, dacht ze, dat hem kennelijk nog niet het kleinste gerucht over haar verleden had bereikt. Hij wist niet beter of Delia was uit de hemel komen vallen. Het was duidelijk dat hij meer had willen vragen, maar ten slotte zei hij alleen: 'Graag dan, Delia. En wat die boom betreft, me dunkt dat wij, als Noah hier met Kerstmis toch niet is, geen moeite hoeven te doen.'

Delia had in elk geval wel de moeite genomen, als het aan haar gelegen had. Maar ze sprak hem niet tegen. Toen ze wegging zat meneer Miller nog steeds in elkaar gezakt op zijn kruk en staarde naar het meetlint in zijn hand.

Zij en Noah deden al zijn kerstboodschappen in de ijzerwinkel – de donkere, ouderwetse Brent IJzerwaren met de houten vloer, tegenover het huis van Belle. Noah had duidelijke ideeën, ontdekte Delia. Voor zijn moeder zocht hij een schroevedraaier met verwisselbare klingen, omdat ze nu alleen woonde en zelf haar reparatieklusjes moest doen. Voor zijn grootvader, die moeilijk bukte, een tangachtig instrument dat een 'grijper' heette en waarmee hij op de grond gevallen voorwerpen kon oppakken. En voor zijn vader een apparaatje dat een spijker op zijn plaats zou houden terwijl hij die erin hamerde. 'Pappa slaat altijd op zijn duim,' vertelde Noah. 'Hij kan niet zo heel goed timmeren.'

'Wat bouwt hij nu precies?' vroeg Delia.

'Kijkboxen.'

'Kickboksen?'

Eén ogenblik zag ze Charlie Chaplin als kickbokser in een te grote gymbroek.

'Van die zeg maar in vakjes verdeelde houten planken. Weet je wel? Om aan de muur te hangen.'

'O, een letterbak.'

'Ja. Want mijn moeder verzamelt miniaturen. Van die héle kleine keukenspulletjes en meubeltjes en zo, vroeger maakte hij die kijkdozen voor haar om ze in te bewaren.'

En nu? wilde Delia vragen.

Alsof hij haar gedachten had gelezen zei Noah: 'Nu stapelt hij ze op achter de banden in de garage.'

'O.'

Ze kon uit Noahs toon niet opmaken wat hij van de scheiding van zijn ouders vond. Hij had over zijn moeder alleen terloops gesproken en dit aanstaande bezoek zou het eerste zijn sinds Delia's komst.

'Ik moet nog één ding uitzoeken,' zei hij tegen haar. 'Ga jij maar eventjes buiten wachten.'

Dus hij kocht voor haar ook een cadeautje. Dat had ze liever niet. Ze zou zich in haar schik moeten tonen; ze zou met veel vertoon wat het ook was in gebruik moeten nemen, nog daargelaten dat zij nu iets voor hém moest kopen wat niet meer of minder serieus was dan wat hij voor haar had gekocht. O, hoe was ze hierin verzeild geraakt? Ze had bij Belle moeten blijven, dat had ze aldoor al geweten.

Maar Noah duwde haar met zoveel pret de deur uit dat ze wel moest lachen.

'Heb je geld nodig?' vroeg ze.

'Ik heb gespaard van mijn zakgeld.'

Hij deed de deur achter haar dicht en maakte een komieke wegjagende beweging door het glas.

Ze wachtte op de stoep en keek naar de voorbijgangers. Het was moeilijk je niet te laten meeslepen door de algemene stemming. Iedereen liep met boodschappentassen en pakjes in kleurig papier. Uit Rick-Rack's dreven de opwekkende geuren van spek en warme pannekoeken de vrieslucht in. Toen Noah zich weer bij haar voegde, met zijn armen om zijn eigen zak geslagen, zei ze: 'Wat dacht je van een soda bij Rick-Rack's?'

Hij aarzelde. 'Zet je het dan in het boek?' vroeg hij.

Hij bedoelde het kleine notitieboekje dat meneer Miller haar gegeven had. Ze moest daarin terug-te-betalen onkosten bijhouden, en Noah was altijd bang dat ze zichzelf tekort zou doen.

(In zijn ogen was ze iemand die het *minder getroffen* had, wat ze zowel vermakelijk als enigzins vernederend vond.) 'Vandaag trakteer ik,' zei ze beslist, en toen hij zijn mond opendeed om tegen te sputteren gaf ze hem een zetje naar het café.

Rick wuifde hen toe met een houten lepel, hij was bezig bij de grill. Maar Teensy maakte nogal een toestand. 'Daar is Delia! En meneer Miller z'n zoon. Kijk eens pa!' tjilpte ze tegen een oude man die aan de tapkast zat. 'Dit is Delia Grinstead! Die vroeger aan de overkant woonde! Mijn vader, meneer Bragg,' deelde ze Delia mee. 'Hij is hier een tijdje te logeren.'

Teensy's vader, meende Delia zich te herinneren, was een sikkeneurige baas die zich nogal onheus jegens zijn schoonzoon had gedragen; ze was dan ook onvoorbereid op zijn timide, gedweeë uitdrukking en verlepte houding. Hij zat als een klein kind vlak boven zijn ontbijt. Toen ze hallo zei, moest hij zijn mond even bewegen voordat de woorden zich vormden.

'Ik drink chocola,' bracht hij ten slotte uit.

'Heerlijk toch!'

Haar stem klonk al net zo onecht als die van Teensy daarnet.

'Is dat uw zoon?' vroeg hij.

'Dit is... Noah,' antwoordde ze, een volledige verklaring maar achterwege latend.

'Kom hier zitten, jong.'

'O, we kunnen beter een bankje nemen, met alles wat we bij ons hebben.' Delia gebaarde naar Noahs grote zak. Het handvat van de grijper voor zijn grootvader stak er wel een halve meter bovenuit.

Op de hoekbank achterin hing meneer Lamb met zijn hoofd boven een kom cornflakes. Twee tienermeisjes hadden een tafeltje aan het raam – leerlingen van Underwood, veronderstelde Delia, te oordelen naar de manier waarop ze opleefden toen ze Noah zagen. (Ze had er thuis al ettelijke weggestuurd, hen beslist bedankt voor hun schaaltjes zelfgemaakte caramel en geveinsd niet te merken dat ze langs haar heen uitkeken naar Joël.) Een van hen riep: 'Ha, Noah!' Noah rolde met zijn ogen tegen Delia.

'Wat kan ik voor je halen?' vroeg Teensy, die bij hun tafeltje kwam.

'Koffie graag,' zei Noah.

'Koffie!'

'Mag het?' Hij sprak nu tegen Delia. 'Pappa vindt het goed, af en toe, bij speciale gelegenheden.'

'Vooruit dan maar. Twee dan,' zei Delia tegen Teensy.

'Komt eraan,' zei Teensy. Toen boog ze zich zo dichtbij dat Delia haar geur van gesteven stof kon ruiken en fluisterde: 'Als je straks weggaat kun je dan Rick héél hard dag zeggen, zodat pa het kan horen?'

'Tuurlijk,' zei Delia.

'Pa kan soms zo krenkend tegen hem doen.'

'Ik had toch wel goeiendag gezegd, hoor.'

'Ja weet ik, maar...' Teensy fladderde met een hand in de richting van haar vader. Hij maakte nog steeds een ongevaarlijke indruk, de x van zijn bretels kromde mee met zijn hoge rug.

Noah was een van die mensen die zich graag verkneukelen over hun inkopen nog voordat ze ermee thuiskomen. Hij rommelde in zijn zak, haalde eerst de schroevedraaier eruit, groef toen tot op de bodem om steels te gluren naar iets wat daar lag, en wierp een verstolen, schalkse blik op Delia. Toen ze reikhalsde over tafel, alsof ze naar een kijkje hengelde, lachte hij opgetogen en frommelde de zak weer dicht. Zijn twee voortanden waren nog zo nieuw dat ze te groot voor zijn mond leken.

En kijk hoe zijn haar over zijn ogen viel – de springerige dikte ervan, de zachte glans die haar deed verlangen er haar hand op te leggen. En het wippen van zijn neuspuntje, de paar knobbelige wratjes, zichtbaar op de buiging van zijn wijsvinger toen hij de beker vastpakte die Teensy had gebracht. Eén punt van zijn jaskraag stond scheef omhoog. Op het tricot shirt eronder zaten strepen balpeninkt. Zijn spijkerbroek, wist ze, was op de knieën gescheurd, en zijn gympen waren van die superdeluxe, opgeblazen enkelhoge, die ontworpen leken voor een maanwandeling.

Hij deed haar het relaas van een droom die hij had gehad – iets saais en onmogelijk te volgen. Zijn juffie was in een hond veranderd, de hond kwam op bezoek in Noahs huis, dat op de een of andere manier ook de aula van de school was, als Delia begreep wat hij bedoelde...

Delia knikte, lachend, lachend, en vouwde stijf haar handen om ze niet naar hem uit te strekken. Toen ze opstapten zei ze Rick goeiendag met zoveel warmte dat haar stem brak, maar gelukkig merkte niemand dat op.

Belle beweerde dat de kat een eetstoornis had gekregen. Ze bracht hem laat op een maandagmorgen in een bananendoos, zodat hij aan het huis kon wennen terwijl alleen Delia thuis was. Hij werd met doos en al rechtstreeks naar Delia's kamer gebracht en daar op de grond gezet. 'Alsof hij boulimia heeft,' zei Belle ondertussen. Ze zeeg neer op de rand van het bed om te zien hoe hij zich eruit zou werken. 'Zijn bakje is nog niet half leeg of hij begint al te zeuren om meer; ik zweer je, ik heb nooit geweten dat een kat zó vooruit kon denken. En áls hij godbewaarme alles tot de laatste kruimel opeet, krijgen we dat hartverscheurende melodrama zodra ik thuiskom van mijn werk. Ach-en-weegeroep en gewring van poten, en zodra ik zijn bakje heb gevuld komt hij op krachteloze knieën aangewankeld om te eten en maakt hij van die weerzinwekkende schrokgeluiden en verdomd als hij het niet ergens in een hoek uitspuugt, nog geen tien minuten nadat hij uitgegeten is!'

'O George, heb ik je dat aangedaan?' zei Delia. Hij was nu de kamer aan het onderzoeken en snuffelde kieskeurig aan het kofferrek.

'En zeker zes keer per dag loopt hij naar de kast en kijkt naar de zak brokjes, om te zien of ik wel genoeg in voorraad heb.'

'Mijn hele leven,' zei Delia, 'ben ik de ideale kattebazin geweest. Ik woonde op één plek; ik had een vaste dagindeling. Ik verroerde geen vin. Nu trek ik van hot naar haar als een... hij moet zich zó onzeker voelen!'

Ze bukte om de zwarte M op zijn voorhoofd te aaien terwijl Belle om zich heen keek. 'Deze kamer is wel érg klein, hè?' zei ze. 'Je oude kamer was een stuk groter.'

'Hij is prima.' Delia probeerde George nu naar de badkamer te lokken. 'Kijk eens? Je eigen bak,' zei ze. 'Uit de winkel, niet zomaar van karton.'

'Wat doe je met Kerstmis, Dee?' riep Belle haar na.

'O, ik blijf hier.'

'Kerstmis bij vreemde mensen?'

'Ze zijn er niet, tenminste niet overdag.'

'Dat is nog erger,' antwoordde Belle.

'Eigenlijk verheug ik me erop.'

George stapte in de kattebak en toen er weer uit, als om te demonstreren dat hij wist wat het was.

'Ga met mij mee naar mijn ouders,' zei Belle. 'Die vinden het énig als je komt.'

'Nee heus, dank je wel.'

'Of vraag Vanessa of ze je bij haar oma thuis uitnodigt.'

'Dat heeft ze al gedaan, maar ik heb nee gezegd.'

'Ja, ik geef toe dat het daar nogal hectisch toegaat,' zei Belle. 'Ik ben een beetje kwaad op Vanessa de laatste tijd.'

'O ja, hoezo?'

'Weet je wat ze het lef had me te vragen?' Belle stond op om Delia naar de gang te volgen; ze waren op weg naar het kommetje kattevoer in de keuken. George deinde wat schimmig en besluiteloos achter hen aan. 'Ik was aan het klagen over mijn liefdesleven,' zei Belle. 'Ik kan met geen mogelijkheid een man vinden, zei ik, en zij vroeg waarom ik nooit aan meneer Lamb had gedacht.'

'Meneer Lamb!'

'Zie je het voor je? Die saaie, chagrijnige man, die... Iejoor! Ik zeg: "Vanessa, waar zie je me voor aan? Dacht je nou echt dat ik met een man zou aanpappen die zijn hele volwassen leven op huurkamers heeft gewoond?" Ik bedoel, stel je voor: niemand noemt hem zelfs bij zijn voornaam, is je dat opgevallen? Even vlug: wat is de voornaam van meneer Lamb?'

'Eh...'

'Horace,' zei Belle somber. Ze plofte neer aan de keukentafel. 'Ik mag dan ongetrouwd zijn, maar ik ben niet suïcidaal. Wat zie ik daar op de koelkast?'

Ze doelde op meneer Millers overzicht van het huis. 'Dat is om de spullen in de voorkamer net zo te houden als mevrouw Miller ze heeft achtergelaten,' zei Delia. 'Hij heeft alle ditjes en datjes in kaart gebracht, precies op de plaats waar zij ze vroeger uitstalde.'

Belle boog naar voren om het van dichtbij te bekijken. Op de rechthoek die de schoorsteenmantel aanduidde was in kleine bloklettertjes weergegeven: *blauwe vaas, denneappelkaars, zandbak-foto, klok.*

'Maar dat is toch intriest,' zei Belle. 'En waar heeft hij dat voor nodig? Waarom denkt hij in vredesnaam dat die dingen uit zichzelf wegraken?'

'Dat zou je niet vragen als je hem in huis meemaakte,' zei

Delia. 'Voor iemand die zo aan orde hecht is hij vreselijk... uit het lood geslagen. Hij kan het gewoon niet aan! Hij en Noah hadden een schoonmaaksysteem waarmee ze volgens mij meer troep maakten dan ze opruimden, en daarom lijkt alles aan de buitenkant prima in orde, maar als je achter in de kast kijkt vind je pannen met aangebrande bodems die je nooit meer schoon krijgt, theedoeken met grote verkoolde gaten erin, potten met dooie begonia's...'

Belle tuurde naar de grafiek van de salontafel: 'Grote presse-papier, kleine presse-papier, tijdschriften,' las ze hardop.

'Hij houdt de tijdschriften die nog steeds op haar naam worden bezorgd, allemaal over mode en cellulitis en zo.'

'Ellie Miller heeft haar hele leven geen greintje cellulitis gehad,' zei Belle.

'En komt er een nieuw nummer, dan schuift hij het ertussen op de plek van het oude en gooit het oude weg.'

'Dat krijg je ervan als je zo idolaat van iemand bent,' zei Belle. 'De stakker, hij droeg haar op handen! Eigenlijk was ze nogal dom, maar je weet hoe de slimste mannen helemaal hoteldebotel kunnen zijn van domme vrouwen. Ik heb hem eens meegevraagd op een picknick nadat ze al weg was, en hij zei: "O, ik ben bang dat ik niemand zou kennen, maar evengoed bedankt." We praten hier over het hoofd van een highschool! Hij zou de hele stád moeten kennen! Maar dat liet hij altijd aan Ellie over. Ellie was reuze gezellig en sociaal, die gaf van die partijtjes met een thema, zoals een Hawaiiaanse luau, of een wildwest barbecue... en een thee voor de klassemoeders in de herfst, maar die heeft hij niet gehandhaafd. Hij heeft dit jaar de klassemoeders gewoon laten aanmodderen, terwijl ik jou niet hoef te vertellen dat alle meiden in de stad stonden te springen om hem te komen helpen.'

'Ik wou...' begon Delia.

Ze wou dat Sam het zich zo had aangetrokken, had ze willen zeggen. Maar ze hield het voor zich.

'O, hij zal jou zeker laten helpen,' zei Belle, die haar verkeerd begreep. 'Je moet het gewoon stapje voor stapje aanpakken, dan maak je je al gauw onmisbaar.'

'O ja, dat zeker,' beaamde Delia.

Dat sprak voor haar al vanzelf. Nauwelijks tien dagen na haar intrede had meneer Miller nog eens om 'haar' gehaktbrood gevraagd; hij had zonder een woord een overhemd neergelegd waaraan een knoopje mankeerde; hij liet niet langer zijn dwangmatige instructielijstjes op de ontbijttafel achter.

Maar was het niet raar dat dat voor haar vanzelf sprak? Het was of ze in iemand anders was veranderd – een vrouw bij wie de mensen uit eigen beweging aanklopten om steun.

De kat kronkelde ronkend om haar enkels. 'Zie je wel?' zei Delia tegen Belle. 'Hij heeft geen eetstoornis. Hij heeft een paar brokjes gegeten, alleen voor zijn fatsoen.'

'Dee, je bent een mirakel,' zei Belle.

Belle had ook Delia's post meegebracht – een pakje van Eleanor en een brief van Eliza. Eleanors pakje bevatte een gebreid bedjasje om in te lezen. Eliza meldde in haar brief dat ze de Allinghams had gevraagd op het kerstdiner. *Ik zal niet aandringen maar je weet dat je welkom bent*, schreef ze, en toen stapte ze haastig over op nieuws van Linda. *Ze zegt dat de tweeling op een leeftijd komt dat ze de vakanties liever thuis doorbrengen, dus ik denk dat het blijft bij de Allinghams en ons, en Eleanor natuurlijk*... Het postpapier gaf de zwakke geur van kruidnagel af (voor positieve gedachten) die altijd in Eliza's slaapkamer hing.

Noah was reuze opgewonden over de kat. Hij kwam die dag direct thuis uit school, gooide zijn boeken lukraak ergens neer en rende het huis door, terwijl hij 'George! George!' riep. George, dat sprak, verstopte zich. Delia moest Noah uitleggen hoe je katten moest bespelen – dat je ze niet moest nazitten, ze niet recht van voren moest aankijken, dat je alles met een kat als het ware diagonaal moest doen. 'Je moet op zijn hoogte gaan zitten,' zei ze, toen George zich eindelijk vertoonde. 'En kijk hem een beetje schuin van opzij aan. En praat een beetje neuriënd.'

'Praten? Wat moet ik dan zeggen?'

'Zeg maar dat hij mooi is. Katten zijn dol op het woord mooi. Ik denk dat het aan de klank van je stem ligt, want ze zijn helemaal niet zo goed in taal, maar als je dat óó-geluid nu een beetje lang en dun en neuzelig maakt...'

'O-zo-mooi,' zei Noah, en ja hoor, George kneep zijn ogen tot spleetjes in een uitgestreken, zelfvoldane grijns.

Op kerstavond haalde Delia Noah op van school en reed hem naar het huis van zijn moeder. De auto van de Millers was een Volkswagen-kever. Ze maakte de vergissing Noahs plunjezak achterin te willen stouwen tot het haar te binnen schoot dat daar bij de kever de motor zat. Ze voelde zich bovendien niet helemaal op haar gemak met het pookje, dus werd het een schokkerige rit. Noah was zo aardig er niets van te zeggen. Hij zat voorovergebogen om uit te kijken naar de afslag naar Kellerton. 'Meestal komt mamma me halen,' zei hij, 'maar haar auto staat in de garage op het ogenblik. Ze heeft de laatste negen maanden vijf aanrijdingen gehad.'

'Vijf!' zei Delia.

'En geeneen was haar schuld.'

'O.'

'Ze heb gewoon pech, zeg maar. De laatste keer reed er een vent achteruit tegen haar op terwijl zij een parkeerplaats zocht. Hier moet je eraf.'

Delia gaf richting aan en sloeg rechtsaf een hobbelige straat weg in, tussen akkers vol bevroren stoppels. Het land was hier zo plat dat ze gelukkig niet zo vaak hoefde te schakelen. Ze reden oostwaarts, naar de stranden. Meneer Miller had haar gezegd dat het een rit van een half uurtje was.

'Vanavond om zes uur moet je naar de televisie kijken,' zei

Noah. 'Niet dat ik erop ben of zo, maar dan weet je tenminste dat ik in de studio zit.'

Het moest een spookachtig gevoel zijn elke avond je verdwenen moeder het weerbericht te zien brengen. Hoewel Noah nooit keek, voor zover Delia wist. Om zes uur kwam het nieuws, waar meneer Miller wel naar keek.

De akkers maakten plaats voor hamburgertenten en terreinen met tweedehands auto's en drankwinkels die aangaven dat ze in de buurt van een stad kwamen, maar al snel besefte Delia dat dit de stad wás – deze over de landerijen verstrooide gebouwen. Noah wees haar het televisiestation onder de zendmast. Hij liet zien waar zijn moeder boodschappen deed en waar haar kapper was en toen stuurde hij haar twee blokken zuidwaarts naar een laag flatgebouw van beige baksteen. 'Moet ik mee naar binnen?' vroeg Delia, stoppend bij de stoeprand.

'Nee, ik heb een sleutel voor als ze er niet is.'

Delia was teleurgesteld, maar ze sprak niet tegen.

'Wanneer je morgen wakker wordt,' zei Noah terwijl zij de kofferbak opende, 'kijk dan op mijn kastplank en dan vind je je cadeautje.'

'En wanneer jíj wakker wordt, kijk dan in het binnenvak van je plunjezak.'

Hij grijnsde en nam de zak van haar over. 'Nou goed,' zei hij. 'Tot ziens dan maar.'

'Een gezellige kerst.'

In plaats van een zoen gaf ze hem een aai over zijn bol. Dat had ze toch al zo graag willen doen.

Toen ze weer bij het huis aankwam stond meneer Miller bij het raam op haar te wachten. Ze kruisten nog net elkaars pad in de deuropening – meneer Miller stak zijn hand uit voor de autosleutels en wenste haar een vrolijk kerstfeest, zei dat hij morgenavond met Noah terug zou zijn – en toen was hij weg. Bezorgd miauwend liep George achter Delia aan naar haar kamer.

Op haar commode vond ze een kerstkaart met een cheque van honderd dollar. *Prettige dagen* stond er op de kaart, gevolgd door meneer Millers blokletters: *Alleen een blijk van erkentelijkheid, omdat je weer orde in ons leven hebt gebracht. Met dank, Joël en Noah.*

Dat was aardig van hem, dacht ze. Bovendien had hij tact getoond door zo prompt het huis te ontruimen. Het zou spanning hebben gegeven, zonder Noah als buffer.

De middag bracht ze door op de bank, met een extra dik bibliotheekboek, *Dokter Zjivago*. De wind sloeg stukjes blad tegen het grote raam. George sliep opgerold aan haar voeten. De schemering viel en haar lamp vormde een nest van honingkleurig licht.

Even voor zessen pakte ze de afstandsbediening van het bijzettafeltje en klikte de tv aan. Een eenogige piraat maakte reclame voor riante bouwterreinen aan het water. Daarna kwam een huisvrouw die een kamer bewerkte met een spuitbus, toen een bureau vol nieuwslezers, een zwarte man met een baard, een blanke man met een roze gezicht en een blonde schoonheid in een mantelpak. Delia dacht eerst dat de blonde Ellie Miller was, tot de zwarte man haar aansprak met Doris. Doris vertelde van een bankroof in Ocean City. De overvaller was als de kerstman verkleed geweest, zei ze. Ze sprak zo dat haar lippenstift niet één keer in contact kwam met haar tanden.

Delia raakte van de wijs door het tempo waarmee alles ging. Ze leek de slag van televisiekijken te zijn kwijtgeraakt. Ze had het idee dat ze haar ogen te veel belast had en tijdens het volgende reclameblok keek ze een poosje een andere kant uit.

'En hier komt Ellie met het weer,' zei de man met de baard. 'En, Ellie, vertel eens, is er kans op een witte kerst?'

'Geen schijntje, Dave,' antwoordde Ellie op de vlotte, amicale toon die tv-mensen aanslaan. Maar haar gezicht paste niet bij haar stem. Het was te zacht, te open – een knap gezichtje met een grote rode mond, verbaasde blauwe ogen en rondjes roze rouge. Haar haar was een zilverig pluis, haar witte angoratrui, met een boothals, had iets onbestemds aan de randen.

Delia stond op en ging vlak voor het scherm staan. Ellie schoof met weerkaarten langs een aluminium groef. Ergens achter dat geschilderde decor van waterland en onwaarschijnlijke lisdodden moest Noah zitten, maar op dat moment dacht Delia niet aan Noah. Ze probeerde Ellie in haar geheugen te prenten, te zien wat er schuilging achter die hemelsblauwe, popperige oogopslag.

'Het blijft voorlopig koud... wind stormachtig tot...' Delia luisterde met haar hoofd schuin, haar vingertoppen onder haar wang.

Het weerbericht werd gevolgd door de sport, en Delia draaide zich om en slenterde de huiskamer uit en via de keuken door de gang naar de slaapkamer van de ouders. Ze deed de kastdeur open en bekeek de kleren die er hingen. De pakken van meneer Miller liepen verloren over de stang naar de lege ruimte aan de rechterkant. De plank erboven was rechts ook leeg. Het zag ernaar uit dat Ellie, in tegenstelling tot Rosemary Bly-Brice, bij haar vertrek alles meegenomen had. Toch trok Delia nog een la open in Ellie's commode. Het enige wat ze vond was een knoop met een sliertje blauw draad eraan.

Weer in de huiskamer bracht de televisie nu het nationale nieuws. Het was maanden geleden sinds ze naar het nieuws had gekeken, maar ze zag dat ze niets had gemist. De wereld holde nog steeds haar ondergang tegemoet. Ze zette de tv af halverwege een zin en ging haar eten klaarmaken.

Toen ze de volgende morgen wakker werd scheen de zon. Iets in het harde, heldere licht zei haar dat het stevig vroor. Ook lag George dicht onder haar arm genesteld, wat hij alleen deed als het bitterkoud was.

Pas toen ze haar thee dronk overdacht ze het feit dat het Kerstmis was. Kerstmis, helemaal alleen! Ze veronderstelde dat dat veel mensen als tragisch zou treffen, maar voor haar was het vooruitzicht alleen maar aangenaam. Het beviel haar wel, met haar kopje door het stille huis drentelen, nog in haar nachtpon en badjas, een flard van 'de herdertjes' neuriën zonder dat iemand haar kon horen. In Noahs kamer zocht ze in de bovenste la een paar wollen sokken om als sloffen te dragen. Toen schoot haar te binnen dat hij een pakje voor haar had achtergelaten, en ze trok het van de kastplank, een recht hoekige vorm, in rood folie verpakt. Op het kaartje stond: *omdat je geen huisachtige kleren hebt*, wat ze niet begreep tot ze het folie eraf had gescheurd en een canvas timmermanssloof vond met zakken erop. Ze lachte en liet de halsband over haar hoofd glijden. Tot nu toe had ze het cocktailschortje gebruikt dat ze tussen de theedoeken had gevonden en dat slechts de schoot van haar jurken had beschermd.

Haar presentje voor Noah was een overlevingspakket van Kemp's Kampeerwinkel. Jongens waren gek op die dingen. En dit pakket was zo ingenieus – nauwelijks groter dan een creditcard, met gestroomlijnde uitklapbare snufjes, waaronder een vergrootglas om vuur mee te maken.

Ze gaf George te eten, kleedde zich aan en nestelde zich weer op de bank met *Dokter Zjivago*. Bij tussenpozen keek ze van het boek op en liet haar ogen door de kamer gaan. Winters zonlicht, bijna wit, viel over het tapijt. De kat was zich aan het wassen in een ander vierkant van zonlicht op de blauwe leunstoel. Alles bood een aangenaam oppervlakkige aanblik, als een schilderij.

Thuis zouden ze nu wel hun pakjes openmaken. Het was geen vergelijk met vroeger, toen ze voor dag en dauw opstonden. Nu kuierden ze halverwege de morgen op hun gemak naar beneden en reikten hun cadeautjes uit in stijl, ieder op zijn beurt. En aan het diner aten ze altijd gans, een bijdrage van een van Sams patiënten die jaagde. Als dessert hadden ze plumpudding met rumsaus, en daarna klaagden ze dat het te machtig was, maar ze aten het toch en grepen de rest van de middag kreunend naar hun maag.

Telkens wanneer ze besefte met hoeveel gemak haar gezin haar vertrek had aanvaard, stokte haar adem opnieuw.

Hoewel het inderdaad aanvaardbaar was, als je erbij stilstond. Het was haast onvermijdelijk. Bijna... voorbeschikt. Achteraf zag ze elke gebeurtenis in het afgelopen jaar – de dood van haar vader, de ziekte van Sam, het verschijnen van Adrian – als golven die haar één voor één voorwaarts hadden gedreven, dichter en dichter op elkaar. Niet zijwaarts, zo bleek, maar voorwaarts, want nu meende ze dat haar verhuizing naar de Millers beslist op iets als vooruitgang moest wijzen.

Ze had gedacht dat haar vrije dag maar nauwelijks lang genoeg kon duren, maar toen Joël en Noah tegen het vallen van de avond de oprit opreden, stond ze al aan het raam op de uitkijk. Ze liet het gordijn vallen zodra ze de koplampen zag en snelde toe om de deur te openen en hen welkom thuis te heten.

13

Eens per week, meestal op woensdagmiddag, reed Delia Noah een paar kilometer via Highway 50 naar het westen, om zijn grootvader te bezoeken. De oude man woonde in een oord dat Senior City heette – drie verdiepingen van nieuwe rode baksteen aan de rand van een drassige golfbaan. Delia stopte op de U-vormige oprit, liet Noah uitstappen en reed al manoeuvrerend langs een vloot van gigantische Buicks en Cadillacs weg. Een uur later was ze terug om hem bij de voordeur op te halen. Het was een onhandige hoeveelheid tijd, net iets te kort om naar Bay Borough terug te gaan, en zo nam ze de gewoonte aan naar een winkelcentrum in de omgeving te rijden. Daar grasduinde ze wat in een boekhandel of nam uit de delicatessenwinkel iets lekkers voor het avondeten mee.

Op een woensdag halverwege januari had ze Noah afgezet, toen hij zei dat ze met hem mee naar binnen moest. 'Ik? Waarvoor?' vroeg ze.

'Opa wil je zien.'

'Ja, maar...'

Ze keek omlaag. Onder haar jas droeg ze een jurk voor in huis, een donker, bedrukt katoentje dat ze na Kerstmis in de uitverkoop had gekocht. 'Kan het niet volgende week?' stelde ze voor.

'Hij vroeg of ik je vandaag wou meebrengen. Ik was het vergeten.'

Ze reed een van de parkeerplaatsen voor bezoekers in.

'Als je me had gewaarschuwd, had ik me verkleed,' zei ze.

'Het is maar voor opa.'

'Ik zie er níet uit! Hoe heet hij?'

'Nat.'

'Ik bedoel zijn achternaam,' zei ze, terwijl ze uit de wagen stapte. Jarenlange ervaring had haar geleerd niet te vertrouwen op de officiële introducties van kinderen. 'Ik moet hem toch met meneer Dit-of-dat aanspreken.

'Iedereen zegt gewoon Nat.'

Ze gaf het op en volgde Noah langs een rij nummerborden voor invaliden. 'Wil hij me om een speciale reden zien?'

'Hij zegt dat hij je zich niet kan voorstellen als ik over je praat.'

Ze naderden de dubbele deuren die openschoven om hen binnen te laten. De entreehal was belegd met een of andere harde, knobbelige substantie, vermoedelijk om rolstoelrijders te gerieven. Het maakte een hijsgeluid onder hun voeten. Rechts van hen was een beglaasde cadeauwinkel, en door de ingang links van hen zag Delia iets als een kantine, die op dit uur verlaten was maar nog die onmiskenbare lucht van gekookte groenten uitwasemde. Een aantal oude vrouwen wachtte voor de liften. Een zat in een gemotoriseerde wagen, en twee steunden op looprekjes. Het leek wel of je een oorlogszone bezocht, dacht Delia. Maar de vrouwen waren elegant gekapt en gekleed, en toen ze Noah zagen lichtten hun gezichten op in lachjes. Heldháftige lachjes, vond Delia. Ze was vertrouwd met de beproevingen van oude mensen, nadat ze zo lang Sams patiënten had geobserveerd.

De lift opende zich en onthulde een slanke, blauwharige oude vrouw in een couturejapon. 'Sórry,' riep ze zangerig, 'ik ga naar beneden.'

'Je bént al beneden, Pooky,' zei de vrouw in de wagen. 'Dit is de parterre.'

'O, jullie mogen gerust mee, maar helaas heb ik al op Nul gedrukt.'

'Dit ís Nul, Pooky.'

De anderen deden geen moeite in discussie te gaan. Met veel moeite gingen ze naar binnen, waarbij de meesten van hen steun zochten door zich vast te houden aan diverse oppervlakken. Noah en Delia kwamen het laatst. De deur sloot achter hen en ze begonnen te stijgen. Ondertussen keek iedereen Noah stralend aan – zelfs Pooky, die niet van streek leek nu ze níet omlaag bleken te gaan. Op de eerste verdieping stapte een vrouw uit met een boodschappentas. Op de tweede zei Noah: 'Dit zijn wij', en hij en Delia betraden een lange gang. Enkele vrouwen volgden, met rammelende geluiden van metaal en het snorren van wielen. Pooky echter bleef aan boord, vergenoegd voor zich uitkijkend toen de liftdeur dichtschoof.

'Soms gaat ze hele dágen op en neer,' vertelde Noah.

Het leek hier in niets te verschillen van een doorsnee flatgebouw, op de leuningen na die langs beide muren liepen. Bij tussenpozen verschenen blanke, drempelloze deuren, elk met een kijkgaatje op ooghoogte. Noah stopte bij de vierde deur rechts. *Nathaniel A. Moffat, fotograaf,* stond op een visitekaartje, met een doorgestreept adres in Cambridge. Toen Noah op de bel drukte klonk binnen een enkele gouden toon.

'Is dat mijn lievelingskleinzoon?' riep een man.

'Ja!' riep Noah terug.

''t Is zijn énige kleinzoon,' zei hij gniffelend tegen Delia.

De deur ging open, maar in plaats van de oude man die Delia had verwacht stond een klein, stevig vrouwtje lachend voor hen. Ze kon nog geen veertig zijn. Ze had een gezicht als een ronde abrikoos en rozegetinte krullen, en ze droeg een oranje trui met een sleutelgathals. Ook haar schoenen waren oranje – kleine pumps met open tenen, zoals Delia zag toen ze de verpleegstersklompen zocht die de aanwezigheid van de vrouw zouden hebben verklaard. 'Dag! Ik ben Binky,' zei ze tot Delia. 'Ha Noah. Kom erin.'

De woonkamer die ze betraden moest even modern zijn

geweest als de rest van het gebouw, maar Delia zag niets behalve het meubilair, dat donker en ingewikkeld was, geornamenteerd, loodzwaar antiek. Bovendien was er veel te veel van, dat veel te dicht op elkaar stond, alsof het eens een aantal ruimere kamers had gevuld. Eén moment had Delia moeite met het localiseren van Noahs grootvader. Hij was bezig op te staan uit de diepte van een donkerbruine trijpen stoel met armleuningen als wingerdranken. Een vierpuntige metalen stok stond naast hem maar hij kwam op eigen kracht naar voren om haar een hand te geven. 'Jij bent Delia,' zei hij. 'Ik ben Nat.'

Hij was het type man dat er oud misschien beter uitzag dan ooit in zijn jeugd – kort wit baardje, blozend gezicht, en een mager, energiek lichaam. Hij droeg een tweed sportjasje en een grijze broek. Zijn handdruk was gespierd en ferm.

'Bedankt voor je komst,' zei hij. 'Ik wilde graag een blik werpen op de persoon waar mijn kleinzoon zo weg van is.'

'En u bedankt voor de invitatie.'

'Wil je Binky je jas niet geven?'

Delia stond op het punt te zeggen dat ze haar jas zou aanhouden, dat ze maar éven kon blijven; maar toen zag ze de tafel bij de bank gedekt voor de thee. Er waren schaaltjes cake, vier porseleinen kopjes en schoteltjes, en een theepot die al stond te trekken onder een muts van ivoorkleurig linnen. De hemel zij dank dat Noah eraan had gedacht dat ze was uitgenodigd.

Ze gaf haar jas aan Binky en nam toen de plaats die Nat haar wees, aan het ene eind van de bank. Nat bereikte zijn stoel en Noah ging op het schommelstoeltje naast hem zitten. Toen Binky terugkwam van de garderobekast ging ze op het andere eind van de bank zitten en boog voorover om de thee te pakken.

'Noah heeft altijd graag muntthee in plaats van gewone,' zei ze tegen Delia. 'Ik hoop dat dat voor jou geen bezwaar is?'

'Helemaal niet,' zei Delia.

Kreeg Noah dan elke keer dat hij hier kwam zo'n theepartij? Delia had gedacht dat hij, o, zat te dammen of zo. Ze keek naar zijn grootvader, die ernstig knikte.

'Noah komt al bij mij op de thee vanaf de tijd dat hij uit een babybeker dronk,' vertelde hij. 'Hij is de enige jongen in de familie! Wij mannen moeten bij elkaar blijven.'

Binky reikte Delia haar kopje aan en zei: 'En, hoe bevalt het, Delia, de huishouding doen voor Noahs vader?'

'O, best,' zei Delia.

'Joël is een goed mens,' zei Nat rustig. 'Ik kies expres geen partij in de huiselijke geschillen van mijn dochters,' zei hij tegen Delia. 'Al toen ze nog zulke kleine meisjes waren heb ik mezelf gezworen dat ik mijn zegen zou geven aan elke man met wie ze wilden trouwen.'

Er viel na deze woorden een pauze, net zo lang dat Delia zich gedrongen voelde te vragen: 'En, doet u dat?'

'O, absoluut,' zei hij. Zijn grinnik, gefilterd door zijn baard, klonk wat astmatisch. 'Ik heb mijn schoonzoons lief totterdood! En zij vinden mij geweldig.'

'O, maar je bént ook geweldig,' zei Binky loyaal.

Hij boog vanuit zijn middel. 'Dank u zeer, mevrouw.'

'Misschien niet zó geweldig als zij wel denken, hoor.'

Hij trok een gezicht tegen haar en zij gaf Delia een ondeugend knipoogje.

Was deze Binky een betaalde gezelschapsdame? Was ze een van zijn dochters? Maar haar vrolijke gezicht vertoonde geen gelijkenis met dat van Nat. En ze leek ook geen speciale band te hebben met zijn kleinzoon. 'Neem een beetje boter,' zei ze tegen Noah, zonder op te merken dat hij niets had om het op te doen.

'Neem wat goed-voor-hart-en-bloedvaten-halvarine,' verbeterde Nat haar. 'Eerst verslind ik mijn "je zou zweren dat dit roomboter is",' zei hij tegen Delia, 'en dan was ik mijn haar met "o, wat ruikt je haar zalig".'

Deze opmerking was Delia een raadsel maar Noah giechelde. Zijn grootvader wierp hem een blik toe, zijn lippen trilden alsof hij probeerde niet te lachen. Toen wendde hij zich weer tot Delia. 'Je komt uit Baltimore, hoor ik.'

'Ja,' zei ze.

'Heb je daar familie?'

'Wel wat.'

Hij trok zijn wenkbrauwen op maar ze gaf geen verdere uitleg.

'Negentig procent van de mensen in dit gebouw komt uit Baltimore,' zei hij ten slotte.

'O ja?'

'Rijkelui die komen rentenieren aan de oostkant, lui uit Roland Park en Guilford.'

Delia hield haar gezicht effen, liet niet blijken dat ze ooit van Roland Park of Guilford had gehoord.

'Je gelooft toch niet dat al die deftige dames van hier zijn,' zei hij. 'God nee. Ik zou hier zelf niet zitten als ik niet met een Murray was getrouwd. Dat is de Murray van Murray Krabkruiden. Dacht je dat een klein snertfotograafje die exorbitante prijzen kon opbrengen?'

'Ze gaan in juli weer de tarieven verhogen, hoor ik,' vertelde Binky.

Delia keek de kamer rond. Het noemen van de fotografie had haar geattendeerd op de platen die overal hingen – grote zwart-witfoto's, professioneel ingelijst. 'Is dat uw werk?' vroeg ze.

'Díe? Was dat maar waar.'

Hij stond op, ditmaal naar zijn stok grijpend. 'Die zijn genomen door de meesters,' zei hij en strompelde door de kamer naar een studie van een wulpse groene paprika. 'Edward Weston, Margaret Bourke-White...' Hij draaide om zijn as om de foto links van hem te bekijken – fabrieksschoorstenen, als muzieknoten aaneengerijd. 'Ik fotografeerde bruiden,' zei hij. 'Tweeënveertig jaar lang bruiden. Nu en dan een paar gouden-bruiloftstellen ertussendoor. Toen kreeg ik mijn, wat ik noem, flashbacks.' Hij gaf een neerwaartse stoot met zijn baard. Delia dacht eerst dat hij naar het tapijt wees. 'Een polio uit mijn jeugd die terugkwam. Thelma, dat was mijn vrouw, ze was toen al overleden, maar zij had onze namen op de wachtlijst laten zetten, toen de eerste plannen werden gemaakt voor Senior City. Waarom precies, dat zou ik je niet kunnen vertellen, want ze was niet weg te branden uit ons grote oude huis, lang nadat de meisjes al volwassen en vertrokken waren. Ze zei altijd, stel dat ze willen terugkomen, om wat voor reden dan ook. En reken maar dát ze terugkwamen; alle vier op een drafje naar huis bij de minste geringste crisis, en vooral omdat ze een huis hádden om naartoe te hollen, als je 't mij eerlijk vraagt. "Godallemachtig, Thel," zei ik, "we kunnen die meiden toch niet ééuwig blijven grootbrengen! Kijk naar de katten," zei ik. "Die voeden hun kleintjes op, spenen ze en zijn straal vergeten wie het zijn wanneer ze ze een paar maanden later op straat tegenkomen. Dacht je dat mensen het anders moesten doen?"'

'Ja, natuurlijk wel!' protesteerde Binky en zij en Delia wisselden een glimlachje.

Maar Nat siste spottend achter zijn baard. 'Kletskoek,' zei hij tegen Noah. Noah likte alleen een klodder glazuur van zijn duim. 'In elk geval,' zei Nat, 'ik kreeg dus van die flashbacks. Soms kon mijn ene been het compleet begeven, zo tegen het eind van de dag. Het werd zo erg dat ik op sommige avonden amper de trap op kwam. Ik wist dat ik daar niet kon blijven wonen. Dus ik bel die mensen hier en ik zeg: "Hoor eens," zeg ik, "had mijn vrouw niet héél lang geleden onze namen op jullie wachtlijst laten zetten?" En zo ben ik in Senior City terechtgekomen. Senior City: mijn god, wat een verschrikkelijke naam.'

'Het lijkt me hier anders... wel goed georganiseerd,' zei Delia.

'Precies! Georganiseerd. Dat is het woord!' Hij zwenkte om (er was iets explosiefs, ternauwernood bedwongen, ook in zijn pijnlijkste bewegingen) en keerde terug naar zijn stoel. ‘Als kaarten in een kaartenbak,’ zei hij, zich in etappes neerlatend. ‘We zijn verticaal georganiseerd. Hoe zwakker we zijn, hoe hoger we wonen. Etage hieronder is voor de krasse knarren. Sommige mensen daar gaan nog naar hun werk, of knippen hun couponnetjes of wat ze ook doen; ze maken gebruik van de golfbaan en de pingpongtafels en gaan met de kerst naar het zuiden. Deze verdieping is voor de eh, minder validen. Voor diegenen van ons die werkbladen op rolstoelhoogte moeten hebben of eventueel een helpende hand om zichzelf te redden. Derde etage is volledige verzorging. Zusters, bedden met hekjes... iedereen gaat liever dood dan naar de derde te moeten verhuizen.’

‘Ach welnee!’ zei Binky verontwaardigd. ‘Het is juist heerlijk op de derde! Neem een cakeje, Noah.’

‘“Heerlijk” is niet het woord dat mij het eerst te binnen schiet,’ zei Nat tegen Delia. ‘Niet dat ik Senior City niet toejuich, in theorie, begrijp me goed. Het is zeker te verkiezen boven het belasten van je kinderen. Maar iets in de hele opzet treft me als, laten we zeggen, onaangenaam symbolisch. Weet je, ik heb me het leven altijd verbeeld als zo'n ladder die je in de speeltuin bij de glijbaan vindt... een soort ladder van jaren waarop je almaar hoger en hoger klimt, en dan rol je, oeps! over de rand en komen anderen achter je aan naar boven. Wat ik me aldoor afvraag is, had Thelma nu voor ons niet iets met wat meer verdiepingen kunnen uitzoeken?’

Delia schoot in de lach en Nat leunde achteruit in zijn stoel en grijnsde haar toe. ‘Nu ja,’ zei hij, ‘laat ik niet zo doorzwammen. Ik ben blij dat ik eindelijk kennis met je heb gemaakt, Delia. Noah heeft me verteld hoeveel je voor hen tweeën hebt gedaan.’

Ze verstond de wenk. ‘Het was leuk jullie te ontmoeten,’ zei ze, opstaand.

‘Maar kom voortaan boven theedrinken wanneer je Noah ophaalt, ja?’

'Dat zal ik doen,' beloofde ze.

Ze schoof haar armen in de jas die Binky haar bracht en Noah wurmde zich in zijn jack. 'En rij voorzichtig,' zei Binky toen ze de deur opendeed. Haar sleutelgathals ontblootte een traan van mollig, gepoederd roze, in tweeën gedeeld door de nauwe spleet tussen haar borsten. Was het dat, of de herinnering aan Nats schelmse lach, wat Delia opeens de vraag ingaf: was Binky misschien zijn vriendin?

Joël zei dat hij geen idee had wie Binky was. Hij wist niet eens van haar bestaan. 'Binky? Binky wie?' vroeg hij. 'Wat is dat voor een naam, Binky?'

Ze zaten aan het avondeten in de keuken, alleen met hun beiden. Noah had op de valreep een uitnodiging van de Mossen aangenomen. Eerst was het Delia gelukt een groot deel van de tijd te blijven staan, maar ten slotte zei Joël: 'Delia, ga toch zitten', op een vriendelijke toon die haar het gevoel gaf dat hij dwars door haar heen had gekeken. 'Vertel eens hoe je vindt dat het met Noah gaat,' zei hij.

Dat was in drie tellen gebeurd. (Met Noah ging het uitstekend.) Toen moesten ze een nieuw onderwerp vinden en daarom dacht Delia over Binky te beginnen.

'Hoe oud is ze, denk je?' vroeg Joël.

'O, vijfendertig, zesendertig...'

'Dus te jong om een medebewoonster te zijn. En ik betwijfel of Nat een verpleegster nodig heeft. Wat zei Noah over haar?'

'Hij zei dat ze er gewoon is. Ik vroeg wie ze was en hij zei: "Dat weet ik niet, ze is er gewoon vaak."'

'Hmm.'

'Hoe dan ook,' zei Delia, 'het is mijn zaak niet. Ik weet niet waarom ik erover begon.'

Maar toen herinnerde ze zich de reden, omdat ze opnieuw vervielen in een ongemakkelijk zwijgen.

'Zijn vrouw was een toonbeeld van deugdzaamheid,' zei

Joël terwijl hij nog een broodje nam. 'Noahs grootmoeder dus.'

'O ja?'

'Althans naar háár zeggen.'

'O.'

'Ik heb die vrouw nooit kunnen luchten. Dat mens bemoeide zich overal mee, stak haar neus in ons leven. Informeerde hoe haar cadeaus het maakten. "Gebruik je de zus-of-zo wel eens?" "Waarom zie ik je nooit in de dit-of-dat?"'

Delia schoot in de lach.

'Dus als die Binky zijn geliefde is,' zei Joël – het kale, brutale woord gaf Delia een lichte schok – 'dan zeg ik: veel heil en zegen. Hij verdient een beetje geluk.'

'O, maar ik bedoelde niet...'

'Waarom niet? Hij is pas zevenenzestig. Als hij niet die verdomde flashbacks had zou hij nog steeds kunnen zeilen.'

Delia had niet geweten dat Nat zeilde, maar kon het zich gemakkelijk voorstellen: zijn spichtige gestalte overal tegelijk op het dek.

'Ze zei graag dat ze "er" was voor de mensen,' mijmerde Joël. Hij was zeker weer beland bij het onderwerp van Noahs oma. 'De eerste persoon die ik dat ooit heb horen zeggen, wat het later ook voor een cliché geworden is. Ik ben "er" altijd voor mijn dochters,' spotte hij. 'Dan wil je toch vragen: "Waar dan precies?" Het is een van mijn minst favoriete termen.'

Delia hoopte maar dat ze die niet had gebruikt. Ze wist vrij zeker van niet.

'Die en "overleven". Nou ja, tenzij het in letterlijke zin bedoeld is.'

'Overleven?'

'Tegenwoordig heet het al overleven als je alleen maar je kinderjaren hebt doorstaan.'

'Ah.'

'En nog zo'n woord waar ik de pest aan heb is...'

Het was maar goed dat hij er zoveel uitgesproken meningen op na hield. Nu hoefde Delia geen gesprek gaande te houden. In plaats daarvan zat ze naar zijn mond te kijken, die brede, ferme, fijngetekende mond met het karakteristieke kuiltje in het midden van de bovenlip, en ze overdacht dat hij voor iemand die zo opging in taalkwesties bepaald niet veel losliet.

Wanneer ze nu 's woensdagmiddags naar de delicatessenwinkel ging zocht ze een extraatje uit – zure Franse augurkjes, gelei van Spaanse peper, betaalde het van haar eigen geld en bracht het mee voor de theevisite bij Nat. 'Hoe wist je dat ik dat soort dingen lekker vond?' vroeg Nat dan. 'De meeste mensen komen met chocolaatjes. Vruchten op sap. Zoetigheid.'

Ze vertelde maar niet dat het kwam doordat haar vader ook veel van hartig eten had gehouden, want iets galants en flirterigs in Nats manier van doen deed vermoeden dat hij zichzelf helemaal niet als een bejaarde zag. Dikwijls stak hij de draak met Senior City, als om te bewijzen dat hij er eigenlijk niet thuishoorde. 'Het huis van de levende doden,' noemde hij het. Hij beweerde te geloven dat de boven het gebouw scherende meeuwen eigenlijk gieren waren, en sprak schertsend over de 'arme stakkers' op de derde verdieping. En dan was er zijn romance met Binky.

Want Binky wás zijn vriendin; dat was voor Delia geen vraag meer. Driemaal kwam Delia op de thee en trof haar bij hem op de bank in de rol van gastvrouw. En de vierde keer, toen ze ontbrak, vond Nat het nodig te verklaren dat ze op het laatste moment was weggeroepen. Haar zoon had een tand gebroken, zei hij.

'Heeft Binky dan een zoon?' vroeg Delia.

'Zelfs twee zoons.'

'Dat wist ik niet.'

'Dus heeft Noah vandaag de honneurs waargenomen.'

Delia ging op de bank zitten en legde haar jas over de leuning. Ze keek naar Noah, die met een onvaste hand thee inschonk.

'Ik wist niet eens dat ze getrouwd was,' zei ze.

Ze koos haar woorden met zorg; ze zei niet *getrouwd was geweest*, want Binky kon best nog steeds getrouwd zijn. En het antwoord van Nat maakte haar niet wijzer. 'O ja,' zei hij, 'met een tandarts.'

In een ingeving zei ze: 'Nou, dan hoeft een gebroken tand toch geen probleem te wezen.'

'Klopt,' zei hij. Hij gaf haar een flits van een blik van onder zijn borstelige, grijze wenkbrauwen. Toen gaf hij toe. 'Vooropgesteld dat ze geen bezwaar heeft met haar zoon naar een praktijk in Wyoming te vliegen.'

'O.'

'Ze zijn gescheiden.'

'O, ik snap het.'

'Bítter gescheiden,' zei Nat met enig welgevallen. 'Proces van maanden, advocaten en vervangende advocaten, veertigduizend dollar gespendeerd om er vijfduizend te winnen... je weet hoe het gaat.'

'Wat akelig om te horen.'

'Op het eind was ze zo goed als platzak en moest ze een baantje nemen in de cadeauwinkel van Senior City.'

'Werkt ze in de cadeauwinkel?'

'Nu wel ja.'

Hij wierp een blik op Noah, die een gevaarlijk schuin gehouden schaal brownies ronddiende. 'De zaak is,' zei Nat, 'Binky en ik gaan trouwen.'

Noah hield het schaaltje nóg schuiner. Delia zei: 'O! Gefeliciteerd', en bukte om een brownie van het kleed te rapen.

'Echt?' vroeg Noah aan zijn grootvader.

'Echt. Maar zeg nog maar niks tegen de meisjes, wil je? Ik had het eerst aan je moeder en je tantes moeten vertellen.'

'En ga je dan verhuizen?' vroeg Noah.

'Ik vrees van niet, jongen.' Nat wendde zich tot Delia. 'Noah vond mijn oude huis leuker,' zei hij.

'Het oude huis had zo'n hartstikke toffe boomhut achter,' vertelde Noah.

'Het had alleen geen lift. Of een handgreep boven het bad. Of een fysiotherapieruimte voor ouwe knakkers.'

'Jij bent geen ouwe knakker!' zei Noah.

'Plus dat we zitten met mijn contractje met Senior City,' zei Nat tegen Delia. 'Kwestie met de raad van bestuur, zoals je je kunt voorstellen. Mijn hele spaargeld is opgegaan aan deze flat, maar de minimum toelatingsleeftijd is vijfenzestig. Binky is achtendertig.'

'En haar zoons? vroeg Delia.

'Ja, dát zou pas een probleem zijn geweest! Rockmuziek in de kantine, skateboards in de gang... Maar haar zoons blijven bij haar ouders. De een zit al op college en de ander gaat binnen kort. Niettemin heeft de raad briesende toevallen en zijn een paar buurvrouwen ook ziedend op mij, omdat mannen in deze contreien allemachtig schaars zijn. Ik had moeten trouwen met een van de inwoonsters, niet met een of andere lekkere meid uit de cadeauwinkel.'

'Ik vind dat je een perfecte keus hebt gedaan,' zei Delia.

Ze meende het ook. Ze was gesteld geraakt op Binky, die al hun gesprekken omzoomde met een ruche van bewonderend gemurmel en aanmoedigende opmerkingen.

Dus toen Delia de week erna langskwam, verzuimde ze niet Binky te zeggen dat Nat het maar getroffen had.

'Dank je wel,' zei Binky stralend.

'Hebben jullie al een datum vastgesteld?'

'We hebben het gehad over juni misschien.'

'Of maart,' verbeterde Nat.

Binky zette komisch ronde ogen op tegen Delia. Maart stond voor de deur; het was al half februari. 'Hij heeft geen idee wat er voor zoiets komt kijken,' zei ze.

'O, plannen jullie een grote trouwerij?'

'Och, niet zó groot, maar... met mijn eerste bruiloft ben ik weggelopen. Ik was eerstejaars op Washington College en droeg wat ik die dag op school had gedragen. Dus deze keer wil ik het graag met alles erop en eraan.'

'Ik word bruidsjonker,' vertelde Noah.

'Echt waar?'

'Ik moet de ring vasthouden.'

'Jij komt toch ook, hè Delia?' vroeg Nat.

'Als ik word uitgenodigd, kom ik natuurlijk.'

'O, je wordt zéker uitgenodigd,' zei Binky met een klapje op Delia's hand en lachkuiltjes in haar wangen.

Maar later, in de auto naar huis, vertelde Noah dat Binky had gehuild toen hij daar aankwam.

'Gehuild! Waarom?'

'Weet ik niet, maar haar ogen waren helemaal rood. Ze deed of er niks aan de hand was maar ik zag het toch. En toen ze in de keuken was ging de telefoon, en opa schreeuwde: 'Niet opnemen!' en ze nam niet op. En hij ook niet, hij liet maar bellen en bellen. Dus ik zei ten slotte: "Zal ik opnemen?" en hij zei: "Nee, laat maar." Hij zei: "'t Is waarschijnlijk toch Dudi maar."'

'Wie is Dudi?'

'Een van mijn tantes.'

'O.' Delia dacht na. 'Maar waarom wou hij niet met haar spreken?'

Hij haalde zijn schouders op. 'Al sla je me dood,' zei hij. 'Hou je snelheidsmeter in de gaten, Delia.'

'Bedankt,' zei Delia.

Ze had in de laatste drie weken twee bonnen gekregen. Het had iets te maken met dit open land, dacht ze. De snelheid scheen ongemerkt op te lopen, en eer ze het wist vloog ze vooruit.

Terug in Bay Borough zat Joël thuis al te wachten op de laatste berichten. Hij had een geamuseerde belangstelling voor Nats trouwplannen. 'Noah wordt bruidsjonker,' vertelde Delia terwijl ze haar jas ophing.

'Je meent het!' Hij wendde zich tot Noah. 'Waar hou je het hengstenbal?'

'Hengstenbal?'

'Heb je je toosten al bedacht?'

'Toosten?'

'Let er maar niet op,' zei Delia tegen Noah. Hij keek zo benauwd.

Het viel haar in dat ze bij de bruiloft stellig Ellie zouden tegenkomen. Schandalig dat ze nog geen kennis hadden gemaakt; Delia zorgde immers voor Ellie's zoon. Wat voor moeder vertrouwde haar zoon toe aan een vreemde?

Een week of wat geleden, toen Delia door Nats slaapkamer liep om de wc te gebruiken, had ze een kleurenfoto van zijn dochters op de ladenkast zien staan. Ze veronderstelde althans dat het allemaal zijn dochters waren – Ellie en drie andere blonde vrouwen, arm in arm en lachend. Ellie was de pittigste, degene naar wie je het eerst keek. Ze droeg een crèmekleurige jurk, bedrukt met aardbeien die pasten bij haar aardbeirode mond. Maar haar schoenen waren niet erg flatteus. Het waren platte ballerina's, zwárte ballerina's, lorrig en vormloos. Je zag haar tenen erin uitpuilen. Ze maakten haar enkels dik.

Waarom schonk dit Delia zoveel voldoening? Ze had niets tegen Ellie, ze kende haar niet eens. Maar ze boog zich dichter over naar de foto en nam de tijd om nog andere feilen op te sporen. Niet dat ze ze vond. En er zou sowieso geen aanleiding zijn om Joël erop te wijzen.

14

Op een vrijdagmorgen tegen het eind van februari – een dag zo zacht en zonnig dat ze zou hebben gedacht dat het al lente was, als ze niet de valse streken van de winter had gekend – liep Delia naar de Junior Mister Shop om een pyjama voor Noah te ruilen. (Ze had een model gekocht als een Orioles-uniform, zonder te beseffen dat Noah om een of andere vreemde reden een voorkeur voor de Phillies had.) En toen, omdat het zo lekker voelde om buiten te zijn in niets dikkers dan een vestje, besloot ze naar de leeszaal te lopen en mevrouw Lincoln een bezoekje te brengen. Dus stak ze het plein over en sloeg West Street in. Bij de etalage van de bloemist vertraagde ze haar pas om een pot paperwhites te bewonderen, en bij het raam van meneer Pomfret liet ze haar ogen zijwaarts glijden om zijn nieuwe secretaresse op te nemen. Het gerucht ging dat hij doorsukkelde met een nichtje van zijn vrouw, dat niet eens kon typen, laat staan een computer bedienen. Maar door de manier waarop het licht op het glas viel had Delia dichterbij moeten komen om naar binnen te kijken. Alles wat ze kon onderscheiden was haar eigen silhouet en een tweede erachter, beide met een klimoppatroon, van de hoog opgeschoten plant die het nichtje op de vensterbank moest hebben gezet. Delia versnelde haar pas en stak George Street over.

In de etalage van de Habbekrats hingen deze week meisjesjurkjes; en dus bestonden nu de silhouetten uit rozeknopjes en ruitjes. Ze zag dat het tweede silhouet ooievaarachtig en slungelig was, voornamelijk gewrichten, als een uit zijn krachten gegroeide jongen. Als Carroll.

Ze draaide zich om en daar stond hij. Hij keek zo mogelijk nog geschrokkener dan zij. Zijn uitdrukking verstarde en hij week met een ruk achteruit, handen diep in de zakken van zijn windjack, de ellebogen uitgestoken.

Ze zei: 'Carroll?'

'Wat.'

'O Cárroll!' riep ze, en de emotie die door haar heen ging was zó wurgend, als de greep van een of andere verborgen, inwendige vuist, dat ze nu pas begreep hoe vreselijk ze hem had gemist. Zijn gezicht had haar eigen gezicht kunnen zijn, niet omdat het op het hare leek (al was dat zo), maar omdat ze in de afgelopen vijftien jaar elk detail ervan in zich had opgenomen – de sterrenregen van sproetjes op zijn fijngevormde neus, de manier waarop de schaduwen onder zijn ogen donkerder werden op momenten van spanning (ze waren nu haast paars). Hij hief uitdagend zijn kin en daarom legde ze op het allerlaatst een hand op zijn arm in plaats van hem een kus te geven. Ze zei: 'Ik ben zo blij dat ik je zie! Hoe ben je hier gekomen?'

'Meegereden.'

Ze had vergeten dat hij de baard in de keel had. Ze moest weer helemaal wennen. 'En wat doe jij in West Street?' vroeg ze.

'Ik heb eerst je pension geprobeerd maar daar deed niemand open, en toen zag ik je toevallig het plein oversteken.'

Dan had hij de familie dus niet verteld dat hij kwam. (Ze had Eliza al weken geleden haar nieuwe adres gestuurd.) Ze zei: 'Is er iets aan de hand thuis? Ben je in orde? 't Is een schooldag!'

'Alles is oké,' zei hij.

Hij probeerde onopvallend onder haar arm vandaan te komen. Hij wierp gegeneerde blikken naar voorbijgangers. Hoe erg ze het ook vond, ze liet hem los. Ze zei: 'Nou, laten we... heb je zin om te gaan lunchen?'

'Lunchen? Ik heb net ontbeten.'

Ja, het was immers nog ochtend. Ze was duizelig en gedesoriënteerd, bijna dronken. 'Een cola of zo dan,' zei ze.

'Goed.'

Hem in de richting van Rick-Rack's duwen bood haar een excuus om hem nog eens aan te raken. Ze hield van die harde pees aan de binnenkant van zijn elleboog. O, ze had kunnen weten dat het uiteindelijk Carroll zou zijn die haar zou komen halen! (Haar meest aanhankelijke kind, als het erop aankwam – haar meest verknochte, meest vertrouwde. Hoewel ze vermoedelijk hetzelfde had gedacht als het een van de andere twee was geweest.)

'Er is zoveel waarover je me moet bijpraten,' zei ze. 'Hoe is het in de vierde klas?'

Hij haalde zijn schouders op.

'Heeft je vader nog pijn in zijn borst?'

'Niet dat ik weet.'

'Alles goed met Ramsay en Susie?'

'Jawel.'

Wat ís er dan, had ze willen vragen, maar ze zweeg. Nu al verviel ze in de voor tienerkroost vereiste versluierde, dubbelhartige aanpak. Met bijna ingehouden adem bracht ze hem naar George Street. 'Is Ramsay nog met dat gescheiden vrouwtje? Die Velma?' zei ze.

Weer een schouderophalen. Kennelijk wel, dus.

'En Susie?'

'Hoezo Susie.'

'Heeft ze al bedacht wat ze gaat doen na haar studie?'

'Hè?' zei hij, met een blik naar een Bon Jovi-poster in de platenzaak.

Hij was nog net zo tegendraads als vroeger, en ook die gewoonte om telkens wanneer hij sprak ostentatief een geeuw te onderdrukken had hij nog niet verloren. Ze dwong zich geduld te oefenen. Ze stuurde hem langs Shearson Dranken, Brent IJzerwaren, en naar binnen bij Rick-Rack's.

'Ha die Dee!' verwelkomde Rick haar en liet zijn *Sport in Beeld* zakken. Aan zijn groet alleen al had ze gehoord dat zijn schoonvader aan de tapkast zat. (Rick legde het er altijd dik op voor meneer Bragg.) 'Wie heb je dáár bij je?' vroeg hij.

'Dit is mijn zoon Carroll.' Tegen Carroll zei ze: 'Dit is Rick Rackley.'

'Ach, je zoon!' zei Rick. 'Asjemenou!'

Carroll keek verbluft. Delia voelde een steek van ergernis. Kon hij dan niet tenminste beleefd blijven? 'Laten we een bankje nemen,' zei ze bruusk.

Teensy was nergens te bekennen, dus pakte Delia maar zelf twee menukaarten van de stapel op een kruk. Zodra ze zaten gaf ze er een door aan Carroll. 'Ik weet dat het vroeg is,' zei ze, 'maar misschien wil je toch de barbecuesandwich proberen. Het is die uit North Carolina, helemaal niet zoet of...'

'Mam!' fluisterde Carroll.

'Wat?'

'Mam, is dat Ríck Rack?'

'Hè?'

'Rick Rackley, de footballer?'

'Eh ja, ik geloof het wel.'

Carroll keek met open mond naar Rick, die de beker koffie van zijn schoonvader stond bij te schenken. Hij wendde zich weer naar Delia en fluisterde: 'Ken jij Rick-Rack persóónlijk? En Rick-Rack kent jou?'

Het ging beter dan ze had kunnen hopen. Ze zei: 'Jazeker,' op een luchtige toon, en riep toen, om indruk te maken: 'Rick, waar is Teensy naartoe?'

'Die is naar de Haarstudio,' zei hij, de koffiepot weer op de brander zettend. 'Je moet je bestelling maar tegen mij roepen.'

'Is het nog te vroeg om een barbecuesandwich te vragen?'

'Nee hoor, dat kan best,' zei Rick.

Carroll zei: 'Mam, ik heb net ontbeten, zei ik toch.'

'Ja, maar dit is iets wat je niet mag missen,' zei ze. 'Geen druppel tomatensaus! En je krijgt er echt prima friet bij en zelfgemaakte koolsla!'

Ze wist niet waarom ze er zoveel ophef over maakte. Carroll had duidelijk geen honger, hij zat zich nog steeds te vergapen aan Rick. Maar ze riep: 'Tweemaal graag, Rick, en twee grote cola.'

'Komt eraan.'

Meneer Bragg draaide rond op zijn kruk om hen te kunnen bekijken. 'Hé!' riep hij. 'Wat is er met díe jongen gebeurd?'

Geschrokken keek Delia naar Carroll.

'Hoe is die zo snel opgeschoten?' vroeg meneer Bragg. 'Hoe is-ie plotseling zo groot geworden?'

Ze vroeg zich af of de oude man misschien haar gedachten had gelezen, maar toen zei hij: 'Met Kerstmis was hij nog maar zó'n turf', en hij hield zijn hand ergens ter hoogte van zijn schenen.

'O,' zei Delia. 'Nee, dat is Noah die u bedoelt.'

Het was inmiddels algemeen bekend dat meneer Bragg hard achteruitging, de reden waarom de arme Rick en Teensy hem niet konden terugsturen naar waar hij vandaan kwam.

'Wie is Noah?' was zijn volgende vraag.

'Wie is Noah?' echode Carroll.

'O, dat is de jongen die...' Ze was zenuwachtig, alsof ze op een soort ontrouw was betrapt. 'Dat is de zoon van mijn werkgever,' zei ze. 'Zo! Carroll. Vertel me alles wat er thuis aan de gang is. Is de Ovenschotelharem al toegesneld? Stromen de appeltaarten al binnen?'

'Je hebt niet naar tante Liza gevraagd,' zei Carroll.

'Eliza? Is alles goed met haar?'

'Och. Wel góed ja,' zei hij.

'Wat moet dat betekenen? Is ze ziek?'

'Nee, ze is niet ziek.'

'Met Kerstmis was je nog zó'n garnaal,' riep meneer Bragg. 'Toen zaten jullie hier koffie te drinken en te gniffelen over de cadeautjes die jullie gekocht hadden.'

'Maar Eliza zorgt toch nog voor het huis?' hield Delia aan.

Maar Carroll leek afgeleid door meneer Bragg. Hij zei: 'Over wie heeft hij het?'

'Dat zei ik al: de zoon van mijn werkgever.'

'Heb je daarom die zak bij je? "Smaakvolle kleding voor de kritische jongeman"? Koop jij kleren voor die jongen? Jullie gniffelen samen? En wat heb jíj in godsnaam aangetrokken?'

Delia keek omlaag. Ze droeg niets bijzonders – het juffrouw Grinstead-vest en de donkerblauwe bloemetjesjurk voor in huis. 'Aangetrokken?' zei ze.

'Je bent zo, íngepakt, zeg maar.'

Twee borden verschenen kletterend op het formica voor hen. 'Ketchup, iemand?' vroeg Rick.

'Nee, dank je wel.' Tegen Carroll zei ze: 'Lieverd, ik…'

'Ik had graag wél ketchup,' zei Carroll strijdlustig.

'O, sorry. Ja graag, Rick.'

Carroll zei: 'Was je vergeten dat je een zoon hebt die ketchup op zijn friet doet?'

'Liefje, heus,' zei ze, 'dat vergeet ik toch niet. Ja, misschien dat van de ketchup wel, maar nooit van…'

Een plastic knijpfles arriveerde tegelijk met hun cola's in grote papieren bekers. 'Dank je wel, Rick.'

Ze wachtte tot hij weer weg was en stak toen haar hand over tafel uit om die van Carroll aan te raken. Zijn knokkels waren generfd als leer. Zijn lippen waren gebarsten. Er was iets al te concreets aan hem; ze was gewend geraakt aan de mistige, onscherpe Carroll van haar dagdromen.

'Ik zou nooit vergeten dat ik kinderen had,' zei ze.

'Jaja. Daarom ben je ook het strand afgetippeld en heb je niet één keer naar ze omgekeken.'

Iemand zei: 'Delia?'

Ze schrok op. Twee meisjes stonden bij hun tafeltje – Kim Brewster en Mariette hoe heette ze ook weer. Schwartz? Schmidt? (De caramel die ze maakte was zo mierzoet dat hij door je slapen snerpte.) 'Hé hallo,' zei Delia.

'Je zegt toch niet tegen meneer Miller dat je ons hier gezien hebt, hè?' zei Kim. Kim was een van Delia's taakleerlingen; de laatste tijd had Delia als vrijwilligster op de school wiskundebijles gegeven. 'Hij vermoordt ons als hij het merkt.'

'We zijn aan het spijbelen,' kwam Mariette ertussen. 'We zagen je hier zitten en wilden je iets vragen: je weet dat meneer Miller gauw jarig is.'

Dat had Delia niet geweten maar ze knikte. Alles om ze kwijt te raken.

'Nu wilde een stel van ons meebetalen aan een cadeau en we dachten dat jij ons kon vertellen wat we voor hem moeten kopen.'

'O. Ja...'

'Ik bedoel, jij kent hem beter dan wie ook. Hij rookt niet, hè? Want een heleboel mannencadeautjes zijn dingen voor rokers.'

'Hij rookt niet, nee,' zei Delia.

'Zelfs geen pijp?'

'Zelfs geen pijp.'

'Hij is altijd zo, je weet wel, gedistingeerd en zo, we dachten dat een pijp hem machtig zou staan. Misschien dat we die toch voor hem moeten nemen.'

'Nee, ik denk echt dat hij dat heel vervelend zou vinden,' zei Delia flink. 'Wel, leuk jullie gezien te hebben, meisjes.'

Maar Kim was nu bezig Carroll op te nemen van onder haar lange, glanzende wimpers. 'Jij zit niet op Onderbroek,' deelde ze hem mee.

Carroll kreeg een kleur en zei: 'Onderbroek?'

'Onze highschool: Dorothy Underwood,' zei ze, en liet haar kauwgum klappen. 'Jij komt van buiten de stad.'

'Klopt.'

'Ik wist dat we je hier niet hadden gezien.'

Delia begon haar koolsla te eten; ze voelde het als een liefdedienst niet naar Carrolls gezicht te kijken. Maar Carroll pakte de ketchup en spoot er grondig en systematisch mee over elk frietje apart. 'Nou...' zei Kim ten slotte, en beiden liepen door naar een onbezet hoekje, kruimels van opmerkingen achter zich strooiend. 'Evengoed bedankt, Dee...' zeiden ze, en: 'Als je nog wat weet...'

Delia nam een teug cola.

'En wie is die kerel?' vroeg Carroll, en zette met een klap de ketchup neer.

In verwarring keek ze het café rond.

'Die kerel met de pijp, mam. Die o zo gedistingeerde kerel die jij zo door en door kent.'

'O,' zei ze met een niet helemaal natuurlijk lachje. 'Zo zit het helemaal niet! Dat is mijn baas.'

'Ja.'

Hij schoof zijn bord weg. 'Het klopt als een bus nu,' zei hij. 'Geen wonder dat je er op Labor Day niet was.'

'Labor Day?'

'Pappa zei dat je dan terug zou zijn, maar volgens mij is het nu vrij duidelijk waarom je er niet was.'

Ze keek hem met grote ogen aan. 'Pappa zei dat ik met Labor Day terug zou zijn?'

'Hij zei dat je gewoon behoefte had aan wat tijd voor jezelf en dat je aan het eind van de zomer thuis zou komen. We rekenden erop. Hij stond ervoor in. Susie vond dat we je moesten gaan halen maar hij zei: "Nee, laat haar maar. Ik garandeer jullie dat ze hier is voor de picknick op Labor Day," zei hij. En wat gebeurde, jij kwam op je woord terug.'

'Míjn woord!' riep Delia. 'Dat was zíjn woord! Daar had ik niets mee te maken! Waar haalde hij het recht vandaan, vraag ik je! Wie is hij, dat hij garandeert wanneer ík thuiskom?'

'Hé mam,' zei Carroll op gedempte toon. Hij wierp een steelse blik op Rick. 'Laten we de zaak niet te veel opblazen, ja? Probeer je kalm te houden.'

'En ga jij me niet vertellen dat ik me kalm moet houden!' riep ze, zich tegelijkertijd betrappend op de vraag hoeveel keren ze die zin eerder uitgesproken had. *Vertel me niet dat ik me kalm moet houden*. En: *Ik ben volkomen rustig en beheerst*. Maar tegen Sam, niet tegen Carroll. O, het kwam nu allemaal bij haar terug: dat gevoel dat zíj fout was, lichtzinnig, labiel, opvliegend. (En hoe meer ze protesteerde, hoe opvliegender ze natuurlijk leek.) Ze greep met beide handen de tafelrand vast en zei: 'Ik ben volkomen rustig en beheerst.'

'Nou mooi,' antwoordde Carroll. 'Blij het te horen.' En hij stak een rooddoorweekt frietje aan zijn vork en prikte het met bestudeerde onverschilligheid in zijn mond.

Blij het te horen was een van Sams favoriete reacties. Samen met: *als jij het zegt, Dee*, en *je doet maar*. Waarna hij doodgemoedereerd een bladzij omsloeg of een gesprek met de jongens begon over een totaal ander onderwerp. Altijd even overtuigd van zijn gelijk; en feit was dat hij gelijk hád, in het algemeen. Wanneer hij mensen bekritiseerde die zij graag mocht, vielen haar ineens hun tekortkomingen op; en wanneer hij Delia bekritiseerde zag ze zichzelf plotseling als het hersenloze wicht waarvoor hij haar hield. Zoals nu, bijvoorbeeld; hij had beloofd dat ze aan het eind van de zomer met hangende pootjes zou thuiskomen, en het beeld van die deemoedige terugkeer was zó overtuigend dat ze haast voelde dat het ook zo was gegaan. Ze kon niet eens behoorlijk desertéren! Ze was gewoon kwaad weggelopen, anders niets. Ze hoefde alleen maar bij te draaien.

Hoewel, ze wás niet met hangende pootjes thuisgekomen. Niet aan het eind van de zomer en ook niet daarna. Tot op de huidige dag niet. Ze had zelfs een eigen leven opgebouwd in deze stad, waar Sam geheel buiten stond.

Dus toen Belle kwam binnenzeilen en riep: 'Ha Dee, ik

dacht al dat ik jou zag', stond Delia expres op om haar uitbundig te omhelzen.

'Belle!' riep ze, en Belle (haar in het paars gehulde gestalte een armvullend weelderig kussen) was zo lief haar ook te omhelzen.

'Wie is je nieuwe kerel?' vroeg ze.

'Dit is mijn zoon Carroll. Dit is Belle Flint,' zei ze tegen Carroll. Ze hield een arm om Belles middel. 'Hoe is het met jou, Belle?'

'O, dat raad je nooit, in geen honderd jaar.'

'Wat?' vroeg Delia, een ietsje te enthousiast.

'Beloof dat je het niet aan Vanessa vertelt. Het blijft tussen ons tweeën.'

Maar de hele demonstratie haalde niets uit, want op dat moment stond Carroll op en wrong zich uit de zithoek. 'Nou dag,' bromde hij, hoofd omlaag.

'Carroll?'

'Morgenavond,' zei Belle intussen, 'heb ik Horace Lamb mee naar de film gevraagd.'

Horace Lamb? Delia voelde vanbinnen iets stokken van verrassing terwijl ze al op een holletje achter Carroll aanging. Hij slingerde de deur van het café uit. 'Carroll, lieverd!' riep ze.

Buiten op de stoep kwam Teensy hen tegemoet trippelen onder een immense kolbak van ontploffende rode krulletjes. Carroll liep haar bijna van de sokken. Teensy zei: 'O!' en deed een stap achteruit, met één hand aan haar kapsel voelend alsof ze vreesde dat het eraf gekukeld was. 'Delia, zeg eens eerlijk,' zei ze, 'vind je echt dat ik er gek uitzie?'

'Welnee,' antwoordde Delia. 'Carroll, wacht!'

Carroll zwenkte om, wenkbrauwen dreigend gefronst. 'Let toch niet op mij, bemoei jij je maar met je vrienden!' zei hij. 'Met Kleine Annie hier en die deftige meneer Dinges, en dat gniffeljoch en Veranda of wie er ook...'

Vanessa, had Delia hem bijna gecorrigeerd, terwijl achter

haar Teensy vroeg: 'Delia? Is alles goed met je?' en Belle vanuit de deuropening zei: 'Kinderen. Maar ja, die zijn zeker zo.'

'Ik hád je een dienst willen bewijzen,' zei Carroll.

'Wat, lieverd?'

'Ik hád je willen waarschuwen voor wat er thuis aan de gang is, maar laat maar. Laat nóu maar zitten,' zei hij.

Toch draaide hij zich niet om en ging hij niet weg. Hij leek te hangen, wiebelend op de piepende zolen van zijn gympen. Delia was zo slim niet dichterbij te komen. Ze bleef op een afstand van een paar meter van hem vandaan, haar gezicht een uitgestreken masker. 'Wat is er dan thuis aan de gang?' zei ze.

'O, niks. Helemaal niks! Alleen dat je bloedeigen zuster bezig is je man te versieren,' zei hij.

'Eliza?'

'En pappa is zo ziende blind, die wuift het weg wanneer we het hem vertellen. Maar wij hebben het allemaal gemerkt, ik en Susie en Ramsay zien het zo duidelijk als wat en reken maar dat we wel kunnen raden hoe het afloopt ook.'

'Dat zou Eliza nooit doen,' zei Delia, maar op het moment dat ze het zei toetste ze het idee. Ze liet haar gedachten teruggaan naar de bank in de huiskamer, de rij huwbare jongedochters. 'Telkens wanneer ik het woord "zomer" hoor, ruik ik die smeltende geur.' En nu scheen Sam Eliza een vlugge, levendige en goedkeurende blik toe te werpen, wat hij in werkelijkheid niet had gedaan. Het was niet onmogelijk, zag Delia.

Maar tegen Carroll zei ze: 'Jullie verbeelden het je.'

'Ach, wat kan het jóu schelen!' barstte Carroll uit en hij draaide zich opnieuw om en begon de straat uit te rennen.

'Carroll, niet weglopen!'

Ze volgde met vlugge tred. (Hoe ver kon hij immers wegkomen?) Hij stak George Street over, even inhoudend voor een postauto, en verdween om de hoek. Delia versnelde haar vaart. In West Street zag ze hem met grote passen naar het zuiden benen, voor meneer Pomfret langs, die voor zijn kantoor in gesprek was met een pakketbezorger. Zij zelf haastte zich met afgewend gezicht meneer Pomfret voorbij; het laatste wat ze op dit moment kon gebruiken was wéér een kennis die haar naam riep. Ze verloor Carroll een ogenblik uit het gezicht en kreeg hem toen ter hoogte van de bloemist in het oog. Hij dribbelde op en neer over de stoep, wachtend op een opening in het verkeer. Kennelijk was hij op weg naar het plein. Mooi: dan konden ze daar op een bank gaan zitten. Op adem komen. Erover praten.

Maar eenmaal aan de overkant bleef hij staan bij een van de bij de omheining geparkeerde auto's. Een grijze auto, een Plymouth. Háár Plymouth. Met Ramsay achter het stuur. Ze herkende zijn dierbaar, massief profiel. Carroll opende het andere portier en stapte in. De motor kwam knarsend tot leven en de auto voegde zich met een zwaai in het verkeer.

Zelfs toen had ze hen nog kunnen narennen. In het begin reden ze noodgedwongen nog heel langzaam. Maar ze bleef waar ze was, op de stoep tot staan gebracht, met een hand tegen haar keel gedrukt.

Ramsay was hier in de stad geweest. Hij had al die kilometers gereden en haar toen niet eens opgezocht. Wie weet Susie ook, hoewel Delia maar twee hoofden had onderscheiden in de Plymouth.

Het was haar verdiende loon natuurlijk. Dat viel niet te ontkennen.

Ze keerde om en aanvaardde de terugtocht naar Rick-Rack's – bijna op de tast.

Er was een heleboel gebeurd, maar toen ze het café bereikte stonden Belle en Teensy nog steeds voor de deur te praten. Binnen zaten Kim en Mariette zwoele rookslierten uit te blazen en schoof Rick juist haar rekening onder de ketchupfles. In slow-motion telde ze haar geld uit en betaalde, zonder te vergeten een fooi op tafel achter te laten. Ze pakte haar tas en de zak van de Junior Mister Shop en liep de deur uit, door de verschroeide, chemische lucht van Teensy's kapsel, door het gesnap en gesnater van Belles verhalen. 'Is je wel eens opgevallen,' zei Belle nog, 'dat Horace Lamb ergens een ietsepietsje weg heeft van Abraham Lincoln?'

Bij de hoek sloeg Delia af naar het zuiden. De klok in de etalage bij de opticien had het kwart over elf – nog lang geen tijd voor de lunch en toch had ze spijt die sandwich te hebben laten staan. En de koolsla was subliem geweest. Het was zo'n romige, met een heleboel selderiezaadjes. Een paar waren blijven steken in haar mond, houtachtig en aromatisch toen ze erop beet. Ze proefde de smaak op haar tong. Opeens had ze een onvoorstelbare honger. Ze voelde zich uitgehold. Je zou denken dat ze in geen maanden had gegeten.

15

Een poosje na Carrolls bezoek scheen op een half dozijn plekken zijn aanwezigheid nog rond te waren. Hier was het met klimop gevulde raam waarin hij het eerst was opgedoemd, hier het bankje bij Rick-Rack's waar hij had gezeten, hier Belles portiek waar hij minutenlang moest hebben staan wachten tot er iemand opendeed. (Had hij de schilferende verf gezien? De planken voelen doorzakken onder zijn stap?) In Delia's herinnering was hij nu niet alleen stuurs maar ook ongelukkig, zijn stekelvarkengedrag niets dan een teken van bezeerdheid. Ze had hem moeten meenemen toen ze wegging, dacht ze. Alleen had ze dan Susie en Ramsay óók moeten meenemen. Anders had het eruitgezien als voortrekken. Ze zag zich nu het strand afstappen met haar gevolg – de pezige polsen van de beide jongens in haar greep, Susie op een drafje om hen bij te houden. *Waar gaan we heen, mam? Sst, geen vragen, we lopen weg van huis.*

Hoewel haar kinderen anders een van de redenen waren geweest waarom ze was weggegaan.

Toen bedacht ze dat Carroll niet kapot had geleken van haar vertrek. Hij had het heel goed overleefd, en zijn broer en zijn zusje niet minder. En ze herinnerde zich Nats filosofie: we moeten ons eigen kroost net zo makkelijk vergeten als katten het hunne. Ze glimlachte bij zichzelf. Nou ja, zó makkelijk misschien nu ook weer niet.

Toch, was het niet waar dat haar kinderen in de afgelopen paar jaar in halve vreemden waren veranderd – ten slotte zelfs haar jongste? Dat zij niet alleen haar centrale betekenis voor hén had verloren, maar dat zij eigenlijk ook van iets minder allesoverheersend gewicht waren geworden voor háár?

Ze zat doodstil, staarde voor zich uit, vroeg zich af hoe lang geleden ze dat voor het eerst was gaan beseffen.

Toen, nadat ze zich haar kinderen had zien ontglippen, had ze zich gewend tot wat haar was gebleven: haar man.

Als hij inderdaad was gebleven.

In haar verbeelding zat hij aan de ontbijttafel terwijl Eliza zijn koffie inschonk. Eliza droeg haar lichtbruine safari-jurk en zelfs een beetje rouge. Ze was niet onaantrekkelijk, van bepaalde kanten bekeken. Ze had die gladde, gelige huid die niet met de jaren zo bros werd, en de rouge maakte haar donkere ogen helder en kittig. Ze zou zich hoe langer hoe meer indringen in Sams dagelijkse bezigheden, de patiëntendossiers en de rekeningen van hem overnemen, hem van warme maaltijden en een rimpelloos georganiseerd huishouden voorzien. 'Dank je wel, Eliza,' zou Sam getroffen zeggen. Mannen waren toch zo goedgelovig soms! En hij had meer met Eliza gemeen dan je zou denken. Weliswaar beweerde Eliza dat ze het leven telkens opnieuw leefde, net zo lang totdat ze het goed kreeg, terwijl Sam zei dat hij voor zijn part van plan was het meteen de eerste keer al goed te krijgen. Maar beiden gingen ze ervan uit dat 'het goed krijgen' mogelijk was. Delia zelf had haar pogen min of meer opgegeven.

Dan was er nog het feit dat Eliza Delia's zuster was. Ze had Delia's tengere, fraaie lichaamsbouw en haar fabelachtig goede gebit, haar geloof in het belang van geuren, haar neiging tot dwarsheid na het eten van suiker, haar gewoonte nooit haar zinnen af te maken. Houden van Eliza zou Sam net zo natuurlijk afgaan als een liedje mooi vinden dat hij al eens eerder had gehoord.

Delia kreeg de aandrift om in de auto te springen en ervandoor te scheuren naar Baltimore, maar ze wist hoe banaal dat was – een man terug willen zodra ze hoorde dat iemand anders hem wilde hebben. Ze dwong zich stil te blijven zitten. 'Je hebt erom gevraagd,' hield ze zichzelf voor.

De gehavende man en zoon van die andere vrouw, deze al te nieuwe bungalow met de muren die hol galmden als karton wanneer je erop klopte, dit dunne stadje, opgezet in een landstreek zo plat en bleek als papier.

Even voor het licht werd schoot ze op een ochtend wakker, misschien geschrokken van een droom, al was er geen fragment van blijven hangen. Ze lag in bed en herinnerde zich om een of andere reden het eerste etentje dat ze had gegeven nadat zij en Sam getrouwd waren. Hij had twee van zijn vroegere klasgenoten willen uitnodigen, samen met hun vrouwen. Dagenlang had ze gestudeerd op mogelijke menu's. Ze had het aanbod van haar zusters om te helpen afgeslagen, ze had de familie de belofte afgedwongen zich de hele avond niet te vertonen. Het was noodzakelijk dat ze bewees dat ze volwassen was. En vanaf het moment dat het eerste stel arriveerde had ze zich voelen terugvallen in haar kinderjaren. 'Ha, die Grin,' had de man tegen Sam gezegd. Grin! Zou ze zich ooit zo kameraadschappelijk voelen dat ze Sam zelf zo aansprak, had ze zich afgevraagd, draaiend aan haar rok. 'Dag Joe,' had Sam gezegd. 'Delia, mag ik je voorstellen: Joe en Amy Guggles.' Delia was van tevoren niet op de hoogte gesteld van hun achternaam en had zelfs de naam Guggles van haar leven niet gehoord. Deze was haar als komisch voorgekomen en ze was in de lach geschoten. Ze was reddeloos weggegleden in watervallen van geschater, totdat haar adem overging in een gepiep en haar de tranen uit de ogen liepen en haar wangen zeer begonnen te doen. Alsof ze weer in de zesde zat. Ze was slap van het lachen, terwijl het stel haar vriendelijk-bezorgd aankeek en Sam almaar zei: 'Delia, liefje?'

'Sorry,' had ze ten slotte gezegd, toen ze van louter verlegenheid was bijgekomen. 'Het spijt me, ik weet echt niet wat...'

Op dat moment was het andere stel gearriveerd. 'Ha, daar zijn jullie!' had Sam opgelucht uitgeroepen. 'Schatje, dit zijn mijn alleroudste vrienden, Frank en Mia Mewmew.'

O lieve help!

Maar Sam had veel begrip getoond. Na het etentje had hij haar in zijn armen genomen en warm pratend in de krullen boven op haar hoofd gezegd dat die dingen iedereen konden gebeuren.

Wat was hij jong geweest, toen! Maar Delia had dat niet beseft. In haar ogen was hij volledig gevormd, immuun voor twijfel, deze onaantastbaar beheerste man die haar zo ongeveer op zijn witte paard was komen redden van het eeuwige dochterschap. Om zijn ogen waren al kleine plooitjes zichtbaar, en die had ze zowel vertederend als verontrustend gevonden. *Als hij het eerst doodgaat wil ik niet blijven leven*, had ze gedacht. *In het kastje in pappa's spreekkamer vind ik wel iets dat dodelijk vergif is.* In die tijd kon ze zulke dingen zeggen, omdat ze toen de kinderen nog niet had gekregen. In die dagen haalde ze zich allerlei rampen in het hoofd. Nu ja, later ook, eerlijk gezegd. O, ze was altijd zo'n bangelijk mens geweest, vol ingevingen en voorgevoelens en bijgelovig kippevel. Maar wat was er gebeurd: de avond van de pijn in zijn borst had ze niet de geringste waarschuwing gehad. Ze had *Lucinda's Minnaar* zitten lezen, sufferd die ze was. En toen ging de telefoon.

Hoewel het bericht niet bepaald als een schok was gekomen. Luisterend naar de diplomatieke bewoordingen van de verpleegkundige had ze gedacht: *Ja natuurlijk*, terwijl binnen in haar een klam, drukkend gevoel van zekerheid stolde. *Eerst pappa, en nu Sam.* Hij ging dood en ze zouden hem begraven op de begraafplaats Cow Hill en daar zou hij alleen liggen totdat Delia stilletjes naast hem kroop, zoals op de nachten dat ze wakker bleef om naar een of andere onbenullige film te kijken en daarna de trap opklom en onder de dekens schoof en één arm licht over zijn borst legde terwijl hij verder sliep.

Ze zat tegen haar hoofdeind, de kat wegduwend, en zette de klokradio aan. Ze speelden jazz, op dit uur. Een heleboel eenzame klarinetten en tinkcletonk-piano's, en na elk stuk noemde de presentator de plaats waar het was opgenomen en de datum. Een bar in New York op een avond in augustus 1955. Een hotel in Chicago, op oudejaarsavond 1949. Delia vroeg zich af hoe mensen konden leven in een wereld waar het verstrijken van de tijd zo oppermachtig was.

De bruiloft van Nat en Binky vond toch niet plaats in juni. Ze verzetten de datum naar voren, op een zaterdag in maart. Nat zei dat hij zijn leeftijd had laten gelden. 'Ik greep naar de beproefde formule van hoe-lang-heb-ik-nog-te-leven,' vertrouwde hij Noah en Delia toe. 'De formule van heb-deernis-met-een-ouwe-kerel.'

Binky schikte zich goedsmoeds in de veranderde plannen. 'Op deze manier,' zei ze tegen Delia, 'word ik drie maanden eerder mevrouw Nathaniel Moffat, anders niet. Wat geeft het als we een beetje beknibbelen op de extraatjes? Zó belangrijk is het ook weer niet.' Ze zaten samen in Nats keuken toen ze dit zei, al bladerend in kookboeken. (De bruidstaart was een van de extraatjes waarop ze zou beknibbelen.) 'En ik wil écht mevrouw Moffat zijn,' zei ze. 'Van dat "Ms"-gedoe moet ik niets hebben. Hij is de eerste man die ik ooit heb gekend die helemaal, helemaal van mij houdt.' Toen werd de huid rondom haar ogen rood, alsof ze zou gaan huilen, en keek ze gauw weer in haar kookboek.

'Als dat zo is zou je stante pede met hem moeten trouwen,' zei Delia.

'Ik wou dat zijn dochters er vrede mee konden hebben,' zei Binky. 'Heb je 't gehoord, dat Dudi al haar haar heeft afgeknipt?'

'Haar háár afgeknipt?'

'Maakte een scène toen Nat onze verloving bekendmaakte, rende naar de badkamer, pakte dat schaartje waarmee hij zijn baard bijhoudt en knipte al haar haar af.'

'Lieve hemel,' zei Delia.

'En Pat en Donna weigeren op de bruiloft te komen, en toen ik Ellie vroeg als bruidsdame – louter uit vriendelijkheid; ik heb mijn zusje en mijn nichtjes al – zei ze dat zij waarschijnlijk ook niet kwam, ze wist het niet zeker, misschien wel misschien niet, ze kon eigenlijk beter nee zeggen. Toen is ze Nat gaan vertellen dat hij zijn notaris huwelijkse voorwaarden moest laten opstellen. Volgens mij denken ze alle drie dat ik... op zijn geld uit ben. Ze staan er niet bij stil hoe beledigend dat is voor hun vader, dat ze niet geloven dat een vrouw hem om zichzelf zou kunnen liefhebben.'

'Ze zijn alleen een beetje overrompeld,' zei Delia. 'Ze draaien wel weer bij.'

Binky schudde haar hoofd en streek een bladzij van het kookboek glad. 'Ze bellen hem op en het eerste wat ze zeggen is: "Is zij in de buurt?" "Zij" noemen ze me; ze gebruiken nooit mijn naam als het aan hen ligt. Ze komen haast nooit. Donna zegt dat het is omdat ik er altijd ben. Ze zegt dat ik hun geen tijd alleen met hem gun, maar ik doe mijn best; het komt doordat...'

Ze zweeg en kreeg een kleur, en Delia vroeg zich af waarom, totdat Binky mompelend haar zin afmaakte: 'Ja kijk, doordat ik hier nu eenmaal zo'n beetje woon.'

'Ja allicht,' haastte Delia zich te zeggen. 'Wat hadden ze dan verwacht?'

'Nou ja, ik was er niet op uit je met al mijn problemen te vervelen,' zei Binky. 'Weet je Delia, waarom ik zo graag met je praat? Je onderbreekt nooit iemand met jóuw belevenissen. Geen wonder dat je zo populair bent!'

'Ben ik zo populair?'

'Doe niet zo bescheiden. Noah heeft al verteld dat je bevriend bent met half Bay Borough.'

'Lieve hemel! Ik ken er amper een kip,' zei Delia.

Hoewel ze ervan opkeek hoeveel vrienden het bij elkaar nog waren, toen ze ophield met tellen.

'Je zit niet de tijd af te wachten terwijl ik praat,' zei Binky. 'Niet met je voet te wiebelen tot jij de kans krijgt ertussen te springen met jouw levensgeschiedenis.'

'O nou, ik heb nu eenmaal niet zoveel waarmee ik ergens tussen kan springen,' antwoordde Delia.

Vorige week aan het avondeten had Joël gevraagd uit welk deel van Baltimore Delia kwam. 'O,' had ze gezegd, 'hier en daar', en hij was van het onderwerp afgestapt – dat had ze althans gedacht. Maar een ogenblik later had hij gezegd: 'Raar hè? Van iemand die niet over haar verleden spreekt wordt automatisch aangenomen dat ze een verleden hééft, ik bedoel een méér dan normaal verleden, iets rijks en exotisch.'

'Is dat zo,' had ze neutraal gezegd. Het had haar getroffen als een interessante theorie; ze had erover nagedacht, totdat ze, de stilte opmerkend, had opgekeken en zijn ogen op zich gericht vond. 'Wat?' had ze gevraagd.

'O niets.'

Toen had Noah tussen hen door naar het zout gegrepen – een verstorend gebaar, een uitval naar voren op twee poten van zijn stoel, en was het moment voorbij.

Tijdens de rit naar de bruiloft keek Delia telkens in de binnenspiegel. Ze was bang dat ze zich te veel had opgemaakt. 'Wat vind jij van mijn lippenstift?' vroeg ze Noah.

'Goed hoor,' zei hij zonder te kijken.

Hij had zijn eigen zorgen. Bij tussenpozen wriemelde hij met zijn vingers tussen de knopen van zijn winterjack, om te controleren of de ring nog in zijn borstzak zat.

'Weet je zeker dat het niet te dik is?' vroeg ze.

'Hmm?'

'Mijn lippenstift, Noah.'

'O, die is best.'

'Jíj ziet er goed uit,' zei ze.

'Ja nou, ik weet niet waarom ik me zo moest opdoffen.'

'Opdoffen! Een overhemd en geen das noem jij opdoffen!'

'Ik loop erbij als zo'n jojo die in het schoolkoor zingt.'

'Wees jij maar blij dat je van Nat geen pak hebt hoeven kopen,' antwoordde ze.

'En als ik die ring laat vallen? Reken maar dat mijn hand gaat beven. Dan laat ik de ring vallen en die rinkelt hartstikke hard en rolt over de grond en valt in zo'n roosterding, klangklangklang, en we krijgen hem nooit meer terug.'

'Ik wou dat ik iets feestelijkers had om aan te trekken,' zei Delia. 'Ik lijk wel een ongetrouwde tante of zo.' Onder haar jas droeg ze het grijze krijtstreepje. 'Of iets als een kettinkje of een medaillon of kralen.'

'Je bent goed zo.'

In haar sieradenkistje thuis in Baltimore lag een choker van vier rijen parels. Nep natuurlijk, maar die had perfect bij het krijtstreepje gepast.

Hoelang nog, voordat ze kon zeggen dat haar spullen in Baltimore toch al uit de mode waren, of uit elkaar gevallen of versleten, ook al was ze er gebleven? Wanneer zouden de dingen die ze hier had haar échte dingen worden?

Ze gaf richting aan en zwenkte de Highway 50 op. 'U-urch!' piepte Noah, met een hand aan zijn deurkruk.

'Sorry.' Ze minderde vaart. 'Maar nu,' zei ze, 'zal ik eindelijk kennis maken met je moeder.'

'Jawel.'

'Ze hád toch besloten te komen?'

'Het laatste wat ik ervan hoorde wel.'

Onlangs had Delia de profielschets van de *StrandKrant* gevonden, weggestopt achterin Noahs kast. (*Wie is de betoverende nieuwe weervrouw bij het journaal?* was de aanhef van het stuk.) Maar als je Noah nu zag zou je niet denken dat hij één gedachte voor zijn moeder overhad. Hij zat te gapen en uit zijn raampje te kijken naar de resten van de ongewone sneeuwstorm van de vorige week. De bossen waren krabbels van zwart op wit, als een kunstfoto.

Een sneeuwalarm of een stormwaarschuwing kan een zaak van leven of dood zijn, had Ellie tegen haar interviewer gezegd. *Het geeft me een heleboel warme knuffels dat ik een steentje aan de samenleving kan bijdragen*. Wat zou Joël te zeggen hebben gehad over 'warme knuffels', dacht Delia.

Voor hen verhief zich de rode bakstenen kubus van Senior City. Delia gaf richting aan en draaide het parkeerterrein op.

'En als ze nu willen dat ik een speech hou?' vroeg Noah.

'Bruidsjonkers hoeven geen speech te houden.'

'Of als er iemand flauwvalt of zoiets? Dan moet ik toch hulp bieden.'

'Echt,' zei Delia, 'dit wordt een makkie.'

Ze stapten uit de auto en staken het terrein over, dat niet zo goed geruimd was als had gekund. Delia, die geen laarzen bezat, moest aan Noahs arm hangen terwijl ze tussen de bevroren plekken door een weg zochten. 'Zie je wel,' zei ze, 'dat je nu al hulp biedt?' Zijn arm was mager maar razend sterk, als een stalen band.

In de entreehal vroegen ze een oude man de weg naar de kapel.

'Rechtdoor en aan het eind van de gang links,' zei hij. 'Jullie komen zeker voor de bruiloft.'

Ze knikten.

'Ik kom er zo aan, ik wil het niet missen. Iedereen in het gebouw is uitgenodigd.'

Delia bedankte hem en ze liepen verder de gang door. Toen ze de liften met hun glimmende metalen deuren voorbijliepen, controleerde ze haar spiegelbeeld. Ze vond dat ze er bleek en slonzig uitzag, haar jas een grauwe, verlepte vorm die te laag om haar schenen plakte.

Kleren zijn mijn grootste zwak, had Ellie tegen de *Strand-*

Krant gezegd. *Maar gelukkig heb ik het soort figuur waar alles reuze goed op valt, dus hoef ik geen kapitalen te spenderen om er toch verzorgd uit te zien.*

Aan het eind van de gang sloegen ze linksaf en betraden de zijdeur van een kapelletje, met kamerbreed beige tapijt op de vloer en rijen glanzend-beige kerkbanken. De banken waren al goeddeels bezet met bejaarde vrouwen en drie of vier verspreid zittende mannen. De meeste vrouwen droegen modieuze jurken; een enkeling was in ochtendjas. Een aantal mensen in rolstoelen vormde een extra rij aan de achterkant. Delia en Noah stonden rond te kijken, tot een donkere jongeman in een pak hen naderde en Delia zijn arm bood.

'We zetten iedereen neer zoals het uitkomt,' zei hij. 'Waar er maar plaats is.'

'O, maar Noah hoeft niet te zitten. Hij is de bruidsjonker.'

'Ha, dag Noah. Ik ben Peter. Zoon van de bruid,' zei de jongen. Hij had niet Binky's kleine, compacte gelaatstrekken of haar roze teint geërfd; wel haar ongedwongen manier van praten met mensen. Tegen Noah zei hij: 'Jij moet door die deur voorin. Je opa wacht daar al.'

Noah wierp Delia een laatste smekende blik toe, en ze lachte tegen hem en streek het haar van zijn voorhoofd. 'Nou, succes,' zei ze.

Toen liet ze zich door Peter begeleiden naar een van de weinige overgebleven plaatsen, tussen een vrouw in een bruin-met-witte japon en een oude man die zat te hannesen met zijn gehoorapparaat. De oude man had de plaats aan het middenpad en trok alleen zijn knokige knieën opzij om haar te laten passeren. Het was de vrouw die haar uit haar jas hielp. 'Opwindend hè?' zei ze tegen Delia. Ze had een sproetig, fijngerimpeld gezicht, verhelderd door een beminnelijke uitdrukking, en sinaskleurig krulletjeshaar dat eens rood moest zijn geweest. 'Dit is onze allereerste trouwerij in Senior City. Paul en Ginny Mellors tellen niet mee, die zijn er samen vandoor gegaan. Bent u familie?'

'Een vriendin.'

'Het bestuur is in alle staten, dat kan ik u wel vertellen. Ze willen Binky een hoger tarief laten betalen omdat ze nog geen vijfenzestig is. Want anders stroomt het vól met jonge mensen, beweren ze, vanwege de veiligheid en onze georganiseerde gezondheidszorg. Ik ben Aileen, tussen haakjes.'

'Ik ben Delia.'

'Prettig kennis te maken, Delia. Ik wil maar zeggen: wat drommel, Binky is zo'n dot dat wij háár zouden moeten betalen! Ze zal een fantastische aanwinst zijn voor onze zondagse avondjes.'

Op dat moment verscheen Ellie bij de zij-ingang.

Delia herkende haar ogenblikkelijk – aan het engelenhaar, de vlezige rode mond. Ze droeg een lange, roomwitte mantel, een fractie donkerder dan haar huid, en daar stond ze, op de een of andere manier stiller dan de andere vrouwen, totdat een begeleider dichterbij kwam. Dit was niet Peter maar zijn broer, blijkbaar – even donker maar gedrongener van bouw. Ellie nam zijn arm en liep naar voren terwijl haar mantelzoom chic meedeinde. Maar waar zou ze nog een plaats vinden? Alle banken waren nu stampvol. De begeleider scheen haar dit mee te delen; ze luisterde fronsend, de lippen vooruitgestoken. Ze liepen nu voor de preekstoel langs. Aan de andere kant stond een aantal mensen – voornamelijk keukenpersoneel, in schorten – tegen de muur, en Ellie werd in hun midden geplant. Wat sneu nu, dacht Delia, dat de ene dochter die was komen opdagen moest staan!

Maar nee, er was nóg een dochter – een fletse, spookachtige vrouw die van haar stoel opstond en zich langs een rij knieën wrong om bij Ellie te komen. De tweede vrouw had ook blond haar, maar het was zo hardhandig kortgeknipt dat het op sommige plaatsen van haar schedel leek te zijn geschraapt. Achter gebogen vingers fluisterde ze iets tegen Ellie. Toen wendden beide vrouwen zich om en keken recht naar Delia.

Schuldbewust sloeg Delia haar ogen neer. Ze had naar die twee moeten lachen, maar ze veinsde op te gaan in een gesprek met Aileen. 'Dat is Mary Lou Simms aan het orgel,' zei Aileen. Delia had niet opgemerkt dat er een orgel wás, maar nu hoorde ze een iele weergave van 'Een vaste burcht'. Van de oude man rechts van haar kwam een doordringend gefluit, iets dat met zijn gehoorapparaat te maken had. 'O, en dáár is dominee Merrill,' zei Aileen. 'Is hij niet indrukwekkend?'

Dominee Merrill was helemaal niet zo indrukwekkend, vond Delia, maar hij droeg zijn zwarte toga met een zekere flair. Hij schreed naar de preekstoel, zwaaiend met een bijbel in zijn hand. Achter hem kwamen Nat en Noah. Nat hield zich stijf rechtop; vandaag had hij zijn stok thuisgelaten. Noah werd zo groot, besefte Delia. Nu hij zijn plaats naast Nat innam zag ze hoe hij was opgeschoten in de paar maanden dat ze hem kende.

Het orgel glibberde over in de bruiloftsmars. Iedereen keek om.

Eerst kwam een dikkere, alledaagsere versie van Binky – de bruidsdame in een wijde blauwe japon, met recht afgeknipt grijs haar en een breed, aardig gezicht. Toen Binky zelf, in het wit, en beeldschoon om te zien. Ze droeg roze rozen en straalde van blijdschap toen ze door het middenpad zweefde. Haar twee nichtjes, al net zulke schommels als hun moeder, sukkelden achter haar aan met hun handen om haar sleep.

'Ach, wat een sprookje!' zei Aileen. 'Heb je ooit zoiets snoezigs gezien?' Delia's buurman was bezig een blisterpak batterijtjes open te knagen. Ginds bij de muur was Ellie's gezicht een strakke witte vlam, maar zo te zien was het niet Binky die ze gadesloeg.

De bruidsstoet bereikte de voorkant, en Nat, trots en streng, gaf Binky zijn arm en wendde zich tot de predikant.

Het was een heel korte plechtigheid – enkel de trouwbeloften en het wisselen van de ringen. Noah deed het prima.

Hij stond op tijd klaar met de ring en hij liet hem niet vallen. Maar dit alles nam Delia waar met slechts een deel van haar aandacht – ze was zich elk moment bewust van Ellie Millers onbeweeglijke blik in haar richting.

Alle gasten waren na afloop uitgenodigd in Nats appartement – wie er maar wilde komen. Er was een geweldig gedrang van broze lichamen die de kapel uit dromden. Delia bood steun aan armen zo zacht en verschrompeld als ééndag-oude ballonnen. Ze perste naar motteballen ruikende vestjes in liften en hielp daarna boven meer vrouwen dan ze voor mogelijk had gehouden aan een plaatsje op de zompige kussens van Nats bank. Ze verheugden zich allemaal op Binky's taart. Ze bleken juist een voorkeur te hebben voor zelfgebakken, en waren maar wat blij dat ze geen tijd had gehad om de torenhoge pagode te bestellen waarvan ze had gedroomd. 'We krijgen de hele tijd al in de kantine alles uit de winkel,' zei een vrouw tegen Delia. 'Het komt van de Brinhart Bakkerijen en het smaakt naar verbandgaas.'

Delia keek rond naar Ellie maar zag haar noch Dudi. Hoewel, in deze drukte kon je makkelijk iemand over 't hoofd zien.

Ze wrong zich naar Binky toe, die stukken taart stond te snijden, met haar sleep in een lus over haar arm. 'Ging het goed, denk je?' zei Binky. Haar hoofdtooi van roze rozen helde over naar één oor als een zwierig aureool.

'Het ging perfect,' zei Delia. Ze begon de taart uit te delen. Intussen schonk Nat de champagne in waarmee hij Binky's twee zoons en haar nichtjes de ronde liet doen. Ze raakten door de glazen heen en moesten een pak wegwerptumblers openmaken.

Toen iedereen bediend was sprak Nat een toost uit. 'Op mijn prachtige, prachtige bruid,' zei hij, en hield daarna een klein toespraakje over dat het leven geen rechte lijn beschreef – hetzij omlaag of omhoog, één van tweeën – maar iets onregelmatigers, een zigzag of een kurketrekker of soms een krabbel. 'En soms,' zei hij, 'kom je bij wat je het einde waande, en ontdek je dat het een heel nieuw begin is.' Hij hief zijn glas naar Binky en zijn ogen glansden verdacht.

Een van de vrouwen op de bank zei dat Binky de citroenschil zelf moest hebben geraspt. 'Ik proef het altijd, zelfgeraspte citroenschil,' zei ze. 'Zinloos om het te vervangen door dat bruine poeier uit een flesje.' Ze likte peinzend de kruimels van haar vorkje. Haar gezicht was meer dan alleen maar oud geworden en overgegaan in het stadium waarin het leek te bestaan uit uiteenvallende deeltjes, zonder een enkele duidelijke afbakening. Kwam er een punt, dacht Delia, dat je al je vrienden overleefd had en ging geloven dat jij misschien de enige zou zijn die aan de dood zou ontsnappen?

Ze verloste Binky van het taartmes en sneed nog meer plakken af die ze rondbracht op een schaal voor als er mensen een tweede portie wilden. In de slaapkamer hield een jonge vrouw in een wit verpleegstersbroekpak een heel verhaal over allerlei ziekenhuizen, waarbij ze gemeenzaam sprak over het 'Sint Jos' en het 'Heilige Drie', terwijl een kring van bewoners aan haar lippen hing. Twee mannen zaten te schaken in een hoek; een van hen vroeg Delia of hij een extra stukje taart mocht meenemen voor zijn vrouw op de derde verdieping. Aileen, Delia's buurvrouw van daarstraks, knikte en lachte terwijl een vrouw met een bontstola andere bruiloften beschreef die ze had bijgewoond. 'En toen Lois: díe had het pas getroffen! Die trouwde met een man die alle grote apparaten al had, én een convectiekachel.'

Noah liep binnen met een glas champagne dat hij probeerde te verstoppen toen hij Delia zag. 'Geef hier,' beval ze.

'Hè toe, Delia.'

Ze nam het hem af en zette het op een voorbijkomend blad. 'Wat ik zeggen wou,' zei ze, 'waar is je moeder?'

'Weet ik niet.'

'Is ze niet boven gekomen?'

Hij haalde zijn schouders op. 'Ze zal wel wat anders te doen hebben gehad,' zei hij. Toen draaide hij zich op zijn hakken om en liep de kamer uit, voor ze iets terug kon zeggen – niet dat ze zo tactloos zou zijn geweest.

Binky's zuster, de draagster van het blad, klakte met haar tong. 'Ik heb haar direct na de jawoorden zien weglopen,' zei ze. 'Haar én haar zuster, Dudu, heet ze niet zo?'

'Dudi.'

'Al die heisa over de reactie van zíjn familie! En wij dan? Wij hadden óók het een en ander kunnen zeggen, geloof dat maar: trouwen met een man die oud genoeg is om haar vader te zijn!'

'Och,' zei Delia, 'ik ben blij dat ze elkaar gevonden hebben.'

'Ja, misschien,' zei de zuster met een zucht.

Toen dook Nat op naast Delia. 'Heb je mijn schoonzuster al ontmoet?' vroeg hij. 'Bernice, mijn nieuwe schoonzuster. Kun je je voorstellen dat iemand van mijn leeftijd nog een spiksplinternieuwe schoonzuster te beurt valt?' Hij was in de wolken, zijn stem klonk onvast, de huid van zijn gezicht was zo strak en blozend dat hij wel geschminkt leek als netechte oude man voor een schooltoneelstuk. Als hij de verdwijning van zijn dochters al had opgemerkt, had die geen domper op zijn geluk gezet.

Tijdens de rit naar huis zei Delia tegen Noah dat ze zijn moeder heel knap vond. Eigenlijk was dat niet helemaal waar. Ze had gevonden dat Ellie iets opzichtigs had; het scherpe kleurcontrast in haar uiterlijk deed het op televisie beter dan in het echt. Maar ze zocht een excuus om over haar te beginnen. De enige reactie die Noah daarop had was: 'Ja', en hij trommelde met zijn vingers en keek uit het zijraampje.

'En jij zag er óók allemachtig goed uit,' zei ze.

'Jaja.'

'Geloof je me niet? Kijk maar uit,' plaagde ze. 'De eerstvolgende bruiloft die je meemaakt kan best die van jou zijn.'

Maar er kon geen lachje af. 'Mooi niet,' zei hij.

'Wat: ga jij dan niet trouwen?'

'Ik en pappa hebben het bij de vrouwen verprutst,' zei hij mistroostig. 'Volgens mij is er iets mee dat wij niet snappen.'

Onder andere omstandigheden was ze misschien geamuseerd geweest maar nu was ze getroffen. Ze keek even opzij. Hij bleef uit het raam staren. Ten slotte gaf ze een klapje op zijn knie, en de rest van de weg legden ze af zonder iets te zeggen.

16

'Als x de leeftijd is die Jenny nu heeft, en y de leeftijd die ze had toen ze naar Californië ging...' zei Delia.

T.J. Renfro legde zijn hoofd op de keukentafel.

'Kom, T.J., het is niet zo moeilijk! Kijk, we weten dat ze drie jaar jonger was dan haar vriendinnetje dat ze in Californië ging opzoeken en we weten óók dat haar vriendinnetje toen...'

'In het echte leven heb ik hier geen ene moer aan,' deelde T.J. haar gesmoord mee.

Hij droeg het soort kapsel dat maar half af lijkt – middellang bovenop maar met lange, zwarte, vettige slierten in zijn nek. Zijn beide bovenarmen waren getatoeëerd met banden van prikkeldraad en aan zijn zwartleren vest zaten meer ritsen dan je in de hele kleerkast van de meeste mensen zou vinden. In tegenstelling tot Delia's andere leerlingen, die met haar afspraken in de kamer van de schoolpsycholoog, kwam T.J. naar het huis. Hij was tot 1 mei geschorst en mocht geen voet op het schoolterrein zetten; derhalve meldde hij zich elke donderdagmiddag om drie uur bij de Millers aan de achterdeur. Delia wilde niet weten waarom hij was geschorst.

Ze zei: 'Het echte leven barst van dit soort problemen! De onbekende grootheid zoeken: dat zul je nog vaak genoeg moeten doen.'

'Alsof ik in het echt op een of andere griet afstap en vraag hoe oud ze is,' zei T.J., zijn hoofd opheffend, 'en alsof zij dan zegt: nou, tien jaar geleden was ik twee keer zo oud als mijn achternichtje toen zij...'

'O, maar dan snap je niet waar het om gaat,' zei Delia.

'En waarom gaat die Jenny trouwens logeren bij iemand die drie jaar jonger is? Slaat nergens op.'

De telefoon ging en Delia kwam overeind om op te nemen.

'Ze heeft waarschijnlijk alleen maar gezégd dat ze uit logeren ging, en zich toen ergens in een motel verstopt met haar vriendje,' zei T.J.

Delia nam de hoorn op. 'Hallo?'

Stilte.

'Hallo!'

Wie het ook was hing op. 'Dat gebeurt vaker de laatste tijd,' zei Delia en legde zelf neer. Ze liep terug naar haar stoel.

'Dat is elektrische terugslag,' zei T.J.

'Terugslag?'

'Als je je lijn een tijdje niet gebruikt dan ontstaat er zeg maar al die opgestuwde energie en die stroomt als het ware over en zet je telefoon aan het rinkelen.'

Delia hield haar hoofd scheef.

'Gebeurt bij m'n moeder thuis wel twee of drie keer in de week,' zei T.J.

'O, maar hier gebeurt het meer in de orde van twee of drie keer per dág,' zei Delia.

De telefoon rinkelde opnieuw. Ze zei: 'Zie je wel?'

'Gewoon laten bellen.'

'Ik word gék van laten bellen!'

Hij kantelde zijn stoel achterover en nam haar eens op. De telefoon rinkelde een derde keer, een vierde. Toen knalde de buitendeur open en Noah kwam binnenvallen, een vlaag frisse lucht meebrengend. 'Ha T.J.,' zei hij. Hij schudde zijn schoolrugzak af en nam de hoorn op. 'Hallo?'

In de stilte die volgde hielden T.J. en Delia hem nauwlettend in het oog.

'Nee, ik denk niet dat ik kan,' zei Noah. Hij keerde zich van hen af. 'Ik kán gewoon niet, dat is alles.' Nieuwe stilte. 'Nee, daar is het niet om, echt niet! Alleen, ik heb allemaal huiswerk en zo. Nou, ik moet aan de gang nu. Dag.' Hij hing op.

'Wie was dat?' vroeg Delia.

'Niemand.'

Hij slingerde zijn rugzak over een schouder en liep weg naar zijn kamer.

T.J. en Delia keken elkaar aan.

De volgende middag, een koele zonnige vrijdag, ging Delia met Vanessa naar de uitverkoop bij de Junior Mister Shop. De lente kon nu elk moment aanbreken en Noah was uit al zijn voorjaarskleren gegroeid. Het werd een tergend trage wandeling, want Greggie was midden in zijn nee-periode en weigerde zich in zijn wagentje te laten rijden. Hij moest en zou elke centimeter van de weg lopend afleggen. Delia had het gevoel dat ze Bay Borough nog nooit zo grondig had bekeken – elk plastic bekertje dat over de stoep rolde, elke mus die zilverpapier uit de goot pikte. Ze gingen pas terug toen het al tegen drieën liep. 'O, o,' zei Delia, 'kijk eens hoe laat het al is. Noah zal nog eerder thuis zijn dan ik.'

'Gaat hij dan niet naar zijn moeder?' vroeg Vanessa.

'Deze week niet.'

'Ik dacht dat hij elke vrijdag ging.'

'O, er zal iets tussen zijn gekomen.'

Ze waren nu bij de hoek waar hun wegen zich scheidden en Delia zei: 'Dag Greggie. Dag Vanessa.'

'Tot ziens Dee,' zei Vanessa. 'Zullen we Belle vragen of ze zin heeft om in het weekend bij elkaar te komen?'

'Ja best.'

Belle hield tegenwoordig al haar weekenden vrij voor meneer Lamb, maar Delia had orders dat geheim te houden.

Bij de basisschool stroomden de kinderen al het schoolplein op. Delia deed echter geen moeite Noah te vinden. Ze wist dat hij liever met zijn vriendjes naar huis liep. Ze ontweek een weggerold skateboard, lachte naar een meisje dat bezig was blaadjes papier van de grond op te rapen en negeerde beleefd een moeder en zoon die bij hun auto stonden te ruziën.

Maar wacht. De zoon was Noah. De moeder was Ellie.

Ellie, in haar roomwitte mantel van de bruiloft, maar uiterlijk afgejakkerd en overspannen, probeerde Noah op de bijrijdersplaats te krijgen. En Noah trok zich los, zijn jack halverwege zijn armen afgestroopt. 'Mam,' zei hij telkens. 'Mam. Hou op.'

Delia zei: 'Noah?'

Ze wierpen haar eenzelfde verstrooide blik toe en zetten hun handgemeen voort. Ellie begon Noahs hoofd omlaag te stompen, net als politieagenten op de televisie deden om hun geboeide verdachten in patrouillewagens te stouwen.

'Wat is hier aan hand?' vroeg Delia. Ze deed een greep naar Ellie's pols. 'Laat hem los!'

Ellie slingerde haar zo heftig van zich af dat ze Delia in het gezicht sloeg; de scherpe steen in haar ring schramde Delia's voorhoofd. Ondertussen slaagde Noah erin zich los te rukken. Hij struikelde een paar stappen achteruit en trok zijn jack recht. Uit zijn wijd openstaande rugzak woei papier. (Dát waren de blaadjes die het meisje aan het oprapen was!) Hij veegde met een vuist langs zijn neus en zei: 'Tjezus, mám.'

Ellie richtte zich op, met gierende adem en boze ogen.

Eerbiedig bood het meisje Noah zijn blaadjes aan. Hij pakte ze aan zonder ernaar te kijken. Nu zag Delia dat dichtbij twee van zijn vriendjes rondhingen – Kenny Moss en een tweede jongen wiens naam haar zo gauw niet te binnen schoot. Ze keken wel maar verstolen, al trappend tegen de stoeprand. De andere kinderen, in groepjes voorbijlopend, leken niet te merken dat er iets aan de hand was.

'Ik wou alleen dat je kwám! Net als anders! Gewoon een normaal, vrijdags bezoek!' riep Ellie. 'Is dat te veel gevraagd?' Ze wendde zich tot Delia. 'Is dat nou zo...'

Iets deed haar verstommen. Haar mond viel open.

Noah zei: 'Goh!' Hij staarde naar Delia's voorhoofd. 'Delia! Jeetje, je zit ónder het bloed!'

Delia bracht haar vingers naar haar voorhoofd. Ze kwamen er helderrood vanaf. Maar ze voelde weinig pijn – niet meer dan een miniem prikken op haar slaap, daar waar de ader klopte. Ze zei: 'O, dat is niets. Ik ga naar huis en dan...'

Maar Noahs ogen waren enorm en Kenny Moss zei: 'Allemachtig!' en greep de andere jongen bij zijn mouw, en het meisje deelde op effen toon mee: 'Ik val flauw als ik bloed zie.'

Ze leek inderdaad op het punt van flauwvallen – haar lippen waren asgrauw – en Delia, die prompt reageerde, zei daarom krachtig: 'Nou, kijk dan niet.' Zijzelf was absoluut niet draaierig. Dit was duidelijk het soort wond dat veel erger lijkt dan hij is. Maar ze maakte zich wel zorgen om haar kleren. 'Ergens hier,' zei ze, naar een tissue rommelend in haar handtas. De zak van de Junior Mister Shop zat haar in de weg en ze reikte hem Noah toe, kleverige rode vingerafdrukken achterlatend op de verfrommelde bovenkant. 'Ik wéét dat ik ergens een...'

Zachte, bloemige proppen tissue werden haar onder de kin geduwd – een bijdrage van Ellie. 'Het spijt me ontzettend,' zei ze. 'Het was een ongeluk! Delia, geloof me, ik wou je geen kwaad doen.'

'Ja, dat weet ik,' zei Delia, de tissue aannemend. Ze was wonderlijk gestreeld dat Ellie haar bij haar naam noemde. Ze drukte de tissue tegen haar slaap, die nu begon te bonzen.

'O God, we moeten je naar een dokter brengen,' zei Ellie.

'Ik heb geen dokter nodig, hoor.'

'Dat kun jij niet beoordelen! Je bent overstuur,' zei Ellie. Hoewel het Ellie was die overstuur leek, en haar nog meer handenvol tissue opdrong (had ze die los in haar zak of zo?) en de anderen op schelle toon commandeerde: 'Hup! Maak eens plaats. Noah, jij op de achterbank; we zetten Delia voorin.'

'Is er op school geen verpleegster of zo? Waarom zoeken we geen verpleegster?' vroeg Delia.

Maar Ellie zei: 'Je wilt toch niet blijven zitten met een litteken? Een lelijk, ontsierend litteken?'

Hetgeen iets was om rekening mee te houden; en dus liet Delia zich naar de plaats voorin begeleiden. Noah, die de stoel naar voren had geklapt om achterin te klimmen, zette hem recht voor Delia. Toen ze zat boog hij over haar schouder om haar een grijs sweatshirt uit zijn rugzak aan te reiken. 'Hier,' zei hij. 'Het gaat als water door die zakdoeken heen.'

Ze zou hebben tegengesputterd (bloed ging er in de was zo slecht uit), maar ze had de tissues inderdaad opgebruikt. Ze drukte het sweatshirt tegen haar voorhoofd en ademde de geur in van schoon zweet en gymschoenen. Intussen schoof Ellie achter het stuur en startte de motor. 'Het zal wel gehecht moeten worden,' zei ze en trok op, het verkeer in. 'O, de laatste tijd is het net of alles wat ik aanraak er in volle galop naar alle kanten vandoor gaat! En mij verpletterd het nakijken geeft!'

'Ik weet precies wat je bedoclt,' zei Delia. Ze keek even opzij van onder het sweatshirt. Van dichtbij leek Ellie aardiger. Haar lippenstift was verweerd tot een vermoeide contour en haar buitenste ooghoeken hingen omlaag.

'Ik ben niet mezelf de laatste tijd,' zei Ellie. 'Dat hoor je mensen altijd zeggen, maar tot nu toe dacht ik dat het maar bij wijze van spreken was. En nu sta ik aan de kant naar mezelf te kijken als heel iemand anders en ik denk: "Hoe kómt ze erbij?"'

Ze sloegen linksaf Weber Street in. Delia vouwde het sweatshirt opnieuw op voor een schoon stuk. Nu begreep ze waarom je zo dikwijls rode rozen geplant zag bij grijze stenen muren. De bloedvlekken staken zo helder af tegen de stof van het sweatshirt, ze had het graag aan de anderen laten zien. Maar Ellie praatte maar door. 'Ik erken dat ík uit dat huwelijk ben weggelopen,' zei ze. (Delia speelde de laatste paar zinnen over, zich afvragend of ze ergens een essentiële overgang had gemist.) 'Daar hoef je me niet aan te herinneren! Ik was me gaan verbeelden dat ik in de hemel kwam en dat God zou zeggen: "Zonde hoor; ik stuur jou de wereld in en jij hebt er niets mee gedaan, je hebt enkel op één plek zitten klagen dat je je verveelde." Dáárom ben ik vertrokken. Maar toen ik jou bij de bruiloft zag, toen ik zag hoe – nou ja, ik zal wel gedacht hebben dat je ouder en dikker was, in een jurk met een rits van voren of zo. Ik weet wel dat ik een scène heb gemaakt, door Joël zo op te bellen...'

Ellie had Joël gebeld?

'Ja, ik zág mezelf draaien, en ik zei nog: "Wie doet nu zoiets stoms!" Maar ik deed het toch. En ik had me nog zó voorgenomen mevrouw IJspegel te zijn. "Joël, ik heb eens nagedacht," wou ik zeggen. "Misschien moest je de voogdij maar aan mij overdragen, nu jij vrouwelijk gezelschap hebt." Maar hij zal jou wel hebben verteld hoe het ging. Ik hoor zijn stem, en ik lijk wel mesjokke geworden. "Hoe durf je Noah dit aan te doen! Een onschuldig kind blootstellen aan dat ordinaire liefdesnestje dat je hebt ingericht!"'

Liefdesnestje! Delia was gestreeld.

'En of dat al niet erg genoeg was moest ik er zo nodig ook Noah in betrekken. Het spijt me schat!' zei Ellie tegen de binnenspiegel. Maar ze wachtte niet op Noahs reactie. 'En je weet hoe bikkelhard kinderen kunnen zijn. Zodra je laat merken dat je van streek bent doen ze of je niet bestaat. Ze kijken dwars door je heen. En verzinnen al die smoesjes waarom ze niet naar je toe kunnen komen.'

'Mam,' zei Noah.

Delia was benieuwd hoe hij dit zou opvangen, maar hij zei alleen: 'Mam, je rijdt net langs dokter Norman.'

'Ja, weet ik,' zei Ellie. Ze waren nu in Border Street, op

weg naar de 380. 'Elke ochtend bij het wakker worden zei ik: "Vandaag ga ik mezelf aanpakken. Ik zet het gewoon uit mijn hoofd," zei ik, maar evengoed wás jij er, dat raadselachtige mens waar niemand wat van wist, precies het type waar Joël voor zou vallen. Wedden dat je ook nog perfect Engels spreekt?'

'Je ziet het helemaal verkeerd,' zei Delia, al was het met tegenzin. 'Het is niet zoals jij...'

Maar Ellie zwenkte nu noordwaarts de 380 op en Noah viel haar in de rede met de vraag: 'Mam, waar ga je naartoe?'

'Dokters zat in Easton,' zei Ellie.

'Easton!' zeiden Noah en Delia tegelijkertijd.

'Nou, je dacht toch niet dat we dokter Norman kunnen gebruiken! Die woont in de stad! Dan denkt iedereen in de stad dat ik het expres heb gedaan.'

'Kunnen we niet gewoon zeggen van niet?' zei Delia.

'Ha! Jij kent Bay Borough niet zoals ik. De mensen daar maken al een schandaal van het kleinste wissewasje.'

'Een apotheek dan,' zei Delia. Ze begon het benauwd te krijgen. 'Er hoeft alleen een gaasje op.'

'O, Delia, Delia, Delia,' zei Ellie. 'Wat ben jij naïef. Je kunt er donder op zeggen dat de apotheker een of andere oud-leerling van Underwood is die staat te trappelen om het aan de telefoon verder te vertellen. "Moet je hóren!" imiteerde ze. "Die gestoorde vrouw van meneer Miller wou zijn vriendin vermoorden."'

'Ik ben niet zijn...'

'Jij zegt zeker nooit "delen", hè?'

'Delen?'

'In plaats van meedelen. Bijvoorbeeld: die en die heeft zijn gevoelens met me gedeeld. Joël knarste altijd met zijn tanden als ik dat zei. En hij had er een handje van het lijdend voorwerp van mijn werkwoorden ertussen te schuiven. "Waarván genoten?" vroeg hij dan. Of: "Wát overleefd? Waar is het object van je zin, Ellie?"'

Delia zag een terrein vol dode auto's voorbijglijden. Achterin zweeg Noah.

'Gek, mannen zijn altijd van tevoren bang dat het huwelijk ze aan banden zal leggen,' zei Ellie. 'Vrouwen staan er niet bij stil. Het overvalt ze pas achteraf. Levenslang vastgebakken! Gevangen! Voorgoed in de val met een man van wie je niet "co-ouder" mag zeggen.'

Ze remde; ze waren bij het stoplicht voor de Highway 50. Terwijl ze wachtten tot het licht groen werd begon ze in haar tas te rommelen. 'Heb jij gewoon geld?' vroeg ze Delia. 'Ik betaal liever niet met een cheque. Zelfs helemaal in Easton kan mijn naam iemand nog bekend voorkomen.'

Ze was niet goed snik, concludeerde Delia. Tot dusver had ze Ellie's kant van de dingen kunnen zien – er zelfs begrip voor gehad. Maar nu kreeg ze een gevoel van paniek. En bovendien begon die snee pijn te doen. Ze dacht zelfs dat ze de opening wijder voelde worden, de wondranden voelde verharden tot een blijvend litteken.

Ze zouden de benen moeten nemen zodra ze Noah heelhuids van de achterbank kon grissen. Misschien wanneer ze bij de dokter waren. *Als* ze bij de dokter kwamen; want hier zaten en zaten ze maar voor dit eeuwig rode licht. 'Groen, groen,' drong ze aan. Ze leunde naar voren alsof dat de zaak zou verhaasten.

Ellie, die haar verkeerd begreep, zei: 'O sorry', en haalde haar voet van de rem. Ze stoven de Highway 50 op en een wild toeterende tankwagen week plotseling uit en slingerde stuurloos naar de verkeerde weghelft. Ellie gaf een gil. Delia was te geschrokken om te schreeuwen. Ze zwenkten naar de vluchtstrook en stuiterden over een stukje droog gras voordat ze tot stilstand kwamen.

'Ik dacht dat jij zei dat het licht groen was!' krijste Ellie.

'Ik bedoelde alleen... o hemel,' zei Delia. Ze keek om naar Noah. 'Ben je in orde?' vroeg ze.

Hij slikte, en knikte van ja.

Heimelijk, met een beweging die wel geolied leek, tastte Delia naar de deurkruk. Ze gaf hem een soepel duwtje omlaag en liet de deur openkieren. Toen schreeuwde ze: 'Noah, hup! Eruit!' en sprong uit de auto, tegelijkertijd haar stoel naar voren klappend zodat Noah haar kon volgen. Hij deed het gelukkig. Hij had goede reflexen. Hij belandde bijna boven op haar, omdat ze toevallig direct in een onder het platgereden gras verborgen gat of greppel stapte. Haar rechterenkel zwikte onder haar weg en Noah knalde tegen haar schouder, en ze had natuurlijk ook het sweatshirt nog tegen de wond op haar hoofd gedrukt, maar ze waren tenminste in veiligheid.

Intussen had Ellie haar eigen portier geopend, waardoor ze andermaal een passerende truck aan het toeteren bracht. Het blèren van de claxon ging Delia door merg en been. Opeens zakte haar hart in haar weg alsof het nu pas bericht kreeg van het gevaar. Jeetje, ze waren door rood licht gereden! Zomaar het snelverkeer in gezoefd zonder ook maar links of rechts te kijken! Haar huid begon te tintelen bij de herinnering. Alsof door hun bijna-botsing haar uiterste buitenkant werkelijk geschampt was.

'We hadden wel dood kunnen wezen!' riep ze, en Ellie rende naar haar toe en kreet: 'Wéét ik! Een wonder dat we nog leven!' Ze sloeg haar armen om Delia en Noah heen. Noah zei: 'Mam', en wrong zich los, maar Delia omarmde haar terug. Beide vrouwen waren licht betraand. Ellie zei almaar: 'O god, o god', en lachte en veegde haar ogen af.

'Mam,' zei Noah nog eens, van de zijlijn. 'Kunnen we nu alsjeblieft naar dokter Norman?'

'We zeggen wel dat ik mijn hoofd heb gestoten,' zei Delia. 'Hij zal er niets van denken.'

'Ja, je hebt gelijk,' zei Ellie. 'Dat doen we. Kom op, als ik tenminste nog durf te rijden.'

Dus klommen ze alle drie weer in de auto, die een Plymouth bleek te zijn, maar een jaar of twee nieuwer dan de

Plymouth van Delia, en Ellie wachtte tot er geen enkel ander voertuig in zicht was, alvorens weer langzaam op te trekken en te keren. Pas toen ze weer op de 380 zaten durfde ze opnieuw te spreken; zo geconcentreerd was ze op het rijden. Toen vroeg ze Noah wat hij van plan was aan zijn vader te vertellen.

Noah liet een lange stilte ontstaan, maar zei ten slotte: 'Hetzelfde als we tegen dokter Norman zeggen? Dat we met jou van school naar huis zijn gereden? Dat Delia haar hoofd heeft gestoten?'

'Ja, goed,' zei Ellie, en haar handen ontspanden op het stuur.

Naar alle waarschijnlijkheid had ze vooral in de rats gezeten over Delia. Ze moest hebben geweten dat Noah niet zou kletsen; hij had die schrikbarende, koele, stoïcijnse zwijgzaamheid die je vaak ziet bij kinderen van moeilijke huwelijken.

'En eigenlijk ís dat ongeveer wat er gebeurd is,' zei Ellie. 'We zijn verzeild geraakt in een, hoe noem je dat, een hoos van gebeurtenissen, toch? Ja toch?'

'Ja natuurlijk,' antwoordde Delia.

Ellie minderde vaart voor de afslag naar Border Street. 'Je zult het misschien niet geloven,' zei ze, 'maar anders ben ik best een evenwichtig mens. Het komt omdat ik de laatste tijd nogal onder druk heb geleefd. O, voor de camera werken is veel meer stress dan ik had gedacht! Ik moet elke seconde op mijn gewicht letten, maken dat ik de volle acht uur slaap krijg, mijn huid verzorgen. Zie je dit?' Ze was bezig met fileparkeren maar stopte halverwege om een haarstreng vast te pakken. 'Ontkleurd, uitgedund, gepermanent, geblondeerd...' Ze trok de streng strak en liet hem los. 'Zie je hoe het zo lang en dun uitrekt, en dan gewoon áfknapt, boing! Dat is geen haar meer, dat is, weet ik veel, kneedgum. En als ze me nu nog een poosje vrij gaven tot mijn wenkbrauwen weer zijn aangegroeid!'

Een wiel schraapte langs de stoeprand. 'En dan hebben we nog mijn geschifte zus die het in haar bol geslagen is over pa's huwelijk,' zei ze, 'en het lek in het plafond van mijn flat waarvan niemand weet hoe het er komt en dan heb ik het niet eens over pa zelf. Waarom moet hij zo nodig overnieuw beginnen, op zijn leeftijd? Hij is zevenenzestig en heeft bovendien voortdurend pijn, had je dat gemerkt? Waarom dacht je dat hij die bezoekjes van Noah zo kort houdt? Zijn liefste kleinkind, maar meer dan een uur en hij is óp!'

'O, de stakker,' zei Delia. Ze opende het portier en stapte uit, nog steeds met het sweatshirt tegen haar hoofd. Op de een of andere manier was het spoedeisende van hun boodschap weggeëbd, viel haar op. Ze zwaaide de stoel voor Noah naar voren en hij klom achter haar aan uit de auto.

'Als ik bedenk hoe hard ik heb gewerkt om hem te helpen verhuizen!' vertelde Ellie, haar eigen deur dichtslaand. 'Al die dozen die ik heb ingepakt! Het voelde net of ik hem naar een kinderkamp stuurde of zo. "Heb je wel de goeie kleren bij je? Wat trekken de andere kinderen aan?" en nu dreigen ze hem eruit te zetten.'

'Eruit te zetten!' zei Delia.

Ze klommen de stoep op van een groot houten huis met een veranda rondom. Noah liep voorop. Delia sjokte crachteraan, vertraagd door haar enkel. Ze riep: 'Ik dacht dat ze hadden gezegd dat hij mocht blijven?'

'Dat was voordat hun ter ore kwam dat zijn vrouw in verwachting was,' zei Ellie.

Delia stond stil op de bovenste stoeptree en gaapte haar aan. Zelfs Noah staarde. 'In verwachting waarvan?' zei Delia dom.

'Gebruik toch je hersens Delia! Waarom denk je dat ze de bruiloft naar maart hebben verschoven?'

'O, omdat... hebben ze jou dat verteld? Of raad je er maar naar?'

'Nou, en of ze het mij hebben verteld,' zei Ellie. 'Plechtig aangekondigd, net vorige week. Pa zegt tegen Binky: "Engel? Maak jij het nieuws bekend of zal ik het doen?" en Binky zegt: "O, doe jij het maar schat." Daar ga je toch van over je nek? Dat soort taal klinkt, ik weet niet, zo onecht, wanneer het een tweede huwelijk is. En pa schraapt zijn keel en zegt: "Ellie," zegt hij; hij zegt: "Je krijgt een zusje." Nou, ik was een beetje traag van begrip en ik zeg: "Ik héb al een zusje. Méér dan een." Hij zegt: "Ik bedoel nóg een zusje. We zijn zwanger." Dat is een letterlijk citaat. "Wij," zei hij. Reken maar dat hij het de eerste vier keer niet op die manier heeft uitgedrukt.'

'Maar... wanneer gaat dat gebeuren?' vroeg Delia.

'September.'

'September!'

Statig zeilde Ellie door de voordeur. Delia stond stil op de stoep. Binky was altijd mollig geweest, ook mollig om haar middel, maar... Ze keek Noah aan. 'Wist jij hiervan?' vroeg ze.

Hij schudde zijn hoofd.

'Nou...' zei ze. 'Dan krijg je een baby-tante. Stel je voor!'

Hinkend over de drempel hoorde ze Ellie vreugdeloos grinniken.

Dit was de eerste keer dat Delia in dokter Normans praktijk kwam, ofschoon zijn nummer bij de Millers in de keuken naast de telefoon hing. Zodra ze die mengeling rook van vloerwas en propanol werd ze overrompeld door die gewaarwording van thuiskomen – het gevoel dat ze was weergekeerd op haar rechtmatige plaats; dat alle andere plaatsen onecht waren, voorlopig, vreemd aan haar ware aard. Ze bleef stilstaan in de hal (versleten oosters tapijt, gemberpotlamp op een tafeltje) totdat Ellie haar bij de arm pakte en naar de wachtkamer bracht. 'Is hij er?' vroeg ze de vrouw aan de balie. De vrouw was veel ouder dan Delia en twintig kilo zwaarder, maar toch iemand met wie Delia zich kon vereenzelvigen, toen ze haar vingers zag rusten op de chroomomrande toetsen van een bejaarde schrijfmachine. 'We hebben hier een spoedgeval,' zei Ellie.

O ja, het spoedgeval. Delia was het al haast vergeten. Terwijl Ellie de omstandigheden uitlegde (scherpe metalen punt op de... kon er niets aan doen... probeerde haar nog te waarschuwen maar...) nam Delia het sweatshirt van haar voorhoofd en merkte dat het bloeden was opgehouden. De bloedvlekken op het shirt waren ingedroogd tot een matte, zwartige kleur. Ze keek naar de andere patiënten. Twee vrouwen en een klein meisje zaten haar belangstellend op te nemen en ze duwde haastig het sweatshirt weer tegen haar slaap.

Dokter Norman legde net de telefoon neer toen de assistente hen binnenbracht. Hij was een dik mannetje met een volant van witte krullen boven zijn oren. 'Wat hebben we hier?' vroeg hij opstaand, en hij liep om de schrijftafel heen om het sweatshirt met bekwame vingers los te peuteren. Zijn adem rook naar pijptabak. Delia had graag zijn hand gepakt en er haar wang in gevlijd. 'Hmm,' zei hij, turend. 'Nou, daar zult u niet aan doodgaan.'

'Laat het een litteken achter?' vroeg Delia.

'Nee, dat hoeft niet. Moeilijk met zekerheid te zeggen, voordat ik het heb schoongemaakt.'

'Ik heb natuurlijk al het mogelijke gedaan,' zei Ellie. 'Telkens en telkens gewaarschuwd. "Dee, kijk uit bij het instappen," zei ik; ik heb het haar minstens tíen keer gezegd...'

Dokter Norman zei ietwat ongeduldig: 'Ja, 't is goed, Ellie, ik snap het', en Ellie hield haar mond. 'Komt u maar even mee,' zei hij tegen Delia. Hij liet haar in een aangrenzend vertrek. Ellie en Noah volgden, wat waarschijnlijk niet zijn bedoeling was geweest.

In deze tweede kamer stond een met zwart, gebarsten leer beklede onderzoektafel. Delia wipte behendig op het ene eind en zette haar tas op haar schoot. Terwijl dokter Norman rommelde in een metalen bakje met de kleur van gecondenseerde melk, vroeg hij Ellie naar het weer; Noah naar zijn softballteam; zei tegen Delia dat hij had gehoord dat ze zo heftig lesgaf.

'Heftig!' zei Delia.

'Dat betekent "goed".' Hij keek op van de rubberhandschoenen die hij bezig was aan te trekken. 'In T.J. Renfro's taalgebruik is "heftig" "goed" en "onwijs" ook. 't Is onwijs, zoals u een vergelijking uitlegt, zegt hij.'

Ellie, die een poster had bekeken over de Heimlich-manoeuvre, keek haar aan. 'Geef je bijles op Underwood?' vroeg ze.

'Ja.'

Ze snoof. 'Joël is vast in de wolken,' zei ze. 'Hij zeurde altijd dat ik me aan moest bieden.'

Dokter Norman wierp Ellie een vlugge blik toe, die haar vermoedelijk ontging. Toen zei hij: 'Mag ik even, joh', tegen Noah en liep achter hem langs voor een tweede blik op Delia's voorhoofd. Ze hield haar bengelende voeten stil toen hij vlakbij was. 'Dit prikt een beetje,' zei hij, een desinfecterend gaasje openscheurend. De scherpe, gezaghebbende lucht vervulde haar van verlangen. *Ik ben niet zomaar een patiënt*, had ze tegen hem kunnen zeggen. *Ik ken deze praktijk van haver tot gort! Ik weet dat u vanavond aan tafel tegen uw gezin zegt dat Ellie Miller zich knap jaloers gedraagt, in aanmerking genomen dat ze uit elkaar zijn. Ik wéét dat u zult vertellen dat u eindelijk kennis hebt gemaakt met die inwonende vrouw van Joël, en afhankelijk van uw discretie zou u zelfs enig vermoeden kunnen uiten omtrent de precieze toedracht van mijn verwonding. Denkt u maar niet dat ik een buitenstaander ben die niet verder kijkt dan de witte jas!*

Maar vanzelfsprekend zei ze niets, en dokter Norman depte haar wond en drukte er toen aan weerskanten op met rondjes rubberachtige warmte om hem te testen met zijn vingertoppen. 'Wat u hebt,' zei hij, 'is een oppervlakkige schram op uw voorhoofd en op de slaap zit een vrij diepe snee. Maar hechten is niet nodig, en ik betwijfel of het een litteken blijft, mits we de wondranden bij elkaar houden terwijl het geneest.' Hij draaide zich om naar de kast. 'We sluiten het alleen af met een zwaluwstaartje, zo'n handig pleistertje dat...'

Ja, Delia wist precies wat een zwaluwstaartje was – ze had het vaak genoeg op de wonden van haar eigen kinderen geplakt. Ze sloot haar ogen terwijl hij het op zijn plaats bracht. Naast zich hoorde ze Noah ademen; hij boog voorover om te kijken. 'Wijs!' zei hij.

'Nou, als u wilt kan ik een receptje schrijven voor een pijnstiller,' zei dokter Norman, 'maar ik geloof niet...'

'Het doet nauwelijks pijn,' zei Delia, haar ogen opslaand, 'ik heb niks nodig.'

Hij krabbelde voor hij haar uitliet een briefje voor zijn assistente, gaf Noah een klapje op zijn schouder en zei: 'Ellie, altijd leuk om te zien hoe goed je kleren om je heen vallen.'

'O hou op,' zei Ellie. Tegen Delia zei ze: 'Iedereen drijft de spot met een opmerking die ik in de *StrandKrant* heb gemaakt.'

Delia's enige reactie was: 'O?', omdat ze niet wilde laten merken dat ze die gelezen had.

'Maar ik werd verkeerd geciteerd!' zei Ellie. 'Of tenminste, ik bedoelde het niet zo. Wat ik wou zeggen was, ik kleed me zuinig.'

Ze was er nog steeds over bezig – tegen Noah, dat deze rok bijvoorbeeld dertien vijfennegentig bij de Tienerwereld had gekost – toen ze bij de receptiebalie kwamen, zodat Delia de rekening moest betalen. Ze vond dat Ellie het wel had mogen aanbieden. Maar ze had zich al voorgenomen dat af te slaan en hield dus haar mond.

Buiten op de veranda vouwde ze het sweatshirt op en stopte het in haar tas. Toen volgde ze Ellie en Noah de stoep af. Ellie had het nu over het kleedgeld van iemand die Doris heette. Doris? O ja, de presentatrice bij het journaal. 'Wat die alleen al aan haarbanden uitgeeft,' zei Ellie, 'nog afgezien van de sjaals die ze om die schrale hals van haar...'

Delia bedacht dat ze dat receptje toch had moeten aannemen, niet voor haar voorhoofd maar voor haar enkel. Ze had compleet verzuimd iets van haar verzwikte enkel te zeggen. Pijnlijk hinkte ze naar de auto en zonk met een plof op de voorbank.

'Nu wou je naar huis zeker,' zei Ellie.

'Ja graag,' zei Delia.

Maar Ellie had tegen Noah gesproken. 'Lieverd?' zei ze, met een blik op zijn gezicht in de binnenspiegel.

'Jawel,' zei hij.

'Je wilt niet van gedachten veranderen en met mij mee?'

'Ik moet een geschiedenisproefwerk leren.'

Ellie's schouders zakten in. Ze wees hem er niet op dat hij dat het hele weekend nog kon doen.

Ze reden door Weber Street, langs Copp Catering waar Belle het Thanksgiving-diner had besteld en de SubTub waar alle leerlingen van Underwood na school een snack gingen halen. In Ellie's gezelschap vond Delia dat Bay Borough een ander tintje kreeg. Het maakte niet zo'n vrolijke indruk als anders. De met hun boodschappentassen naar huis lopende vrouwen hadden zonder het te weten iets satirisch, als die glimlachende huisvrouwen in jaren vijftig-reclame voor keukenmachines. Delia zette de gedachte van zich af en sprak tegen Ellie. 'Nou,' zei ze. 'Ik zie je wel weer bij je vader misschien.'

'Als ik daar ooit nog kom,' zei Ellie somber.

'O, maar je moet komen! Waarom niet? Hij is zo'n genot om mee te praten.'

'Kun jij makkelijk zeggen,' zei Ellie. 'Jij bent zijn dochter niet.'

Ze draaide Pendle Street in, remde voor een loslopende collie en reed het pad van de Millers op. (De blik die ze naar de erkerramen wierp had evengoed niets kunnen betekenen.) 'Dag No-no,' zei ze, en gaf haar zoon een kushandje. 'Delia, nogmaals sorry voor alles.'

'Dat is in orde,' zei Delia.

Achter Noah aan de stoep op hinkend herinnerde ze zich waar ze dat zinnetje van Ellie eerder had gehoord. 'Makkelijk voor jou,' zeiden Delia's zusters. Ze zeiden: 'Allicht dat jij met pappa overweg kunt. Jij kwám zo laat, zodoende. Jij hebt hem minder te verwijten.'

Maar ze waren nooit in details getreden over wat zij hem dan verweten. Ze hadden het niet kunnen benoemen, ook niet toen ze ernaar vroeg, en ze wou er wat onder verwedden dat Ellie dat evenmin kon.

Toen Delia de schoenen wilde aandoen die ze in huis droeg merkte ze dat het bandje van haar pump een moet over haar rechterwreef had achtergelaten. Haar voet was zelfs zo gezwollen dat ze een *spookschoen* leek te dragen en haar enkel was niet meer dan een putje geworden. Toch dacht ze niet dat ze iets gebroken had. Ze kon haar tenen nog bewegen.

Ze liet een teiltje vollopen met koud water, deed er wat ijsblokjes bij en ging op een keukenstoel zitten om de enkel te laten weken. En wat moest ze nog meer doen? Al die keren dat ze Sam zijn patiënten had horen adviseren; je zou toch denken dat ze dat onthouden had. Er was een mnemotechnisch foefje voor: 'R.I.S.K.,' zei hij altijd. Ze probeerde het hardop: 'Rust, ijs...' Maar waar stonden de S en de K voor? Stilhouden? Koesteren? Ze probeerde het nog eens: 'Rust, ijs...'

'Rust, ijs, steun, kompressie,' zei Joël, zijn koffertje op het aanrecht zettend. 'Wat is er met jóu gebeurd? Je lijkt wel een oorlogsweesje.'

'O,' zei Delia, 'je weet toch dat autoportieren van die scherpe punten hebben...' Toen besefte ze dat daarmee haar enkel geenszins was verklaard. 'Ach, het was een dag met een gaatje,' eindigde ze vaag.

Hij ging er niet op door. Hij opende een keukenkastje en zocht naar iets op de bovenste plank. 'Ik weet zeker dat we een eerstehulpdoos hebben,' zei hij. 'Ik heb eens een cursus moeten volgen... ha, daar komt-ie.' Hij trok een grijsmetalen gereed schapskist te voorschijn. 'Wanneer jij klaar bent zal ik hem inzwachtelen.'

'O, ik ben klaar,' zei Delia. Ze zou misschien meer tijd moeten nemen, maar ze kreeg het koud van het ijs. Ze tilde haar voet op en depte hem droog met een theedoek. Joël boog zich eroverheen. Hij floot.

'Misschien moest je een foto laten maken,' zei hij. 'Weet je zeker dat je niks gebroken hebt?'

'Vrij zeker. Alles doet het,' zei Delia.

De teil opzijschuivend knielde hij neer en begon een strook vleeskleurig elastiek af te rollen. Delia voelde zich verlegen met haar dikke enkel en het dode blauw van haar huid, maar hij toonde geen reactie. Hij begon haar voet te omzwachtelen, kruiselings over haar wreef, van beneden naar boven in een serie volmaakt symmetrische v's. 'O, wat gaaf! Netjes, bedoel ik. Wat doe je dat goed.'

'Hoort bij de opleiding van een schoolhoofd,' zei Joël. Hij wikkelde het laatste stukje verband om haar scheenbeen. Toen zette hij het vast met twee metalen klemmetjes in dezelfde vorm als het zwaluwstaartje op haar slaap. 'Hoe voelt dat?' vroeg hij. Hij pakte haar enkel beet, als om hem te wegen. 'Strak genoeg?'

'O ja, het voelt...'

Het voelde verrukkelijk. Niet alleen de zwachtel – alhoewel de steun grote verlichting gaf – maar de hand die haar voet holte omvat hield, die grote handpalm die haar wreef door het elastiek heen verwarmde. Ze wou dat ze nog harder kon afzetten tegen die greep. Ze dorstte als het ware naar die stevigheid. Tot dan toe had ze nooit beseft dat de wreef een erogene zone kon zijn.

Alsof hij het raadde bleef hij geknield zitten en keek op naar haar gezicht.

'Delia?' zei Noah. 'Ik wou vragen of...'

Ze schrokken allebei. Joël liet haar voet vallen en stond op. Hij zei: 'Noah! Ik dacht dat jij bij je moeder was.'

Noah stond fronsend in de deuropening.

'We hebben, eh, net Delia's enkel verbonden,' zei Joël. 'Het ziet ernaar uit dat ze hem verstuikt heeft.'

Delia zei: 'Rust, ijs, steun, kompressie! Dat is het menon… menmon…' Ze lachte, ademloos. 'O jeetje, ik kan dat woord nooit uitspreken.'

Noah keek alleen naar haar. Eindelijk zei hij: 'Ik wou vragen, mag Jack hier komen eten?'

'O natuurlijk,' zei ze. 'Ja! Goed idee!'

Hij keek nog wat langer naar haar, keek naar zijn vader, draaide zich toen om en liep de kamer uit.

Joël wilde haar die avond niet laten koken. Hij zette haar op de bank in de huiskamer met haar voeten omhoog en de kat op haar schoot, en ging een pizza halen. Intussen lagen Noah en Jack languit op de grond voor een of andere thriller op de televisie. Bij de spannender scènes tinkelde slaapverwekkend een piano. Delia liet George langzaam los, legde haar hoofd achterover en sloot haar ogen.

Achter haar oogleden zag ze het korrelige oppervlak van de Highway 50 op zich afsnellen. Ze zag de Plymouth dwars door een stroom verkeer schieten, op miraculeuze wijze een botsing vermijdend, als een blip in een videospelletje. Ze schoot wakker, met wijd open, starende ogen, weer helemaal ondersteboven van het gevaar waaraan ze was ontsnapt.

17

De snee op Delia's voorhoofd genas snel, een nauwelijks zichtbaar wit vishaakje als litteken achterlatend. Maar de verstuikte voet deed er langer over. Wekenlang ontzag ze haar rechterenkel. 'Zo loop ik anders nooit,' wilde ze tegen voorbijgangers zeggen, want ze voelde zich op de een of andere manier in het nadeel – tweederangs, minderwaardig. Ze vroeg zich af hoe mensen het opnamen wanneer ze wisten dat ze voorgoed invalide zouden blijven, zoals sommige bewoners van Senior City.

Senior City was de enige plek waar haar kreupele tred geen aandacht trok. Ze kon zich ongehaast naar een wachtende lift begeven, wetend dat de andere passagiers hem voor haar zouden vasthouden. Wanneer ze ten slotte binnenstapte vond ze hen met elkaar in gesprek zonder een spoor van ongeduld, terwijl een van hen verstrooid op de knop OPEN drukte, totdat Delia haar erop attendeerde dat ze hem los kon laten. Hun eigen gebreken schenen ook minder in het oog te vallen, noch hun rimpels of hun witte haar. In de laatste paar maanden had Delia haar gezichtspunt gewijzigd.

En wat een contrast vormde Binky! Want nu kon iedereen zien dat ze zwanger was. In mei droeg ze al positiekleren. Begin juni hield ze wanneer ze van een stoel opstond haar buik vast, als een schort vol fruit. ''t Lijkt hetzelfde maar dan méér, met deze,' zei ze tegen Delia. 'Toen ik de jongens kreeg zag je tot het eind bijna niets aan me. Ik droeg jeans met de rits open en een lang overhemd van mijn man. Maar nu moet ik me al zijdelings door autoportieren wringen en ik heb nog drie maanden te gaan.'

Er was geen twijfel aan dat de baby niet gepland was. Binky was al twaalf weken heen, zei ze, voor ze iets vermoedde – had de datum van haar bruiloft in juni aan iedereen rondgebazuind. 'En toen zei ik: wat ís dit? en ben naar de dokter gegaan. Toen die vertelde dat ik zwanger was kon ik geen woord uitbrengen. Hij zei: "Maar tegenwoordig is achtendertig niets. Veel vrouwen bevallen op hun achtendertigste." Ik zei: "Wat dacht u van zevenenzestig?" Hij zei: "Zevenenzestig?" Ik zeg: "Dat is de leeftijd van de vader." Zegt hij: "O," zegt hij. "Juist. Hmm."'

'Ik zie het zo,' zei Nat tegen Delia. 'Welke plek leent zich beter voor een bevalling dan een bejaardenoord? Hier hebben we al die artsen en verpleegkundigen die maar staan te duimendraaien op de derde verdieping.'

Delia was gechoqueerd. Ze zei: 'Willen jullie hiervoor naar de dérde?'

'Hij maakt maar een grapje,' zei Binky.

'We maken van de hartbewaking een verloskamer,' vervolgde Nat schelms. 'We nemen zo'n ziekenhuisbed met spijltjes als wieg. En god weet dat ze daar luiers zat hebben. Hè Noah?'

Noah grijnsde, maar alleen tegen zijn theekopje. Hij was op de leeftijd dat elk gesprek over lichaamsfuncties hem in verlegenheid bracht.

'En het mooiste is,' zei Nat, 'wie de reglementen voor Senior City heeft opgesteld had er geen idee van dat zoiets kon gebeuren. In ons contract staat alleen 'Ingeschrevenen moeten de vijfenzestigjarige leeftijd hebben bereikt om te worden toegelaten', maar deze baby is geen ingeschrevene. Het geschil om de eerste verdieping hebben we wèl verloren. Had je gehoord dat we hadden gevraagd naar de eerste te mogen verhuizen? Nu ik Binky heb om voor me te zorgen, zei ik... maar het bestuur zei nee. Zo werkte het hier niet. Vooruitgang diende naar boven te gaan, niet naar beneden.'

'Och, misschien is het maar goed,' zei Binky. 'De buren op twee zouden ons met bloedend hart zien vertrekken, nu de baby op komst is.'

'Ja, het zal haar niet mankeren aan babysitters,' zei Nat droog.

Hij hield koppig vol dat de baby een meisje was, ook al hadden ze het geslacht niet willen weten. Meisjes waren de enige baby's waarmee hij ervaring had opgedaan, zei hij. Hij probeerde Noah ervan te overtuigen dat álle baby's meisjes waren, maar dat sommige veranderden in jongens omstreeks dezelfde tijd dat hun ogen donkerder werden.

'Onvoorstelbaar, zoveel oude dames als er al aan schoentjes zijn begonnen,' vertelde hij Delia. 'Gebreide slofjes, sokken, geborduurde bandschoentjes... Dat kind wordt de Imelda Marcos van de babykamer.'

Toch moesten Nat en Binky ertegen opzien, dacht Delia. Hoe konden ze anders? Ze was geïmponeerd door hun vastberaden optimisme – door Binky's gewoonte tegen mensen te zeggen: 'We zijn er dólgelukkig mee', alsof ze hen wilde vóórzeggen; en door de zorgzaamheid van Nat, die zo kwetsbaar en makkelijk om te gooien rondstrompelde als iets wat je van Sio-stokjes bouwt.

'Toen mijn vrouw stierf,' vertelde hij Delia op een middag, 'zat ik bij haar bed en ik dacht: *Dit is haar ware gezicht.* Het was helemaal ingevallen en scherp geworden. In haar jeugd was ze heel knap om te zien, maar nu zag ik dat haar jongere gezicht maar een soort voorstudie was geweest. De ouderdom was de voltooide vorm, de eindversie waarnaar ze van meet af aan had toegeleefd. *Eindelijk het enige echte*, dacht ik, en ik kan je niet vertellen hoezeer dat idee daarna het leven voor me heeft gekleurd. Aantrekkelijke jonge mensen die ik op straat zag maakten zo'n... voorlopige indruk, vond ik. Ik vroeg me af waarom ze de moeite namen om zich zo uit te dossen. Begrepen ze dan niet waar het naartoe ging? Maar blijkbaar doet niemand dat. Al die jaren dat ik een kind was en verlangde naar "mijn beurt" was het nooit in mijn hoofd opgekomen dat mijn beurt op een keer voorbij zou zijn. En toen kwam Binky. Is het een wonder dat ik me herboren voel?'

Binky was erbij toen hij dit zei, en ze boog voorover en kuste hem op zijn wang. 'Ik ook, lieverd,' zei ze.

Toen werd het na een lange koele lente zomer, warm en groen en zoemend van de krekels. De school was afgelopen en Noah sliep lang uit en hing met zijn vriendjes in huis rond en klaagde dat hij zich verveelde. Joël schakelde over op een vakantierooster en was halverwege de middag al thuis. In de esdoorn achter het huis bouwde een spechtenpaartje een nest. Delia hoorde hun gekrijs van tijd tot tijd – hoge, opgewonden gilletjes die haar deden denken aan meisjes van een meisjesschool op hun eerste gemengde partijtje. En op de Highway 50 snelden hoe langer hoe meer auto's strandwaarts, met tollende fietswielen op het dak, achterbanken volgepropt met kinderen, hoedenplanken één conglomeraat van schepjes, rubberflippers en chipdozen.

Zou Delia's gezin zelf ook naar het strand gaan? Het was immers juni. Het was nu een jaar sinds ze hen had verlaten, al leek het veel langer. Inmiddels had ze alles minstens één keer gedaan, een verjaardag en Thanksgiving en Kerstmis en Oud en Nieuw alleen gevierd. Haar belasting betaald (getrouwd maar apart geregistreerd). Zich laten inschrijven als kiezer. Met de kat naar de dierenarts geweest. Ze was een bonafide ingezetene van Bay Borough geworden.

Toen kwam er een brief van Susie.

Op de envelop stond het juiste adres, hetgeen betekende dat Susie Eliza of Eleanor moest hebben geraadpleegd. Het handschrift was zo rond dat *Borough* leek op een aan één enkel touwtje verankerde rij ballonnetjes. Delia lichtte bijna steels de flap op, hem eerder ontzegelend dan openscheurend, alsof ze zo de klap van wat er binnenin wachtte kon verzachten.

Ha die mam!

Even een kattebelletje om je in te seinen! Hoe is het? Bedankt voor de kaart met mijn afstuderen. Het officiële gedeelte was stomvervelend maar daarna gaf Tucky Pearson een te gek feest op de paardenboerderij van haar familie.

Niks bijzonders te vertellen, alleen doet pappa zóóó moeilijk op het ogenblik! Jij ziet vast mijn kant van de zaak dus kan jij hem niet 's opbellen om erover te praten? Niet zeggen dat ik het heb gevraagd – zeg maar gewoon dat je een brief van me hebt gehad en dat je dacht met hem over mijn plannen te spreken. Je zal het niet geloven, zo kleinzielig als die man doet! Nou ja, jij misschien wel. Eerlijk mam, soms kan ik je geeneens kwalijk nemen dat je bent weggegaan. Nou dag, zoen van Susie.

Delia voelde zich overvallen door een grote moeheid. Ze vouwde de brief dicht en deed hem terug in de envelop.

Wat nu.

Ze kon niet vanuit het huis bellen. Ze wilde niet dat het gesprek op Joëls rekening verscheen. Ze wilde evenmin op kosten van de ontvanger bellen, wat een indruk van behoeftigheid zou maken. Dus moest ze eerst haar handtas doorwoelen op zoek naar allerlei kleingeld, en vervolgens lopend naar de telefooncel op de hoek van Bay Street en Weber Street, anderhalf blok verderop. Ze liep zo snel als haar enkel haar toestond, want als ze haar gesprek tussen half twaalf en twaalf uur voerde zou ze meer kans hebben Sam direct te bereiken. Dan hield hij altijd lunchpauze. Tenzij in haar afwezigheid de dingen meer waren veranderd dan ze voorzag.

In de telefooncel – zo'n gedeeltelijk gesloten geval, dat net boven het middel begon en elk verkeersgeluid binnenliet – legde ze haar munten naast elkaar op de plank en belde toen het nummer voor de volwassenen. Ze had nog nooit over lange afstand gebeld vanuit een telefooncel en zag tot haar schrik dat ze moest wachten met het inwerpen van de geldstukken tot ze verbinding had. Eerst ging de telefoon aan de andere kant tweemaal over, toen zei Sam: 'Met dokter Grinstead', en toen gaf een bandje instructies en liet Delia haar kwartjes vallen. Whang! Whang! Het was vernederend – bijna zo erg als op kosten van de ontvanger bellen, en des te meer doordat Sam niet snapte wat er aan de hand was. 'Hallo?' zei hij telkens. 'Is daar iemand?'

Zijn diepe, effen stemgeluid, zijn gewoonte de toon zelfs bij vragen te laten dalen.

Delia zei: 'Sam?'

'Waar ben je?' vroeg hij onmiddellijk.

Hij nam aan dat dit een verzoek om hulp was, besefte ze. Hij dacht dat ze zich gewonnen gaf – dat ze belde om te zeggen: 'Kom me halen.' Dat moest hij al maanden hebben verwacht. Ze rechtte haar rug. 'Ik bel over Susie,' zei ze.

Diepe stilte. Toen: 'O. Susie.'

'Weet jij wat haar probleem is?'

'Ik denk dat mijn zwakke verstand dát nog wel bevatten kan,' zei hij ijzig. 'Maar dat kom jij me nu zeker vertellen, of niet soms.'

'Wat?' Delia drukte haar vingers tegen haar voorhoofd. 'Nee, wacht, ik bedoel ik vraag het serieus! Ze schreef mij dat er een of ander probleem was, maar ze zei niet wát het was.'

'O,' zei Sam weer. Nieuwe stilte. 'Nou,' zei hij, 'dan zal het wel te maken hebben met haar huwelijk, denk ik zo.'

'Gaat Susie trouwen?'

'Dat wil ze. Ik ben ertegen.'

'Maar...' zei Delia. *Maar ze heeft er niet met míj over gepraat!* had ze willen opstuiven. *Mij niet eens geraadpleegd!* Onredelijk, wist ze; dus veranderde ze het in: 'Maar Driscoll is een heel aardige jongen. Het ís toch Driscoll, hè?'

'Wie anders,' zei Sam. 'Maar daar gaat het niet om. Ze mag natuurlijk trouwen met wie ze wil, maar ik heb haar gezegd dat ze dan eerst een vol kalenderjaar zelfstandig moet gaan wonen.'

'Een jáár! Waarom?'

'Ik zie haar liever niet meteen na haar studie in het huwelijk springen. Van haar vaders huis naar het huis van haar man.'

Haar váders huis? Híj zag het liever niet? En haar moeder dan? O, nou ja... maar het huis van haar mán?

En de grootste belediging van alle: wat hij bedoelde was dat hij niet wilde dat Susie net zo werd als Delia. Die nog geen nacht op eigen houtje had doorgebracht voordat zíj trouwde; en zie de gevolgen.

Daar had hij het hele jaar over gepiekerd, veronderstelde ze. Om tot zijn eigen, hoogstpersoonlijke theorie te komen.

'Maar als ze alleen woont,' zei Delia, 'dan is ze zo... onbeschermd. En bovendien, zouden Driscoll en zij... ik bedoel, stel dat ze op den duur, eh, met elkaar slapen of zoiets?'

'Dacht je dat ze nu niet al met elkaar sliepen, Delia?'

Haar mond zakte open.

Een metalige stem op een bandje zei: 'Wilt u uw gesprek voortzetten, doet u dan een nieuwe...'

'Blijf aan de lijn, ik ga proberen de verbinding om te draaien,' zei Sam.

Ze sprak niet tegen. Ze probeerde haar gedachten te ordenen. Och ja, ongetwijfeld sliepen ze met elkaar. Ergens had ze dat vermoedelijk wel geweten. Toch voelde ze zich beroofd. Ze zag al hoe ze hen vaarwel zwaaide terwijl Susie en Driscoll kleiner werden in de verte zonder één keer achterom te kijken.

'Weet je dat ze nog niet eens een baan heeft,' zei Sam toen hij klaar was met de telefoniste.

'Ja, dat vroeg ik me al af.'

Verbazingwekkend, hoe makkelijk je terugviel in dit

nuchtere, bijna gezellige uitwisselen van informatie. Het *gewone* ervan trof haar als onwerkelijk.

'Ze slaapt een gat in de dag,' zei hij ondertussen, 'en vertrekt dan richting zwembad. Geen enkel sollicitatiegesprek geregeld, geen woord over een carrière...'

Maar als ze gaat tróuwen, dacht Delia. Maar ook dat hield ze voor zich. Ze vroeg: 'En Driscoll? Heeft die al een baan?'

'Ja, hij werkt bij zijn vader.'

Delia probeerde te bedenken wat Driscolls vader deed, maar kon het zich niet herinneren. Iets zakelijks. Ze zei: 'Maar hebben jij en Susie het er al over gehad? Gesproken over wat voor werk haar zou interesseren?'

'Nee,' zei Sam.

'En waar kan ze zich veroorloven te wonen? Ik bedoel, als ze nog geen geld verdient?'

'Daar hebben we ons niet in verdiept,' zei Sam.

'Maar jeetje Sam, waar hebben jullie je dan wél in verdiept?'

'Nergens in,' zei Sam. Hij kuchte even. 'Het schijnt dat we niet tegen elkaar spreken.'

Delia slaakte een zucht. Ze zei: 'En Eliza dan? Susie zal met háár toch wel praten.'

'Niet noodzakelijk,' zei Sam.

'Hoe bedoel je?'

'Ik denk niet dat ze met elkaar praten, eerlijk gezegd.'

'Hebben ze ruzie gehad?'

'Dat weet ik niet. Nou ja, ik denk van wel, maar ik weet niet of die nog gaande is of niet. Eliza is trouwens de stad uit momenteel.'

'De stad uit?'

'Ze logeert een poosje bij Linda.'

Delia liet dit bezinken. Ten slotte zei ze: 'Jullie gaan niet met z'n allen naar het strand dit jaar?'

'Nee Delia,' zei Sam en de ijskou was terug in zijn stem. Delia begreep wat hij bedoelde zo duidelijk als had hij het gezegd: *Dacht je nu heus dat we weer naar het strand zouden gaan, nu jij het definitief voor ons hebt verpest?*

Haastig zei ze: 'Dus niemand is ervoor gaan zitten om met Susie haar mogelijkheden te bespreken.'

'Ik zie niet hoe ik iets kan bespreken met iemand die de kamer uitgaat op het moment dat ik binnenkom,' zei Sam.

Je gaat haar achterna, wilde Delia zeggen. *Je loopt haar gewoon achterna. Wat is daar zo moeilijk aan?* Maar voor Sam was dat ondenkbaar, wist ze. Hij was niet iemand die zich liet afwijzen. Hij hield niet van pleiten, of onderhandelen, of op iets terugkomen; zijn hele leven lang had hij nooit een fout gemaakt. (Leken de mensen om hem heen er daarom zoveel te maken?)

Een bestelwagen bromde voorbij en ze bedekte haar vrije oor. 'Goed,' zei ze, 'dit is mijn voorstel. Ik zal haar schrijven en zeggen dat zij, als ze wil dat jij haar bruiloft betaalt, jouw voorwaarden zal moeten accepteren. En als die voorwaarden haar niet bevallen, dan betaalt ze haar bruiloft maar zelf. Wat het ook wordt, jij gaat daarin mee.'

'Ik?'

'Ja jij.'

'Maar dan kan ze wel besluiten mórgen met hem te trouwen.'

'Doet ze dat, dan doet ze dat,' zei Delia. 'Moet zíj weten.'

Sam was stil. Delia's enkel was begonnen te bonzen, maar ze joeg hem niet op. Eindelijk zei hij: 'Hoe moet het dan met dat ze niet tegen me spreekt?'

'Hoezo?'

'Kun jij haar niet zeggen dat ze er met mij over praat?'

'Ik kan het voorstellen,' zei ze.

'Dank je.'

Ze voelde zich ongemakkelijk in haar nieuwe rol. Ze zei: 'En! Verder alles in orde?'

'O ja.'

'Jongens ook?'

‘Prima.’

‘Wie houdt de praktijk bij zolang Eliza weg is?’

‘Ik.’

‘Misschien is dát een baantje voor Susie.’

‘Nooit,’ zei hij ronduit.

Weer een steek in het hart. *Nooit*, bedoelde hij, *zou ik mijn dochter toestaan haar moeders beroerde voorbeeld te volgen.* En daar kon ze niets tegen inbrengen. Ze zei: ‘Nou, dan ga ik maar weer.’

‘O. Ja. Dag,’ zei hij.

Nadat ze had opgehangen bedacht ze dat hij misschien alleen maar had willen zeggen dat Susie een ramp voor de praktijk zou zijn. Het was een feit dat ze hopeloos was als het op organiseren aankwam. In tegenstelling tot Delia, die er talent voor had.

Zou hij dat misschien hebben bedoeld?

In haar brief aan Susie nam ze één verzoek op dat ze niet van tevoren aan Sam had gemeld. *Als je trouwt*, schreef ze, *wat voor bruiloft het ook wordt, mag ik er dan bij zijn? Zo niet, dan zou ik je geen verwijt maken, maar...*

Ze schreef hem dezelfde middag nog, aan de schrijftafel in de huiskamer, een tijd kiezend waarop ze het huis voor zich alleen had. Maar voordat ze klaar was kwam Joël thuis. Hij zei: ‘O ben je daar.’ Toen hing hij een poosje rond, rinkelend met kleingeld diep in zijn zakken. Ten slotte staakte ze het schrijven en keek naar hem op.

‘Had je iets gewild?’ vroeg ze.

‘Nee nee,’ zei hij en liep weg, ging naar een ander deel van het huis. Maar zodra ze klaar was met de brief was hij er weer. Hij moest haar hebben horen beginnen met het voorbereiden van het avondeten. ‘Ik zag je in Weber Street vandaag,’ zei hij.

‘Weber Street?’

‘Aan het telefoneren.’

‘Ah.’

'Je weet dat je hier gerust de telefoon kunt gebruiken,' zei hij.

Delia zag in een flits zichzelf door de ogen van een ander: gebogen over de hoorn en met een hand haar oor afschermend. Bijna schoot ze in de lach. De Geheimzinnige Vrouw Slaat Wederom Toe! Ze zei: 'O eh, ik moest alleen op stel en sprong even bellen, dat was alles.'

Hij wachtte, alsof hij hoopte op meer, maar ze zei verder niets.

Soms viel Delia in Joël een detail op – het onderhuids bewegen van de spieren in zijn onderarmen, of de achteloze val van zijn colbertje over zijn rug – en dan voelde ze iets zo diep trekken dat ze zich voor ogen moest houden dat ze deze man nauwelijks kende. Ze spraken amper met elkaar. Vanaf het moment dat hij haar enkel had verbonden leken ze monddood en beschroomd geworden. En bovendien moesten ze rekening houden met Noah.

De waakzame, wantrouwende Noah! Altijd op de loer de laatste tijd, hun gezichten afspiedend naar blijken van schuld. Op een avond toen Joël en Delia thuiskwamen van een etentje voor de bijlesdocenten (zelf ingebracht, waarbij elke vrouw in gedachten verzonken haar eigen gerecht at) vonden ze hem met zijn armen over elkaar bij de voordeur. 'Waar bléven jullie zo lang? Dat eten zou om negen uur zijn afgelopen. Het is nu negen uur drieënveertig nota bene, en de Brooksen wonen hier geen vijf minuten vandaan!'

Tja, dat liet zich denken: in oktober werd hij dertien. Geen gemakkelijke leeftijd, zoals Delia maar al te goed wist. Er waren al tekenen. Om maar iets te noemen, de kleren die ze dit voorjaar voor hem had gekocht, had hij afgewezen. En hij wou dat ze zijn schone was voortaan in de gang voor zijn kamer legde en niet binnen bracht. En op een ochtend, nadat zijn vriendjes waren blijven logeren, vroeg hij: 'Móet je per se die strandjas dragen aan het ontbijt? Heb je geen ochtendjas, zoals normale mensen?'

Ja, het was duidelijk waar hij op afstevende.

'Hij wordt zo groot, opeens; laatst wou ik hem een zoen geven en zijn gezicht was zowat even hoog als het mijne,' zei Ellie. (Vaak spraken ze elkaar een poosje aan de telefoon voordat Delia Noah riep.) 'Elke keer dat ik hem zie is er wéér iets in hem veranderd! Hij luistert tegenwoordig in de auto naar die afgrijselijke muziek, van die zangers die voor hetzelfde geld met elkaar lijken te kletsen als je niet heel af en toe hier en daar een woord kon verstaan.'

'En hij zegt dat hij een rockgroep wil beginnen,' vertelde Delia. 'Samen met Kenny Moss.'

'Maar hij speelt geen instrument!'

'Ja, weet ík veel. Maar een naam hebben ze al: Heeft Je Moeder Kinderen?'

'Is dat een naam voor een groep?'

'Dat zegt hij.'

'Ik snap het niet,' zei Ellie.

'Hoeft ook niet, denk ik. En heb je al gehoord dat hij dit jaar niet naar het zomerkamp wil.'

'Maar hij vindt het er heerlijk!'

''t Is te kinderachtig, zegt hij.'

'Maar wat doet hij dán?'

'O, hij gaat wel, tegen wil en dank,' vertelde Delia. 'Joël zegt dat hij moet.' Het voelde raar om met Ellie zo vertrouwelijk over Joël te praten. Ze haastte zich verder. 'Hij heeft het geld al overgemaakt, zegt hij, en bovendien ben ik er niet om voor hem te zorgen. Ik ga zelf op vakantie.'

'O ja? Waar naartoe?'

'Ocean City, de middelste twee weken van juli. Belle Flint heeft het geregeld met een vriendin van haar die een motel heeft.'

'Jij en ik zouden eens moeten afspreken wanneer je daar bent,' zei Ellie. 'Laten we een keer 's avonds in mijn lievelingsrestaurant gaan eten. Ik kom zo vaak in Ocean City.'

Blijkbaar dacht ze niet langer dat Delia Joëls vriendin was.

Delia vroeg zich af waarom. Kwam het doordat ze Delia nu van dichtbij had meegemaakt dat ze van mening was veranderd?

Delia was een beetje teleurgesteld, eerlijk gezegd.

Ze droomde dat ze voor Senior City Sam tegen het lijf liep. Hij stond buiten voor de dubbele deuren in zijn gesteven witte jas en met zijn handen in zijn zakken, en ze stapte regelrecht op hem af en zei op haar stelligste toon: 'Bij de Millers heb ik een levensgrote fiets, helemaal zelf gebouwd van paperclips.'

Hij staarde haar bedachtzaam aan.

'En doet die fiets het?' vroeg hij.

'Eh, nee.'

Ze ontwaakte, nog knipperend tegen het zonlicht dat zijn brilleglazen hadden weerkaatst. Hij had een stethoscoop gedragen, herinnerde ze zich, om zijn nek gehangen als een scheerhanddoek. Hij had geen stethoscoop meer gedragen vanaf de eerste week dat hij bij haar vader kwam werken. Het was iets wat een kersverse jonge dokter deed en kersvers was Sam destijds geweest, ondanks zijn leeftijd, omdat hij als werkstudent zo lang over zijn opleiding had gedaan. Maar hij zou haar bij hun eerste kennismaking nooit zo streng, zo kritisch hebben aangekeken.

Of wel?

Wie weet was hij vanaf het begin al zo geweest. Wie weet had Adrian gelijk gehad: datgene waaraan je je later het meest stoorde was precies wat je eerst zo aantrekkelijk vond.

Voor haar reisje naar het strand kocht ze een koffer – een goedkope uit het winkelmagazijn, maar groot genoeg om haar strooien tas in te doen. Belle zou haar zaterdagmorgen vroeg brengen met de auto. Noah was er nog toen Belle voor de deur toeterde (hij zou tegen de middag naar zijn kamp vertrekken) en Delia gaf hem een vlugge afscheidszoen, wat hij zich liet welgevallen. Tegen Joël zei ze: 'Vergeet niet Vernon eten te geven.'

'Wie is Vernon?'

Even snapte ze niet waarom hij dat vroeg. Toen zei ze: 'O! Ik bedoelde George.' Wat stom: George en Vernon leken helemaal niet op elkaar. Ze zei: 'George de kát!' alsof het Joël was die zich had vergist. 'Nou, tot ziens,' zei ze en repte zich de deur uit, haar koffer bonkend tegen haar scheenbenen.

Belle droeg een enorme zonnebril, het omgekeerde model met de pootjes aan de onderkant. 'Ik heb de ergste kater van m'n leven,' zei ze direct tegen Delia. 'Ik wil van mijn leven geen druppel champagne meer zien.'

'Heb je champagne gedronken?'

'En hoe. Een hele, integrale fles, want gisteravond heeft Horace me gevraagd.'

'O Belle!'

'Maar hij kon zelf niet meedrinken omdat hij allergisch is,' zei Belle. 'Hij heeft zitten toekijken hoe ik het naar binnen klokte en elke slok gevolgd, met die hondeogen van hem. Tja, zo doen wij het, met ons tweeën. Toch was het een mooi gebaar. Champagne, een dozijn rozen en een ring met diamant, de hele rataplan.' Ze hief haar linkerhand van het stuur om een klein, knipogend vonkje te tonen. Toen draaide ze de straat op. 'Voor zover me nog bijstaat moet ik ja hebben gezegd. Stel je voor: Belle Lamb. Klinkt als een geluid in een stripboek: *Blám*!' Ze hield haar gezicht uitdrukkingsloos achter de zonnebril, maar er was iets behaaglijks en voldaans in het krullen van haar lippen. 'Ik vrees dat ik nu zal moeten doorzetten,' zei ze.

'Wil je het dan niet doorzetten?'

'O, ach jawel.' Ze draaide de 380 op. 'Ik gééf wel om hem. Of nou ja, ik hou van hem. Tenminste, als hij zijn hoofd stoot wanneer hij in de auto klimt, krijg ik een soort kneep in mijn buik. Kunnen we dat liefde noemen denk je?'

Delia was deze vraag nog aan het overwegen toen Belle

vervolg de: 'Maar toch is me opgevallen, Dee: de meeste mensen trouwen omdat ze vinden dat ze eraan toe zijn. Ik bedoel, ook al hebben ze nog niemand speciaal uitgezocht. Pas daarná zoeken ze iemand uit. Het is of hun huwelijk gearrangeerd is, net als in vreemde landen – alleen doen in dit geval de bruid en bruidegom het arrangeren zelf.'

Delia lachte. Ze zei: 'Tja, wat zal ik daar nu op zeggen? Moet ik je gelukwensen, of niet?'

'Och welja,' zei Belle. 'Wens me maar geluk, dan.' En haar geknikte linkerhand verhief zich even van het stuur, zodat ze haar diamant kon bewonderen.

De Mermaid's Chambers was een schilferend, zeegroen motel aan de verkeerde kant van de snelweg, in een rommelig deel van de stad tussen een winkel in T-shirts en een drankzaak. Maar Belle had haar een behoorlijke korting bezorgd en Delia was toch niet van plan veel tijd op haar kamer door te brengen.

Elke ochtend stak ze de weg over met haar grote tas, plus een sprei van het motel en een piepschuimbekertje koffie. Ze huurde een parasol op het strand en streek neer te midden van een in de loop van de dag steeds dichter wordende menigte – schreeuwende kinderen, onwaarschijnlijk mooie tieners, ouders in allerlei soorten en maten en schriele witte grootouders. Eerst zat ze haar koffie op te drinken en naar de horizon te staren, en wanneer ze daarmee klaar was viste ze een boek uit haar tas en begon te lezen.

Hier in Ocean City was ze weer aan de liefdesromans begonnen, met een gemiddelde van één per dag. Ze deden opgeklopt en weeïg aan na haar bibliotheekboeken, en ze las ze bijna zonder erbij te denken, met meer aandacht voor de gele warmte die door haar parasol siepelde, het gekrijs van meeuwen en kinderen en de langs haar heen door het zand knarsende zonverbrande voeten. Op een dag begon ze aan een boek over een bruid die werd geschaakt door de broer van haar verloofde, en merkte halverwege dat ze dit al eens hád gelezen, tijdens de vakantie van vorig jaar. Ze keek naar de titel: ja, *De Gevangene van kasteel Clarion*. Ze keek naar de zee. Een moeder hield haar luierkindje vlak boven de vloedlijn en overal rondom speelden radio's 'Under the Boardwalk' en Delia verbeeldde zich dat ze zichzelf in zuidelijke richting zag wegslenteren langs de guirlandes van zeeschuim.

Verbeeld je de toestand nádat de gevangene van kasteel Clarion met de broer was getrouwd. Wat pijnlijk, bij familiebijeenkomsten! De verloofde zou weigeren te komen of mokkend door het huis stampen en iedereen doodongelukkig maken.

Dat waren overwegingen waarmee dit soort romannetjes zich nimmer bezighielden.

Tegen de middag stond Delia op en liep naar het strandpad om te lunchen. Ze at in een of ander goedkoop cafeetje – een sandwichbar, een pizzatent – knipperend tegen de paarse glitters die in het plotselinge halfduister voor haar ogen wemelden. Dan keerde ze terug naar haar parasol en deed een dutje, waarna ze nog wat las. Later maakte ze een wandeling langs het strand, een kleintje maar, omdat ze nog steeds een messteekje in haar enkel voelde zodra ze er enige druk op zette, en op het laatst ging ze zwemmen, de enige keer van de dag.

Ze deed eindeloos over het onderdompelen, als iemand die met pijnlijke beetjes een strook hechtpleister verwijdert. Armen angstvallig geheven, buik ingezogen, met stokkende adem, kwam ze vooruit onder een omzichtige, zijwaartse hoek, om de brekers het smalst mogelijke oppervlak te bieden. Maar eindelijk was ze dan te water, en er was geen haar op haar hoofd nat geworden, mits ze het goed had aangepakt. Ze liet zich tot ver in zee drijven, met een voldaan gevoel over haar prestatie, en telkens wanneer de deining waarop ze dobberde brak tegen de krijsende drommen in het ondiepe, zond ze een hautain-geamuseerde blik naar de kant. En ze wachtte altijd op de tamste golf om haar aan land te dragen – hoewel ze zich soms verkeek en dan onderuitgehaald in het water om en om sloeg als een lading wasgoed.

Dan wankelde ze nog nadruppelend het strand op en wrong het rokje van haar badpak uit. Tegen die tijd was al haar sunblock afgespoeld en in de loop van haar vakantie werd haar gezicht dan ook steeds rozer en sproetiger. Het eerste wat ze deed wanneer ze op haar kamer kwam, was in de spiegel kijken, en elke dag keek een blozender iemand terug. Wanneer ze haar badpak afstroopte zat er een tweede pak onder van viswitte huid. In de douche kwam er op haar voeten een vuurrood waas.

Ze luierde op het bed in Sams strandjas en droogde haar haar met een handdoek. Vijlde haar nagels. Keek naar het nieuws. Later, wanneer ze het koud gekregen had van de muffe airco-atmosfeer, kleedde ze zich aan en ging eten – elke avond in een ander restaurant. Haar zondagen in Bay Arms kwamen haar nu van pas en ze at zich in haar eentje bedaard door drie gangen heen, ondertussen een oog houdend op de naburige tafels. De herrie van videospelletjes en rockmuziek beukte in haar rug, voor haar strekte zich de lege zwarte oceaan uit, gehuld in witte franje onder een half uitgewiste maanschijf.

De meeste avonden was ze om negen uur alweer op haar kamer. Tegen tienen in bed. Ze zette de airconditioning af en sliep onder één laken, licht zwetend in de warme lucht die door het raam binnendreef.

Eén dag was het bewolkt met hier en daar een spatje regen, en ze bleef binnen en keek naar de televisie. Voornamelijk praatprogramma's: een totaal nieuwe wereld. Mensen zeiden werkelijk álles op de televisie, merkte ze. Familieleden die jarenlang niet tegen elkaar gesproken hadden, spraken langdurig voor de camera. Vrouwen huilden in het openbaar. Wanneer Delia het toestel uitdraaide deed haar gezicht pijn, alsof ze te veel sociale gelegenheden had bijgewoond.

Ze ging een eindje om en kocht een nieuw boek om te lezen, geen romannetje maar iets serieuzers en geloofwaardigers, over arme mensen die in Maine woonden. Voor haar wandeling droeg ze haar juffrouw Grinstead-vest, dat zo zacht om haar armen sloot dat ze zich gekoesterd voelde als een kind.

Twee keer stuurde ze Noah een kaart in zijn kamp. *Mooi weer, mooie golven*, schreef ze. Zoiets. Ze kocht ook een kaart voor Joël, maar kon niet besluiten wat ze zou zeggen. Ten slotte schreef ze Belle maar. *Wat een prima idee. Bedankt voor het regelen.* Belles vriendin Mineola, een geverfde brunette met een gauchobroek en naaldhakken, groette haar altijd vriendelijk maar liet haar verder met rust, wat Delia uitstekend beviel.

Nu en dan herinnerde een zintuiglijke schok – een vleugje kokosolie, het zanderig gruis in de naden van haar zwempak – haar aan de vroegere familievakanties. Op een middag leverde ze bij de verhuurder haar parasol in toen een kind riep: 'Ma, laat Jenny ook iets dragen!' wat haar terugvoerde naar het dagelijks weerkerende moment van inpakken, tegen zonsondergang, wanneer kinderen dreinen om nog éven te mogen blijven en de grote mensen vragen: wie heeft de luchtbedden, waar is het groene emmertje, kan iemand de thermosfles meenemen? Ze herinnerde zich het gekissebis, het prikken van achteloos omhooggeschopt zand tegen verbrande huid en de loodzware, radbrakende vermoeidheid. Ze herinnerde zich elk te wensen overlatend detail, en toch had ze er alles voor gegeven om zich in een van die momenten te bevinden.

Van wie zijn deze gympen? Iemand vergeet hier zijn gympen! Als je morgen maar niet bij mij komt zeuren over je gympen!

Ze kocht een ansichtkaart met een dolfijn erop en schreef: *Lieve Sam en kinderen, ben op een korte vakantie, denk aan jullie allemaal.* Toen bedacht ze dat ze er een toespeling in zouden kunnen zien op het hele afgelopen jaar, niet op de paar weekjes in Ocean City; en wist niet hoe ze haar bedoeling moest verduidelijken. Ze scheurde de kaart doormidden en gooide hem weg.

Op haar laatste avond had ze met Ellie afgesproken in de Sailor's Dream. Ze had spijt dat ze toegezegd had. Een conversatie gaande houden leek haar opeens wel heel veel werk. Maar afzeggen had ook werk betekend, en dus verscheen ze op het overeengekomen uur voor het restaurant. Ellie stond er al onder de luifel. Ze droeg een witte, met zilverdraad doorweven halterjurk, het soort dat je zou verwachten op een cruiseschip, en had een wit tasje in de vorm van een jacobsschelp bij zich. Mannen keken in het voorbijgaan telkens naar haar om. 'Ha Delia! Kijk eens aan!' riep ze. 'Wat zie je er blakend en gezond uit!' Delia had vergeten hoe prettig het was iemand te hebben die haar bij naam kende en zich blij toonde haar te zien.

De Sailor's Dream had de gecapitonneerd-leren sfeer van een Engelse herensociëteit, maar met enkele verschillen. Het tapijt bijvoorbeeld gaf dezelfde zwammengeur af als dat in Delia's motelkamer. En alle obers waren diepgebruind.

'En vertel eens,' zei Ellie zodra ze zaten. 'Heb je het leuk gehad?'

'Heerlijk,' antwoordde Delia.

'Was dit je eerste vakantie alleen?'

'O ja,' zei Delia, 'of liever...'

Ze wist niet of op eigen houtje naar Bay Borough reizen meetelde als vakantie. (En zo ja, wanneer was dan de vakantie geëindigd en haar echte leven begonnen?) Ze ontmoette Ellie's ogen, verwachtingsvol op haar gericht.

'Is het niet een raar gevoel, alleen gaan zwemmen?' vroeg Ellie.

'Raar? Nee.'

'En eten? Heb je al die tijd op je kamer gegeten?'

'Hemel nee! Ik at buiten de deur.'

'Ik háát alleen buiten de deur eten,' zei Ellie. 'Je weet niet hoe ik je daarom bewonder.'

Ze moesten het gesprek staken om hun bestellingen te doen – krabsalade imperial voor Delia, een grote portie groene sla maar zonder saus voor Ellie – maar zodra de ober weg was zei Ellie: 'Had je van tevoren geoefend? Voor je wegging uit je eh, vorige woonplaats?'

'Geoefend?'

'At je vaker alleen buiten de deur?'

Delia begon te begrijpen waar Ellie op uit was; ze hoopte een paar tips op te doen voor het leven als alleenstaande. Want nu zei ze: 'Ik heb het zelf nooit gedaan. Ik heb zelfs bijna nooit alleen over strááát gelopen! Altijd met een of andere begeleider naast me. Ik was heel erg populair als meisje. Maar nu wou ik dat ik wat minder populair was geweest. Weet je hoe lang geleden ik voor het eerst dacht over weggaan bij Joël? Drie maanden nadat we getrouwd waren.'

'Drie maanden!'

'Maar ik dacht alsmaar: wat zou ik dan in mijn eentje doen? Iedereen zou me aangapen en zich afvragen wat me mankeerde.'

Ze boog dichter naar Delia over. Dempte haar stem. 'Dee,' zei ze.

'Ja?'

'Móest je weggaan?'

Delia week iets achteruit.

'Was je... zeg maar in een onmogelijke positie? Móest je eruit? Had je het geen minuut langer uitgehouden?'

'Eh, nee,' zei Delia.

'Ik wil niet onbescheiden zijn. Ik vraag niet naar geheimen. Het enige wat ik wil weten is: hóe radeloos moet je worden voor je zeker weet dat je weg moet?'

'Radeloos? Och, ik zou niet zeggen... tja, ik weet het nog steeds niet echt zeker.'

'Nee?'

'Ik bedoel, het was niet een echt besluit,' zei Delia.

'Neem mij nu, bijvoorbeeld,' zei Ellie. 'Denk je dat ik me

heb vergist? Jij zit daar in dat huis met mijn man; denk je dat het overdreven gereageerd van me was dat ik hem in de steek liet?'

'Maar ik ben niet getrouwd met hem. Dat maakt verschil.'

'Maar je moet nu toch weten hoe hij is. Je weet hoe pietluttig hij is en... altijd gelijk wil hebben en de hele tijd kritiek heeft.'

'Joël, kritiek?' zei Delia. 'Belle Flint zegt dat hij je op handen draagt! Hij probeert het huis precies zo te houden als voor je vertrek, heeft niemand je dat verteld?'

'O jawel, maar pas ná mijn vertrek,' zei Ellie. 'Maar toen ik er nog woonde was het van: "Ellie, waarom kun je 't niet zus doen?" en "Ellie, waarom doe je het niet zó?" en van die kille, zwijgende, vernietigende blikken als ik het niet deed.'

'Is dat zo,' zei Delia.

En op dat moment zag ze Sam voor de koelkast staan en een van zijn preken houden over de juiste benadering van ongekookt gevogelte. Sam was zo fobisch voor voedselvergiftiging dat je zou denken dat ze in een of andere bananenrepubliek woonden, terwijl Joël het er nooit over had. Nee, Joëls zorgen waren vertederender, vond ze – zijn plattegronden van het huis, zijn werkbriefjes. Ze kwamen zo duidelijk voort uit de behoefte aan een besef van stabiliteit. Het ging hem uitsluitend om *zekerheid*.

Of kon je hetzelfde zeggen van Sam?

Hun eten werd gebracht, en de ober zwaaide met een pepermolen zo groot als een trapspil. Hij vroeg: 'Wil een van u misschien...'

'Nee nee, ga weg,' zei Ellie met een handgebaar. Zodra ze weer alleen waren keek ze Delia aan. 'Drie maanden na ons trouwen,' zei ze, 'ging Joël naar een conferentie in Richmond. Ik zei tegen mezelf: "Vrij!" Ik kon wel door het huis dánsen! Ik vlóóg zowat door het huis! Ik speelde een soort spelletje met mezelf, ik ging door al zijn laden en stopte zijn kleren in dozen. En wat er in zijn kast hing stopte ik erbij. Ik deed net of ik alleen woonde, zonder dat er iemand over mijn schouder loerde. Hij zou pas op een woensdag thuiskomen en ik was van plan dinsdagavond alles terug te leggen zodat hij nooit zou merken wat ik had gedaan. Alleen, hij kwam eerder thuis. Dinsdagmiddag. "Ellie!" zei hij. "Wat is dít?" "O," zei ik, "ik wou eens zien hoe het voelde om meer bergruimte te hebben." Zo krijgen vrouwen de naam van halvegaren. De werkelijke reden was helemaal niet halfgaar, maar wie vertelt nou de werkelijke reden?'

Ze had haar slaatje niet aangeraakt. Delia plukte een stukje kraakbeen van haar tong en legde het op de rand van haar bord.

'In zekere zin had dat hele huwelijk iets van de fasen van rouw,' zei Ellie. 'Ontkenning, woede... nou ja, het wás ook rouw. Ik ging naar feestjes en ik keek om me heen en ik dacht: zouden al die vrouwen nu hetzelfde voelen als ik? Zo nee, hoe wisten ze dat dan te vermijden? En zo ja, dan was ík misschien wel gewoon een jankpot. Dan was het misschien een normale gang van zaken waar alle anderen zich met gratie in schikten.'

Eindelijk prikte ze een slablaadje op. Ze knabbelde het van haar vork met alleen haar voortanden, als een konijn, ondertussen Delia fixerend met haar hoopvolle, blauwe oogopslag.

'Het doet me denken aan Melinda Hawser,' vertelde Delia. 'Dat is een vrouw die ik vorig jaar op Thanksgiving bij Belle heb ontmoet. Als je die hoorde praten, zou je denken dat ze met Kerstmis gescheiden zou zijn! Maar nu en dan kom ik haar in de stad tegen en ze is nog net zo getrouwd als toen. Maakt het prima, zo te zien.'

'Precies,' zei Ellie. 'en daarom denk je: had ik het niet óók prima gemaakt? Had ik het moeten uitzitten? En je gaat je de goede dingen herinneren. Dat hij zo genoot van kijken hoe ik me opmaakte voor een feestje, en mij altijd het gevoel gaf dat ik iets betoverends deed; of nadat de baby was geboren en we zes weken lang niet mochten vrijen en we elkaar kussen gaven, de meest verrukkelijke kussen...' Nu stonden de blauwe ogen vol tranen. 'O Delia,' zei ze. 'Ik héb me vergist, hè? Ja toch?'

Delia keek tactvol naar een koperen lamp. Ze zei: 'Het is niet zo dat je het niet ongedaan kunt maken. Spring in de auto en rij naar huis.'

'Nooit,' zei Ellie, en depte met haar servet onder elk oog. 'Die voldoening zou ik hem nooit gunnen.'

En wat zou er van Delia zijn geworden als Ellie anders had geantwoord?

Delia had niks gemist in Bay Borough, vertelde Belle, letterlijk niks. 'Stil als het graf,' zei ze, met één hand loom aan het stuur. 'Wat gekrakeel in de gemeenteraad – Zeke Pomfret wil het honkballen op Bay-dag dit jaar laten vervallen en overgaan op hoefijzerwerpen of iets dergelijks, en Bill Frick wil het erin houden. Maar dat is geen verrassing, hè? En Vanessa zweert dat ze het al die tijd geweten heeft van mij en Horace, maar ik geloof er niets van. En we hebben een datum bepaald voor de bruiloft, achttien december.'

'O, in de kersttijd!' zei Delia.

'Ik zocht een smoes om rood fluweel te dragen,' zei Belle.

Ze lieten het blinken van de stranden achter zich en reden door vlakker, eenvoudiger terrein. Delia zag haveloze huisjes voorbijglijden, daarna bezadigde oude boerenhoeven en vervolgens een verlaten fruitkraam, nauwelijks meer dan een hoop wegrottend hout. Ze zou nooit hebben gedacht, de eerste keer dat ze over deze weg reed, dat ze zo'n landschap aantrekkelijk kon vinden.

Voor het huis van de Millers was het gras te kort afgemaaid en aan de randen scherp afgestoken, en elke heester stond in een cirkel van verse snippers hardhout. Kennelijk had Joël over een zee van vrije tijd beschikt. Binnen wilde de kat eerst niets van haar weten en volgde haar daarna wroegingwekkend op de voet toen ze door de lege kamers liep.

Het huis was opgeruimd maar op een of andere manier triest; het droeg de subtiele sporen van het vrijgezellenleven, zoals een grote natte theedoek in plaats van een dweiltje over de kraan in de keuken en een dun laagje vet op de knoppen van het fornuis en de grepen van de kastjes (de niet voor de hand liggende plekken die mannen altijd vergeten schoon te maken). Op haar commode stond een briefje. 'Delia – ik ben Noah gaan ophalen. Je hoeft niet te koken, we gaan wel met ons allen ergens een hapje eten. J.' Er was ook post voor haar: een met de hand geschreven uitnodiging op stijf crèmekleurig papier. *Driscoll Spence Avery en Susan Felson Grinstead verzoeken u aanwezig te zijn bij hun huwelijksvoltrekking op maandag 27 september, om 11.00 uur, ten huize van de familie Grinstead. rsvp.*

Wàt kon je veel ontcijferen uit een paar dozijn woorden! Om te beginnen was het Susie's handschrift (blauwe inkt, steil bergafwaarts lopend) en werden de namen van ouders niet genoemd – duidelijk bewijs dat ze haar eigen plan trok. Maar Sam moest zijn fiat hebben gegeven, want de bruiloft zou in het huis plaatsvinden. De datum was moeilijker te begrijpen. Waarom in september? Waarom op maandagmorgen? En hád Susie nu een baan gevonden of niet?

Het liefst had Delia opgebeld om het te vragen, maar ze vond dat ze daartoe geen recht had. Ze zou per post moeten reageren, als elke andere gast.

Natuurlijk zou ze erbij zijn.

Ze keek op en zag haar gezicht in de spiegel boven de commode – haar wijde, ontstelde ogen, haar scherp afgetekende sproeten.

Toen haar werd verteld dat haar eerstgeborene een meisje was, was ze overgelukkig geweest. Heimelijk had ze naar een meisje verlangd. Ze had zich voorgenomen haar in gesmokte jurkjes te kleden; maar Susie, zo bleek later, hield vast aan spijkerbroeken zodra ze kon praten. Ze had gedacht dat ze zich samen zouden wijden aan vrouwelijke bezigheden (naaien, taarten bakken, experimenteren met huidverzorgingsprodukten), maar Susie deed liever aan sport. In plaats van een grootscheepse witte bruiloft, met een in antieke kant gehulde Susie en een stralend ouderpaar dat haar (heel eigentijds) gezamenlijk overdroeg, stond Delia hier in een bungalow aan de oostkust en vroeg zich af voor welk soort plechtigheid haar dochter haar had uitgenodigd.

Noah leek wel vijf centimeter gegroeid in het kamp, en de armbandjes van macramé die hij om beide polsen droeg accentueerden het nieuwe bruine en vierkante van zijn handen. Bovendien had hij de gewoonte aangenomen te zeggen: 'Kan je dat wegschrijven?' op een manier waaraan Joël zich nu al wezenloos leek te ergeren.

Ze zaten in een hoekje bij Rick-Rack's, Joël en Noah aan een kant en Delia aan de andere, en zij kon Joël zien rillen, al kon Noah dat niet.

'Je mag van me aannemen,' zei Joël ten slotte tegen hem, 'dat ik er inderdaad in ben geslaagd te begrijpen wat je bedoelt, maar ik zou er zeker niet voor kiezen dat feit uit te drukken in computerjargon.'

'Wah? Nou, in elk geval,' zei Noah, 'in het kamp moesten we elke ochtend vijftig push-ups doen. Vijftig, kan je dat wegschrijven? Volgens mij wouwen ze ons dood hebben om ons geld voor niks te houden. Dus ik en Ronald gingen naar de ziekenboeg...'

'Ronald en ik,' zei Joël.

'Ja, en we wouwen een ziekenbriefje halen, maar die stomme zuster wou het niet schrijven. Ze ging van...'

'Ze zei.'

'Ze zei van...'

Hun bestelling werd gebracht – burgers voor Noah en Joël, barbecuesandwich voor Delia. 'Bedankt Teensy,' zei Noah.

'Goed hoor,' zei Teensy opgewekt.

'Mevrouw Rackley, zul je bedoelen,' zei zijn vader.

Noah keek over tafel naar Delia. Delia, die op het punt had gestaan zelf Teensy's voornaam te gebruiken, deed haar mond dicht en lachte maar eens tegen hem.

'Pa vroeg al waar je de laatste paar weken was gebleven,' zei Teensy tegen Delia.

'Ik was in Ocean City.'

'Ja, dat zei ik ook, maar hij kon het kennelijk niet onthouden. Hij zei: "Daar heeft ze niets van gezegd! Ze is er zomaar vantussen gegaan!" zei hij. Zijn geheugen gaat hard achteruit de laatste tijd.'

'O, wat naar om te horen,' zei Delia.

'Hij zegt, de dingen komen te snel op hem af om op te nemen. En Rick zegt, gewoon om aardig te zijn, hij zegt: "O, ik weet precies wat u..." maar toen zei pa: "Hou jij je zwarte snufferd erbuiten!" en ik zeg: "Pa," zeg ik...'

Teensy hield op, met een blik naar Joël. 'Nou,' zei ze, 'ik moet weer eens aan het werk.'

Ze veegde haar handen af aan haar schort en haastte zich weg.

'Opmerkelijk,' zei Joël.

Hij scheen geen flauw idee te hebben dat het zijn emotieloze blik was die haar op de vlucht had gejaagd.

'Misschien moet meneer Bragg maar in Senior City gaan wonen,' zei Noah.

'Ik denk niet dat hij dat kan betalen,' zei Delia.

'Wie weet hebben ze beurzen? Of bijstand, kan je dat wegschrijven?'

Joël rolde met zijn ogen.

'Nou in elk geval,' zei Noah en nam zijn burger op, 'toen bedachten ik en Ronald net te doen of we geblesseerd waren. Alleen konden we er niet allebei tegelijk mee aankomen, want dan leek het te verdacht.'

'Je hebt het helemaal verkeerd aangepakt,' zei Joël. 'Je heil zoeken in arglist levert nooit iets goeds op.'

'In wát?'

'Arglist.'

'Wat is dat?'

Over de tafel keek Joël Delia met grote ogen aan. Zijn wenkbrauwen waren zo hoog opgetrokken dat zijn voorhoofd wel corduroy leek.

'Hij bedoelt iets achterbaks,' legde Delia Noah uit. 'Iets stiekems.'

'O.'

'Hij bedoelt dat je tegen die regel openlijk had moeten protesteren. Tenminste, dat neem ik aan.' Ze verwachtte een toelichting van Joël, maar hij zette nog steeds grote ogen op. 'Is dat wat je bedoelde?' vroeg ze.

'Hij weet niet wat arglist is,' zei Joël.

Ze haalde haar sandwich uit elkaar en begon de koolsla erin te scheppen.

'Hij heeft nog nooit van het woord arglist gehoord. Wat zeg je me daarvan?'

Ze weigerde te antwoorden. Noah zei: 'Is dat zo erg. Tjeez.'

'Is dat zo erg!' echode Joël. 'Leren ze de kinderen dan tegenwoordig niets meer op school? "Arglist" is toch waarachtig niet zó cryptisch.'

Delia zag Noah besluiten niet te vragen wat 'cryptisch' betekende.

'Soms denk ik dat de taal bezig is te verschrompelen tot een klein uitgedroogd keuteltje,' zei Joël. 'Overheerst door lorrewoorden, terwijl de echte woorden verdwijnen. Onlangs ontdekte ik dat de kantinebaas niet wist wat een couvert was.'

'Couvert?' zei ze.

'Het woord schijnt in onbruik te zijn geraakt.'

'Is "couvert" in onbruik geraakt?'

'Het is de enige verklaring die ik kan verzinnen. Ik zei dat we een nieuwe voorraad couverts gingen bestellen en hij zei: "Wat is dat?"'

'Ach, wat een onzin,' zei Delia. 'Jij weet toch wat een couvert is,' zei ze tegen Noah.

Hij knikte, maar zonder een demonstratie te riskeren.

'Zie je wel? Het is niet in onbruik geraakt! Teensy!' riep Delia. 'Kunnen we nog een couvert krijgen, alsjeblieft?'

'Komt eraan,' zei Teensy, en achter de toonbank hoorden ze het gerammel van messen en vorken.

Delia keek zegevierend naar Joël.

'O... nou ja,' zei hij.

Noah grinnikte. 'Uit de kunst, Dee,' zei hij. En na een poosje begon zelfs Joël te lachen.

Delia lachte mee, zette haar sandwich weer in elkaar en gaf er een klapje op. Binnensmonds maakte ze een neuriënd geluidje – een ijl, aangenaam, toonloos neuriën, dat maar weinig verschilde van spinnen.

18

Binky's baby werd geboren op een feestdag – heel toepasselijk, zei Nat. Hij belde dezelfde middag met het nieuws; hij brandde los met een zwellende, op een haar na overslaande stem. 'Acht pond, twee ons,' kraaide hij. 'James Nathaniel Moffat.'

'James!' zei Delia. 'Is het een jongen?'

''t Is een jongen. Wat zeg je me dáárvan?' Hij liet een van zijn baardige grinnikjes horen. 'Ik weet helemaal niet of ik wel met een jongen kan ómgaan.'

'Dat lukt je best,' zei Delia. 'Noah is uit picknicken nu, maar hij zal het machtig vinden als ik het vertel. Hoe is het met Binky?'

'Kon niet beter. Ze is erdoor geróld, en James ook. Wacht tot je hem ziet, Delia. Hij heeft zo'n rond gezichtje, zo rond als een zakhorloge, en een heleboel blond haar, maar Binky zegt...'

Als je hem hoorde praten zou je nooit denken dat hij deze ervaring al vier keer had meegemaakt.

Delia had overdreven toen ze zei dat Noah het machtig zou vinden. O, hij toonde zich wel geïnteresseerd, maar matigjes – informeerde op wie de baby leek en wat de raad van bestuur had gezegd. Maar toen het woensdagmorgen werd vroeg hij of hij zijn gewone bezoek niet kon uitstellen. De school was net weer begonnen en hij wilde oefenen voor het worstelteam. Delia zei: 'Als we nu héél even naar de baby gaan kijken en ik je daarna afzet voor de wedstrijd?'

'Kan het niet morgen?'

'Morgen moet ik lesgeven Noah, en de dag erna is de thee voor de klassemoeders, en als je er te lang mee wacht zal je opa denken dat het je niet kan schelen. Ik bel wel van tevoren en zeg dat je maar eventjes kunt blijven.'

'Nou goed,' zei hij, zonder veel geestdrift.

Toen ze hem ophaalde bij school was hij aan het proberen Jack Foster van de stoep te duwen en moest ze de claxon aantikken om zijn aandacht te trekken. Hij maakte zich los, rukte het portier open en plofte in de auto. 'Dag,' zei ze, maar hij zakte onderuit op zijn stoel en drukte zijn Philliespetje vaster op zijn hoofd. Toen ze op de straatweg waren zei hij: 'Ik moet hiermee stoppen.'

'Waarmee?'

'Ik kan niet al mijn tijd besteden aan mensen opzoeken! Mamma en opa... Ik zit nu in de tweede! Ik heb belangrijke bezigheden!'

Hij sloeg over als een kikker bij 'bezigheden' en Delia wierp hem tersluiks een blik toe. Hij zou binnenkort de baard in de keel krijgen, besefte ze. O hemel, zat ze alwéér met zo'n puber.

Maar ze zei alleen: 'Misschien kun je je bezoeken verzetten naar het weekeind.'

'In het weekeind trek ik op met m'n vrienden! Anders mis ik alle lol!'

'Tja, ík weet het niet, Noah,' zei ze. 'Praat er eens over met Nat en je moeder.'

'En kun je alsjeblieft een ietsje ónder de honderd dertig per uur rijden? Ik ben al dóód voor ik erover kan praten, met zo'n snelheidsmaniak.'

'Sorry,' zei ze en minderde vaart. 'Je moet even zien wat ik voor de baby heb gevonden,' zei ze. 'Het ligt op de achterbank.'

Hij keek achterom maar stak er geen hand naar uit. 'Waarom zeg je niet gewoon wat het is,' zei hij.

'Een paar piepkleine gymschoentjes, niet groter dan vingerhoedjes.'

'Huh.'

In vroeger dagen had hij zich door niets laten weerhouden een blik op zo'n cadeautje te werpen.

Het was een koele, bewolkte dag en het zou gaan regenen, maar alles wat ze tijdens de rit ondervonden was een enkel spatje op de voorruit. Noah luisterde naar een radiostation waarop de zangers beledigingen uitschreeuwden, terwijl Delia in gedachten iets bedaarders draaide – een kunstje dat ze met haar eigen kinderen had geleerd. Ze begon net aan 'Let it Be' toen ze afsloeg bij Senior City.

'Krijg nou wat,' zei Noah.

Naast de dubbele deuren prijkte een bijna manshoog houten silhouet van een ooievaar, in een lichtblauw vest en met een lichtblauw bundeltje. Lichtblauwe ballonnen zweefden boven de portiek. Het prikbord in de entreehal (normaliter volgestoken met bedankbriefjes van herstellenden en inschrijvingslijsten voor busreisjes naar de winkelcentra in York) was dichtgepleisterd met kiekjes van een enkele minuten oude zuigeling. Drie vrouwen, met de gebruikelijke zwierige sjaals om hun hals, stonden naar de foto's te turen en bespraken de betekenis van de grootte van de handjes. Een vrouw zei dat flinke handen bij een zuigeling wezen op een lang lichaam als hij volwassen was, maar een andere zei dat dat alleen voor jonge hondjes opging.

In de lift vonden ze Pooky op een van haar eindeloze ritten, maar vandaag leek ze heel goed te beseffen dat ze de parterre had bereikt en zei ze, alvast voor hen op 'twee' drukkend: 'Als jullie snel zijn kunnen jullie nog op tijd komen voor het boeren.'

'O, heb je hem al gezien?' vroeg Delia terwijl ze naar boven gingen.

'Al twee keer. Ik was een van de mensen in de hal gisteren

toen ze met hem thuiskwamen uit het ziekenhuis. Ik hoop niet dat dat cadeautje een paar schoentjes is.'

'Eh, zo ongeveer,' zei Delia.

'Tot nu toe heeft hij al Zweedse leren klompjes, teenslippers van vijf centimeter lang en een paar mini-motorlaarsjes. En dan tel ik niet eens mee wat wij allemaal hebben gebreid.'

De lift stopte met een wipje en de deur schoof open. 'Ik zou wel met jullie mee willen gaan,' riep Pooky hen na, 'maar ik moet mijn flat nog kindveilig maken.'

Ze liepen langs nog meer aan de leuningen vastgemaakte ballonnen en toen ze Nats deur bereikten vonden ze een plakkaat: BABY:... Een koperen pijltje wees naar WORDT GEVOED. De andere mogelijkheden waren SLAAPT, WAKKER en UIT. Delia dacht dat WORDT GEVOED kon betekenen dat ze later moesten terugkomen, maar Noah had al aangebeld.

'Ha, zijn jullie daar!' zei Nat toen hij opendeed. 'Kom erin! Kom erin!' Hij gebruikte zijn stok vandaag, maar hij liep met vlugge, veerkrachtige tred voor hen uit naar de slaapkamer. 'James eet even een hapje,' riep hij over zijn schouder.

'Moeten we hier buiten wachten?' vroeg Delia.

'Nee hoor, iedereen is aangekleed. Bink, schat, 't zijn Noah en Delia.'

Binky zat tegen het hoofdeinde van het bed, gekleed maar zonder schoenen. Het omslagdekentje over haar boezem bedekte het gezicht van de baby, dus konden ze alleen een vuurrood oortje en een donzig hoofdje zien. 'Ach, kijk toch eens!' fluisterde Delia. Het voelde altijd weer of de bodem uit haar middenrif viel wanneer ze een pasgeboren baby zag.

Noah daarentegen keek overal behalve naar Binky. Hij stopte zijn handen in zijn achterzakken en bestudeerde de uiterste hoek van de slaapkamer, totdat Binky met een knipoogje naar Delia vroeg: 'Wil jij hem vasthouden, Noah?'

'Ik?'

Ze nam de baby van haar borst, tegelijkertijd handig het dekentje verschikkend. De oogjes van de baby waren dicht en hij maakte nostalgisch smakkende geluidjes met zijn lippen, die rozeknopvormig en stijf getuit waren. Hij had inderdaad grote handen, met lange doorschijnende vingers, vlak onder zijn kin verstrengeld. 'Hier,' zei Binky, en hield hem omhoog voor Noah. 'Als je zijn achterhoofd maar steunt, ja zo.'

Noah nam het onhandige, rommelige pakketje over.

'Tot nu toe is het een makkelijk kind,' zei Binky, haar knoopjes dichtmakend. 'Hij slaapt het grootste deel van de dag, wat een wonder mag heten, gezien al het bezoek dat we hebben gehad. Je moeder heeft gebeld, Noah; was dat nu niet lief? Dat was zo lief. Nog geen woord van de andere drie, maar ik hoop...'

'Ach schatje, zet het van je af,' zei Nat. 'Wie trekt zich nu iets van ze aan!' Hij schudde een keer boos met zijn hoofd, wat hij vaker deed wanneer zijn dochters ter sprake kwamen. 'Laten we in de kamer gaan zitten.'

Ze volgden hem – Noah nog met James in zijn armen, tastend met zijn voeten – en lieten zich neer te midden van een ongewone baaierd van pantoffels en wollen omslagdoeken en geschenkverpakkingen. De flat had nu al die regenachtige, zoetige babypoederlucht.

Binky pakte de gymschoentjes uit, lachte, gaf ze door aan Nat, en haalde toen op Delia's verzoek de motorlaarsjes van de baby voor de dag. Een cadeautje van haar zoons, zei ze; ze beweerden dat ze niet over haar te spreken waren, maar Peter had van school gespijbeld om ze persoonlijk te komen brengen. Toen deed Nat het relaas van hun rit naar het ziekenhuis ('Ik zei: "Binky," zei ik, "ik heb van het begin af aan gezegd dat we naar de derde hadden moeten gaan"') en Binky weidde breed uit over de bevalling, die alles bij elkaar een makkie was geweest, zei ze, vergeleken bij de eerste twee. ('Ik hoor er niet over te praten in gemengd gezelschap,' zei ze, 'maar vanaf de geboorte van Peter heb ik nooit meer geweten wanneer ik moest plassen. Ik kan maar het beste om de paar uur gaan, voor het geval dát.')

Noah keek nu bepaald pips en Delia stond op om hem van de baby te verlossen – een excuus om heel even het slappe, verfrommelde gewicht van dat kleine lijfje te voelen – en hem Binky aan te reiken. 'We moeten Noah naar zijn oefenwedstrijd brengen,' zei ze. 'Is er iets wat ik voor je kan doen? Eten halen? Een boodschap?'

'O nee, Nat zorgt geweldig voor me,' zei Binky.

Toevallig wist Delia dat Nat de pijn van zijn flashbacks het scherpst voelde wanneer hij achter het stuur zat, maar daar kon ze niets van zeggen nu hij zo apetrots keek.

Joël deed vreselijk zenuwachtig over de klassemoedersthee. Hij had natuurlijk het liefst Ellie gehad, dacht Delia – Ellie die zulke grappige thema's aan haar feestjes meegaf. Maar toen ze voorstelde Ellie op te bellen en om suggesties te vragen zei hij: 'Waarom zouden we? We zijn toch waarachtig wel in staat zelf een eenvoudige thee te geven.'

'Jawel, maar misschien...'

'Het enige dat wij van Ellie nodig hebben is haar recept voor citroenkoekjes.'

'Citroenkoekjes. Ik zal het vragen.'

'Die met dat brosse glazuur erop. En haar komkommersandwiches.'

'Nou zeg, een komkommersandwich kan ik óók maken,' bitste Delia.

'O. Ja natuurlijk.'

Daarna liet hij het onderwerp rusten – dwong hij zich ongetwijfeld het te laten rusten. Op vrijdagmiddag echter liep hij in kringetjes om haar heen terwijl zij de partysize theeketel op het buffet in de eetkamer klaarzette. 'Dit gezelschap bestaat uitsluitend uit vrouwen,' vertelde hij.

'Ja, ik had al zo'n idee: klassemoeders.'

'Er is één klassevader, maar die is op zakenreis. Het wordt honderd procent vrouwen dus.'

Ze ging water halen voor de thee. Hij kwam haar achterna. 'Je komt toch wel helpen met de conversatie, hè?' vroeg hij.

Daar had ze niet op gerekend. Ze had zich voorgesteld dat ze zou blijven wachten in de keuken, als zo'n tactvolle huishoudster uit een negentiende-eeuwse roman. Ze had er zelfs naar uitgekeken. Ze zei: 'O, eh...'

'Ik kan het niet alleen af, Delia.'

'Ik zal mijn best doen.'

Maar er was geen hulp nodig, merkte ze. Er verschenen veertien vrouwen – twee voor elke groep, minus de reizende vader en een moeder die geen vrij kon krijgen van haar werk. Iedereen kende elkaar, de meesten al van kinds af aan, en ze raakten vanzelf aan de praat over zulke afgezaagde onderwerpen dat ze in geheimtaal leken te spreken. 'En, wat heeft Jessie nu besloten?'

'Precies wat we allemaal dachten.'

'Hè nee!'

'Ja, maar je weet nooit, misschien gaat het net zoals met dat meisje Sanderson.'

'Ja, dat zou kunnen.'

Delia droeg haar donkerblauwe gebreide jurk, in de veronderstelling dat een thee toilet vereiste, maar de gasten kwamen in lange broeken of zelfs jeans, en eentje was in een sweatshirt bedrukt met COMPOST HAPPENS. Ze toonden zich allen buitengewoon benieuwd naar haar. Om de haverklap kwamen ze naar haar toe om te vragen: 'En, hoe vínd je het hier? Hoe vangt Noah het allemaal op? Kan hij zich aanpassen?' Wanneer ze antwoordde vielen de stemmen in de directe omgeving stil en kwamen anderen dichterbij staan. 'Goh,' zei er een, 'meneer Miller zal wel reuze blij met je zijn! En dat je ook al helpt met bijles! Je hebt de jongste van Brewster! Meneer Miller klaagt altijd dat hij voor wiskunde te weinig krachten kan vinden.'

Nu wist ze hoe nieuwe meisjes zich moesten voelen op hun eerste schooldag. Maar ze antwoordde beleefd, met een lach op haar gezicht, de theepot voor zich uit houdend als een bewijs van toegang. Ja, ze had het heel prettig in Bay Borough, dank je, en met Noah ging het goed, en ze had waarschijnlijk van haar leerlingen méér opgestoken dan zij van haar. De gebruikelijke opmerkingen. Ze had ze slapend kunnen maken. Ondertussen stond Joël te praten met twee vrouwen aan de andere kant van de kamer, nadenkend knikkend, nu en dan zijn voorhoofd in rimpels trekkend. Hij leek niet meer zo zenuwachtig. En toen ze hem naderde met een schaal koekjes zei hij: 'Je doet het prima, Delia.'

'Dank je,' zei ze lachend.

'Misschien wel de beste thee die we hebben gegeven.'

'O, maar vergeet niet de citroenkoekjes, die waren van Ellie; Ellie was zo lief om...'

Toen vroeg een van de vrouwen aan Joël wat er voor de najaarsbazaar was gepland en ontsnapte Delia naar de keuken.

Ze ruimde wat op, nam werkbladen af, zette alvast het een en ander in de vaatwasser. De kat had de wijk genomen onder de tafel, en ze viste hem eronder vandaan om hem te knuffelen en achter zijn oren te kriebelen. Een poosje hield ze de schoksgewijs oprukkende minutenwijzer van de wandklok in het oog. Twaalf voor half zes, elf voor half zes, tien voor half zes. Tijd dat de gasten naar huis moesten om eten klaar te maken. Ja, ze kon al een zekere omschakeling waarnemen in het geroezemoes van stemmen – de hogere tonen van het afscheid nemen.

'Had ik geen tas bij me?'

'Heeft iemand mijn sleutels gezien?'

En toen: 'Waar is Delia? Ik moet Delia nog dag zeggen.'

Ze moest George laten vallen en nogmaals haar opwachting maken om hen allen uitgeleide te doen. ('Ja, ik vond het ook een plezierige kennismaking. Ik zal je met alle genoegen het recept geven.') Toen keerde ze terug naar de eetkamer en haalde Joël de stekker uit de theeketel terwijl de vrouw die altijd het langst blijft (op elk feestje had je er zo een) met overdreven zorg de schone lepeltjes van de vuile scheidde. 'Toe,' zei Delia. 'Laat toch liggen. Ik heb een systeem.' Zo gauw als de oude formules haar weer te binnen schoten: *ik heb een systeem. Heus, maak je niet druk. 't Is absoluut geen moeite.*

De vrouw kon niet wegkomen en stond een poosje in haar tasje te staren, als zocht ze aanwijzingen voor waar ze nu naartoe moest. Ze had een drieling, had Delia gehoord – allemaal jongens, die juist waren begonnen met autorijles. Het liet zich begrijpen waarom ze geen haast had om naar huis te gaan. Eindelijk zei ze: 'Nou, bedankt allebei. Het was echt een onthaal', en met een lachje in Joëls richting zei ze tegen Delia: 'Wat is hij hulpvaardig! Als ik míjn man zou vragen op te ruimen zou hij denken dat ik een grapje maakte. Hij zou alleen maar versteld staan... en de deur uitgaan met zijn vrienden.'

Joël wachtte tot ze goed en wel was vertrokken voordat hij snoof. '"Versteld"!' echode hij. 'Ontmoedigend, hè?'

Delia begreep niet goed wat zijn bezwaar was. (Gelukkig was hem zo te zien ontgaan dat de vrouw kennelijk geloofde dat ze een paar vormden, dacht ze.) Ze bracht een stapel kopjes naar de keuken en begon ze in de vaatwasser te schikken.

'Je kunt al zien wat er gaat gebeuren,' zei Joël. Hij zette de theeketel op het aanrecht. 'Stukje bij beetje zullen meer en meer mensen "versteld" zeggen in plaats van "ontsteld", in de waan dat het een deftige versie is, net zoals ze denken dat "simplistisch" een duurder woord is voor "simpel". En voor je 't weet kom je dat gebruik in woordenboeken tegen, zonder zelfs iets als "niet alg." erbij.'

'Misschien bedoelde ze echt "versteld",' zei Delia. 'Misschien bedoelde ze dat haar man het niet zou begrijpen; dat hij perplex was dat ze hem om hulp vroeg.'

'Nee, nee. Aardig geprobeerd, Delia, maar nee, ze bedoelde wel degelijk "ontsteld". Alles verandert,' zei Joël. 'Het is al zo erg dat we al haast geen Engels meer spreken.'

Ze keek om. Hij was het snoer om de theeketel aan het wikkelen, hoewel die nog niet leeg of schoongespoeld was. 'Ja, ik heb gemerkt dat dát je het meeste dwars zit,' zei ze.

'Hmm?'

'Meestal zijn het niet de taalfouten – anders dan de voor de hand liggende, zoals "hun hebben". Het zijn de nieuwe dingen, de veranderingen. "Wegschrijven" en "ik zeg van" en "warme knuffels".'

Joël rilde. Te laat herinnerde Delia zich dat hij bij haar weten nooit over 'warme knuffels' had gesproken – dat het afkomstig was uit Ellie's interview. Ze sprak haastig verder. 'Maar je moet bedenken,' zei ze, 'misschien was wel de helft van je eigen vocabulaire niet zo lang geleden óók nieuw. Neem nu "duur", bijvoorbeeld. Die termen duiken niet voor niets op. Dwarsliggen. Groupie. Witwassen. Timeshiften.'

'Wat is "timeshiften"?' vroeg Joël.

'Als je een tv-programma opneemt om het later te bekijken. Meneer Pomfret zei dat, en toen dacht ik... o, wat ecónomisch! Zou je niet soms juist verlángen naar nieuwe woorden? Zoals een woord voor, een woord voor...'

'Sproeten,' zei Joël.

'Sproeten?'

'Voor sproeten die kleiner zijn dan gewone sproeten,' zei Joël. 'En lichter. Als goudstof.'

'En ook, eh, tomaten,' zei Delia, te vlug. 'Ja, tomaten. Je hebt de echte en je hebt ook van die andere, van de supermarkt, met een kleur als het tandvlees van een kunstgebit, en die zou je dan een heel aparte naam moeten geven.'

'En dan,' zei Joël, 'die andere buitenkant die mensen krijgen wanneer je ze echt begint te zien.'

Daar wist ze niets op te zeggen.

'Ze worden zo waarneembaar,' zei Joël, 'of je elke ader onder hun huid kunt voelen kloppen. Je denkt: opeens is ze zo..., maar welk woord zou je dan gebruiken? Iets als fijnkorrelig, maar dan fijnkorrelig voor het oog.'

Zijn ogen leken nu zachter bruin en de brede, ingekerfde mond mooier en tederder van vorm.

'Hemeltje,' zei ze, zich met een ruk omdraaiend naar de deur. 'Is dat Noah?'

Hoewel Noah naar Ellie was en pas tegen bedtijd zou thuiskomen. En in elk geval vóór het huis zou worden afgezet en niet aan de achterdeur.

Soms, wanneer Delia bij zichzelf zei: *Nog maar een x-aantal dagen tot Susie's trouwdag*, brak het klamme zweet haar uit. *Dit wordt zo nételig. Hoe treed ik ze tegemoet? Dit is geen situatie waarmee ik heb leren omgaan.* Maar dan weer dacht ze: *Poe, wat is er zo moeilijk aan een trouwdag? We hebben toch al die andere mensen als buffers. Ik kom gewoon binnenwaaien en ik waai er zó weer uit. Geen kunst aan.*

Een poosje had ze het idee dat Susie haar misschien zou vragen vroeger te komen, misschien wel een paar dágen vroeger, om te helpen met de voorbereidingen. Op die manier zou ze zich tenminste niet zomaar een gast voelen. Ze stortte zich 's morgens hoopvol op de post, schraapte haar keel voor ze de telefoon opnam, stelde het meedelen van haar plannen aan Joël uit tot ze zeker wist hoe lang ze weg zou zijn. Maar Susie vroeg niets.

En soms overwoog ze niet te verschijnen. Welk doel zou ze ermee dienen? Ze zouden haar niet eens missen. Een dag of wat na de bruiloft zou een van hen kunnen zeggen: 'Hé! Weet je wie niet geweest is? Delia! Het schiet me nu pas te binnen!'

En op nog weer andere momenten fantaseerde ze dat ze popelden om haar te zien. 'Delia!' zouden ze roepen. 'Mám!' zouden ze roepen en naar de stoep rennen terwijl de deur achter hen dichtsmakte en zij haar om de hals vielen.

Nee, streep dat door. Eerder zouden ze vragen: 'Wat kom jíj hier doen? Dacht je dat je zomaar weer kon binnenkuieren alsof er niets was gebeurd?'

Ze moest niet vergeten haar uitnodiging mee te brengen, in geval van twijfel.

Ze sneed het onderwerp pas aan bij het zondagse ontbijt, omdat ze tot de allerlaatste dag op bericht van Susie had gewacht. Zondag was sowieso een goed moment, omdat Noah er dan bij was en zich zat vol te proppen met boekweitpannekoekjes; zo kon het gesprek niet al te diepgravend worden. Ze zei: 'Ik weet niet of ik al verteld had...' (best wetend dat dat niet zo was) – 'dat ik morgen een dag vrij moet nemen.'

'O?' zei hij, en liet zijn krant zakken.

'Ik moet naar Baltimore.'

'Baltimore,' zei hij.

'Tjeez, Delia!' zei Noah. 'Ik heb de worstelcoach net beloofd dat jij ons allemaal morgen naar het toernooi rijdt.'

'Nou, ik kan niet,' zei ze.

'Tjeez! Wat doen we nou?'

'Je coach verzint er wel wat op,' zei Joël. 'Als je Delia wilt laten rijden, moet je het haar eerst vragen.' Maar hij hield zijn ogen op Delia terwijl hij sprak. 'Is het voor een, voor een noodgeval?' vroeg hij.

'O nee, gewoon een bruiloft.'

'Ah.'

'Maar wel een waar ik heel graag bij zou zijn, van een familielid, begrijp je, en daarom dacht ik, als jij het niet erg vindt...'

'Welnee, natuurlijk niet,' zei Joël. 'Zal ik je naar het busstation brengen?'

'O dank je wel, maar ik ga met de auto,' zei Delia. 'Toevallig ligt Baltimore op de verkooproute van meneer Lamb.'

Vermoedelijk had Joël geen idee wie meneer Lamb was maar hij knikte langzaam, zijn ogen nog steeds gericht op haar gezicht.

'Dus!' zei ze. 'Nou, ik neem aan dat ik er 's avonds weer ben. Misschien al met het eten, maar dat weet ik niet zeker; ik kom terug met de bus; dus heb ik vast een kippeslaatje in de koelkast gezet. Er staat een bak koolsla van Rick-Rack's naast, broodjes in de la..., maar dan ben ik vast al terug.'

'Moet ik je van de bus halen?'

'Nee, dat doet Belle al. Ik bel haar op wanneer ik in Salisbury ben.'

'Je zou ook mij kunnen bellen.'

'Nee heus, ik heb geen idee wanneer... Het kan ook wel 's avonds laat worden of zo. Wie weet de volgende dag!'

'De volgende dag!' zei hij.

'Als de receptie lang uitloopt.'

'Maar je kómt toch terug,' zei hij.

'Ja natuurlijk.'

Nu hield ook Noah haar in het oog. Hij keek op van zijn pannekoeken en deed zijn mond open, maar hij zei niets.

Tegen de middag ging ze wandelen, met het plan voor de lunch te stoppen bij Bay Arms wanneer haar enkel te moe werd. Het had 's morgens geregend, maar nu scheen de zon en de lucht voelde zo zwaar en warm aan dat ze spijt had van haar vest. Ze trok het uit en zwaaide er losjes mee in haar hand. Waar ze maar keek leek ze mensen te zien die ze kende. Mevrouw Lincoln wuifde haar toe van de stoep van de kerk, T.J. Renfro die op zijn Harley voorbijscheurde riep: 'Ha, dag juf!' en in Carroll Street liep ze tegen Vanessa en Greggie op, voortscharrelend in bij elkaar passende gele regenjasjes. 'Delia! Ik wou je net bellen,' zei Vanessa. 'Zin om morgen met me mee te rijden naar Salisbury?'

'O, wat jammer, ik kan niet,' zei Delia. 'Ik moet naar Baltimore.'

'Wat is er in Baltimore?'

'O,' zei Delia, 'mijn dochter trouwt.'

Dat had ze Belle ook verteld, maar verder niets, en nu voelde ze plotseling een dringende behoefte om haar hart uit te storten. 'Ze trouwt met haar jeugdvriendje, en ik weet niet hoe ik me moet houden op de trouwerij, maar ik wil er zo graag bij zijn; haar vader vindt dat ze de zaak overhaast want ze is nog maar tweeëntwintig, en ik zeg...'

'Tweeëntwintig! Hoe oud was jij toen je haar kreeg, twaalf?'

'Negentien,' zei Delia. 'Ik ben vrijwel direct na school getrouwd.'

Vanessa knikte, zonder verbazing. Tja, de meeste meisjes in Bay Borough trouwden meteen na school, vermoedde Delia zo. En kregen baby's op hun negentiende of daaromtrent. En raakten ten slotte ergens onderweg hun man kwijt. Vanessa's enige vraag was: 'Wat voor trouwcadeau heb je gekocht?'

'Ik dacht eerst eens te kijken wat ze nodig hadden.'

'Dat is altijd verstandig,' zei Vanessa. 'Greggie! Laat dat beestje gaan waar het wil. Heb ik ook gedaan met mijn vriendin,' vertelde ze Delia. 'Ik dacht ik geef haar een handmixer, maar toen dacht ik, nee, waarom niet gewacht, en daar was ik blij om, want de eerste keer dat ik bij haar op bezoek ging zag ik dat ze in de hele keuken geen enkel stuk tupperware had staan.'

Vanessa's gezicht boven de oliejas glom van een dun laagje zweet en haar ogen waren zuiver en helder, het wit bijna blauw wit. Delia had haar opeens kunnen zoenen. Ze zei: 'O, ik was zo graag met jou meegereden naar Salisbury.'

'Nou, ander keertje dan,' zei Vanessa. 'Er is een zaak waar we de gerst in het groot kopen, voor oma's recept voor buikpijnwater.'

'Buikpijnwater?' vroeg Delia.

'Voor baby's. Werkt verzachtend, als ze koliek hebben of 's middags hangerig zijn of onrustig 's nachts.'

Delia wou dat ze buikpijnwater voor grote mensen maakten.

Ze droomde dat ze in Bethany was en het strand afliep. Voor zich zag ze een snelweg, een soort versmalling en verduistering van het zand tot het in asfalt overging, en daar stond haar oude Plymouth te blakeren in de zon. Sam nam haar bovenarm in zijn hand om haar erheen te brengen. Hij zette haar erin. Hij deed de deur zachtjes achter haar dicht en boog door het open raam om te zeggen dat ze voorzichtig moest rijden. Ze ontwaakte en staarde naar de stofjes van duisternis die boven haar hoofd wemelden.

Uit Noahs kamer hoorde ze een weerkerend, droog hoesten, dat telkens scherp begon alsof hij het eerst had willen inhouden – zo'n tergende nachtelijke hoest die maar niet weg wil. Een half uur lag ze te overleggen of ze zou opstaan om hem de zuigtabletten uit het medicijnkastje te brengen. Misschien hield hij vanzelf op met hoesten. Of sliep hij, in welk geval ze hem liever niet wakker maakte. Maar het hoesten hield aan, stopte telkens en begon opnieuw, net wanneer ze dacht dat het was opgehouden. En toen hoorde ze een plank van de vloer kraken en wist ze dat hij niet sliep.

Ze stond op en deed de deur open. 'Noah?' fluisterde ze.

Vrijwel ogenblikkelijk stond Joël voor haar. Ze kon hem niet zozeer zien als wel voelen, zoals men van blinden zegt dat ze voelen – een hoge, compacte, massieve gedaante die warmte uitstraalde, zijn maanbleke pyjama langzaam opdoemend uit het donker van de raamloze gang.

'Ja Delia?' fluisterde hij.

Hij had het verkeerd verstaan, besefte ze. 'Noah' en 'Joël' leken zo op elkaar. Het gebeurde wel vaker wanneer ze een van hen aan de telefoon riep. Ze zei: 'Ik dacht dat ik Noah hoorde.'

'Ik was net op weg naar hem toe,' zei hij.

'O.'

'Ik zal hem een paar zuigtabletten brengen.'

'Goed.'

Maar geen van beiden bewoog.

Toen deed hij een stap naar voren en nam haar hoofd tussen zijn handen en ze hief haar gezicht en sloot haar ogen en voelde zich naar hem toegetrokken en omhuld, omgeven, zijn lippen op de hare gedrukt en zijn handen over haar oren zodat ze alleen het ruisen van haar bloed hoorde.

Dat, en Noahs plotselinge kuch.

Ze lieten los. Delia stapte achterwaarts haar kamer in, tastte met trillende handen naar haar deur en deed hem voor zich dicht.

19

De auto van meneer Lamb was een vaalgroene Maverick met één oranje spatbord en een kleerhangerantenne. Binnenin lag de achterbank vol met diverse schaalmodellen van ramen – met houten kozijntjes en dubbele ruitjes, niet één meer dan dertig centimeter hoog. Kleine meisjes uit de buurt bedelden altijd om ermee te mogen spelen. De bodem van zijn kofferbak was belegd met platen doorzichtig plastic, zodat Delia toen ze haar koffer erin zette de indruk kreeg dat ze zich over een spiegelend waterlichaam boog. Het plastic was zo goed als onverwoestbaar, zei meneer Lamb. 'Schuif je koffer er maar gewoon overheen,' zei hij. 'Het kan absoluut geen kwaad. Daarmee slaat ons produkt alles wat er verder op de markt is. Als ik ergens kom waar huisdieren zijn, mag ik graag een plak Rue-Ray op de grond leggen en laat ik er een hond of kat zó overheen lopen en met zijn nagels krassen.'

Rue-Ray, wist Delia, ontleende zijn naam aan de eigenaars van het bedrijf, Ruth Ann en Raymond Swann. Ze woonden boven de werkplaats in Union Street en meneer Lamb was hun enige vertegenwoordiger. Ze had dit alles van Belle gehoord, maar moest nog steeds lachen wanneer meneer Lamb die twee dronken rollende r's trachtte uit te spreken.

Ook trof het haar als komisch dat hij zo spraakzaam bleek. Nog voor ze op de Highway 50 zaten was hij al van voorzetramen (hun geluiddempend vermogen) overgegaan op het trouwcadeau dat hij voor Belle in gedachten had (een compleet stel Rue-Rays, inclusief het installeren) en vandaar op zijn filosofie over de kunst van het verkopen. 'Het is van belang te onthouden,' zei hij, om een tractor heen zwenkend, 'dat mensen graag een procedure doorlopen. Een vaste reeks van stappen voor elke activiteit. De serveerster bijvoorbeeld wil jou eerst je nota geven voordat jij haar je creditcard overhandigt. De monteur wil eerst alles over je brandstofpomp vertellen voordat jij zegt: vooruit, maak hem maar in orde. Dus vraag ik mijn klanten, ik vraag: "Voelt u het hier tochten? Kamers op het noorden kouder dan die op het zuiden?" Ik weet best dat ze het voelen tochten. Ik kan die pokkeramen horen rammelen terwijl ik zit te praten. Maar als ik de mensen van tevoren zo'n beetje de symptomen laat beschrijven – dat het zeg in de kamer van de baby zo koud is dat ze 's nachts zo'n dekenzakje moet dragen met van die overslagjes voor de handjes – kijk, dan krijgen ze het idee dat een soort procedure is gevolgd, begrijp je? Dan maak ik er meer kans op dat ik wat verkoop.'

Ongelukkigerwijs was hij een van die bestuurders die behoefte hebben de persoon tegen wie ze spreken aan te kijken. Hij hield zijn doffe, diepliggende ogen op Delia gericht, zijn schrale nek gedraaid in zijn boord, terwijl Delia zelf haar ogen strak op de weg hield als om dat te compenseren. Ze zag een rij cipressen naderen, toen een morsdood motel, zo laag bij de grond en uitgestrekt als een verlaten kippenschuur, toen een strook mistig bos waarin hele wolken gevangen schenen in een web van takken. Pas enkele blaadjes hier en daar hadden al een zacht oranje tintje gekregen en ze kon zich verbeelden dat het nog zomer was – zelfs dat het nog vórige zomer was, en dat ze niet het jaar ertussenin verloren had.

'Heel veel mensen beseffen niet dat vertegenwoordigers op dat soort dingen letten,' zei meneer Lamb. 'Maar vertegenwoordigers zijn een heel oplettend slag, zul je merken. Volgens mij komt het doordat ze zoveel in de auto reizen.

Belle had het idee onze huwelijksreis per auto te maken, maar ik heb gezegd dat ik niet wist of ik me wel goed op haar zou concentreren, gewend als ik ben te rijden met mijn eigen gedachten.'

Delia zei: 'Hmm.' Toen, omdat ze vond dat ze te weinig aan de conversatie bijdroeg, voegde ze eraan toe: 'Míjn huwelijksreis was met de auto.'

'O ja?'

Ze was er zelf van geschrokken; het scheelde weinig of ze had omgekeken om te zien wie deze mededeling had gedaan. 'Maar ik herinner me niet dat het onze concentratie in de weg zat,' zei ze.

Hij keek haar tersluiks aan en ze gaf een gemaakt kuchje. Hij zou wel denken dat ze iets dubbelzinnigs had bedoeld. 'Maar mijn man was niet zo ingesteld op autorijden als jij wel zult zijn,' zei ze.

'Ah,' mompelde meneer Lamb. 'Nee, dat zijn er maar weinig waarschijnlijk.'

Sams auto in die tijd had een voorbank gehad, en Delia had tegen zijn zij gedrukt gezeten. Hij had met zijn linkerhand gestuurd, de rechter rustend in haar schoot, terwijl zijn vingers, losjes om haar nylonknie geslagen, met hun gelijkmatige warmte een gloed dwars door haar heen stuwden. Ze kuchte weer en staarde uit het raam.

De passerende huizen leken willekeurig neergepoot, als de huisjes op een monopolybord. Hoe kleiner het huis, leek het, des te meer vogelbadjes en gipsen hertjes in de tuin, des te verzorgder de bloemperken, des te groter de schotelantenne aan de achterkant. Een bruine plas gleed voorbij, verstikt door worstelende boomstammen. Toen nog meer bos. In Delia's meisjesjaren had alleen al het woord 'bos' een onfatsoenlijke bijklank gehad. 'Die-en-die is het bos in geweest met Die-en-die,' was het schandelijkste wat je kon zeggen, en zelfs nu nog riep het zien van slingerende, lommerrijke paadjes een beeld op van... nou ja.

Hemel, wat mankéérde haar toch?

Ze dwong haar gedachten terug naar meneer Lamb. Hij had het, dacht ze, over honden. Wanneer Belle en hij eenmaal getrouwd waren, zei hij, zouden ze er misschien een nemen, en toen hield hij een lang verhaal over de diverse rassen. Golden retrievers waren lief van karakter maar ook nogal dom, zei hij, en labradors wilden nog wel eens met hun staart iemands snuisterijen tegen de vlakte maaien, en wat Duitse herders betrof, tja...

Langzamerhand begon het landschap anders aan te voelen. Bij Easton zag ze voor het eerst boekwinkels en dealers van Europese auto's, die geen van beide in Bay Borough waren, en toen ze Grasonville bereikten had de weg zich verbreed tot zes rijstroken die voorbijzoefden langs gigantische torenflats, ordinaire cadeauwinkels, jachthavens met wouden van masten.

Meneer Lamb koos ten slotte voor een collie. Hij zou haar misschien Pinocchio noemen, zei hij, als ze zo'n lange dunne neus had. Ze staken de Kent Narrowsbrug over, hoog boven het grazige drasland. Delia kon zich nog heugen dat het oversteken van de Kent Narrowsbrug bijna een uur in beslag nam – lang genoeg om uit je auto te stappen en je benen te strekken en een watermeloen te kopen, als je zin had – maar dat was in de tijd van die wrakke oude ophaalbrug. Nu waren ze in een mum over de Narrows en snelden door een wildernis van fabrieksmagazijnen, winkelcentra en onaffe woningbouwprojecten (BEZOEK DE MODELWONING! STIJLVOLLE DETAILS!) En toen kwam de prachtige, tere, dubbele overspanning van de Baybrug in zicht, schemerend in de verte als iets uit een droom, terwijl meneer Lamb besloot dat hij eventueel Pinocchio een nest zou gunnen voor hij haar liet 'helpen'.

Het land leek zo groen, zo weelderig, na het blankgeschuurde van de oostkust. Delia was verrast toen ze de Highway 97 opdraaiden – een weg waarvan ze nooit gehoord had

– maar ze ontspande in de glijvlucht van het splinternieuwe wegdek dat nog niet omgeven was door commerciële bombast.

Meneer Lamb zei dat Belle bang voor honden was maar volgens hem zat dat tussen haar oren. Ja, waar zou het anders zitten, vroeg Delia zich af. Niet dat hij haar de kans gaf om het te vragen. Vrouwen hadden nu eenmaal soms van die rare ideeën, zei hij. Delia glimlachte bij zichzelf. Ze vond het vermakelijk te zien hoe gauw hij zijn geluk al vanzelfsprekend was gaan vinden.

Op de autoweg Baltimore-Washington waren de rijstroken zo vol dat ze zich naar binnen toe samentrok, alsof hun auto daardoor er gemakkelijker tussendoor zou kunnen glippen. Ze keek vooruit en zag de skyline van Baltimore – schoorstenen, een bundel spaghetti van op- en afritten en viaducten, monsterachtig grote opslagtanks. Ze passeerden nu fabrieken met grijze ruiten en loodsen met daken van golfplaat. Alles leek zo industrieel – zelfs het nieuwe honkbalstadion, met het geometrische schoorwerk en de lichtmasten.

'Meneer Lamb, eh, Horace,' zei ze, 'ik weet niet waar jij naartoe moet, maar als je me bij het station afzet kan ik daar een taxi nemen.'

'O, ik moet je van Belle tot vlak voor de deur brengen.'

'Maar het is...' – ze keek op haar horloge – 'nog geen tien uur,' zei ze, 'en ik hoef er pas tegen elven te zijn.'

'Nee nee. Blijf rustig zitten, Belle zou het me nooit vergeven.'

Ze zou meer tegenwerpingen hebben gemaakt maar vreesde dat haar stem zou beven. Opeens was ze hypernerveus. Had ze maar een andere jurk aangetrokken! Ondanks het druilerige weer was het warmer dan ze had verwacht en haar donkergroene was te dik. Hij was ook te... juffrouw Grinstead-achtig, besefte ze. Gelukkig had ze andere kleren bij zich. (Ze had overwogen wat erger was: de verkeerde kleding dragen of een koffer meesjouwen naar een bruiloft; en als het alleronzekerste schoolmeisje had ze voor de koffer gekozen.) Misschien kon ze wanneer ze bij het huis was een lege kamer induiken om zich te verkleden.

Meneer Lamb vroeg haar iets. Welke straat hij moest nemen. Ze zei: 'Charles Street', meer niet. Het was of ze niet genoeg lucht in haar longen had.

Wat leek deze stad intiem! Zo typisch en in zichzelf gekeerd! Na al die supersnelwegen slingerde Charles Street zich tussen hoge gebouwen door als het smalst denkbare riviertje in een ravijn.

Ze opende haar tas en zocht naar Susie's uitnodiging. Ja, daar was hij, veilig en wel.

Meneer Lamb bewonderde nu de campus van Johns Hopkins. Hij had een neef, zei hij, die er één semester had gestudeerd. 'O ja?' murmelde Delia. Hij zei dat hijzelf niet de kans had gekregen voor een universitaire opleiding, al meende hij dat die aan hem goed besteed zou zijn geweest. Delia wou dat hij ophield met praten. Hij was zo irrelevant, zo bijkomstig. Ze moest telkens slikken maar er zat iets in haar keel dat maar niet weg wou.

Toen ze hem zei linksaf te slaan moest hij haar vragen het te herhalen. 'Hah?' vroeg hij, als een dove oude man. Als een irritante dove oude man.

Bij een rood licht op Roland Avenue kwam een jogger hen tegemoet rennen, een jonge vrouw met haar lange donkere haar opgestoken in een knotje en de vingers van haar rechterhand lichtjes om de vingers van haar linkerhand geklemd. Een man in een tweed rij-jasje stak over met een piepkleine chihuahua. ('Dát is nu een hond die ik voor geen prijs zou tolereren,' zei meneer Lamb. 'Kun je net zo goed een muskiet houden.') Er was iets groenigs, fluorescerends in de lucht, alsof er onweer dreigde.

Ze wees hem waar hij nu moest afslaan, voor welk huis hij moest stoppen. (Was dit zoals hun huis eruitzag voor vreemden: zo bruin, zo weggedoken, zo afwerend?) Ze zei: 'Ik kan mijn spullen zelf wel pakken, als jij even de kofferbak opendoet.' Maar nee, hij moest zich uit de auto hijsen, omlopen naar de achterkant, eindeloos doen over het te voorschijn sjorren van haar koffer. 'Bedankt! Dag!' zei ze, maar nóg was ze niet vrij om te gaan. Hij bleef daar staan, licht wiegelend op zijn grote, afgetrapte schoenen, opkijkend naar het huis.

'Zo'n ronde zouden we ook best aankunnen,' zei hij.

'Pardon?'

'Dat kleine ronde raampje daarboven, wat is het, boven een trap? Rue-Ray maakt zoveel ronde ramen.'

'O mooi,' zei ze en gaf hem een hand, alleen om hem tot vertrekken te dwingen. Maar er gebeurde iets geks. Toen ze haar hand om zijn takkenbosvingers legde en zijn droefgeestige konijnetandenlachje beantwoordde, begon ze hem onverklaarbaar te missen. Ze kreeg zin om weer in de auto te stappen en mee te rijden voor de rest van zijn reis.

Er stonden vier auto's op de oprit: Sams Buick, een aftands paars bestelbusje, Eliza's Volvo en een klein rood sportwagentje. De moerbeiboom was al begonnen zijn aangevreten bladeren te verstrooien en ze moest de eikels op het tuinpad ontwijken. Blijkbaar had niemand eraan gedacht te vegen.

De luiken waren gemaakt. Maar de nieuwe latjes hadden een andere kleur – een lichter, matter bruin, alsof ze alleen in de grondverf waren gezet en daarna vergeten. Er lag een nieuwe sisalmat boven aan het trapje en bij de deur stond een in folie gewikkelde pot gele chrysanten.

Kloppen, of naar binnen gaan?

Ze klopte. (Aanbellen zou op de een of andere manier te veel gevraagd zijn.) Geen antwoord. Ze klopte harder. Eindelijk draaide ze de knop om en stak haar hoofd naar binnen. 'Hallo?'

Voor een huis dat over nog geen veertig minuten onderdak zou bieden aan een bruiloft maakte het een weinig uitnodigende indruk. De hal was leeg en de eetkamer ook, hoewel (zoals Delia zag toen ze verder kwam) de tafel in de eetkamer was gedekt met een wit tafellaken. Ze zette haar koffer neer, met de bedoeling door te lopen naar de keuken, maar op datzelfde moment kwam Eliza door de keukendeur met een beker met iets heets erin. Ze was zo geconcentreerd op de beker dat ze een tel nodig had om Delia te zien. Toen zei ze: 'O!' en bleef stokstijf staan.

'Ik weet dat ik te vroeg ben,' zei Delia.

'O Delia! Goddánk dat je er bent!'

'Wat is er aan de hand?' vroeg Delia. Ze was geschrokken natuurlijk, maar ook blij zich zo in trek te zien.

'Susie heeft zich bedacht,' riep Eliza over haar schouder. Ze was op weg naar de trap.

Delia pakte haar koffer op en volgde haar. 'Heeft zich bedacht? Over de bruiloft?' vroeg ze.

'Dat zegt ze.'

'Wanneer is dat gebeurd?'

'Vanmorgen,' antwoordde Eliza, en ze begon de trap op te lopen. Ze droeg een nieuwe jurk, een hardrood A-lijnmodel waarvan Delia zich niet kon voorstellen dat ze die ooit zou kopen, en lakpumps met hoge hakken, die galmden tegen de traptreden. 'Gisteravond heeft ze in haar oude kamer geslapen,' zei ze, 'en toen wij vanmorgen hier kwamen vroeg ik aan Sam: "Waar is Susie? Is ze nog niet op?" en hij zei...'

Delia voelde zich gedesoriënteerd. Susie's oude kamer? Waar was dan haar nieuwe kamer? En wie waren 'wij' en waar kwamen ze vandaan?

Er was geen spoor van Sam. Geen spoor.

Ze waren nu boven en Eliza, met de beker in beide handen, schoof zijdelings door de half openstaande deur van Susie's kamer. 'Kijk eens wie ik bij me heb!' zei ze. Delia zette de koffer op de grond en liep achter haar aan naar binnen.

Wat haar het eerst opviel was de kamer zelf. Versierd met stroken en bloemen en behangen met sits sinds de dagen dat hij van Linda was geweest, was het nu een holle kubus, niet veraangenaamd door gordijnen of kleedjes, slechts voorzien van een veldbed en een lelijke commode met ronde hoeken van de zolder. Susie zat in een gestreepte pyjama met gekruiste benen te midden van een warboel van dekens. Om haar heen – ook op het veldbed, maar geheel gekleed, zelfs veel te gekleed – zaten Linda, Linda's tweeling, en een dikkige jonge vrouw wier naam Delia zich net niet te binnen kon brengen. Ze hieven hun gealarmeerde gezichten schuin naar Delia op, maar die had alleen oog voor Susie. Susie zei: 'Mam?'

'Dag lieve schat.'

Ze bukte zich over Susie en omhelsde haar, het unieke Susie-luchtje opsnuivend dat iets van dille weg had. Met haar armen om haar heen ging ze naast haar zitten op het bed.

'Mam, ik wil niet trouwen,' zei Susie.

'Dan trouw je niet,' antwoordde Delia.

'Delia Grinstead!' snerpte Linda. 'We proberen haar net een beetje verstand bij te brengen, ja!'

Linda droeg nu een dubbelfocusbril – een nieuwe ontwikkeling. De tweeling was centimeters gegroeid en aan hun jurken – stijve, mintkleurige kant die hun magere lichaampjes nauwelijks raakte – zag Delia dat ze vermoedelijk bruidsmeisjes waren. Iedereen leek zo gedetailleerd, zo griezelig helder; ze kon het niet verklaren. Haar ogen gingen telkens weer terug naar Susie, zich vergapend aan haar ongekamde haar en haar lief-ronde kin en het kussentje van haar onderlip.

Ook de andere jonge vrouw was gekleed in mintgroene kant. Driscolls zuster, die was het. Spencer? Spence. Driscoll Spence Avery's zusje Spence Driscoll Avery. 'Precies hetzelfde is met mijn nichtje gebeurd,' vertelde Spence nu. 'Jullie weten nog van mijn nichtje Lydia? Ze huilde de hele weg naar het altaar van de St. David en nu is ze zo gelukkig als een vis in het water en haar man is iets hoogs in Washington.'

'Maar het ergste is,' zei Susie tegen Delia ('baar het ergste,' klonk het, alsof ze had gehuild), 'dat we net voor twee jaar een huurcontract hebben getekend voor zo'n veredelde etagewoning bij de haven. Ik ben al sinds gisteravond de makelaar aan het bellen, maar ik krijg alleen zijn antwoordapparaat. Ik wou niet zeggen waarvoor ik bel, want dan belt hij misschien niet terug. Ik dacht, als ik hem éventjes kon bepraten... Ik heb drie verschillende boodschappen ingesproken; ik heb gezegd dat het dringend was; ik heb gevraagd of hij alsjeblieft direct wou terugbellen. Maar hij belt maar niet! Het is over tienen en hij heeft niet gebeld en ik zit voorgoed vast aan die verdomde flat!'

Ze jammerde nu. Eliza zei: 'O gunst, o gunst... drink toch een beetje thee', en Linda zei: 'Wel god nog aan toe, Susie, de makelaar is wel het mínste van alles!'

Maar Delia zei tegen Susie: 'Ik doe het wel. Geef me het nummer maar, dan blijf ik net zolang bellen tot ik hem te pakken krijg.'

'Wil je?' zei Susie. Ze sprong overeind, de dekens meeslepend, en liep naar de commode. 'Wacht even, ik zoek zijn... Hier. Meneer Bright heet hij. Zeg dat ik mijn excuses aanbied en dat ik weet dat we hebben gezegd dat we het wilden hebben, maar dat hij me er alsjeblieft, alsjeblieft niet aan moet houden als hij nog een greintje fatsoen heeft.'

'Waarschijnlijk verspeel je wel je borgsom,' zei Delia, met een blik op het kaartje dat Susie haar aangaf.

'Delia! God zal me bewaren!' riep Linda. 'Kunnen we nu ter zake komen, zeg!'

'Nou, ik ga toch niet trouwen, tante Linda,' zei Susie, 'dus waarom zouden we er nog woorden aan vuil maken? Heeft iemand mijn jeans gezien?'

Ze dwaalde nu door de kamer, rommelde onder het bed en viste er een T-shirt onder vandaan. Wat glom de vloer! viel Delia onwillekeurig op. Toen schoten haar de parketwerkers te binnen van de strandvakantie vorig jaar en voelde ze zich zoveel te meer een buitenstaander. Ze zette haar handtas stijfjes op haar knieën, om minder ruimte in te nemen. Maar Linda had haar in de gaten. 'Zeg jíj het dan, Delia.'

'Wat moet ik zeggen?'

'Dat alle bruiden dit doormaken.'

Was dat zo? Delia niet. Voorafgaand aan haar eigen bruiloft had ze maar één zorg gehad: dat Sam zou sterven voordat zij zijn vrouw werd. *Bruidegom om het Leven Gekomen op Vooravond van Huwelijk,* zou er in de kranten staan, of *Tragisch Ongeval Onderweg naar Trouwplechtigheid*, en dan zou Delia haar kans op volmaakt geluk mislopen.

Ze had er nooit een seconde aan getwijfeld dat het inderdaad volmaakt zou zijn.

Ondertussen kleedde Susie zich aan, schoot nonchalant met haar gezicht naar de muur uit haar pyjamajasje en haakte een beha met grijze naden dicht. (Gewend aan gymlokalen zag ze er kennelijk geen been in zich in het openbaar te verkleden.) Haar rug, zo stoer als een boomstam, had een prachtige butterscotch-kleur. Ze trok het T-shirt over haar hoofd, schudde haar haar los, slofte naar een koffer op de grond en begon de inhoud te inspecteren. Iedereen keek toe. Eindelijk zei Eliza, nog met de beker in haar hand: 'Susie heeft een heel mooie bruidsjurk. Ja toch, Susie? Laat je moeder je bruidsjurk eens zien.'

''t Is een stomme jurk,' zei Susie, maar ze draaide zich om en liep door de kamer om de kastdeur open te gooien. Wit chiffon plofte te voorschijn. Beide tweelingen kwamen als aan touwtjes overeind en zweefden met open mond op de kast af. Susie sloeg de deur weer dicht. Een ragfijn wit driehoekje piepte aan de scharnierkant naar buiten.

'En je sluier? Laat haar je sluier zien,' drong Eliza aan.

Gehoorzaam kloste Susie op de prullenmand af. 'Híer is mijn sluier,' zei ze en diepte een paar tulen lorren op en een hoofdband van witte zijden rozen, tot puntige snippers geknipt.

Beide tantes zogen hun adem in. Spence zei: 'Godallemachtig!'

'Vergun me hem jullie te presenteren,' zei Susie. Ze klemde de hoofdband om haar hals, liet toen haar hoofd opzij vallen, deed haar ogen halfdicht en stak haar tong uit.

'Susan Grinstead!' krijste Linda.

'Nou,' zei Susie bedaard en deed de hoofdtooi af. 'Ik en Driscoll zitten gisteravond beneden naar een film te kijken. De familie had het tot een zaak van nationaal belang uitgeroepen dat ik mijn laatste ongehuwde uren in mijn voorvaderlijke woning diende door te brengen.'

'Ja, maar waar had dat naar geléken?' riep Linda.

Susie liet de hoofdband in de prullenmand vallen. 'Dus we zitten net als vroeger met ons tweeën in de studeerkamer,' zei ze, 'en de telefoon gaat. Stem klinkt als van een highschooljoch; je hóórt dat dat telefoontje hem al zijn moed kost. Hij schraapt zijn keel en zegt: "Uh, ja! Goedenavond. Zou ik misschien Courtney mogen spreken, alstublieft?" Ik zeg dat hij verkeerd verbonden is. Geen tien seconden later: *ring!* Zelfde jongen. "Uh, goedenavond. Mag ik alstublieft..." "Je hebt verkeerd gedraaid," zeg ik. En net zitten we weer – Driscoll had *Nightmare on Elm Street* gehuurd; dat vindt hij de grootste rolprent van onze tijd – toen, jawel, *ringring*! Driscoll zegt: "Laat mij maar." Hij neemt de hoorn op. "Ja?" zegt hij. Luistert even. Zegt: "Pech gehad, joh. Courtney wil niks met jou te maken hebben." En smijt de hoorn erop.'

'O, wat geméén!' zei Delia onwillekeurig, en Eliza klakte met haar tong. Toen keek iedereen naar Driscolls zusje. 'Ja sorry, Spence,' zei Delia, 'maar heus! Dat arme joch!'

'Ja, 't wás gemeen,' zei Spence, kalmpjes haar rok om zich heen gladstrijkend. 'Maar zo zijn jongens, Suus. Wat kan je eraan doen?'

'Het gaat er niet om hoe jongens zijn,' zei Susie. 'Of, als het daarom gaat, des te meer reden om helemaal niet te trouwen. Maar ik trouw gegarandeerd níet met Driscoll! En neem jij het niet voor hem op, Spence Avery! Je kan niks aanvoeren om bij mij zijn gezicht te redden, na zoiets.'

Thérèse zei: 'Kan hij niet gewoon zijn excuus aanbieden?'

'Excuus aanbieden aan wie? Niet aan mij: ík ben niet degene die hij op het hart getrapt heeft. Nee, ik zie het nu pas goed,' zei Susie. Ze dwaalde zonder zichtbaar doel door de kamer, in haar T-shirt en pyjamabroek. Ze bleef voor de spiegel staan om aan een pluk haar te rukken; toen zette ze haar omzwervingen voort. 'Al die dingen waarop ik al die tijd niet heb willen letten! Zoals wanneer we ons klaarmaken om uit te gaan en hij zegt: "Hoe zie ik eruit?" en ik zeg: "Goed", en hij zegt enkel van "bedankt" maar nooit 's hoe ík eruitzie, of wanneer ik iets wil vertellen over wat er is gebeurd en ik het van hem niet op mijn manier mag vertellen. Hij moet er altijd tussen komen om... het een andere wending te geven, zeg maar. Stel ik zeg: "Die of die patiënt van pappa kwam vandaag in de winkel..." en hij komt er meteen bovenop met: "Wacht even, weet jij wie je vaders patiënten zijn? Is dat geen schending van de zwijgplicht?" en van: "Stil even, vroeg ze daarom met de merknaam erbij?" en "Wat jij had moeten zeggen is..." Tot ik zin krijg om te zeggen: "Hou nou je kop! Hou je kop! Hou je kop en laat me dit verhaal uitvertellen! Ik heb al spijt dat ik eraan begónnen ben!" En over mijn winkel gesproken...'

Welke winkel, had Delia graag gevraagd, alleen wilde ze niet net als Driscoll klinken.

'Daar heeft hij me nooit een seconde in gesteund. O, wel in het begin, omdat hij dacht dat het maar een gril van me was, hè. Hij dacht, het waait wel weer over. Maar toen ik het geld van oma had geleend...'

Eleanor had Susie geld geleend? (Eleanor zag niets in geld lenen.) Susie moest Delia's verwondering hebben opgemerkt, want ze zei: 'O, ik ben een soort, zeg maar winkeltje begonnen. Huis in een Doos heet het.'

'Zo'n scháttig winkeltje,' viel Linda in.

'Kreeg een vermelding in het *Baltimore magazine*,' zei Eliza, 'een kolom van wel zes en een kwart centimeter.'

'Ik was verhuisd naar een flatje,' vertelde Susie nu aan Delia, 'na die bonje met pappa. Ik en Driscoll vonden iets in St. Paul Street, want ja, voor mij in m'n eentje was het financieel niet op te brengen, en ik was wel op zoek naar een baan maar ik wou me eerst inrichten, hè. Spullen voor de keuken kopen en zo. We hadden wat meubels van thuis, maar geen bijkomende dingen, steelpannen, dat werk. Nog geen houten lepel hadden we. Dus ik was de winkels aan het afstropen, ik gaf geld uit dat ik helemaal niet had, vond het ene ding hier en het andere daar... ik zei: "Zou het niet fantastisch zijn als ze je keuken in een doos verkochten? Een soort alles-inéénsaanschaf?" en dat heeft me op een gedachte gebracht. Dus nou heb ik zo'n klein showroompje achter het kermisterrein, nu ja, het is zowat één vierkante meter groot, maar...'

''t Is snóezig!' riep Linda.

'En daar verkoop ik die dozen: keuken in een doos, badkamer in een doos, gewoon spullen die ik in het groot inkoop en tot een stel combineer en thuisbezorg, snap je. Ik heb in de wijde omgeving op elk campus-mededelingenbord een advertentie geprikt. Ik ben zeven dagen in de week open en ik werk me uit de naad. Daarom had ik de trouwdag op maandag gezet. Ik wou de weekendklandizie niet mislopen. En nu ben ik tot vrijdag dicht, wat ik ellendig vind. Maar Driscoll doet net of het een soort hobby van me is. Toen hij van die lening van oma hoorde was het van: "O. Als je je maar niet tot over je oren in de schuld steekt, schat." Hij zei van: "Als je maar niet te veel hooi op je vork neemt schat." Zo ontmoedigend, zo verstikkend; hij denkt dat ik dit niet aankan. Kan niet geloven dat ik de hersens heb om een simpel douchegordijntje voor studenten te kopen met een paar ringetjes erbij om het aan op te hangen.'

'Maar Susie, dat is niet eerlijk,' zei Spence loyaal. 'Hij wil je alleen maar beschermen.'

'Plus dat hij overal in huis uitgespuugde vruchtepitten laat liggen,' zei Susie.

Eliza zette plotseling de beker op de commode, alsof dit de laatste druppel was.

'Dus heb ik *Nightmare on Elm Street* stilgezet,' zei Susie, 'en ik heb 'm zijn ring teruggegeven en hem de laan uit gestuurd. En toen heb ik die makelaar gebeld, maar dat zal wel te laat op de avond zijn geweest. En het spijt me dat jullie allemaal voor niks zijn gekomen, maar ik zeg tegen pappa, ik zeg: "Wat is lastiger, een bruiloft afzeggen of een scheiding aanvragen?"'

'Waar ís Sam eigenlijk?' vroeg Eliza zich af.

Delia was blij dat ze daar niet zelf naar had hoeven informeren.

'Hij is zich gaan aankleden voor de bruiloft,' zei Susie.

'Maar je hebt toch gezegd...'

'Ik héb 'm gezegd dat ik me had bedacht, maar hij deed alleen even zijn ogen dicht, en toen zei hij dat hij zich moest gaan aankleden voor de bruiloft.'

Ja, dat was Sam ten voeten uit.

Delia stond op. 'Ik moet eens aan de slag.'

'Waarmee?' vroeg Linda.

'Ik moet die makelaar bellen.'

Ze ging op weg naar de deur (de dichtstbijzijnde telefoon was in Eliza's kamer) maar Linda zei: 'Delia, wel heb ik ooit! Wou je dit zomaar accepteren?'

'Wat kan ik anders doen?' vroeg ze. 'Haar aan haar haren naar het altaar sleuren?'

'Je kunt toch met haar pràten, verdorie!'

'Maar dit is geen zaak van nu of nooit,' antwoordde Delia. (Eigenlijk sprak ze tegen Susie, die haar tegen de commode geleund belangstellend opnam.) 'Als Susie niet zeker weet of ze vandaag met Driscoll wil trouwen, dan kan ze ook morgen met hem trouwen, of volgende week, of volgend jaar. Waarom zo'n haast?'

'Kan zíj makkelijk zeggen,' zei Linda tegen de anderen. 'Zíj heeft geen rib uit haar lijf betaald voor drie vliegtickets.'

Delia klikte zachtjes de deur achter zich dicht.

Tegelijkertijd zwaaide schuin aan de andere kant van de gang Sams deur open en kwam hij te voorschijn. Hij trok zijn manchetten omlaag. Hij kreeg haar in het oog en stond doodstil. Ze waren gescheiden door het trapgat met zijn balustrade van gevernist hout, en dus bleef ze staan waar ze stond. Hij zei: 'Hé, Delia.'

'Dag Sam.'

Zijn pak was dat slank-afkledende, mooie zwarte, dat ze een keer in de uitverkoop hadden gekocht, een jaar of wat geleden. Zijn gezicht leek smaller. Het was een en al rechte lijnen – rechte grijze ogen en een pijl van een neus en een mond die ál te recht leek, tot je (wist ze) de opwaartse krul in de hoeken zag. Toevallig zakte zijn bril af, wat wel vaker gebeurde, en toen hij een hand ophief om hem terug te duwen was het of hij zijn ogen niet geloofde. Ze zei: 'Wist je niet dat ik kwam?'

'Ik wist het,' zei hij.

'O... je hebt zeker al gehoord dat Susie de bruiloft niet wil doorzetten.'

'Die zet ze wel door,' zei hij. Hij liep om de balustrade heen – nee, niet naar haar toe (hoewel zij al haar eerste stap in zijn richting had gezet), maar om de trap af te lopen. 'We houden ons aan het programma,' zei hij over zijn schouder terwijl hij afdaalde. 'Ze draait wel bij.'

Delia keek hem na over de leuning. Ze zag duidelijk zijn hoofdhuid door het blonde haar boven op zijn hoofd. *Als ik hem in gezelschap zag zou ik zeggen dat hij gewoon een overwerkte, oudere man was*, dacht ze. Maar dat geloofde ze niet echt.

Ze dwong zich om te keren en naar Eliza's kamer te gaan.

Ook hier bespeurde ze verandering. De meubels waren dezelfde, maar op de commode stond geen enkel voorwerp en op het nachtkastje alleen het sombere, ouderwetse zwarte telefoontoestel. Had Eliza een andere kamer genomen, of hoe zat het? Deze was van haar geweest vanaf de dag dat ze geboren was.

Ik wist het, had hij gezegd. *We houden ons aan het programma*, had hij gezegd.

Enfin, het had geen zin daar lang bij stil te staan. Delia zette het kaartje van de makelaar op het nachtkastje, nam de hoorn op en draaide.

'Met Joe Bright,' meldde zich een iele mannenstem. 'Ik kan u nu niet te woord staan, maar u kunt een boodschap achterlaten na de piep.'

'Meneer Bright, met Delia Grinstead. De moeder van Susan Grinstead. Zoudt u mij alstublieft zo spoedig mogelijk willen terugbellen? Het is erg belangrijk. Het nummer is...'

Toen ze ophing hoorde ze beneden de bel overgaan. 'Hallo, kom binnen,' zei Sam, en meteen daarna hoorde ze zo'n lijzige, schorre Roland Park-mevrouwenstem. Ogenblikkelijk verloor ze al haar zelfvertrouwen. Ze was niet genoeg opgemaakt en haar jurk was niet gekleed genoeg, en toen ze in Eliza's spiegel keek vond ze haar gezicht ongevormd en kinderlijk.

Maar misschien had ze zich dat maar verbeeld, want toen ze de trap af kwam (haar voeten secuur neerzettend en met hooggeheven hoofd) keek iedereen met de meest respectvolle aandacht naar haar op. De dominee – een ruigharige, gemoedelijke man – zei: 'Mevrouw Grinstead! Wat een genoegen!' en Driscolls ouders staakten hun babbeltje met Sam.

'Het doet míj genoegen u te zien, dr. Soames,' zei ze. (In aanmerking genomen dat ze alleen op de grote feestdagen de kerk bezocht trof het haar dat ze zich zijn naam nog herinnerde.) 'Dag Louise. Hallo Malcolm.'

'Hé, hallo Delia,' zei Louise Avery, alsof ze elkaar gisteren nog hadden gezien. Ze was een gelooide vrouw met gouden haren, die als leeuwemanen achterwaarts van haar voorhoofd steigerden. Haar man – ouder, kleiner, met kreukelige oogleden – zei: 'Je had zeker niet een beetje zon kunnen meebrengen.'

'O,' zei Delia en keek langs hem heen naar de deur. 'Regent het?'

'Nee nee, volgens ons blijft het nog even uit,' zei Louise. 'Ik zeg net tegen Malcolm vanmorgen, ik zeg, tenminste één ding dat goed is aan een bruiloft thuis. Kun je je voorstellen, als ze een grote officiële kerkelijke toestand hadden gepland? Of iets buiten op het grasveld?'

'Nee, ik... in elk geval niet,' zei Delia.

Ze keek naar Sam maar die was bezig de opgerolde paraplu van dr. Soames in de paraplubak te zetten en hij ontweek haar ogen.

Misschien zouden ze deze bruiloft dan maar vieren zonder de bruid? dacht ze. Was dat het plan?

In de huiskamer waren alle beschikbare stoelen in rijen tegenover de haard gezet. Dat moest de plaats zijn waar dr. Soames zou staan. In de eetkamer waren Linda en Eliza bezig schalen met petit-fours klaar te zetten. In de keuken zat de tweeling in vervoering Driscoll aan te gapen; hij had het over de huwelijksreis. 'Ik zei tegen Suus: "We zouden gewoon krab moeten gaan eten bij Obrycki,"' vertelde hij, '"en dát onze huwelijksreis noemen, om in de algemene sfeer van de bruiloft te blijven." En toen zei zij: "Of waarom niet naar de afhaal?" maar ten slotte werden we het eens over drie dagen in... O, m'vrouw Grinstead! Hé hallo!'

'Hallo Driscoll,' zei Delia. Het verbaasde haar dat hij zo opgewekt keek. Hij droeg een donkerblauw pak met een witte roos in zijn revers en zijn gezicht had een geboende, frisse, argeloze uitdrukking. Ze zei: 'Eh, heb je... Susie al gesproken vanmorgen?'

'O, maar ik mag de bruid niet zien voor de plechtigheid, m'vrouw Grinstead!' zei hij, met zijn vinger schuddend.

'Ja, maar alleen om te praten, aan de telefoon misschien?' zei Delia.

'Zeg! Waar zijn die bruidsjonkers van me, m'vrouw Grinstead? Hebben die zich al laten zien?'

'Bruidsjonkers?'

'Ramsay en Carroll!'

'Eh nee, ik... jeetje, ik hoop dat iemand eraan gedacht heeft ze te wekken,' zei ze. Geen van beide jongens had al de kunst verleerd een gat in de dag te slapen.

'Misschien moet u ze een belletje geven,' zei Driscoll.

Met haar hoofd bij andere zaken dacht ze een ogenblik aan het soort belletje dat je in je oor hangt. Ze keek hem wezenloos aan. Toen zei Eliza, met een taartstandaard van drie etages voorbijstevenend: 'Waarom ze bruidsjonkers nodig hebben, met alleen maar familie erbij en stoelen voor niet meer dan een man of twaalf...'

'Dat is omdat deze betoverende bruidsmeisjes dan aan iemand z'n arm kunnen hangen,' zei Driscoll met een knipoogje naar de tweeling. Marie-Claire giechelde en Thérèse staarde hem ernstig-aanbiddend aan en strekte haar rug in haar tent van mintkleurig kant.

Delia gaf het op en liep de keuken uit. Ze zou gaan zien of Susie niet toch besloten had te trouwen. Wie weet, best mogelijk. (Want in een gezelschap als dit kon je makkelijk geloven dat ze op dit moment haar miraculeus herstelde sluier schikte.) En zo ja, dan ging Delia de jongens achter de vodden zitten en zorgen dat ze wakker en aangekleed waren.

Maar de jongens waren al beneden en stonden in hun pak bij de voordeur. Ze waren verbijsterend volwassen – Ramsay met zijn vierkante kaak en bijna gezet geworden, Carroll nog even mager als vroeger, maar langer met iets gebeeldhouwds in zijn gezicht. Bij hen stonden Ramsay's vriendin Velma, in een jurkje als een omgekeerde roze stokroos dat tot net onder haar kruis reikte, en haar dochtertje (wie? o ja, Rosalie) in het aqua. Ramsay zei: 'Dag mam,' en kuste Delia op haar wang, en Carroll liet toe dat ze hem omhelsde en Velma zei: 'Hé hallo. Hoe was je reis?'

'Heel goed,' zei Delia.

Blijkbaar was dat zoals het zou gaan. Ze had een passend plaatsje in het hoofd van de mensen gekregen; weer zo'n excentrieke huisvrouw die je het hele jaar door in een appartement in Ocean City ziet wonen, of die paarden fokt op een farm in Virginia, terwijl hun mannen hun dagelijkse werkzaamheden voortzetten in Baltimore. Niemand die erbij stilstond.

Ze ging de verzamelde gasten langs, glimlachend en begroetingen mompelend. Sams oom Robert drukte haar hand, maar bleef luisteren naar Malcolm Avery's uitweiding over een recente golfwedstrijd. Sam zelf hielp zijn tante Florence uit een zwartrubberen regencape, die op eigen kracht had kunnen staan.

'Hoe weten we wanneer de plechtigheid begint?' vroeg iemand aan Delia's zijde.

Het was Eleanor, in een grijze zijden chemisier. 'O Eleanor!' riep Delia en sloeg haar armen om Eleanors magere gestalte.

'Dag lieve kind,' zei Eleanor en klopte haar op haar schouder. 'Wat fijn dat je hiervoor bent gekomen.'

'Maar natuurlijk ben ik gekomen! Hoe kon ik anders?'

'Hoe zit het nu met de optocht?' zei Eleanor losjes. 'Zijn ze iets als muziek van plan? Susie heeft zich met de organisatie bewonderenswaardig praktisch getoond, maar hoe weten we wanneer de bruid in aantocht is?'

'Eleanor, ik weet niet eens of er wel een bruid kómt,' zei Delia. 'Ze heeft zich bedacht, zegt ze.'

'Ah. Nou, dan zul je naar haar toe moeten,' zei Eleanor laconiek. 'Ga maar gauw, ik pas wel op mezelf, lieverd.'

'Misschien moet ik inderdaad gaan,' zei Delia, en ze vloog de trap op.

Susie was nu alleen, gekleed in jeans en gympen, en lag op het veldbed *People* te lezen. Ze keek vluchtig op toen Delia op de deurpost klopte. 'O dag,' zei ze. 'Zijn ze al over hun zenuwen beneden?'

'Tja, ze hebben... de situatie nog niet precies door,' zei Delia. 'Susie, moet ik Driscoll naar boven sturen?'

'Is Driscoll hier?'

'Hij wacht hier, in zijn trouwpak, tot jij met hem komt trouwen.'

'Nou já,' zei Susie en liet haar tijdschrift zakken. 'Alsof ik het hem niet in duidelijke taal gezegd heb.'

'En zijn ouders zijn er, en dr. Soames...'

'Heb je die makelaar nog gesproken?'

'Ik heb een boodschap achtergelaten.'

'Mam. Dit is echt, écht van belang. Als ik dat huurcontract niet geannuleerd kan krijgen, komen ze bij mij om het geld, besef je wat wel? Ik ben degene die ervoor getekend heeft. En ik wou het niet zeggen waar Driscolls zusje bij was, maar de zaak is dat ik blut ben. Ik heb zelfs een schuld voor de trouwerij – van vierhonderd achtentwintig dollar, dankzij die vader van me.'

'Waar zijn die vierhonderd achtentwintig dollar naartoe gegaan?' vroeg Delia uit nieuwsgierigheid.

'Mijn jurk en de sluier en het boeket in de koelkast. Tante Eliza betaalt de verversingen. Toe alsjeblieft, bel jij die meneer Bright nog eens. Als hij er weer niet is, zeg dan op het apparaat dat het een kwestie van leven of dood is.'

'Vooruit dan maar,' zei Delia. 'En moet ik Driscoll nog naar boven sturen?'

'Hij weet waar hij me vinden kan.'

Susie nam haar tijdschrift weer op. Delia wilde weggaan maar op de drempel draaide ze zich om. Ze zei: 'Waarom ziet het huis er zo anders uit?'

'Anders?'

'Alle meubels zijn weg uit je kamer en in Eliza's kamer... lijkt niemand te wonen.'

'Er wordt ook niet in gewoond,' zei Susie en sloeg een bladzij om.

'Wát?'

'Wist je dat niet?'

'Néé, dat wist ik niet. Wat is er dan gebeurd?'

'Nou,' zei Susie, 'even denken. Eerst kregen Ramsay en pappa het aan de stok over... nee wacht. Eerst kregen Elíza en pappa het aan de stok. Zij beweerde dat het kwam omdat hij niet had gezegd dat hij laat was voor het eten, maar de waarheid is dat ze hem aan de haak wilde slaan, mam, nee echt, je zou het niet geloven. 't Was gewoon zielig. Alle drie zeiden we dat ook, maar zij ging van: "Hmm? Ik weet niet waar je 't over hebt", en intussen had je pa, die zoals gewoonlijk blind en doof zijn eigen gang ging en geen notitie van haar nam. Dus op een dag zocht ze ruzie over iets heel anders en vertrok op hoge poten om bij tante Linda op bezoek te gaan, en toen ze terugkwam deelde ze mee dat ze voorgoed wegging. Nu woont ze in Calvert Street; daar logeren Linda en de tweeling zolang voor de bruiloft. Nou goed, daarná dus kregen Ramsay en pa ruzie, omdat pa Velma per ongeluk "Veronica" noemde, en Velma stijf en strak volhield dat hij het expres deed, en toen verhuisde Ramsay beledigd naar Velma; en toen is Carroll daar ook bij ingetrokken, omdat hij op een avond te laat was en pa liep te ijsberen en hem al dood op de weg zag liggen, zei hij... En ik, nou ja, dat weet je. Ik ben in juli weggegaan, kort voor Ramsay.'

'Ja, ik denk dat ik...' zei Delia verstrooid.

'En ga je nu die makelaar bellen, mam?'

'O. Ja,' zei Delia en na een korte pauze liep ze naar buiten.

In Eliza's oude kamer ging ze op de rand van het bed zitten, nam de hoorn op en staarde voor zich uit.

Stel je voor, Sam die liep te ijsberen. Vroeger was het altijd Delia geweest die liep te ijsberen, en Sam die haar uitlachte en zei dat ze zich niet zo druk moest maken. 'Hoe kun je hier zo koel onder blijven?' vroeg ze dan altijd. 'Wat heb jij in je aderen: ijswater?' En ze had gemeend dat hij daar even om had geglimlacht, met een gestreeld, schaapachtig glimlachje, alsof ze hem een compliment had gemaakt.

Ze draaide weer het nummer van de makelaar. 'Met Joe Bright,' zei het apparaat. 'Ik kan u nu niet te...'

'Dit is wéér Delia Grinstead, meneer Bright. Ik zou het zeer op prijs stellen als u terugbelt zo gauw het u schikt,' zei ze. En om Susie een plezier te doen voegde ze eraan toe: "t Is een zaak van leven of dood.'

Beneden vormden de stemmen een ineengeweven massa, alsof de mensen van de bruiloft hadden afgezien en nu genoegen namen met een feestje. Maar toen ze de trap af kwam om zich bij hen te voegen, stokte het gesprek een ogenblik en keken de mensen vol verwachting om. Ze lachte hen toe. Ze was nu blij dat ze de donkergroene had aangedaan, met de rok die zo verleidelijk om haar enkels zwierde.

Ze liep de hal door naar de huiskamer en de anderen volgden haar. Ze dachten zeker dat het een soort signaal was. Ja, Carroll, verpletterend aantrekkelijk in zijn bruidsjonkerspak, haalde haar zelfs in om haar zijn arm te bieden en haar naar een plaats vooraan te brengen, en even later kwam Eleanor naast haar zitten, geëscorteerd door Ramsay. 'Zet tante Florence in een rechte stoel,' bromde Ramsay tegen Carroll. 'Ze heeft last van haar rug, zegt ze.' Delia hoorde de gewone geluiden van publiek – kuchjes en geritsel van rokken. Driscolls ouders zetten zich op de bank. Dr. Soames nam zijn plaats in voor de haard, goedmoedig lachend tegen de kamer in het algemeen, en trok een opgevouwen vel papier uit zijn borstzak.

'Over de bibbers heen?' fluisterde Eleanor tegen Delia.

'Nee eh, niet precies.'

Velma's kleurloze dochtertje koos een leunstoel die zo groot voor haar was dat haar bandschoentjes niet bij de vloer konden. Een jongeman die Delia niet kende – een familielid van Driscoll zeker – deponeerde Eliza op de causeuse en Linda plofte ongeëscorteerd naast haar neer en schoof haar voeten uit haar pumps. 'Kómt ze?' vroeg ze geluidloos toen ze zag dat Delia naar haar keek. Delia haalde alleen haar schouders op en keek voor zich uit.

Nu stond Driscoll, frunnikend aan zijn corsage, naast dr. Soames. En de bruidsmeisjes stonden op een kluitje onder aan de trap, waar de bruidsjonkers zich bij hen voegden toen ook de allerlaatste gast een plaats gekregen had.

Sam boog zich over Delia. Ze had hem niet zien aankomen; ze deinsde even terug. 'Moet ik nu de plaat opzetten?' vroeg hij.

'Plaat?'

'Is ze klaar?'

'O,' zei ze. 'Eh nee, ik denk het niet.'

Hij rechtte zijn rug en keek op haar neer. Hij zei: 'Moet jij nu niet iets doen?'

'Wat dan?'

Hij gaf geen antwoord. Zijn lippen waren heel droog en wit. Delia streek haar rok glad en leunde achterover om de volgende ontwikkelingen te observeren.

Ze had nooit eerder beseft dat je narigheid als een concreet voorwerp bij iemand anders in de schoot kon dumpen. Ze had het jaren geleden al moeten doen. Waarom was het altijd Sam die het deed?

Nu draaide hij zich om naar de grammofoon die was ingebouwd in een notehouten kabinet naast Delia. Hij drukte op een knop en na een ogenblik klonk hoorngeschal op. Delia herkende het thema van *Masterpiece Theatre*. Persoonlijk vond ze deze keuze wat al te triomfantelijk, en ze maakte uit het gesnuif rechts van haar op dat Eleanor er net zo over dacht. Maar verder zat iedereen in eerbiedig stilzwijgen terwijl Sam de kamer uit beende. Delia hoorde zijn schoenen door de hal gaan en energiek de trap op gaan. Hé, deze bruiloft moest zijn gepland als een duplicaat van de hare; de vader van de bruid die de bruid de trap af en via de dubbele deur naar het midden van de huiskamer begeleidde, een plek direct onder de harkerige kroonluchter.

Maar stel dat de bruid níet boven op de gang stond te wachten?

De voetstappen waren niet meer te horen, de muziek overstemde ze. Of misschien was Sam boven aan de trap blijven staan, juist buiten het zicht van de gasten, in plaats van binnen met Susie te gaan praten. In elk geval schetterden de trompetten door terwijl mensen glimlachjes wisselden (wat gezellig en zo onder ons, hè, dachten ze waarschijnlijk), en toen kwamen de voetstappen weer omlaag. Maar iedereen hoorde zo dat geen bruid gelijke tred hield met die snelle, lawaaierige afdaling.

Sam richtte zijn schreden naar een plek vlak voor dr. Soames. Delia vroeg zich een moment af of hij domweg van plan was door te gaan – de belofte af te leggen in Susie's plaats. Maar hij bevochtigde zijn lippen en zei: 'Dames en heren...'

Het was Delia die haar hand uitstak en de grammofoonnaald oplichtte. Dat was wel het minste wat ze kon doen, vond ze, aangezien het Sam was die zei dat het hem speet dit te moeten zeggen, dat hij het heel vervelend vond de mensen te moeten lastig vallen, maar dat de bruiloft enigszins was uitgesteld.

'Uitgesteld' was optimistisch, vond Delia. Maar de mensen leken het op te nemen als een kleine wijziging in de plannen van het paar. Linda liet knorrig weten dat zij en de tweeling een vlucht hadden geboekt voor overmorgen twaalf uur, zonder recht op terugbetaling, en dat ze verdomd graag zou zien dat juffrouw Susie daar rekening mee hield. Dr. Soames bladerde in een zakagenda, mompelde iets over afspraken, bezoeken, het bouwfonds..., maar later in de week leek hem prima, zei hij: ja, heel gunstig zelfs.

Ook Driscolls moeder, die meer ontredderd leek dan de anderen, bleek met haar gedachten vooral bij de receptie die ze na de huwelijksreis zou geven. 'Zouden ze zaterdagavond al getrouwd zijn, denk je?' vroeg ze Delia. 'Kun jij misschien Susie een beetje polsen? Er komen drieënvijftig van onze beste vrienden: jij ook, als je dan nog in de stad bent.'

'Misschien dat Driscoll meer weet wanneer ze elkaar gesproken hebben,' zei Delia. 'Ik zal hem naar je toesturen zodra hij beneden komt.'

Want eindelijk, eindelijk was Driscoll naar boven gegaan om met Susie te praten. Dat had hij meteen al moeten doen, als je het Delia vroeg.

De regen die de hele dag had gedreigd kwam nu naar beneden, en de mensen repten zich zodra ze de deur uit waren naar hun auto's. Eerst vertrok dr. Soames en toen Sams oom en tante met Eleanor, en Driscolls zusje met de naamloze bruidsjonker, en ten slotte ook Driscolls ouders. Toen zei Eliza: 'Hèhè! Ik dacht al dat Spence me met dat sportwagentje van haar voor het léven klem had gezet!' en zeilde met Linda en de tweeling in haar kielzog naar buiten. Maar Ramsay en Carroll bleven, en volgden Delia als een schaduw terwijl ze schalen vol hapjes naar de keuken bracht, hetgeen betekende dat ook Velma en Rosalie moesten blijven. Maar die hielden zich afzijdig en keken in de studeerkamer televisie. Intussen zette Sam in de huiskamer de meubels weer op hun plaats en vertelde Carroll Delia de complete plot van een film die hij en Ramsay de avond tevoren hadden gezien. Er was een man, zei hij, die in een gat in de tijd was blijven steken waarin hij telkens dezelfde dag opnieuw moest beleven. Delia vond dat Carroll uit alle onderwerpen waarover ze hadden kunnen spreken een wel heel rare keus had gedaan, maar ze zei alleen 'Hmm, hmm', terwijl ze door de keuken heen en weer fladderde en allerlei schalen in plasticfolie wikkelde. Carroll zat haar zo dicht op de hielen dat ze niet van richting kon veranderen zonder het van tevoren aan te geven, en Ramsay bleef nauwelijks achter.

Maar toen kwam Sam binnen met het tafellaken, ineengepropt tot een onhandige cilindervorm, en sloeg de stemming om. Carroll haperde in zijn relaas. Ramsay begon bedrijvig kastdeurtjes dicht te doen. Beiden schenen Delia in het oog te houden, ook al keken ze een andere kant op.

'Tafellaken,' zei Sam. Hij gaf het haar aan.

Delia zei: 'O, mooi! Bedankt!' Toen zei ze: 'Ik breng het even beneden naar de...' en draaide zich vlug om en liep door de bijkeuken en de trap af naar het souterrain.

Niet dat het tafellaken ook maar de kleinste wasbeurt nodig had.

Onder aan de trap werd ze opgewacht door de kat, die haar gespannen aanstaarde. Vernon nam altijd de wijk naar het souterrain wanneer er gasten waren. Ze zei: 'Vernon! Heb je me gemist?' en bukte om haar hand om zijn ronde zachte kop te leggen. 'Ik heb jou ook gemist, kleintje,' fluisterde ze. Hij ronkte op die overdreven manier die katten hebben wanneer ze mensen op hun gemak willen stellen.

Voetstappen kwamen door de bijkeuken en toen de trap af. Delia richtte zich op en liep naar de wasmachine. Vernon verdween in het niets. De machine zat vol vochtige was maar ze deed er toch het tafellaken bij en strooide roekeloos met waspoeder.

Achter haar schraapte Sam zijn keel. Ze keek om. 'O! Hallo Sam,' zei ze.

'Dag.'

Ze hield zich met de wasmachine bezig, koos het juiste programma en draaide met een ritsachtig geluid aan de knop. Het water begon te stromen, leidingen galmden luid boven hun hoofd. Buiten het bestofte raam knikten klimopbladeren onder de vallende regendruppels.

'Zodra Driscoll beneden komt,' zei ze, zich weer tot Sam wendend, 'zal ik een taxi bellen, maar ik dacht even te wachten, om Susie dag te zeggen.'

'Een taxi waarheen?' vroeg Sam.

'Naar het busstation.'

'O,' zei Sam. Toen zei hij: 'Het zou dom zijn om een taxi te bellen, met zoveel auto's bij de hand. Of liever, ik bedoel niet dom, maar... ik zou je kunnen brengen. Of Ramsay, als je dat liever hebt. Ramsay rijdt nu in de Plymouth, weet je.'

'O ja?' vroeg Delia. 'Hoe doet die het tegenwoordig?'

'Best.'

'Geen stroomstoringen meer?'

Hij gaapte haar aan.

'Nou, bedankt,' zei ze. 'Misschien dat ik inderdaad om een lift vraag, als het niet te veel moeite is.'

De vraag wie haar zou rijden liet ze onbeantwoord.

Ze gingen de trap weer op, Delia voor Sam uit en bewegend met een zelfbewuste gratie. De keuken was nu leeg. De eetkamertafel maakte een kale indruk; Sam had vergeten na het afnemen van het tafellaken de kandelaar terug te zetten. De hal was ook leeg maar ze bleven even staan staren naar het stilzwijgen boven.

'Ik denk niet dat hij haar op andere gedachten zal brengen,' zei Delia.

'Het zijn alleen maar trouwzenuwen.'

'Ik denk dat 't haar ernst is. Ik denk dat ze dit echt meent.'

'Je weet toch hoe ze was toen ze klein was,' zei Sam. 'Ze kon van die fixaties hebben, weet je nog? Zoals toen ze haar cowboy-pyjama aan wilde naar de kleuterschool. Jij zei nee en ze kwam aan het ontbijt in haar ondergoed, maar jij deed of je niets zag en toen het tijd werd voor school had ze een rokje aangedaan.'

'Een rokje en haar pyjamajasje, dat ik gedeeltelijk had bedekt met een halsdoek om de drukkertjes te verbergen,' zei Delia. 'Het was een compromis. Dat is niet hetzelfde.'

Toch was ze getroffen. Ze wist niet precies waarom. Misschien was het omdat ze zelf zo prominent optrad in zijn verhaal, alsof hij notities had gemaakt van wat ze had gedaan en toen, jaren later, had geprobeerd hetzelfde te doen.

Ze bleef nog even in de hal staan, voor het geval hij haar meer te vertellen had, maar blijkbaar niet. Hij wendde zich af en liep naar de huiskamer. Delia streek eerst haar jurk glad en trok haar ceintuur aan (omdat ze niet de schijn wilde wekken dat ze hem naliep) en volgde.

In de studeerkamer brandden geen lampen en zat iedereen in tingrijs licht naar de televisie te kijken, Velma en de jongens op de bank, Rosalie tussen de voeten van haar moeder op de grond. Ze keken om toen Sam en Delia binnenkwamen. 'Wat eten we?' vroeg Carroll.

Delia zei: 'Eten!'

'We rammelen.'

Ze keek naar de klok. Het was over enen. Ze keek opzij naar Sam voor een of andere vingerwijzing (de keuken was niet langer haar keuken; het gezin niet langer haar gezin om te voeden), maar hij kwam haar niet te hulp. Toen klonken er voetstappen boven.

'Driscoll,' zei Sam.

Rosalie bleef naar een soap-serie zitten staren, maar de rest liep weg naar de hal, waarbij Velma en de jongens zich omslachtig-verveeld uitrekten en opstonden, en iedereen traag bewoog om niet al te benieuwd te lijken. Ze verzamelden zich onder aan de trap en keken hoe Driscoll naar beneden kwam.

Hij leek de wanhoop nabij. Zijn haar was in pieken geklauwd en zijn das zat scheef. Toen hij onder aan de trap was schudde hij zijn hoofd.

'Geen bruiloft?' vroeg Delia.

'Eh, ik zou niet zeggen géén bruiloft.'

'Wat dan wel?'

'Ze zegt dat ze me haat en dat ik niet deug en dat ze inziet dat ze sowieso nooit van me gehouden heeft.'

'Dus, geen bruiloft,' peinsde Delia hardop.

'Maar als ik haar op andere gedachten wil brengen, dan weet ik wat me te doen staat.'

'Wat moet je doen?'

'Dat weet ik niet,' zei Driscoll.

Sam haalde zijn neus op en verdween naar de huiskamer.

'Bloemen sturen?' suggereerde Velma. 'Een gezongen telegram?'

'Ik weet het niet, zeg ik toch. Ik zei: "Kun je me geen hint geven?" en zij zei: "Je komt er zelf wel op. En als je er niet op komt," zei ze, "dan is het een teken dat we niet moeten trouwen."'

'Een luchtballon sturen met een boodschap erop?' hield Velma aan.

'Maar wat zet ik er dan op?' vroeg Driscoll.

'Driscoll,' zei Delia, 'ik geloof dat je moeder je wil spreken.'

'O. Ja goed,' zei hij dof.

Hij bleef even nadenken. Toen schudde hij met zijn schouders en liet zichzelf uit door de voordeur – zonder regenjas, zonder paraplu, zonder niets. De regen viel zo hard dat hij op de verandaleuning stuiterde.

'Een reclamevliegtuig huren?' zei Velma toen hij weg was.

'Mam,' zei Driscoll, 'kunnen we nu gewoon gaan eten?'

'Ik zal zo meteen iets gaan klaarmaken,' zei ze.

Vooruit dan maar. Niemand anders zou het doen.

Delia maakte een blad klaar voor Susie en bracht het naar haar kamer. Ze vond haar slapend boven op de dekens, wat niet verwonderlijk was. Susie was iemand die haar toevlucht zocht in slapen als een medicijn, die in tijden van emotionele crisis hele dagen verloor. O, de ánders-heid van Delia's kinderen kon haar nog altijd in vervoering brengen! Ze beschouwde het als een soort toegift, een middel om van dichtbij een totaal tegengestelde manier van zijn mee te maken.

'Susie, liefje,' zei ze. Susie opende haar ogen. 'Ik dacht dat je wel iets zou willen eten,' zei Delia.

'Dank je,' zei Susie en wurmde zich lodderig in een zittende houding.

Delia zette het blad op Susie's schoot. 'Alles wat jij het lekkerste vindt. Kwarktaartjes met gember, joodse grootmoederkoekjes...'

'Lekker, mam,' zei Susie, haar servet uitslaand.

'Citroengeleitaartjes, bakjes chocolademousse...'

Susie keek omlaag naar het blad.

'Ik moest het bruiloftsmaal gebruiken,' legde Delia uit. 'Er waren niet zoveel levensmiddelen in de keuken.'

'O,' zei Susie. Ze zei: 'Is dat... wat iedereen nu eet?'

'Eh, ja.'

'Zitten ze míjn bruiloftsmaal op te eten?'

'Tja... had je het liever anders gehad?'

'Nee nee!' zei Susie te opgewekt. Ze nam een taartje op.

Delia was in de war gebracht. Ze zei: 'Hadden we het moeten bewaren? Als je van plan was eh, in de nabije toekomst je plannen te herzien, nu, dan denk ik dat...'

'Néé, zei ik! 't Is goed zo.'

'Maar wat zíjn je plannen? Ik wil je niet onder druk zetten of zo, maar Driscoll zei wel... ik vraag het alleen om mijn reis te regelen.'

Halverwege een hap keek Susie haar aan.

'Vanwege mijn werk en zo,' legde Delia uit.

'O, gá dan, als je zo nodig moet!' barstte Susie uit.

'Dat is niet wat ik...'

'Ik ben al perplex dát je bent gekomen! Jij met je stomme baan en je vriend en je nieuwe gezinnetje!'

'Maar Susie...'

'Jij gaat mooi de hort op langs het strand, je laat pappa als een schim door het huis rondzwerven, en je kinderen... als wezen, en ik moet in m'n uppie een hele trouwerij organiseren zonder mijn moeder!'

Delia kon geen woord uitbrengen.

'Mam, wat heeft hij gedáán?' wilde Susie weten. 'Lag het aan hem? Lag het aan ons? Wat was er zo erg? Waarom heb je ons laten stikken?'

'Schattebout, niemand heeft iets gedaan,' zei Delia. 'Zo helder en duidelijk lag het niet. Ik heb jullie geen verdriet willen doen – ik heb jullie niet eens in de steek willen laten! Alleen raakte ik... zonder opzet van jullie gescheiden, en daarna was het of ik geen weg terug meer kon vinden.'

Ze wist hoe slap het klonk. Susie luisterde zwijgend, voor zich uit starend boven haar taartje, en opeens was Delia bijna in tranen – van de brief die ze had gestuurd, de geforceerde vrolijkheid van al die uitroeptekens, de bestudeerde achteloosheid van 'nou dag' en 'zoen van'. 'Lieverdje,' zei ze, 'als ik had geweten dat je behoefte had aan hulp met de bruiloft had ik alles voor je gedaan! Alles.'

Maar Susie zei alleen: 'Kun jij die makelaar nog eens bellen?'

'Ja natuurlijk,' zei Delia met een zucht, en ze bukte zich en zoende voor ze wegging Susie op haar voorhoofd.

Door een proces van niets-doen, van de dingen vooruitschuiven, dat veel weg had van dat waardoor ze aanvankelijk zo ver van huis was beland, bleef Delia de hele middag hangen, wachtend tot Susie beneden kwam. Maar de tijd verstreek en toen ze weer boven ging kijken vond ze Susie andermaal in slaap gevallen, met het blad vrijwel onaangeroerd op de grond naast het bed.

Sam was vermoedelijk in zijn spreekkamer, hoewel ze geen idee had wat hij daar deed, omdat ze geen patiënt had zien komen. De anderen zaten in de studeerkamer naar de televisie te kijken, en zij ging naast Velma op de bank zitten en deed net of ze ook keek. Het mooie van tv was dat iedereen er gedachteloos en als vanzelfsprekend doorheen praatte; ze vergaten dat ze luisterde. Ze vernam dat Carroll drie keer was uit geweest met een meisje uit Nederland; dat Ramsay's docent geschiedenis de pik op hem had; dat Velma Rosalie een manicure in de schoonheidssalon had beloofd als ze niet meer op haar nagelriemen beet. Het deed Delia denken aan haar carpooldagen, toen ze van de laatste nieuwtjes op de hoogte werd gehouden, omdat kinderen er blijkbaar niet bij stilstaan dat bestuurders oren hebben.

Niemand had het over Susie.

Sam kwam in de deuropening staan en toen ze naar hem

opkeek vroeg hij of ze wilde dat hij iets ging halen voor het eten. Ze voelde zich belachelijk in haar schik. Ze zei: 'Ja, waarom niet', en toen begon iedereen om bepaalde gerechten te vragen – haar kip met dragon, haar ziti-salade. Ze liep naar de keuken en maakte een lijstje. Ze wachtte of Sam haar vroeg mee te rijden toen hij wegging, maar dat deed hij niet.

Eliza belde op – haar tweede telefoontje in twee uur. 'Nou, waar staat Driscoll in het geheel?' vroeg ze. 'Vertel me niet dat hij haar zomaar laat schieten.'

'Het lijkt er wel op,' zei Delia. Ze sprak aan het toestel in de keuken, dus hoefde ze haar stem niet te dempen. 'Ik weet niet wat ik ervan denken moet,' zei ze. 'Susie is diep in slaap, en Driscoll is verdwenen en de rest zit zich hier zo'n beetje af te vragen wat nu.'

'Let op mijn woorden,' zei Eliza, 'die zijn morgen vóór de avond getrouwd. Heb ik ook tegen Linda gezegd. Ik zeg: "Je zult je vliegtickets niet eens hoeven omruilen." En jij? Jij gaat toch nog niet weg, hè?'

'Ik heb nog niet besloten.'

'Dat kun je niet doen,' zei Eliza. 'Dan zou je meteen moeten omkeren en terugkomen.'

'Daar kon je wel eens gelijk in hebben,' zei Delia.

De ware reden waarom ze niet weg kon was Susie – haar trieste gezichtje boven het taartje. Maar dat zei ze niet tegen Eliza.

Zodra ze dag hadden gezegd belde ze Joël, maar de telefoon bleef eindeloos overgaan. Ze waren waarschijnlijk ergens gaan eten zonder acht te slaan op wat ze voor hen had klaargezet. Ze zouden wel bij Rick-Rack's zitten. Ze wist zelfs wat ze zouden bestellen en de toon van hun gesprek – Noahs uitbundige geratel en Joëls neutrale antwoorden. Zijn handen, koesterend om haar hoofd. Zijn mond krachtig, maar zonder zich op te dringen. Zijn lichaam gespannen, alsof hij met elke beweging haar reactie had gepeild.

En na de baby, zei Ellie, *gaven we elkaar alleen maar kussen, de meest verrukkelijke kussen...*

Delia hing op.

Toen Sam terugkwam met de boodschappen vroeg ze hem (met haar hoofd in de koelkast) quasi achteloos of hij het erg vond als ze tot morgen bleef.

'Waarom zou ik dat erg vinden?' zei hij.

Het was niet een erg bevredigend antwoord. Maar voordat ze erop in kon gaan trokken Ramsay en Carroll door de keuken – op weg naar de videowinkel, zeiden ze, om die film van gisteravond te huren – en verliet Sam het vertrek. Delia maakte alleen het avondmaal klaar. Alles herkende ze: die rare tepeltjes op de knoppen van de kastjes, het piepen van de afzuigkap boven het fornuis. Maar hier stond ze, in haar donkergroene juffrouw Grinstead-jurk en haar oudevrijstersschoenen met het bandje over de wreef.

Susie verscheen wel op tijd voor het eten. Ze zat aan tafel met een deken om zich heen, als een klein meisje, net wakker na haar middagslaapje. Maar ze sprak met geen woord over de bruiloft, en niemand begon erover. Daarna keken ze allemaal naar de film – zelfs Sam, zijn bril flikkerend in het donker. Hoewel ze eigenlijk alleen naar Susie keken. Zodra Susie een redelijk grappige opmerking maakte, sloegen haar broers al dubbel van het lachen, liet Velma een sissend gegiechel horen en gaf Rosalie haar een onbewogen, doordringende blik.

Toen de film was afgelopen pakten Ramsay en Velma Rosalie van de grond en zeiden welterusten, maar Carroll meldde dat hij evengoed kon blijven slapen. Delia liep met hem mee naar boven om zijn bed op te maken. Terwijl ze zijn kussen opschudde hoorde ze ook Susie bovenkomen en wist ze dat Sam dus alleen overbleef in de huiskamer. Daarom ging ze niet meer naar beneden. Ze liep terug naar de linnenkast om nog een stel lakens te halen en maakte het bed op in de kamer van Eliza.

Veel later, plat op haar rug in het donker, hoorde ze Sams

schoenen op de trap. Hij liep zonder zelfs maar een aarzeling over de gang naar zijn kamer en ze hoorde de deur achter hem dichtklikken.

Het was belachelijk dat ze zich zo gekwetst voelde.

20

'Deze suikerstrooier,' vertelde Linda aan de tweeling, 'was een cadeau van je betoveroudtante, Mercy Ramsay, toen haar zuster met Isaiah Felson trouwde, in achttiennegenennegentig.'

Delia had geen idee hoe Linda dat wist. De tweeling echter leek niet onder de indruk. Ze gingen op in hun bewondering voor Carroll, die de suikerstrooier op zijn kop boven zijn kom met cornflakes schudde. Het was half twaalf in de morgen en hij zat nu pas aan zijn ontbijt. Linda en de tweeling hadden eerder al ontbeten, nadat Eliza ze op weg naar haar werk had afgezet. Waarschijnlijk had Sam zelf iets klaargemaakt voor hij naar zijn spreekkamer ging, en Susie was nog niet wakker. Het zou zo'n dag worden waarop van 's ochtends tot 's avonds het staartje van de maaltijd van de een overliep in het begin van die van iemand anders. Delia zelf at maar zo'n beetje met iedere nieuwe lichting mee.

'Mercy Ramsay was een grote zorg voor haar ouders omdat ze nooit is getrouwd,' zei Linda nu. 'Ze had een betrekking als machineschrijfster, zoals dat toen heette, op een advocatenkantoor bij de haven.'

Delia keek haar over tafel aan.

Carroll zat nu de cornflakes naar binnen te schrokken, en Marie-Claire deed of ze haar handen warmde aan de suikerstrooier – die eerlijk gezegd niet bijzonder imposant was – een urn van dof, gedeukt pleet in de vorm van een schaakstuk. Thérèse zette hier en daar een wijsvinger op tafel om verdwaalde suikerkristallen plat te drukken en naar haar tong over te brengen.

Linda zei: 'In elke generatie van onze familie is er één meisje geweest dat niet trouwde.'

'In deze generatie wordt het Thérèse,' zei Marie-Claire.

'Nietes,' zei Thérèse.

'Welles.'

De telefoon ging.

'Als dat de school is ben ik ziek,' zei Carroll tegen Delia.

'Carroll Grinstead! Ik vertik het om voor jou te jokken,' zei Delia. Ze duwde de kat van haar schoot en stond op om te antwoorden. 'Hallo?'

'Delia?' zei Noah.

Delia wendde zich van de anderen af. 'Wat is er aan de hand?' vroeg ze, zo zachtjes als ze kon.

'Ik ben verkouden.'

'Lig je in bed?'

'Ik lig op de bank. Waar ben je héén? Waarom ben je nog niet terug?'

'Ik heb gisteravond gebeld, maar jullie waren er niet,' zei Delia. 'Hoe wist je waar je moest bellen, trouwens?'

'Ja, dat was ook zoiets! Je had geen nummer achtergelaten! Ik moest Belle Flint opbellen en die zei dat je naar je familie was, dus ik zeg tegen Inlichtingen: "Kijk onder Grinstead", en de eerste Grinstead bleek een mevrouw te zijn en die zei: "O, dat is mijn schoondochter die je zoekt", en ze heeft het me voorge... Maar je zei dat je gisteren terug zou zijn!'

'Of vandaag,' herinnerde Delia hem. 'Ik pak waarschijnlijk de bus, eh, o, vanmiddag misschien; ik weet meer zodra...'

'Is dat de mákelaar?' riep Susie van boven.

Delia legde haar hand op de hoorn. 'Néé!' riep ze terug. Toen zei ze tegen Noah: 'Blijf maar op de bank liggen. Ik kom gauw thuis. Dag!'

Toen ze ophing draaide ze zich om en zag dat iedereen naar haar keek. 'Hè!' zei ze kwiek. 'Zo!'

Naar hun gezichten te oordelen zou je denken dat ze op een of andere misdrijf was betrapt.

Toen liep Sam binnen in zijn witte jas. Hij kwam voor zijn lunchpauze en hier zaten zij nog aan het ontbijt. Linda zat zelfs op zijn stoel en maakte geen aanstalten die af te staan. 'Daar hebben we de brave dokter,' zei ze op bijtende toon.

Delia zei: 'Sam, wat wil je...' en zweeg toen. Het lag eigenlijk niet op haar weg hem iets aan te bieden. Maar hij leek dat niet te beseffen, en hij ging op Susie's gebruikelijke plek zitten en zei: 'Alles is goed. Soep.'

Soep, daar leefde hij waarschijnlijk van, want dat was zowat het enige in de kast – zijn speciale, zoutloze, vetloze, smaakloze merk met een dansend hartje op het etiket. Ze opende een blikje sojamelk-champignon en schonk het leeg in een steelpannetje.

Nu vroeg hij Carroll waarom hij niet naar school was. Hij pakte het helemaal verkeerd aan, op een drammerige manier, waarmee hij Carroll alleen maar tegen de haren in streek, en Carroll kromde zich strijdlustig boven zijn cornflakes. Allebei, viel Delia op – ja, eigenlijk iedereen in het vertrek – waren ze sinds gisteren minder waarneembaar geworden. Dat gladgepoetste buitenste laagje van het ontwende waren ze al kwijt.

Sam zei dat de geringe waarschijnlijkheid van een huwelijk van broer of zuster onvoldoende grond was om te spijbelen. 'Wat weet jij daarvan?' vroeg Carroll. 'Sommige kinderen in mijn klas nemen al vrij voor honkbalwedstrijden, godsamme!'

'Let op je taal, jongeman,' zei Sam. Delia roerde alleen in de soep. Ze zag voor zich hoe Sam als een soort vlieger of wimpel in de lucht kantelde, of hoe hij als een windzak van vorm veranderde naarmate de wind veranderde. Van één kant bezien was hij vriendelijk en gereserveerd en van goede wil; anderzijds was hij pietluttig en humorloos. Ze herinnerde zich opeens dat er, toen ze hem over haar bureau had aangekeken die eerste ochtend dat ze elkaar ontmoetten, een fractie van een seconde was geweest dat zijn fijnbesneden gezicht haar had getroffen als té fijn, té betweterig, en ze geweifeld had. Maar toen had ze die indruk weggewuifd en voorgoed vergeten – tenminste, tot op dit moment.

'Hè toe, oom Sam?' vleide de tweeling. 'Mag hij niet één keertje thuisblijven? Alleen voor ons?'

Voor hij kon antwoorden ging de bel van de voordeur. Allemaal keken ze elkaar aan en de kat maakte zich uit de voeten naar het souterrain. 'Ik ben er niet,' zei Carroll met zijn mond vol. Ten slotte draaide Delia de vlam onder de soep laag en ging kijken wie het was.

In het door de zon beschenen ruitje midden in de deur stond Driscoll Avery en keek fluitend opzij. Fluitend, mijn hemel! Delia deed open en zei: 'Dag Driscoll.'

'Ha hallo, m'vrouw Grinstead!' zei Driscoll binnenkomend. 'Superweertje.'

Dat was het, ja. In één nacht was het herfst geworden, fris en glashelder, en Driscolls wangen bloosden roze. Hij droeg herfstkleren, weekendkleren, ook al was het een dinsdag. Delia sloot de deur tegen de kou. 'Kom in de keuken een hapje ontbijten,' zei ze. 'Of lunchen, waar je maar aan toe bent.'

'Nee, dank u wel. Ik moet alleen eventjes Susie spreken.'

'Eh, ik denk wel dat ze wakker is, maar ze is nog niet beneden geweest,' zei Delia.

'Oké als ik doorloop naar boven?'

'O, ik weet niet of...'

'Toe, m'vrouw Grinstead. Ik geloof dat ik het weet! Ik weet hoe ik ervoor kan zorgen dat ze met me trouwt.'

Delia keek hem sceptisch aan, maar hij zei: 'Goed?' en zonder haar toestemming af te wachten draaide hij zich om en sprong de trap op.

Je moest wel ruggegraat hebben om niet te luisteren naar wat er daarna gebeurde.

Terug in de keuken zat iedereen te wachten. 'En?' vroeg Linda.

'Dat was Driscoll.'

'Driscoll!' zei de tweeling.

'Hij is naar boven om met Susie te praten.'

De tweeling schoof hun stoel van tafel, maar Linda zei: 'Blijf waar je bent, jullie.'

'Mogen we niet...'

'Ze komen er nooit uit als jullie twee hen lastig vallen.'

Delia keerde terug naar het fornuis. Ze roerde in de soep tot er kuiltjes in kwamen en schonk hem toen in een kom – een grauwgrijze vloeistof die haar aan schrobwater deed denken. 'Taupe-soep,' zei ze, de kom voor hem neerzettend. De uitdrukking werkte op haar lachspieren en ze proestte even. Sam keek scherp naar haar op.

'Dank je, Delia,' zei hij op zijn bedachtzame manier.

De tweeling bestookte Linda met vragen over hun bruidsmeisjesjurken. Mochten ze die nu meteen aandoen? Kon Linda de kreukels van gisteren uit hun sjerpen strijken? Delia legde een lepel naast Sams soepkom en hij bedankte haar nogmaals en nam hem op. 'En ga jij je boeken pakken,' zei hij tegen Carroll. 'Een halve schooldag is beter dan geen.'

'Ik wacht even tot ik weet wat Driscoll zegt,' antwoordde Carroll.

'Driscoll heeft hier niets mee te maken.'

'Wel als de bruiloft toch doorgaat. En trouwens, ik héb hier geen boeken. Die staan bij Velma thuis. Dus.'

Sam begon soep te eten, demonstratief kalm.

'Ik heb het hele najaar mezelf naar school geholpen,' zei Carroll. 'Waarom word ik dan zodra ik onder jouw dak ben behandeld als een kind van twee?'

'Omdat je je gedraagt als een kind van twee,' zei Sam.

Carroll duwde zich van tafel. Zijn stoel schraapte over de

vloer en hij knalde op een haar na tegen Driscoll op die op dat moment in de deur van de eetkamer arriveerde. 'Dag allemaal,' zei Driscoll.

'Driscoll!' krijste de tweeling. 'Wat zei ze? Heeft ze ja gezegd?'

Nee, ze hadden het moeten weten. Driscoll was veel te snel weer beneden gekomen, en als dat niet voldoende was hadden ze de slechte tijding kunnen aflezen van zijn gezicht, dat bedrukt stond en niet langer zo blozend was, maar zwaarder van kaak geworden. Hij gaf een diepe zucht, draaide zich om en – zo leek het – vertrok weer; maar nee, hij haalde een stoel uit de eetkamer. Hij sleepte hem naar de keuken, zette hem naast Carroll en ging met een plof zitten. 'Ze zegt dat ik het zelf moet doen,' zei hij.

'Wat doen?'

'Kijk, ik heb de hele nacht geprakkizeerd,' zei hij. Hij leek tegen Delia te spreken, die haar eigen plaats aan het eind van de tafel weer had ingenomen. 'Ik dacht: wat is het dat Susie van me wil? En toen kwam ik erop: ik moest het goedmaken met dat joch dat aan de telefoon was. Maar de enige die zijn naam zou kunnen weten was het meisje dat hij probeerde te bereiken – Courtney. Dus ben ik vanmorgen elke mogelijke variatie van jullie nummer aan het draaien gegaan, op zoek naar Courtney.'

'God sta me bij,' zei Linda.

'Ja, maar 't is eenvoudiger dan het klinkt. Het bleek dat ik maar twee cijfers hoefde te veranderen. Bij zowat de tiende keer proberen krijg ik Courtney's moeder, denk ik dat het was, en die zegt: "Courtney is naar school."'

'Ah,' zei de tweeling tegelijk.

'Dus ik zeg: "Ik had haar geschiedenisdictaat zullen langsbrengen, dus wat ik zal doen, als u geen bezwaar hebt, ik wou het na school bij haar thuis aanreiken, is dat goed? O, en wat was het adres ook al weer, alstublieft?'

'Klasse,' zei Carroll.

Zelfs Sam was licht geïnteresseerd. Hij was opgehouden met soep eten en keek Driscoll aan met opgetrokken wenkbrauwen.

'Ik had geluk want die moeder tuinde erin,' zei Driscoll. 'Gaf me direct het adres – ergens hier vlak in de buurt.' Hij zweeg even, getroffen door een gedachte. 'Carroll,' zei hij. 'Ken jij toevallig een Courtney?'

'Ik ken wel zes of zeven Courtneys,' zei Carroll.

'Ook een in Deepdene Road?'

'Niet dat ik weet.'

'Nou, in elk geval,' zei Driscoll, 'nu hoef ik haar alleen maar te vragen wie haar wou opbellen.'

'Maar als ze nu geen idee heeft wie het was?' vroeg Delia.

'Ze zou een idee kunnen hebben. Als hij nogal om haar heen draait, zeg maar, signalen heeft gegeven.'

Sam was hoofdschuddend weer aan zijn soep begonnen.

'Dus vervolgens ga ik praten met Susie. Ik vraag of zij na schooltijd meegaat naar Courtney. Je weet dat ik dat niet in m'n eentje kan. Wildvreemde jongen duikt op met allemaal vragen... Alleen zegt Susie nee.'

'Nee?' echode Linda.

'Nee. Stuurt me zo weer naar beneden. Zegt dat ik het zonder haar moet klaren. Haar de jongen brengen in eigen persoon, zo zei ze het, als ik wil dat ze me vergeeft.'

Als je de hand van de prinses wilt winnen, dacht Delia bij zichzelf, want de opdracht hád iets van een sprookje. Ze kreeg een beetje te doen met Driscoll, hoewel die zelf weer zijn optimisme scheen te herkrijgen. 'Dus nu is het aan u, m'vrouw Grinstead,' zei hij, bijna uitgelaten.

'Ik!'

'Kunt u met me meegaan naar Courtney, na schooltijd?'

'Maar Driscoll, ik...'

'Ik ga mee!' zei Thérèse.

'Ik en Thérèse gaan mee!' zei Marie-Claire.

Driscoll leek hen niet te horen. Hij zei: 'M'vrouw Grinstead, u kunt u niet voorstellen hoe ik me voel. Ik voel me net of ik… een soort wólk in mijn borst heb! Eerst denk je dat ze gewoon een kwaaie bui heeft, een kwaaie bui die wel weer overgaat, en je bent pisnijdig, en je denkt, als ik nu maar niet reageer… maar dan gaat het je dwarszitten. Je wordt er echt… ja, je zou misschien zeggen gewoon treurig van, maar je bent ook nog pisnijdig, en ten slotte begint het je alleen maar, bijna te vervélen; ik bedoel, je bent zo spuugzat van alles, zo spuugzat van al dat gepraat en gepraat erover, ja, je bent jezelf óók spuugzat: en je zegt tegen jezelf: nou, je kan het ook zo bekijken: je mag blij zijn dat je van haar af bent. Ze kon vaak knap irritant zijn, zeg je. Maar dan zeg je weer: en als ze me nu nog één kans gaf! Ik bedoel, hóe is het hier zo uit de hand gelopen? Wanneer is het verkeerd gegaan, dat ik dat niet eens heb gemerkt?'

Sam legde zijn lepel neer. Linda slaakte opeens een diepe zucht. Delia zei: 'Tja, ik… ja, als ik nu eens wel meeging? Ik betwijfel of ik veel zal kunnen helpen, maar ik kan het in elk geval proberen.'

'O God, dank u wel, m'vrouw G.,' zei Driscoll.

'Ik weet alleen niet of het lukt,' zei Delia.

'Het lukt wel,' zei hij opstaand. 'Als de scholen hier in de buurt uitgaan om zeg kwart voor drie, drie uur, en ik kom u ophalen om…'

Dat was niet wat Delia had bedoeld. Ze had bedoeld dat naar haar idee Susie nog heel wel zou kunnen weigeren met hem te trouwen, ook nadat hij zich verontschuldigd had. Maar ze zag ervan af dat te zeggen. Ze zei niet eens goeiendag, want net toen Driscoll wilde weggaan ging de telefoon.

Ditmaal was het Joël. Hij zei: 'Delia?'

'Ja,' zei ze effen. Ze keek naar haar gezin. Ze hielden haar allemaal in het oog – iedereen behalve Sam, die de tafel leek te bestuderen.

'Waar bén je?' vroeg hij.

Dit was zo'n onlogische vraag dat ze niet wist hoe ze die moest beantwoorden. Ze zei: 'Eh...'

Waar ben je? had Sam gevraagd tijdens een ander telefoongesprek, maanden geleden, en nu vroeg ze zich af of hij de vraag op dezelfde manier had bedoeld als Joël nu.

Toen zei Joël, alsof hij zich herstelde: 'Ik kwam thuis om te lunchen met Noah, en die vertelde dat je nog niet weg bent uit Baltimore. Ik wilde even informeren of alles in orde is.'

'O ja. Best,' zei ze.

Ze wenste dat de anderen het gesprek zouden hervatten maar dat deden ze niet.

'Maar je bént toch wel van plan om terug te komen, hè?' vroeg Joël. 'Ik bedoel, op den duur? Want ik zie aan je kast... Ik wou niet snuffelen, maar ik heb één blik in je kast geworpen, bij wijze van spreken, en ik zag dat al je kleren weg waren.'

'Weg?' zei ze.

'Ik dacht dat je misschien voorgoed vertrokken was.'

'O nee, het is alleen... een en ander is meer uitgelopen dan ik had verwacht,' zei ze.

Sam stond op en liep de kamer uit.

Van boven riep Susie: 'Mam? Mám?'

'Het is NIET DE MAKELAAR!' riep Delia terug.

Joël zei: 'Pardon?'

'Sorry Joël, ik moet nu ophouden,' zei ze. 'Ik zie je later wel.'

Ze hing op.

'Tjee, ben jij even populair,' zei Linda.

Delia gaf een naar ze hoopte onverschillig lachje en begon de tafel af te ruimen.

Het was waar, zag ze toen ze bovenkwam, dat ze al haar kleren had meegebracht. Nou ja, niet echt álles. Joël zou als hij had gekeken genoeg in de commode hebben gevonden om hem gerust te stellen. Maar door het een en het ander – het onzekere jaargetij, de zenuwen over een toilet voor de bruiloft – had ze gepakt alsof ze dagen zou wegblijven. In gedachten zag ze Joël voor haar kast staan, zijn brede voorhoofd in beteuterde rimpels terwijl hij de lege hangertjes overzag. Abrupt sloot ze de koffer en klikte de slotjes dicht.

Toen liep ze door de gang naar Sams kamer. Hier had ze heel wat meer achtergelaten. Wat gek dat ze al dubbend over wat ze voor de plechtigheid zou aantrekken niet aan haar oude garderobe had gedacht! Of misschien ook weer niet zo gek – al dat frou-frou en die kinderkamerkleurtjes. Ze draaide zich om. Ze liep naar haar commode en vond in de bovenste la een verfomfaaide blauwe strik, veiligheidsspelden, afgescheurde kaartjes, alles onder een waas van talkpoeder. Een zonnebril met één glas. Een coupon van vijfenvijftig cent voor handlotion. Een uitgescheurde foto van een model in een kaal, bloot flintertje zwart. Ze kon zich niet indenken ooit zo'n stijl te zullen dragen en bestudeerde de foto een poosje, totdat ze zich herinnerde dat het het model was geweest dat haar blik gevangen had, niet de jurk. Het sikkelvormige model met hetzelfde nuffige kapsel als Rosemary Bly-Brice.

Voetstappen kwamen de trap op en ze sloot de la zo stiekem als een dief. Ze keek om en zag Sam aarzelen op de drempel. 'O!' zei ze, en hij zei: 'Ik wou net...'

Ze hielden allebei op.

'Ik dacht dat jij spreekuur had,' zei ze.

'Nee, ik ben klaar voor vandaag.'

Hij duwde zijn handen in zijn broekzakken. Moest ze weggaan? Maar hij stond in de deuropening; het zou pijnlijk zijn geweest.

'Ik hou tegenwoordig meestal alleen 's morgens spreekuur,' zei hij. 'Ik heb niet meer zoveel patiënten. Het lijkt dat de helft van ouderdom gestorven is. Mevrouw Harper, mevrouw Allingham...'

'Is mevrouw Allingham dood?'

'Attaque.'

'Ach jee, die zal ik missen,' zei ze.

Sam was zo vriendelijk er niet op te wijzen dat ze al zestien maanden geleden elk contact met mevrouw Allingham had verloren.

Zijn bed was opgemaakt, maar zoals bij de meeste mannen ging het idee dat je een plooi van de sprei onder de kussens kon instoppen zijn verstand te boven. Nu helde een rechte lijn van stof mistroostig richting hoofdeinde. Alleen om iets om handen te hebben begon Delia het in orde te brengen. Ze sloeg de sprei terug en klopte beide kussens op.

'Jij vindt natuurlijk dat ik je vaders praktijk heb geruïneerd,' zei Sam.

'Pardon?'

'Ik heb hem laten verpieteren tot een schim van zijn vroegere glorie, is dat niet wat jij denkt?'

'Het is niet jouw schuld als mensen van ouderdom sterven,' zei Delia.

'Maar wel mijn schuld als zich geen nieuwe aanmelden,' zei hij. 'Het schort me blijkbaar aan je vaders manier van omgaan met patiënten. Ik zeg gewoon tegen de mensen dat ze indigestie hebben; ik noem het geen dyspepsie. Ik ben nooit het type geweest dat zijn patiënten vleit en in de watten legt.'

Delia voelde een bekende steek van ergernis. *Ik zou 'dyspepsie' niet direct als vleierij beschouwen*, had ze kunnen zeggen. En: *Ik weet niet waarom je telkens wanneer je over mijn vader praat zo'n bittere, bijtende toon moet aanslaan*. Ze beende naar de andere kant van het bed.

Maar toen vroeg Sam: 'Waarom loop je mank?'

'Mank?'

'Je spaart je ene voet een beetje, dacht ik.'

'O, dat is van een paar maanden terug. Het is al haast genezen.'

'Ga even zitten.'

Ze ging op de rand van het bed zitten, en hij liep op haar

toe, knielde op de grond en trok haar schoen uit. Zijn vingertoppen bewogen over haar wreef met een kundige, vaardige precisie die rechtstreeks naar haar liezen schoot.

Met haar zachtste stem zei ze: 'Je patiënten vonden dat niet erg, voor zover ik weet. Ze noemden je altijd een engel.'

'Nu niet meer,' zei hij. Hij staarde uit het raam terwijl hij een pees volgde, alsof hij de kwetsuur verwachtte te horen in plaats van te zien. 'Laatst op een avond belde mevrouw Maxwell met een van haar maagkwaaltjes en ik zeg tegen haar: "Mevrouw Maxwell, als ik mezelf toesta erover na te denken, zou ik een waslijst van míjn klachten kunnen opsommen. Mijn ogen branden en mijn hoofd doet pijn en ik heb last van mijn knie," zei ik. Toen was ze beledigd natuurlijk. Ik schijn mijn tolerantie kwijt te zijn. Of misschien ben ik wel nooit zo tolerant geweest. Ik heb niet zo'n... brede natuur. Ik ben een beetje weinig, wat je noemt... uitgelaten.'

Het woord alleen al, in verband met Sam, bracht bij Delia een glimlach teweeg, maar hij prikte nu in haar enkel en zag het niet. 'Doet dit pijn? En dit?' vroeg hij.

'Een beetje.'

Ze dacht eraan hoe Joël haar voet op precies dezelfde manier had vastgehouden. Maar Joëls aanraking had zo vreemd aangevoeld, zo ver van haar af – niet helemaal reëel, leek het, nu ze erop terugkeek.

'Ik denk dat ik daarom met jou ben getrouwd,' zei Sam. Had ze iets gemist? 'Jij was juist heel erg uitgelaten, toen we elkaar leerden kennen,' zei hij. 'Of liever... luchthartig. Nu zie ik dat ik jou heb gekozen om alle verkeerde redenen.'

Ze week iets terug.

'Jij zat daar op die bank,' zei hij, 'naast die twee enge zusters van je. Eliza die zeewier propageerde en vitaminen in vergiftige doses. Linda die strooide met woorden als "louche" en "distingué". Maar jij was zo schuchter en lief en onhandig, jij zat maar wat te lachen tegen dat oogglaasje sherry van je. Je was zo onscherp van vorm. Jou zou ik wel aankunnen, dacht ik, en ik heb er nooit bij stilgestaan waarom ik dat zo nodig moest denken.'

Hij liet haar voet vallen en zakte op zijn hielen. 'Ga staan, alsjeblieft,' verzocht hij. Ze stond op. Hij kneep zijn ogen halfdicht. 'Het lijkt me inderdaad een ietsje gezwollen,' zei hij. 'Ik vermoed dat je een band hebt gescheurd. Gewrichtsbanden kunnen erg traag genezen. Hoe heb je dat gedaan?'

Ze had het gedaan door onhandig op te treden, onscherp van vorm, maar dat wilde ze niet zeggen. Hij vervolgde trouwens zijn gedachtengang.

'Toen je weg was,' zei hij, 'toonde de politie in het begin begrip. Maar toen ze hadden uitgevist dat je uit eigen beweging was vertrokken zag ik dat ze begonnen te twijfelen. Nou ja, dat kun je ze niet kwalijk nemen. Ik twijfelde zelf ook. Ik heb Eliza gevraagd, toen ze terugkwam van haar bezoek aan jou: "Lag het aan mij? Had ik er deel aan?" Misschien had ik me niet goed uitgedrukt over die vriend van je. Of had ik te veel over sunblock gezeurd, of vond je het vreselijk dat mijn borsthaar zo grijs geworden was. Of was het de angina; ik weet dat dat anginagedoe op den duur stomvervelend moet zijn geweest.'

'Wat?' zei ze. 'O, maar dat is niet eerlijk!'

'Nee nee, ik bén een tijdje op hol geslagen. Om de twee minuten mijn pols controleren. Ik denk dat ik bang was dat ik ineens dood neer zou vallen, net als mijn vader.' Hij kwam overeind en sloeg zorgvuldig zijn knieën af, ook al waren ze niet stoffig. 'Maar Eliza zei, het was niets van dat al. Ze zei dat je overspannen was. Ik weet nog steeds niet wat ze daarmee bedoelde.'

Noch is het me geheel duidelijk, had hij geschreven, *op welke spanningen je doelt*. Delia wenste nu dat ze die brief niet had weggegooid. Was de toon ervan misschien minder kil geweest dan ze zich had verbeeld? Ze overdacht wat hij doorgekrast had, herinnerde zich hoe hij tegen het eind steeds meer doorgekrast had en hoe de komma's waren weggevallen, alsof hij hals over kop naar zijn slotzin was gedraafd. Die hij toen zo grondig had doorgetypt dat ze hem niet had kunnen lezen.

De telefoon op het nachtkastje begon te rinkelen, maar geen van beiden stak een hand uit en ten slotte hield hij op.

'De zaak is,' zei hij, 'je stelt jezelf vragen genoeg – was het dit dat ik fout heb gedaan, was het dat? – en dan ga je geloven dat je álles fout hebt gedaan. Je hele bliksemse leven. Maar nu ik het einde ervan nader is het net of ik te snel ga om stil te staan en te veranderen. Ik kan... alleen maar naar het eind toe roetsjen.'

Susie riep: 'Mam?'

'Het is net die oude Jackie Gleason-show op de televisie,' zei Sam. 'Eerst werd er ingezoomd op de haven en vandaar naar de skyline van, was het Miami? Manhattan? Die lange glijvlucht over dat spiegelgladde water: exact mijn beeld van sterven. Geen remmen! Geen tractie! Geen tijd meer om te keren!'

'Mam, telefoon!'

Delia hield haar ogen niet van Sams gezicht af, maar Sam zei: 'Ik zou maar opnemen.'

Nog steeds bewoog ze niet.

'De telefoon, Delia.'

Na een ogenblik pakte ze de hoorn op. 'Hallo?' zei ze.

'Delia?'

'O, Noah.'

Sams schouders zakten in. Hij wendde zich af naar het raam.

'Ben je nog niet eens onderwég?' klaagde Noah.

'Nee,' zei ze, met haar ogen op Sam. Hij legde nu zijn voorhoofd tegen de ruit, keek naar de tuin beneden. 'Ik weet vanmiddag pas wat ik moet regelen,' zei ze tegen Noah.

'Maar het ís al middag en ik ben zo alleen!' zei hij. Het ziek zijn leek hem te hebben veranderd in het onbevangen kind dat ze had leren kennen. 'Er is niemand die voor me zorgt!

Opa is geweest, maar die wou niet blijven, en nu zijn de hoesttabletten ook op.'

'Nou, er ligt nog een doosje in het... je opa? Is die in Bay Borough geweest?'

'Eén nanoseconde zowat.'

'Wat kwam hij doen?'

'Hij zei dat hij een beetje rondtoerde en ging toen weer weg. Ik heb gezegd dat ik ziek was maar dat deed hem niks! En pappa zegt dat ik geeneens koorts heb en mamma kan pas komen na haar werk en er is ook iets mis met de televisie.'

'Dan lees je een boek,' zei ze. 'Ik kom gauw thuis. Of vanavond, of misschien morgenochtend; zeg dat maar tegen je vader, wil je?'

Hij was halverwege een theatrale kreun toen ze goeiendag zei.

'Sorry,' zei ze tegen Sam, 'dat was alleen...'

Maar Sam zei: 'Ja, 't is duidelijk dat je het een en ander te doen hebt', en ging op weg naar de deur.

'Sam?' zei ze.

Hij bleef staan, keek om.

'Het was alleen dat jongetje waar ik voor zorg,' zei ze.

'Dat heb ik begrepen,' zei hij, haast zonder zijn lippen te bewegen.

'Hij is verkouden.'

'En jij moet van hem "thuiskomen".'

Zijn stem had die geknepen, strakke, metalige klank waarvan ze inwendig altijd ineenschrompelde, maar ze dwong zich kalm te blijven en zei: 'Ja, ik woon daar nou eenmaal.'

'Ik ben misschien niet volmaakt Delia, maar ik maak tenminste mezelf niets wijs,' zei Sam.

'En wat moet dat betekenen?'

'Ik ben er niet op uit de klok terug te draaien,' zei hij. 'Om mijn kinderen van me af te schudden zodra ze moeilijk worden en een heel nieuw, makkelijk, kléin kind op te snorren.'

Delia staarde hem aan. 'Nou, van alle krankjoreme theorieën!' zei ze. 'Wat weet jíj daarvan? Misschien is hij wel helemaal niet makkelijk! Misschien is hij wel net zo moeilijk!'

'Als dat zo is,' zei hij, 'kun je ook hem altijd nog van je afschudden.'

'Ik héb hem niet afgeschud!' schreeuwde ze. 'Ik ben hier alleen voor Susie's bruiloft en dan ga ik terug – en geen seconde te vroeg, mag ik wel zeggen. Ik ben helemaal niet van plán hem af te schudden!'

Sam bestudeerde haar zonder een spier te vertrekken. 'Heb ik dat dan gezegd?' vroeg hij.

En terwijl zij nog naar woorden zocht liep hij de kamer uit.

Een van Delia's handicaps was dat ze begon te huilen wanneer ze zich kwaad maakte, en daarvan werd ze nóg kwader. En nu knalde ze door de keuken, onder het afwassen vechtend tegen haar tranen, terwijl Linda achter haar aan liep om haar te troosten. 'Stil maar, Dee,' zei ze. 'Wíj houden van je. Je eigen bloed houdt van je. Pas op, dat is oma's laatste soepkom. Wij blijven je trouw.'

'Niks aan de hand,' zei Delia, ongeduldig met de muis van haar hand haar ogen afvegend. Ze hield een spons onder de kraan. Hij had een afschuwelijke korianderlucht, alsof hij in de kast verzuurd was.

'Je moet het niet van hem pikken,' zei Linda. 'Geef hem de bons! Stuur hem de laan uit. Dit is óns huis, niet van Sam. Jíj zou hier moeten wonen.'

Daar moest Delia om lachen. 'O ja? Van welk geld dan wel?' vroeg ze. 'Als Sam er niet was waren we dit huis al lang kwijt geweest. Wie denk je dat de grondbelasting betaalt en het onderhoud en de nota's voor alle verbeteringen?'

'Nou, als je het rooien van álle struiken een verbetering wilt noemen,' snoof Linda. 'Ik noem het eigenmachtig! En wist je dat hij plannen heeft om de luiken rood te schilderen?'

'Rood?'

'Signaalrood, heeft hij Eliza verteld. Al zegt zij dat hij de laatste tijd een beetje is blijven steken in zijn projecten. Maar stel je voor! Op een héle oude man met geverfd haar, daar zouden rode luiken op lijken. En let op, daar begon hij pas mee ná zijn hartaanval.'

'Pijn in zijn borst,' corrigeerde Delia automatisch.

Susie kwam binnenkuieren, in haar jeans en een donkerblauwe trui van Carroll. 'Wanneer gaan we eten?' vroeg ze Delia.

'Eten! Ja...'

'Een opportunist, dat is hij,' zei Linda. 'Hij had het oog op jou vanaf het moment dat pappa hem aannam.'

'Wie?' vroeg Susie.

'Sam Grinstead! Wie dacht je dan! Hij stuurde al aan op een huwelijk met je moeder nog voor hij haar ooit had gezien.'

'Hè?'

'O Linda,' zei Delia, 'als puntje bij paaltje komt heb ik even goed aangestuurd op een huwelijk met hém. Ik zat achter dat bureau gewoonweg te snakken naar iemand die me kwam redden.'

'Redden waarvan?' vroeg Susie.

Delia sloeg geen acht op haar. 'Kijk naar onze eigen grootmoeder,' hield ze Linda voor. 'Die met Isaiah trouwde om aan tb te ontkomen. Kijk naar de eerlijke houthakkerszoon die met de prinses trouwt om haar koninkrijk!'

'Wie was tb?' wou Susie weten. 'Welke houthakkerszoon? Waar hébben jullie het over?'

Linda liep naar Susie toe en legde een arm om haar schouders, op een knusse, vertrouwelijke manier, die Delia het gevoel gaf buitengesloten te zijn. 'Als je moeder de helft van jouw verstand had,' zei ze tegen Susie, 'zou ze je vader eruit schoppen en een baan zoeken en weer in Baltimore komen wonen.'

'Ik héb al een baan,' zei Delia. 'Ik heb een heel leven, ergens anders!'

En op dat moment leek Bay Borough voorbij te zweven als een kleine, stralend blauwe, dichtbevolkte zeepbel, van deze afstand zo omfloerst en mistig dat ze zich afvroeg of ze het had gedroomd.

'Wat ik hoop is dit,' zei Driscoll. 'Wanneer Courtney hoort dat iemand haar heeft opgebeld, dan weet ze gelijk dat het de jongen moet zijn die ze haar nummer heeft gegeven. Ik bedoel, hij belde jullie drie keer. Dan weet je dat hij het nummer niet uit het telefoonboek heeft; hij moet het verkeerd hebben opgeschreven. Denkt u niet?'

'Ja, dat zou kunnen,' zei Delia. Het leek zelfs zeer waarschijnlijk, maar ze kon de fut niet opbrengen om dat te zeggen. De afgelopen drie kwartier hadden ze hier buiten in de kou gestaan. Van tijd tot tijd wierp ze een verlangende blik over haar schouder naar Courtney's witte houten huis, maar ze hadden al aangebeld en niemand had opengedaan. 'Driscoll,' zei ze, 'heb je eraan gedacht dat Courtney na school kan zijn gaan sporten? Ik bedoel, Susie kwam op sommige dagen pas na donker thuis.'

'Dan wachten we tot hier tot het donker,' zei hij.

Andere scholieren kwamen voorbij – jongens van Gilman in overhemd en das en meisjes in het aquamarijn van Bryn Mawr of Roland Park Country School. 'We zouden zo'n bordje moeten ophouden,' zei Delia, 'zoals ze op luchthavens doen.'

Driscoll keek haar donker aan.

'Had je hiervoor niet beter Pearce kunnen meenemen?' vroeg Delia.

'Wie is Pearce?'

'Je zuster, hemelse goedheid!'

'Spence, bedoelt u?'

'Spence. Sorry.'

Ze proestte even. Hij keek nog donkerder.

'Spence is op haar werk,' zei hij, 'maar ik betwijfel of ze zou zijn meegegaan. Zij vindt niet dat ik zou moeten trouwen.'

'Ga weg!'

'Nou, waarom is dat zo'n schok!' vroeg hij. 'U bent niet de enige die ertegen is.'

'Zei ik dat ik ertegen was?'

'Maar u doet wel of u het bent. U loopt met een slakkegang, u wou dat ik iemand anders meegenomen had.'

'Ik begin het alleen koud te krijgen,' zei Delia.

'Alleen ter informatie: mijn hele familie vindt dat ik in m'n eentje beter af zou zijn.'

Dat stak Delia. Ze zei: 'Nou, reuze bedankt!'

'O, ze mogen Susie wel graag,' zei hij. 'Maar kijk... "Waarom moet je je afgeven met die Grinsteads?" vraagt mijn moeder aldoor.'

'Er is niks mis met de Grinsteads!'

'Ja, nee...' Hij volgde met zijn ogen een groepje passerende schoolmeisjes. 'U moet toch toegeven,' zei hij, 'jullie zijn zo... jullie doen de dingen zo ánders. Jullie sluiten je niet aan, jullie houden je overal buiten; jullie leven zo op jezelf; en dan doen jullie net of dat normaal is. Jullie doen of álles normaal is; jullie zijn zo afwachtend en uitgestreken; jullie verdoezelen dingen; jullie houden je altijd op de vlakte.'

Delia herademde. Hij had veel ergere gebreken kunnen noemen, vond ze, al zou ze niet precies weten welke. 'Nou,' zei ze, 'mij lijken dat eerder goede eigenschappen, geen slechte.'

'Zie je wel!' zei Driscoll. 'Dat is precies wat ik bedoel!'

'Moet jíj nodig zeggen,' zei Delia. 'Je bruiloft gaat niet door, maar je komt toch opdagen! Als dat geen verdoezelen is!'

'Maar ik heb niet net gedaan of ik een gast was,' zei Driscoll terug. 'Ik ben niet op het laatste nippertje komen aanwaaien, alsof de bruid een of ander oppervlakkig kennisje was.'

'Ik was best eerder gekomen! Maar niemand vroeg het me!' zei ze.

'Snapt u wat ik bedoel?' zei hij.

'Wát bedoel je dan?'

Een auto stopte bij de stoeprand, een stationcar vol wemelende gezichten. Een meisje met een armvol boeken stapte uit. 'Bedankt!' riep ze en de auto toeterde en reed weg.

'Courtney?' vroeg Driscoll.

Het meisje hield stil op de stoep. Ergens had Delia geweten dat Courtney blond zou zijn. Ze was lang en slank met een goudkleurige huid, en haar kleren hadden precies de juiste vlotheid – de blazer perfect van snit, maar de kniekousen afgezakt. 'Ja?' zei ze.

'Ik ben Driscoll Avery,' zei Driscoll, 'en een paar avonden geleden heb ik een telefoontje beantwoord dat vermoedelijk voor jou bestemd was.'

Courtney hield haar hoofd scheef. Haar pagehaar zwaaide sierlijk naar één kant.

'Er belde een jongen, een verkeerd nummer,' vertelde Driscoll, 'en nu is mijn verloofde kwaad op me omdat ik eh, misschien een beetje onhebbelijk tegen hem ben geweest. En daarom moet ik vragen of jij misschien weet wie jou heeft willen bellen.'

Courtney keek Delia aan.

'Ik ben de moeder van zijn verloofde,' legde Delia uit. Het woord 'verloofde' wekte associatie met iemand met zo'n klein rond hoedje op, totaal iets anders dan Susie. Ze voelde hoe ze het effen, onschuldige gezicht van een leugenaar trok. Ze zei: 'Driscoll vertelt de waarheid, daar sta ik voor in. Een jongen belde op en vroeg naar Courtney, en Driscoll zei dat je niet met hem wilde praten.'

'Heb je dat gezegd?' vroeg Courtney aan Driscoll. De glimlach was nu verdwenen. 'En als het nu iemand was van wie ik dolgraag had gehoord?'

'Nou, wie dan?' zei Driscoll. 'Ik bedoel, was er dan iemand?'

'Zeker, Michael Carter.'

‘Heb je Michael Carter je nummer gegeven?’

‘Nee, maar het staat in het telefoonboek.’

‘Denk je dat hij je heeft gebeld?’

‘Ja, misschien. Het kan. O vast!’ Ze leek nu warm te lopen voor het idee. ‘Over een paar weken is er een bal,’ zei ze tegen Delia.

Delia zei: ‘Maar je hebt hem niet zelf je nummer gegeven.’

‘Nee, dat niet.’

‘Wij dachten dat het iemand kon zijn aan wie je het had verteld.’

‘Nee, maar er is een groot oudleerlingenbal, hè? En Michael Carter is de jongen die ik ken. Hij is op een na de sterkste van de hele school.’

‘Maar...’ begon Delia, op hetzelfde moment dat Driscoll zei: ‘Nou, mooi! Dan gaan we aan de slag!’

‘Maar was er dan iemand wie je het hebt vertéld?’ vroeg Delia.

‘Eh, tja, er zijn altijd jongens die mijn nummer vragen. En die geef ik het ook, maar ik doe het alleen om aardig te zijn, zeg maar. Ik zou nooit echt met ze uitgaan.’

‘Zou je ze het verkéérde nummer geven?’ hield Delia aan.

‘Och ja, als er gewoon helemaal niets bij zit.’

‘Je zou alleen een paar cijfers verwisselen, bijvoorbeeld?’

‘Ja misschien.’

‘Heb je dat onlangs nog gedaan?’

‘O, misschien bij de jongen van mijn christelijke broederschapsgroep.’

‘Hoe heet die?’

‘Maar ik denk dat het eerder Michael Carter is,’ zei Courtney.

‘Maar de naam van de jongen in de broederschapsgroep?’

‘Dat is Paul Cates. Maar dat is gewoon een watje. U zou weten wat ik bedoel als u hem zag.’

‘Het was vast en zeker Michael Carter,’ zei Driscoll sussend.

Courtney gaf hem een waarderende blik.

'Nou, wie het ook was,' zei Delia, 'als jij nu Driscoll de namen geeft van alle mogelijke bellers, kan hij opsporen wie het is geweest.'

'En ik kan misschien meekomen,' zei Courtney. 'Ik kan je precies laten zien waar Michael Carter traint voor football.'

Iedereen met een beetje hersens zou eerst op zoek gaan naar Paul Cates. In de hoop dat duidelijk te maken kneep Delia haar ogen half dicht tegen Driscoll. 'Huh?' vroeg hij en toen: 'Ah. Speelt ah, Paul Cates ook football?'

'Meen je dat?' vroeg Courtney. 'Paul Cates. Football?'

Delia maakte zich op om te vertrekken, hees haar tasriem over haar schouder. 'Goede jacht,' zei ze tegen Driscoll.

'Wat, gaat u nu niet mee?'

'Jullie kunnen het beter alleen af.'

Hij opende zijn mond om tegen te sputteren, maar Courtney zei: 'Het was me een genoegen.'

Delia zwaaide en liep weg.

Ze was blij een poosje voor zich alleen te hebben. Was het gezinsleven altijd zo overvol geweest? Hoe had ze haar hoofd erbij kunnen houden? Maar dat had ze dan ook niet gekund, herinnerde ze zich toen, tenminste niet volgens Sam.

In zuidelijke richting Roland Avenue afkuierend passeerde ze het reisbureau, de Handelsbank, Eddie's Supermarket. Ze zorgde ervoor niet naar andere voetgangers te kijken, voor het geval het mensen waren die ze kende. Stel dat ze vroegen waar ze al die maanden was geweest, en wat ze nu dacht te gaan doen. Of stel – het idee! – dat ze Adrian Bly-Brice tegen het lijf liep.

Het gekke was dat ze zich Adrians gezicht niet meer voor de geest kon halen, hoe ze het ook probeerde.

'Delia,' fluisterde Linda bij de voordeur, 'er zit iemand op je te wachten.'

'Op mij?'

Delia voelde zich kleuren, maar Linda zei: 'Een oudere heer. Heet hij Nat?'

'O,' zei Delia.

Ze volgde Linda door de eetkamer naar de keuken. Aan de tafel zat Nat met Susie en de tweeling, maar hij stond op toen Delia binnenkwam. 'Daar is ze!' zei hij.

Buiten Senior City leek hij ouder. Zijn haar was zo wit dat het glinsterde en hij leunde zwaar op zijn stok. Dit moest een van zijn flashbackdagen zijn. Ze zei: 'Nat? Is alles goed?'

'Ja hoor,' zei hij. 'Uitstekend. Dag lieverd.' Hij gaf haar een hoofse kus op haar wang, haar prikkend met zijn baard. 'Ik was toevallig aan het rondtoeren met de auto,' zei hij. 'Ik dacht je een lift terug aan te bieden.'

'Aan het rondtoeren… in Baltimore?'

'Och ja, zo her en der.'

Dat was onbegrijpelijk, maar ze ging er niet op door. 'Dat is aardig van je,' zei ze, 'maar ik weet niet precies wanneer ik terugga.' Ze keek naar Susie, die haar boven haar koffiebeker gadesloeg. 'Driscoll is nog bezig met die telefoonkwestie,' deelde ze haar mee.

De tweelingen stootten elkaar aan. Nat zei: 'O, daar weet ik alles van! Je zuster heeft me ingelicht. En, schiet het al op? Is het onfortuinlijke jongmens al gelocaliseerd?'

'Wel, we hebben het terrein enigszins verkleind,' zei Delia. 'Nat, is er iets mis thuis?'

'Mis! Waarom vraag je dat aldoor?' zei hij. 'Kan een mens niet een eindje alleen gaan rijden tegenwoordig?'

Linda zette een beker koffie voor hem op tafel, en hij liet zich met een plof terugzakken op zijn stoel. 'Dank je, lieve kind,' zei hij. Hij zette zijn stok opzij, die op zijn vier pootjes bleef staan, parmantig en onafhankelijk.

'Melk?' zei Linda. 'Suiker?'

'Gewoon zwart, dank je.' Tegen Delia zei hij: 'Je hebt nooit verteld dat je een zuster had! En zo'n charmante dochter. En twee prachtige nichtjes!'

Er was iets koortsachtigs in zijn enthousiasme, maar geen van de anderen leek het op te merken. 'Ze heeft niet alleen een dochter,' vertelde Marie-Claire, 'ze heeft ook nog twee jongens.'

'Twee jongens!' riep Nat verwonderd. 'Waar houdt ze die verscholen?'

'Nou, Carroll houdt zich boven schuil, omdat hij ruzie met zijn pa heeft. En Ramsay woont samen met die ordinaire vriendin van hem, ergens waar wij het adres niet van weten.'

Nat wierp Delia een vragende blik toe. 'Ja,' zei ze met een lachje, 'je zult ons moeten verontschuldigen, vrees ik. Niemand hier praat met elkaar.'

'Me dunkt, ze praten wél tegen mij,' zei hij logisch.

'O, ze práten wel. Maar...'

Ze gaf het op en ging voor zichzelf koffie inschenken. Nat hervatte zijn ondervraging van de tweeling. 'En wonen jullie allemaal in dit grote huis? Allemaal, behalve dan Ramsay en die ordinaire vriendin van hem?'

'O nee, niemand van ons woont hier! Alleen oom Sam.'

'Oom Sam! Is dit staatseigendom?'

De tweeling proestte. Thérèse zei: 'Dommie! Oom Sam is de man van tante Delia.'

Delia voelde Nats blik in haar richting, maar ze keek niet om en de tweeling stapte over op het onderwerp Eliza. 'Ze brandt kruiden in kleine kommetjes,' vertelde Marie-Claire. 'Ze heeft een flesje dat Lankmoedigheid heet, om aan te ruiken wanneer ze het zat is.'

'Waar zou je dát kunnen kopen?' zei Nat droevig.

Delia liep naar de bestekla om een lepeltje te halen en vond onverhoeds Susie ervoor hangen, die haar opwachtte met één gegymschoende voet voor de andere gehaakt. Haar nonchalante houding bedroog Delia geen seconde. 'Zo,' zei Susie. 'Dus Driscoll heeft Courtney te pakken gekregen, zo te horen.'

'Ja.'

'En nagetrokken wie de jongen was, zei je.'

'Nu, Courtney heeft hem een paar mogelijkheden aan de hand gedaan.'

'Dus daar is-ie mee gaan praten.'

'Hij zit erachterheen,' zei Delia.

Ze reikte naar de la en Susie schoof nauw merkbaar opzij. 'Volgens mij had je best met hem mee willen gaan,' zei Susie.

'Nou, je ziet dat ik hier ben,' bitste Delia.

Vermoedelijk gaf Susie om Driscoll; en in dat geval, nu ja, best, dan moesten ze misschien ook maar trouwen. Wat onnozel van Delia om hun breuk zo serieus te nemen! En hoe wijs en volwassen en praktisch was Susie daarbij vergeleken! Delia gaf haar een stralende glimlach. Susie nam haar argwanend op.

De mensen hadden het altijd over het griezelige vermogen waarmee een moeder haar kinderen doorzag, maar dat was niets vergeleken bij hoe kinderen hun moeder konden doorzien.

De tweeling beschreef nu hun bruidsmeisjesjurken. 'Hele grote slappe strikken...'

'Pofmouwtjes...'

'Precies dezelfde kleur als Crest-fluoridetandpasta.'

'Ze zijn vast magnifiek,' zei Nat. 'En wanneer denken jullie die te dragen?'

'Misschien vanavond al,' zei Marie-Claire terwijl Susie eroverheen zei: 'Morgen.'

Iedereen keek naar haar. Uitdagend ontmoette ze Delia's blik. 'Nou, als Driscoll me die jongen brengt, bedoel ik.'

'Maar dat kan wel over vijf minuten zijn!' zei Linda. 'Dan kunnen jullie vanavond nog trouwen, als hij opschiet.'

'Jawel, maar dr. Soames heeft niet voor morgenochtend tien uur tijd voor ons.'

'Heeft hij dat gezegd?' vroeg Delia. 'Heb je hem gesproken? Wanneer dan?'

'O, eh, een poosje geleden.'

'Maar als onze vlucht nu morgenochtend twaalf uur is,' zei Linda, 'en de rit naar het vliegveld duurt pakweg...'

Nat zei tegen Delia: 'Het ziet ernaar uit dat je vanavond niet met me mee terugrijdt.'

Hij sprak vrolijk genoeg, maar Delia had nog steeds het vermoeden dat hem iets dwarszat. Ze keek naar de anderen, die over dienstregelingen spraken, en toen zei ze: 'Nat, wat brengt je hierheen? Eerlijk?'

'Niks, zeg ik toch!'

'Je hebt zomaar twéé uur gereden?'

'Tweeëneenhalf, om precies te zijn,' zei Nat. 'Kleine file op de brug.'

Ze keek hem onderzoekend aan. 'Hoe is het met de baby?' vroeg ze.

'Die gedijt.'

'En Binky?'

'Zo gezond als een vis.'

'Weet ze dat je in Baltimore bent?'

'Ik heb haar net gebeld. Ik mocht van je zuster de telefoon gebruiken.'

'En Noah heeft kou gevat, hoor ik,' zei ze, verder vissend.

'Hooguit een verstopte neus,' verzekerde Nat haar. 'Ik ben vanmorgen toen ik rondreed bij hem langsgegaan. Trof hem aan bij een spelletje Tetris. Niet direct op zijn sterfbed, zou ik zeggen.'

'Hij klonk inderdaad niet echt ziek,' zei Delia. 'Misschien had hij behoefte aan een dagje vrij.'

'Ja,' zei Nat. 'Een dagje vrij, dat kunnen we allemaal wel gebruiken, zo nu en dan.'

Er bonsde iets tegen de achterdeur en toen kwam Sam binnen met twee zakken vol boodschappen. Uit een van de twee stak een Frans stokbrood. 'Ik heb de gember gevonden,' zei hij tegen Linda, 'maar ze waren net door de sjalotjes heen.'

'O, geeft niet, dan maken we hem met groene uitjes,' antwoordde Linda, de zakken van hem overnemend. 'Is dat goed, Delia?'

'Is wat goed?'

'Kun je die Chinese schotel van jou met groene uitjes maken?'

'Ik maak hem altijd met groene uitjes,' zei Delia. 'Maar...'

'O gelukkig. Omdat we met zo veel zijn, weet je, dacht ik dat jij je... O Sam, je kent Nat nog niet, hè? Nat Moffat, dit is Sam Grinstead. Nat, je kunt hoop ik toch blijven eten? Delia's Chinese schotel is genoeg voor een regiment, geloof me.'

'Ik blijf heel graag eten,' zei Nat tot Delia's verrassing. Hij was bij het voorstellen opgestaan en nu stond hij recht overeind, zich vasthoudend aan de rug van zijn stoel. Sam, die geen idee kon hebben waar Nat zo opeens vandaan gekomen was, keek vriendelijk en wat beduusd toen ze elkaar een hand gaven. 'Prettig kennis met u te maken,' zei hij.

'Prettig om kennis te maken met ú,' zei Nat. En met een olijke blik naar Delia voegde hij eraan toe: 'Ik heb zóveel over u gehoord.'

Dat ontging Sam natuurlijk. Hij lachte beleefd en vroeg Linda: 'Heb ik nog tijd voor een visite voor het eten?'

'Moet je Delia vragen, zij kookt,' zei Linda.

Sam wendde zich tot Delia. 'Ik had meneer Knowles beloofd dat ik naar hem zou komen kijken,' zei hij.

'Je hebt tijd genoeg,' antwoordde ze.

Ze spraken zonder elkaars ogen te ontmoeten, als mensen in een toneelstuk, wier woorden alleen voor het publiek zijn bestemd.

Niemand hoefde Delia te vertellen welke jongen Courtney's opbeller was. Ze wist dat het Paul Cates was zodra ze hem zag – met zijn aardig, naïef gezicht en een verwarde bos roestkleurige krullen. Zijn spijkerbroek was iets te kort voor hem, zijn gympen waren kinderlijk en hadden te dunne zolen, zijn geruite wollen jack was van het soort dat jongens op de basisschool dragen. Hij volgde Driscoll naar Susie, die zittend op een kruk voor Delia's Chinese schotel waterkastanjes klein sneed. Achter hem kwam Courtney, warempel. Ze stelde zich op vlak achter Driscoll en Paul, stopte haar handen in de zakken van haar blazer en keek Susie met onverholen nieuwsgierigheid aan. Susie, die zich toen ze dichterbij kwamen van het aanrecht had afgewend, keek alleen naar Driscoll.

'Susie,' zei Driscoll, 'dit is Paul Cates.' Toen wendde hij zich tot Paul Cates en zei: 'Paul, ik wil je graag mijn excuus aanbieden. Toen je laatst per ongeluk opbelde, heb ik je laten denken dat je Courtney's huis aan de lijn had, maar ik zat fout, fout, fout.'

Paul glom. ''t Is oké,' zei hij.

Plechtig keek Driscoll weer naar Susie. 'En wil je nu met me trouwen?' vroeg hij.

Susie zei: 'Eh, nou goed.'

Een van de tweelingen zei: 'Heftig!' en de andere zei: 'Geef hem een zoen! Geef hem een zoen, Susie.'

Susie plantte een zoen opzij van Driscolls mond. Tegen Paul zei ze: ''t Is sympathiek van je om zoveel begrip te tonen.'

'O, ik vind het helemaal niet erg!' zei hij en wierp Courtney van onder zijn lange wimpers een stralende blik toe. Courtney nam hem alleen maar koeltjes op en wendde zich weer tot Susie.

'En Courtney, 't is ook sympathiek van jou dat je bent meegekomen,' zei Susie tegen haar.

'Geen probleem. Je broer Carroll en ik kennen elkaar van een feestje, in het voorjaar.'

'O ja?'

'Mijn vriendin had hem op haar verjaarspartij gevraagd, en ik combineerde het een met het ander toen je verloofde vertelde hoe je heette.'

Nu keek Paul minder blij, dus kwam Delia tussenbeide en zei: 'Kunnen jullie blijven eten? We hebben zo'n Chinese schotel die je eindeloos kunt uitbreiden.'

'Ja, nou, ik zóu wel kunnen,' zei Courtney.

Paul zei: 'Dan moet ik mijn moeder bellen.'

'Daar,' wees Delia en legde beschermend een hand om zijn elleboog terwijl ze hem naar de telefoon bracht. Hoe bikkelhard en onbegrijpelijk, ja haast barbaars, moesten jonge meisjes zijn voor jongens! Dat had ze nooit zo beseft toen ze zelf een meisje was.

'Ik breng een toost uit,' zei Nat. Hij hief zijn koffiebeker. 'Op het bruidspaar!'

Driscoll zei: 'Hé, bedankt...' – uiteraard zonder ook maar de flauwste notie te hebben wie deze oude heer kon zijn, maar zich goedgehumeurd als hij was aanpassend aan de situatie. 'Hallo mam?' zei Paul in de telefoon, en toen verscheen Carroll uit de eetkamer net op het moment dat Eliza binnenkwam door de achterdeur, en moesten beiden over de recente ontwikkelingen worden ingelicht. Eliza had zelfs nog niet gehoord wat Driscolls magische opdracht was geweest. Ze zei almaar: 'Wie? Wie heeft hij meegebracht?' met haar wenkbrauwen in een frons van verbijstering en met haar tasje tegen haar borst gedrukt, en Courtney schoof op Carroll af en vroeg: 'Carroll Grinstead? Ik weet niet of je me nog kent,' en de tweeling hield vol dat ze ditmaal lippenstift op moesten voor de bruiloft.

Delia nam haar snijplank mee naar een iets dunner bevolkte hoek en begon gember te hakken. Haar Chinese schotel vereiste een rij kommetjes met elf verschillende ingrediënten, de meeste zo klein gesneden als luciferskoppen, en ze was nog niet verder dan kommetje vier. Maar ze was blij iets omhanden te hebben. Ze hakte ritmisch, gedachteloos, te midden van een wervelende zee van gebabbel. *Tiktik*, deed het mes op de snijplank. *Tiktik*, en ze schoof al haar gedachten van zich af zoals ze de bergjes gember afschoof in een kommetje.

Met alle inlegbladen op hun plaats vulde de tafel de hele eetkamer. ('Dit tafellaken is afkomstig uit je grootmoeders uitzet,' vertelde Linda aan de tweeling. 'Die vlek is waar je tante Delia een schaal curry had gezet. Zij geeft er geen moer om; ze was de lieveling van jullie grootvader; ze springt met die spullen om alsof ze van de markt zijn.') Twaalf couverts regen zich over de hele lengte aaneen – vijf aan elke kant en een aan hoofd en eind. Er was nog over gesproken om Eleanor erbij te vragen, maar Susie voelde er niets voor om met dertien mensen aan tafel een vloek over haar hele huwelijk af te roepen; en toen ze Ramsay belden nam niemand op.

'Courtney, ik zet jou daar in het midden,' zei Delia. 'En Paul, jij komt naast Courtney.'

Maar Courtney had zich kennelijk voorgenomen bij Carroll te gaan zitten, zodat Paul kwam klem te zitten tussen de tweeling; niet dat die niet opgetogen waren; en de anderen bleven staan terwijl ze een discussie voortzetten die ze in de huiskamer waren begonnen – iets over de tintelende arm van meneer Knowles. 'Dat zei pappa immers ook altijd!' riep Eliza uit. 'Die zei dat hij wou dat hij een pijnlexicon had. Die symptomen waarmee mensen kwamen aanzetten – "pepsiborrel maag" en "dreinende ruziezoekende rug".'

'Driscoll, jij naast Linda,' zei Delia, maar Driscoll, die net deed alsof hij in het gesprek verdiept was, hield zijn gezicht naar Eliza gewend en trok stiekem de stoel naast Susie uit. Delia gaf het op. 'O, ga zítten!' zei ze tegen Nat, en Nat ging zitten waar hij stond, wat toevallig precies was waar ze hem had willen hebben, aan haar rechterhand. 'Bedien jezelf van de rijst,' zei ze, hem de schaal aanreikend, en tegen de anderen zei ze: 'Alles wordt koud!'

Eliza ging links van Sam zitten, hoofdschuddend om wat hij zei. 'Wie zal het zeggen? Misschien is het allemaal één pot nat: een dwangnagel voor de een, kanker voor de ander. Alles op hetzelfde niveau, net binnen de grens van het draaglijke.'

'Sam Grinstead, dat geloof je geen seconde!' kreet Linda. 'Wat een bizár idee!'

Delia zei: 'Paul, wil jij brood nemen en het dan doorgeven alsjeblieft? Iedereen! Zitten!'

Eensklaps zaten alle anderen ook. Ze leken op een dood spoor gekomen en er viel een ogenblik stilte, waarin Paul een stukje brood met een luide plof op tafel liet vallen. Hij ontblootte al zijn tanden, nam het op en veegde de kruimels in zijn hand.

'Kent een van jullie de foto's van C.R. Savage?' vroeg Nat.

De grote mensen wendden hoffelijk-aandachtige gezichten naar hem toe.

'Een man uit de negentiende eeuw,' zei hij, 'die nog gebruik maakte van de oude natte-plaatmethode, vermoed ik. Er is een foto waar ik nu aan denk, die hij tegen het eind van zijn leven heeft genomen. Van zijn eetkamertafel, gedekt voor het kerstdiner. Savage zelf zit midden tussen de lege stoelen te wachten op zijn familie. Stoel na stoel na stoel, het zilver precies op zijn plaats, zelfs een kinderstoel erbij, alles staat klaar. En onwillekeurig denk ik dan, wanneer ik naar die foto kijk: *wedden dat dat het hoogtepunt van de dag was. Van toen af kon het geheid alleen maar bergafwaarts gaan.* De zoons en de dochters arriveerden en ze kibbelden over de drumsticks en zaten te vitten op de tafelmanieren van de kinderen en rakelden krenkende incidenten op van vijftien jaar terug, en de kleine drensde zo dat iedereen er hoofdpijn van kreeg. Maar op dat éne moment,' zei Nat, en er kwam een trilling in zijn stem, 'toen de sluiter klikte, was dat alles nog niet gebeurd, begrijp je, en de tafel was zo mooi als je je de ideale tafel voorstelt, en die ouwe Savage zat er zo blij en zo... wat is het woord dat ik zoek?'

Maar nu begaf zijn stem het geheel en hij bedekte zijn ogen met een bevende hand en boog zijn hoofd. 'Zo vol verwáchting!' fluisterde hij tegen zijn bord, terwijl Delia onzeker op zijn arm klopte. 'Het spijt me! Het spijt me!' zei hij.

Iedereen zat met stomheid geslagen. 'Postnatale depressie, dat zal het zijn,' zei hij en veegde zijn ogen af met zijn servet.

'Nat heeft een baby van drie weken,' legde Delia de anderen uit. 'Nat, zou je niet liever...'

'Een baby?' vroeg Linda ongelovig.

Sam zei: 'Ik dacht dat Nat jouw vriend was, Linda.'

'Nee, van mij,' zei Delia. 'Hij woont aan de oostkust en hij heeft pas een jongetje gekregen, een pracht van een jongetje, je zou moeten zien hoe...'

'Het meest onverantwoordelijke dat ik ooit van mijn leven heb gedaan,' zei Nat schor. 'Wat had ik toch in mijn hoofd? O, niet dat het opzet van me was... maar waarom ben ik erin meegegaan? Ik dacht waarschijnlijk dat het mijn kans was om eindelijk een goede vader te zijn. Dat weet ik zeker, want waarom ging ik er dan van uit dat het een meisje was? Al mijn andere kinderen waren meisjes, zie je. Ik moet gedacht hebben dat ik het nog één keer helemaal over kon doen, en dan deze keer goed. Maar ik ben met James net zo driftig als vroeger met mijn dochters. Net zo star, net zo dwingend. Waarom kan hij niet op schema raken, waarom huilt hij op zulke onvoorspelbare tijden... O, het beste wat ik voor dat joch kan doen is aftutten naar de vierde verdieping!'

'De vierde verdieping? O,' zei Delia. 'O Nat! Daar moet je niet eens aan dénken!' zei ze, nog harder op zijn arm kloppend.

Ze had al op zijn trouwdag moeten beseffen, zei ze bij zichzelf, dat iemand zo overgelukkig als hij toen was zou eindigen in tranen, als een al te opgewonden kind dat tot na bedtijd heeft mogen opblijven.

'Ja, maar,' zei Sam, met een kuchje, 'het komt echt heel veel voor tegenwoordig, deze categorie van rijpere ouders. O, vorige week las ik nog, waar heb ik dat ook weer gelezen...'

'U moet goed bedenken: dit is een opdracht,' sprak Eliza op krachtige toon. Ze zat helemaal aan het andere eind naast

Sam en moest vooroverbuigen, voor een rij tactvol uitdrukkingsloze profielen langs, om Nat in het gezicht te kunnen kijken. 'Het is mijn overtuiging dat we allemaal een bepaalde opdracht meekrijgen,' zei ze. 'En dan, aan het eind van ons leven...'

'*The New England Journal of Medicine!*' riep Sam triomfantelijk.

Nat vroeg Delia: 'Is er een plek waar ik kan gaan liggen?'

'Ja natuurlijk,' zei ze, schoof haar stoel achteruit en reikte hem zijn stok aan. 'Excuseer ons alsjeblieft,' zei ze tegen de anderen.

Iedereen knikte bedremmeld. Toen zij en Nat door de hal liepen kon ze het heimelijk wisselen van blikken achter haar rug bijna voelen.

'Er is wel een trap,' waarschuwde ze Nat. 'Red je dat?'

'O ja, als je mijn andere arm maar goed vasthoudt. Het spijt me, Delia. Ik weet niet wat me bezielde.'

'Je bent gewoon moe,' antwoordde ze. 'Je denkt toch niet vanavond nog terug te rijden, mag ik hopen.'

'Nee, beter van niet misschien,' zei hij. Op elke traptree gaf zijn stok een blikkerig gerammel, als het schudden van een handvol bikkels. Zijn elleboog in zijn tweedmouw was niets dan knook en pees.

'Ik ga een bed voor je opmaken,' zei Delia toen ze boven waren, 'en dan moet je Binky bellen en zeggen dat je hier blijft logeren.'

'Goed,' zei hij gedwee. Hij strompelde door de deur die ze openhield en zakte op een stoel met een hoes erover.

'Dit was vroeger de kamer van mijn vader,' zei Delia. Ze liep naar de kast in de gang en kwam terug met een armvol lakens. 'Er staat nog een telefoon bij het bed, zie je? Uit de tijd dat hij zijn praktijk nog deed. Zelfs toen hij geen patiënten meer zag, kon hij opnemen wanneer Sam werd gebeld en ertussen komen met zijn advies. Hij vond het vreselijk zich een buitenstaander te voelen, snap je?'

Ze babbelde maar wat, terwijl ze rondom het bed in de weer was met het gladstrijken van lakens en het instoppen van dekens. Nat keek toe zonder iets te zeggen. Hij had misschien niet eens geluisterd, want toen ze naar Sams kamer liep om een pyjama te lenen vond ze hem bij terugkomst starend naar de blauwzwarte ruiten. 'Ja,' zei ze, de pyjama op de commode leggend, 'ik kan je niet vertellen hoe vaak ik dit bed heb opgemaakt, precies zoals nu vanavond, terwijl pappa zat waar jij nu zit. Hij had zijn lakens zo graag fris van de lijn, o, nog lang nadat we waren overgegaan op een wasdroger. En dan zat hij in die stoel en...'

''t Is een reis terug in de tijd,' zei Nat opeens.

'Hé ja, in zekere zin misschien.'

Maar hij had kennelijk tegen zichzelf gesproken. 'Een krankzinnig, onbesuisd plan om terug te gaan in de tijd,' zei hij, alsof ze niet gesproken had, 'om alles nog eens opnieuw te beleven. Het ongeluk wil alleen dat Binky degene is die met de gevolgen blijft zitten. Arme Binky!'

'Met Binky komt het best in orde,' zei Delia flink. 'Nu. Die deur daar rechts is de badkamer. Nieuwe tandenborstels op de plank boven het bad. Kan ik nog iets voor je halen?'

'Nee, dank je.'

'Een blaadje met iets te eten misschien? Je hebt je bord niet aangeraakt.'

'Nee.'

'Nu, als je me maar roept als je me nodig hebt,' zei ze. Toen bukte ze om haar lippen op zijn voorhoofd te drukken, zoals ze in het verleden bij haar vader had gedaan.

Delia was de volgende die naar bed ging. Ze ging om half tien. Na het avondeten had ze met de grootste moeite haar ogen open gehouden. 'Ik ben óp,' zei ze tegen de anderen. Ze zaten er allemaal nog... zelfs Courtney, al was Paul op een gegeven moment door zijn moeder opgehaald. 'Het lijkt wel of deze ochtend zich ergens in de prehistorie heeft afgespeeld,' zei Delia, en toen klom ze de trap op naar Eliza's kamer, zo moe dat ze haar voeten als emmers cement achter zich aan moest slepen.

Eenmaal in bed liggend kon ze de slaap niet vatten. Ze lag naar het plafond te staren en aaide lui de dicht tegen haar heup genestelde krul van warme kat. Beneden waren Linda en Sam als gewoonlijk aan het kibbelen. Een hoornconcert van Mozart klonk. Eliza zei: 'Waarom zou hij níet, vraag ik je.' Zou wie niet, vroeg Delia zich af. Zou wat niet doen?

Toen moest ze hebben geslapen, maar het was zo'n onrustig hazeslaapje dat ze de hele tijd bij bewustzijn leek te blijven, en toen ze weer wakker werd was ze niet verbaasd het huis donker te vinden en alle stemmen verstomd. Ze ging rechtop zitten en hield haar horloge schuin om het licht door het raam op te vangen. Voor zover ze kon zien was het elf uur of vijf voor twaalf. Vijf voor twaalf was waarschijnlijker, dacht ze, afgaand op de rust in huis. Ze zette haar kussen rechtop en leunde ertegen, gapend. Tranen van verveling drongen al in haar ooghoeken. Het zou zo'n nacht worden die weken ging duren.

Laat eens zien: als de bruiloft morgen om tien uur begon, zou die waarschijnlijk tegen elven zijn afgelopen. Nou ja, zeg twaalf uur, voor de zekerheid. Dan was ze om half een bij het busstation, als ze met Ramsay kon meerijden. Of met Sam. Sam had het immers aangeboden.

Ze zag zichzelf voorin zitten, Sam achter het stuur. Als twee van die opzetpoppetjes in een speelgoedauto. Mannetjespoppetje, vrouwtjespoppetje, zij aan zij. Met hun gezicht naar de weg en zonder naar elkaar te kijken; want waar zou dat nog voor nodig zijn, nu ze al lang aan de zichtbare buitenkant voorbij waren? Geen hoop op bewonderende blikken, geen kans op onverflauwde adoratie. Niets meer hadden te tonen dan hun gewone, ware, alledaagse binnenste, dat hoe dan ook veel rijker was.

De tranen waren misschien toch niet helemaal tranen van

verveling. Ze wiste ze af aan de mouw van haar nachtpon, maar er kwamen er meer.

Ze sloeg de dekens terug, voorzichtig om de kat, liet zich uit bed glijden en liep op blote voeten naar de deur. De gang was verlicht door alleen het ene ronde raam bovenin. Ze moest min of meer op de tast haar weg zoeken naar Sams kamer.

Gelukkig stond zijn deur op een kier. Geen geluid verried haar toen ze binnentrad. Maar ze wist op de een of andere manier dat hij wakker was. Na al die jaren wist ze dat natuurlijk, alleen al aan die gedemptheid in de atmosfeer. Ze stapte secuur over koele houten vloer, toen kriebelig kleedje, toen weer over koele houten vloer – terrein dat ze had begaan vanaf de dag dat ze had leren lopen. Ze zette zich zonder merkbaar gewicht op de kant van het bed die voorheen de hare was geweest. Hij lag op zijn rug, zag ze. Ze kon zijn wit gezicht beginnen te ziften uit het fluwelige halfduister. Ze fluisterde: 'Sam?'

'Ja,' zei hij.

'Weet je die brief die je me in Bay Borough schreef?'

'Ja.'

'Wat was de regel die je had doorgetypt?'

Hij bewoog onder de dekens. 'O,' zei hij, 'ik heb zoveel doorgetypt. Die brief leek nergens naar.'

'Ik bedoel de allerlaatste regel. Die waar je zoveel x'en doorheen had gezet dat ik hem onmogelijk kon lezen.'

Hij antwoordde niet meteen. Toen zei hij: 'Weet ik niet meer.'

Haar eerste opwelling was opstaan en weglopen, maar ze dwong zich te blijven. Ze zat roerloos, wachtend en wachtend.

'Ik denk,' zei hij eindelijk, 'dat het misschien was... ja, zoiets als wat Driscoll zich eerder ook afvroeg. Of er iets was dat, je weet wel. Dat je zou bewegen om terug te komen.'

Ze zei: 'O Sam. Je hoefde het alleen maar te vragen.'

Toen wendde hij zich naar haar toe, en Delia schoof onder

de dekens en hij trok haar dicht tegen zich aan. Hoewel hij het nóg niet had gevraagd. Niet met zoveel woorden.

Lang nadat ze waren gaan slapen ging de telefoon. Delia kwam langzaam boven water. Zo laat moest het een patiënt zijn die belde. Maar Sam veranderde niet eens het ritme van zijn ademhaling; dus wurmde ze zich onder zijn arm vandaan om de telefoon op te pakken.

'Hallo?' zei ze.

'Mevrouw Grinstead?'

'Ja.'

'Met Joe Bright.'

Een stem zo helder als zijn naam, klaarwakker en bij de pinken op het onzalige uur van... ze keek op de wekker. Zeven voor half twee.

'Eh...' zei ze.

'De makelaar,' hielp hij.

'O!'

'U had gebeld, u en uw dochter? Een hele rits boodschappen achtergelaten?'

'O! Ja!' zei ze, maar ze was nog steeds de kluts kwijt. 'Eh...'

'Ik zou nooit zo laat bellen, maar u had gezegd dat het een zaak van leven of dood was, mevrouw Grinstead. En ik ben nu net thuis van buiten de stad. Mijn vrouw d'r moeder is overleden, moest plotseling weg.'

'O, wat naar om te horen,' zei ze. Ze ging meer rechtop zitten. 'Eh, meneer Bright, de reden waarom ik belde was...' Ze verplaatste de telefoon naar haar andere oor. 'Wat mijn dochter had willen weten,' zei ze. 'Ja... mag ze spijkers in de muren slaan?'

Het was even stil.

'Voor het geval ze iets aan de muur willen hangen, een prent bijvoorbeeld, of een spiegel...' zei Delia, en stokte.

'Spijkers,' zei meneer Bright.

'Ja.'

'Ze wou weten of ze spijkers mag slaan.'

'Ja.'

'Och,' zei meneer Bright. 'Ja. Denk ik wel. Als ze de gaten maar dichten bij vertrek.'

'O zeker!' zei Delia. 'Daar sta ik voor in. Dank u wel, meneer Bright. Welterusten.'

Het was nogmaals stil en toen zei hij: 'Welterusten.'

Delia legde de hoorn neer en ging weer liggen. Ze had gedacht dat Sam nog sliep, maar toen hoorde ze hem een geamuseerd raspend geluidje maken. Ze begon te lachen. Buiten, verder de stad in, tufte een trein voorbij. In het huis kraakte een plank en even later ontsnapte een doffe kuch uit de kamer waar Nat sliep.

''t Is een reis terug in de tijd,' had Nat gezegd.

Ze dacht aan haar poging, die middag, om zich Adrians gezicht voor de geest te halen. Ze was begonnen met zijn gelijkenis met haar vroegere schoolvriendje, en besefte nu pas dat het beeld dat ze had opgediept dat van Sam bleek te zijn, niet van het vriendje. Een jongere Sam, ernstig en hoopvol, de dag dat hij voor het eerst door de deur was komen lopen.

Alles was een reis terug in de tijd geweest dit hele ander halve jaar. Maar anders dan die van Nat was de hare goed uitgepakt. Hoe zou je het anders noemen, nu ze was teruggekeerd naar waar ze was begonnen, voorgoed thuis bij Sam? Nu de mensen die ze had achtergelaten in sommige opzichten zelfs verder waren gekomen?

Nu zag ze dat strandtafereel in juni in een ander licht. Haar drie kinderen, zag ze, hadden uitgekeken naar de horizon met de alerte, gespannen roerloosheid van ontdekkingsreizigers aan de rand van de oceaan, op het punt hun tocht te aanvaarden. En vanuit de verte, met haar hand boven haar ogen, had Delia geprobeerd te begrijpen waarom ze vertrokken.

Waarheen ze gingen, zonder haar.

Hoe ze afscheid moest nemen.

FLAMINGO POCKETS

Elisabeth Lockhorn – *Geletterde vrouwen*

Anne Michaels – *Verborgen verleden*

Robin Norwood – *Als hij maar gelukkig is*

Donna Tartt – *De verborgen geschiedenis*

Anne Tyler – *Tijd van leven*